铁葫芦

异乡人 3

战争的礼仪

DRAGONFLY IN AMBER

［美］戴安娜·加瓦尔东 著
罗爽 译

百花洲文艺出版社

目录

Part 02
王位觊觎者

Part 03

不幸

Part 04
丑闻

序言

我在黎明前的黑暗里醒了三次。第一次醒来时我感到悲伤，第二次感到喜悦，最后一次感到孤单。因刻骨悲痛而流出的泪水，慢慢地将我唤醒。我的脸庞沐浴着它们，就像面上蒙着一块湿布，我因而心怀安慰。我把脸埋进湿润的枕头，在咸咸的河流上航行，驶入记忆中伤痛的洞穴，驶入地下深深的睡眠。

后来我在极度的喜悦中醒来，躯体在肉体接触的剧痛中弯曲得像一张弓。他抚摸的感觉还清晰地留在我的肌肤上，随着圆满的感觉从我的神经中枢向外扩散而逐渐消逝。我不愿意清醒，再次翻身，寻找着那种与男人已得到满足的欲望有关的、清晰而温暖的味道，在我爱人慰藉的臂弯中睡去。

第三次我孤独地醒来，没有爱人的抚摸，也没有悲痛。那些石头的景象仍然清晰存在于我的脑海里。一小圈石头立在陡峭、青葱的山丘顶上。那座山丘叫作纳敦巨岩，也被叫作妖精岭。有人说它被施了魔法，有人说它受到了诅咒。都没错，但没人知道那些石头的作用或目的。

除了我。

Part 01
迷雾之镜
因弗内斯，1968

CHAPTER 01

军队名单

罗杰·韦克菲尔德站在房间中间，感觉自己被团团围住。他发现这种感觉的存在基本上合情合理，因为他的确被围住了：被摆满小饰品和纪念品的桌子围住，被那些罩着椅背套、长毛绒罩布和阿富汗毛毯因而显得很饱满的维多利亚式沉重家具围住，被铺在抛过光的木地板上、狡猾地等着不小心的人在上面踩滑的小块编织地毯围住，被十二间装着家具、衣服和纸张的房间围住，还被那些书围住——天哪，那些书！

他所站的那个书房，三面都摆着快被挤爆的书架。一摞摞明亮、杂乱的平装推理小说，摆在用小牛皮包装的大部头前面。与这些小说紧紧挤在一起的，还有图书俱乐部的选集、从已经绝迹的图书馆偷来的古书，以及成堆的小册子、散页印刷品和手工缝制的手抄本。

房子的其他地方也是这般光景。只要是水平的表面上，都散乱丢着书和纸，每个橱柜的接缝处都在咯吱作响。他那已故的养父活了漫长、圆满的一生，活过《圣经》所配给的七十年后，又活了十年。在八十多年里，牧师雷金纳德·韦克菲尔德先生从未扔过任何东西。

罗杰特别想跑出前门，跳进他那辆莫里斯迷你车返回牛津，抛下牧师住宅和其中的物品，任由它们被风吹雨打，或是被人破坏。但他压住了这种冲动。冷静，他深呼吸着告诉自己。你能处理这一切。那些书只是小问题，把它们分类，然后打电话叫人来运走就行。没错，需要火车车厢那么大的卡车来运，但可以做到。衣服也没有问题，可以送到乐施会去。

他不知道乐施会将怎么处理那么多一九四八年左右生产的黑色哔叽西服，但那些需要帮助的穷人或许并不都那么挑剔。他松了口气。为了处理牧师的事情，他向牛津大学历史系请了一个月的假。毕竟，一个月的时间或许足够了。在他较为压抑的时候，处理这些事情似乎要花上好几年。

他走向其中一张桌子，拾起一个装满小尺寸的金属方块的小瓷盘，那是铅制的“乞丐牌”，也就是十八世纪时由教区发放给乞丐的许可徽章。台灯边上摆着一些粗瓷罐子，旁边是一个嵌着银色条纹的公羊角鼻烟盒。把它们捐给博物馆？他拿不定注意。房子里满是詹姆斯党的物件。牧师是一位钻研十八世纪历史的业余史学家。

他情不自禁地伸出手指，抚摸鼻烟盒的表面，追溯记载着姓名和日期的铭文——爱丁堡卡农盖特区裁缝协会执事及司库，1726 年——的黑色线条。在牧师购买的物品中，他或许应该把一些优质的保留下来，但他退缩了，坚决地摇了摇头。“不行，老兄，”他大声说，“这样是发疯。”至少像是要变成一个收藏无用小玩意的人。如果收藏东西，他最终会留下这片地，生活在这栋丑陋的住宅中，被好几代的垃圾包围。“还会落得自言自语的下场。”他嘟哝道。

想到好几代的垃圾时，他想起了车库，腿脚稍微有些发软。罗杰五岁时，他的父母都在“二战”中去世，母亲在闪电战中身亡，父亲死在英吉利海峡的黑暗水域上，而原本是他叔祖的牧师收养了他。以其惯常的保存东西的本能，牧师保留了罗杰父母的所有物品，把它们封存在木箱和纸盒里，存储在车库后部。罗杰很清楚，过去二十年里从来没有人打开过那些箱子。

想着要去翻弄父母的遗物，罗杰满怀牢骚地念了《旧约》里的一句话。

“啊，天哪，”他大声说，“千万不要啊。”

他说这话并非真的祈祷，但洪亮的门铃声像是应答，让他在惊讶中咬到了自己的舌头。

天气潮湿时，牧师住宅的门可能会卡住，也就是说，大多数时间它都是被卡住的。伴随着开门发出的刺耳破裂声，罗杰打开了门，发现门阶上站着一个女人。

“请问您有什么事？”

她中等身高，十分漂亮。罗杰的整体印象是，她有着一副纤细的躯体，穿着白色的亚麻衣服，长着一头浓密的棕色鬈发，盘着的发髻有些平淡无奇，还有一双极其罕见的浅色眼睛，颜色就像陈年的雪莉酒。

她的双眼从他那双十一号大的帆布鞋，扫到那张比她高出一英尺的脸庞。她斜着嘴的微笑变得更加灿烂。“我讨厌一开始就说套话，”她说，“可是，哎呀，你都长这么大了，年轻的罗杰！”

罗杰感到自己脸红了。这个女人笑着伸出手。“你是罗杰，对吧？我是克莱尔 · 兰德尔。我是牧师的老朋友。不过你五岁之后我就没有见过你了。”

“呃，你说你是我父亲的朋友？那么你已经知道……”

她的笑容不见了，取而代之的是惋惜的神情。“知道，很遗憾听到这个噩耗。因为心脏病？”

“嗯，是的，来得很突然。我刚好从牛津上来，开始处理……这一切。”他不确切地挥了挥手，把牧师的离世、身后的住宅以及其中的物件都包含在内。

“就我所知，光是打理你父亲的藏书就得让你忙到明年圣诞节了。”克莱尔说。

“如果是那样，那么我们或许不该打扰你的。”一个轻柔的美国人声音说。

“噢，我忘了，”克莱尔说着，朝那个之前站在角落里、因而没被看到的女孩半转过身子，“这是罗杰·韦克菲尔德，这是我女儿布丽安娜。”

布丽安娜·兰德尔走到前面，脸上挂着腼腆的微笑。罗杰盯着她看了一会儿，然后想起自己应该有礼貌。他退后两步，把门敞开，瞬间想了想自己上次换衣服是什么时候。

“不打扰，不打扰，”他热情地说，“我正想歇歇呢，请进。”

他引领二人穿过客厅，朝牧师的书房走去。他注意到，布丽安娜除了有些俊俏以外，还是他近距离见过的最高的女孩。从走廊里的衣帽架边经过时，罗杰看到她的头与衣帽架齐平。他想，她肯定有六英尺高。跟在后面时，他下意识地挺直身子，完全展示出他六英尺三英寸的身高。最后，在跟着她们走进书房时，为了避免脑袋撞到门楣，他弯下了身子。

“本来打算之前就过来的。”克莱尔说着，又往那张偌大的扶手椅里挪了挪。牧师书房的第四堵墙装着连接到天花板的落地窗，阳光在她浅棕色头发里的珍珠别针上闪耀着。她的鬈发开始从发髻散落，她边说话，边心不在焉地把一撮头发别到耳后。

“其实我计划去年过来的，但是波士顿的医院里有紧急情况——我是医生，”她解释道，看到罗杰未能掩盖住惊讶时，稍微撇了撇嘴，“但我很遗憾没有成行，真希望能再见到你父亲。”

罗杰很疑惑，她们既然知道牧师已经去世，为什么现在还来？但是这么问有些失礼。于是他问道：“一路上风景不错吧？”

“不错，我们从伦敦开车来的。”克莱尔答道。她对着女儿笑了笑：“我想让布丽看看英国。光是听她说话，你可能想不到，但她和我一样是英格兰人，虽然她从来没有在英格兰生活过。”

“真的啊？”罗杰看了布丽安娜一眼。她看上去并不像英格兰人，他想。除了身高以外，她还长着一头浓密的红发，披在肩上，而且她的脸庞棱角分明，看上去强健有力，鼻子也又长又直——或许有点太长了。

“我在美国出生的，”布丽安娜解释道，“但我父母都是——曾经是——英格兰人。”

“曾经？”

“我丈夫两年前就去世了，”克莱尔解释道，“想来你应该知道他，弗兰克·兰德尔。”

“弗兰克·兰德尔！当然知道！”罗杰拍了拍脑门，听到布丽安娜的咯咯笑声，他觉得脸颊发烫起来，“你们肯定会觉得我是个大傻瓜，但我才意识到你们是谁。”

这个名字解释了许多事情。弗兰克·兰德尔是声名显赫的史学家，而且还是牧师的挚友。他们曾经相互交流关于詹姆斯党的琐碎神秘事件很多年，但是弗兰克上次拜访牧师住宅，至少也是十年前了。

“这么说，你们要去因弗内斯的古迹看看？”罗杰问道，“你们去过卡洛登了吗？”

“还没去，”布丽安娜回答，“我们打算这周晚些时候去。”她回答时的笑容很礼貌，但仅此而已。

“我们预订了下午去尼斯湖的旅行，”克莱尔解释说，“明天我们或许会开车去威廉堡，或许就在因弗内斯逛逛；和我上次去的时候相比，因弗内斯扩大了不少。”

“你上次去是什么时候？”罗杰考虑是否要志愿给她们当向导。他真不该花这个时间，但兰德尔家和牧师是好朋友。而且，和两个美女驾车去威廉堡，似乎要比清理车库的任务有吸引力得多。

“噢，都是二十多年前的事了，太久远了。”克莱尔的声音里有种奇怪的调子，所以罗杰看了她一眼，但看到的只是一个微笑。

“这样，”他大胆地说，“如果你们在苏格兰高地有什么需要我帮忙的……”

克莱尔还在微笑，但她的笑容已经有了某些改变。他几乎以为她一直在等待一个机会。她看了看布丽安娜，又看着罗杰。“既然你这么说……”她说道，笑容变得更灿烂了。

“啊，母亲！”布丽安娜在椅子里坐直并说道，“不要麻烦韦克菲尔德先生，看看他还有这么多事情要做！”她挥手指了指拥挤的书房，以及书房里装得满满的纸箱和无数摞书。

“噢,一点都不麻烦！”罗杰抗议道,“呃……你们需要我帮什么忙？”

克莱尔瞪了女儿一眼。“我又不是要把他敲晕拖走，”她尖酸地说，“不过他应该认识能帮助我们的人。”她向罗杰解释：“这是个不大的历史研究项目，我需要一位对十八世纪詹姆斯党人——美王子查理之类的人——特别熟悉的人。”

罗杰很感兴趣，向前探身。“詹姆斯党？”他说，“那段时期不是我的专长，但我倒是知道一点。我住在离卡洛登这么近的地方，很难不知道些信息。”他解释道：“决战就发生在那里，你知道的，美王子查理的军队就是在那里遭遇坎伯兰公爵，最终被屠杀的。”

“对，”克莱尔说，“其实我想调查的东西就和这有关。”她伸手从包里拿出一张折叠的纸。

罗杰打开这张纸，快速扫视了上面的内容。那是一张名单，大概有三十人，全是男性。名单最上面是标题：“1745 年詹姆斯党起义——卡洛登”。

“噢，一七四五年？”罗杰说，“这些人是参加卡洛登战役的吧？”

“是的，”克莱尔说，“我想调查的是，这张名单上有多少人在战役中活了下来。”

罗杰边摸着下巴,边看着名单。“这个不难,”他说,“但是答案不好找。跟随查理王子的苏格兰高地氏族战士，许多都死在卡洛登战场上了，甚至都没有单独安葬。他们被埋在万人墓里，只有一块刻着氏族名字的石碑作为标记。”

“我知道，”克莱尔说，“布丽安娜没去过，我虽然去过，也是很久以前了。”他觉得自己在她双眼里看到了一丝短暂的阴郁，但她把手伸到手袋里，迅速地把这种阴郁掩盖起来。有阴郁也难怪，他想。卡洛登战场是个触动人的地方，眺望辽阔的高沼地，回忆草地下被屠杀的苏格兰高地人的英勇，他就会泪眼婆娑。

她又翻开几张打印的表格递给他。捏着纸张空白处的那根手指纤细、白净。罗杰注意到，那是双漂亮的手，手形精致，保养良好，各戴有一枚戒指。右手上的银戒尤其显眼，一枚詹姆斯时期风格的宽戒指，刻有苏格兰高地的交错花纹，饰以蓟花。

“就我所知，这些是他们的妻子的名字。想来可能有用，因为如果丈夫在卡洛登战死，你可能会发现这些女人改嫁或移居。教区登记簿上会有这些记录吧？他们都来自同一个教区；教堂在莫德哈——在南边，有点远。”

“这个点子很有用，”罗杰有些诧异地说，“史学家才会想到这种事。”

“我算不上史学家，”克莱尔干巴巴地说，“不过，和史学家生活，偶尔总会有些奇怪的想法。”

“当然。”罗杰突然想到什么，从椅子里站起来，“我真是个糟糕的主人，我去给你们倒点喝的，然后你可以给我多讲些。或许我就能帮忙。”

虽然书房里杂乱无章，但他还是知道酒瓶放在哪儿，而且很快就给客人倒了威士忌。他在布丽安娜的威士忌里面放了很多苏打，但他发现她抿了一口，好像杯子里装的是杀蚁剂，而不是上佳的格兰菲迪纯麦威士忌。指明要纯威士忌的克莱尔，看上去就要享受得多。

“好了。”罗杰回到位置上，再次拿起那张纸，“就历史研究而言，这是个有趣的问题。你说这些人都来自同一个教区？我猜他们同属一个氏族或宗族，他们当中有很多都姓弗雷泽。”

克莱尔点了点头，双手合拢放在大腿上。“他们属于同一个庄园，一个叫作图瓦拉赫的苏格兰高地农场，当地人叫它拉里堡。他们是弗雷泽氏族的一部分，虽然他们从没有正式把洛瓦特勋爵当作首领来效忠。他们早期参加了起义，还参加了普雷斯顿潘斯战役，而洛瓦特的人在卡洛登战役快爆发时才来。”

“真的？那真有趣。”在十八世纪，这些小佃农一般就是死在自己生活的地方，然后被整齐地归档在村子教堂，简洁地记录在教区登记簿里。然而，美王子查理在一七四五年试图重夺苏格兰皇位，自然就扰乱了正常进程。

在卡洛登灾难之后的饥荒里，许多苏格兰高地移民到新世界，为了寻找食物和工作，穿过峡谷和高沼，移居到城市。少部分留了下来，固执地坚守着土地和传统。

“可以写篇好文章了，”罗杰把想法说了出来，“追踪许多人的命运，看看他们的遭遇。如果他们都在卡洛登战亡，那就没那么有意思了，但有些人可能还是活了下来。”即使不是克莱尔询问，他也可能承担这个项目，把它当作一次愉快的休假。

“对，我可以帮忙。”他说道。看到克莱尔对他微笑时，他很高兴。

“真的吗？那太好了！”她说。

“很乐意。”罗杰说。他折起那张纸，放在桌上。“我这就可以开始这个项目。不过，告诉我，你们从伦敦开车上来的旅途怎么样？”

兰德尔母女讲了关于越洋之旅和从伦敦出发驱车旅行的愉快故事，谈话也随之变得平常。罗杰开始计划如何进行项目调查，所以有点走神。他有点因为承担下这个项目而内疚。他真不该花这个时间的。不过，这个问题也很有意思。而且，或许可以把这个项目与整理牧师的材料的必要工作结合起来。他很清楚，车库里堆了四十八个贴着“詹姆斯党人杂项”标签的纸箱。光是想到这点，就足够让他头晕了。

他痛苦地把心思从车库移开，这才发现他们对话的话题已经变了。

“德鲁伊人？”罗杰有些恍惚。他不放心地看了看自己的杯子，看看自己是否确实加了苏打。

“你没听说过？”克莱尔看上去有些失望，“你的父亲——牧师——他知道德鲁伊人，但只是私底下知道。或许他觉得没必要告诉你，他认为这是件小事。”

罗杰挠了挠头，抓乱浓密的黑发。“没听说过，确实想不起。不过你说得没错，他或许没有把这当回事儿。”

“好吧，我不知道是这样。”她跷起二郎腿。一缕阳光微微照在她小腿的袜子上，更突出了袜子下面修长腿骨的纤弱。“上次和弗兰克一起过来时——天哪，都二十三年了——牧师给弗兰克说当地有一群……呃，现代德鲁伊人，想来应该这样称呼他们。我不知道他们有多正统，也有可能不那么正统。”

布丽安娜有了兴趣，往前探起身子，忘掉了手中的威士忌。

“牧师不能公开关注他们——异教之类的东西，你知道的——但是他的管家格雷厄姆太太与这群人有关联，所以他不时会得知他们活动的信息。他跟弗兰克说，德鲁伊人在五朔节黎明时要举行某种仪式。”

罗杰点点头，尝试着适应关于格雷厄姆太太的这个说法。格雷厄姆太太这个极其规矩的人，参加异教的仪式，在黎明时围着石圈跳舞？关于德鲁伊人的仪式，他自己记得的就是他们在有些典礼上要把献祭的人装在柳条笼子里烧死，而这种事情，对于一位苏格兰长老派的老太太来说，还不太可能。

“那儿有座小山，很近的，山顶上立着一圈石头。所以我们在天亮前上去，然后悄悄观察他们，”她继续说道，带着歉意耸了耸肩，“你知道做学问的人都什么样，只要涉及自己的领域，就完全没有良心，更不用说社会礼仪了。”罗杰听后皱起眉头，但是啼笑皆非地点头表示同意。

“他们就在那里，”她说，“格雷厄姆太太也在，裹着床单，边吟唱着什么，边在石圈里跳舞。”

“弗兰克看得很入迷，”她笑着补充道，“而且即使对我来说，那场面也很难忘。”她暂停了一会儿，十分疑惑地看着罗杰。“我听说格雷厄姆太太几年前去世了，但是我想……你知不知道她有没有家人？我觉得这种群体的成员是世袭的，或许她有个女儿或孙女能告诉我一些信息。”

“嗯，”罗杰慢慢说道，“她有个孙女，叫菲奥娜·格雷厄姆。其实，在格雷厄姆太太去世后，她也到牧师家来帮忙；牧师那时候太年迈，不能让他独自生活。”如果有什么替换他心中格雷厄姆太太裹着床单跳舞的场景，那就是把十九岁的菲奥娜想成古代密学的守护者，但罗杰很快回过神来，继续说道：“恐怕她现在没在这里，不过我可以把她请来。”

克莱尔摆了摆纤细的手，表示拒绝：“不麻烦了，下次吧，我们已经占用你太多时间了。”

让罗杰失望的是，她把手中的空杯子放到椅子中间的小桌上，布丽安娜也似乎很敏捷地把她那还满着的杯子放上去。他注意到布丽安娜咬了咬指甲。这个小小的瑕疵让他勇敢地采取了下一步。他的好奇心被她激起，而且他不确定是否能再见她，所以不想她走。

“说到石圈，”他立马说道，“我知道你提到的那个。那儿风景很美，离城区也不远。”他直接对着布丽安娜微笑，注意到她额头最上面有三块小雀斑。“我刚才想，我或许可以先去图瓦拉赫，当作这个项目的开端。图瓦拉赫和石圈在同一个方向，所以或许……啊！”

克莱尔·兰德尔的笨重手包突然一动，打翻了桌上的两个威士忌酒杯，纯麦威士忌和许多苏打水泼在了罗杰的大腿上。

“真对不起。”她明显有些慌张地抱歉道。她弯下腰，开始捡起地上的水晶玻璃碎片，不顾罗杰有些慌乱的阻拦。

布丽安娜从餐具柜里扯来几张亚麻餐巾纸，过来帮忙。她说：“真的，母亲，我不知道他们怎么会让你去做手术。只要比面包箱小的东西，在你这里都不安全。瞧吧，你还让威士忌打湿了你的鞋！”她跪在地上，开始忙着擦拭地上的苏格兰威士忌，并拾起水晶玻璃碎片。“还打湿了他的裤子。”

她从腋下那沓餐巾纸中新抽出一张，忙着擦拭罗杰的脚趾，她那红色的长发癫狂似的飘在他膝盖周围。她抬头看向他的大腿，奋力地轻拍着他灯芯绒裤子上打湿的地方。罗杰闭上眼，狂乱地想着公路上发生的严重撞车事故、税务局的缴税表格、《幽浮魔点》——任何在布丽安娜的温暖气息温柔地穿透他打湿的裤子时，能够让他不出洋相的东西。

“呃，或许你想休息一下？”声音来自与他鼻子差不多高的地方，然后他睁开眼睛，看到正前面一双深蓝色的眼睛，眼睛下面是灿烂的咧嘴微笑。他很虚弱地接过她递出的纸巾，像刚被火车追赶一样呼吸着。

低头擦拭裤子时，他看到克莱尔·兰德尔以一种混杂着同情和愉悦的表情看着他。她的表情里看不到其他东西，看不到在这灾难之前他以为自己在她眼中看到的那种短暂神情。自己那么慌乱，大概是自己的想象吧。她到底为什么要故意这样做呢？

“妈妈，你什么时候对德鲁伊人感兴趣了？”布丽安娜似乎乐于见到这个主意里有些滑稽的东西。在我和罗杰·韦克菲尔德谈话的时候，我注意到她咬着脸颊的内部，而且她一直隐藏着的露齿微笑，现在挂在了脸上。“你要拿着床单加入她们吗？”

“肯定比每周四医院职工大会有意思，”我说，“但是会有点阴森森的。”她大声笑出来，把我们面前路上的两只山雀惊飞了。

“不，”我严肃地说，“我追寻的并不是那些德鲁伊女人。如果可以的话，我想找到我以前在苏格兰认识的一个人。我没有她的地址——我和她失联也有二十多年了——但是她对古怪的事物有兴趣，巫术、古老的信仰、民间传说之类的东西。她曾经住在这附近，我想如果她还在这里，她或许会参加类似的群体。”

“她叫什么名字？”

我摇了摇头，伸手抓住从我的鬈发上滑落的发卡。它从我的手指中间滑落，弹落到人行道边上的深深草地里。

“该死的！”我说，弯腰去寻找。在茂密的草丛中寻找时，我的手指有些颤抖。发卡在潮湿的草里变得湿滑，我没法把它捡起来。即使是现在，想到吉莉丝·邓肯，我往往还会感到慌张。

“我不知道，”我说，把发红脸颊旁边的鬈发捋到后面，“我的意思是，已经很久了，她肯定改名换姓了。他的丈夫已经去世，她或许已经再婚，或者改回了娘家姓。”

“哦。”布丽安娜对这个话题没了兴趣。沉默着走了一会儿，她突然说：“你觉得罗杰 · 韦克菲尔德怎么样，妈妈？”

我看了她一眼。她的脸颊红润，但或许是被春风吹红的。

“他看上去人很不错，”我谨慎地说，“他确实很有才华，是牛津最年轻的教授之一。”他的才华我知道，但是我在想他是否有想象力。大多数学究型的人没有想象力，但想象力很有用。

“他的眼睛特别吸引人，”布丽安娜说，做白日梦般地忽略了他大脑的问题，“他的眼睛难道不是你见过的最绿的吗？”

“是的，确实很吸引人，”我同意道，“他的眼睛一直都那样，我还记得他小时候我初次看到他那双眼睛时的情景。”

布丽安娜皱着眉头，低头看着我。

“是的，母亲，真的！刚才他开门时，你真有必要说‘哎呀，你都长这么大了’吗？多尴尬啊！”

我笑了。“嗯，如果你上一次见到一个人时，他才和你肚脐差不多高，然后你突然发现自己只有他鼻子高，”我辩解道，“你也禁不住要感叹啊。”

“母亲！”她笑着娇嗔道。

“他的屁股也不错，”我继续逗她说，“他弯腰倒酒的时候我看到的。”

“母亲……他们会听到的。”

我们快到公交站了。站牌边上站着两三个女人和一位老绅士。我们走近时，他们转身看着我们。

“请问湖边观光客车是在这儿等吗？”我问道，扫视着站牌上乱七八糟的通知和广告。

“啊，是的，”其中一位女士和蔼地说，“再等十来分钟客车就来了。”她扫视了穿着蓝色牛仔裤和防风外衣，明显是美国人的布丽安娜。这位因为忍住笑声而红着脸的女士最后用爱国的口气说：“你们要去看尼斯湖？第一次去吧？”

我对她笑了笑：“二十多年前我就和我先生一起乘船游过尼斯湖，但这是我女儿第一次来苏格兰。”

“噢，是吗？”我的话也吸引了另外几位女士，她们突然友好地围过来，给我们提供建议，问这问那，直到黄色的大客车突突地从街角开来。

踏上客车前，布丽安娜停了下来，欣赏着车身上的生动图画，画中是蜿蜒的绿色曲线，呈波浪形横贯一片蓝色的湖面，湖边是许多黑色的松木。“会很有趣，”她笑着说，“你觉得我们会遇见水怪吗？”

“说不准。”我说。

罗杰恍恍惚惚地过了一天，心不在焉地从一个任务转到另一个。那些需要打包捐赠给文物保护协会的书，装在纸箱里都快溢出来了。牧师的那架古老的平板卡车停在车道上，检查引擎的工作进行到一半，所以引擎盖还开着。一杯喝完一半、漂浮着牛奶的茶放在他的手肘边，而他却朝傍晚的雨中茫然看着。

他知道，他应该做的是着手拆卸书房的心脏。不是那些书，虽然整理它们是浩大的工程，但也只用决定哪些自己留下，哪些送给文物保护协会或牧师母校的图书馆。不，他迟早得处理那张巨大的桌子，纸张塞满了桌子的每个大抽屉，从十多个信件格里挤出来。他得把用来装饰房间的一整面软木墙上的所有书本取下来，然后处理掉，而即使是最有气魄的人，面对这项任务时也会胆怯。

除了整体上不愿开始这项乏味的工作以外，还有其他事阻碍着罗杰。这些事虽然必须做，但他不想做。他想去处理克莱尔·兰德尔的项目，追踪卡洛登的氏族成员。

这个项目虽然可能只是个不大的研究项目，但本身足够有趣。但这不是重点。不，他想，如果对自己实话实说，他之所以承担克莱尔·兰德尔的项目，是因为他想去托马斯太太的招待所，把研究结果呈到布丽安娜·兰德尔的脚下，就像骑士呈上龙头那样。即使研究结果没有达到那种程度，他也很想有个借口再去见她，和她说话。

他最终觉得，她让他想起的是布龙齐诺的画作。她和她的母亲都给他一种奇怪的印象，好像她们都是被勾勒出来，然后用特别生动和细致的笔法描绘出来，以至于她们在背景中尤为突出，像是被雕刻在上面。但是布丽安娜的配色鲜艳，有一种实实在在的存在感，让她这位布龙齐诺的模特像是在看着你，准备在画框中开口说话一样。他从没见过布龙齐诺画作中的人端着威士忌做鬼脸，但如果真有这样的画作，他敢说画中的人就是布丽安娜·兰德尔。

“呃，真该死，”他大声说，“明天去卡洛登公馆查查资料，也花不了多少时间吧？”他对着桌子和桌上的杂物说：“你们可以等一天。”说完他又愤愤地从书架上取下一本悬疑小说，然后对着墙说：“你们也可以等一天。”他恶狠狠地扫视四周，似乎在问室内那些东西有没有胆量反对，但他只听到电炉的吱吱声。他关掉电炉，腋下夹着书离开书房，顺手关了灯。

一分钟后，他走了回来，在黑暗中穿过房间，拿走了桌上的那张名单。

“呃，真该死！”他说着，把名单塞到衬衫口袋里，“明天早上可不能把这鬼东西忘了。”他拍了拍口袋，感到那张纸在心脏上方发出的微弱响声，然后上床睡觉去了。

我们从风雨凛冽的尼斯湖回来，坐在客厅的壁炉前，吃着热饭，享受着温暖舒适。布丽安娜吃着煎蛋，打起了哈欠，没过多久就去洗澡了。我在楼下坐了会儿，和房东托马斯太太聊天。快到十点时，我才上楼洗澡，然后换上睡衣。

布丽安娜起得早，也睡得早。我推开卧室门，听到她轻柔的呼吸。她不仅睡得早，而且睡得深。我小心地在房间里走动，挂上我的衣服，然后收拾东西，但这应该吵不醒她。我开始工作时，整栋房子都安静下来，以至于我因为活动而发出的沙沙声，在自己听来也很大声。

我带了几本弗兰克的书，打算捐给因弗内斯图书馆。它们整齐地躺在行李箱的底部，支撑着上面那些更容易被压坏的东西。我把它们一一取出，摆在床上。五本精装书，闪耀在光亮的防尘罩里。漂亮、结实的家伙，每本都有五六百页，而且还不算索引和插图。

这是我已故丈夫的完整注疏版作品全集。护封上印着简短的评论，都出自史学界知名专家之手。不错的毕生事业，我想。值得骄傲的成就，紧凑、沉重、权威。

我把它们整齐地堆在桌上我的包旁，以免明早忘记。书脊上的标题当然各不相同，但我把上面印的“弗兰克 · W. 兰德尔”都放在一头，一本挨一本地摞起来。在旁边台灯投下的小片光亮中，它们闪耀着珠宝般的光芒。

这家提供早餐的旅馆静悄悄的；现在还不是旺季，而那些入住的旅客，也早已入眠。在另外那张单人床上，布丽安娜发出低弱的呼气声，在熟睡中翻了个身，几缕红色的长发遮住了她睡梦中的脸庞。她把一只修长、赤裸的脚伸到被子外面，我轻轻地把毯子拉过来给她盖上。

对一个母亲来说，抚摸熟睡中的孩子的冲动从不会消减，即使这个孩子的个头已经比母亲高很多，即使她本身已经成为女人——年轻的女人。我把她脸庞上的头发捋到后面，轻抚她的头顶。她在熟睡中微笑了，这是一种源于满足的短暂本能反应，转瞬即逝。看着她时，我仍然微笑着，像此前很多次那样，对着她因熟睡而听不见的耳朵轻语：“天哪，你和他真像。”

我咽了咽隐约长在喉咙里的肿块——这差不多已经成了习惯——从椅背上取下睡袍。四月的苏格兰高地特别寒冷，但我还不想寻求单人床的温暖庇护。

我请房东让客厅里的炉火燃着，告诉她我在睡觉前会把炉火封起来。我轻轻关上门，仍能看见布丽安娜摊开的四肢，以及蓝色棉被上四散杂乱的红色丝绸。

“也是个不错的毕生事业，”我在黑暗的走廊里轻声说，“或许没那么紧凑，却十足地权威。”

狭小的客厅黑暗而舒适，炉火烧到只剩下火焰沿着大木材的中心发出沉稳的光芒。我拉着一把小扶手椅来到壁炉跟前，把双脚搭在壁炉围栏上。我能听见周围所有关于现代生活的微弱的寻常声响。脚下地下室里的冰箱发出吱吱声；让壁炉只是锦上添花而非必要之物的中央暖气发出嗡嗡哗哗的声音；屋外偶尔路过的汽车发出呼啸而过的声响。

但是在万物之下，有一种苏格兰高地夜晚的深层静寂。我静静坐着，伸手去感受这静寂。我上次感受到它已经是二十年前的事了，但是黑暗的那种令人慰藉的力量仍然在那儿，在群山之间。

我伸手从睡袍口袋里取出那张折叠着的纸，这是我给罗杰·韦克菲尔德的名单的复件。炉火边的光亮不够，没法阅读，但我并不需要看那些名字。我打开那张纸，放在我盖着丝绸睡袍的膝盖上，茫然地盯着那些看不清的字行。我用手指慢慢抚摸每行字，像祈祷一样念出每个名字。他们比我更属于寒冷的春夜。但是我一直盯着火焰，让外面的黑暗填满体内空白的地方。

我像召唤他们一样念着他们的名字，开始第一次后退，穿过空无一物的黑暗，去到他们等待着的地方。

CHAPTER 02

扑朔迷离

次日清晨，罗杰带着十二页笔记和越发强烈的迷惑离开卡洛登公馆。之前看上去特别简单的历史研究任务，现在却确确实实地变得错综复杂了。

在卡洛登战役阵亡名单里，他只找到三个与克莱尔·兰德尔给的名单重合的名字。这本身并没有什么稀奇的。查尔斯·斯图亚特的军队很少有清楚的入伍名单，因为有些氏族首领加入“美王子”的军队明显是心血来潮，而且许多人在名字甚至都没来得及登记在官方文件上，就又心血来潮地离开了。苏格兰高地军队的文件记录，本来就杂乱无序，到最后几乎灰飞烟灭。毕竟，如果本来就没有东西发给士兵，那么记录军饷发放名单也没有什么意义。

罗杰小心地收拢瘦长的身子，下意识地低头避免被撞，然后钻进那辆古老的莫里斯车。他从腋下取出并打开文件夹，皱眉看着那些复印件。奇怪的是，克莱尔提供的名单上的人，几乎全都出现在另外一支军队的名单上。

对于氏族军团的普通士兵来说，如果灾难的规模变得越发明显，他们就有可能临阵脱逃。这本来不是稀奇事。不，让这一切难以理解的，是克莱尔名单上的名字——完完全全就是洛瓦特勋爵军团名单的一部分，这些人后期被派去完成西蒙 · 弗雷泽，也就是洛瓦特勋爵，向斯图亚特承诺的援助行动。

但是，克莱尔确实说过——她给的原始文件也能证明——这些人全都来自一个叫作图瓦拉赫的小庄园，刚好在弗雷泽家地盘的南面和西面，其实挨着麦肯锡氏族的土地。而且，她还说，自普雷斯顿潘斯战役后，这些人就加入了苏格兰高地军队，而普雷斯顿潘斯战役刚好发生在那次援助行动之前。

罗杰摇了摇头。这说不通啊。确实，克莱尔可能记错了时间——她自己说过她不是史学家。但她确定不是地点错了？来自图瓦拉赫的人并未宣誓效忠弗雷泽家族的首领，又怎么会听西蒙 · 弗雷泽的指挥呢？确实，洛瓦特勋爵被称作"老狐狸"，这没错，但是罗杰怀疑那个令人敬畏的老勋爵会有足够的意愿去完成这种事。

罗杰皱着眉，启动汽车，驶出了停车场。卡洛登公馆里的文档不完整得令人抑郁，大多数都是乔治 · 默里勋爵写来抱怨补给问题的生动信件，还有摆在博物馆里、在游客看来还不错的物件。这些东西远远不够。

"坚持住，伙计，"他告诉自己，转弯时眯眼看了看后视镜，"你应该去调查那些没有在卡洛登阵亡的人出了什么事。只要他们活着离开了战场，那他们怎么去到卡洛登又有什么关系。"

但他不能置之不理，这个境遇是如此奇怪。人名经常被弄混，尤其是在苏格兰高地，这里一半的人似乎都叫"亚历山大"。结果，人名往往就是地名、氏族名或家族的姓，有时甚至连姓都不用。"洛奇尔"，最杰出的詹姆斯党族长之一，其实就是洛奇尔氏族的唐纳德 · 卡梅隆，而这刚好将他与其他几百个姓卡梅隆、名唐纳德的人区分开来。

所有的苏格兰高地人，名字不是唐纳德或亚历克，就是约翰。他在阵亡名单上找到的三个与克莱尔的名单相吻合的名字，一个是唐纳德·默里，一个是亚历山大 · 麦肯锡 · 弗雷泽，还有一个是约翰 · 格雷厄姆 · 弗雷泽。这三个名字里都没有地名，只是单纯的人名，以及他们所属军团的名字：洛瓦特勋爵的军团，也就是弗雷泽军团。

而要是没有地名，他就无法确定他们就是克莱尔名单上的人。阵亡名单里至少有六个约翰 · 弗雷泽，而且这还不是完全统计。英格兰人不在乎完整性或准确性——大多数资料都是在事后通过氏族首领统计在家人数和确定未归家的人编撰而成的。而氏族首领也经常未能归家，这就让事情变得更加复杂了。

他满怀挫败感，用手狠狠地在头发里摩擦，似乎按摩头皮能够刺激他的大脑。如果两份名单上的这三个名字对应的并不是同一个人，那这个谜只会更加难解。查尔斯 · 斯图亚特的军队有一大半在卡洛登被屠杀，而洛瓦特勋爵的人全部参加了这场战役，而且刚好处于战役的核心。很难想象一支三十人的队伍在那个位置能全身而退。此外，在其他军团里，因为士兵服役足够长，对于自己的参战目的有些想法，所以逃兵的现象很普遍。而洛瓦特勋爵的人参加起义较晚，又十分忠诚，其结果必然是惨遭不测。

后面传来尖锐的鸣笛声，让他从专注的思考中惊醒。他把车停到边上，让一辆气冲冲的大卡车隆隆地驶过去。思考和开车不兼容，他想，要是继续这样，最后准会撞上石墙的。

他静静坐着沉思了片刻，有种油然而生的冲动，想去托马斯太太的招待所，把他在日期方面的发现告诉克莱尔。可以有少许机会沐浴在布丽安娜 · 兰德尔的气息里，这让这一想法有了更大的吸引力。

另外，他作为史学家的所有本能，都迫切需要更多数据。他并不能肯定克莱尔能提供更多数据。无法设想为什么她会委托他做这个项目，同时又提供不准确的信息，以干扰他完成项目。这并不理智，而克莱尔·兰德尔给他的印象是一个特别理智的人。

还有关于弄倒威士忌的事情。回想起这件事，他的脸颊就发烫。他能肯定她是故意的——她看上去不像是那种爱搞恶作剧的人，这让他觉得她那样做是为了阻止他邀请布丽安娜去图瓦拉赫。她不想让布丽安娜去那个地方，或者只是不让他带她去？关于这件事情，他想得越多，就越确信克莱尔·兰德尔是在阻止她女儿接触某些东西，但他无法设想那是什么。他更无法想象这种东西，或者他接手的这个项目，与自己有何联系。

要不是因为两个原因，他或许会放弃这个项目。这两个原因就是布丽安娜和单纯的好奇心。他想知道这一切是怎么回事，而且特别想找出答案。

他思考着，轻轻地用拳头击打着方向盘，无视快速从边上驶过的车辆。最后他打定主意，发动引擎，然后开车上了路。他绕着接下来的那个圆盘转了四分之三，然后驶向因弗内斯市中心的火车站。

苏格兰飞人号[①]列车在三小时内便能让他到达爱丁堡。负责《斯图亚特信件集》的馆长是牧师的挚友。这件事情虽然让人迷惑，但罗杰还是有些头绪。那张列有洛瓦特勋爵军团士兵的名单告诉他，那三十个人由一位叫作詹姆斯·弗雷泽——来自图瓦拉赫——的军官统管。这个人是图瓦拉赫与洛瓦特手下的弗雷泽氏士兵之间唯一的明显联系。罗杰想，为什么克莱尔的名单上没有詹姆斯·弗雷泽呢？

太阳出来了，即使在四月中旬这也是一件稀罕事。罗杰尽情享受着阳光，摇下驾驶座一侧的小窗，让清爽的风吹过耳边。

他在爱丁堡过了夜，第二天晚些时候才往回赶。长时间的火车旅行让他十分疲惫，所以他吃了菲奥娜坚持为他准备的晚饭后就倒在了床上。不过今天起床时他又变得精力充沛，十分坚决，于是驾车去了图瓦拉赫庄园遗址附近的小村莫德哈。尽管布丽安娜的母亲不想她去图瓦拉赫，却没有什么能阻止他去这个地方看看。

---

① 苏格兰飞人号（Flying Scotsman），自 1862 年起运行于爱丁堡和伦敦之间的列车。

他其实找到了图瓦拉赫这个地方，至少他觉得是这样。那儿有一大堆倒在地上的石头，这些石头围绕着其中一座古老的石塔。在很久以前，石塔是用来居住和防御的。他懂得盖尔语，知道图瓦拉赫的意思是“朝着北面的塔”。他短暂想了想一座圆形石塔怎么会有这样的名字。

那儿还有一栋庄园领主的宅邸以及附属建筑，它们虽然还留下一大部分，但也都是残垣断壁。门前庭院里的桩子上钉着一块房产中介的牌子，经过风吹雨打，上面的字迹几乎无法辨认了。罗杰站在房子上面的斜坡上观察四周。乍看上去，没有看到任何东西能够解释克莱尔为什么不希望女儿来这里。

他把莫里斯车停在前院，然后爬出来。这个地方很漂亮，但也很偏僻。他花了四十五分钟进行仔细的操作，才在没有弄破油箱底壳的情况下，把车从主干道开到轧有车辙的乡间道路。

他没有走进那座房子。它明显已被遗弃，可能有些危险——里面什么也不会有。但是，门楣上刻着“弗雷泽”，而且在那个肯定是家族墓地的区域里，大多数墓碑——还能辨清字迹的墓碑——上也装饰着这个名字。那没有多大用，他想。石碑上刻的人名都没在他的名单上。他得继续沿着路前进。从地图上看，去莫德哈村还得走三英里。

正如他担心的那样，莫德哈的小教堂已经被弃用，很多年前就被推倒了。罗杰挨家挨户敲门，招来许多人的白眼、冷面相对，最后才有一位上了年纪的农民给了他一种不太靠得住的猜测，说教区那些古老的资料，或许已经送给威廉堡的博物馆，也有可能被送到因弗内斯了。因弗内斯那边有一位专门收集这些垃圾的部长。

罗杰满身灰尘，疲惫不堪，但还没有灰心。他慢慢走回停在村子酒吧边道路上的汽车旁。在实地史学研究中，常常会遇到这种挫折，而他也习惯了。先喝上一品脱啤酒——呃，或许可以喝两品脱，这可是特别暖和的一天——然后再去威廉堡。

他有些自嘲地想，如果最后发现他要找的资料一直都在牧师的档案室里，那他真是活该。这就是为了给女孩留下好印象，扔掉工作去做无用功而得到的结果。他去爱丁堡的这趟旅行没什么作用，只是让他排除了他在卡洛登公馆找到的那三个名字。那三个人都被证明来自不同的军团，而不是图瓦拉赫的那个小组。

《斯图亚特信件集》占据了整整三个房间，而且博物馆地下室里还有许许多多包装箱，所以他很难说自己做了彻底的研究。而且，他还找到一张在卡洛登公馆看到的那张军饷发放名单的复件，上面列有那些加入“老狐狸”洛瓦特勋爵的儿子——也就是小西蒙——军团的人。罗杰想，那个狡猾的老浑蛋真是两面派，派自己的继承人去帮助斯图亚特，而自己却待在家里，自称始终是乔治国王的忠心臣民。这给他带来了不少好处。

在那张名单上，小西蒙·弗雷泽是司令，而且上面没有提到詹姆斯·弗雷泽。但是，许多军队快信、备忘录等文件都提及了詹姆斯·弗雷泽。如果是同一个人，那么他在卡洛登战役中肯定相当活跃。但是，光靠名字无法判断出这个“詹姆斯·弗雷泽”是不是来自图瓦拉赫。和邓肯或罗伯特一样，詹姆斯这个名字在苏格兰高地很常见。只有在一份文件里，詹姆斯·弗雷泽这个名字的中间还有其他可以帮助识别身份的名字，但这份文件并没有提及他手下的士兵。

他耸了耸肩，生气地挥手赶走突然飞来的蚊子群。一气看完这些资料需要好几年。摆脱不了那群蚊子的干扰，他便躲进光线昏暗、充满啤酒味的酒吧，让它们在外面嗡嗡乱飞着。

他小口地喝着冰凉、苦涩的啤酒，在脑中回想着已经完成的步骤，以及他所拥有的选择。今天有时间去威廉堡，虽然这意味着他回到因弗内斯会比较晚。如果在威廉堡博物馆一无所获，那他接下来——这虽然有些讽刺——就得到牧师的资料里好好搜寻了。

然后呢？他喝完最后一滴苦啤酒，挥手让老板再来一杯。好吧，如果真是这样，他在短期内能做的最好的事，或许就是走遍图瓦拉赫附近的所有教堂庭院和墓地。他不觉得兰德尔母女会在接下来的两三年里待在因弗内斯耐心地等待结果。

他伸手到口袋里摸了摸那本作为史学家终身伴侣的笔记本。在离开莫德哈前，至少应该看看那个教堂庭院里剩下的东西。你绝对不知道会发现什么，而且这至少能让他不用再回来。

次日下午，兰德尔母女应罗杰的邀请来喝下午茶，听他汇报项目进度。

“我在你的名单上找到几个名字，”他切入正题，对克莱尔说，“说来很奇怪，我还没有找到在卡洛登阵亡的人。本以为找到三个，结果只是同名的人。”他看了兰德尔医生一眼。她静静地站着，一手紧抓着高背椅的后背，似乎忘了自己身处何方。

“呃，你不坐下吗？”罗杰邀请道。她有些惊讶地轻微动了一下，然后点头，突然坐到椅子沿上。罗杰好奇地看着她，但继续从文件夹里取出研究笔记，递给了她。

“我就说很奇怪。我没有深挖所有的名字。我觉得需要到教区登记簿上和图瓦拉赫附近的墓园去搜寻。这些资料是我在我父亲的文集里面找到的。但是他们当时都在卡洛登，而且像你说的那样，他们都属于弗雷泽的一个军团，而那个军团几乎就在战斗最激烈的地方，所以我只找到一两个阵亡的人。”

“我知道。”她的声音中掺杂着某种情绪，他不由得迷惑地看着她，但是她低着头坐在桌边，他看不见她的脸。大多数资料都是罗杰亲手复印的，尽管复印这项外来技术还未进入保管《斯图亚特信件集》的政府档案馆；他还从已故的韦克菲尔德牧师秘藏的十八世纪文件中找到几张原件。她用手指轻柔地翻着文件，尽量避免多余地触碰那脆弱的纸张。

“你说得没错，这确实奇怪。”现在他听出了她声音中的那种感情，那是激动，却混杂着满意和欣慰。从某个方面来看，她是在等待或者说期望这个结果。

“告诉我……”她犹豫地说，“你找到的那些名字的主人如果没有在卡洛登阵亡，那在他们身上发生了什么？”

她竟然如此关心，这让他有些惊讶，但是他热情地拿出并打开那个装着调查笔记的文件夹。“其中两个在一张船员名单上，他们在卡洛登战役后不久就移民去了美国。有四个在一年后自然死亡——这不奇怪，战役过后发生了严重的饥荒，许多人死在苏格兰高地。还有，我在一个教区的登记簿上找到了这个人，不过他并不属于这个教区；但我很确定，他就是其中一个你要找的人。”

她放松了双肩，他这才发现她原来很紧张。

“你还想我找其他人吗？”他问，希望得到一个肯定的答案。他从克莱尔的肩膀上看过去，看着布丽安娜。她站在软木墙边，半转着身子，似乎对她母亲的项目并不感兴趣，但他能看到她微微蹙了蹙眉头。

或许她也感受到了同样的东西，那种不表现出激动的奇怪氛围，就像电场一样围绕着克莱尔。克莱尔走进房间时，他就感受到了这种氛围，而且他的调查发现只让这种氛围变得更强了。他想，如果伸手摸她，他们之间就会蹦出巨大的静电火花。

有人敲响书房的门，打断了他的思绪。门开了，菲奥娜·格雷厄姆推着茶车走了进来，车上摆满了茶壶、茶杯、装饰垫布、三种三明治、奶油蛋糕、海绵蛋糕、果酱馅饼和凝脂奶油烤饼。

“好香，”布丽安娜看到后说，“我们三个人吃这些？还是说你还邀请了十个人？”

克莱尔·兰德尔看着茶点微笑着。那种电场还在，但已经被大大抑制了。罗杰能看到她的双手在衣服褶层里紧紧握着，戒指的边缘都已经压到了肉里。

“茶点太丰盛了，我们可以几周不吃东西了，”她说道，“看上去真不错。”

菲奥娜笑容满面，她就像只棕色的母鸡，矮小、丰腴、漂亮。罗杰在心里叹了口气。虽然很高兴能够热情款待客人，但他很清楚，菲奥娜准备这丰盛至极的茶点，其实是为了得到他的而不是兰德尔母女的欣赏。十九岁的菲奥娜，有着强烈的人生抱负——嫁作人妻，最好是嫁给专业人士。一周前，她来整理牧师的遗物时，看了罗杰一眼，就认定历史系副教授是因弗内斯给她的最好机会。

自那以后，她就给他做丰盛的餐点，给他擦鞋，把他的拖鞋和牙刷摆好，给他整理床铺，把晚报放到餐盘边，在他坐在桌前长时间工作时给他按摩颈子，经常询问他身体有没有不适，问他心情如何，关心他的整体健康。他之前从未感受过这种热情的家庭生活。

简短来说，菲奥娜快把他弄疯了。他现在不修边幅，穿着随便，更多是为了针对菲奥娜的不懈追求，而不是男人在暂时不工作或社交时的堕落表现。

想到要和菲奥娜·格雷厄姆神圣地结为连理，他就不寒而栗。她不停地烦扰他，不出一年就会把他逼疯。不过，除此之外还有布丽安娜·兰德尔，她现在若有所思地盯着茶车，好像在思考先吃什么。

整个下午他都把注意力紧紧地放在克莱尔·兰德尔和她的项目上，避免去看她的女儿。克莱尔·兰德尔很迷人，身材优美，皮肤红润，虽然已经六十岁了，但和二十岁时没什么两样。不过，看着布丽安娜时，他会有些紧张。

她的举止就像皇后，不像许多高个儿女孩那样懒散。注意到她母亲笔直的后背和优雅的坐姿，他就知道她的那种特征源于何处。但是，她那引人注意的身高；她及腰的红色长发，闪耀着金黄色，带着琥珀色和肉桂色的纹理，如瀑布般垂坠下来，像披风一样不经意地卷曲在脸庞和双肩周围；而她的那双眼睛，那么蓝，在光线下看上去几乎是黑色；还有她那宽大、慷慨的嘴，下嘴唇丰满，让人有种想吻住轻咬的冲动。所有这些，一定都来自她的父亲。

总的来讲，罗杰很开心她的父亲不在场，因为他如果在场，肯定会不喜欢罗杰刚才的那些想法，那些他特别害怕在脸上表现出来的想法。

“茶点，呃？”他热情地说，“太好了，特别好，看上去就很好吃。菲奥娜，呃，谢谢，菲奥娜，我，嗯，我们应该不需要其他东西了。”

菲奥娜无视罗杰请她离开的明显暗示，在听到客人的赞美后礼貌地点了点头，熟练、简洁地把装饰垫布和茶杯摆好，然后倒上茶，递上第一盘糕点。她似乎并不打算离开，而是把自己当作女主人在招待客人。

“在烤饼上加点奶油，罗……我是说，韦克菲尔德先生。”她提议道，不等罗杰答复，就给他加了一勺奶油。“你太瘦了，得多吃些。”她心怀不轨地看了布丽安娜·兰德尔一眼，说道：“你知道男人的，没有女人照料就不好好吃饭。”

“有你照料，他真幸运。”布丽安娜礼貌地回答。

罗杰深吸一口气，伸了几次手指，直到那种想掐死菲奥娜的冲动消失。“菲奥娜，”他说，“你能不能，嗯，帮我个小忙？”

想到能为他做事，她热切地咧嘴笑了，活像一盏南瓜灯。“当然了，罗……韦克菲尔德先生！什么事情都可以！”

罗杰隐约有些羞愧，但他想，毕竟这对双方都好。如果她不走，无须多久他就会变得不理智，做出某些让他们俩都会后悔的事。“噢，谢谢你，菲奥娜。没什么大事，就是我买了一些……一些，”他疯狂地思索，试图回忆起某个乡村商人的名字，“一些烟草，在高街的巴肯先生那儿买的。你愿不愿意去帮我取一下？那样我就能在用完这美味的茶点后抽支好烟。”

罗杰无情地注意到，菲奥娜已经在解围裙，那条多褶蕾丝边的围裙。菲奥娜并未想到他不抽烟，她走出去关上了门。他欣慰地闭了片刻眼睛，宽慰地叹了口气，转身继续和客人说话。

“你问我是否想让你调查名单上的其他名字，”克莱尔几乎立刻说道。罗杰有种古怪的感觉，觉得菲奥娜的离开也同样让她感到解脱。“我想，如果不太麻烦的话……”

“不，不麻烦！一点也不，”罗杰有些不诚实地说，“乐意效劳。”

罗杰伸手在丰盛的茶车上犹豫地盘旋，然后拿起那个装着十二年陈酿缪尔 · 布里姆威士忌的水晶酒瓶。在和菲奥娜缠斗后，他觉得自己应该喝点酒。

“你们要喝点这个吗？”他礼貌地问客人。看到布丽安娜脸上的反感神情后，他立马补充道：“或者喝点茶？”

“茶。”布丽安娜宽慰地说。

“你不知道你错过的是什么。”克莱尔对女儿说，欣喜地闻着威士忌的香味。

“噢，我知道，”布丽安娜答道，“所以我才会选择错过。”她耸耸肩，朝着罗杰挤了下眉。

“在麻省，满二十一岁喝酒才合法，”克莱尔解释道，“布丽安娜还差八个月，所以她还不习惯喝威士忌。”

“看你那样，好像不喜欢威士忌是犯罪一样。”布丽安娜抗议道，端着茶杯对罗杰微笑。

他皱起眉头，严厉地说：“我亲爱的女士，这里是苏格兰，不喜欢威士忌当然是犯罪！”

“噢，是吗？”布丽安娜甜蜜地说，完美地模仿着苏格兰的小舌音，“好吧，我希望这不像谋杀那样是死罪，行吗？”

因为惊讶，他在吞威士忌时笑了出来，被呛到了。他一边咳嗽一边捶打胸部，同时看了克莱尔一眼，想分享这个玩笑。她的唇上挂着勉强的微笑，但脸庞却变得十分苍白。她眨了眨眼，脸上的微笑也变得更加自然，但转瞬即逝。

罗杰很诧异他们之间的对话如此轻松，他们既谈论各种琐事，也谈论了克莱尔的项目。布丽安娜显然对他父亲的工作感兴趣，比她母亲知道更多关于詹姆斯党的事情。

“他们能够在卡洛登活下来，真是了不起。”她说，“你知道吗，苏格兰高地人仅用两千兵力，就赢下了普雷斯顿潘斯战役，而对面的英格兰军队有八千人。真是了不起。”

“嗯，福尔柯克会战也差不多是那样，”罗杰插嘴说，“兵力不足，装备不佳，步行行军……他们不可能打得赢，但他们确实赢了！”

“嗯嗯，”克莱尔喝了一大口威士忌，说道，“他们打赢了！”

“我在想，”罗杰假装不经意地对布丽安娜说，“或许你愿意跟我去那些地方，战役遗址之类的？那些地方很有意思，我敢说你会给研究帮上大忙。”

布丽安娜笑了，把快要掉到茶杯里的头发捋到后面。“能不能帮忙我不知道，但我愿意去。”

“太好了！”听到布丽安娜说愿意，罗杰既诧异又欣喜。他伸手摸索酒瓶，差点把酒瓶弄倒。克莱尔灵巧地接住酒瓶，给自己的杯子倒满了酒。

罗杰表示感谢，她回答道：“上次我把酒弄洒了，这次尽我所能。”

看到她现在冷静且放松，罗杰有些怀疑自己之前的猜测。或许这只是偶然？她那张迷人、冷酷的脸庞什么也没有告诉他。

半小时后，茶桌上一片混乱，酒瓶空空如也，他们三人都满足、恍惚地坐着。布丽安娜挪动了一两次，看了罗杰一眼，最后问他是否可以用一下“洗手间”。

“哦，卫生间啊？当然可以。”他费劲地站起来，因为吃了邓迪蛋糕和杏仁蛋糕而动作迟缓。如果他不尽快摆脱菲奥娜，在回牛津前就会长到三百磅。

“是个老式的卫生间，”他指着走廊那边的洗手间解释道，“水箱挂在天花板上，配有一根拉链。”

“我在大英博物馆里见过，”布丽安娜点头说，“不过它们不是展品，而是女士卫生间里的设施。”她犹豫片刻，然后问：“你这里用的厕纸不会也和大英博物馆里的一样吧？如果一样的话，我的手包里有些舒洁纸巾。”

他闭上一只眼，用另外一只看着她。“这要么是个十分奇怪的错误推论，”他说，“要么是我喝得比我想象的多。”其实，尽管布丽安娜只喝茶，但他和克莱尔还是令人满意地喝完了那瓶缪尔·布里姆威士忌。

克莱尔无意中听到他们的对话，笑了出来。她从自己的包里拿出几张面巾纸，站起来递给布丽安娜。“不是博物馆里面那种印着‘英国政府财产’的蜡纸，但应该不会好到哪里去，”她告诉女儿，“英国的厕纸通常都是很硬的东西。”

“谢谢！”布丽安娜接过纸巾，往门边转身，但又转了回来。“到底为什么要把厕纸弄得像锡纸呢？”她坚决地说。

“我们的士兵都是橡树之心[①]，”罗杰缓慢严肃地说，“他们的屁股都是不锈钢。国民性就是这么来的。”

“在苏格兰人身上，我觉得这是一种遗传性的神经坏死，”克莱尔补充道，“那些穿着短褶裙骑马的人，有着像鞍皮一样的屁股。”

布丽安娜哧哧笑了。“我可不想去看他们是用什么做厕纸。”她说。

“其实不差，”克莱尔诧异地说，“毛蕊花叶真的很不错，和双层厕纸一样好用。如果是冬天或者是在室内，他们用的通常是一块湿布，虽然不那么卫生，但也足够舒服。”

罗杰和布丽安娜都瞪眼看了她片刻。

“呃……在书里读到的。”她说，脸红得令人惊奇。

布丽安娜咯咯笑着去找洗手间，克莱尔仍然站在门边。

“你真好，这么热情地招待我们。”克莱尔微笑着对罗杰说。那种短暂的不安消失了，取而代之的是她惯常的稳重自若。“而且，你帮我找

---

① 航海时代的英国通常使用橡木建造战舰，“橡树之心”指代的是橡树最坚实的中央部分，同时它也是英国皇家海军官方进行曲的曲名。

到这些名字，我更是感激。”

“我很荣幸，”罗杰让她放心地说，“这总比面对蜘蛛网和樟脑丸好。关于詹姆斯党人的事情，我要是发现其他信息，立马告诉你。”

“谢谢你。”克莱尔有些犹豫，回头看了一眼，降低音调说，“其实，既然现在布丽不在……有个请求我想私下跟你说。”

罗杰清了清嗓子，拉直他为了这个场合而打的领带。

“尽管说，”他说，因为这次茶会的成功而感到愉快和开朗，“我洗耳恭听。”

“你刚才问布丽愿不愿意和你一起去进行实地调查，我想请你……有个地方我希望你不要带她去，如果你不介意的话。”

罗杰脑袋里立马响起了警钟。他要去调查关于图瓦拉赫的秘密吗?

“立着的石圈,他们叫它纳敦巨岩。”克莱尔稍微前倾,表情非常认真,“有个重要的原因，不然我也不会麻烦你。我想亲自带布丽安娜去那里，但是恐怕我现在不能告诉你为什么。我会告诉你的，但不是现在。你能答应我吗？”

罗杰脑海里思绪不断。这么说来，她不想布丽安娜去的地方并不是图瓦拉赫！这个谜解开了，而那个谜又加深了。

“可以，”他最后说，“当然可以。”

“谢谢你。”她轻轻地碰了一下他的胳膊，转身走了。看着她在灯光里的背影,他突然想起了什么。或许现在不是问的时候,但是问了也无妨。

“噢，兰德尔医生……克莱尔。”

克莱尔转身面对他。没有布丽安娜让他分心，他现在能看到克莱尔本身就是个很漂亮的女人。因为喝了威士忌，她的脸庞红润。她的双眼呈现出不寻常的浅金棕色，就像水晶里的琥珀，他想。

“我找到的关于这些人的所有资料，”罗杰说道,谨慎地选择用词,“有个地方提到一个詹姆斯 · 弗雷泽上尉，这个人好像是他们的首领。但是你的名单上没有他。我只是想，你是否知道这个人？”

她完全不动地站了片刻，让他想起她在那天下午到达他家时的举止。但片刻过后，她微微地颤抖了一下身体，故作镇静地回答："是的，我知道他。"

她说得很平静，但她的脸色苍白，罗杰能够看到她喉咙底部的脉搏在快速跳动。

"我没有把他放到名单上，是因为我已经知道他遭遇了什么。詹米·弗雷泽在卡洛登阵亡了。"

"你确定？"

克莱尔似乎急着离开，她拿起手包，朝着走廊那边的洗手间看了一眼。洗手间门上的古老把手发出的咔嗒声，说明布丽安娜在开门出来。

"是的，"她没有回头就说，"我很确定。噢，韦克菲尔德先生……我是说，罗杰。"她转过身，用那双颜色奇怪的眼睛盯着他。在这灯光下，她的眼睛看上去几乎是黄色的，他想，一双大猫的眼睛，美洲豹的眼睛。

"拜托了，"她说，"不要给我女儿说詹米·弗雷泽的事情。"

时候不早了，他早就应该上床睡觉了，但他发现自己无法入眠。无论是因为菲奥娜的烦扰、克莱尔·兰德尔那让人迷惑的前后不一，还是因为要和布丽安娜·兰德尔进行实地调查而产生的欣喜，他就是丝毫没有睡意，而且可能继续没有。他没有翻身，也没有数羊，而是决心好好利用这种不眠，在牧师的资料里搜寻，或许会立刻让他睡着。

走廊那边菲奥娜房间的灯还亮着，他踮着脚走下楼，以免打扰到她。然后，他打开书房的灯，站立片刻，思考着他面前这个任务的宏大。

那堵墙就能说明韦克菲尔德牧师的思想。它完全占据了书房的一面，是一块巨大的软木板，长和宽几乎都有十二英尺。一层又一层的文件、笔记、照片、油印表格、账单、收据、羽毛、贴着有趣邮票的信封一角、地址签条、钥匙环、明信片、橡皮圈和其他物件，全部被钉在或用绳子挂在墙上，几乎完全遮住了后面的软木。

这些杂物胡乱地摞了厚厚的十二层，但牧师总能准确无误地找到他想要的东西。罗杰觉得，这堵墙肯定是按照某种特别不明显的原则规划的，就算是美国 NASA 的科学家也无法察觉。

罗杰不确定地看着这面墙，找不到合理的着手点。他试探着取下一张油印的、由主教办公室制定的大会日期表，却被这张表下面用蜡笔画的一条龙吸引，它那燃烧着的鼻孔里，冒着富有艺术性的烟雾，大张着的嘴巴也喷着绿色的火焰。

在这张表格的底部，有一个用大写字母潦草写下的大大的“罗杰”。他隐约记得当时解释说这条龙喷的之所以是绿色火焰，是它只吃菠菜。他把大会名单放回原位，从墙边转过身子。他可以晚些时候再整理这堵墙。

那张巨大的卷盖式书桌，最少有四十个快被挤爆的信件格，对比起来像是水果馅饼。罗杰叹了一口气，拉过那把破旧不堪的办公椅，然后坐下，想搞清楚那些在牧师看来值得保存的文件。

一堆还未支付的账单；一堆看上去挺官方的文件：汽车所有权凭证、测量报告、建筑物检测证书；一堆历史学笔记和资料；一堆家庭纪念品；还有一堆——显然是最大的一堆——垃圾。

罗杰只顾埋头工作，并未听到身后的门被人打开，也没有听到有人走近的脚步声。突然就有一大壶茶摆在了他身边的桌上。

“呃？”他眨着眼睛坐直了。

“你应该想喝点茶，韦克……我是说，罗杰。”菲奥娜放下装着茶杯、茶碟和一盘饼干的托盘。

“噢，谢谢。”他确实也饿了，所以给了菲奥娜一个友好的微笑，让她那漂亮的圆脸突然红了。她似乎得到了鼓励，并没有离开，反而坐在桌子角上，入神地看着他一边工作，一边不时地咬一口巧克力饼干。

罗杰隐约觉得应该以某种方式承认她的存在，所以他拿起一块咬了一半的饼干，含糊地说：“好吃。”

“好吃吗？是我做的，你知道的。”菲奥娜的脸更红了。菲奥娜这个迷人的小女生，娇小、丰满，长着黑色的鬈发，还有一双棕色的大眼睛。他发现自己突然在想布丽安娜·兰德尔是否会做饭，然后摇头摆脱了这个画面。

显然，菲奥娜以为罗杰摇头是因为不相信她，所以她往前俯身。“真的，”她坚持说，“这是我奶奶的做法。她总说这是牧师最喜欢的。”她那双棕色的大眼睛有些伤感，“她把食谱和其他东西都留给我了。我是她唯一的孙女，你知道的。”

“你奶奶的事情真是遗憾，”罗杰诚恳地说，“很突然，是吧？”

菲奥娜悲伤地点头。“是的，那天下了一整天雨，晚饭后她说有点累，然后就上床睡了。”菲奥娜提起肩膀，然后又放下去，“她去睡觉，然后再也没有醒过来。”

“她能寿终正寝，”罗杰说，“我也很欣慰。”在年仅五岁、失去双亲的罗杰担惊受怕地来到牧师住宅之前，格雷厄姆太太就是这里的固定成员。她那时已到中年，丈夫已经去世，而且还有几个已经成年的孩子，但在罗杰从学校回到家中时，她仍然会给予他不少坚定、真诚的母爱。她和牧师算是奇怪的一对，但他们确实让牧师的住宅成了一个家。

为往事所动，罗杰伸手捏着菲奥娜的手。她也捏着他的手，棕色的双眼突然感伤起来。她微微张开玫瑰花蕾般的小嘴，朝罗杰靠过去，罗杰的耳朵能够感到她温暖的呼吸。

“唔，谢谢你。”罗杰脱口说道。他像被烫了一样把手从菲奥娜的手里拉出来。“真的很感谢你的……呃……茶和吃的。好吃，真的很好吃，谢谢。”他转过身，为了掩盖自己的窘迫，急急忙忙地又拿来一摞文件，从随意选择的信件格里抓出一卷剪报。

他展开那卷泛黄的剪报，用手掌压着铺在桌上。他皱着眉头假装全神贯注，低头看着那些模糊的文本。片刻过后，菲奥娜深深叹着气站起来，脚步声渐渐朝门边远去。罗杰仍然低着头。

他自己也深深叹了口气，闭了会儿眼睛，快速地说了句祈祷词，感谢这次侥幸的逃脱。是的，菲奥娜很迷人。是的，她做饭确实不错。但她也爱问这问那，好管闲事，让人恼火，而且一心想着结婚。要是再摸一次她的红润肌肤，下个月教堂就得挂出他们的结婚公告了。如果真要发布什么结婚公告，那么罗杰有话要说，那就是，在郊区登记簿上和他名字相连的应该是布丽安娜·兰德尔。

想着关于结婚公告自己得说多少东西，罗杰睁开眼睛，然后眨了眨眼，因为他刚才幻想的结婚证上的名字——兰德尔——就在眼前的剪报上。

当然不是布丽安娜·兰德尔，而是克莱尔·兰德尔。剪报标题是“死而复生”，下面是克莱尔·兰德尔的照片。照片上的她要年轻二十岁，但除表情外，她看上去和现在几乎没有区别。她笔直地坐在一张医院病床上，蓬乱的头发像旗帜一样飘扬，小巧的嘴巴像铁夹一样抿着，那双非凡的眼睛径直盯着镜头。

带着震惊，罗杰用拇指快速翻看那捆剪报，然后又返回来更仔细地阅读。这些剪报虽然把故事讲得耸人听闻，但给出的事实却很少。

一九四五年晚春，著名史学家弗兰克·W. 兰德尔之妻克莱尔·兰德尔，在苏格兰的因弗内斯度假期间失踪。她驾驶的汽车已被找到，但她本人却踪迹全无。搜寻工作一无所获，警方和弗兰克·兰德尔最后断定克莱尔·兰德尔被人谋杀。或许是某个漂泊在外的流浪汉行凶，并将她的尸体掩藏在该地区的石崖里。

在大约三年后的一九四八年，克莱尔·兰德尔重新出现。被人发现时，她头发蓬乱、衣衫褴褛，流浪在失踪地点的附近。除了有些营养不良之外，她的身体状况还不错，但她表现得不知所措，语无伦次。

想到克莱尔·兰德尔曾经语无伦次，罗杰轻轻皱起眉头，然后用拇指翻阅了剩下的剪报。它们只是说兰德尔太太因为冻伤和受到惊吓在当地一家医院接受了治疗。上面还有可能是喜出望外的丈夫弗兰克·兰德尔的照片。罗杰挑剔地想,不是我指责他,但他看上去确实并未十分开心,反而有些震惊。

他满怀兴趣地仔细看着那些照片。弗兰克 · 兰德尔瘦高、帅气,有种贵族气质;他沉着地站在医院门里,表情有些阴郁,身体的角度透露出一种潇洒的魅力。这是在他去看望失而复得的妻子的路上拍摄的,显然摄影师的出现让他有些惊讶。

罗杰在观察着弗兰克 · 兰德尔的修长下巴和头颅的曲线,意识到自己是在寻找布丽安娜的痕迹。这个想法让他兴趣大增,他起身从书架上取下一本弗兰克 · 兰德尔的著作,在护封上面找到一张更好的照片。这张照片是弗兰克 · 兰德尔的正面彩照。不,他的头发绝对是深棕色的,不是红色。布丽安娜那头火红的头发,还有她那双倾斜如猫眼的深蓝色眼睛,肯定来自祖父或祖母。她的双眼虽然漂亮,但丝毫不像她母亲,也不像她父亲。罗杰虽然尽力寻找,但在这个著名历史学家的面容里,看不到布丽安娜那个炽热女神的影子。

罗杰叹着气合上书,然后收拾剪报。他真的必须停止消磨时光,着手处理正事,不然接下来的十二个月都得坐在这里。

他打算把剪报和纪念品堆在一起,却注意到一张标题为“被妖精绑架?”的剪报。或者说,他注意到的不是那张剪报,而是标题上的日期——一九四八年五月六日。

他轻轻放下这张剪报,似乎它是个会在手里爆炸的炸弹。他闭上眼睛,试着回忆和兰德尔母女的初次对话。克莱尔当时说:“在麻省,满二十一岁喝酒才算合法,布丽安娜还差八个月……”也就是说,布丽安娜已经满二十岁了。

往后计算年份的速度不够快,他就站起来去翻牧师保存的那本单独挂在杂乱墙上的万年历。他找到那个日期,站在那里,手指按在纸上,脸上的血色全然不见了。

在神奇失踪又再次出现时,克莱尔·兰德尔不仅头发蓬乱、营养不良、语无伦次，她还怀有身孕。

过了很久，罗杰最后还是去睡了，但因为失眠，他第二天醒得很晚，而且脑袋昏昏沉沉的，隐约有些头疼。无论是洗冷水澡，还是在吃早饭时听菲奥娜叽叽喳喳，都没有让他感觉舒服一些。

这种感觉令他十分苦恼，所以他扔掉工作，出门去散步。在小雨里大步走着，他发现新鲜空气缓和了头疼，却不幸地让他清空心思，又开始思考昨晚的发现会带来的影响。

布丽安娜还不知道。这很明确，从她谈论她已故的父亲，或者说那个她以为是她父亲的男人——弗兰克·兰德尔的方式就可以看出。克莱尔大概也不想让她知道，否则她就亲口告诉她了。除非她们这趟苏格兰之旅是克莱尔坦白的前奏？布丽安娜的生父肯定是苏格兰人，毕竟克莱尔是在苏格兰消失和重现的。他还在苏格兰吗？

这个想法让人难以置信。克莱尔带女儿来苏格兰，是为了让她见生父吗？罗杰不确定地摇了摇头。那样做太冒险了，会让布丽安娜觉得莫名其妙，对克莱尔自己来说也会特别艰难，还会让布丽安娜的生父惊恐不已。而且，布丽安娜显然深爱着弗兰克·兰德尔。要是知道她一直深爱和崇拜的人和自己完全没有血缘关系，她会有什么感觉？

罗杰为所有相关的人都感到难过，包括自己。他不想卷入这些事情，希望自己还能有昨天那种幸福无知的状态。他喜欢克莱尔·兰德尔，十分喜欢。想到她通奸，他就有些反感。同时他又嘲笑自己那种过时的多愁善感。谁知道她和弗兰克·兰德尔的生活是什么样的？或许她有充分的理由与别的男人私奔。但是，她为什么要回来呢？

罗杰流着汗，心事重重地回到家。他在走廊里脱掉外套，上楼去洗澡了。有时候洗澡能够抚慰他，而他正好特别需要抚慰。

他用手沿着衣柜里的那排衣架寻找那件破旧的白色毛巾布睡袍的毛绒肩部。他暂停了片刻，然后伸手到衣柜最里面，沿着晾衣竿快速地搜索衣架，直到找到想要的那件睡袍。

他温柔地看着这件破旧的睡袍。黄色的丝质底子已经变成了土黄色，但上面的彩色孔雀仍然很醒目，以一种高贵的冷漠展开尾巴，用黑珍珠般的眼睛看着观察它的人。他把这柔软的织物凑到鼻子边，闭着眼深深地吸气。睡袍上面微弱的烟草味和威士忌气味，让他回想起了韦克菲尔德牧师，而即使是那面堆满杂物的墙也无法做到这点。

这种令人安慰的、混杂着浓重古龙香水味的芳香，他闻过很多次。他每次都是把脸贴在这件光滑的丝质睡袍上，而牧师则用圆胖的胳膊搂着他，像保护着他一样，答应给他慰藉。他把牧师的其他衣服送给了乐施会，但不知为什么就是舍不得这件睡袍。

他心血来潮，把睡袍搭在裸露的肩上，有些惊讶地感到它那种轻柔的温暖，就像有手指在他肌肤上爱抚一样。他愉快地挪动丝质睡袍下的肩膀，将它紧紧裹在身体上，在腰带上随意打了个结。

他一边谨慎地观察，以防菲奥娜突然出现，一边沿着走廊朝浴室走去。热水器装在浴缸顶部，像是神圣温泉的永恒守护者，矮小而宽厚。他还记得，小时候为了烧水洗澡，每周都得胆战心惊地用火镰点燃热水器——听到释放出来的燃气在头顶上发出危险的嗞嗞声，他会因为害怕热水器爆炸和死于非命而满手大汗，拿不稳金属质的火镰。

因为在很久以前通过改造这个热水器的神秘内部而将它改成了自动的，所以它现在发出安静的潺潺声，而它底部的火圈在金属罩子下燃着看不见的火焰，发出隆隆声和呼呼声。罗杰把破裂的热水龙头拧到底，将冷水龙头拧开一半，然后站在镜子面前细看自己，等着水把浴缸装满。

没有什么大问题，他想着，收腹站直，看着门后全身镜里的自己。身子结实、修长；腿长，但并不瘦。肩部或许有些干瘦？他挑剔地皱了皱眉头，前后拧动着他清瘦的身子。

他把自己浓密的黑发往后抓，直到它们像修面刷那样立了起来。他尝试去设想自己像他的学生那样留着络腮胡子和长发。他会显得潇洒，还是只会显得过时？或许再戴个耳环，他想。那样他看上去或许就会像海盗，像爱德华·蒂奇或者亨利·摩根。他把眉毛捏到一起，做出龇牙咧嘴的表情。

“咯……”他对着镜子里的自己说。

“韦克菲尔德先生？”镜子里的人说。

罗杰吓了一跳，赶紧往后跳，脚趾踢到了那个古老浴缸的爪脚，一阵疼痛穿过全身。

“噢！”

“你没事儿吧，韦克菲尔德先生？”镜子问道。门上的瓷把手响了起来。

“当然没事！”他盯着门不耐烦地说，“走开，菲奥娜，我在洗澡！”

门那边传来咯咯的傻笑声。

“哦，一天洗两次，你觉得不够干净吗？要不要月桂肥皂啊？如果需要的话，壁橱里面有。”

“不要。”他不耐烦地说。浴缸已经装满一半，他关掉了水龙头。这种突然而至的安静令人安慰，他往肺里深吸了一口水蒸气。他走进水里，感受到热量后微微皱了皱眉头，然后小心翼翼地坐下去。随着热量迅速传遍全身，他感到脸上在轻微地冒汗。

“韦克菲尔德先生？”菲奥娜的声音又来了，像恃强凌弱的知更鸟一样，在门的那边叽叽喳喳。

“走开，菲奥娜。”他咬牙切齿地说，然后慢慢地躺到浴缸里。冒着热气的水往上涨，像爱人的双臂一样令人安慰。“我什么都不差。”

“不，你差些东西。”门外的声音说。

“我不差。”他把摆在浴缸上面那个架子上的一排壮观的罐子和用具扫视一番。“三种洗发液、护发素、剃须泡、剃须刀、沐浴皂、洗面皂、爽肤水、古龙香水、除味剂，我全都有，菲奥娜。”

“毛巾呢？”菲奥娜甜蜜地说。

在急忙扫视浴室，发现里面没有一条毛巾后，罗杰闭上双眼，咬牙慢慢地数到十。结果数到十并不够，所以他决定数到二十。然后，觉得自己能够心平气和地回答后，他平静地说：“好吧，菲奥娜，请你把它们挂在门上。然后，请你……请你，菲奥娜……走。”

门外传来一阵沙沙声，紧接着传来逐渐远去的不情愿的脚步声。罗杰欣慰地叹了口气，专心地享受独处的乐趣。没人打扰，宁静，没有菲奥娜。

现在，他能够更客观地思考那令人苦恼的发现，觉得自己感兴趣的不只是布丽安娜的神秘生父。从女儿来看，这个人绝对英俊异常。要勾引克莱尔·兰德尔这样的女人，单靠英俊的外表就足够了吗？

他之前就怀疑布丽安娜的父亲可能是苏格兰人。他曾经在因弗内斯生活过吗？他觉得这种空间上的邻近或许可以解释克莱尔的紧张，能解释她那种想保守秘密的做法。但这能解释她提出的那些让人迷惑的要求吗？她不想他带布丽安娜去纳敦巨岩，也不想他给布丽安娜提及那个图瓦拉赫上尉，这到底是为什么呢？

他突然想到了什么，然后在浴缸里挺直地坐了起来，水漫不经心地拍打在铸铁浴缸的壁上。假设他关心的不是那个十八世纪的詹姆斯党士兵，而只是他的名字呢？假设那个在一九四七年当了布丽安娜父亲的男人也叫詹姆斯·弗雷泽呢？这在苏格兰高地是个足够平凡的名字。

没错，他想，那或许刚好能解释这点。至于克莱尔想亲自带女儿去石圈，或许也和布丽安娜的生父之谜有关联。或许克莱尔就是在那儿碰到那个男人的，或许她就是在那儿怀上布丽安娜的。罗杰很清楚，那个石圈通常是人们幽会的地方，他上高中时就曾带女生去过，依靠石圈神秘的异教色彩来让她们放弃矜持。这个办法屡试不爽。

他的脑海里突然浮现出一幅令人惊讶的画面：克莱尔用她洁白的四肢狂野、放纵地抱住一个红头发男人赤裸、紧绷的躯体，雨中这两副滑溜溜的身体，沾着压断的草叶，在立着的石头中间入迷地缠绕在一起。

这幅画面具体得让人惊讶，罗杰也因此颤抖起来，汗珠从他的胸口流下，消失在浴缸中冒着蒸汽的水里。

天哪！下次见到克莱尔时，他要怎么去面对她？而且，他要对布丽安娜说什么？“最近读了什么好书吗？”“看过什么好电影吗？”“你知道你是私生的吗？”

他摇了摇头，想摆脱这种想法。其实，他并不知道接下来该怎么做。情况一团糟，他不想卷入，但他已经身在其中了。他喜欢克莱尔·兰德尔，他也喜欢布丽安娜·兰德尔——其实远不止喜欢。他想保护她，尽力让她免受任何痛苦。但是他似乎没有办法做到这点，他能做的只是保持缄默，直到克莱尔·兰德尔完成她计划要做的事情，然后他再去收拾残局。

CHAPTER 03

母亲和女儿

我想知道因弗内斯有多少小茶馆。极目望去，高街的两侧排满了小咖啡馆和观光商店。苏格兰高地得到维多利亚女王御准，成为一个安全的旅游地，此后就有越来越多的旅游者蜂拥来到北方。习惯了来自南方的军事入侵和政治干扰的苏格兰人，出色地接受了这种挑战。

在任何苏格兰高地城镇里，你走上几步就会遇到商店，它们出售奶油甜酥饼、爱丁堡甜点、绣有蓟花的手绢、玩具风笛、用铸铝制作的氏族徽章、形如双刃大刀的拆信刀、像毛皮袋一样的零钱袋（有些下面印有拼写准确无误的“苏格兰人”），以及让人眼花缭乱的各种伪造的氏族花格布料，这些布料装饰着各种可以想到的织物，上至帽子、领带、餐巾，下至用来制作男性尼龙三角内裤的特别难看的黄色“布坎南”布。

各种各样的抹布上都印有一只画得极其不准确的尼斯湖水怪，水怪唱着《友谊地久天长》。看着这些抹布，我想，维多利亚得为很多事情负责。

布丽安娜慢慢地在狭窄的商店过道里闲逛，向后倾斜着头，看着椽上挂着的各种商品。

“你说这些是真的吗？”她指着上面挂着的一副雄鹿角问。这副鹿角的分叉伸入到一片密密麻麻的风笛里，像在打听什么似的。

“鹿角？噢，是真的。我觉得塑胶技术还没有那么好，”我说，“而且，你看看价格，超过一百英镑的东西，都很有可能是真的。”

布丽安娜大睁着眼，然后低下了头。“天哪！我可以给珍买条花格布长裙。”

“好质量的羊毛花格布也不会便宜多少，”我冷冷地说，“不过坐飞机带着也方便。那我们去短褶裙裁缝店，那里的质量最好。”

当然，天已经开始下雨了，我们把纸包裹夹在我之前坚持要穿上的雨衣下面。布丽安娜带着一种突然的喜悦哼了一声。

“你习惯叫这些雨衣‘迈克’，都忘记它们真的叫什么了。它们是苏格兰人发明的，我一点也不觉得奇怪。”她说，向上看着从头顶遮篷边缘流下的雨水，“这里总是下雨吗？”

“经常下。”我说，在瓢泼大雨中左右打量着迎面而来的车辆，“虽然我始终觉得麦金托什先生是个胆小鬼，但我认识的大多数苏格兰人对于下雨都无动于衷。”我急忙打住，但布丽安娜没有注意我这个小口误，她在看着流进下水沟的齐脚踝深的洪水。

“我说，妈妈，我们最好上去走人行横道，不要在这里乱穿马路。”

我赞成地点头，跟着她朝上面走去，在潮湿的雨衣下面，我的心脏因为肾上腺素在快速跳动。你什么时候才能做个了断啊？我的大脑问道，你不能总是小心翼翼地说话，把要说的话只说一半。为什么不直接告诉她呢？

还不行，我想。我并不懦弱，或者就算懦弱也没关系。但现在还不是时候。我想让她先看看苏格兰。我想让她看的不是这种地方——我们这时路过一家陈列着花格布婴儿鞋的店铺——而是苏格兰的乡村，以及卡洛登。最重要的是，我想自己能够把故事的结局告诉她，所以我需要罗杰·韦克菲尔德。

左边停车场里，一辆莫里斯车的亮橙色顶部引起我的注意，它似乎是响应我思想的召唤而出现的，在雾蒙蒙的雨中像交通信号灯一样亮着。

布丽安娜也看到了——那种颜色、那么破烂的车，在因弗内斯不会有太多，然后指着说："妈妈，你看，那不是罗杰·韦克菲尔德的车吗？"

"对，我想是的。"我说。右边有个咖啡馆，新鲜烤饼、陈面包和咖啡的香味从里面飘出来，与雨中清新的空气混在一起。我抓住布丽安娜的胳膊，把她拉进了咖啡馆。

"我终于还是有些饿了，"我解释道，"我们来点可可饮料和饼干吧。"

布丽没有反对，她仍然是个十足的孩子，会被巧克力引诱，也还足够年轻，愿意在任何时候吃东西。她立马坐下，拿起那张当作日常菜单的沾有茶污的绿纸。

我并不是特别想喝可可，但我确实想花些时间喝东西。街对面停车场的混凝土墙上有个硕大的标牌，写着"苏格兰铁路公司专用停车场"，还用小写字母写着威胁的话，说非火车乘客如果把车停在这里，车会被如何处理。除非罗杰知道某些我不知道的因弗内斯法律法规，不然他就是才坐了火车。至于他去了什么地方，那么最有可能的就是爱丁堡或伦敦。好家伙，他把这个研究项目当真了。

我们也是从爱丁堡坐火车上来的。我试着回想火车的班次，却没法清楚地回忆起来。

"我想知道罗杰会不会坐晚班火车回去？"布丽说。这与我的想法不谋而合，我因而被可可饮料呛了一口。她在琢磨罗杰的再次出现，这让我想知道她有多么关注年轻的韦克菲尔德先生。

显然相当关注。

"我在想，"她漫不经心地说，"或许我们在出去的时候可以给罗杰·韦克菲尔德买点东西，感谢他为你做那个项目？"

"好主意，"我觉得有些好笑，"你觉得他喜欢什么呢？"

她皱眉看着她的可可饮料，好像是在寻找灵感。"我不知道。买点好东西吧。那个项目看上去得做不少工作。"她蹙着眉头，突然抬头看了我一眼。"为什么要请他呢？"她说，"如果你想追踪十八世纪的人，可以找很多公司来做。我是说，宗谱学之类的。爸爸如果要研究某个宗谱，但又没有时间的话，就总是使用检索苏格兰[①]。”

“是的，我知道。”我说，然后深吸一口气。现在事情有些麻烦了。“这个项目……对你父亲来说……很特殊。换作是他，也会让罗杰 · 韦克菲尔德来做的。”

“哦。”她沉默了片刻，看着雨水像珍珠一样洒落在咖啡馆的窗上。

“你想爸爸吗？”她突然问道，把鼻子埋到杯子里，低着眼睛，没有看我。

“想。”我说。我用食指擦拭自己那杯还没动过的饮料的边缘，擦掉洒在上面的一滴可可。“我们并没有那么和谐，这你知道的，但……我还是想他。我们相互尊重，这特别重要。虽然有各种事情，但我们也喜欢彼此。是的，我想他。”

她沉默地点点头，然后把手放在我的手上，轻轻捏着。我蜷起手指，握住她那温暖修长的手指。我们相互拉着坐了片刻，沉默地小口抿着可可。

“抱歉，”我最终说道，把椅子往后推，金属在油地毡上发出刺耳的声音，“我忘了点事情，我得去给医院寄封信。本来说在进城的路上寄的，可是我忘了。如果我快些，或许可以赶上往外寄信的邮班。要不你先去短褶裙裁缝店——就在下头的街对面——我寄了信就来找你？”

布丽看上去有些惊讶，却十分乐意地点了头。“噢，可以。可邮局不是有点远吗？你会被淋湿的。”

“没事，我打个车。”我在桌上留下一英镑作为饭钱，然后又耸肩穿上雨衣。

在大多数城市里，出租车似乎会在水中溶化，遇到雨天通常就不见踪影。不过在因弗内斯，如果雨天不营业，那么出租车很快就会灭绝。我走了不到两个街区，就看到两辆隐藏在酒店门口的出租车。我钻进温

① 检索苏格兰，一家宗谱检索与调查机构。

暖的、带着烟味的出租车，感受到一种熟悉的舒适。除开较大的伸腿空间和舒适感，英国出租车的气味也和美国的不同，而我在过去二十年里，从未意识到自己疏忽了这个细微的方面。

“六十四号！就是那座旧牧师住宅吧？”虽然出租车里暖气十足，但司机还是把围巾围到了耳朵，穿着厚厚的外套，戴着平顶帽，遮挡飘忽不定的气流。现代苏格兰人有点柔弱了，我想，远比不上当时那些只穿着衬衫和披肩就睡在荒野里的健壮高地人。不过，我也不想穿着湿漉漉的披肩睡在荒野里。我朝司机点点头，然后出租车在飞溅的水声中出发了。

我在罗杰不在家时偷偷跑去见他的管家，还欺骗了布丽，有种做坏事的感觉。但是，要给他们解释我做的事情也不容易。我还没有确定在什么时候，或以什么方式把该讲出来的事情告诉他们，但我知道现在还不是时候。

我伸手到雨衣里面的口袋，检索苏格兰寄来的那封信发出哗啦声，让我安下心来。我之前没有特别关注弗兰克的工作，所以不知道这家公司。这家公司有六七个专攻苏格兰宗谱学的专家；不是那种给你一本家谱，指明你和罗伯特一世的关系就完事的公司。

他们按照惯例，对罗杰·韦克菲尔德做了详尽、谨慎的调查。我知道他的父母、祖父母是谁，知道他祖上七八辈的事情。我不知道的是他是怎么样的人。时间会告诉我的。

我付了车费，然后蹚着雨水走上老牧师家的阶梯。门廊里没有雨，在有人听到门铃来开门之前，我可以抖掉身上的雨水。

菲奥娜笑着欢迎了我。她那张圆胖、欢欣的脸庞上，挂着自然的微笑。她穿着牛仔裤，围着多褶边的围裙。柠檬亮光剂和新鲜烘焙的香气，像焚香一样从围裙的褶层里飘出来。

“啊，兰德尔太太！”她惊呼道，“有什么事情我能帮忙吗？”

“我想你应该能帮忙，菲奥娜，”我说，“我想和你谈谈关于你祖母的事。”

“你确定没事吗，妈妈？如果你想让我留下来陪你，那么我可以打电话给罗杰，让他明天再走。”布丽安娜焦虑地皱着眉毛，在客房的门口徘徊。她一身徒步的装扮，穿着靴子、牛仔裤和毛衣，但她还围上了弗兰克在去世两年前从巴黎给她买的那条橙蓝相间的漂亮丝质围巾。

“和你眼睛的颜色一样，小美人，橙色。”他当时说，笑着把围巾披到她的肩上。布丽在十五岁时就超过了弗兰克那五英尺十英寸的普通身高，而“小美人”就成了他们之间的玩笑。不过，布丽安娜从小就被弗兰克叫作“小美人”，而且在弗兰克需要抬手才能摸到她鼻尖的时候，这个名字依然让人倍感亲切。

那条围巾——蓝色的那部分——其实才是她眼睛的颜色。那是苏格兰湖泊和夏日天空的颜色，是远山那种朦朦胧胧的蓝色。我知道她珍爱这条围巾，所以她对罗杰·韦克菲尔德的兴趣，在我看来又上升了几个档次。

“是的，我不会有事的。”我向她保证。我指了指旁边的桌子，桌上放着一个用针织罩子精心保着温的小茶壶，以及一个镀银的面包架，上面精致地摆着等待冷却的面包。“托马斯太太已经给我送了茶和面包，或许我等会儿能稍微吃一点。”希望她听不到被子下面我的胃里发出的咕咕声，那好像是在对我的话表示怀疑。

“嗯，那就好。”她不情愿地朝门那边转过身，“在卡洛登忙完我们就立马回来。”

“不要因为我回来得那么急。”我在她身后说。

我等着，听到楼下传来关门声，确定她已经出发，然后伸手到床头柜的抽屉里，取出我前一天晚上藏在里面的好时牌杏仁巧克力棒。

我的胃重新安分下来，我躺着靠在枕头上，漫不经心地看着外面天空中的灰色雾气逐渐变浓。正在发芽的酸橙树的枝尖儿，断断续续地轻轻敲打着窗户；风刮得越来越大了。卧室里足够暖和，中央制热风口在床脚边上呼呼地吹着，但我还是在发抖。卡洛登战场上或许很冷。

或许没有一七四六年四月那么冷，当时“美王子”查理带领士兵进入战场，面对这凛冽的雨夹雪和英军炮火的呼啸。据说那天寒冷刺骨，受伤的苏格兰高地人与死人倒成一堆，浸泡在血和雨中，等待着获胜的英军大发慈悲。率领英军的坎伯兰公爵对死去的伤兵并没有丝毫怜悯。

为了防止疾病传播，战亡的士兵像木材一样被成捆堆起来烧掉。据历史记载，许多伤兵并未得到慈悲的最后一枪就被活活烧死。他们现在全都安息在卡洛登战场的草地下，不受战争和天气的影响。

我见过这个地方，那是在大概三十年前，弗兰克带我去度蜜月。现在弗兰克也不在了，而我带着女儿重返苏格兰。我想让布丽安娜看看卡洛登，但这世上没有什么力量能让我再次踏足那片致命的高沼地。

我觉得自己最好还是躺在床上，继续让这场使我未能陪布丽安娜和罗杰去考察的意外小病看上去不假；如果我起床，托马斯太太或许会泄露秘密，还可能让我去吃午饭。我朝抽屉里看了看，里面还有三支巧克力棒和一本悬疑小说。运气不错，这些东西能让我度过这一整天。

那本小说很不错，但是外面的大风刮个不停，让人昏昏欲睡，而且躺在温暖的床铺里也尤为舒适。我安静地睡着了，梦到穿着短褶裙的苏格兰高地人，梦到声调温和的苏格兰人的说话声，他们围坐在火边嗡嗡地讲着话，就像荒野里的蜜蜂发出的声音一样。

CHAPTER 04

卡 洛 登

“真是张难看的小猪脸！”布丽安娜弯着腰，入神地看着那个立在卡洛登游客中心大厅一侧的恶狠狠的红衣塑像。它大概有五英尺出头高，脸颊松垂、红润，眉毛低垂，眉毛上方扑了粉的假发挑衅地向前伸出。

“嗯，是个又肥又小的家伙，”罗杰觉得有些好笑地赞成道，“不过是个不错的将军，至少不逊色于他那位文雅的表兄。”他挥手指着大厅另一边那个较高的查尔斯 · 爱德华 · 斯图亚特的塑像——戴着蓝色的天鹅绒无边帽，帽子上系有白色的帽章，威严地目视着远方，傲慢地假装没有看见对面的坎伯兰公爵。

“他们叫他‘屠夫比利’，”罗杰指着身穿白色短裤和金织外衣的庄严公爵说，“这是实话。除了在这里的所作所为，”——他挥手指了指外面低沉天空下广阔却昏暗的春绿色高沼地——“坎伯兰的人还造就了苏格兰高地史上最严苛的英格兰恐怖统治。他们一路烧杀抢掠，把战斗中的幸存者赶到山里。他们会放过女人和孩子，任由他们挨饿；而遇到男人时，则会当场射杀，甚至懒得去调查他们是否是查理的人。有个与公爵同代的人这么形容他：‘他造就了荒漠，并称这个荒漠为和平。’——恐怕坎伯兰公爵在这附近仍然很不受人喜欢。”

没错，游客博物馆的馆长，也是罗杰的朋友，就曾告诉他，人们非常尊敬“美王子”的塑像，而公爵塑像衣服上的纽扣则会经常不见，而且塑像本身也成了不少下流笑话嘲笑的目标。

“他说有天清晨他早早来到博物馆，打开灯后发现公爵塑像的肚子上插着一把真的苏格兰长匕首，”罗杰朝着那个微胖的小塑像点头说，“他还说公爵罪有应得。”

“我能想象，”布丽安娜蹙眉看着公爵，低声说，“人们现在还这么当真？”

“对啊，苏格兰人记事情记得很久，而且他们比较记仇。”

“真的吗？”她好奇地看着他，“你是苏格兰人吗，罗杰？韦克菲尔德不像是苏格兰的姓氏，但你谈论坎伯兰公爵的时候有些……”她的嘴角上挂着一丝微笑，罗杰不确定她是不是在开玩笑，但他很认真地回答了她。

“噢，是的，”他笑着说，“我是苏格兰人。其实，韦克菲尔德不是我的本姓，这个姓是牧师在收养我的时候给我的。他是我母亲的叔叔。我的父母在战争中去世后，他就把我接来和他住了，我本来的姓是麦肯锡。至于坎伯兰公爵，”——他朝镶着平板玻璃的窗外点了点头，窗外的卡洛登战场遗址清晰可见——“外面有块刻着麦肯锡姓氏的氏族石碑，石碑下面埋着我的许多亲戚。”

他伸手轻拍了拍一片金肩章，让它前后摇晃起来。“我不像有些人那样针对人，但我也没有忘记。”他向她伸出手，“我们出去吧？”

外面很冷，高沼地两边竖着两根旗杆，旗杆顶部的两面旗帜在阵风的猛吹下飘扬着。这两面旗帜一黄一红，所在的位置就是当时两军司令在军队后方站着等待战果的位置。

“我看这两个位置刚好比较偏僻，”布丽安娜冷冰冰地观察道，“不可能被流弹击中。”

罗杰注意到她在发抖，所以把她的手往自己的胳膊里拉，让她靠得再近些。他觉得自己可能会因为紧挨着她而突然欣喜若狂，但他努力掩饰着这种欣喜，长篇大论地讲起当时的历史。“嗯，当时的将军们就是这么带兵打仗的——站在后面指挥。尤其是查理，战斗结束的时候他跑得特别快，连纯银的野餐用具都没来得及带走。”

“野餐用具？他在打仗的时候野餐？”

“对啊。”罗杰发觉自己很乐意向布丽安娜展现出自己的苏格兰特征。在大学里那种通用的牛津、剑桥说话方式下，他通常会努力调整口音，但现在放开了口音，因为布丽安娜听到这种口音时脸上会露出微笑。

“你知道为什么他叫‘查理王子’吗？”罗杰问她，“英格兰人一直以为这是个昵称，能说明他多么受士兵爱戴。”

“不是吗？”

罗杰摇了摇头：“不是。他的士兵叫他‘Tcharlach 王子’，”——他细心地把这个词拼出来——“Tcharlach 就是盖尔语里的查理，Tcharlach mac Seamus 就是‘查尔斯，詹姆斯之子’，其实是个非常正式的尊称，只是盖尔语里的 Tcharlach 发音特别像英语里的‘查理’。”

布丽安娜笑着说：“这么说他就根本不是什么美王子查理？”

“那时候还不是，”罗杰耸耸肩，“现在当然是了。这是个变成了事实的历史小错误，这种错误还有很多。”

“果真是个学历史的。”布丽安娜开玩笑道。

罗杰苦笑着说：“所以我才知道啊。”

他们沿着战场里那几条碎石小路漫步闲逛。罗杰给布丽安娜指出不同军团的作战位置，解释战斗的顺序，还讲述了战斗中那些指挥官的逸事。

他们走着，风逐渐停息了，战场上变得一片寂静。慢慢地，他们的对话也消失了，只剩下偶尔才有的低声谈话，就像悄悄话一样。布满云层的天空一片灰暗，苍穹下面的万物似乎都沉默着，只有高沼植物在用地下那些供养它们的人的声音低语。

“这个地方叫‘死神之井’。”罗杰弯腰看着一股小泉水。它只有一尺见方，是个黑色的小水潭，泉水从一块隆起的石头下涌出。“有位苏格兰高地族长就死在这里，他的随从就用这里的泉水洗净他脸上的血污。那边的墓穴就是这个氏族的。”

那些氏族石碑都是大块的灰色花岗岩，在风吹雨打下失去了棱角，地衣也长到了它们身上。它们立在平整的小块草地上，散布在高沼地边上，相互间隔也比较远。每块石碑上都刻着一个名字。有些石碑上的名字因为日晒雨淋而变得模糊，几乎无法辨别了。麦吉利夫雷、麦克唐纳、弗雷泽、格兰特、麦肯锡。

“看。”布丽安娜轻声说道，指着一块石碑，那儿躺着一簇灰绿色的嫩枝，枝条上面还长着几朵早春的花朵。

“那是帚石楠，”罗杰说，“在夏天更常见。等到它们开花的时候，每块石碑前面都会长很多。它们是紫色的，偶尔也能看到白色的。白色的帚石楠象征着好运，象征着君主的统治。白色的帚石楠，还有白色玫瑰，是查理的标志。”

“是谁放在这里的呢？”布丽安娜在路边蹲下，用一根手指温柔地抚摸着花枝。

“游客。”罗杰蹲到她边上。他抚摸着石碑上模糊的字迹——弗雷泽。“在这里阵亡的战士的后裔，或者只是那些想悼念他们的人。”

她转头看着他，头发飘在脸前。“你这样做过吗？”

他低着头，看着搭在膝盖上的双手微笑。“做过，这样做想来特别多愁善感，但我做过。”

布丽安娜转身看着小路另一边缘上的灌木丛。“跟我说说哪种是帚石楠？”她说。

在回去的路上，卡洛登的忧郁消失了，但那种共鸣的感觉还在，所以他们像老友一样有说有笑。

他们拐弯走到兰德尔母女下榻的旅馆所在的那条路上，布丽安娜说：“母亲没能和我一起来，真是太可惜了。”

罗杰虽说很喜欢克莱尔·兰德尔，但他完全不觉得克莱尔没来很可惜。他想，三个人肯定太多了。他含糊其辞地嘟哝了两声，但过了一会儿他问道："你母亲怎么样了？希望她病得不重。"

"噢，没什么事，她只是肠胃不适，至少她是这么说的。"布丽安娜独自皱了一会儿眉头，然后转身对着罗杰，一手轻轻地搭在他腿上。他感到肌肉从膝盖一直颤动到腹股沟，没法集中注意力听清她在讲什么。她还在说她母亲的事。

"……觉得她没有问题吧？"她说完了话。她摇摇头，即使是在车内的昏暗光线下，她头发的波浪里也闪耀出紫铜色。"我不知道，她好像心事重重。其实不是生病，更像是她在担心什么事。"

罗杰突然感到胃里有些不适。"嗯，"他说，"或许只是挂念工作的事吧，她肯定会没事儿的。"布丽安娜感激地对他笑了笑。这时他们把车停到了托马斯太太的小石屋前。

"这一趟真的很棒，罗杰，"她轻轻摸着他的肩膀说，"妈妈的这个项目，我在这里也帮不了什么忙，我能帮你处理些脏活吗？"

罗杰的情绪高涨起来，笑着对她说："应该可以安排，明天想过来和我去处理车库里面的东西吗？你想干脏活，车库里的工作就足够脏。"

"太好了，"她笑着，靠在车上回头看着车里的他，"或许母亲也想来帮帮忙。"

他能够感受到自己的脸僵住了，但他还是殷勤地微笑着。

"好的，"他说，"太好了，希望她能来。"

结果，第二天去牧师家的只有布丽安娜。

"妈妈在公共图书馆，"她解释道，"她去查旧黄页，想找某个她之前认识的人。"

听到这话，罗杰有些惊讶。前一天晚上他查过牧师的电话簿。有三个当地电话的姓名是"詹姆斯·弗雷泽"，还有两个只是名不一样，但名和姓中间的是首字母“J”。

“好吧，希望她能如愿。”他说着，依然假装漠不关心，“你确定想帮忙？工作很无聊，很脏哟。”罗杰怀疑地看着布丽安娜，但她点了点头，肮脏和无聊丝毫没有让她感到心烦。

“我知道。我以前也给父亲帮忙，帮他翻阅陈旧的资料，寻找脚注。而且，这本来就是妈妈的项目，我能做的就是帮你的忙了。”

“那好，”罗杰看了看自己的白色衣服，“我去换身衣服，然后我们一起去车库看看。”

车库门呻吟着，发出嘎吱嘎吱的声音，然后屈服于开门的力量，最后在弹簧声和灰尘里突然卷了上去。

布丽安娜在脸前挥着手，咳嗽着说：“天哪，上次有人进来是什么时候？”

“千万年前吧，我猜。”罗杰心不在焉地说。他在车库里打着手电筒四下照了照，短暂地照亮了那些堆起来的纸箱和板条箱、因为标签被撕下来而变得脏兮兮的陈旧轮船衣箱，以及盖着油布的形状不规则的东西。黑暗中到处都伸着家具腿，就像小恐龙的骨骼从岩石层里伸出来一样。

这堆废物中间有个缝隙，罗杰慢慢钻进去，然后消失在一个充斥着灰尘的黑洞里。手电筒的苍白光斑不时照到天花板上，表明着罗杰在移动。最终，随着一声喜悦的喊叫，他抓到了吊在上面的拉线开关，然后车库突然被一只功率过大的灯泡照亮了。

“这边，”罗杰突然出现，拉着布丽安娜的手说，“后面有空的地方。”

后墙边上有张古老的桌子，或许原本是韦克菲尔德牧师餐厅里的重要家具，在接连化身为厨房砧板、工作凳、锯木架和画案后，最终安息在这个满是灰尘的圣殿里。桌子上方是一扇挂满蜘蛛网的窗户，一束微弱的光线透过窗户照在伤痕累累、洒有颜料的桌面上。

“我们可以在这里工作，”罗杰说着，从那对杂物里拉出一把凳子，用一块大手帕敷衍地擦去上面的灰尘，“请坐，我去看看能不能把窗户打开，不然我们会闷死的。”

布丽安娜点点头，但是她没有坐下，而是好奇地翻着比较近的那堆垃圾，而罗杰在变形的窗框边发出吃力的声音。他能听到身后她读箱子上标签的声音。“这是一九三〇到一九三三年，”她说，“这是一九四二到一九四六年。这些是什么啊？”

“日记，”罗杰边说，边把手肘撑在铺满灰尘的窗户底框上，发出吃力的哼哼声，“我父亲——我说的是牧师——一直写日记，每晚吃完饭后都写。”

“看上去他要写的东西可不少。”布丽安娜搬下几个箱子，把它们堆在旁边，然后检查下面的一堆箱子，“这些箱子上面有名字，科斯、利维斯顿、巴尔南。教区的居民？”

“不是，是村子的名字。”罗杰暂时放下开窗这个苦力活，喘着粗气。他擦了擦额头，把袖子上的灰土留在了额头上。还好他们两人穿的都是旧衣服，适合在肮脏的环境里工作。“这些应该是关于苏格兰高地村庄历史的记录。有些箱子里的内容其实已经刊印成书，在苏格兰高地，你可以在有些当地旅游纪念品商店里看到。”

他转身看着配挂板，板上挂着一些破旧的工具，他选了一把大号螺丝刀来开窗。

“可以找找标有‘教区登记簿’的箱子，”他建议道，“或者找找写有图瓦拉赫地区村庄名的箱子。”

“我不知道哪些村子是图瓦拉赫地区的。”布丽安娜说。

“哦，对啊，我忘记了。”罗杰把螺丝刀口插到窗框缝里，野蛮地凿着那层古老的漆。“找找这几个村庄，莫德哈……呃，马里亚南，还有……噢，圣吉尔达，还有其他村庄。我知道这些村子曾经有过不小的教堂，但这些教堂都被关闭或推倒了。”

“好的。”布丽安娜推开一张挂着的油布，突然尖叫着往后跳。

“什么？是什么？”罗杰从窗边转过身，螺丝刀已经准备在手里了。

“我不知道。我碰到油布的时候，有个什么东西飞快地跑走了。”布丽安娜指了指，罗杰如释重负地放低了手里的武器。

“噢，就这样？很有可能是老鼠。”

“老鼠！你这里有老鼠？”布丽安娜显然有些激动。

“嗯，我希望没有，因为如果有老鼠的话，它们肯定会咬完我们要找的资料。”罗杰回答道。他把手电筒递给她。“拿着，在没光的地方用，至少你不会被吓着。”

“谢谢。”布丽安娜接过手电筒，但她在看着那些箱子时，仍然有些不情愿。

“呃，继续啊，”罗杰说，“或者你想我即兴来一首老鼠讽刺诗？”

布丽安娜灿烂地笑了。“老鼠讽刺诗？那是什么？”

罗杰暂时没有回答，又一次尝试开窗。他用力向上推，感到肱二头肌把衣服绷紧。最终，伴随着一阵刺耳的撕裂声，窗户被打开了。一阵令人振奋的冷风从打开的那个六英寸宽的缝隙中吹了进来。

“天哪，这样好多了。”他夸张地朝着自己扇风，对布丽安娜笑着说，“我们开始干活吧？”

她把手电筒递给他，然后往后退了一步。“你去找箱子，我来整理，怎么样？还有，老鼠讽刺诗是什么啊？”

“你个胆小鬼，”他边说，边弯腰在油布下面搜寻，“老鼠讽刺诗是苏格兰的旧习俗。如果房子或谷仓里有老鼠，你可以写首诗来赶走它们——你还可以把这首诗唱出来——告诉它们房子或者谷仓里的饮食有多差，其他地方的饮食有多好。你跟它们说该去哪儿，还有怎么去，如果讽刺诗写得不错，它们或许会离开。”

他拉出一个贴着“詹姆斯党人杂项”的箱子，边把它搬到桌上，边唱：

“小老鼠，小老鼠，你们多得不胜数。如果想填饱肚，你们必须走，必须走。”

他狠狠地把箱子放下，鞠躬回应布丽安娜的咯咯笑声，然后又转身去搬箱子，继续用洪亮的嗓音唱：

“去坎贝尔家的菜园，那里没有猫咪守，那里的蔬菜绿油油。快去那里填饱肚，不要在这里咬我的橡胶鞋。小老鼠，快快走！”

布丽安娜赞赏地哼着鼻子说：“你现编出来的？”

“当然。”罗杰动作夸张地把箱子放到桌上，“好的老鼠讽刺诗必须原创。”他朝那排紧挨着的箱子看了一眼，“我刚才这么一唱，这地方周围几英里内都不会有老鼠了。”

“好。”布丽安娜从口袋里拿出一把大折刀，划破最上面那个箱子的封条，“你应该到旅馆去唱一首，妈妈说浴室里肯定有老鼠，有东西咬过她的肥皂盒。”

“要赶走可以吃肥皂的老鼠，天知道得花多少力啊，我这点微弱的能力应该不够吧。”他从一摞摇摇欲坠的废弃百科全书后面拿出一个破旧的圆形跪垫，铺展开放在布丽安娜边上，“来，你来处理教区登记簿，它们读起来容易些。”

他们工作了整个上午，气氛愉悦，不时会发现一些有趣的段落、奇怪的呓语，以及源源不断的灰尘，很少找到对项目有价值的东西。“我们最好停下来吃午饭。”罗杰最后说。他很不想回到房子里，因为回去又要受菲奥娜摆布，但是和他自己的肚子一样，布丽安娜的肚子也已经开始大声叫了。

“好。如果你不累的话，我们吃了饭再来。”布丽安娜站起来伸展着身子，拳头几乎碰到了陈旧车库的椽木。她在牛仔裤腿上擦了擦手，埋头走在一摞摞箱子间。

“嘿！”她在门边突然停下来，跟在后面的罗杰也突然停住，他的鼻子几乎碰到她的头。

“怎么了？”他问，“不会又是老鼠吧？”他欣喜地注意到，阳光照亮了她那粗粗的辫子，闪耀出紫铜色和金色的光亮。她被一小圈由灰尘组成的金色光环围绕着，正午的光线衬托出那带有修长鼻子的剪影。他觉得她看上去特别像中世纪的人——档案室的贵妇人。

“不是老鼠。罗杰,你看这儿！”她指着纸箱堆中间附近的一个纸箱。纸箱侧面有一张标签,上面是牧师用强劲手法写成的黑色单词“兰德尔”。

罗杰突然既激动又担忧，而布丽安娜只觉得激动。“或许这就是我们要找的东西，”她惊呼道，“妈妈说我们要找的就是我父亲感兴趣的东西，或许他已经问过牧师了。”

“有可能。”罗杰压抑住那种因为看到这个名字而突如其来的恐惧，跪着把这个箱子取出来，“我们把它拿到房子里去，可以在午饭后看看。”

他们在牧师书房里打开这个箱子，里面装着各种奇怪的东西，包括几个教区登记簿的陈旧影印件、两三本军队士兵名单、许多信件和散页文件、一小本用灰色硬纸板作为封皮的薄笔记本、一包边角卷曲的老照片，还有一个封面上印着“兰德尔”的硬壳文件夹。

布丽安娜拿起那个文件夹，然后翻开。“啊，是爸爸的族谱！”她惊呼，“你看。”她把文件夹递给罗杰。文件夹里有两张厚羊皮纸，纸上纵横画着简洁的族谱。族谱起始日期是一六三三年，而第二页末的最后一条写道：

弗兰克·沃尔弗顿·兰德尔；妻子：克莱尔·伊丽莎白·比彻姆；1937 年

“在你出生前制作的。”罗杰低声说。

他用手指慢慢指着家谱表的线条向下看，布丽安娜从他身后看着。“我之前见过。爸爸的书房里有一份，他经常拿来给我看。不过他那份族谱的最后有我的名字。你这份肯定是之前制作的。”

“或许牧师帮他做过研究。”罗杰把文件夹还给布丽安娜，然后从桌上的纸堆里捡起一张。

“这儿有一件你的传家宝，”他说，摸着凸印在页眉上的盾徽，“乔治二世国王签署的军队委任状。”

“乔治二世？天哪，还在美国革命爆发之前。”

“之前很久。这上面的日期是一七三五年，姓名是乔纳森·沃尔弗顿·兰德尔。你知道这个名字吗？”

“知道。”布丽安娜点点头，散落的发丝垂到了脸上。她随手把头发捋回去，然后把那张委任状拿过来。“爸爸时不时就会提起这个名字，是他熟知的少数祖辈之一。这个人是英军队长，在卡洛登与‘美王子’查理对阵过。”她抬起头，眨眼看了看罗杰。“其实我觉得他可能也在卡洛登阵亡了。他不会被葬在卡洛登吧？”

罗杰摇摇头：“应该不会，战斗结束后收拾战场的是英格兰人。他们把大多数阵亡的战友送回到家乡安葬，至少对阵亡的军官是这样。”

菲奥娜拿着像军旗一样的鸡毛掸子，突然出现在门口，让罗杰无法继续说下去。

“韦克菲尔德先生，”她大声说，“有人来开牧师的卡车，但是他启动不了。他问你能不能帮忙？”

罗杰有些内疚地往外走。他把卡车电瓶拿去修车厂检查，之后就一直放在自己的莫里斯车的后座里，难怪说牧师的卡车没法启动。

“我出去处理一下，”他对布丽安娜说，“恐怕得花点时间。”

“没问题的。”她朝他微笑着，蓝色的双眼眯成了三角形，“我也得走了，妈妈也应该回去了。有时间我们或许可以去克拉发冢。感谢你们的午餐。”

“我……和菲奥娜都很荣幸。”他很遗憾没法送她，毕竟事务缠身。他看了看散在桌上的文件，然后把它们收起来装到箱子里。

“给你，”他说，“这些都是你的家族记录。你拿着。或许你目前会感兴趣。”

“真的吗？那谢谢你，罗杰。你确定要给我吗？”

“当然，”他说着，小心翼翼地把装有族谱的文件夹放到上面，“噢，等等。这个我得留着。”在委任状下，那个灰色笔记本露出一角。他把它拉出来,然后把弄乱的纸张整理回盒子里。“它看上去像是牧师的日记。不知道怎么跑这儿来了，我最好把它放到装日记的箱子里。历史学会说想要完整的牧师日记。”

“噢，当然。”布丽安娜把箱子抱在胸前，起身准备离开，但她有些犹豫地看着他，“你希望我回来吗？”

罗杰朝她微笑。她的头发上粘着蜘蛛网，鼻梁下面有长长的一条泥污。

“当然，”他说，“那我们明天见，嗯？”

罗杰帮忙发动那辆老卡车，然后接待了前来区分古董和垃圾、为拍卖牧师家具定价的家具鉴定商。在做这些乏味的事情时，他始终想着牧师的那本日记。

处置牧师的物品，让罗杰有种不安定的忧郁感。毕竟，这样做就是在肢解他自己的童年，就像清除那些无用的小摆设一样。等到吃完饭坐到书房里时，他甚至说不清楚，他之所以捡起那本日记，是因为他对兰德尔母女的好奇心，或者只是想重拾他与那个当了自己父亲很多年的人之间的微弱联系。

牧师的日记写得很仔细，匀称的墨迹记录着韦克菲尔德牧师多年来所生活的教区和社区的所有大事。抚摸着那本简朴的灰色笔记本，看着那些页面，罗杰立马想到了牧师的样子——牧师勤劳地记录着当天发生的事情，那光秃秃的头顶在台灯光里隐隐发光。

“这是种自制力，”他曾经给罗杰解释，“你知道的，定期做某件可以梳理你思路的事情有特别大的益处。天主教修道士每天都有固定的时间进行祷告，牧师都有日课。我恐怕没有那种直接奉献的本领，但记录每天发生的事情，可以让我头脑更清醒，然后我才可以平心静气地晚祷。”

平心静气。罗杰希望自己也能做到，但自从在牧师桌上看到那些剪报后，他就再没有平静过。

他随意翻开那本日记，慢慢翻动着页面，寻找提到“兰德尔”这个名字的地方。这本日记的记录范围是一九四八年一月至六月。虽说他给布丽安娜说的关于历史学会的事情不假，但那并不是他想留下这本日记的主要原因。一九四八年五月，克莱尔·兰德尔在神奇失踪后再次出现。牧师和兰德尔家很熟，他肯定会把这种大事记在日记里。

确实，他在五月七日就写道：

今晚拜访了弗兰克·兰德尔的妻子。关于她的这件事，真是让人苦恼。昨天看望了她，她很虚弱，但双眼泛光。和她坐在一起让我有些不自在。真是个可怜的女人，虽然她说话的时候很理智。

她所经历的事情——无论那是什么，都足以让人精神错乱。还有那些关于这件事的糟糕流言——巴托罗缪医生太不小心，居然把她怀孕的事泄露出去了。这对弗兰克来说很艰难，对她来说当然也很艰难！他们两个我都很同情。

格雷厄姆太太这周生病了，病得真不是时候。下周要举办杂物义卖，门廊里堆满了旧衣服……

罗杰快速往后翻，寻找其他提及兰德尔家的地方，并在同一星期内找到一篇：

五月十日

弗兰克·兰德尔来家中用餐。我尽最大努力与弗兰克和他妻子公开交往。大多数时候我会去陪她坐上一小时，希望能够平息某些流言蜚语。那些流言现在变得可怜她了，有人说她疯了。我认识克莱尔·兰德尔，说她疯了比说她不道德更让她生气——到底哪种说法是对的？

我反复尝试谈论她的经历，但她绝口不提。关于其他事情的谈话还算顺利，但我总觉得她有心事。

必须做点笔记，在礼拜日就流言的害处进行布道，尽管我担心通过布道让更多人关注这件事只会让情况变得更糟。

五月十二日

始终觉得克莱尔·兰德尔没疯。自然听到过流言蜚语，但她的行为没有丝毫不稳定的情况。

她肯定有某个可怕的秘密，一个她下定决心要保守的秘密。说来奇怪，在谈论这件事的时候，弗兰克也寡言少语。我敢肯定她跟弗兰克说过什么。我尝试让他们知道，我希望能尽力帮上忙。

五月十四日

弗兰克·兰德尔登门拜访。他让我帮忙，但是他本来就是史学家，不明白他为什么还要我帮忙。这让人很迷惑。不过，看来这对他很重要。他很压抑，就像钟表上紧了发条。我担心他会爆发。

克莱尔已经康复到能够旅行。他打算这周带她去伦敦。我向他保证，如果有结果的话，我会给他在大学的地址寄信。不告诉他妻子。

我手里有些关于乔纳森·兰德尔的物件，但我不知道为什么弗兰克的祖先和这件事有关系。至于詹姆斯·弗雷泽，我跟弗兰克说，我什么都不知道，这个人完全是个谜。

“完全是个谜。”这话还有其他意思，罗杰想。弗兰克·兰德尔让牧师做什么？显然是让他查找关于乔纳森·兰德尔和詹姆斯·弗雷泽的信息。这么说来，克莱尔跟弗兰克说过关于詹姆斯·弗雷泽的事情，即使没有和盘托出，至少也说过些什么。

一个是一七四六年死于卡洛登的英军队长，一个是与一九四五年克莱尔失踪之谜有着密切联系的人，这二者之间有何联系？与布丽安娜生父之谜又有何联系？

这本日记的其他部分记录的全是教区里发生的杂事：德里克·高恩长期醉酒，最终在五月末淹死在尼斯河，被人捞起来时已经是一具被水泡胀的尸体；麦基·布朗和威廉·邓迪匆匆完婚，婚后一个月就给女儿朱恩洗礼命名；格雷厄姆太太动了阑尾切除手术，牧师试着去处理教区里热心女士因为此事而送来的许多饭菜——大多数都喂给牧师当时养的那条狗赫伯特了。

读着这本日记，感到牧师对教众的那种热情关注重现在文字中，罗杰发觉自己笑了。他随意翻阅着，差点错过了最后那篇与弗兰克·兰德尔的请求有关的日记。

六月十八日

收到弗兰克·兰德尔寄来的短笺，告诉我他妻子的健康状况不稳定，肚子里的孩子有可能不保，请求我进行祈祷。

回信告知我会祈祷，并祝他们一切安好。附上我已为他收集到的信息。不知道这些信息对他有没有用，不过这需要他自己判断。我告诉他我意外发现了乔纳森·兰德尔在圣吉尔达的坟墓，问他是否需要我去拍张墓碑的照片。

就这些，再没有其他提及兰德尔家或弗雷泽的地方。罗杰放下日记，按了按太阳穴，阅读那些手写的歪斜文字让他有点头疼。

除了证实了他的猜疑，知道那个叫詹姆斯·弗雷泽的人也与此事有牵连以外，整件事情仍然难以理解。乔纳森·兰德尔和这件事有什么关系？到底为什么他被葬在圣吉尔达？委任状上说他的籍贯为萨塞克斯的一个庄园，那他为什么会被埋在遥远苏格兰的墓地里？确实，那儿离卡洛登并不特别远，可为什么不把他送回萨塞克斯呢？

“你今晚还有什么需要的吗，韦克菲尔德先生？”菲奥娜的声音让他从徒劳的沉思中醒过来。他眨着眼坐起来，看到她拿着扫帚和抹布。

“什么？呃，不，不需要了，谢谢你，菲奥娜。你拿着这些东西干什么？这个点了，你不会还要打扫吧？”

“哦，是教堂里的女士，”菲奥娜解释道，“你记得吗，你跟她们说明天可以在这里开月会。我觉得我最好收拾一下。”

教堂里的女士？四十个满怀同情的家庭主妇，穿着花呢服装、套装毛衣，戴着人工养殖的珍珠，像雪崩一样涌到牧师家。想到这点，罗杰就觉得害怕。

“你明天要和她们一起用茶吗？”菲奥娜问，“牧师以前经常那样做。”

想到要在招待布丽安娜·兰德尔的同时，招待教堂里的女士，罗杰就没法镇静下来。

“呃，不了，”他突然说，“我……我明天有约会。”

他把手放到桌上那台被半掩埋在杂物中的电话上：“抱歉，菲奥娜，我得打个电话。”

布丽安娜自顾自地笑着走回卧室。我暂停看书，抬起头，扬起一边眉毛问她：“罗杰打的电话？”

“你怎么知道？”她看上去有些惊讶，片刻过后又咧嘴笑起来，边笑边脱下浴袍，“噢，因为我在因弗内斯只认识他？”

“我想你那些男性朋友不会从波士顿打远洋电话过来，”我说，看了眼桌上的时钟，“至少在这个点不会，他们应该都在踢足球。”

布丽安娜没有理会，把脚放到被子里：“罗杰邀请我们明天去一个叫圣吉尔达的地方，说是个有趣的老教区。”

“我听说过，”我打着哈欠说，“可以啊，为什么不去呢？我把标本夹带上，说不定还能找到些多变小冠花——我答应给阿伯内西医生找些做研究。不过，如果我们要整天步行阅读那些古老的墓碑，我现在就要说不去。挖掘史料是件烦琐的事。”

布丽安娜脸上闪过某种神情，我以为她要说些什么，但她只是点点头，伸手去关灯，而那种神秘的微笑还藏在嘴角。

我躺在床上，看着黑暗，听着她翻身时发出的轻微声音逐渐变成睡眠时抑扬顿挫的呼吸声。圣吉尔达，呃，我没去过那儿，但我知道。正如布丽安娜所说，那是个古老的教区，早就已经荒废，根本没有游客光顾，偶尔有研究人员前去。或许这是我一直在等待的机会？

我可以和罗杰、布丽安娜去那里，而且只有我们三人，基本不用担心有人打扰。在这个地方，在圣吉尔达那些长眠于地下的教区居民当中，给他们讲清楚或许很适合。罗杰还没有查到其他拉里堡人的下落，但是可以肯定的是，这些人至少活着离开了卡洛登，这就是我现在需要知道的全部，那样我就能告诉布丽事情的结局了。

想到他们会就此事向我提问，我感到有些口渴。我该怎么说呢？我试着设想我的坦白方式、内容，以及他们的反应，却只是徒劳。我特别后悔向弗兰克承诺不给韦克菲尔德牧师写信。如果我给他写信，至少罗杰可能已经知道这件事了，或者也不知道，因为牧师有可能不相信我的话。

我心烦意乱地翻身，想寻找灵感，却慢慢感到疲倦。我最终放弃了，翻身平躺着，在黑暗中闭着眼。我刚才想到牧师，似乎这就召唤来了他的灵魂。在我逐渐淡去的意识里，飘来《圣经》中的一句话：不要为明天忧虑。牧师似乎在轻声对我说，一天的难处受一天就够了。

我在昏暗中醒来，双手紧抓着被褥，心脏剧烈地跳动着，像定音鼓一样让我颤抖起来。“天哪！”我说。

我的丝质睡袍热乎乎的，紧贴着身体。我往下看，透过睡袍能隐约看到凸起的乳头，它们像大理石一样硬。阵阵痉挛就像余震，仍然在腰部和腿部轻轻荡漾。我真希望自己没有喊出来。我或许并没有喊出来，因为我还能听到房间里布丽安娜平静、匀称的呼吸声。

我倒回到枕头上，虚弱地颤抖着，这次突如其来的潮涌打湿了我的鬓角。

“圣耶稣基督 · 罗斯福。”我嘟哝道。我深深吸了口气，心跳逐渐恢复了正常。

睡眠循环被打乱的结果之一，就是你无法连贯地做梦。从年轻母亲、实习医生、住院实习医生，到夜间值班医生，经过这么多年，我已经习惯了一倒头就沉睡过去，做的梦也只不过是些碎片和闪回，是无休止的闪烁画面，它们都是神经元突触应对即将到来的第二天的工作给自己充电时随机激发而产生的。

最近几年，因为重新有了算得上正常的工作安排，我又开始做梦。我做的那些梦，无论是噩梦还是美梦，都是常见的那种类型——长时间的连续画面，以及在思想森林中的漂泊。而且我也熟悉这种梦；在那种可以礼貌地称之为贫困时期的时代，这种梦很常见。

但是，这种梦通常都是飘忽着出现的，像缎子床单一样柔软。如果它们让我醒过来，我也会很快再次睡着，因为有种持续不到清晨的记忆而隐约感到心满意足。

这次不一样。并不是说这次的梦境我记得很多，但是我隐约感到有一双手抓着我。这双手猛烈、急切，不温柔，却难以抗拒。一个几乎是喊叫的声音，以及我那渐渐放慢的心跳的声音，回响在我的耳洞里。

我把手放在跳动着的胸口上，感到丝质睡袍下柔软、丰满的乳房。布丽安娜发出轻微的鼾声，然后又平稳地呼吸起来。我记得在她小时候聆听她的呼吸声，那种让人安心的缓慢韵律，甚至像心跳一样，在昏暗的婴儿室回响着。

在我的手下面，在那深粉色的丝绸下面——这颜色就像婴儿熟睡中泛红的脸颊——我的心跳放慢了速度。抱着婴儿喂奶时，婴儿头部的曲线刚好能与她吸吮的乳房的曲线契合，似乎这个新生儿确切地反映着母亲的血肉。

婴儿都很轻柔。只要看着他们，你就能看到娇嫩、脆弱的肌肤，感受到那种玫瑰花瓣般的轻柔，让你想用手指抚摸。但是，当你与他们生活并且爱他们时，你会觉得这种轻柔在往内心走；这些脸蛋圆圆的家伙，就像蛋奶沙司一样柔软；他们的小手柔软地展开着，关节就像熔化的橡胶；即使在你很开心他们的存在，满怀热情地用力吻他们时，你的双唇也会往下陷，似乎永远也感觉不到骨骼。把他们抱在怀里时，他们就会按照你身体的形状熔化，好像随时有可能重回你的身体一样。

但是，从出生起，每个孩子身体里都存在着少许钢铁，它会说“就是我”，并且会成为孩子性格的核心。

第二年，孩子身体内的骨骼变硬，孩子也就能够站直，头骨也会变宽、变硬，就像一个头盔，保护着其中那种轻柔。那种“就是我”的个性也在成长。看着他们，你几乎能看到这种个性，它像树木的心一样结实，在半透明的血肉里焕发着光亮。

六岁时，他们脸上的骨骼开始显现，其中的灵魂在七岁时便固定下来。而肉体将骨骼包裹的这个过程还在继续，等到这个过程到达顶峰，他们已经进入青春期，有了光鲜的外表，所有的轻柔都被隐藏到青少年用来保护自己的多种光彩的新性格下。

在接下来几年里，他们在寻找并确定性格的各个方面时，从内向外逐渐变得坚毅，直到那种“就是我”的个性固定下来。这种个性就像琥珀里的昆虫，既脆弱，又精致。

我以为我早已逾越了这个阶段，身上的轻柔早已踪迹全无，而且正在逐渐进入那种拥有不锈钢特质的中年。但是，我现在觉得弗兰克的去世在我身上打开了裂口，而且这些裂口越来越大，以至于我无法再通过否认来弥补它们。我把女儿，以及她那如苏格兰高地的山脊般强健的骨骼带回苏格兰，希望她的躯壳足够坚强，能够支撑住她，同时她那种“就是我”的个性的中心仍然可以触碰得到。

但是，我自己的中心不再是孤立的“就是我”，而且我无法抑制内心发散出来的那种轻柔。我不再清楚自己是什么，也不知道她会成为什么；我只知道我必须要做什么。

因为我回到了苏格兰，而且在苏格兰高地的凉爽空气中又做了梦。我梦境中的声音仍然回响在我的耳中和心中，与布丽安娜睡梦中的呼吸声一起不断重复着。

“你属于我，”这个声音说，“属于我！我不会让你走。”

CHAPTER 05

爱　妻

圣吉尔达的教堂墓地安静地躺在阳光下。墓地并不完全平整，占据着整块因为某种地理异常而从山的一侧切割出来的台地。这片地崎岖不平，墓碑要么掩藏在小块的低洼地里，要么突兀地插在土丘顶上。地面的不断移动让许多墓碑歪斜或倒下，最终破碎地倒在长长的野草里。

“有点杂乱。”罗杰带着歉意说。他们在墓地大门前停下来，看着墓地里为数不多的古老石碑。那排在很久以前就种下、用来抵挡来自北海风暴的高大紫杉，如今已高过墓碑，将墓碑覆盖在阴影中。云层在远方的狭长海湾上堆积起来，但小山顶上洒着阳光，空气宁静而温暖。

“以前，父亲每隔一两年就会在教堂里组织人手来整理这个地方，但是最近几年恐怕无人打理了。”他试探着推开停柩室的门，注意到门上的合页和门闩已经破裂，吊在一颗钉子上。

“这是个迷人、安静的地方。”布丽安娜小心翼翼地从破裂的大门中间挤过，“有些年头了，是吧？”

“对，有些年头了。父亲觉得这个教堂的下面是某座早期教堂或更古老的寺庙的遗址，所以才会被建在这个不方便的地方。他的一位朋友就经常扬言要来发掘这个地方，看看地下是什么，不过他当然得不到教会的许可，即便这个地方已经被改为俗用很多年了。”

“爬上来也挺不容易的。”布丽安娜用那本旅游指南朝脸上扇着风，脸上因为爬山而出现的红晕逐渐散去。“不过挺漂亮的。”她用欣赏的眼光打量着教堂的外表。教堂建在悬崖上的一个自然缺口里，石头和木材都是靠人工安装上去的，其间的缝隙则是用泥炭和泥巴填塞的，所以教堂像是长在那里，成为崖面的一部分。门槛和窗框上都装饰着古老的雕刻图案，有些图案是基督教的标志，有些则明显更加古老。

“乔纳森·兰德尔的墓碑在那边吗？”她挥手指了指大门那边的墓地，“母亲会很惊讶的！”

“对,应该是在那边,我也没有见过。”他希望这是个让人愉悦的惊讶。前一天晚上，在他通过电话谨慎地向布丽安娜提及乔纳森·兰德尔的墓碑时，她表现得满腔热忱。

“我知道乔纳森·兰德尔，”她在电话里对罗杰说，“爸爸一直很崇拜他，说他是家谱上少有的有趣的人之一。我猜他是个好士兵，爸爸收集了许多他获得的奖章和其他东西。”

“真的？”罗杰回头找寻克莱尔，“要不要去帮你母亲拿那个标本夹？”

布丽安娜摇摇头：“不用，她在路边找到一株不容错过的植物，一会儿就上来了。”

这个地方很安静。正午将至，即使是鸟类也静悄悄的。台地边上的深色常青树也很平静，没有微风拨动它们的枝丫。没有新坟墓在墓地上留下新伤疤，没有塑料花标签说明最近有人下葬，这片墓地只散发着早已逝去的人们的平静。在这片孤寂、空旷的台地上,纷争和麻烦早已远去，只剩下他们曾经活过这个事实，给人一种有人存在的慰藉。

三位来客走得并不快，漫不经心地走在古老的墓地里。罗杰和布丽安娜会停下来读那些被风雨侵蚀过的石碑上的古怪文字，克莱尔则不时弯腰剪下一根藤蔓，或拔起一株开花的植物。

罗杰在一块墓碑前弯着腰，笑着召唤布丽安娜来读碑文。

“靠近来读，脱下帽子，”她读道，“因为这里安息着市政官威廉·沃特森，他因在饮酒上思考和节制而闻名。”布丽安娜读完后站起来，笑得满脸通红。“上面没有日期，我想知道威廉·沃特森是哪个时代的人。”

“很有可能是十八世纪的，”罗杰说，“十七世纪的墓碑基本上都被侵蚀得没法读了，而且最近两个世纪也没有人被埋到这里，这教堂在一八〇〇年就改作俗用了。”

没过多久，布丽安娜发出沉闷的欢呼声。“找到了！”她站起来，朝克莱尔挥着手。克莱尔站在墓地那边，打量着手里的一截绿色植物。布丽安娜喊：“妈妈！快过来看。”

克莱尔朝他们挥挥手，小心翼翼地穿过众多墓碑，朝他们站的那个地方走去。他们边上是一块平整的方形石碑。

“怎么了？”她问，“找到有趣的墓碑了？”

“算是吧，认识这个名字吗？”罗杰往后退了一步，让她看得更清楚。

“圣耶稣基督·罗斯福！”罗杰有些惊讶地看了克莱尔一眼。他发现她的脸色那么苍白，感到有些担心。她低头看着那块被风雨侵蚀的石碑，喉咙处的肌肉因为吞咽而动了一下。她之前采摘的那株植物，已经被她不经意地捏坏在手里。

“兰德尔医生——克莱尔——你没事吧？”

她那双琥珀色的眼睛里充满了茫然，而且在那么一瞬间，她似乎没有听见罗杰的话。随后她眨了眨眼，抬起了头。她的脸色依然苍白，但她看上去已经有所好转，重新控制住自己了。

“没事。”她平淡地说。她弯下身子，用手指抚摸着碑文，像是在读盲文一样。

“乔纳森·沃尔弗顿·兰德尔，”她轻声说，“一七〇五到一七四六。我告诉过你，不是吗？我告诉过你，你个浑蛋！”她的声音，刚才还那么平淡，现在却突然变得激烈，带着一种压抑住的怒火。

“妈妈！你没事吧？”布丽安娜拉着她母亲的手臂，明显有些惊慌失措。

罗杰觉得克莱尔的双眼后面似乎突然拉起一扇帘子，在她意识到有两个惊慌的人在看着她时，曾经流露在她眼中的那种感情突然被遮蔽了。她短暂地笑了笑，机械地做了个鬼脸，然后点头说："没事，当然没事儿，好着呢。"她张开手掌，那根软绵绵的植物掉到了地上。

"我以为你会惊讶。"布丽安娜担心地看着她母亲，"这不是爸爸的祖先吗？那个在卡洛登死去的士兵？"

克莱尔低头看了一眼脚边的墓碑。

"是的，"她说，"他已经死了，不是吗？"

罗杰和布丽安娜对望了一下。罗杰觉得有必要转移下大家的注意力，于是伸手拍了拍克莱尔的肩膀。"今天真热，"罗杰假装平静地说，"或许我们应该去教堂里乘乘凉，圣水盆上有些很有趣的雕刻图案，值得一看。"

克莱尔朝他笑了笑，这次是真的微笑，笑容有点疲倦，但特别正常。"你们去吧，"她说，偏头让布丽安娜也去，"我得呼吸点新鲜空气，就在外面待会儿。"

"我陪你。"布丽安娜犹豫不决，明显不愿意让母亲单独待在外面，但克莱尔已经冷静下来了，她那副发号施令的架子也回来了。"胡来。"她尖刻地说。看到罗杰想开口抗议，她又坚决地补充道："我一点事儿都没有。我去那边的树下面坐会儿。你们去就是，我更想一个人待会儿。"她毫不迟疑，转身朝墓地西边那排深色的紫杉走去。

布丽安娜犹豫地看着母亲，但罗杰拉着她的手肘朝教堂走去。"最好让她自己坐会儿，"他轻声说，"毕竟她是医生，有没有事儿她自己清楚的。"

"嗯……我觉得是。"布丽安娜又不安地看了一眼克莱尔远去的身影，然后随着罗杰走向教堂。

教堂只是个铺着木地板的空房间。那个废弃的圣水盆，因为无法搬动，所以还留在那里。这个浅浅的水盆，是在房间一侧的石头壁架上挖出来的。水盆上面雕刻着圣吉尔达的面容，面容上的双眼虔诚地向上，空洞地看着天花板。

“最先这上面刻的或许是某个异教的神，”罗杰用一根手指摸着雕刻图案的纹路说，“你可以看到他们在原有画像上新加的面纱和头巾，更不用说那双眼睛了。”

“像水煮荷包蛋一样，”布丽安娜同意道，模仿画像翻着白眼，“这些雕刻图案是什么？看上去很像克拉发冢外面皮克特人石碑上的图案。”

他们沿着教堂墙壁闲逛，呼吸着充满尘土的空气，检查石墙上的古老雕刻，阅读那些被早已逝去的教区居民钉在墙上、用来纪念更久远祖先的小木板。他们说话的声音都很低，以便能听到外面墓地上传来的任何声音，但外面一片安静，他们也就慢慢地再次放松下来。

罗杰跟着布丽安娜走到房间前面，看着从她辫子里散落出来的发丝潮湿地卷曲在颈子上。

教堂前面只剩下简朴的木质壁架，下面的圣坛石板已经被搬走，留下一个空洞。不过，站在布丽安娜身边，面对着已经不复存在的圣坛，罗杰感到脊柱里有些颤动。

他那种特别强烈的情感似乎在空荡荡的教堂里发出回响。他希望布丽安娜不要听见这种回响，毕竟他们才认识一个星期，几乎没有私人的谈话。如果知道了他现在的感觉，她肯定会很吃惊，或者会被吓着。更糟糕的是，她可能会笑他。

但是，他偷偷看了她一眼，她的面容镇静、严肃。这张脸也在看着他，深蓝色的眼睛里有种神情，让他朝她转身，下意识地把手伸了过去。

这个亲吻短暂、温柔，就和婚礼结束时的礼节性亲吻差不多，但是其冲击力却十分显著，似乎他们在这一刻以身相许了一样。

罗杰松开了双手，但是她的温暖还留在双手、嘴唇和身体里，让他觉得自己仍然抱着她。他们站了片刻，轻触着对方身体，呼吸着对方的气息，然后她向后退了一步。罗杰的手掌里还有那种触摸她的感觉。他握紧双手，企图握住那种感觉。

教堂里停滞的空气突然被震碎，回响的叫喊声把尘埃散在空中。还未来得及多想，罗杰就已经到了外面，跌跌撞撞地奔跑在那些倒塌的石碑上，朝那排深色的紫杉树冲去。他拨开茂密的枝丫，没顾得上为布丽安娜遮挡那些掉落的枝条。它们热乎乎地落在了他脚后跟上。

他看到树荫下面克莱尔的苍白脸庞。她浑身都没有了血色，看上去就像一个靠着紫杉树深色枝丫的鬼魂。她站了一会儿，身子摇晃着，然后跪到草地里，似乎双脚无法再支撑她一样。

“妈妈！”布丽安娜跪到蜷缩着的克莱尔边上，摩擦着克莱尔无力的手，“妈妈，你怎么了？你头晕吗？你得把头埋在膝盖上面。来，为什么不躺下来呢？”

克莱尔拒绝了女儿的帮助，她纤细脖子上的低垂头颅又抬了起来。“我不想躺着，”她喘着说，“我想……啊，天哪，我的天哪。”她跪在杂乱的草丛中，伸出颤抖的双手，摸着那块石碑的表面。那块石碑是花岗岩制成的一块简单的石板。

“兰德尔医生，呃，克莱尔？”罗杰单膝跪到她身边，伸手到她另外一只胳膊下扶着她。看着她的外貌，罗杰真的很担心。她的鬓角上冒出了细微的汗液，似乎随时有可能晕倒。“克莱尔，”他又急切地说，试着把她从恍惚中叫醒，“怎么了？这个名字你认识吗？”他一边说话，耳中一边回响着他之前对布丽安娜说过的话：十八世纪以来就没有人被埋在这里，最近两个世纪都没有人被埋到这里。

克莱尔把罗杰的手推开，然后像抚摸肌肤一样爱抚着那块石碑，温柔地沿着上面的文字抚摸，文字的纹路已经变浅，但仍然清晰可辨。

“詹姆斯·亚历山大·马尔科姆·麦肯锡·弗雷泽，”她读出声来，“是的，我认识他。”她放低手掌，把石碑边上浓密的杂草拨开，露出石碑底部那排较小的文字。“克莱尔之爱夫。”她读道。“是的，我认识他。”她又说。她的声音很低,罗杰几乎没有听见。“我就是克莱尔,他是我的丈夫。”然后她抬起头，看着女儿那张苍白、震惊的脸。“也是你的父亲。”她说。

罗杰和布丽安娜低头盯着她。墓地里寂静无声，只有头顶上紫杉树沙沙作响。

“不！”我很生气地说，“这是第五次了。不！我不想喝水。我没有中暑，也没有头晕。我没病，也没有疯，虽然你们觉得我疯了。”

罗杰和布丽安娜面面相觑，很明显他们就是觉得我疯了。他们两个把我扶出墓地，送到车上。我不让他们送我去医院，所以我们回了牧师住宅。罗杰给我配了治疗休克的药用威士忌，但是他现在看了看电话，似乎在想要不要打电话求助，比如让人送件拘束衣来。

“妈妈。”布丽安娜宽慰地说，伸手想帮我把脸上的头发捋回去，“你有些难过。”

“我当然难过。”我不耐烦地说。我颤抖着深吸一口气，紧闭着双唇，直到确定自己能够平静地说话。“我当然难过，”我说，“但我没有疯。”我停下来，努力控制住情绪。我并不想以这样的方式告诉他们。我不清楚我到底想采取何种方式，但绝不是像这样：在毫无准备、毫无时间组织思绪的情况下突然说出真相。那个该死的坟墓扰乱了我的计划。

“去你的，詹米·弗雷泽！”我气冲冲地说，“你到底在那里做什么，那儿离卡洛登有好几英里远啊！”

布丽安娜不安地睁大双眼，罗杰的手在电话旁徘徊。我突然停下来，试着控制住自己。镇静下来，比彻姆，我对自己说，深呼吸，一次……两次……再深呼吸。现在好些了。其实很简单,你只用告诉他们真相就行。你来苏格兰不就是为了这个吗?

我张开嘴，但是没有说出话。我又闭上嘴，也闭上眼睛，希望在看不见面前两张苍白的面孔时，我的勇气能够回来。就让我……说出……

真相，我祈祷道，但我不知道我是在向谁祈祷。我是在向詹米祈祷，我想。

我之前说过一次真相，但结果并不好。

我紧紧地闭着双眼。我又能闻到医院里那种石炭酸的味道，感到脸颊下那种浆过的陌生的枕套。外面的走廊上传来弗兰克的声音，他那因为迷惑和怒火而哽咽的声音。

“不要逼她，你什么意思？不要逼她！我妻子消失三年，回来时全身肮脏，被人虐待过，还怀孕了。天哪！我还不能去问问她？”

随后传来医生那让人安慰的低弱声音。我听到他说“幻觉”“创伤性状态”“晚些时候再问她，老兄，再等等”，而弗兰克仍然在争辩和打岔，他的声音温和却坚定地逐渐消失在走廊里。他那种如此熟悉的声音，又在我心里激起阵阵伤痛、愤怒和恐惧。

我把身体蜷缩起来保护自己，把枕头紧紧抱在胸前，使劲咬着它，直到咬破棉质的枕套，用牙咬着里面柔软的羽毛。

我现在就在咬着它们，咬着新枕头里的填充物。我停了下来，睁开双眼。

“是这样的，”我尽可能理智地说，“我很抱歉，我知道说出来你们会怎么想，但我要说的是真的，我也没办法。”

我的话并没有让布丽安娜安心。她朝罗杰靠近了一些，罗杰那副厌恶的表情不见了，反而表现得有些好奇。他是否可能拥有足够的想象力来理解事情的真相呢？

我从他的神情里看到了希望，然后松开了拳头。“都是那些该死的石头，”我说，“你知道的，那个立着的石圈，妖精岭上，靠西面。”

“纳敦巨岩，”罗杰低声说，“是那个吗？”

“是的，”我刻意吐了口气，“你或许知道关于妖精岭的传说，你知道吗，说人们被困在石山里，醒来后发现自己穿越到两百年后？”

布丽安娜现在看上去更加不安了。

“妈妈，我真的觉得你应该上去躺会儿，”她说着从座位上半站起来，

“我可以去叫菲奥娜……”

罗杰把一只手放在她手臂上，拦住了她。“不，等等。”他说。他看着我，带着某种压抑住的好奇心；科学家在显微镜下面放置新玻璃片时，就会表现出这种好奇心。“你继续说。”他对我说。

“谢谢，”我冷冷地说，“不要担心，我不会一开始就说些关于妖精的胡话。我只是觉得，或许应该让你们知道那些传说并不是毫无依据。我不知道那上面是什么，也不知道为什么会那样，但事实是……”我深吸一口气，“事实就是，我在一九四五年穿过那里的一块该死的石头，最后来到一七四三年，置身于一个山脚下。”

我对弗兰克说过同样的话。他当时愤怒地盯着我看了片刻，然后拿起床头柜上的花瓶摔在地上。

罗杰看上去就像一个用新显微镜看到了机遇的科学家。我在想为什么，但我太全神贯注于这件难事，无法找到还算正常的话语。

“我碰到的第一个人是个全副武装的英格兰骑兵，”我说，“这让我知道事情有些不对劲。”

罗杰脸上突然挂起微笑，但布丽安娜看上去仍然很惊恐。“这我能想象。”他说。

“困难的是我回不来，你明白。”我想我最好把话说给罗杰听，不管他相信与否，他至少看上去乐意倾听。

“问题是，当时的女士并不会只身四处走动，就算她们要那么做，也不会只穿着印花裙子和牛津乐福鞋。”我解释道，“从那个骑兵队长开始，我遇到的每个人都知道我不对劲，但是他们不知道哪里不对。他们怎么能知道呢？我现在都没法解释，更何况那时呢。而且当时的疯人院远比现在的糟糕，里面不会让你编篮子的。”我补充说，试着开个玩笑，但这个玩笑并不很成功。布丽安娜面容扭曲，看上去比之前更加担心了。

“那个骑兵，”我说道。回忆起乔纳森·兰德尔，皇家龙骑兵第八队队长，我全身就会短暂地颤抖。“我最先以为这是我的幻觉，因为他长得特别像弗兰克。最先看到他时，我以为他就是。”我看了一眼桌子，桌上放着弗兰克的一本著作，它的背面印着弗兰克的照片，一个黝黑、帅气、脸庞清瘦的男人。

“真是个巧合。”罗杰说道。他有些戒备地看着我。

“呃，是巧合，也不是巧合。”我说，努力把眼睛从那摞书上挪开，“你知道，他是弗兰克的祖先。他们家的男人都很像——至少外貌很像。”我补充道，脑子里想着那种让人震惊的非外貌差异。

“什么……他像什么？”布丽安娜似乎从恍惚中醒来，至少稍微清醒了。

“他是个该死的下流性变态。”我说。他们两人的眼睛睁得大大的，面面相觑，都带着相同的惊恐神情。

“你们不必表现成那样，”我说，“十八世纪就有性变态，你们知道的，这不是什么新东西。只是当时或许更加糟糕，因为只要不声张，表面上正派，就没有人在意。乔纳森·兰德尔是军人，他在苏格兰高地管着一支守备部队，负责控制那里的各个氏族。他的活动范围特别广，都是官方授权的。”我从还端在手里的威士忌酒杯里喝了一大口，好让自己缓和一些。

“他喜欢伤害别人，”我说，“特别喜欢。”

“他有没有……伤害你？”在明显的停顿后，罗杰体贴地问道。布丽似乎在控制自己，紧绷着脸颊上的皮肤。

“没有直接伤害，或者说至少伤害得不是特别深。”我摇摇头。我能感到胃里有个冰凉的点，喝下肚的威士忌几乎没有让它温暖起来。杰克·兰德尔曾经打过那儿。我能在记忆中感到它，就像已经愈合了很久的伤疤上的疼痛。

“他的喜好特别多，但他……想的是詹米。”无论如何我也不会用“爱”这个字。我觉得喉咙嘶哑，于是喝光了杯中的威士忌。罗杰端着酒瓶，抬起一边眉毛表示疑问。我点点头，把酒杯递了出去。

“詹米。詹米·弗雷泽吗？他是……”

“他是我的丈夫。”我说。

布丽安娜像马匹赶蚊子一样摇着头。

“但是你已经有丈夫了啊，”他说，“你不能……即使……我是说……你不能这样。”

“我没办法，”我斩钉截铁地说，“毕竟我不是故意那样做的。”

“妈妈，结婚可不是意外的事情啊！”布丽安娜逐渐丢掉那种热心护士对待精神病人的态度。我觉得这或许是件好事，即使这意味着愤怒。

“嗯，准确说来不是意外，”我说，“但相对于把我交给杰克·兰德尔，结婚是最好的选择。詹米娶我是为了保护我——他真是太仁慈了。”我说完，端着酒杯狠狠地看着布丽。“他不用这么做，却做了。”

我抗拒着不去回忆我们结婚那晚。他还是处子身，双手碰到我时在颤抖。我也很害怕，而且害怕得有道理。后来在黎明时分，他抱着我，我赤裸的后背贴着他赤裸的胸部，他温暖、强壮的大腿贴着我的大腿。他隔着我蓬乱的头发低声说：“别怕，只有我们俩。”

“要知道，”我又转身对着罗杰说，“我没法回来。在我躲避兰德尔队长的时候，一群苏格兰人发现了我。一群抢牛的苏格兰人，詹米就是其中之一。其他那些人是他母亲家的人，理士城堡的麦肯锡氏。他们不知道拿我怎么办，但他们把我作为俘虏带走了。我没法再次逃跑。”

我还记得我从理士城堡逃跑未遂，还记得跟詹米说出真相的那天。他和弗兰克一样不相信我的话，但他至少愿意装作相信。他带我回到妖精岭，回到石圈。

“他或许觉得我是女巫，”我闭着眼睛说，想到这里我笑了笑，“现在人们觉得你是疯子，当时人们觉得你是女巫。文化习惯啊。”我睁开眼睛解释道，“他们当时讲魔法，我们现在讲心理学。这两个东西他妈的并没有什么两样。”罗杰点了点头，看上去有些惊讶。

“在克兰斯穆尔村，就在城堡下面，”我说，“他们把我当作女巫来审判。但是詹米救了我，于是我就告诉他真相。然后他带我去了妖精岭，让我回来找弗兰克。”我停下来深吸一口气，回忆起在那个十月的下午，我对命运的掌控被剥夺了那么久过后，突然又回到我的手里，而且不是我可以选择的，而是要求我去做的。

“回去！”詹米说，“你在这里什么都没有，只有危险。”

“真的什么都没有吗？”我问他。他很高尚，以至于说不出话来，但他还是回答了我，而我也做出了选择。

“太迟了。”我低头看着摊在膝盖上的双手说。天色暗下来，快要下雨了，但我的两枚结婚戒指，一金一银，仍然在逐渐暗淡的光线里散发着光芒。在和詹米结婚后，我并没有把弗兰克的金戒指从左手上取下来，而是把詹米的银戒指戴在了右手无名指上。在詹米给我戴上那枚戒指后的二十多年里，我每天都把它戴在那里。

“我爱弗兰克，”我安静地说，眼睛并没有看着布丽，“我很爱他。但是在那个时候，詹米就是我的心，我的生命。我不能离开他，不能。”我说着，突然抬头，恳求地看着布丽。她反过来面无表情地盯着我。

我又埋头看着，然后继续说：“他把我带回他家，他家叫作拉里堡，是个美丽的地方。”我又闭上眼睛，不去看布丽安娜脸上的神情，然后又故意回忆起图瓦拉赫的庄园——拉里堡——以及住在那里的人们。那是个美丽的苏格兰高地农场，长着林立的树木，流淌着潺潺的溪流，甚至还有一些在苏格兰高地不常见的肥沃土地。那是个美丽、宁静的地方，封闭在某个山口之上的高高山岭中间，而这些山岭隔绝了那些反复出现、折磨着苏格兰高地的纷争。但即使是拉里堡，最终也只是个暂时的庇护所。

“詹米是个逃犯，”我说，闭着眼睛看到了英格兰人在他背上留下的鞭打伤疤，就像一张烙印在背上的由白色细线组成的网，“官方在通缉他。他家的一个佃户背叛了他，向英格兰人告发了他。他被英格兰人抓住，送到温特沃思监狱去——要绞死他。”

罗杰低沉地长吁了口气。

“那个鬼地方，”他评论说，“你亲眼见过吗？围墙肯定有十英尺厚。”

我睁开眼睛。“有那么厚，”我苦笑着说，“我进去过。但是，再厚的围墙也有门。”我隐约感到当时让我走进温特沃思监狱寻找爱人的孤注一掷的勇气。如果我能去监狱救你，我在心底对詹米说，我也能把这件事情讲出来。但是，帮帮我，你这个该死的大个子苏格兰人，帮帮我！

“我去把他救出来了，”我深吸一口气说道，“救出来时他已经只有半条命了。杰克·兰德尔下令把他绞死在监狱里。”我的话让我想起了那些画面，我不想回忆它们，但它们就是不停地涌现出来——赤身裸体、浑身血污的詹米，躺在庇护他的埃尔德里奇庄园的地上。

在我把他手上的断骨接回去，然后给他清洗伤口时，他对我说，“我不会让他们把我抓回去，萨森纳赫。”他一开始就叫我“萨森纳赫”，这个词在盖尔语里是外乡人、英格兰人的意思。他这么称呼我，最先是出于玩笑，后来是出于爱意。

在一个叫默塔的小个子弗雷泽族人的帮助下，我没有让他们找到他。我带他穿过英吉利海峡，去了法国，在博普雷圣安妮修道院避难。他有个姓弗雷泽的叔叔就是这家修道院的院长。但是，安全地在那里住下来后，我发现拯救了他的生命并不意味着我完成了任务。

兰德尔对他的所作所为，已经深深地烙印在他的灵魂里，留下了永远也抹不去的伤疤，就像鞭子在他背上留下深深的印记一样。我至今还不确定，在召唤出他内心深处的恶魔，并与之搏斗时，我到底做了什么；谈及治愈病人时，医药和魔法之间鲜有差别。

我仍然能感受到那块撞伤我的石头的冰冷和坚硬，感受到我从他体内激发出来的那种狂怒的力量，感受到那双掐着我脖子的手，感受到那个在黑暗中追杀我的燃烧着的怪物。

“但我确实治好了他，”我轻声说，“他回到了我身边。”

布丽安娜慢慢地反复摇着头，她很迷惑，但心中却有种我特别熟悉的顽固。“姓格雷厄姆的很傻，姓坎贝尔的是骗子，姓麦肯锡的迷人而狡猾，而姓弗雷泽的很顽固。”詹米在给我总结各个氏族的特点时，曾经这样说。他说的也不算错，姓弗雷泽的人，不只是他，还包括布丽，都特别顽固。

“我不信。”她断然说道。她坐得更直，仔细地打量着我。“你可能是想卡洛登的那些人想得太多了，”她说，“毕竟你最近压力很大，或者爸爸的去世……”

“弗兰克不是你父亲。”我直言道。

“他是！”她立即回答道，速度之快让我们俩都很吃惊。

当时，医生坚决认为“逼我接受现实”（这是其中一位医生的原话）会伤害到胎儿，弗兰克最终接受了医生的说法。他们在走廊里低声交谈了许多次——偶尔也有争吵——但他最终放弃了向我询问真相，而身体虚弱且带有心伤的我，则放弃把真相告诉他。

这次，我不会再放弃。

“二十年前，你出生的时候，我就答应过弗兰克，”我说，“我试着离开他，但他不想我走。他是爱你的。”我看着布丽安娜，声音柔和了下来，“他没法相信事情的真相，但是他当然知道他不是你的亲生父亲。他让我在他活着时不要告诉你——让他做你唯一的父亲。在他死后，他说，告不告诉你则取决于我。”我吞了一口唾液，舔了舔干燥的嘴唇。

“我答应了他，”我说，“因为他爱你。但是现在弗兰克已经去世了，你有权知道你是谁了。”

“如果你不信，”我说，“那就去国家肖像馆看看，那里有一张艾伦·麦肯锡的肖像。她是詹米的母亲，画像上的她戴着这个。”我伸手抚摸脖子上的珍珠项链，那是一串从苏格兰河流中采集来的巴洛克淡水珍珠，与它们串在一起的，还有一些穿有环孔的圆形金徽章。“这是结婚那天詹米给我的。”

我看着布丽安娜，她坐得僵硬、笔直，脸上的表情明显在抗议。

“去的时候带个化妆镜，”我说，“仔细看看那幅肖像，然后再照照镜子。虽然不是一模一样，但你长得特别像你祖母。”

罗杰像初次见面一样看着布丽安娜。他看看布丽安娜，又回头看看我，似乎是在下定决心，然后挺直身子，从沙发上的布丽安娜身边站起来。

“我这里有些东西该给你看看。”他坚定地说。他快步走到牧师那张古老的卷盖式办公桌边上，从信件格里拉出一捆用橡皮筋捆着的发黄剪报。

他把剪报递给布丽安娜，然后说：“读的时候看看日期。”

他并没有坐下，而是转身用一种专注、客观的眼神看着我，那是一种受过客观训练的学者的眼神。他还是不相信，但他的想象力让他有些怀疑。

“一七四三年，”他说道，似乎是在自言自语，并觉得不可思议般地摇摇头，“我以为是一九四五年你在这里遇到的某个男人。天哪，我真没有想到——呃，天哪，谁会想到呢？”

我很惊讶：“你知道？关于布丽安娜父亲的事情？”

他朝着布丽安娜手上的剪报点了点头。布丽安娜还没有看它们，而是有些迷惑、生气地盯着罗杰。我能看到她双眼里聚集起风暴，我想罗杰也能看到。他匆忙把视线从布丽安娜身上移开，然后转身问我：“那么，你给我的那个名单上的人，那些参加卡洛登战役的人，你认识他们？”

我放松了些，即使只放松了一点点。“是的，我认识他们。”东边响起沉闷的雷声，雨点拍打在书房一面的落地窗上。布丽安娜低头看着剪报，两侧的头发遮住了整张脸，只留出了红得鲜明的鼻尖。詹米在发怒或者生气时，身体就会发红。看到姓弗雷泽的人快要发飙，这种场景我再熟悉不过了。

“然后你还去了法国。”罗杰似乎自言自语地低声说着，仍然在仔细打量我。他那种震惊的神情慢慢变成了猜测，然后变成了某种激动。“你不会知道……”

“是的，我知道。”我告诉他，“所以我们才会去巴黎，我给詹米讲了卡洛登的事情，讲了在一七四五年会发生什么。我们去巴黎，尝试阻止查尔斯·斯图亚特。”

Part 02

王位觊觎者

法国勒阿弗尔，1744年

CHAPTER 06

兴风作浪

“面包。”我紧闭双眼,虚弱地说。身边那个巨大的温暖物体没有反应,只听到他微弱的呼吸声。

“面包!”我又稍微大声说。被子被突然掀起来,我抓住床垫边缘,紧绷着全身的肌肉,希望能让我翻滚的胃稳定下来。

床那头传来摸索的声音,紧接着是拉开抽屉的声音、用盖尔语说的模糊不清的感叹声、赤脚踩在木板上发出的低沉脚步声,最后是沉重身体压到床垫上的声音。

“给,外乡人。”一个焦急的声音说。我感受到干燥的面包表面碰到我的下嘴唇。我闭着眼睛摸索,然后抓过那块面包,开始小心翼翼地咀嚼起来,忍着把让人哽噎的面包吞到干渴的喉咙里。我知道自己不能要水喝。

干燥的面包碎屑逐渐穿过喉咙,填充到我的胃里,就像小堆小堆的压舱物一样躺在那里。我身体里那种反胃的翻滚慢慢平静,最后我的胃才稳定下来。我睁开眼睛,看到詹米·弗雷泽那张焦虑的脸庞在我上面几英寸的地方盘旋着。

“喀!”我惊讶地说。

“好些了吗?”他问。我点点头,然后试着虚弱地坐起来。他伸手搂着我的后背来帮助我。在那张糟糕的旅馆床上，他坐在我旁边，温柔地拉我靠着他，抚摸着我因为睡觉而弄乱的头发。

“小可怜，”他说，“喝点葡萄酒会不会好些？我的鞍囊里面有瓶莱茵白葡萄酒。”

“不，不喝，谢谢你。”想到要喝白葡萄酒，我就打了个颤——才提到它，我似乎就闻到那种深沉的、充满果香的酒味——然后坐直起来。“我过一会儿就会好的，”我假装欣喜地说，“不要担心，孕妇在早上感到恶心很正常。”

詹米怀疑地看着我，起身去取窗边凳子上的衣服。二月的法国天寒地冻，窗户的气泡玻璃上结了一层厚厚的霜。

他裸着身子，肩膀上泛起一阵阵鸡皮疙瘩，手臂和腿上的汗毛也竖了起来。但是，他习惯了寒冷，所以他并没有颤抖，穿衣服和袜子时也不紧不慢。衣服还没有穿完，他就走到床边，给了我一个短暂的拥抱。

“继续睡会儿，”他建议道，“我去叫服务员上来生火。你已经吃了东西，或许该休息会儿。你现在不恶心了？”

我并不是十分确定，但点头让他放心。“我不想睡了。”我回头看了看床上，床上的被褥和大多数公共旅馆提供的被褥一样，都不太干净。而且，詹米花了不少钱才得到旅馆里最好的房间，这张不大的床也是用鹅毛而不是用谷壳或羊毛填充的。

“嗯，或许我可以再躺会儿。”我低声说着，把脚从冰冷的地板上抬起来，然后伸到被褥下面寻找余温。我的胃似乎已经稳定到能冒险喝口水，于是我从破裂的卧室水壶里倒了一满杯水。

“你在踩什么？”我问道，同时小心翼翼地喝着水，“这上面不会有蜘蛛吧？”

詹米摇摇头，在腰间系着苏格兰短裙。“噢，不是。”他说。手还忙着，他就朝桌子偏过头。“只是一只老鼠，应该是冲着面包来的。”

我向下看了一眼，看到地板上那个虚弱的灰色东西，一滴珍珠般的鲜血在它的鼻子上闪闪发光。我最终在床上看清楚了那是什么。

“没事儿，”片刻过后我虚弱地说，“反正肚子里面没有什么能吐的了。”

“漱漱口就行，外乡人，看在老天的分上，不要吞下去。”詹米替我端着水杯，用布擦拭我的嘴巴，似乎我是个不整洁的小孩。然后，他把我抱起来，小心翼翼地让我躺回床上。他担心地对我皱着眉头。“或许我还是留下来，”他说，“我可以让人送信。”

“不用，不用，我没事儿，”我说。我确实没事儿，尽管在清晨要尽力忍住不呕吐，但我没法忍太久。不过，在反胃结束后，我会感觉自己完全恢复。除了口中觉得有些酸，腹部肌肉有些酸痛以外，我觉得自己很正常。我掀开被子，站起来表示抗议。

“看！我没事的。你必须去，毕竟不能让你堂叔等你。”

我又开始觉得欣喜了，尽管冷风从门底吹进来，吹到我的睡袍里。詹米还在犹豫，不愿意丢下我。我走过去紧紧抱住他，一是为了让他放心，二是因为他的身子暖和得让人愉快。

“呵，”我说，“为什么你就穿条短裙，身子却暖和得像块烤面包呢？”

“我还穿了外衣。”他低头对我笑着抗议道。

我们拥抱了一会儿，在法国清晨的严寒中享受着彼此的温暖。走廊里，女服务员提着引火篮子发出的碰撞声和脚步声越来越近。

詹米换了个位置，紧贴着我。在冬天赶路困难重重，为了从圣安妮修道院前往勒阿弗尔，我们已经赶了接近一周的路。我们都是在接近深夜的时候才住进那些既潮湿又肮脏的糟糕旅馆，经常因为疲惫和寒冷而瑟瑟发抖，而且随着我早晨的恶心越发严重，我在早晨不安地醒来得也越发频繁，所以自从上次在圣安妮修道院以来，我们几乎没有碰过对方。

“和我上床去？”我温柔地邀请他。

他有些犹豫。欲望的力量已经在他的苏格兰短裙下面显现，他温暖的双手握着我冰冷的双手，但他没有把我搂入怀中。“呃……”他不确定地说。

“你想，不是吗？”我说着，伸出一只冰凉的手到他的裙下确认。

“噢！呃……想。是的，我想。”我手中的证据证实了他的话。我在他的腿间把手握起来，他发出了微弱的呻吟声。“噢，天哪，别这样，外乡人。我不能放开你。”然后他抱住了我，用长长的胳膊围住我，把我的脸压到他冰冷的衣服上。他的衣服在修道院让阿尔冯斯修士浆洗过，现在还留有微弱的粉浆味。

“为什么要放开我？”我在他的亚麻衣服里模糊地说，“你还有点多余时间，不是吗？从这里骑马去码头花不了多久。”

“不是那样的。”他说道，抚平我蓬乱的头发。

“噢，是我太胖了？”其实，我的肚子几乎还是扁平的，而且因为妊娠反应，我比平时更瘦了，“或者是……？”

“不是，”他笑着说，“你话太多了。”他低头亲吻我，然后把我抱起来坐到床上，让我坐在他的大腿上。我躺到床上，坚决地把他拉到我身上。

“克莱尔，别！”我开始解开他的短裙，他抗议道。

我看着他。“为什么不？”

“呃，”他有点脸红，尴尬地说，“孩子……我是说，我怕伤着孩子。”

我笑了。

“詹米，你伤不了他的。他和我的指尖差不多大。”我伸出一根手指示例，然后用这根手指抚摸着他下嘴唇的丰满曲线。他抓住我的手，然后突然低头吻我，似乎是要消除我的抚摸带来的痒。

“你确定？”他问，“我是说……我一直觉得他不喜欢被顶到……”

“他绝对不会有感觉。”我向他保证，双手又开始解他短裙的扣子。

“呃……只要你确定就行。”

外面传来强硬的快速敲门声，然后以无可挑剔的法国式的时机选择，女服务员倒退着推门进来了。在转身时，她拿着的木块不小心地划在门上。从伤痕累累的门面和门框来看，这似乎是她惯常的做法。

“你们好，先生、夫人。”她嘟哝着，拖着脚朝壁炉走去，朝着床这边草草地点了点头。她那种态度像是在说，这对有些人来说是没有关系的。这种态度甚至比言语更直接。看到旅馆顾客各种形式的衣衫不整时，服务员完全无动于衷，而我对此也已习惯，所以只是低声说“你好，女士”，然后就没有多说了。我放开詹米的短裙，缩到被子里，把被子拉上来盖着我通红的脸颊。

詹米比我更镇静，他聪明地在大腿上放了一个靠垫，把手肘放在上面，然后用手掌撑着下巴，和服务员愉快地讲着话，赞扬旅馆的饭菜。“女士，你们从哪儿买的这种酒啊？”他礼貌地问。

“各个地方，那个地方，”她耸耸肩，熟练地往柴火下面填充着引火物，“反正是最便宜的地方。”她在壁炉边斜视了詹米一眼，丰满的脸庞上露出了轻微的皱纹。

“我猜也是。”他笑着对她说，而她则笑着轻哼了一声。

“我敢说我能弄来双倍质量的酒，而且价格更实惠，”他提议道，“去跟你老板说。”

她怀疑地抬起一只眉毛。“你要怎样收费呢，先生？”

他做了一个十分法国式的自我克制的手势。“不要钱，女士。我只用去找个卖酒的族人。或许我可以给他带去些生意，确保他能招待我，怎么样？”

她明白了其中的智慧，点了点头，然后哼着站了起来。“足够了，先生，我会跟老板说的。”

服务员娴熟地把屁股一扭，狠狠地关上了身后的门。詹米把靠垫放到一边，站起来开始重新系上他的苏格兰短裙。

“你要去哪里？”我抗议道。

他低头看我一眼，宽大的嘴巴上挂着勉强的微笑。“噢。呃……你确定要做吗，外乡人？”

“你确定我就确定。”我无法抗拒地说。

他严肃地看着我。“就因为这个，我应该立即走，”他说，“不过，我听说怀孕妈妈得有人哄着。”他让短裙掉到地上，穿着上衣坐到我边上，把床压得咯吱作响。

他呼出的气息以微弱的雾气向上升起。他掀开被子，解开我睡袍的正面，让我的乳房裸露出来。然后，他低头亲吻了我的乳房，用舌头熟练地触碰着乳头，像用了魔法一样让它立了起来——一颗肿胀的深粉色乳头，立在洁白的乳房上。

“天哪，它们真漂亮。”他低声说，又在另一边的乳房上重复同样的程序。他握着两个乳房，欣赏着它们。

“它们变重了，”他说，“重了一点点。而且乳头的颜色也变深了。”深色的乳晕边上长有一根精致的毛发，在清晨朦胧的光线下呈银色，他用食指抚摸着它翘起的曲线。

他掀起被子，钻到我身边，我翻身来到他的怀抱里，紧抓着他后背上坚实的曲线，然后用手握着他结实的臀部。他裸露的身体在清晨的空气中变得冰凉，但是在我温暖的抚摸下，他身体上的鸡皮疙瘩都退去了。

我试着立马把他拉过来，但他温柔地抗拒着，用力让我躺在枕头上，轻轻咬着我的脖子和耳朵。他的一只手从我的大腿向上游走，轻薄的睡袍也随之阵阵波动。

他把头放得更低，双手把我的大腿分开。冷空气接触到我腿上的裸露肌肤，我打了个寒战，然后在他嘴巴的温暖需求下，我完全放松下来。

他今天没有扎头发，所以头发松散着，柔软的发丝刷得我的大腿痒痒的。他身体的坚实重量舒适地落在我的两腿中间，宽大的手握着我丰满的臀部。

“唔……”他在下面传来询问的声音。

我稍微抬起臀部，肌肤上感到一阵温暖的摩擦。

他的双手伸到我臀部下面，把我抬起来。随着那种微弱颤抖的增强和扩散，我感觉自己像是融化了一半。这种颤抖很快变成一种圆满，让我既虚弱又气喘吁吁。詹米把头靠在我的大腿上。他爱抚着我斜着的腿，等待我恢复，然后才回去继续他自己的任务。

我把他蓬乱的头发捋到背后，爱抚着他的耳朵。对于他这个粗壮的男人来说，那对耳朵小巧得那么不相称。他的耳尖泛着半透明的淡粉色，我用拇指抚摸着它。“你的耳朵是尖的，”我说，“有一点点尖，就像农牧神的耳朵。”

“噢，是吗？”他说着，暂时停下了他的动作，“你是说，像小鹿，或者像古典画里那种长着山羊腿、追逐裸体女人的东西？”

我抬起头向下看，眼光闯过杂乱的被褥、睡袍、裸露的躯体，看到他那双深蓝色的猫眼，在我潮湿、卷曲的棕色毛发上方闪闪发光。

“我说像什么，”我说，“它们就像什么。”然后我把头倒回枕头上，感到他因为我的话而发出的模糊笑声震动着我十分敏感的肌肤。

“噢，”我向上绷紧身子说，“噢，天哪！詹米，快上来。”

“等等。”他说道，用舌尖刺激着我，让我羞愧难当。

“快。”我说。

他没有回复，我也没有更多精力再说话。

“噢，”片刻过后，我说，“太……”

“唔？”

“舒服，”我低声说，“快上来。”

“不，我就这样。”他说道。他的脸被遮在浓密的毛发后面。“你想不想我……”

“詹米，”我说，“我想你，快上来。”

他顺从地叹息一声，然后跪着抬起头，让我把他拉上来，最后用双肘平衡地支撑住身体，舒适且牢靠地停在我上面，肚子接着肚子，嘴唇挨着嘴唇。他张嘴打算抗议，但我立马吻住他，然后他情不自禁地滑动到我两腿中间。在进入时，他因为不自觉的快感而发出轻声的呻吟。他抓住我的肩膀，肌肉也紧绷着。

他的节奏不快，动作也很温柔，不时还会停下来深深吻我，在我无声恳求下才继续抽动。我温柔地向下抚摸他的后背，尽量不按到他正在愈合的突起伤疤。他大腿上修长的肌肉在贴着我大腿时短暂地颤动着，但他忍住了，不愿意以最快的速度抽动。

我用臀部迎合他，让他进去得更深。

他闭着眼睛，专注地轻蹙着眉头。他张开嘴，呼吸十分急促。“我……”他说，“噢，天哪，我忍不住了。”他的臀部突然收紧，在我的手中显得很结实。

我十分满意地舒了一口气，把他拉过来紧贴着我。

“你还好吗？”他过了一会儿问道。

“你知道的，我又不会碎。”我看着他的双眼，微笑着说道。

他沙哑地笑了。“你或许不会，外乡人，但我可能会。”他把我抱紧，脸颊紧贴着我的头发。我把被子朝上面掀，盖住他的肩膀，把我们密封在温暖的被窝里。炉火的热量还未抵达床边，但是窗户上结的冰霜已经开始融化。冰霜的坚硬棱角，已经融化成闪闪发光的钻石。

我们安静地躺了片刻，聆听着壁炉里燃烧着的苹果树木柴偶尔发出的噼啪声，以及旅馆客人开始活动的微弱声。院子对面的阳台上传来往复的喊叫声；马蹄踏在外面盖着雪泥的石头上，发出哗哗、嘚嘚的声音；旅馆女主人养在楼下厨房里火炉后面的小猪，还会不时传来尖叫声。

旅馆老板和当地供酒商在热切地算账，他们的争吵声穿过楼板传上来，我笑着说：“特别有法国味儿，是吧？”

“梅毒婊子生的病种，”女人的声音说，“上周的白兰地喝起来像马尿。”

不用看我都能想象那人回复时单边耸肩的动作。“太太，你怎么知道？连着喝六七杯还是一个味道，不是这样吗？”

詹米和我都笑了，床铺也随着我们的笑轻微震动。他从枕头上抬起头，赞赏地闻着楼板缝隙中飘进来的烤火腿香味。

“对，这就是法国，”他同意道，“吃的、喝的，还有爱。”他拍了拍我光着的臀部，然后把皱巴巴的睡袍拉来盖住它。

“詹米，”我温柔地说，“你开心吗？有孩子你开心吗？”他在苏格兰是逃犯，不能回家，在法国也前途渺茫，所以他可能对孩子这个额外的责任没有那么多热情，而且这也是可以原谅的。

他沉默片刻，把我抱得更紧。他短暂地叹气，然后回答了我。“开心，外乡人。”他的手向下游走，温柔地抚摸着我的肚子，“我很开心，而且也像公马那样自豪。但是我也特别害怕。”

“害怕分娩？不会有事的。”我不能责怪他的恐惧；他的母亲就是在分娩时去世的，而且在那个时代，分娩以及并发症是女性死亡的主要原因。而且，我自己也略知一二，绝不打算接受这里所谓的医疗护理。

“是的，害怕分娩，害怕所有事情。”他轻声说，“我想保护你，外乡人，想让自己像斗篷那样罩着你，用我的身体来保护你和孩子。”他的声音低沉、沙哑，还有些哽咽，“我会为你做任何事……可是……没有什么事情我能做。这和我有多强壮、多愿意没有关系。我没法跟你去你必须去的地方……甚至还根本帮不了你。想到那些可能发生的事情，而我又无法阻止它们发生……是的，我害怕，外乡人。”

“但是，”他把我转过来对着他，温柔地握着我的一个乳房，“但是想着你给孩子喂奶，我就觉得自己就像肥皂泡那样飘在空中，或许还会因为喜悦而爆炸。”

他让我紧贴着他的胸部，我也用力抱住他。

“噢，克莱尔，爱你真是让我伤透心了。”

我睡了会儿，听到附近广场上的教堂钟声后，慢慢地醒来。在圣安妮修道院，白天的活动都伴随着钟声进行，所以刚从修道院来到这里的我，下意识地看了窗户一眼，衡量光线的强度，猜测现在是白天什么时候。光线明亮，窗户上没有结冰。刚才那是三钟经的钟声，现在已经正午了。

我伸了个懒腰，很开心地知道我不用立即起床。早孕期让我很疲惫，旅途的压力让我更加疲劳，所以长时间的休息让人加倍地愉悦。

冬日的风暴拍打着法国的海岸，一路上始终风雪交加。但这还不是最糟糕的。我们本来打算前往罗马，而不是勒阿弗尔。在这种天气下，去罗马或许得花费三四个星期。

我们需要在国外谋生，所以詹米弄来一封推荐信，推荐他去找苏格兰流亡国王詹姆斯·弗朗西斯·爱德华·斯图亚特，或者说篡位者圣乔治骑士——这要看你效忠于哪方——去给他当翻译，然后我们就决定去罗马，加入篡位者的队伍。

这事差点就成真了。在我们正要出发前往意大利时，詹米的叔叔亚历山大，也就是圣安妮修道院院长，把我们叫到他的书房。

“国王陛下来信了。”他开门见山地说。

“哪个国王陛下？”詹米问。他们两人并无太多家族相似性，但他们的姿势却把这种相似性扩大了——他们都挺着胸膛，在椅子里坐得笔直。院长那样坐是因为他奉行自然的苦行生活，而詹米则是不想让背上新愈合的伤疤碰到木质的椅背。

“詹姆斯国王陛下。”他叔叔回道，并朝我轻微地蹙眉。我小心地不在脸上挂出任何表情。我能够出现在亚历山大院长的书房里，说明他信任我，而我并不想损害这种信任。他认识我才六个星期。六个星期前，圣诞节后第二天，我带着因为虐待和牢狱而奄奄一息的詹米出现在修道院门前。我随后与院长的交情，或许让他对我有了些许信任。不过，我仍然是个英格兰人，而英格兰国王的名字是乔治，不是詹姆斯。

“是啊？他不是要找个翻译吗？”詹米的身体还很虚弱，但他一直在和修士们打理修道院的马厩和田地，而且他脸上又重新有了正常的健康色彩。

“他需要的是忠实的仆人和朋友。”亚历山大院长用手指轻轻敲打着桌上那封打开的信，信上的饰章封蜡已经被撕破。他噘着嘴，来回看着我和他的侄子。“我现在跟你说的话不能外传，”他严厉地说，“虽然大家很快就会都知道，但现在……”我闭着嘴，努力表现得值得信赖。詹米有一丝不耐烦，轻轻地点了点头。“查尔斯·爱德华王子殿下，已经离开罗马，这周内就会抵达法国。”院长说着，稍微向前倾身，似乎是在强调他的话的重要性。

这确实重要。一七一五年，詹姆斯·斯图亚特重夺皇位未果——那次行动计划并不周全，因为缺乏支援，所以很快就失败了。据亚历山大讲，自那以后，流亡的苏格兰国王詹姆斯就在不懈地努力，不停地给其他国家的君主写信，尤其是他的表亲——法国的路易国王，反复强调他对苏格兰和英格兰王位索取的合法性，以及他的儿子查尔斯王子的地位，即王位继承人的合法性。

“他的皇家表亲路易令人苦恼地忽视了所有这些正当要求。”院长说。他皱眉看着那封信，似乎那就是路易。“如果他现在意识到自己在这件事里的责任，那么那些极其看重王位神圣权力的人会深感欣喜的。”

圣安妮修道院院长亚历山大就是詹姆斯党人，即詹姆斯的支持者。詹米告诉我，流亡国王与亚历山大通信最为频繁，后者知晓所有与斯图亚特王朝复辟相关的事情。

“他处于有利地位，”在讨论我们即将要去做的事情时，詹米曾这样给我解释过，“教皇的信使穿越意大利、法国和西班牙的速度最快，而且海关官员不能干涉他们，所以他们携带的信件不容易被截获。”

苏格兰的詹姆斯，流亡到罗马，而且其大部分支持来自教皇，而教皇获得的好处就是在英格兰和苏格兰重建天主教君主国。因此，詹姆斯的信件大多都由教皇信使邮递，以及由教会内部的忠诚支持者亲手传递，如博普雷圣安妮修道院院长亚历山大，人们可以依靠他与国王在苏格兰的支持者交流，而且风险比公开从罗马往爱丁堡和苏格兰高地寄信小。

亚历山大详解查尔斯王子来法国的重要性，我则好奇地看着他。他是个和我差不多高的敦实男性，肤色较深。他比詹米矮许多，但他们都有着那种我遇到的弗雷泽氏所拥有的特征，有些歪斜的眼睛、犀利的智力、察觉隐藏动机的天赋。

“所以，”他最后抚着深棕色的胡须说，“我说不准王子殿下是受路易的要求来到法国，还是代表他父亲不请自来。”

“这会带来些许影响的。”詹米评论道，怀疑地皱起一边眉毛。

他叔叔点点头，浓密胡须里展现出短暂、扭曲的微笑。“没错，孩子，”他说，平常那种正式的英语中浮现出一种微弱的苏格兰语征兆，“完全没错。如果愿意，你和你的妻子就要去那里为他服务。”

提议很简单：如果詹姆斯国王陛下最忠诚、最敬重的朋友亚历山大的侄子，同意前往巴黎尽全力辅佐国王的儿子查尔斯·爱德华王子殿下，那么国王会提供路费和少量津贴。

我被惊呆了。我们最初打算去罗马，目的就是阻止一七四五年第二次詹姆斯党人起义，而罗马看上去就是我们执行这项任务的最佳地点。以我的历史知识来看，我知道这次由法国资助、由查尔斯·爱德华·斯图亚特领导的起义，会比他父亲尝试的那次走得更远，但是并不足够远。如果事情按照我设想的那样进展，那么“美王子”查理领导的军队会于一七四六年在卡洛登惨败，苏格兰高地的人民也会在未来两百年里尝尽这次惨败带来的恶果。

现在是一七四四年，查尔斯本人刚开始在法国寻求帮助。要想阻止一场叛乱发生，有什么地方比待在叛乱的领袖身边更好呢？

我看了詹米一眼，他朝他叔叔身后看去，看着墙上的一个小神龛。他面无表情地思索着，眼神停留在那个圣安娜的镀金像上，金像脚下摆着一小束温室花卉。最后他眨眨眼，对他叔叔笑了笑。“尽全力帮助？可以，”他轻声说，“我觉得我能做到。我们要去。”

我们确实去了，但是我们没有直接前往巴黎，而是从圣安妮修道院来到海岸上的勒阿弗尔，先去见詹米的堂叔杰拉德·弗雷泽。

詹米写信告诉杰拉德·弗雷泽我们在去巴黎的路上，他则让詹米到勒阿弗尔见他。他是个富有的苏格兰逃亡者，做葡萄酒和白酒的进口生意，不仅在巴黎有一个小仓库和两栋宽敞的城市住宅，而且在勒阿弗尔有个特别大的仓库。

现在我已经休息好了，觉得饿了。桌上有食物，肯定是詹米告诉服务员在我睡觉时送上来的。

我没有晨袍，但我可以穿那件笨重的天鹅绒旅行披风。我坐起来，披上温暖、沉重的披风，然后起床解手，往壁炉里加柴火，再坐下来享用迟到的早餐。

我满意地咀嚼着坚硬的面包条和烤火腿，喝着那壶牛奶。我希望詹米也能吃得不错，他说杰拉德是个好朋友，但在遇到几个詹米的亲戚后，我有些怀疑他有些亲戚的好客程度。没错，亚历山大院长欣然接纳了我们——在院长这个职位上，他收留一个逃亡的侄子和他可疑的妻子，就算得上是欣然接纳了。但是，去年秋天，我们寄居在理士城堡麦肯锡氏——也就是詹米母亲那边的族人——的地盘上时，我被抓捕并且被当作女巫审判，差点因此毙命。

“确实，”我之前跟詹米说，“这个杰拉德姓弗雷泽，他们看上去要比你那些姓麦肯锡的亲戚安全得多。但你之前见过他本人吗？”

“我十八岁的时候和他住过一段时间。”他告诉我，同时在回信上滴蜡，滴出一个绿灰色的蜡堆，然后用他父亲的婚戒在上面印戳。戒指上有颗不大的圆形红宝石，宝石底座上刻着弗雷泽氏族的箴言：我准备好了。

“我来巴黎完成学业时，他让我和他一起住，接触一下世界。他对我很好，是我父亲的好朋友。在巴黎卖酒的人最了解巴黎的社会，”他补充道，把戒指从凝结了的蜡上掰下来，“在和查尔斯·斯图亚特并肩走进路易的皇宫前，我想和杰拉德聊聊。我觉得我有机会再出来。”他最后啼笑皆非地说道。

“为什么？你觉得会有麻烦吗？”我问他。“尽全力辅佐王子殿下”

这句话似乎提供给了他不少自由。

看到我的焦虑神情，他微微笑了：“不是，我没觉得有什么困难，但是《圣经》上怎么说的来着，外乡人？‘你们不要依靠君王’？”他起身快速地吻了我的额头，把戒指塞到毛皮袋里。“我怎么能无视主的话呢？”

整个下午，我阅读了我的朋友安布罗斯修士送我的草药书，这是他在我临行前硬塞给我当作礼物的；我还做了些必要的针线活缝补衣物。我和詹米的衣服都不多，虽然轻装赶路有好处，但这也意味着需要及时缝补有破洞的袜子和松开的衣服边缝。对我来说，针线盒就像那个装着草药的小箱子一样珍贵。

缝衣针在织物里游走，在从窗户透进来的光线里闪烁着。我想着詹米在杰拉德那里进展得如何，还想着查尔斯王子会是什么样的人，他将是我见过的第一位历史名人，但是我知道那些与他有关——即将有关，我提醒自己——的传说不能全信，这个人的真相就是个谜。一七四五年起义的成败，将几乎完全取决于这个年轻人的魅力。不过，这场起义发生与否，或许取决于另外一个年轻人的努力——詹米，以及我。

我沉浸在针线活和思绪当中，直到走廊上响起沉重的脚步声，我才回过神来，意识到已经到了下午。气温下降，屋檐上的滴水也慢了下来，橘红色的夕阳照耀着屋檐上挂着的冰锥。门开了，詹米走了进来。

他朝我这边心不在焉地笑了笑，然后立在桌子边，一副全神贯注的表情，似乎在努力回忆什么。他脱下披风，整理好后挂在床尾，接着挺直身子走到凳子边坐下，最后闭上了双眼。

我静静地坐着，好奇地看着这一幕，忘了缝补堆在腿上的衣服。片刻过后，他睁开眼睛，对我笑了，但他并没有说话。他身体向前倾，十分仔细地打量着我的脸，好像有好几个星期没有见我一样。最后，他的脸上闪过一种恍然大悟的神情，然后放松下来，肩膀耷拉着把手肘放在膝上。

“威士忌。”他特别满足地说。

“懂了，”我好奇地说，“你喝了很多？”

“不是我，”他很清楚地说，“是你。”

“我？”我愤慨地说。

“你的眼睛。”他说。他幸福地笑了。他的眼神温柔、迷离，就像雨中的鳟鱼池那样不清澈。

“我的眼睛？我的眼睛怎么……”

“它们的颜色，就像阳光透过上好的威士忌时的颜色一样。今天早上我以为它们像雪莉酒，其实不像。不像雪莉酒，也不像白兰地，像威士忌。就是像威士忌。”

他说这些话时是那么满足，我忍不住笑了：“詹米，你喝醉了。你们都做了什么？”

他稍微皱着眉头说：“我没有喝醉。”

“噢，没有吗？”我把缝补的衣服放到一边，过去用手摸了摸他的额头。他的额头又冰又潮湿，但他的脸却泛着红光。他立马搂住我的腰，把我拉近，用鼻子深情地蹭着我的胸部。各种烈酒的气味像雾气一样飘上来，气味那么浓烈，几乎可以看见了。

“到我这儿来，外乡人，”他低声说，“眼睛颜色像威士忌的姑娘，我的爱人，让我带你到床上去。”

我想，谁带谁到床上去还说不定呢，但我没有反驳。毕竟，他为什么想到床上去并不重要，只要他到床上就行了。我弯下腰，把肩膀放到他的腋下扶他站起来，但是他偏身躲开我，靠着自己的力量慢慢地、威严地站了起来。

“我不用扶，”他说着，伸手去解衣领上的带子，“我说了，我没有醉。”

“是没有醉，”我说，“你现在这个状态，用‘醉’这个字来形容已经不够了。詹米，你现在已经烂醉得快尿裤子了。”

他往下看了看短裙正面，看了看地板，然后又抬头看着我裙子的正面。“没有，我没有，”他十分庄严地说，“我在外面尿了的。”他朝我走近一步，浑身散发着酒气。“到我这儿来，外乡人，我准备好了。”

从某个方面看，我觉得“准备好了”有些夸张；他的扣子还没有解完，衣服还歪歪斜斜地挂在肩膀上，但他靠自己只能做到这个地步了。

不过，从其他方面看……他宽阔的胸部已经露出来，可以看到中间那块较低的部分，我习惯把下巴偎依在那儿，而且他乳头周围卷曲的短小毛发也快乐地立了起来。他看到我在看他，把我的手拉过来按在他胸上。他温暖得让人惊讶，我下意识地靠近他。他用另外那只胳膊搂着我，然后低头吻我。吻得那么入神，单是他的气息就让我觉得有些醉意。

“好了，”我笑着说，“你准备好了，我也准备好了。不过，让我先帮你把衣服脱了吧，我今天缝补的衣服已经够多了。”

我给他脱衣服时，他站着一动不动。在我脱掉自己的衣服收拾床铺时，他还是一动不动。

我爬上床，转身看着他，他在夕阳的余晖下显得红润、威严。他就是座精致的希腊雕像，长着长鼻子、高高的脸颊，就像罗马硬币上的头像。他那张宽大、柔软的嘴上挂着迷离的微笑，歪斜的双眼看着远处。他纹丝不动地站着。

我有些担心地看着他。“詹米，”我说，“你到底是怎么确定自己有没有醉的？”

他被我的声音叫醒，让人担心地朝一边倾斜下去，但是他抓住了壁炉台。他扫视着房间，然后盯着我的脸。有那么一瞬间，他那双眼睛清澈地闪耀着，充满了智慧。

“啊，很简单，外乡人，如果你能站起来，你就没有醉。”他放开壁炉台，朝我这边走了一步，然后靠着壁炉慢慢地瘫倒下去，他眼睛里一片空白，做着梦的脸上挂着灿烂、甜蜜的微笑。

“哦。”我说。

第二天黎明刚过，外面的鸡叫声和楼下罐子碰撞的声音就吵醒了我。身边的詹米猝然一动，突然醒过来。这种突兀的移动让他感到头疼，于是便又静了下来。

我倚着一只手肘起身看他。还不算太糟糕，我苛刻地想。在散射过来的太阳光下，他面容扭曲地紧闭着眼，头发就像刺猬的刺那样朝四面八方直立着，但他的皮肤显得苍白、无瑕，那双抓着床罩的手沉稳可靠。

我扒开他一只眼的眼睑，顽皮地说："有人在家吗？"

另外那只眼睛慢慢睁开，恶狠狠地瞪着。我放开手，投以迷人一笑："早上好。"

"外乡人，早上好不好，完全是个人感受。"他说，然后又闭上了眼。

"你知道你有多重吗？"我随意地问他。

"不知道。"

他这生硬的回答，不仅说明他不知道，还说明他不在乎，但我继续说。

"我估计有十五英石。和一头不小的野猪差不多重，可惜没有人帮我把你捆在标枪上，然后抬回去用烟熏。"

他又睁开一只眼，若有所思地看了看我，然后又看了看房间远端的壁炉，扬起一边嘴角，勉强地笑了："你怎么把我弄到床上的？"

"我没有。我挪不动你，所以就在你身上盖了被子，让你睡在壁炉边上。你半夜醒了自己爬上床的。"

他有些惊讶，睁开了另外那只眼睛："我自己爬上来的？"

我点点头，抚平他左耳上面立起来的头发。"噢，是啊。你特别坚决。"

"坚决？"他蹙眉思考着，然后伸了个懒腰，看上去有些惊讶，"不，我不可能。"

"可能的。两次。"

他向下瞟了一眼他的胸部，似乎想证实我那种不可能的说法，然后又看着我。"真的？好吧，这不公平，我什么都记不得了。"他犹豫了片刻，看上去有些害羞，“那一切都好吧？我没有做什么傻事吧？”

我猛然倒在他身边，把头偎依在他肩膀上：“没有，那算不上傻事，但你的话真多。”

“感谢主，我没有做傻事。”他说，胸腔里传来一阵微弱的笑声。

“嗯。你只会说‘我爱你’，而且还说了很多遍。”

那种笑声又回来了，而且更加响亮：“噢，是吗？好吧，还不算太糟糕。”

他屏住了呼吸，抬起手臂，然后怀疑地闻着腋下柔软的肉桂色毛发。“天哪！”他说着，尝试把我推开，“你绝对不想把头靠近我的腋窝，外乡人。我闻上去就像一头死了一个星期的野猪。”

“而且还是用白兰地腌制过的，”我说着，偎依得更紧了，“你到底是怎么变得——唔——又臭又醉的呢？”

“杰拉德太热情了，”他深深叹了一口气，倒在枕头上，手臂搂着我的肩膀，“他带我去参观他在码头的仓库，那儿的储藏室里存着少见的高级葡萄酒、葡萄牙白兰地，还有牙买加朗姆酒。”他回忆着，略微做了个鬼脸，“葡萄酒还好，我们只是品尝，嘴巴里面装满了就吐掉，但是我们都不想这样浪费白兰地。而且，杰拉德说应该让白兰地慢慢从喉咙流下去，才能完全品尝出味道。”

“你们品尝了多少？”我好奇地问。

“第二瓶喝到一半就记不清楚了。”就在这个时候，附近教堂里开始传来钟声——早弥散开始的钟声。詹米坐得笔直，盯着被阳光照得透亮的窗玻璃：“天哪，外乡人！现在几点了？”

“大概六点吧？”我迷惑地说，“怎么了？”

他稍微放松了些，但还是坐着：“那还好，我还以为是三钟经的钟声，我完全没有时间感了。”

“你确实没时间感。有什么事情吗？”

他突然掀开被子站了起来，摇晃了一会儿，但保持住了平衡，不过他双手捂着头，确认它还在脖子上。“有事，”他喘着气说，“我们俩早上得去码头上的杰拉德仓库，就我们两个。”

“真的？”我爬下床,伸手去寻找床下的夜壶,“如果他打算完成任务，那他应该不想有人看见啊。”

詹米的脑袋从衣服领口里冒出来，皱着眉头：“完成任务？”

“呃，你的那些亲戚大多数都想杀掉你或我，说不定杰拉德也想？我看啊，他毒杀你的计划开了个好头。”

“真好笑，外乡人，”他冷冷地说，“你有没有像样的衣服？”

在路上时，我穿的一直都是耐磨的灰色哔叽裙。这条裙子是在圣安妮修道院社工的帮助下买到的，不过我逃离苏格兰时穿的那条由安娜贝尔·麦克兰诺赫夫人赠送的裙子也还在，那是一条漂亮的叶绿色天鹅绒裙，穿上它让我显得很苍白，却足够时髦。

“有的，如果上面没有太多盐水污渍的话。”

我跪在那个小旅行箱边，打开那条绿色的天鹅绒裙子。詹米跪到我旁边，打开我那个药箱的盖子，打量着里面摆放整齐的罐子、盒子和用纱布包裹着的草药。“有什么药可以治严重头疼吗，外乡人？”

我从他背后看了看，然后伸手到药箱里，摸着一个罐子。“虽然不是最好的，但夏至草可能有用。柳皮茶加茴香的效果也很好，但得花些时间才能冲泡出来。话说——我给你配点治疗酒精肝的药吧？治疗宿醉很管用的。”

他用一只蓝色的眼睛怀疑地看着我：“听起来有些恶心。”

“是有些恶心，”我开心地说，“不过在你吐过后就会好很多。”

“唔，”他站起来，用脚趾把夜壶朝我这边挪，“在早上呕吐是你的任务，外乡人。”他说，“赶紧吐，然后穿好衣服。头痛我忍着。”

杰拉德·门罗·弗雷泽是个瘦小的黑眼睛男人，和他的远亲、陪我们来到勒阿弗尔的默塔十分相像。初见杰拉德时，他威严地站在仓库大开着的门里，扛着酒桶来来往往的码头工人不得不绕着他走；他和默塔的相似度太高，让我不太敢相信地又眨眼又揉眼睛。据我所知，默塔还在旅馆里照料那匹瘸腿的马。

杰拉德和默塔一样，长着一头长而松软的黑发、一双犀利的眼睛，还有一副像猴子一样的健壮体格。但是，他们的相似度就到此为止。我们慢慢走近，詹米用手肘和肩膀殷勤地为我在人流中开出一条路，我便能看见杰拉德和默塔的不同。杰拉德的脸是长方形的，而不像短柄小斧。他那个鼻子短平且上翘，让人愉悦，毁掉了从远处看时他那不错的衣服和笔直的仪态赋予他的庄严气魄。

作为一位成功商人，而不是抢牛贼，他知道微笑——默塔则不会，天生就是一副十分冷酷的表情。我们从斜坡上挤着走到他面前，他脸上挂出了表示欢迎的灿烂微笑。

“亲爱的，”他惊呼着，抓住我的胳膊，熟练地把我拉到一边，躲开两个从大门里滚着大酒桶出来的码头工人，“终于见到你了，真高兴！”那个酒桶滚到斜坡的木板上，发出很大的声音。酒桶从我边上滚过时，我能听到里面的酒哗哗作响。

“朗姆酒就可以这样，”杰拉德观察着，看着他们笨手笨脚地把巨大酒桶滚过仓库，“但是波尔图葡萄酒就不行了。我总是亲手搬上去，还有瓶装葡萄酒也是。其实，我正打算去料理一批新配送的红美人波尔图酒。你们有没有兴趣和我一起呢？”

我看了看詹米，他点点头，然后我们就跟在杰拉德后面立刻出发，左躲右闪地避开隆隆作响的大酒桶、手推车、售货车，以及各种各样的男人和男孩，他们扛着布匹、谷物袋、食品袋、锻铜卷、面粉袋，以及其他任何能够用船运输的东西。

勒阿弗尔是船运交通的枢纽，码头是这座城市的心脏。港口边缘建着一条长长的坚实码头，大概有四分之一英里长，上面建着突出的较小码头。这些小码头边上，停泊着三桅帆船、双桅帆船、平底小船和桨帆船——各种各样为法国提供所需物品的船只。

詹米稳稳地抓住我的手肘，以便更好地拉我躲开那些迎面而来的手推车、滚动的酒桶、粗心的商人和水手；这些商人和水手，经常不看路，而只是依靠冲力穿过码头上的人群。

我们沿着码头朝下走，杰拉德故作斯文地在我身边大声说话，指出路上有趣的东西，支离破碎地解释各种船只的历史。我们要去看的亚丽安娜号，其实就是杰拉德拥有的船只之一。我猜，当时的船只可以属于个人，而更多的则是为由多个商人组成的商号所有，偶尔也属于将船只、船员和服务承包出去进行航行的船长。看到由商号拥有的船只的数量，再对比相对较少的个人船只，我对杰拉德的财富有了一种很恭敬的印象。

亚丽安娜号停泊在一排船只中间，靠近一个大仓库，上面用石灰水倾斜地写着“弗雷泽”三个字。看见这个名字,我稍微有种奇怪的兴奋感，一种突如其来的归属感，让我意识到我也拥有这个姓氏，认识到自己与其他拥有这个姓氏的人有亲属关系。

亚丽安娜号是一艘三桅船，约六十英尺长，船头宽大。船只面朝码头的这一侧装有两架大炮，想来它们是用来应对公海强盗的。甲板上的人群熙熙攘攘，应该都忙着各自的事情，但看上去就像受到袭击的蚂蚁窝。

船帆全都被收起来捆住，上涨的潮水轻微地晃动着船只，把船首斜桅朝我们摆过来。船头上装饰有面容特别忧郁的雕像，她看上去似乎并不十分享受海风，她那可怕的赤裸胸部和杂乱的鬈发都因为海盐而闪闪发光。

“甜蜜的小美人，不是吗？”杰拉德大手一挥，然后问道。我猜他指的是那艘船，而非那个船头雕像。

“很漂亮。”詹米礼貌地说。我发现他不安地看了一眼那艘船的吃水线，吃水线边上的深灰色小波浪拍打着船身。我看得出来，他在期望我们不必上船。他这个英勇的战士，在战场上表现杰出、勇敢无畏，却是个旱鸭子。

他绝对不是那种到远洋捕鲸或环游地球淘金的以航海为业的坚韧苏格兰人。他晕船特别厉害，十二月横跨英吉利海峡的航行差点杀掉他，而且他当时还因为牢狱和虐待变得十分虚弱。尽管昨天他与杰拉德狂饮一番，但这并未让他更加适宜航海。

他听着杰拉德赞美亚丽安娜号的坚韧和速度，然后靠近对杰拉德耳语，我能看到黑暗的记忆从他脸上闪过。

“你确定不在它停泊着的时候上去吗？”

“我不知道，外乡人，”他回答道，既厌恶又顺从地看了看那艘船。“但是我们可以试试。”杰拉德已经走到步桥上面，热情且大声地与船长打着招呼。“我要是变得脸色苍白，你能不能假装晕倒什么的？要是呕吐在杰拉德鞋上，给人的印象就不太好了。”

我宽慰地拍拍他的胳膊：“别担心，我相信你。”

“不是我的问题，”他最后又不舍地看了看陆地，然后说，“是我的胃。”

然而，船在我们脚下平稳得让人觉得舒适，而且詹米和他的胃都表现得很不错，部分原因或许是船长给我们倒了白兰地。

“好酒，”詹米短暂地闻了闻那杯白兰地，闭眼品尝着浓郁的酒香，“葡萄牙产的，是吗？”

杰拉德愉悦地笑了，用手肘轻推了船长一下。“看见了吧，波蒂斯，我就说他是个天生的品酒师！他之前只尝过一次。”

我咬着脸颊，避开詹米的眼神。船长是个邋遢的大个子，看上去有些厌倦，却礼貌地朝詹米微笑，露出三颗金牙。他是个喜欢把财富变得便携的人。“嗯，”他说，“这个家伙要给你清理船底的污水吗？”

杰拉德突然很尴尬，粗糙的脸上稍微有些发红。我吃惊地发现，他的一只耳朵上打有耳洞。我在想是什么样的背景让他如此成功。“是啊，这个嘛，”他说，第一次流露出他的苏格兰口音，“还说不定，但是我想……”他透过港口看了看码头上的繁忙景象，然后又看了看船长的酒杯——里面的酒已被船长三口喝干，而我们都只是小口地呷着。“唔，我是说，波蒂斯，我能不能借用一下你的船舱？我想和我侄子、侄媳妇商量点事情。听声音，船尾货仓里的吊货网好像有些问题。”杰拉德补充的这个充满心机的消息，足够让船长像一只冲锋的野猪那样冲出去，沙哑且大声说着西班牙语和法语混杂的土话。很庆幸我听不懂他在说什么。

杰拉德熟练地走到门边，在船长那巨大的体形后面把门紧紧关上，让外面的噪声变低了许多。他走回船长的小桌边，讲究礼仪地给我们的杯子里倒满酒，看了看詹米，又看了看我，然后又意味深长地微笑。“我提这个要求有些草率，”他说，“但这个好船长有点不听我的指挥。是这样的……”他举起酒杯，海港上反射过来的淡淡微光闪耀在白兰地里，在船舱里的铜饰件上反射出摇曳的光芒。“我需要一个人。”他把酒杯朝詹米那边倾斜，然后端到嘴边喝了一口，“一个好人。”他放低酒杯，然后补充道。“你看，我亲爱的，”他朝我点头，“我有机会在摩泽尔地区投资一家新酒厂。但是投资的规模太大，我不放心把它托付给下属。我要亲自选场地，还得就它们的发展提意见。这项任务得花好几个月。”

他若有所思地盯着酒杯，轻轻地摇晃杯中棕色的芳香液体，让它的香味弥漫在船舱里。我只是呷了几口，却开始感到有点头晕。这种头晕更多是因为激动，而不是因为喝酒。

“这个机会不容错过，”杰拉德说，“而且还有可能与罗纳河边上的几家酒厂合作，它们酿的酒很不错，但是在巴黎相对少见。天哪，那些贵族买它们的酒将会像是在夏天买雪花一样！”他那双精明的黑眼睛里，短暂地闪耀过贪婪的幻想，然后这双眼睛又充满幽默地看着我。

“但是……”他说。

“但是，”我替他把话说完，“你不能完全不管这边的生意。”

“才貌双全啊！恭喜你，侄儿。”他干净利落地朝詹米偏了偏头，幽默且赞同地抬起一只眉毛。“我承认我之前有些不知道该怎么办，”他说着，把杯子放在小桌上，感觉像是为了谈论正经事而把社交上的轻浮收起来，“但是，当你从圣安妮修道院写信来，说你们打算去巴黎时……”他犹豫片刻，然后对詹米笑了笑，双手有些奇怪地轻微颤抖。

“伙计，我知道你……”他朝詹米点点头，“有算术头脑，所以我觉得你写信来真是天意。不过，我觉得我们或许应该见面叙叙旧，然后我才能给你一个明确的提议。”

你是说你最好看看我有多体面吧，我挖苦地想，却朝他笑了笑。我看到詹米的眼神，他的一只眉毛向上扬着。这周我们可得到不少提议。对于一个被剥夺财产的逃犯和一个不可靠的英格兰间谍来说，需要我们服务的人似乎不少。

杰拉德的提议很慷慨：詹米在接下来的几个月替他管理法国这边的生意，作为回报，他会给詹米薪水，还会把他在巴黎的城市住宅全盘交给我们使用。

关于住宅的事情，詹米试着回绝，但杰拉德说：“不客气，不客气。”他用手指按着鼻子末端，迷人地对我咧嘴笑着。“侄儿，做葡萄酒生意的，有个美丽的女主人主办晚宴聚会，将是个不小的财富。如果让顾客先品尝，你都不知道你能卖出多少酒。”他坚决地摇摇头，“不，如果你妻子愿意不嫌麻烦地款待顾客的话，也算是帮我的大忙啊。”

想到为巴黎的上流社会举办晚宴，我其实有些胆怯。詹米看着我，抬起眉毛表示询问，但我鼓起勇气微笑，然后点头同意。这个提议不错，如果詹米觉得能够接管进口业务，我至少也可以安排晚宴，温习我那轻松活泼的法语口语。

“没问题。”我低声说，但杰拉德没把我的同意当回事，而是继续说话，用那双热切的黑色眼睛盯着詹米。

“那么，我想你或许需要一座住宅，方便你处理那些让你到巴黎去的事情。”

詹米含糊地微笑，杰拉德见状也短暂地大声笑了笑，然后端起他的白兰地杯。我们每人也都有一杯水，用来漱掉喝酒后的酒味。他用另外一只手把其中一杯水挪到了身前。

“来，干杯！”他欢呼道，“敬我们的合作，侄儿……也敬国王陛下！”他举起白兰地杯子致敬，然后夸张地从水杯上端过，送到嘴边。

我诧异地看着他们的奇怪行为，但是这对詹米来说显然意味着什么，因为他对杰拉德微笑，然后也把杯子端到水杯上绕了一次。

“敬国王陛下。”他重复道。然后，他看见我迷惑地盯着他，于是笑着解释：“敬海水那边的国王，外乡人。”

“噢？”我说，然后才慢慢领悟，“噢！”海水那边的国王，也就是詹姆斯国王。这也解释了为什么大家都突然想看到詹米和我在巴黎站稳脚跟，否则这一切看上去就像是不可能的巧合。

如果杰拉德也是詹姆斯党人，那么他与亚历山大院长的通信就有可能更加机密。詹米写信告诉杰拉德我们抵达勒阿弗尔时，亚历山大或许也写信给杰拉德说明了詹姆斯国王的委任情况。如果我们去巴黎任职刚好与杰拉德自己的计划一致，那就更好了。突然理解了詹姆斯党网络的复杂之处，我也举杯敬海水那边的国王，敬我们与杰拉德的合作关系。

杰拉德与詹米坐下来讨论生意，很快就交头接耳，埋头翻阅沾有墨迹的纸张，它们明显是装货单。狭小的船舱里弥漫着烟草味、白兰地味和水手的臭味，我又开始感到有些反胃。看他们暂时不需要我帮忙，我就安静地站起来，朝外面的甲板走去。

船尾货舱边上还有人在争吵，我注意避开他们，然后穿过相互缠绕的绳索，绕过我猜测是系索栓的东西，来到船头上一个安静的地方，在这里我能一览整个海港。

我坐到栏杆边上的一个箱子上，享受着咸咸的微风，以及船只和海港的那种混杂着焦油味和鱼腥味的气味。气温仍然很低，但我把披风紧紧围在身上，也能感到足够温暖。船被潮涌抬起，缓缓摆动着。我能看到附近码头桩子上的海藻被潮水冲起来，扭曲地摆动着，遮挡住它们中间那些亮闪闪的黑色贻贝。

想到贻贝，我就想起了前一晚吃的黄油蒸贻贝，然后突然觉得饿了。怀孕带来的荒诞差别，似乎让我总能意识到我的消化状态；如果我不呕吐，我就会觉得饥肠辘辘。想到食物，我就会想到菜单，然后又想到杰拉德提到的设宴招待客人。宴会，呃？拯救苏格兰的任务以这种方式开始有些奇怪，但是我也想不出其他更好的方法。

至少，如果查尔斯·斯图亚特坐在我对面用餐，我还可以照看一下他。想着我便自顾自地笑了。如果他表现出想找船去苏格兰，或许我还能偷偷往他的汤里放些什么。

毕竟，那或许并没有那么搞笑。这让我想起吉莉丝 · 邓肯，我脸上的微笑也渐渐消失了。作为克兰斯穆尔村检察官的妻子，她通过在宴会上往食物里滴液体氰化物谋杀了她丈夫，随后不久便被指控为女巫。我和她一起时她被抓捕，而我自己也被抓去审判，后来还是詹米将我从审判中救出来的。我们被关在又冷又黑的贼坑里好几天的记忆还特别清晰，海风似乎突然变得特别凛冽。

我颤抖了一下，但不全是因为寒冷。想到吉莉丝 · 邓肯，我就会不寒而栗，这与其说是因为她的所作所为，倒不如说是因为她曾经的身份。她也是詹姆斯党人。她对斯图亚特复辟事业的支持可谓疯狂。更糟糕的是，她和我一样，都是通过巨石穿越回去的。

我不知道她穿越到过去是和我一样是偶然，还是故意的。我也不知道她确切来自何处，但我对她的最后印象——喊叫着抗拒那些判她火刑的法官——是她这个高个儿、漂亮的女人。她把手伸得很高，露出那个能说明问题的圆形疫苗疤痕。我不自觉地伸手到舒适的披风下，摸索自己手臂上那一小块变硬了的皮肤，摸到它时我不禁颤抖了一下。

隔壁码头发生一阵骚乱，打断了这些不开心的回忆。一艘船的步桥上聚集了许多人，有人在喊叫，有人在推搡。不是打架。我用手遮住光线，朝那群人看去，但是看不到人打斗。相反，有人似乎努力在拥挤的人群中开出一条路，朝着步桥上面大仓库的门走去。但是，人群似乎很固执地阻挡着，就像潮水一样，在每次被推开后很快就又涌回去。

詹米突然出现在我的身后，杰拉德紧随着他，眯眼看着下面的混乱场景。我太专注于下面的吵闹，并未听到他们走上来。

“怎么回事儿？”船只在脚下摇晃得越发厉害，我站着向后倚靠詹米，以便让自己站稳。靠他很近的时候，我能闻到他身上的味道。他在旅馆洗了澡，闻上去既干净又温暖，还带着一丝阳光和尘土的味道。嗅觉变得灵敏，显然也是怀孕带来的另一个结果。即使在臭气冲天的海港里，我也能闻出他的味道，就好像你能在吵闹的环境里听见邻近的低沉声音一样。

“不知道，看上去是和另外那条船有些纷争。”他伸手抓住我的手肘，让我站得更稳。杰拉德转过身，用粗犷的法语厉声给边上的水手下命令。那个水手跳过栏杆，抓着一根绳索朝步桥滑去，黑色的辫子吊在空中，直指水面。我们站在甲板上看着，他戳了戳另外一个水手的肋骨，后者手舞足蹈地给了他一个答案。

杰拉德皱着眉头，扎辫子的水手从挤满人的步桥上攀爬回来。他用同样粗犷的法语对杰拉德说了些什么，他说得太快，我并没有听懂。在说了几句话后，杰拉德突然转身，走过来站到我身边，用干瘦的双手抓着栏杆。“他说巴塔哥尼亚号上有人生病了。”

“什么样的病？”我来的时候没有想到把药箱带上，所以我无论如何也帮不了什么忙，但我很好奇。

杰拉德看上去有些担心和不悦。“他们担心是天花，但不确定。已经通知城市巡查官和港务部长了。”

“要不我去看看吧？”我提议说，“至少我或许能看出是不是传染病。”

杰拉德那浅显的眉毛被遮在黑色的平直刘海下，詹米看上去有些尴尬。

“堂叔，我妻子是位名医，”他解释道，却转身朝我摇头，“别去，外乡人，不安全。”

我能清楚地看到巴塔哥尼亚号的步桥，那堆人群突然推搡着、踩着各自的脚趾向后退。两个水手从甲板上走下去，两人拉着一匹帆布当作担架。他们用白色帆布抬着人，帆布中间被压得下垂。一只裸露的、被太阳晒黑的手臂懒洋洋地吊在那个简易担架上。

那两个水手用布条罩住口鼻，把头扭向担架的另一侧，相互吼叫后快速地把头扭回去，就这样抬着那人走在破裂的木板上。他们穿过好奇的人群，消失在附近的仓库里。

我快速做出决定，转身走向亚丽安娜号船尾的步桥。

“别担心，”我回头对詹米说，“如果是天花，那么我是不会被感染的。”有个水手听见我的话，停下来目瞪口呆地看着我，但我只是朝他笑了笑，然后轻快地从他身边走了过去。

人群现在安静下来，不再来回推搡，所以要从这群窃窃私语的水手中穿过并不困难。我低头从他们身边走过时，他们许多都皱着眉头，或者表现得很惊讶。那是个废弃的仓库，昏暗宽阔的空间里，没有大捆的东西，也没有酒桶，却仍然弥漫着锯木、熏肉和鱼肉的气味，很容易与其他许多气味分别开来。

那个病人被匆匆忙忙地扔在门边，放在一堆废弃的包装草料上。我进去时，护理他的那个人从我身边擦过，急急忙忙地逃了出去。我谨慎地靠近他，在几英尺远的地方停住。他因为发烧而满脸通红，他的皮肤则是奇怪的深红色，长着密密麻麻的疱疹。他呻吟着，不安分地摆着头，干裂的嘴巴似乎是在寻找水喝。

“给我些水。”我对边上的一位水手说。那个矮壮的水手，胡须编成许多条装饰性的尖辫子，只是盯着我，好像刚才对他说话的是条鱼。我不耐烦地转过身，跪到那个病人身边，解开他肮脏的衣服。他散发着恶臭，或许就是因为他浑身太脏，所以人们才让他肮脏地躺着，连他的同伴都不敢去碰他。他的手臂相对干净些，但是他的胸部和腹部都长满了疱疹，而且他的皮肤摸上去火辣辣的。

在我给病人检查时，詹米和杰拉德也进来了。跟着他们的，是一个穿着金饰官员服装、长得像梨子的小个儿男人，还有其他两个人，一个从穿着来看应该是贵族或富裕中产阶级，另外那个是干瘦的高个子，从肤色来看显然是个水手，大概是那艘感染了天花——如果是天花的话——的船的船长。

看上去就是天花。在我还是孩子时，我那位著名考古学家叔叔兰姆，带我去过世界上很多未开化的地方，在那些地方我见过很多次天花。天花影响到肾时，病人会尿血，但这个家伙并没有，但是他有天花的所有典型症状。

“恐怕就是天花。”我说。

巴塔哥尼亚号的船长突然痛苦地哭喊起来，朝我走过来。他面容扭曲，抬起手似乎是要打我。

“不！”他喊道，“蠢女人！婊子！没有脑子的女人！你想毁了我吗……”

詹米掐住他的喉咙，他最后的那个字被打断成咯咯声。詹米的另一只手紧紧拧着他衣服的正面，把他提起来踮着脚。

“先生，我希望你能尊重地称呼我的妻子。”詹米很温和地说。船长脸色铁青，努力急促地点了点头，然后才被詹米放下来。他喘息着后退一步，抚摸着喉咙侧身走到同伴背后，似乎是在寻求庇护。

那个矮胖的小官员好奇地弯腰观察着病人，在观察时他把一个挂着链子的银质大香盒放在鼻子边上。外面的吵闹声突然降低，人群从仓库门边往后退，为另外一个帆布担架让出空间。

我们面前的那个病人突然坐起来，差点把小官员吓倒在地。病人环视整个仓库，然后眼睛向上翻，倒在稻草上，像是被斧子砍倒了一样。没有人用斧子砍他，但结果几乎没有两样。

“他死了。”我多余地说。

那个官员，拿着香盒恢复了庄严，又朝前走一步，仔细打量着那具尸体，然后站直宣布道："天花！这位夫人没说错。很抱歉，伯爵先生，你比其他人更了解法律啊。"

伯爵先生不耐烦地叹气，皱着眉头看了我一眼，然后猛然转头面对着官员。"我知道这件事情能摆平，庞普勒穆斯先生。拜托，私下说两句话……"他伸手示意不远处的废弃领班室，那是较大仓库里的一个破旧小房间。拥有贵族的称号和穿着，这位伯爵先生清瘦、优雅，长着浓密的眉毛和薄薄的嘴唇。他的做派说明了他是个习惯为所欲为的人。

但那个小官员往后退，双手伸到身前，似乎是在自我防卫。"不，伯爵先生，"他说，"我很抱歉，这不可能……这没办法，已经有太多人知道了，这事现在都已经在码头上传遍了。"他无助地看了詹米和杰拉德一眼，然后朝着仓库门含糊地摆了摆手。朝仓库门看去，可以看到围观群众那平淡无奇的头颅的侧影，下午的阳光给它们镶上了金色的光环。

"不行，"他又说，他那圆胖的面容因为下定决心而变得严厉起来，"抱歉，先生……还有夫人，"他慢半拍地把我加在后面，似乎是才注意到我，"我必须离开，去着手销毁这艘船。"

听到这句话，船长又哽咽地号叫起来，然后抓住官员的袖子，但官员挣脱他，匆匆离开了仓库。

在他离开后，仓库里的氛围有些紧张。伯爵先生和船长都愤怒地看着我，詹米恶狠狠地怒视着他们，而那个死人则茫然地盯着四十英尺高的天花板。

伯爵双眼闪耀着朝我走近一步。"你知道你做了什么吗？"他咆哮道，"小心些，夫人！你会为今天的所作所为付出代价的！"

詹米突然朝伯爵那边移动，但杰拉德更快地拉住他的袖子，同时温柔地把我朝门边推，并且对遭到打击的船长低声说了几句听不清的话，而船长也只是摇摇头以示回应。

"可怜的家伙，"到了外面，杰拉德摇着头说，"呸！"码头上很冷，阴郁的冷风吹动着停泊在码头的船只，但詹米却从衣服口袋里掏出一大块不协调的红色帆布手绢，擦拭着脸和脖子。“走吧，伙计，我们找家酒馆，我得喝杯酒。”

我们在码头边一家酒馆的楼上安顿下来，桌上摆着一罐葡萄酒，杰拉德瘫坐在椅子里，给自己扇着凉，大声地呼着气。“天哪，这是什么运气！”他往杯子里倒了许多酒，一口气喝干，然后又倒了一杯。他看到我盯着他，便咧嘴笑了，把酒罐推到我这边。

“嗯，这儿有酒，姑娘，”他解释道，“喝酒可以除除尘。要很快地喝下去，不要留时间来品尝，就可以轻松地除尘了。”他采纳了自己的意见，喝光杯里的酒，然后又伸手把酒罐拿过去。我开始明白昨天詹米是怎么醉的了。

“好运气，还是坏运气？”我好奇地问杰拉德。我本以为他要说坏运气，但他那种愉快、兴奋的神态太过明显，不太像是因为喝了红酒；那种红酒特别像电池酸液，我放下酒杯，希望臼齿上的釉质还完好无损。

“对圣热尔曼伯爵来说是坏运气，对我来说是好运气，”他言简意赅地说，然后从椅子里站起来看着窗外。“好，”他说道，然后又满意地坐下去，“日落前他们就可以平安无事地把酒卸到仓库里。”

詹米向后靠在椅子里，嘴上挂着微笑，抬着一边眉毛打量着杰拉德。“堂叔，也就是说，圣热尔曼伯爵的船也是运酒的？”

杰拉德灿烂地咧嘴笑了，露出下颌里的两颗金牙，让他看上去更像海盗。“从皮尼昂运来的上好陈酿波尔图葡萄酒，”他开心地说，“花了他不少钱。还有从诺瓦尔酿酒厂运来的一半佳酿葡萄酒，这酒已经断货一年了。”

“想来正在往你仓库里卸的就是诺瓦尔的另一半酒？”我开始明白他开心的原因了。

“对，我的姑娘，太对了！”杰拉德自鸣得意地哈哈大笑，“你知道这些酒在巴黎会卖到什么价钱吗？”他问道，向前摆动身子，把酒杯重重地放在桌上，“限量供应，而且只有我一个人卖？天哪，我今年有赚头了！”

我起身看着窗外。亚丽安娜号停泊在码头边，吊货网从船尾的吊杆上摇摆着滑下来，然后其中的葡萄酒被一瓶接一瓶地小心卸下，装到手推车里送到仓库里，而亚丽安娜号也随之浮得更高了。

“不是我扫兴，”我有些胆怯地说，“你是说你的酒和圣热尔曼的酒都是来自同一个地方吗？”

“是的，”杰拉德走过来站在我边上，眯眼看着下面的卸货工人工作，“诺瓦尔生产的波尔图葡萄酒是整个西班牙和葡萄牙最好的，要不是因为资金问题，我就全部买下来了。怎么了？”

“只是，如果这些船是从同一个港口驶过来的，那么你的有些船员也有可能感染天花。”我说。

听到这里，杰拉德那因为喝酒而变得红润的清瘦脸庞突然变得惨白，于是他又伸手端起杯子喝了一口，以便让自己缓缓。“天哪！真是糟糕！”他边放下杯子，边喘着说道。“但我觉得没有问题，”他安慰自己说，“酒都已经卸了一半了，但我还是得和船长谈谈，”他皱着眉头补充道，“我得让他卸完货赶紧把人打发走，如果有人有生病的迹象，可以立马领薪水离开。”他坚决地转身，快速朝门口走去，不过又在门口停住，回头喊道：“点些吃的当晚饭！”然后消失在楼梯里，随后传来一阵嗒嗒的声音，就像一小群大象在奔跑。

我转身看着詹米，他困惑地看着自己那杯还没有动的红酒。“他不应该那么做，”我惊呼道，“如果他的船上有天花，那么把带有天花的船员送走，会让这座城市都感染上的。”

詹米慢慢地点了点头。“想来我们应该希望他的船上没有天花。”他温和地评论道。

我不确定地转身面向门口。“但……我们是不是应该做点什么？我至少可以去看看他的船员，然后告诉他们怎么处理另外那艘船上抬下来的尸体……”

“外乡人。”他那深沉的声音仍然温和，却带着一种明显的警告口气。

“怎么了？”我转过身子。

他身子前倾，端着酒杯，若有所思地看了我片刻，然后才开口说话：“你知道我们要去完成的事情很重要吗，外乡人？”

我放开门把手。“阻止斯图亚特家族在苏格兰起义？是的，很重要。为什么这么问？”

他点点头，就像老师在教愚笨的小学生一样。“对啊，如果你觉得重要,那就过来坐下和我喝酒,等着杰拉德回来。如果你觉得不重要……”他停下来，深呼一口气，吹动了前额上的红头发，“如果你觉得不重要，那你就去满是水手和商人的码头，他们都觉得女人靠近船只是极度的厄运，他们已经在传言说你诅咒了圣热尔曼的船，你知道他们会做出什么事的。运气好的话，他们会离你远远的，不然就强奸你，然后割断你的喉咙,把你扔到海港里,然后再来对付我。而且圣热尔曼自己就想掐死你，你没有看到他的表情吗？”

我有些突兀地回到桌边坐下,膝盖有些颤抖。“我看到了,”我说,“但他不……他不能……”

詹米皱起眉头，把桌上的一杯酒推到我面前。“他能，他认为能够悄无声息地处理这件事。天哪，外乡人，你差不多毁了他一年的收入啊！他看上去可不像是那种能够坦然面对这种损失的人。如果你不当着那么多人的面大声告诉港务部长那是天花，那么他靠私下贿赂就可以解决这件事。不然，你觉得杰拉德为什么会那么迅速地把我们带上来呢？为了喝好酒吗？”

我的嘴唇僵硬了，似乎我真的从那个酒罐里喝了许多类似硫酸的葡萄酒。

“你是说……我们现在的处境很危险？”

他坐回椅子里，然后点点头。“你现在明白了，”他慈祥地说，“我不觉得杰拉德想警告你。他刚才出去，应该是去安排人保护我们，也是去看看他的船员。他应该很安全，大家都认识他，而且他的船员和装卸工人都在外面。”

我摩擦着手臂上的鸡皮疙瘩。壁炉里燃着熊熊火焰，烟雾弥漫的房间里足够温暖，我却感到寒冷。“关于圣热尔曼伯爵会做的事，你怎么知道得这么多？”我完全不怀疑詹米——我还很清楚地记得伯爵在仓库里盯着我时的那种恶意眼神——但我就是想知道他怎么会知道。

詹米呷了一口酒，然后又苦着脸把酒杯放下。“首先，他的残酷，还有其他方面，可都是出了名的。我在巴黎生活的时候就听说过他的事，但幸运的是我从没有与他有过冲突。另外，杰拉德昨天费口舌警告过我不要得罪这个人，他是杰拉德在巴黎的主要竞争对手。”

我把手肘放在破烂的桌子上，然后把下巴撑在手掌里。“我把事情弄得一团糟，是不是？”我沮丧地说，“把你做生意的好基础毁了。”

他笑了，然后站起来走到我身后，弯腰把我抱在怀里。他突然跟我说这些，让我感到很紧张，但是现在感受到他在身后的力量和身体，我感觉好了许多。他在我头顶上轻轻地吻了一下。“别担心，外乡人，”他说，“我自己能处理好，而且我还能照顾你，你也要让我照顾。”他的声音带着微笑，但也带着疑问。

我点点头，把头向后仰着，靠在他的胸上。“我会让你照顾的，”我说，“勒阿弗尔的市民得承担感染天花的风险了。”

大概过了一个小时，杰拉德才回来。他耳朵冻得通红，但总算是活着回来的，毫发未损。看到他回来我很高兴。

“没事儿，”他眉开眼笑地说，“船上只有坏血病、普通腹泻和感冒而已，没有天花。”他搓着双手，环视着房间，“晚饭呢？”

他的脸颊被风吹得通红，不过看上去很开心和自信。显然，应对那些靠刺杀来解决争端的竞争对手，对他来说就是家常便饭。这太正常了，我愤世嫉俗地想，他毕竟是苏格兰人啊！

似乎是为了证实我的这个观点，杰拉德点了餐，还派人去仓库取来一瓶上好的葡萄酒。饭后，他坐下来与詹米愉快地讨论如何对付法国商人。

“强盗，”他说，“他们这些人只要盯上你，很快就会在背后捅你一刀。都是些下流的窃贼。千万不要信他们。交一半订金，收货时支付另一半，而且永远不要让贵族人士赊账。”

尽管杰拉德说他已经在楼下安排了两个人站岗，但我仍然有点紧张。晚饭过后，我坐到窗边，在那儿能看到码头上来来往往的人群。眺望窗外不可能有太大作用，我想，码头上的每个人在我看来都像刺客。

海港上空乌云密布，今晚又会下雪。收起来的船帆在越来越强的风中猛烈摇晃着，拍打在桅杆上发出巨大的响声，几乎盖过了装卸工人的喊叫声。夕阳被黑压压的云层压进海水里，在片刻时间里整个海港都泛着暗淡的绿光。

天色越来越暗，码头上的熙熙攘攘逐渐消失，装卸工人推着手推车走上街道，消失在城市里，水手们消失在灯火通明的建筑物里，那些建筑物就和我所处的这栋差不多。但是，码头上还远算不上荒凉，时运不济的巴塔哥尼亚号边上还聚集着一小撮人。穿着某种制服的人在步桥下组成一条警戒线，无疑是阻止人上船或卸货。据杰拉德解释，身体健康的船员可以上岸，但除身上的衣服以外，他们不能从船上带任何东西下来。

“他们做得比荷兰人好些，”他挠着下巴上长出来的黑色胡楂儿，“如果该死的荷兰人发现某艘船只有某种瘟疫，那么他们会让水手裸着游上岸。”

“他们上岸后怎么解决衣服问题呢？”我好奇地问。

“我不知道，”杰拉德漫不经心地说，“不过他们上岸后很快就会去找妓院，所以想来他们不需要……抱歉，亲爱的。”他突然意识到自己在和女士说话，于是补充道。

他用热心掩盖刚才那短暂的尴尬，起身走到我身边，看着窗外。“噢，”他说，“他们准备好烧船了。考虑到船上装着酒，他们最好先把船往海港外面拖得足够远。”

劫数难逃的巴塔哥尼亚号上已经系好了纤绳，许多由桨手划动的小船已经准备好，等待港务部长发号施令。部长的金色穗带在逐渐暗淡的光线里闪着几乎无法看见的微光。他大声喊叫，把手举到头顶，像打旗语一样缓慢地前后挥动。

划艇和桨帆船的船长响应了他的喊叫声。纤绳被逐渐拉紧，缓缓地从水里升上来。海港突然安静下来，海水从用大麻拧成的纤绳上泻下，发出能够听得见的哗哗水声。划艇上传来喊叫声，黑色的巨大巴塔哥尼亚号嘎吱作响，左右支索发出咯吱声，它颤动着转到风中，开始了它最后的短暂航行。

他们把巴塔哥尼亚号停在海港中间，足够远离其他船只。巴塔哥尼亚号的甲板已经用油浸湿，随着纤绳被撤下、桨帆船离开，港务部长的矮胖身影从他乘坐的那艘小船上站了起来。他弯下腰，把脑袋凑到另外一个坐着的人边上，然后又拿着明亮的火把站了起来。

他把手臂向后拉，身后的桨手向后倾斜身子躲开，然后他把火把扔了出去。火把是一根裹着油布的沉重木棍，它在空中翻滚着，火焰缩小成蓝色的光亮，最终落在围栏后面看不见了。港务部长没有等着看结果，而是立即坐下，疯狂地向桨手打着手势。桨手摇动双桨，小船开始快速地穿行在深色的海水上。

过了很久，仍然什么都没有发生，但码头上的人群仍然站着不动，低声地说着话。在深色的窗玻璃上，我能看到詹米的苍白面容浮动在我的面容上面。窗玻璃很冰，我们的气息在上面很快形成雾气，然后我用披风的边沿去把雾气擦掉。

“看那儿。”詹米轻声说道。巴塔哥尼亚号的围栏后面蹿起火焰，一小条泛着蓝光的火焰。它静静地一跃，在浸泡过油的围栏上舞蹈起来。一面卷起的船帆被引燃，燎起了熊熊火焰。

在不到一分钟的时间里，后桅的左右支索就燃了起来，主帆支柱被烧得通透，主帆燃烧着掉了下来。火焰以迅雷不及掩耳之势蔓延开来，所有东西似乎都在片刻之间燃了起来。

“走，”杰拉德突然说，“下楼去。马上就要烧到货舱了，刚好是我们逃走的最好时机，没人会注意到我们。”

他说得没错。我们悄悄走出酒馆，两个人突然出现在杰拉德身边——那是他自己的船员，装备着手枪和铁笔——但没有其他人注意到我们的出现。大家都看着海港，在那里能看到巴塔哥尼亚号的上层结构已经变成熊熊火焰里的黑色框架。船上传来接连不断的炸裂声，就像机枪扫射一样，然后发生巨大的爆炸，无数火花和燃烧着的木材从船只的中心喷涌而出。

“我们走。”詹米抓着我的胳膊，我没有反抗。我们跟着杰拉德，在两个水手的保护下，悄悄地离开了码头。我们偷偷摸摸的，就好像那艘船是我们点燃的一样。

CHAPTER 07

觐　见

杰拉德在巴黎的住宅位于特穆朗街上，那里是富人区，挤着不少三层、四层或五层的冷峻楼房，不时还有特别大的住宅独自立在庭院里，但大多数住房都挨得很近，身体算得上健壮的小偷，都能够轻松地从一个楼顶跳到另一个楼顶上。

“唔……”是默塔看到詹米住宅时的唯一评论，“我要自己找地方住。”

“住在好房子里会让你紧张，你可以睡到马厩里。”詹米建议道。他低头朝他矮小、阴郁的教父咧嘴笑着。“我们会让男仆用银盘子把粥给你送出去的。”

房子里面装饰得很讲究，让人觉得舒适，但我后来才意识到，与贵族和富有资产阶级的住房相比，这座房子可以说得上是简朴。我想，这至少有部分原因是它缺少一位女主人。杰拉德虽然看上去不缺妻子，但他从未结过婚。

“呃，他当然有情妇。”在我猜测杰拉德的私生活时，詹米解释道。

“噢，当然了。”我低声说。

“但她是有夫之妇。杰拉德跟我说过，生意人千万不能与未婚女士纠缠——他说她们既浪费时间，又浪费金钱。如果你娶了她们，她们会花光你的钱，让你最终变成穷人。”

“他对妻子的看法蛮不错嘛，”我说，“除了这条适用的建议，他对你的婚姻有什么看法？”

詹米笑了：“呃，我本来就没有钱，所以我没法变得更穷。他觉得你很撑得起面子，但他说我必须给你买条新裙子。”

我展开我那条苹果绿的天鹅绒裙子，它已经变得破旧不堪。“我想是的，”我同意道，“不然我很快就得用床单当衣服了，这条裙子的腰部已经很紧了。”

“不光是腰部，”他笑着说，同时上下打量着我，“你胃口又好起来了，是吧，外乡人？”

“傻瓜，”我冷冷地说，“你很清楚，安娜贝尔·麦克兰诺赫身材不高大，而且还瘦得像铲子的把手，可我不是啊。”

“你不是，”他同意道，欣赏地看着我，“感谢主。”他亲昵地拍了拍我的臀部。

“我早上要去仓库和杰拉德一起看看账簿，然后他会带我去拜访几个顾客，把我引见给他们。你一个人没有问题吧？”

“当然没问题，”我说，“我在房子里看看，也熟络一下用人。”前一天傍晚到达这里时，我们已经见过全部用人，但我们只是在自己的房间里吃了顿便饭，所以我只单独见过那个送饭的男仆，以及那个早上来拉开窗帘、生火并端走夜壶的女佣。想到突然就要管理“全体雇员”，我感到有点胆怯，但我安慰自己，想着这和管理护理员和初级护士没有太大区别，而一九四三年我在法国战场上当高级护士时就做过这件事。

詹米离开后，我用一把梳子和清水——仅有的梳妆用具——尽量梳妆打扮。如果杰拉德真想我来举办晚宴，那么新裙子只是开始。

药箱侧边的口袋里装有柳枝，可以用来清洁牙齿。我取出一根柳枝，开始清洁牙齿，同时思考着让我们来到这里的神奇命运。

在被迫离开苏格兰后，我们本应该找个地方追寻未来，要么去欧洲，要么就去美国。詹米一开始就选择了法国，现在考虑到他对乘船的看法，我对他的选择丝毫不觉得惊讶。

弗雷泽家与法国颇有渊源。许多姓弗雷泽的人，比如说亚历山大院长和杰拉德·弗雷泽，都在法国谋生，几乎从未返回故乡苏格兰。詹米告诉我，法国还有许多詹姆斯党人，他们追随国王流亡，如今在法国或意大利努力生活，等待着国王重回王位。

"总有人在说这件事，"詹米说，"在家里说，不是在酒馆里，所以现在才会相安无事，等到人们在酒馆里谈论这件事的时候，你就知道他们是当真的。"

"告诉我，"我说，看着他拍打着衣服上的灰尘，"苏格兰人天生就懂政治，或者只是你懂？"

他笑了，但很快严肃起来，打开大衣橱，把衣服挂起来。那件衣服看上去又破又旧，十分可怜，独自挂在飘散着雪松气味的巨大衣橱里。

"好吧，我告诉你，外乡人，我宁可不懂，可是我生在麦肯锡家和弗雷泽家中间，所以很少有选择的余地。而且，我在法国生活过一年，又当过两年兵，自然就学会了如何去听别人说的话，听出其中的意思，辨别这二者的区别。不过，考虑到这个年代的情况，懂这个道理的并不只有我一个。在苏格兰高地，无论是领主还是佃农，在即将发生的事情里都无法置身事外。"

即将发生的事情。我想，这会是什么事情呢？如果我们在巴黎未能取得成功，会发生的事情就是一场由流亡国王之子查尔斯·爱德华（卡西米尔·马里亚·西尔维斯特）·斯图亚特王子领导的、企图复辟斯图亚特王朝的武装起义。

"美王子查理。"我轻声地自言自语，看着穿衣镜里的自己。他就在这里，就在这座城市里，或许离我还不太远。他会是什么样子？我只能想象到历史肖像上常见的他——十六七岁，英俊但有些女子气，柔软的粉色嘴唇，扑过粉的头发，时尚的穿着；或者那些虚构画像上的他——比历史肖像更健壮，挥舞着阔剑，下船走到苏格兰海岸上。

他企图为父亲和自己夺回苏格兰，但最终让苏格兰毁灭和荒废。他的事业注定会失败，他将获得足够多的支援，然后重回苏格兰，率领拥护他的人们参加内战，最终悲惨地了结在卡洛登的战场。随后他会安全地逃亡至法国，但那些被他丢在身后的人则遭受了敌人的惩罚。

我们此行便是为了阻止这场灾难。在杰拉德这座宁静、奢华的房子里思考时，这个任务似乎难以置信。如何才能阻止起义？嗯，如果人们是在酒馆里煽动起义，那么或许在饭桌上就可以阻止他们。我对着镜子里的自己耸耸肩，把散落到眼前的头发吹开，然后下楼去找厨师。

用人们最先对我既害怕又猜疑，但很快就意识到我并没有打算干涉他们的工作，因而便放下心来，谨慎而热心地对待我。最初，我因为劳累而模糊地以为在走廊里排队等我检查的用人至少有十二个。其实，算上我最先没有在用人中注意到的马夫、马童和厨房帮工，他们总共有十六人。我对杰拉德在生意上的成功仍然印象深刻，直到我发现他给用人的报酬是多么低：男佣每年可以得到一双新鞋和两本书，女佣每年得到的稍微少些，而地位更高的用人，如维奥内夫人、厨师和管家马格纳斯，得到的报酬则稍微多些。

我待在家里探索整个家庭的运作，从餐厅女仆的流言里收集信息；詹米则每天都与杰拉德外出拜访顾客、积累人脉，通过这些建立可能对流亡王子有用的社交关系，让自己做好“辅佐王子殿下”的准备。在参加晚宴的宾客中，我们有可能找到盟友——或敌人。

“圣热尔曼？”玛格丽特在擦拭片花地板，我突然从她的闲聊中听到一个熟悉的名字，“是圣热尔曼伯爵吗？”

“是的，夫人。”玛格丽特是个矮胖的姑娘，脸庞扁平得出奇，双眼向外凸出，让她看上去就像大菱鲆，但她很友好、热情。她把嘴巴噘成小圆圈，准备透露一些真正的丑闻逸事。我尽量让自己看上去是在鼓励她。

“夫人，伯爵的名声很差。”她煞有介事地说。

来参加过宴会的人——据玛格丽特说——都名声不佳，所以我扬起眉毛，等着她说更多细节。

“他把灵魂出卖给魔鬼了，你知道的，”她放低声音向我说道，同时还四下看了看，似乎圣热尔曼有可能躲在壁炉腔后面一样，“他要举行黑弥撒，让邪恶的人享用无辜孩子的血和肉！”

我在心里对自己说，你挑的这个敌人真是不错啊。

“噢，夫人，大家都知道，”玛格丽特告诉我，“但这并不影响他的女人缘，女人都非常喜欢他，无论他在哪里，都有女人投怀送抱。不过，他很有钱。”显然，最后这点至少足够抵消——如果说不能掩盖——他饮血吃肉的特征。

“真有趣，”我说，“不过我以为伯爵先生是杰拉德先生的竞争对手，他不是也进口葡萄酒吗？为什么杰拉德先生要邀请他呢？”

“为什么？夫人，这样杰拉德先生就可以在晚宴上提供上好的波恩酒，告诉伯爵先生他才买了十箱，然后在晚宴结束的时候慷慨地送他一瓶带回家。”

“我明白了，”我笑着说，“那伯爵先生也这样邀请杰拉德先生参加过晚宴吗？”

她点点头，白色的头巾在她的油瓶和抹布上摆动着。“噢，是的，夫人，但是没有杰拉德先生那么频繁。”

庆幸的是，这次晚宴并没有邀请圣热尔曼伯爵。我们只是家里人一起聚餐，以便杰拉德在离开前能够通过剩下的一些琐事来训练詹米。在这些琐事中，最重要的当属在凡尔赛宫的国王起床仪式。

杰拉德在吃饭时解释说，受邀侍候国王起床是很重要的有利迹象。“不是对你有利，伙计，”他挥着叉子，慈祥地对詹米说，“是对我有利。国王，或者说是财政部长迪韦尔内，想确保我会从德国回来。最近这次征税让商人们重重受挫，许多外国商人都离开了，可以想象这给皇家财政造成多大的负面影响。”想到税收的事，他满脸愁容地盯着叉子上的小鳗鱼。

“我打算下周一就走，只等人来告诉我威尔米娜号安全到达了加莱，然后我就动身离开。”杰拉德又咬了一口鳗鱼，对詹米点点头，边咀嚼边说，“我把生意交给会管理的人，伙计，在这个问题上我完全不用担心。不过在我去处理其他事情之前，我或许还要和你谈谈。我已经和马歇尔伯爵说好了，两天后我们和他一起去蒙马特尔，让你去觐见查尔斯·爱德华王子殿下。”

我心里突然感到一阵兴奋，迅速地与詹米交换了眼神。他故作镇静地对杰拉德点点头，但是在他看着我时，他的眼睛里却闪耀着期待的光芒。这就是我们任务的开始。

“王子殿下在巴黎深居简出，”杰拉德边说，边在盘子边上追赶最后那条因为抹了黄油而滑溜溜的鳗鱼，“在国王没有正式接纳他前，他出现在上流社会不合适。所以王子殿下很少离开居所，也很少见人，只接见那些前去觐见的支持他父亲的人。”

“我听说的不是这样。”我插嘴说。

“什么？”两双惊讶的眼睛转向我这边，杰拉德放下叉子，放过了最后那条鳗鱼。

詹米朝我抬起眉头。“你听说什么了，外乡人？从哪儿听说的？”

“用人们说的。”我说道，专注地吃着我的鳗鱼。看到杰拉德皱着眉头，我第一次想到住宅的女主人与客厅女佣说长道短不是回事。呃，管他呢，我反叛地想。我的选择并不多。

“客厅女佣说查尔斯王子殿下经常去拜访路易斯·德拉图尔·德罗昂王妃。”我说着，从叉子上咬下一条鳗鱼，慢慢地咀嚼着。鳗鱼的味道不错，但如果整条吞下的话，你会觉得有些不舒服，就好像它们还是活着的一样。我小心地吞下去。到目前为止，一切都还不错。

“而且是在王妃丈夫不在家的时候。”我优雅地补充道。

詹米看上去被我逗乐了，而杰拉德则满脸惊恐。

“德罗昂王妃？”杰拉德说，“玛丽－路易斯－亨丽特－詹妮·德拉图尔·德奥弗涅？她丈夫家与国王的关系很近。”他用手指擦拭嘴唇，在嘴边留下一圈油光。“那样会很危险，”他嘟囔道，似乎是在自言自语，“我在想是不是这个小傻瓜……不！他肯定没有这么傻。他只是缺乏经验。他还涉世未深，而且罗马和这里不一样。但是……”他结束嘟囔，然后决绝地转向詹米。

“这将是你为国王陛下做的第一次任务，伙计。你和王子殿下年纪相仿，但你在巴黎有经验，懂得判断时机，而且还得到了我的训练，我自夸一下，”他朝詹米笑了笑，“你可以和王子交朋友，帮助他结识那些将会对他有用的人——这些人大多你都已经见过。你还要尽可能得体地给殿下解释，对错误的人献殷勤会给他父亲的事业造成极大损害。”

詹米漫不经心地点头，显然是在思考其他事情。

“客厅女佣怎么会知道殿下去拜访王妃呢，外乡人？”詹米问，“她每周不是只能离开一次去参加弥撒吗？”

我摇摇头，吞掉口里的食物，以便回答他。“据我所知，这是厨房女佣从厨房帮工那儿听来的，厨房帮工是听马童说的，马童又是听隔壁马夫说的。我不知道这中间传了多少人，但德罗昂王府与这里就隔三户人家，想来王妃对我们也了如指掌，”我欢欣地补充道，“至少，如果她要和她家厨房女佣聊天的话，她就知道我们的事。”

“女士是不和厨房女佣说三道四的。”杰拉德冷冷地说。他眯眼看着詹米，无声地恳请詹米把妻子管好些。

我能看到詹米的嘴角抽动，但他只是喝了一小口蒙哈榭酒，然后转换话题，讨论杰拉德最近的项目——正用船运往牙买加的朗姆酒。

在杰拉德摇铃让用人收拾餐盘、呈上白兰地时，我在说了抱歉后先行离开。杰拉德很喜欢边抽黑色的长雪茄，边喝白兰地，而我清楚地感到，我刚吃下的那些鳗鱼，无论有没有仔细嚼碎，让烟熏都没有益处。

我躺在床上，尝试不去想关于鳗鱼的事情，但是收效甚微。我闭上眼睛，试着去想牙买加——热带阳光下怡人的白色沙滩，但是牙买加让我想到了威尔米娜号，进而让我想到了海洋，然后海洋又直接让我想到巨大的鳗鱼在绿色的波浪里缠绕、扭动。詹米走了进来，让我的思绪离开了鳗鱼，我便坐了起来，宽慰地向他打招呼。

“唉！”他倚靠在关着的门上，用衣服的饰边朝自己扇着风，“我感觉自己像是熏香肠一样。我喜欢杰拉德，但我很开心他能把那该死的雪茄带去德国。”

“呃，满身烟味就不要靠近我，”我说，“鳗鱼不喜欢烟。”

“我一点儿也不怪他们。”他脱下外套，解开衣服扣子，“我觉得这是个计划，”他说着，朝门那边甩头，脱下了衣服，“就像蜜蜂那样。”

“蜜蜂？”

“怎么才能挪动一窝蜜蜂呢？”他解释道，同时打开窗户，把衣服挂在窗框的曲柄上，“装一管最浓的烟草，插到蜂窝里面，然后把烟扇进去。里面的蜜蜂就会被熏晕掉下来，然后你就可以把它们带走了。我觉得杰拉德就是这样对待客户的，他用烟把他们熏得不省人事，然后他们就会在清醒前签下订单，购买比原计划多三倍的酒。”

我咯咯笑了，他也咧嘴笑，然后又用手指捂着嘴唇，听着杰拉德踏着轻盈的脚步从走廊里走来，从我们门前经过，回到自己的房间去了。

不再担心被听到后，詹米走到我身边舒展着身子。他只穿着苏格兰短裙和袜子。“烟味还重吗？”他问，“如果还很重的话，我可以到梳妆室去睡，或者把脑袋伸到窗外吹吹风。”

我闻了闻他的头发，浓密红发里面还残留有烟草的味道，烛光在这红色的头发上照出丝丝金色。我用手指拨乱他的头发，享受着他头发的柔软，以及头发下面头骨的坚硬手感。“烟味不重。那么说，你不担心杰拉德这么快就离开？”

他吻了我的额头，然后躺下去，把头放在垫枕上，摇着头对我微笑。

“不担心，我已经见过所有大客户和船长，也认识全部仓库老板和官员，还记住了价格列表和库存清单。其他需要学习的东西，必须边摸索边学习。杰拉德教我的已经够多了。”

“那查尔斯王子呢？”

他半闭着眼睛，无奈地嘟哝了一声。“对啊，至于那件事，我只有听天由命了，没法依靠杰拉德。我敢说，如果他不在这里看着我，那么事情会简单一些。”

我躺在他身边，他转身面向我，伸手搂住我的腰，让我们贴得更紧。“我们该做什么？”我问，“你有什么想法吗，詹米？”

他那带着白兰地味的温暖气息扑在我脸上，我向上扭头去吻他。他张开柔软、宽大的嘴与我亲吻，持续亲吻片刻后，他才回答我。“噢，我有些想法，”他叹息着往后退，然后说道，“天知道这些想法会有什么结果，但我就是有些想法。”

“跟我说说。”

“唔，”他调整姿势，让自己更舒服地平躺着，然后用一只胳膊搂着我，让我把头靠在他肩膀上。“这个嘛，”他说，“在我看来，这是个金钱问题，外乡人。”

“钱？我还以为是政治问题呢。法国人想让詹姆斯复辟，不就是想给英格兰找麻烦吗？我隐约记得，路易想利用查尔斯·斯图亚特来分散乔治国王的注意力，让乔治国王无暇关注他即将在布鲁塞尔要做的事情。”

“确实是这样，”他说，“但复辟需要花钱。路易没有那么多钱，不能一边在布鲁塞尔打仗，一边资助对英格兰的干预。你有没有听到杰拉德说的关于皇家财政的事情？”

“听到了，但是……”

“不，路易并不会起决定作用，”他教导我说，“尽管他当然有一定的发言权。詹姆斯和查尔斯还会尝试其他的资助来源，这些来源是法国的银行家族、梵蒂冈和西班牙王室。”

“詹姆斯负责梵蒂冈和西班牙人，查尔斯负责法国银行家，是吗？”我好奇地问。

他点点头，盯着天花板上被雕刻过的镶板。在摇曳烛光的照耀下，核桃木的镶板呈现出柔和的浅棕色，颜色较深的玫瑰花饰和丝带缠绕着从各个角落延伸出来。

“对。亚历山大叔叔给我看过詹姆斯国王陛下的通信，从这些信函来看，我敢说西班牙人是他最好的机会。教皇把他当作天主教君主来支持。教皇克雷芒支持了詹姆斯很多年，现在他已经去世，而教皇本笃接着支持詹姆斯，但支持的程度不高。但是，西班牙的费利佩和法国的路易都是詹姆斯的表亲，他短暂访问西班牙，是出于波旁王朝血统的义务。”他侧着身子对我苦笑，“外乡人，从我的观察来看，我敢说皇家血统在谈到钱时就会变得特别稀薄。”

他分两次抬腿，单手脱掉袜子，然后把它们扔到卧室凳子上。“三十年前，詹姆斯从西班牙得到一些钱、一小支舰队，”他评论道，“还有一些士兵。那就是一七一五年的起义。但是他运气不佳，在他自己都还没有到达时，军队就在雪利弗缪尔败北了。所以我说，西班牙人或许并不太愿意再次资助斯图亚特，至少在觉得复辟成功的希望不大时不愿意。”

“所以查尔斯就来法国做路易和银行家的工作，”我自言自语地说，“从我的历史知识来看，他将取得成功。那我们还能做什么呢？”

詹米放开我，伸展着身子，他的体重压歪了我身下的床垫。“我们能做的，就是我去给银行家卖酒，外乡人，”他打着哈欠说，“你去和客厅女佣聊天。如果烟雾扇得足够多，我们或许就能把蜜蜂熏晕。”

出发前，杰拉德把詹米带去了蒙马特尔的一所小住宅。查尔斯·斯图亚特王子殿下居住在那里，等待时机成熟，同时也等着看路易会不会帮助这个贫穷的表亲重返王位。

我去给他们送行了，他们都穿得特别体面。他们离开后，我始终在设想他们与王子相见时的情景，在想是否一切顺利。

“情况怎么样？”詹米回来后，我第一时间在私底下问他，“他长什么样子？”

他挠头思考，最后才说：“呃，他牙疼。”

“什么？”

“这是他说的，而且看上去疼得不轻。半边脸都扭曲了，下巴也有些肿。他的话不多，不知道他是习惯性冷漠，还只是因为说话会牙疼。”

其实，在正式介绍后，其他几位年长的人，杰拉德、马歇尔伯爵，以及另外一位被随意称作“博哈迪”的外表十分肮脏的人，便聚到一起，开始讨论苏格兰政治，差不多把詹米和殿下晾在一边。

“我们一人喝了一杯白兰地，”詹米在我的追问下顺从地说，“我问他觉得巴黎怎么样，他说在巴黎没法打猎，受限得让人讨厌。然后我们就聊了关于打猎的事情。他说他更喜欢带着猎狗打猎，不喜欢带驱猎夫打猎。我说我也是。然后他说他有次在意大利打到许多野鸡。他一直在说关于意大利的事情，直到他说窗外吹进来的冷风让他牙疼——他的住所并不豪华，只是一栋小别墅。后来他又喝了一些白兰地止疼，我给他讲了在苏格兰高地猎鹿的事情，他说他要在某个时间去试试，然后问我是不是擅长射箭。我说擅长，他说希望有机会在苏格兰邀请我一同打猎。然后杰拉德说他回去的时候得去下仓库，于是王子殿下伸出手，我吻了他的手，然后我们就离开了。”

“嗯。”我说。虽然说名人——或者即将或有可能出名的人——在日常行为方面和常人没有太大不同是正常的事情，但我不得不承认我对詹米口中的美王子有些失望。不过，他已经邀请詹米再次前去。正如詹米所言，重要的是和王子殿下熟络起来，这样才能关照他提出的计划。我想，法国国王的个人魅力是否要大许多呢？

没过多久我们就知道了答案。一周后，詹米就要在寒冷、黢黑的凌晨起床，收拾行装，准备长途骑马去凡尔赛宫侍候国王起床。路易每天都在六点准时醒来。在这个时候，那为数不多的有幸被选中侍候国王梳洗的人，需要在前厅集合，准备加入贵族和侍者的行列，协助国王迎接新的一天。

詹米在凌晨时分被管家马格纳斯叫醒。他睡眼惺忪、跌跌撞撞地起床，打着哈欠并且嘟哝着收拾妥当。在这个时间段，我的内心很平静，我尽情享受着那种在看到别人需要做某些我们自己不必做的不愉快事情时产生的愉快感。

“仔细看，”我说道，声音因为睡眠而变得沙哑，“回来把全部事情讲给我听。”

詹米困倦地咕哝表示同意，弯腰吻我，然后端着蜡烛，拖着脚离开去准备马鞍了。我听到詹米在楼下街道上与马夫道别，他的声音在凉爽的夜风里突然变得清晰、觉醒，然后我再次睡着了。

考虑到这儿与凡尔赛宫相去甚远，而且詹米有可能受邀在那里用餐——关于这点，杰拉德警告过詹米——所以我并不惊讶他在中午前没有回来，但我忍不住好奇，越等越不耐烦，直到他最终在快到下午茶时间回来。

“国王起床仪式怎么样？”我问道，走上去帮他脱下外套。他按照宫廷礼仪戴着紧贴的猪皮手套，所以没法解开光滑的天鹅绒外套上有饰章的银纽扣。

纽扣弹开后，他解脱地伸展着宽大的肩膀，说道:“噢，感觉好多了。”他外套的肩膀部分太紧，给他脱下外套就像剥蛋壳一样。

“很有趣，外乡人，”他回答我的问题，“至少在起先的那一两个小时里很有趣。”

贵族们拿着各自的礼仪用具——毛巾、剃须刀、酒杯、玉玺等——列队进入国王寝宫，寝宫里的男仆拉开遮挡住晨光的厚重帘子，揭开国王大床上的帷帘，让朝阳把关注的光线照到路易国王的脸上。

国王在协助下坐到床沿上，打着哈欠，挠着长着胡楂儿的下巴。侍者们把那件因为金银装饰而变得沉重的丝绸礼袍穿到国王的身上，然后跪下去给国王脱下那双他穿着就寝的厚袜子，换上较轻薄的丝绸紧身裤，以及用兔皮做衬里的拖鞋。

宫廷贵族们依次跪到国王脚下，向国王表示敬意，询问他是否睡得安详。

“我看他睡得不太好，”詹米停下来评论道，“他看上去就像只睡了一两个小时，而且还做了噩梦。”

虽然眼睛充血，精神不振，但国王陛下还是慈祥地向各位侍从点头，然后慢慢站起来，向站在寝宫后面的那些宾客鞠躬。他没精打采地挥手，召唤来一名寝宫男仆。男仆引领他坐到侍奉椅里，他闭着眼睛坐着，享受着侍者们的服侍。参观者在奥尔良公爵的引领下依次走向前去，跪到国王面前说祝词。正式的请愿要晚些时候才进行，那时国王才有可能足够清醒地倾听。

“我去那里不是去请愿的，我只是去表示关切，”詹米解释道，“所以在公爵告诉国王我的身份时，我只是说‘陛下早安’。”

“国王对你说什么没有？”

詹米咧嘴笑了，双手钩在脑袋后面伸展着身子。“噢，说了。他睁开一只眼睛，难以置信地看着我。”

路易睁开一只眼睛，带着微弱的兴趣打量着詹米，然后评论道：“强壮啊。”

“我说‘是的，陛下’，”詹米说，“然后他说‘会跳舞吗’，我说会，然后他就闭上眼睛，公爵示意我可以退下了。”

引见结束后，寝宫男仆在高级别贵族的仪式性协助下，继续为国王梳洗。这期间，各类请愿者在奥尔良公爵的示意下走上前，在国王梳头剃须或埋头调整假发时，在国王的耳边轻声请愿。

“噢？你有没有获准去给国王陛下擤鼻子？”

詹米笑了笑，把抓在一起的双手向上伸展，直到关节发出噼啪的响声。“没有，谢天谢地。我躲在衣橱边上，让自己看上去就像是家具，那些伯爵和公爵都用余光看我，好像我的苏格兰身份有吸引力一样。”

“呃，至少你足够高，能看到所有事情。”

“噢，是的，我看到了所有事情，甚至还看到了他在马桶座上解手。”

“真的啊？在所有人面前？”我十分感兴趣。我当然在书里读到过，但很难相信。

“噢，是的，大家的反应和看他洗脸、擤鼻子时没有什么区别。尼弗公爵获得难以启齿的荣耀，”他讽刺地补充道，“去为国王陛下擦屁股。我没有注意他们怎么处理那张擦屁股的毛巾，肯定是拿出来镀上金子了。”

“这件事情还特别无聊，”他又说道，同时弯腰摸地板，拉伸腿上的肌肉，“他慢吞吞的，像猫头鹰一样紧。”

“像猫头鹰一样紧？”我被他的比喻逗乐了，然后问，“你是指便秘吗？”

“对，就是便秘。皇宫里吃的那些东西，便秘也不奇怪，”他吹毛求疵地说，向后伸展着身体，“吃得太糟糕，全是奶油和黄油。他早上应该喝粥的，喝粥可以治便秘，对肠胃非常好，你知道的。”

如果说苏格兰人有对什么东西固执己见的话——说实话，他们固执己见的东西特别多——那就是早餐吃燕麦粥的好处。他们在只有燕麦吃的土地上生活了千万年，经常会把必需品视为好东西，然后坚持说他们喜欢这个东西。

詹米现在趴在地上，在做我推荐给他锻炼背部肌肉的英国皇家空军训练方法。

我回到他之前说的话上，问道：“你为什么说‘像猫头鹰一样紧’呢？这个比喻我听过，是用来形容人喝醉了，不是便秘。猫头鹰会便秘吗？”

训练完成后，他翻过身体，喘着气躺在垫子上。“噢，是的，”他长长地舒了一口气，恢复了正常呼吸。他坐起来，把眼睛前面的头发撩开。“或者并不是，但是大家都是这么说的。人们说猫头鹰没有肛门，所以吃了东西拉不出来——就像老鼠那样，是吧？所以它们把吃进去的骨头、毛发之类的全都做成球体，然后呕吐出来，毕竟它们没法从肛门排泄。”

“真的吗？”

“噢，是的，真是这样的。只看地上有没有小球，你就可以知道树上有没有猫头鹰。它们会把树下弄得特别脏，”他补充道，拉开衣领让风吹进去。“但是它们有肛门，”他跟我说，“我用弹弓从树上打下过猫头鹰，而且还看过。”

“好奇心十足的小伙子，呃？”我笑着说。

“当然了，外乡人，”他咧嘴笑道，“它们真是那样排泄东西的。我和伊恩在猫头鹰树下坐过整整一天，就是为了确认这件事。”

“天哪，你们的好奇心也真够重的。”我评论道。

“嗯，我想弄清楚。伊恩不想安静地坐那么久，所以我得揍他两拳，让他不要乱动，”詹米笑着回忆道，“所以他就安静地和我坐在那里，直到猫头鹰排泄。他从地上抓起一把猫头鹰粪丸，从后面塞到我的衣服里，然后飞快地跑了。天哪，他跑得像风一样快。”他脸上闪现过一丝悲伤，他记忆中的那个健步如飞的儿时朋友，现在已经是他的姐夫，在国外打仗时被葡萄弹打掉一条腿，从此便依靠木腿僵硬——但是很和善——地跛着走路。

“那样的生活真是恐怖，”我评论道，想转移他的注意力，“不是说观察猫头鹰的事情，我是说国王的生活。完全没有隐私，连解手都有人看。”

“我自己就不喜欢那样，”他说，“可他是国王。”

“嗯，我觉得权力、奢华等可以弥补许多东西。”

他耸耸肩。“嗯，无论弥补与否，这都是上帝给他的身份，他别无选择，只有尽力利用。”他捡起长披肩，把它穿过腰带，然后拉起来搭在肩上。

“让我来。”我从他手里把银制的圆形别针拿过来，然后把嫣红的披肩别在他挺起的胸脯上。他整理披肩的吊穗，用手指梳理鲜艳的羊毛。

“我自己也有差不多的身份，外乡人，”他低头看着我，安静地说，然后短暂地笑了笑，“不过，感谢主，我不用邀请伊恩来给我擦屁股。但我生来就是领主，管理着那片土地和土地上的人们，我必须尽力而为。”他伸手轻轻抚摸着我的头发，“所以，在你说我们来试一试，看看我们能做到什么事情时，我很开心。我在心里特别愿意带着你和孩子远走高飞，在余生里耕种田地、照料牲口，晚上回家躺在你身边，安静地度过夜晚。”

他深蓝色的眼睛里充满着思绪，他把手放在披肩上，抚摸着弗雷泽氏花格布上的鲜艳格子，上面的模糊白色条纹，将拉里堡与其他氏族和家族区分开来。“但是，如果我那样做，”他继续说道，似乎是在说给自己而不是我听，“我灵魂里的某个部分就会觉得被谴责，而且我想——我想我会永远听到我的人民在背后呼喊的声音。”

我把一只手放在他肩上，他向上看，宽大的嘴巴上挂着若隐若现的歪斜微笑。

“我也觉得你会，”我说，“詹米……无论发生什么，无论我们能做什么……”我停住寻找话语。和往常一样，我们接受的这个巨大任务，再一次让我感到犹豫、失语。我们有什么资格去改变历史进程，去为贵族、农民和整个苏格兰，而不是为自己，改变历史大事的走向？

詹米把手搭在我的手上，让人宽慰地捏着我的手。“我们得尽最大努力，外乡人。如果要流血，至少不能流我们的血。希望主不要让事情走到那一步。”

我孤独地思考着卡洛登高沼地上灰色的氏族石碑，以及石碑下面埋着的苏格兰高地人。如果我们不成功，那就会是结局。

“望主保佑。”我也祈祷道。

CHAPTER 08

未安息的灵魂和鳄鱼

詹米要参加皇家觐见，每天还要处理杰拉德的生意事务，看上去生活很充实。每天吃完早餐不久，他和默塔就不见了人影，去仓库检查新送来的货物，制作存货清单，拜访塞纳河上的码头，进出那些在他口中特别讨厌的酒馆。

“呃，至少你有默塔陪着，”我评论道，并从中感到些许欣慰，“你们两个在白天不会遇到太多麻烦。”默塔这个瘦而结实的小个子族人，虽然其貌不扬，但他的穿着和码头上那些游手好闲的人不同，因为他的下半身穿的是花格布料。而且我曾经和他骑马穿越半个苏格兰去温特沃思监狱救詹米，所以这个世界上再没有其他人能让我更愿意把詹米的安危托付出去了。

午餐过后，詹米会去拜访朋友——数量越来越多的社交和生意上的朋友，接着在书房里花一两个小时整理账本，然后再吃晚饭。

詹米很忙，而我比较清闲。在和维奥内夫人礼貌地较量几天后，这个家由谁来管理变得很清楚了——不是我。维奥内夫人每天早上都会来我的起居室，询问当天的菜单，把购买食材——水果、蔬菜、黄油、每天早上送来的城外农场产的鲜牛奶、街上售货车上出售的塞纳河鱼、还挂在水草堆里的新鲜黑色贻贝——所必需的花费清单给我过目。我仪式性地看看清单，同意所有事情，赞赏前一天的晚餐，然后就到此为止。除了偶尔有人来让我用那串钥匙去开日用织品橱柜、酒窖、菜窖和食品室以外，我的时间全都由自己支配，直到需要装扮一番参加晚宴。

杰拉德离开后，他住所的社交生活一如往常地进行着。关于大规模设宴款待客人的事，我仍然很小心谨慎，但我们每晚都会举行小规模晚宴，来参加晚宴的有贵族、骑士、女士、流亡的穷困詹姆斯党人、富有的商人和他们的妻子。

但是，我觉得吃喝，以及准备吃喝，都不足以让我忙起来。我坐立难安，最后詹米建议我去帮他抄账本。

“总比你咬自己好些，”他说，批评地看着被我自己咬过的指甲，“而且你的字写得比仓库簿记员的好看。”

所以，当西拉斯·霍金斯先生在有天中午过来，想买两大桶弗莱芒白兰地时，在书房里的正好是我。霍金斯先生肥胖、富有，和杰拉德一样是移民，是一位专门向英格兰出口法国白兰地的英格兰人。

我以为，那些看上去滴酒不沾的商人会觉得大量给人卖葡萄酒和烈酒很困难。霍金斯先生在这方面很幸运，因为他的脸颊总是红红的，脸上总是挂着狂欢者的愉悦微笑。不过，詹米跟我说过，这个人从来不尝自己的货，几乎只喝苦涩的麦芽啤酒，但他的食欲在他去过的酒馆里是个传奇。在他那双明亮的棕色眼睛里，在那种让买卖变得顺利的和蔼背后，潜藏着一种警觉的算计神情。

“必须得说，你们是我最好的供应商，”他说着，用花体字签下一笔大订单，“总是靠得住，质量总是上乘。你堂叔不在的时候我会想他的，”他说道，向詹米鞠躬，“但是他选择的替代人很不错，委托一位苏格兰人来管理家族的生意。”他那明亮的小眼睛流连在詹米的短裙上。在起居室的深色镶板的映衬下，短裙上面代表弗雷泽家族的红色显得很鲜艳。“最近才从苏格兰过来？”霍金斯先生伸手在大衣里面摸索着，不经意地问道。

“不是，我来法国有段时间了。”詹米笑着回避了他的问题。他从霍金斯先生那里把羽毛笔拿过来，却发现它太钝，不好写，于是把它扔到一边，从餐具柜上小玻璃杯子里的羽毛里新抽出一根。

“噢，从你的穿着来看，我知道你是苏格兰高地人。我想，或许你能跟我说说如今在苏格兰高地盛行的情绪。我听到过这些流言，你知道的。”霍金斯先生在詹米的招呼下坐到椅子里，他那圆胖、红润的脸庞显然正专注于从口袋里拿出来的那个鼓鼓的皮钱包。

“至于说流言——嗯,那不是苏格兰国内事务的常态吗？”詹米说道，细心地把新羽毛笔削尖，“情绪倒是没有，如果你指的是政治，恐怕我自己很少关注了。”羽毛上的坚硬角质被削下，发出尖锐的咔嗒声。

霍金斯先生从钱包里掏出几个银币，整齐地堆成一个圆柱，摆在他和詹米中间。“啊？”他几乎心不在焉地说，“如果真是这样，那你可是我遇见的第一个不关注政治的苏格兰高地人。”

詹米削完笔，然后把笔尖拿起来，眯着眼观察它的角度。“嗯？”他含糊地说，“是啊，我得操心其他事情，经营这样的生意很耗费时间，我想你也是知道的。”

“的确。”霍金斯先生又数了数那堆硬币，然后从中取走一个，换上两个较小的。“听说查尔斯·斯图亚特最近来巴黎了。”他说。那通红的圆胖脸上表现出极大的兴趣，但肥肉里的双眼却很警觉。

“噢，是啊，”詹米嘀咕道，他的音调既没有肯定，也没有否定，又或许仅仅是礼貌地表示漠不关心。他把订单拿到面前，极其细致地在每页上面签字，精心写下每个字母，而不是像往常那样胡写乱画。他小时候是个左撇子，后来被强制矫正过来，所以他觉得写字很困难，但从没有这样小题大做过。

“这么说来，你没有你堂叔的那种忠诚？”霍金斯往后挪了挪，看着詹米埋着的头顶。詹米自然是没有点头或摇头表态。

“那和你有什么关系吗，先生？”詹米抬起头，用温和的蓝色眼睛盯着他。肥胖的霍金斯先生和他对视片刻，然后挥动胖乎乎的手，漫不经心地表示无所谓。“没有关系，”他语气平稳地说，“不过，你堂叔的詹姆斯党倾向，我倒是很熟悉——他从不遮掩。我就是想知道是不是苏格兰人在斯图亚特复辟这件事上的看法全都一样。”

“如果你和苏格兰高地人打交道够多，”詹米把一份订单递到对面，不露声色地说着，“那么你就会发现，除了天空的颜色，两个高地人几乎不会对任何事情有一致的看法；即使是天空的颜色，偶尔也是有争议的。”

霍金斯笑了起来，大肚子舒适地在他的背心下面摇晃着，然后把叠起来的订单塞到衣服里面。看到詹米不想他这样继续追问，我便插话，热情地说给他们呈上马德拉白葡萄酒和饼干。

霍金斯先生最先有些动心，但还是遗憾地摇摇头，把椅子向后推，然后站了起来。“不，不用，谢谢您，夫人，但是不用了。阿拉贝拉号这周四进港，我得去加莱等着。在坐马车去那里之前，我得处理特别多的事情。”他皱着眉头从口袋里掏出一大沓订单和收据，把詹米的收据放进去,然后又把它们塞到一个大旅行皮夹里。“而且，”他快活地说,“我在路上还可以做点生意，我会去拜访路上的旅馆和酒馆。”

“如果你拜访一路上的所有酒馆，下个月都到不了加莱。”詹米评论道。他从毛皮袋里摸出钱包，把那一小堆银币装了进去。

“确实是这样，先生，”霍金斯先生说道，沮丧地皱起了眉头，“想来我必须放弃一两家，把它们留在回来的路上拜访。”

“如果你时间很宝贵，你可以派人代表你去加莱啊。”我建议道。

他意味深长地转着眼珠，尽可能地把他那愉悦的小嘴噘成忧伤的样子。“我也想啊，夫人，可阿拉贝拉号上载着的，我不能托付给别人。我的侄女玛丽在船上，”他坦诚地说，“这个时候正往法国驶来。她才十五岁，从来没有离开过家。恐怕我不能让她独自找路来巴黎。”

“确实不能。”我礼貌地同意道。玛丽·霍金斯，这个名字很耳熟，但我说不清楚为什么。这是个很平凡的名字，我没法把它和什么特别的事情联系起来。詹米起身送霍金斯先生出门时，我仍然在沉思这个问题。

“我相信您侄女的旅程会很愉快，”詹米礼貌地说，“她过来上学，还是看望亲戚呢？”

“结婚。”霍金斯先生满意地说，“我哥哥很幸运地为她找到一位特别有利的配偶，一位法国贵族。”他似乎要得意地详述这件事情，背心上的纯金纽扣紧拉着布料。“我哥哥是准男爵，你知道的。”

“她十五岁？”我不安地说。我知道早婚并不是稀奇事，但十五岁？不过，我自己就是在十九岁时结婚的——在二十七岁时再婚。在二十七岁的时候，我知道的东西多了太多。

“呃，您侄女和她的未婚夫认识很久了吗？”我好奇地问。

“从未见过。其实，”霍金斯先生靠近我，用一根手指捂着嘴唇，放低声音说，“她还不知道结婚的事情。要知道，谈判还没有完全结束。”

听到这里我很震惊，张嘴准备说点什么，但詹米紧紧抓住我的手肘表示警告。

“嗯，如果这位绅士是贵族，或许我们应该去宫里拜访您侄女。”詹米建议道，同时像推土机一样坚决地把我向门边推。还在讲话的霍金斯先生被迫向后退，以免被我踩到。

“你们一定会的，图瓦拉赫堡主。实际上，我觉得我侄女会见您和您夫人是极大的荣耀。我敢肯定，有女同胞相伴，她会觉得特别宽慰的，”他谄媚地对我笑着说，“当然了，我不会滥用仅限于生意上的交情。”

你这个浑蛋当然不会滥用，我愤慨地想。为了让你的家庭挤入法国贵族阶层，你什么事情都做得出来，这其中就包括把你侄女嫁给……嫁给……

“呃，您侄女的未婚夫是……？”我直截了当地问。

霍金斯先生一副狡猾的表情，靠得足够近，嗓子沙哑地对我耳语：“我本来不该在签婚约之前说的，但看在夫人的分上……我可以告诉你，他是加斯科尼世家的一员，而且还是级别很高的一员！”

“当然。”我说。

霍金斯先生满怀期望地搓着双手离开了。我转身看着詹米。“加斯科尼！他说的是……不会吧？那个在上周来参加晚宴、下巴上沾着鼻烟的恶心老头？”

“马利尼子爵？”詹米听到我的描述后笑着说，“我想是的。他是个鳏夫，而且据我所知，他还是他家里仅有的单身汉。我觉得他下巴上的不是鼻烟，他的胡子就是那样，有点像是被虫咬过，”他承认道，“但是长着那些疣，刮起来肯定很困难。”

“他不能把一个十五岁的姑娘嫁给……嫁给……那个家伙！而且还不问这个姑娘的意见。”

“我想他能那样做，”詹米说道，他那种冷静让人极为恼火，“不管怎样，外乡人，这不关你的事。”他双手紧紧抱着我，轻轻地摇动我。“你听见没有？我知道这对你来说很奇怪！但事情就是这样的。毕竟，”他噘起宽大嘴巴的一角，“你也是在违背自己意愿的情况下被迫结婚的，后来也接受了这段婚姻，不是吗？”

“有时我就很怀疑！”我猛然拉动手臂，试图从他的拥抱里挣脱出来，但他只是抱着我，笑了笑，然后亲吻了我。片刻过后，我放弃反抗，暂时地表示屈服，放松地让他抱着。我会与玛丽·霍金斯见面，我想，而且我们要看看她是怎么看待这桩包办婚姻的。如果她不想看到自己的名字与马利尼子爵在婚约上结合，那么……我突然僵住了，然后把拥抱着我的詹米推开。

“怎么了？”他看上去有些担心，“你生病了吗，姑娘？你脸色很苍白。”

我的怀疑转瞬即逝，因为我突然想起来我是在什么地方见过玛丽·霍金斯这个名字的。詹米说得不对，因为我见过这个名字，它以铜版体写在一张族谱表的顶部，墨迹陈旧，因为历史久远而变成了深褐色。玛丽·霍金斯不会嫁给老朽的马利尼子爵，而会在公元一七四五年嫁给乔纳森·兰德尔。

“呃，她不可能嫁给兰德尔，不是吗？”詹米说，“他已经死了。”他往白兰地杯子里倒上酒，然后端给我。他稳稳地握着水晶玻璃杯的底部，嘴巴线条僵硬。他说“死”字时的嗓音斩钉截铁，赋予它一种充满仇恨的不可改变性。

“把脚抬起来，外乡人，”他说，“你的脸还是很苍白。”我随着他的动作，顺从地抬起脚，躺到沙发上。詹米坐到我头边，漫不经心地把手放在我肩上。他的手指温暖、强壮，温柔地按摩着关节的凹陷处。“马库斯·麦克兰诺赫对我说他在温特沃思监狱的地牢里看见兰德尔被牛群踩死了，”他又说道，似乎是在通过重复来让自己安心，“‘滚在血泊里的布娃娃’，马库斯爵士就是这么说的。他很肯定。”

“是的。”我喝了一小口白兰地，感觉我的脸上又有了温暖，“他也跟我说过。你说得没错，兰德尔队长已经死了。只是突然回想起玛丽·霍金斯，让我吓了一跳。这是因为弗兰克。”我向下看了一眼我放在肚子上的左手。壁炉里燃着小火，火光照亮了那枚光滑的金戒指——我的第一枚婚戒。詹米给我的苏格兰银戒，戴在我右手的无名指上。

“啊。”詹米抚摸着我肩膀的手定住了。他埋着头，却向上看了一眼，与我的眼神相遇了。自从我把他从温特沃思监狱救出来后，我们就再没有谈论过弗兰克，也没有提起过乔纳森·兰德尔的死亡。在那个时候，这似乎无关紧要，只是意味着那边不再有威胁我们的危险存在。而且自那以后，我就不愿让詹米回忆起任何关于温特沃思的事情。

“我的褐发美人，你知道他死了，不是吗？”詹米温柔地说。他的手指放在我的手腕上，我知道他说的是弗兰克，不是兰德尔。

“或许没有，”我说道，依然盯着那枚戒指。我举起手，让戒指在下午逐渐暗淡的光线里闪烁着。“如果他死了，詹米——如果他因为兰德尔死了而不存在——那么为什么他给我的这枚戒指还在我手上呢？”

他盯着戒指，我看见他嘴边的肌肉抽动了一下。我看见他也脸色苍白。我不知道现在让他想起兰德尔是否会伤害他，但我似乎并没有多少选择。“你确定兰德尔生前没有孩子吗？”他问，“或许总有一个答案。”

“或许有答案，”我说，“但我确定他没有孩子。弗兰克——”说到这个名字我的声音有点颤抖，“弗兰克深入调查过关于乔纳森·兰德尔之死的悲剧细节。他说兰德尔在起义的最后一场战役中死于卡洛登，他的儿子——也就是弗兰克的五代曾祖——是在他死后几个月出生的。他的妻子在几年后改嫁。即使他有私生子，这个私生子也不会与弗兰克有血缘关系。”

詹米皱起额头，两边眉毛中间竖起了垂直的浅显皱纹。“那也有可能是错误，或许那个孩子根本就不是兰德尔的？弗兰克或许只和玛丽·霍金斯有血缘关系，因为我们知道她现在还活着。”

我无望地摇摇头。“我不知道为什么。如果你认识弗兰克——不，我应该没有跟你说。我第一次遇见兰德尔时，我以为他就是弗兰克。他们当然不是一模一样，但是那种相似度……让人惊讶。兰德尔就是弗兰克的祖先。”

“我懂了。”詹米的手指变得湿润，他把它们拿开到短裙上去擦拭。“那么……这个戒指或许并没有什么意义，褐发美人。”他温柔地建议道。

“或许没有。”我摸着戒指，它就像我的肌肤一样温暖。然后我无助地把手放下。“詹米，我不知道！我什么都不知道！”

他疲惫地用指关节揉搓着双眉中间的皱纹。“我也什么都不知道，外乡人。”他把手放下去，尝试着朝我微笑。“有件事情，”他说，“你说弗兰克跟你说过兰德尔会死在卡洛登？”

“是的。其实，在温特沃思监狱的时候，我为了让兰德尔害怕，所以在他把我推到雪地里时，我就跟他说过他会死在卡洛登。那是在……在我回去救你之前的事。”

他突然把眼睛和嘴巴紧闭起来，脸上的肌肉抽搐着，我担心地把脚放到地上。“詹米！你没事吧？”我想用手摸摸他的头，但他躲开了，然后站起来走到窗边。“是的，我没事儿，外乡人。我整个早上都在写信，脑袋都快炸了。你不用担心。”他挥手让我走开，然后闭着眼睛，把前额贴在冰冷的窗玻璃上。他继续说话，似乎是在让自己忘记头疼。“那么，如果你——还有弗兰克——知道兰德尔会死在卡洛登，但我们知道他不会……我们就能做到，克莱尔。”

“做到什么？”我焦急地在他边上徘徊，想帮助他，却不知道怎么做。很明显，他不想有人碰他。

“你知道的会发生的那些事情，能够被改变。”他从窗户上抬起头，疲倦地对我微笑。他的脸色仍然苍白，但是那种细微的短暂抽搐已经消失了。“兰德尔在卡洛登战役之前就死去，玛丽·霍金斯嫁给其他人。即使这意味着弗兰克不会出生——或许以其他方式出生，”他安慰地补充道，“这也意味着我们有可能成功完成我们的任务。或许兰德尔不会死在卡洛登，因为那次战役根本就不会发生。”

我能看到他努力挪动身子，朝我走过来，然后抱住我。我没有移动，只是轻轻地抱着他的腰。他埋下头，把前额靠在我的头顶上。“我知道这会让你伤心，褐发美人。但知道这同时也会带来好事，会不会让你觉得好受些？”

“会的。”我最后在他衣服里轻声说。我温柔地挣脱他的怀抱，用手抚摸着他的脸庞。他双眼中间的皱纹变深了，眼神也有些迷茫，但他却对我微笑着。

“詹米，”我说，“去躺会儿。我让人给德阿班维丽家送信，告诉他们我们今晚不能过去了。”

“噢，不用，”他抗议道，“我会没事儿的。我知道这种头痛，外乡人，只是写字造成的，睡一个小时就好了。”他转身走向门边，然后犹豫着转过身来，面带着些许微笑。“如果我在睡觉时喊出来，外乡人，你就把手放我身上，跟我说‘兰德尔已经死了’，那样我就没事了。”

德阿班维丽家的食物和宾客都还不错。我们很晚才回家，我一上床就睡着了，而且睡得很香，没有做梦，只是在半夜知道某些事情不对劲时才突然醒来。

夜晚冷飕飕的，羽绒被又像往常那样，已经悄悄地滑到了地上，所以我身上就只盖着一条薄薄的羊毛毯。我在半睡半醒中翻身，寻找詹米的体温。他已经不在了。

我在床上坐起来找他，然后立刻就看见了他。他坐在窗边的椅子上，双手抱着脑袋。

“詹米！怎么了？你又头痛了吗？”我摸索着寻找蜡烛，打算去拿药箱，但是他坐的姿势让我放弃摸索，立马朝他走去。

他喘着粗气，似乎此前一直在奔跑。他的身体冰冷，却冒着汗。我摸了摸他的肩膀，发现它像金属塑像一样坚硬、冰冷。

我才摸到他，他就突然往后躲，然后迅速站了起来。他的眼睛在弥漫着黑暗的房间里大睁着，呈现出黑色。

“我不是故意吓你的，”我说，“你还好吗？”我顿时想他是不是在梦游，因为他的表情没有丝毫变化，他的眼神直接把我略过了。无论他看到的是什么，肯定都是他不喜欢的东西。

“詹米！”我猛烈地说，“詹米，醒醒！”

他眨眨眼，然后看到了我，但是他的表情仍然凝固着，脸上的纹理绝望得就像一只惊恐万分的野兽。

“我没事，”他说，“我醒着的。”他似乎是在说服自己相信这个事实。

“你怎么了？你做噩梦了？”

“是做梦了，是的，那是个梦。”

我向前迈步，把手放在他手臂上。“跟我说说，说了就能把它忘掉的。”

他用力抓住我的前臂，既像是不让我碰他，又像是让我帮助他。月亮很圆，我能看到他身上的每块肌肉都紧绷着，就像石头一样坚硬、凝固，却充满了猛烈的能量，准备随时爆发，进行战斗。

“不行。”他说道，听上去仍然神志不清。

“可以的，”我说，“詹米，和我说说，跟我说你看到什么了。”

“我什么……什么都看不见。什么都没有。我看不见。”

我把他拉过来，让他从房间的阴影里转过身，面对着窗外照进来的明亮月光。月光似乎起了作用。他的呼吸放缓了，然后他断断续续、痛苦地说出话来。

他梦到的是温特沃思监狱的石头。在他说话时，乔纳森·兰德尔的影子出没在房间里，裸着身体躺到我床上的羊毛毯上。

他之前听到身后有粗哑的呼吸声，感到有汗湿的肌肤在自己身上滑动。他十分沮丧地咬着牙齿。身后的那个人发觉了他的微弱移动，然后笑了起来。“噢，还有一会儿他们才会把你绞死，我的小伙儿，”他轻声说，“我们有很多时间好好玩。”兰德尔用力并粗鲁地突然一动，詹米无意识地发出了低沉的声音。

兰德尔伸手把他额头上的头发捋到后面，整理他耳朵周围的头发。兰德尔的滚烫气息离他耳朵很近，他转头想躲避，但那种气息却紧跟着他，低声说着话。“你见过人被绞死吗，弗雷泽？”不等他回答，兰德尔又继续说话，同时用细长的手臂搂住他的腰部，轻轻地爱抚着他倾斜着的腹部，每说一个字就撩拨着往下移动一点。“见过，你当然见过。你曾经在法国生活过，肯定见过偶尔被绞死的逃兵。脖子上的绳子很快收紧，被绞死的人会屁滚尿流，不是吗？”兰德尔的手轻轻地、稳固地抓着他，爱抚着他，在他身上摩擦。他未受伤的那只手紧紧抓住床沿，用力把脸埋进那张粗糙的毯子里，但兰德尔的声音仍然不放过他。

“你也会那样的，弗雷泽。再等几个小时，你就会感受到绞索了。”兰德尔自鸣得意地笑起来，“你会在我满意过后，屁股火辣辣地走上黄泉路。等到你屁滚尿流的时候，从你腿上流下来、滴到绞刑架下面的，将会是我的精液。”

他没有发出声音。他能够闻到自己的味道，身上沾着从牢里带出来的污垢，因为恐惧和愤怒而流出的汗液散发着臭味。他身后的那个人的气味，那种畜生的恶臭，穿透了薰衣草花露水的精致香味。

“那张毯子，”他说，闭着眼睛，在月光下紧绷着脸庞，“我的脸能感到它很粗糙。我能看到的只是面前的石墙。没有什么能让我的头脑稳定下来……我什么也看不见。所以我就闭着眼睛，想着我脸下面的毯子。除了痛苦以外，我只能感受到它……还有他。我……抓着那张毯子。”

“詹米，来让我抱着你。”我安静地说，试图让那种我都能感受到的在他血液里奔涌的狂暴平静下来。他紧紧抓住我的手臂，几乎将它们捏到麻木。但他就是不让我再靠近。他坚定地抓着我，同时也坚定地不让我靠近。

他突然放开我，猛然走开，转身对着月光皎洁的窗外。他紧张地站着，身体轻微颤动，就像刚射出箭的弓弦，但他的声音很平静。“不。我不会那样利用你，姑娘。你不能卷入其中。”

我朝他走了一步，但他迅速阻止了我，然后又把脸转向窗外。他的面容现在已经平静下来，就像他正看着的窗玻璃那样空白。“上床去吧，姑娘。让我一个人待会儿，我很快就好了。你没有什么好担心的。”

他伸出手臂，抓着窗框，让月光照着他的身体。他在发力，肌肉也随着鼓起来。我能看出他是在全力地推窗框。

“这只是个梦。兰德尔已经死了。”

我最终又睡着了，而詹米仍然一动不动地站在窗边，往外盯着月亮。但是，我在黎明醒来时，他已经蜷缩在窗边的椅子上睡着了。他裹着披肩，把我的披风搭在腿上保暖。

他听到我的动静后醒过来，看上去就像平常清晨那个欢欣得让人恼怒的他。但是我不太可能忘记昨晚发生的事情，所以我在吃了早餐之后打开了药箱。

让我烦恼的是，我缺少几种心里想着能够用来安眠的药草，但是后来我想起了玛格丽特跟我说过的那个人——瓦雷讷街草药贩子雷蒙。玛格丽特说他是个巫师。那么就值得去看看。詹米在早上会去仓库。我能够使唤一辆马车和男仆，可以去雷蒙那儿看看。

在雷蒙的店铺里面，两侧都立着和店铺一样长的干净的木柜台，柜台后面是许多有两个人高、连接着地板和天花板的货架。有些货架被折叠式玻璃门围着，想来是为了保护里面的珍稀和昂贵药材。橱柜上散乱地丢着几个沾满油脂的丘比特雕像，它们吹着号角，挥舞着旗帜，从整体看上去就像是喝了店铺里酒精度更高的东西一样。

“雷蒙先生在吗？”我礼貌地问柜台后面的那位年轻女子。

“是雷蒙师傅。”她纠正道。她不优雅地用袖子擦了擦红鼻子，然后指了指店铺后面，不详的棕色浓烟从那儿一扇半截门的横楣上飘出来。

不管他是不是巫师，他这里就是个巫师的环境。黑色石板壁炉里飘出的烟雾，盘绕在房顶的低矮黑色横梁下。火炉上面放着一张打有孔的石桌，桌上放着几个玻璃蒸馏器、铜“鹈鹕”——长着长鼻子的金属容器，不详的物质正从长鼻子上往杯子里滴——还有一个体积不大却能用的貌似蒸馏器的装置。我谨慎地闻了闻。在店铺里的其他强烈气味中，我闻到火炉那边传来一种清晰可辨的醉人酒味。餐具橱边上整齐地摆着一排干净的罐子，这让我最初的怀疑更加强烈了。不管做的是何种魔法和魔水生意，雷蒙师傅在高质量樱桃白兰地上的生意显然很成功。

雷蒙师傅就蹲在火炉边，把跑偏的煤炭拨回火床。他听到我走进去，于是直起身子，转身用怡人的微笑迎接我。

“您好。”我看着他的头顶，礼貌地说。那种踏入巫师住所的感觉特别强烈，所以在听到他用像青蛙叫声一样的低哑声音回复时，我并没有觉得惊讶，因为他长得特别像一只和蔼的巨大青蛙。他身高四英尺多一点，长着桶状胸和罗圈腿，皮肤就像居住在沼泽地里的人那样粗厚、又湿又黏，一双黑色的眼睛大得难看，却友好。除了不是绿色以外，他的身上就差瘊子了。

“夫人！”他笑容满面地说，“请问我能为您做什么呢？”他没有牙，这让他看上去更像青蛙。我入神地盯着他。

“夫人？”他说，疑惑地向上看着我。

我突然意识到这样盯着他看有多么粗鲁，于是红着脸不加思考地说：“我只是在想你有没有被某个漂亮姑娘亲吻过。”

他哈哈大笑起来，我的脸变得更红了。他灿烂地咧嘴笑着说：“被吻过许多次，夫人，然而并没有用，你可以看得出的，呱呱。”

我们禁不住无助地笑了起来，引起了那个女店员的注意，她警觉地朝半截门瞧了瞧。雷蒙师傅挥手让她别管，然后瘸着走到窗边，边咳嗽，边抓着自己的肋骨，随后打开窗户，以便让烟雾排出去。

“噢，这样好多了！”他说道，深深地呼吸着涌进来的春天的冷空气。他转向我，把散在肩上的银色长发向后拨。“好了，夫人。既然我们是朋友，或许你可以等我处理点事情？”

我还红着脸，立刻答应了他的请求。他转身对着加热架，边往蒸馏器的容器里填充材料，边打嗝似的笑着。我借机恢复了稳重的姿态，在工作间里闲逛，看看那堆令人惊奇的杂乱物件。

一只体形足够大的鳄鱼，大概是个标本，挂在天花板上。我抬头看着它腹部的黄色鳞甲，它就像被压紧的蜡一样既坚硬，又亮闪闪的。

“它是真的吗？”我问他，然后坐到那张伤痕累累的橡木桌边上。

雷蒙师傅笑着向上看了一眼。“我的鳄鱼吗？噢，当然是真的了，夫人。它能给顾客信心。”他猛然把头转向那个沿着墙壁、和他眼睛差不多高的架子。架子上摆着一排白色的烤瓷罐子，每个罐子上都镀有花饰——色彩亮丽的花朵和动物——还贴有标签，标签上写着详细的黑色文字。离我最近的三个罐子上贴着拉丁文标签，我吃力地把它们翻译出来：鳄鱼血、鳄鱼肝和鳄鱼胆汁。它们大概都来自头顶上那只鳄鱼，它在从主店铺吹来的风里不祥地摇晃着。

我拿起其中一个罐子，拔下塞子，小心翼翼地闻了闻。

“芥末，”我皱着鼻子说，“还有百里香。用了核桃油，我想，但你还用了什么，让它变得这么难闻？”我把罐子歪斜着，挑剔地观察着里面像泥浆一样的黑色液体。

“啊，你的鼻子也不是完全用来装饰的嘛，夫人！”他灿烂地微笑着，露出硬邦邦的青色牙龈，咧着的嘴把那张蟾蜍般的脸分成了两半。“那黑色的东西是腐烂的葫芦瓤，”他朝我靠近一些，然后放低声音说，“至于气味……呃，其实是血的气味。”

“不是鳄鱼血。”我向上看了一眼，然后说。

“你这么年轻就愤世嫉俗，”他悲叹道，“还好宫里的夫人和绅士们本性更容易信任人。并不是说人们一想到贵族，就会立即想到值得信任。这其实是猪血，夫人。猪比鳄鱼更加容易获得。”

“嗯，是的，”我同意道，“那只鳄鱼肯定花了你不少钱。”

“还好，它是我从之前那个店主那儿得到的，其他大部分存货也都是。”我觉得我在他那柔和的黑色眼睛深处看到了一丝不安，但是因为最近在宴会上观察人们的面孔，寻找可能让詹米用来操纵别人的蛛丝马迹，我对人们表情上的细微差别变得过于敏感。

雷蒙这位矮壮的小店主朝我靠得更近，表示信任地把手放在我的手上。“你是专业人士吧？”他说，“我必须说，你看上去不像。”

我最初的反应是想把手迅速拿开，但他的触碰舒服得出奇——很冷淡，却温暖和宽慰得令人意外。我看了看窗户的铅玻璃边缘上结着的冰霜，然后决定不把手拿开。他那双没有戴手套的手很温暖，在这个时节显得特别不同寻常。“那得看你怎么定义‘专业人士’这个词了，”我一本正经地说，“我是医生。”

“噢，医生？”他把椅子向后倾斜，饶有兴趣地打量着我，“没错，我之前也觉得你是医生，但仅仅是医生吗？不算命？不卖春药？”

我感到一阵内疚，回想起我和默塔穿越苏格兰高地寻找詹米的那些日子，我们在路上就像一对吉卜赛夫妇，靠算命和唱歌换取晚饭。

“没有那种东西了。”我说道，只是有些轻微的脸红。

“反正你撒谎不专业，”他愉悦地看着我说，“真是遗憾。不过，请问我有什么可以为您效劳，夫人？”

我说明来意，他边听边睿智地点头，灰白的头发摆到了肩膀前面。他在这个私密的工作间里没有戴假发，也没有给头发扑粉。他把头发往后梳，露出高高的宽大额头，头发像棍子一样笔直地垂到肩上，并突兀地结束在那里，就像被不锋利的剪刀剪断一样。

他好说话，对草药和植物制剂的使用也很在行。他拿下几个罐子，从中倒出一些草药，在手掌里磨碎，然后给我闻闻或品尝。

店铺里传来大嗓门儿的说话声，打断了我们的谈话。一个穿着整洁的男佣正倚靠在柜台上，对女店员说着什么，或者说在尝试说出什么，但柜台那边的女店员用一堆尖刻的普罗旺斯方言把他无力的话语堵在嘴里。女店员的话太地道，我没法完全听懂，却听懂了大意，大概是说不赠送卷心菜和香肠。

法国人几乎在各种场合都喜欢讨论食物，我正思考着他们这种倾向时，商店门突然砰的一声打开了。男佣的援军迅速走进来站到他后面，看上去像是一位怒气冲冲、抹着脂粉的重要人物。

“噢，”雷蒙低声说，饶有兴趣地从我手臂下看着店铺里上演着的事情，“朗博子爵夫人。”

“你认识她？”那位女店员显然认识，因为她放弃了攻击男佣，退缩到药品柜边上靠着。

“是的，夫人，”雷蒙点头说，“她是个惹不起的主儿。”

我明白了他的话，因为那位女士拿起一个小罐子——它显然是争论的起因，里面装着某种腌制的植物——然后瞄准，用尽力气扔出去，刚好砸在柜子正面的玻璃上。

碰撞声让喧嚣的场面瞬间安静下来。子爵夫人用瘦长的手指指着女店员。“你，”她说，声音就像在切削金属，“把那瓶黑色药水给我，马上！”

女店员张嘴打算抗议，但见到子爵夫人又在找东西来扔，于是闭嘴逃到里屋来了。

雷蒙知道她要进来，于是在她走进门时，无可奈何地伸手到头顶上，往她手里塞了一个瓶子。“把这个给她，”他耸肩说道，“免得她又砸坏其他东西。”

女店员战战兢兢地回去把瓶子给子爵夫人时，雷蒙转向我，一脸啼笑皆非的表情。“给竞争对手喝的毒药，”他说，“至少她觉得是。”

“噢？”我说，“那其实是什么？鼠李？”

他既惊讶又满意地看着我。“你很在行，”他说，“天生就懂，还是后来学的？呃，无所谓了。”他挥动宽大的手掌，示意略过这个话题，“没错，就是鼠李。那个竞争对手明天就会病倒，会遭受明显的痛苦，以满足子爵夫人的复仇欲望，同时还能让她相信她买的药水不错。而且，这个竞争对手后来可以恢复，不会有任何永久性伤害，而子爵夫人则会将竞争对手的恢复归功于牧师的干预，或者归功于竞争对手雇用的巫师的驱魔法事。”

“嗯，”我说，“那她给你店铺造成的损害呢？”柜台上的玻璃碎片，以及子爵夫人扔下当作赔偿的那个银币，被下午的太阳照得闪闪发亮。

雷蒙来回倾斜一只手掌，这是一种有双关意义的古老习俗。“后面会抵消的，”他平静地说，“下个月她来找我买堕胎药，我会收她足够多的钱，不仅能够弥补损失，还能做三个新柜子，而且她会乖乖地付钱。”他短暂地笑了笑，但笑容里没有他之前的那种幽默。“这全看时机的把握，你知道的。”

我注意到他那双黑色的眼睛颇有见识地看了我一眼。我虽然没有表现出来，但我很肯定他知道。“你下个月给子爵夫人的药会生效吗？”我问。

“全看时机的把握，”他又说，诡异地把头偏向一边，“只要足够早就没有事，但是等太久了会很危险。”

他话语中警告的口气很明显，我朝他笑了笑。“我不用，”我说，“我只是问问而已。”

他又放松下来。“噢，我可不这么觉得。”

子爵夫人那辆蓝银相间的马车从下面的街道经过，传来一阵隆隆声。男佣在车后面挥手叫嚣，行人赶紧躲到家里和巷子里，以免被车碾轧。

“绞死他们。”我轻声对自己说。我对于时事的罕见看法很少给我带来这样的满足感，但这次确实让我感到满足。“别问死囚车为谁而来，”我评论道，然后转身面向雷蒙，“它就为你而来。”

他看上去有些困惑。“噢？好吧，不管怎样，你是用黑色的水苏来当泻药吗？我会用白色的。”

“是吗？为什么呢？”

我们撇开子爵夫人的事情，坐下来继续谈我们的生意。

CHAPTER 09

壮丽的凡尔赛宫

我轻轻地把起居室的门关在身后，然后呆呆地站了片刻，让自己鼓起勇气。我尝试用深呼吸让自己恢复，但那件鲸骨束胸衣太紧，让我的深呼吸变成了哽塞的喘息。

詹米正专心地处理着几张货运订单，听到声音后抬起头，然后就睁大眼睛呆住了。他张着嘴，却没有出声。

“怎么样？”我小心翼翼地提着拖裙，向下走进房间，按照女裁缝之前的要求轻轻地摇摆，展示着外裙里面轻薄透明的皱褶丝质衬料。

詹米闭着嘴，眨了几次眼睛。“这……呃……是红色的，是吗？”他评论道。

“是的。”准确来说，是基督之血，当季最潮流的颜色，或者说我觉得是最潮流的。

“不是每个女人都能穿的，夫人。”女裁缝当时跟我说。她嘴里含着许多饰针，但说话却未受阻。“但是您，有着这么漂亮的皮肤。天哪，整个晚上都会有男人往你裙下爬的。”

“如果有人敢，我踩断他手指。”我说。毕竟，那根本不是我想的效果。但我确实打算显眼些，詹米劝我去做件可以让我鹤立鸡群的衣服。虽然清晨有雾，但国王显然已经在起床仪式上记住了他，所以我们被邀请到凡尔赛宫参加舞会了。

“我需要在有钱人那里说得上话，”詹米之前在做计划时说，“但是我地位不高，也没有权力，所以得设法让他们来找我。”他叹了口气，显然很乏味地看着我身上的羊毛睡袍。

“恐怕我们在巴黎得参加社交活动，如果可以的话，还得在宫里露露脸。他们会知道我是苏格兰人，自然也会问我关于查尔斯王子的事情，问我苏格兰是否在热切地等待斯图亚特王室回归，那么我就可以谨慎地告诉他们大多数苏格兰人愿意付出大价钱，阻止斯图亚特王室回去——尽管这样说有点不合常理。”

“是的，你最好谨慎些，”我说，“不然你下次去拜访查尔斯王子时，他或许会放狗咬你。”为了时常知晓查尔斯王子的活动情况，詹米每周都会去王子在蒙马特尔的小住宅拜访他。

詹米短暂地笑了笑。“是啊。就王子殿下和詹姆斯党支持者而言，我是斯图亚特复辟事业的忠诚支持者。只要查尔斯·斯图亚特没有和我同时得到法国宫廷的款待，那么我在宫里说的话就不大可能被他知道。巴黎的詹姆斯党人通常都不与其他人交往，原因之一是他们没钱出入上流圈子。不过多亏了杰拉德，我们不缺钱。”

詹米此前提议扩大杰拉德平常商务宴会的规模——杰拉德出于其他完全不同的原因同意了这个提议——让法国贵族和富有的银行家族的家长蜂拥而至，品尝莱茵葡萄酒，进行愉快的谈话，观看精致的表演，享用大量的优质苏格兰威士忌。这些威士忌是默塔花费过去两周的时间，穿过英吉利海峡，然后再经过陆运护送来的。

“要知道，吸引他们来的就是各种表演。”詹米之前说道，同时在一张大报的背面勾画着他的计划。在那张大报的正面上，印着一首描写赛维尼伯爵与农业部长妻子之间的下流私事的诗歌。“那些贵族只在乎外表，所以我们首先得给他们看点有意思的东西。”

现在从他那副惊呆的表情来看，我这个头开得不错。我稍微大摇大摆地走，让外裙像铃铛一样摇摆起来。“还不错吧？”我问，“至少很显眼。”

他最终开口说话了。“显眼？”他声音粗哑地说，“显眼？天哪，都可以看到第三根肋骨了。”

我向下看了看。“不，看不到的。蕾丝下面不是我，是白色的软缎。”

“好吧，它看上去就像你一样！”他走近一些，低头打量着我的紧身胸衣。他仔细往我乳沟里看着。“天哪，往下都能看到你的肚脐了！你不能穿成这样到公共场合去。”

我对此有点愤怒。尽管女裁缝说这套衣服很时髦，但对于它的暴露，我自己一直有些紧张。但是，詹米的反应让我产生了戒备感，因而也有些叛逆。

“是你让我穿得显眼的，”我提醒他，“而且，比起最新的宫廷时装来，这根本算不上什么。相信我，与培里侬夫人和鲁昂公爵夫人相比，我算比较朴素了。”我双手叉腰，冷漠地打量着他，“或者你想我穿着那套绿色的天鹅绒裙子进宫去？”

詹米把目光从我的低胸装上挪开，然后紧咬着嘴唇。“唔，”他说道，看上去就特别像苏格兰人。

我试着和解，走近他，把手放在他胳膊上。“来，”我说，“你去过宫里，肯定知道女士穿成什么样的。你知道的，按那种标准来看，我这身并不算极端。”

他低头看了我一眼，有些羞愧地笑了。“是，”他说，“是的，没错。只是……呃，你是我妻子，外乡人。我不想其他男人像我看那些女士那样看你。”

我笑了出来，伸手搂住他的脖子，把他的头拉下来，让他吻我。他搂住我的腰部，拇指下意识地抚摸包裹着我臀部的柔软的红色丝绸。他向上抚摸，沿着光滑的丝绸抚摸到我的脖颈。他另外一只手握住我柔软、丰满的胸部，它们在束身衣的束缚下向上鼓出来，在单层丝绸下不受束缚，显得十分性感。他最终放开手，然后站直身子，疑惑地摇着头。

“想来你得穿这身了，外乡人，但是看在上帝的分上，你要小心些。”

“小心？小心什么？”

他拧着嘴巴，惨然地笑了笑。“天哪，你不知道你穿着这条裙子是什么样吗？它让我想当场就强暴你。那些该死的法国人可没有我这么克制。”他稍微皱着眉头。“你能不能……把上面稍微遮一下。”他用大手含糊地朝自己衣服上用红宝石别针别着的蕾丝饰边挥了一下，“用花边什么的？或者用手帕？”

“男人啊，”我说，“根本没有时尚概念。不要担心，女裁缝说扇子就是用来遮挡的。”我花了十五分钟练习才达到完美的姿势，轻快地打开那把与裙子相配的蕾丝边扇子，然后迷人地在胸部上方扇着。

詹米若有所思地看着我的动作，然后转身从衣柜里取出了我的披风。“帮我一个忙，外乡人，”他说着，把那件沉重的天鹅绒披风披在我肩上，“换把大一些的扇子。”

就吸引眼球而言，这套裙子绝对算成功了。它对詹米的血压带来的影响却有些不太明确。出于对我的保护，他始终徘徊在我身边，凶狠地瞪着那些朝我这边看的男人，直到安娜丽丝·德马里亚克在房间那边看到我们，然后朝我们这边游走过来，精致的面容上洋溢着热情的微笑。我感到自己脸上的微笑僵住了。詹米说，安娜丽丝·德马里亚克是他在巴黎生活时认识的“熟人”。她也很漂亮，有魅力，长得小巧玲珑的。

“我的小野人，”她向詹米打招呼，“有个人你必须见见。其实是好几个人。”她像个瓷娃娃一样，朝着几个男人那边偏了偏头。那几个男人聚集在角落里的一张棋桌边上，激烈地争论着什么。我认出了奥尔良公爵，以及著名银行家杰拉尔·哥布林。这么说来，这可是有影响力的一群人。

“来和他们下下棋，”安娜丽丝劝说道，把像飞蛾一样的手放在詹米的胳膊上，“待会儿在那里参见国王陛下不错。”

预计再等一两个小时，国王就会吃完晚饭，出现在这里。在国王吃晚饭时，宾客们来回闲逛，聊天，欣赏壁画，摇着扇子调情，享用腌肉、水果馅饼和葡萄酒，偶尔还会谨慎地钻到挂着帘子的奇怪的小凹室里。这些凹室精致地嵌合在房间的镶板里面，只有在走得足够近，能够听到里面的声音时，你才会注意到它们。

詹米有些犹豫,安娜丽丝稍微使劲拉了拉他。“走嘛,”她劝说道,“不要担心你的夫人”——她欣赏地看了我的裙子一眼——“她不会孤单太久的。”

“我就是担心这点，”詹米低声地说，“那好吧，就去一会儿。”他立马摆脱安娜丽丝的手,然后低头对我耳语,“如果我发现你在这些凹室里,外乡人，那么和你一起的那个男的就死定了。至于你嘛……”他的双手下意识地朝着他佩剑腰带的方向抽动了一下。

“啊,不行,你不能那样做,”我说,“你对着你的短剑发誓不再打我的。神圣铁器有什么用，呃？”

詹米勉强地咧嘴笑了 :“不，我不会打你的，尽管我想那样做。”

“好。那你打算怎么做？”我揶揄地问。

“我会想出其他办法的，”他有些严厉地说，“我不知道用什么办法，但是你不会喜欢的。”

他最后再怒目看了看四周，捏了捏我的肩膀表示占有，然后才让安娜丽丝带他离开。安娜丽丝就像一艘不大却热情的拖船，牵引着一艘不情愿移动的驳船。

安娜丽丝没说错。没有了詹米瞪着眼睛在我身边守着，宫里的绅士们就都来到我身边，就像一群鹦鹉抢食一个成熟的百香果。

他们多次亲吻我的手，拉着我的手恋恋不舍，对我说了不少浮夸的赞美之词，还接连不断地给我送来加了香料的葡萄酒。这样过了半个小时，我开始感到脚疼。我的脸因为微笑而疼痛起来，我的手也由于摇扇子而感到了不适。

我必须感谢詹米在扇子上面的不妥协。屈从于他的感情，我带来了最大的那把扇子。这把扇子特别大，有一英尺长，上面画着一只在帚石楠上跳跃、据说是苏格兰雄鹿的动物。詹米不喜欢这种画风，但对扇子尺寸却很满意。我和蔼地扇走了一位穿紫色衣服的热情年轻人的殷勤，然后低调地把扇子展开放在下巴下面，挡住我咬鲑鱼夹烤面包时掉下来的面包屑。

它挡住的不只是面包屑。虽然比我高一英尺的詹米说过能够看见我的肚脐，但那些侍臣大多都比我矮，所以总的说来他们看不到我的肚脐，但是……

我经常喜欢偎依在詹米的胸上，把鼻子舒服地放在他胸间的凹陷处。有些较矮、较大胆的爱慕者似乎也想弯腰享受类似的行为，所以我始终忙着用力摇扇子，把他们脸上的鬈发扇到后面，或者，如果这还不够阻止他们，我就会啪的一声合上扇子，迅速有力地敲打他们的头。

听到门边的男佣昂首挺胸，缓慢庄重地说“路易国王陛下”时，我觉得解脱了许多。

尽管国王或许在黎明就要起床，但他显然在晚上更神采奕奕。我自己有五英尺六英寸高，他比我高不了多少。他以一位更高的人的仪态走进来，扫视着两边，和蔼地向鞠躬的臣民点头致意。

我边打量着他边想，这与我想象中国王的样子相似许多。他并不特别英俊，但表现得就像自己特别英俊一样——让这种印象更为强烈的，不仅是他穿着的富态，还有他身边人的姿态。他戴着最新的向后倾斜的假发，穿着立绒呢外套，上面缀满了上百只可笑的丝质蝴蝶。外套被拦腰裁断，露出一件奶油色的舒适背心。背心上用的是钻石纽扣，与他鞋上的宽大的蝴蝶形搭扣相匹配。

他用耷拉着的黑色眼睛不安分地扫视着人群，抬起傲慢的波旁家族鼻子，似乎是在闻出让他感兴趣的东西。

詹米穿着短褶裙和长披肩，但还穿着硬质黄色丝绸的外套和背心。

他的红头发披在肩上，一根古老的苏格兰式小辫子搭在一边的肩膀上。他绝对够格，至少我觉得是詹米吸引了国王的注意力，因为路易国王果断地转变方向，朝我们这儿走来，像红海的波浪一样让面前的人群分散开来。我在之前的宴会上认识的内勒·德拉图埃乐夫人,紧跟在国王身后,就像国王航迹里的一只小船。

我忘了自己的红裙。国王陛下直接停在我面前，把手放在腰上，夸张地鞠了躬。

“尊敬的夫人！”他说，“您让我们如痴如醉！”

我听到詹米深深吸气，然后他走到前面，向国王鞠躬。“陛下，请允许我介绍内人——我的图瓦拉赫堡夫人。”他站直身子,然后退到后面。詹米快速抖动手指，引得我不解地看了他片刻，然后才突然意识到他是在示意我行屈膝礼。

我不假思索地行礼，努力低头看着地上，想着行完礼后我应该看哪里。内勒 · 德拉图埃乐夫人就站在路易国王身后，看着詹米向国王引见我,表情显得有些烦闷。流言说内勒现在正受到路易的宠爱。她衣着时尚,穿着一件剪裁到胸部下面的礼服，胸前的部分则用一点薄纱代替。这显然是出于时尚，因为它既不可能用来保暖，也不可能用来遮蔽身体。

但是，让我吃惊的既不是她的礼服，也不是礼服暴露出来的春色。内勒乳房的尺寸还算不错，比例也赏心悦目，长着棕色的大乳晕，而且乳头上还装饰有让乳头黯然失色的珠宝——两只镶满钻石的天鹅。它们用红宝石当作眼睛，朝彼此伸着脖子，在金环上不稳固地摇晃着。它们工艺卓越,材料精致,但两个金环都从乳头里穿过,这让我觉得特别眩晕。她的乳头被严重地扭曲，但是被盖在乳头上面的硕大珍珠遮住了，这两颗珍珠各自悬挂在一根细细的金链子上，金链子则套在金环上。

我红着脸，咳嗽着站起来，表示歉意退下了。我边往后退，边朝手帕里干咳。我感到身后有人，然后及时停下来，才没有撞上詹米。他正忘我地看着国王的妃子。

“她对玛丽·德阿班维丽说过，是雷蒙师傅给她穿的孔。”我低声评论道。他那入迷的眼神没有动摇。

“我要不要预约雷蒙师傅？”我问，“如果我把葛缕子奎宁水的做法告诉他，想来他也会给我穿孔。”

詹米最终低头看了我一眼。他抓着我的手肘，带着我朝一个休息凹室走去。“如果你再去和雷蒙师傅讲话，”他撇着嘴说，“我就用牙给你穿孔。”

国王现在漫步走向阿波罗厅，他身后的空间很快就被从晚餐厅过来的人们填满。看到詹米转移注意力与富裕船运家族的家长热内先生交谈，我悄悄地在四周寻找一个能暂时把鞋脱下来的地方。

我的身边就有个凹室，听声音里面并没有人，于是我把一位依依不舍的爱慕者打发去取酒，然后快速地看了看四周，溜进了凹室。

这个凹室装饰得特别有性暗示，摆着一张沙发、一张小桌子，还有两把椅子。我挑剔地想，这两把椅子更适合放衣服，不适合用来坐。但我还是坐了上去，把鞋蹬掉，然后解脱地叹了一口气，把脚搭在另外一把椅子上。

身后门帘上的圆环发出微弱的叮当响，宣告我的离开最终并没有神不知鬼不觉。

“夫人！最终就我们两个人了！”

“是啊，真是遗憾。”我叹着气说道。我想，这肯定又是那些数不胜数的伯爵中的一位。或者不是，这次有可能是一位子爵。之前有人自我介绍为朗博子爵，就是那些矮个子中的一位。我似乎回想起他那圆亮的小眼睛泛着光芒，在我的扇子边缘下面欣赏地看着我。

他毫不浪费时间，灵巧地坐到另外那把椅子上，把我的双脚抬起来放在他的大腿上。他热切地把我那隔着丝袜的脚趾抓到他裤裆上，然后唱道：“这是生活在城里的小猪，生活在城里的……”

我把脚从他手里挣脱，然后匆忙站起来，我那宽大的衬裙碍手碍脚的。“说到生活在城里的小猪，”我有些担忧地说，“我丈夫看到你在这里会很不开心的。”

“你丈夫？哼！”他无所谓地挥挥手，表示不屑，“我肯定他会忙活一会儿。那么，猫咪不在的时候……过来，我的小老鼠，叫两声给我听听。”

大概是为了给自己斗争的勇气，这位子爵从口袋里掏出鼻烟盒，熟练地在手背上撒了一行黑色的鼻烟，然后精致地吸到了鼻孔里面。他深呼一口气，双眼闪着期待的光芒。在门帘被人突然拉开，铜环发出叮当声时，子爵正抽动脑袋，准备打喷嚏，但门帘的响动影响了他的准星，让他直接把喷嚏打到了我的胸里。

我尖叫出来。“你这个恶心的男人！”我说，用收紧的扇子痛打他的脸。

他踉跄后退，眼睛里充满了泪水。他被我放在地上的那双九号的鞋绊倒，一头栽到站在门口的詹米的怀里。

“呃，你的动静可不小啊。”我最后说。

“哼，”他说，“那流氓应该庆幸我没有扯断他的头，让他吞下去。”

“好吧，那样的场面会很有趣，”我冷淡地说，“不过，把他扔到喷水池里泡着也不错。”

他抬头看了看，紧锁的眉头变成了勉强的咧嘴微笑。“是啊，毕竟我没有淹死他。”

“我相信子爵会很感谢你的克制。”

他又哼一声。他站在一间起居室的中间，那是宫中一套住房的一部分。这套房子是国王在大笑过后分派给我们的，他坚持让我们今晚不要上路返回巴黎。

“毕竟，我的骑士，”他当时看着露台上詹米那滴着水的宽大身段说道，“我们非常不想看到你感冒，那样的话，宫廷里会少掉许多乐趣，夫人也不会原谅我的。是吧，亲爱的？”他伸出手，顽皮地捏了一下德拉图埃乐夫人的乳头。

德拉图埃乐夫人看上去有些恼怒，却顺从地笑了。但是我注意到，一旦国王转移了注意力，她就会盯着詹米看。我必须承认，他站在火炬的光亮里，身上滴着水，衣服紧贴在身上，确实引人注目。可这并不意味着我喜欢她看詹米。

他脱掉湿衣服，堆成湿答答的一堆。脱掉衣服后，他看上去更好看了。

“至于你嘛，”他用种不祥的目光看着我，“不是告诉你要远离那些凹室吗？”

“是的。但是别的先不说，林肯夫人，你觉得这场戏怎么样啊？”① 我礼貌地问。

“什么？”他看着我，好像我精神失常了一样。

“没什么，跟你解释不清楚。我的意思是，在来维护婚姻权之前，你有没有遇到什么有用的人？”

他从脸盆架上拉下一条毛巾，用力地擦着头发。“噢，遇到了。我和迪韦尔内先生下了盘棋，而且还赢了他，让他生气了。”

“听起来有些希望，谁是迪韦尔内先生？”

他笑着把毛巾扔给我。“是法国财政部长，外乡人。”

“噢。你这么开心，是因为让他生气了？”

“他是因为输了生自己的气，外乡人，”詹米解释道，“他现在是不下赢我誓不罢休，他要在星期天来家里和我再战一次。”

“噢，做得不错！”我说，“下棋的时候你可以告诉他斯图亚特复辟成功的可能性特别小，让他相信路易不会在经济上支持他们，不管他们是不是血亲。”

---

① 美国第十六任总统亚伯拉罕 · 林肯是在观赏戏剧时被刺杀身亡的，而以“别的先不说，林肯夫人，你觉得这场戏怎么样啊？”来询问某人，是讽刺某人反应迟钝，抓不到事情的重点。

他点点头，用双手把湿透的头发梳到背后。房间里还没有生火，他有点颤抖。

“你在哪儿学会下棋的？”我好奇地问，“我都不知道你会。”

“科拉姆 · 麦肯锡教我的，”他说，“那时我才十六岁，在理士城堡生活了一年。我有老师教我法语、德语、数学等，但我每天晚上都会去科拉姆的房间里下一个小时的棋。”“不过，这并不是说他通常要花一个小时才能赢我。”他懊恼地补充道。

“难怪你的棋艺不错。”我说。詹米的舅舅科拉姆，因为某种畸形疾病而行动极为不便，却拥有着能让马基雅弗利惭愧的智力。

詹米站起来，解开佩剑腰带，眯起眼睛看着我 ：“你岔开话题，像高级妓女一样拍我马屁，别以为我不知道你要干吗，外乡人。我没有跟你说过关于那些凹室的事情吗？”

“你说过不会打我的。”我提醒他。为了保险起见，我往椅子深处挪了挪。

他又哼了一声，把腰带扔到抽屉柜上面，然后把短裙丢到湿衣服边上。“我像是那种会打孕妇的男人吗？”

我怀疑地看着他。他一丝不挂，湿答答的红发缠结在一起，身体上的白色伤疤仍然清晰可见。他看上去就像是刚从维京船上跳下来的海盗，满脑子都是强暴和抢劫。

“其实，你看上去几乎能够做出任何事情，”我告诉他，“至于凹室嘛，是的，你给我讲过。想来我应该到外面去脱鞋，但我又怎么知道那个蠢货会跟着我进去，然后咬我的脚指头呢？如果你不是想打我，那么你刚才心里想的是什么？”我紧紧地抓住椅子的把手。

他躺到床上，朝我咧嘴笑着。“脱下你那件放荡的裙子，外乡人，到床上来。”

“干吗？”

“呃，我不能打你，也不能把你扔到喷水池里。”他耸耸肩，“我打算狠狠责骂你，但我的眼睛都快睁不开了。”他打了个长长的哈欠，然后又眨着眼对我咧嘴笑了。“明早提醒我责骂你，呃？”

“好些了？”詹米深蓝的眼睛里满是担忧，“你恶心得这么重有没有问题啊，外乡人？”

我把被汗水湿透的鬓角上的头发捋到后面，用湿毛巾在脸上轻轻擦拭。“我不知道有没有问题，”我虚弱地说，“但至少我相信这是正常的。有些孕妇会始终恶心想吐。”这在此刻想着都难受。

“你好到能够下去吃早餐了吗，外乡人，或者我让女仆给你端点东西上来？”

“不用，我现在已经完全没事了。”我确实没事了。奇怪的是，每次在恶心的感觉不可阻挡地袭来时，我都会在某一两个时刻感觉十分良好。“让我先漱漱口。”

我在盆边低着头用冷水洗脸，有人敲响了套房的门。可能是被派遣到巴黎住所给我们取干净衣服的仆人，我想。

然而，让我惊讶的是，那是一个送午餐请柬的侍臣。

“陛下今天要与一位才到巴黎的英格兰贵族共进午餐，”侍臣解释道，“从城里召集几位著名的英格兰商人去用餐，意在给这位公爵阁下找几位同胞来陪伴他。有人告诉国王陛下，您妻子也是一位英格兰女士，所以应该邀请她参加。”

“好，”詹米快速看了我一眼后说，“你可以告诉陛下我们很荣幸能够留下来。”

此后不久，默塔就到了。他照旧面容冷峻，带着一大捆衣服和我所要求的药箱。詹米带他到起居室，给他安排当天的任务，而我则匆忙地挣扎着穿上干净的裙子。这是我头一次很后悔拒绝雇用贴身女仆。我的头发总是难以打理，被浑身湿透的大块头苏格兰人紧抱着睡一晚上并没有让它们有所改观。它们缠绕成蓬乱的一堆，朝几个方向突起，用梳子和刷子打理起来特别困难。

最终我穿好了裙子，费力得让我满脸通红，十分生气。不过，我的头发看上去却有了些条理。詹米看着我，低声说了几句关于刺猬的话。我狠狠地瞪了他一眼，他懂事地闭上了嘴。

我们在宫殿花园的花圃和喷水池中间散了散步，这帮助我恢复了平静。树木大多都光秃秃的，但三月末的天气温暖得出人意料。嫩枝上膨胀的花蕾散发着生涩、刺鼻的气味。路边的栗树和杨树掩蔽着数百座白色的大理石雕像，你几乎能感到这些树木的树液在往上涌。

我在一座半裸的男性雕像边停下来。这座雕像的头发里面雕着葡萄，嘴边横着一支笛子，还有一只温驯的大山羊正饥饿地咬着吊在大理石衣褶上的葡萄。

“这是谁？”我问，“是潘[①]吗？”

詹米笑着摇摇头。他穿着旧短裙，以及一件破旧却舒适的外套，不过在我眼里，他比那些聊着天从我们身边走过的穿着奢华的侍臣好看得多。

“不是，这里有座潘的雕像，但不是这座。这是人类四种体液[②]之一。”

“好吧，他看上去确实挺幽默[③]的。”我看了看山羊的那位微笑着的朋友，然后说道。

詹米大笑起来。“你是医生啊，外乡人！不是幽默。你知道组成人体的四种体液吗？这座雕像是血液。”他挥手指了指吹笛子的雕像，然后又指着小路下边的一座雕像，“那座是黑胆汁。”那座雕像穿着类似于托加袍的衣服，手里拿着一本翻开的书。

---

① 古希腊神话里的牧神，掌管树林、田地和羊群，有着人的头颅和躯干，长着山羊腿、角和耳朵。

② 古希腊人认为人体由四种液体组成，即血液、黏液、黄胆汁和黑胆汁，四种体液的比例会影响人的气质。

③ 在英语中，“humor”一词既有“幽默”的意思，也指人体内的“体液”。

他指着小路对面。“那座是黄胆汁。”那是一位裸体、健壮的年轻男性，他肯定是在凶残地怒视，尽管边上的大理石狮子正要快速地咬他的腿。“那座是黏液。”

“是吗？哎呀！”黏液是一位长着络腮胡、戴着折叠帽的绅士，他双手交叉抱在胸前，脚下踩着一只乌龟。

“嗯。”我说。

“你们那个时代的医生不学关于体液的知识？”詹米好奇地问。

“不学，”我说，“我们学细菌。”

“是吗？细菌，”他自言自语地说，用苏格兰颤音试着说出这个词语，“细菌。细菌长什么样啊？”

我抬头看了一眼代表“美洲”的雕像，那是一位性感的年轻女子，穿着羽毛衣服，戴着头饰，脚踩着一只鳄鱼。

“呃，它们没法用这么生动的雕像来表现。”我说。

美洲雕像下的鳄鱼让我想起了雷蒙师傅的店铺。“你之前说不想我去雷蒙师傅那里，是认真的吗？”我问，“或者你只是不想我去给乳头穿孔？”

“我当然不想你去给乳头穿孔，”他坚决地说，拉着我的手肘，催促我向前走，唯恐我从美洲雕像裸露的胸脯上想出什么意外的点子来，“但是，我也不想你去雷蒙师傅那里。有些关于他的流言。”

“巴黎的所有人都有流言，”我说，“我敢打赌，这些流言雷蒙师傅全都知道。”

詹米点点头，他的头发在春日的微弱阳光里闪亮着。“噢，是的，我觉得是这样。但是我觉得我能在酒馆和客厅里获得必需的信息。据说雷蒙师傅是某个圈子的中心人物，但这个圈子并不支持詹姆斯党。”

“真的啊？那他们支持谁？”

“秘法师和神秘学者，或许还有巫师。”

“詹米，你没有特别担心巫师和魔鬼吧？”

我们来到花园里叫作“绿地毯”的地方。巨大的草坪在早春时节只是微绿，却有人在上面休息，充分利用这少见的温和天气。

“不是巫师，不是，”他最终说道，坐到一簇连翘旁边的草地上，“或许是圣热尔曼伯爵。”

我回想起在勒阿弗尔时圣热尔曼伯爵那双黑眼睛里的神情，然后哆嗦起来，尽管天气晴朗，而且我还围着羊毛披肩。“你觉得他和雷蒙师傅有关联？”

詹米耸耸肩。“我不知道。可是，是你告诉我关于圣热尔曼的流言的，不是吗？如果雷蒙师傅属于那个圈子——那么我觉得你应该远离他，外乡人。”他不开心地朝我微微一笑，“毕竟，我不希望再到火刑柱上去救你。”

树下的阴影让我想起了克兰斯穆尔那冰冷、黑暗的贼坑，于是朝詹米靠近，坐到阳光下面。“我也不希望。”

在一簇已经开花的连翘下面，几只鸽子正在相互示爱。宫廷里的男佣和宫女也在穿过雕塑花园的小路上做着类似的事情。最大的不同在于，那些鸽子在示爱时更为恬静。

一位穿着水绿色波纹绸衣的俊男从我们身后走过来，十分喜悦地大声赞扬昨晚的戏剧。与他一起的那三位宫女，虽然没有那么引人注目，却忠实地附和他的观点。

“精彩！拉库埃勒的嗓音，简直是精彩绝伦！”

“噢，精彩！就是，妙极了！”

“好听，好听！只能用精彩绝伦来赞扬了！”

“噢，就是，精彩绝伦！”

这四人的声音十分刺耳，就像从木头里拔钉子时发出的声音一样。与之形成鲜明对照的，是那只在我面前几英尺处散步的彬彬有礼的鸽子所发出的低沉且悦耳动听的咕咕声。它鼓起胸脯，反复鞠躬，叫声也从充满性欲的深沉声音变成了伴有呼吸气声的高声鸣叫。它在它的爱人脚下示爱，而这个爱人却仍然无动于衷。

我朝远处看着那位水绿色绸衣的侍臣，他迅速向后抓起那条由他的同伴扭捏丢下当作诱饵的手绢。

“那些宫女叫他‘香肠’，”我说，“为什么呢？”

詹米困倦地哼了哼，睁开一只眼睛，看着那个走远的侍臣。“嗯？噢，‘香肠’，那是说他的裤子装不住罗杰[1]，你知道那些人的……宫女、男佣、高级妓女、门童，如果还有流言没有说错的话，还有宠物狗，”他补充道，眯着眼睛朝那个消失了的身穿水绿色绸衣的侍臣那边看去。一位宫女正从那边走来，丰满的胸前紧抱着一只毛茸茸的宠物狗。“看那儿，真是鲁莽。我可不会冒险把我的罗杰靠近那些叽叽哇哇的小狗。”

“你的罗杰，”我愉悦地说，“我偶尔听有人叫过它彼得。而美国佬因为奇怪的原因叫它狄克。曾经有个病人开我玩笑，我叫他‘聪明的狄克’，让他笑得差点把缝好的伤口崩开。”

詹米自顾自地笑了，在春日温暖的阳光里奢侈地伸展着身子。他眨了一两次眼睛，然后翻过身子，向上对我咧嘴笑着。

“你也差不多让我笑死了，外乡人。”他说。我把他额头上的头发拨到后面，亲吻了他的眉心。

“为什么男人要用人名来称呼它呢？”我问，“比如说约翰·托马斯，或者罗杰。女人却不这样做。”

“女人不吗？”詹米感兴趣地问。

“当然不。我宁愿把我的鼻子叫作珍。”

他大笑起来，胸脯一上一下起伏着。我翻到他身上，享受着他在我身下的坚实感觉。我把臀部往下压，但是隔在中间的衬裙让我的举动更像一种姿态，不像其他的东西。

---

① 罗杰（Roger）、彼得（Peter）、狄克（Dick）、约翰·托马斯（John Thomas），这几个人名在英文中都有“阴茎”的意思。

“好吧，”詹米有逻辑地说，“你的不会自己立起来或软下去，也不会不顾你的意愿变得轻佻啊。”“反正，就我所知是这样的。”他补充道，扬起一边眉毛表示疑问。

“不，它不会，谢天谢地。我在想法国人会不会叫它‘皮埃尔’。”我说，看了一眼一位从边上路过的身穿绿色波纹丝绸的讲究男子。

詹米哈哈大笑起来，惊飞了连翘树丛中的鸽子。它们怒冲冲地拍着翅膀飞走，在身后散下一缕缕灰色的东西。那只毛茸茸的白色宠物狗，此前像一捆破布一样懒洋洋地躺在女主人的怀里，现在却意识到自己的责任醒了过来。它像乒乓球一样跳出温暖的怀抱，热烈地快速追赶着那些鸽子，并且疯狂地吠叫着，它的女主人也在后面喊叫着。

“我不知道，外乡人，”他说着，缓了过来擦着眼泪，“我只听到一个法国人把他的叫作‘乔治’。”

“乔治！”我大声说，引起了路过的一小群侍臣的注意。其中一位矮小却活泼、身穿黑白相间的夸张绸缎的侍臣停在我们旁边，深深地鞠了个躬，用帽子从我脚边的地下扫过。他的一只眼睛仍然肿胀、闭着，鼻梁上有一道青色的条痕，但他的风度并未因此受损。

“乐意为您效劳，夫人。”他说。

要不是因为那些该死的夜莺，我或许还能够应付得下来。餐厅里很热，挤满了侍臣和旁观者。我的一根紧身胸衣架松了，每次在我呼吸的时候，它就会狠狠地戳到我左边的肾上，而且我还忍受着最为常见的怀孕反应——每隔几分钟就想排尿。不过，我本来能够应付得下来。毕竟，在国王面前离开餐桌是很严重的无礼行为，尽管午餐会与凡尔赛宫的正式餐宴相比并不算正式——或者说在我看来不算正式。然而，“正式”这个词语是相对的。

没错，餐宴只有三种加香泡菜，而非八种。还有一例汤，而且是清汤，不是浓汤。鹿肉仅仅是烤好而已，并没有用烤肉叉呈上来。葡萄酒煮鱼虽然味道不错，却是去骨的鱼肉，而不是漂浮在混着虾的肉冻上的整条。

不过，似乎有位主厨因为这粗茶淡饭而懊恼，所以准备了不错的开胃小吃——一个用糕点条精心制作的鸟巢，饰以真实的开着花的苹果树嫩枝，鸟巢边缘有两只被剥皮烤熟的夜莺。夜莺腹内填充苹果和肉桂，然后重新把羽毛附着上去。鸟巢里面是整窝幼鸟，张开的小翅膀被烤成棕色，而且酥脆，软嫩的皮肤抹着光亮的蜂蜜，被烤成黑色的嘴巴大张着，露出了一丁点填充在里面的杏仁糊。

伴随着众人的低声赞扬，这道精致的菜肴绕着桌子凯旋似的展示了一番，然后才被呈到国王面前。国王停止和德拉图埃乐夫人谈话，转过身子，花了很长时间才从鸟巢里取出一只幼鸟，然后轻快地扔到嘴里。

路易嘎吱嘎吱地咀嚼着。我入迷地看着他喉咙处的肌肉蠕动，感到那些被嚼碎的小骨头从我的食道里滑了下去。那伸出的黝黑手指，又漫不经心地去拿另外一只幼鸟。

这时，我确定有些事情比离开餐桌冒犯国王更糟糕，于是突然跑开了。

几分钟后，我在灌木丛中站起来，听到身后有响动。我以为会是某个园丁以正当的理由愤怒地看着我，于是便内疚地转身，却发现是我丈夫在愤怒地看着我。

“该死，克莱尔，你就不能忍一忍吗？”他问。

“两个字，不能。”我说，然后筋疲力尽地坐到一座装饰性喷泉的边上。我的手潮乎乎的，于是我在衣服上擦了擦。“你以为我这样是为了好玩吗？”我觉得头晕，于是闭上眼睛，试着找回体内的平衡，以免晕倒在喷泉里面。

突然，我感到詹米把手放在我的后腰上。他坐到我边上，把我搂在怀里，于是我便半靠着他，半倒在他的手臂里。

“噢，天哪。对不起，我的褐发美人。你没事吧，克莱尔？”

我努力抬头看着他，然后笑了笑。“我没事，只是有点头晕而已。”

我向上伸手，试着去抚平他额头上深深的焦虑的皱纹。他对我微笑着，但额头上的皱纹并没有散去，浓密的沙褐色眉毛中间，还有一道浅显的皱纹。他把手伸到喷泉里打湿，然后把水均匀地抹在我脸上。我看上去肯定特别苍白。

“对不起，”我又说，“真的，詹米，我忍不住。”

他用湿润的手安慰地捏着我的脖子，既强壮又沉稳。一直凸着眼睛的海豚喷出细小的水花，让我的头发结满了水雾。“哎呀，别理我，外乡人，我不是故意要呵斥你，只是……”他用一只手做了个无奈的手势，“只是我觉得自己是个大傻瓜。我看你忍受着痛苦，知道这种痛苦是我给你带来的，而我却无能为力，帮不了你，反而还来怪你，生你的气，呵斥你……你为什么不骂我去死呢，外乡人？”他激动地说。

我抓着他的胳膊，哈哈大笑起来，直到紧身内衣弄疼了我的侧腰。“去死吧，詹米，”最终我擦着眼睛说，“直接去死！不经过起点，不拾取两百元[①]！骂完了！你感觉好些了吗？”

“是的，好些了。”他说，脸色明亮了起来，“你一说蠢话，我就知道你没事了。你感觉好些了吗，外乡人？”

“好些了。”我说，然后坐起来，开始关注周围的事物。凡尔赛宫的花园是对公众开放的，小群小群的商人和工人奇怪地混杂在衣着光鲜的贵族当中，全都享受着这个好天气。

附近那扇通向露台的门突然打开，国王的宾客闲谈着蜂拥走进花园。这些人中，除了参加完午餐会的人以外，还包括另外一个代表团，这个代表团显然是从我看见的那两辆从花园边上驶往马厩的大马车上下来的。

---

① 这句话出自棋牌游戏《大富翁》，游戏中有张卡片的内容为“直接入狱：不经过起点，不拾取两百元”，后在流行文化中被广泛使用，指代某人在面对不顺利的境遇时别无选择。

这群人特别多，有男有女。与周围那些衣着光鲜的侍臣相比，他们的穿着更为严肃。但是，引起我注意的，是他们的声音，而不是他们的外表。远处几个人说着法语，就像鸭和鹅在呱呱对话似的，而且鼻音还很重。而说英语的人则语速较慢，语调也有抑扬顿挫。他们位置比较远，分辨不出个人的声音，有着一种生硬却友好的单调，就像牧羊犬在吠叫似的。整体来看，这一大群正朝我们这边走来的人，就像一群被狗赶着上集市的鹅。

那群英国人到达得有几分晚。显然，他们是被得体地赶到花园里，以便厨工有时间再为他们准备餐宴，并重新布置那张巨大的餐桌。

我好奇地打量着这群人。桑德林汉姆公爵我当然认识，我和他在苏格兰的理士城堡见过。他和路易肩并肩走着，他那胸围宽大的体形很容易识别，戴着时髦假发的脑袋倾斜着，礼貌地表示关注。

其他大多数人我都不认识，但我觉得那位刚从门里走过的时髦中年女士，肯定是克雷莫公爵夫人，我之前就听说她会来。平常被留在乡村住宅里自娱自乐的王后，也被带来参加这次午餐会。她正与宾客谈着话，甜蜜、不安的面容因为这次活动带来的不寻常的激动而泛红。

公爵夫人身后的年轻姑娘吸引了我的视线。她穿着很普通，却有着某种能让她鹤立鸡群的美丽。她身材娇小，却丰满得好看，未扑粉的头发乌黑、光亮，皮肤特别白皙，脸颊泛着明显的深粉红色，让她看上去和花瓣没有两样。

她的外貌让我想起了我在二十世纪时拥有的一条裙子，一条很轻的棉质连衣裙，上面点缀着红色的罂粟花。不知为何，这让我突然很想家。我抓着大理石凳子的边缘，思乡的感情让我的眼睑有些刺痛。这肯定是因为听到有人说朴素、直率的英语，我想，毕竟这几个月里我听到的都是苏格兰人抑扬顿挫的英语，以及法国人呱呱的法语。那些宾客说起话来就像我在家里一样。

接着我就看见了他。在众多扑了粉的假发中，我看到了他那长着黑发的显眼头颅。我难以置信地看着他头颅的优雅曲线，能感到自己头颅里的血液全部流干了。我的脑袋里敲响了防空警报般的警钟，我努力不去接受并且驱赶那种突如其来的想法。我的潜意识看见了他的鼻子的线条，于是说“那是弗兰克”，让我转身飞快地迎了上去。我看到了那抿嘴微笑着的嘴巴的熟悉曲线，但我理智的大脑中枢稍微高声地说“不是弗兰克”，让我突然止住了步伐，小腿上的肌肉痉挛着，它又说“你知道那不是弗兰克”。看到他那高高的额头和傲慢倾斜着的脑袋，我的逻辑思维顽强地因本能和知识而到来了，让我确信了难以相信的事情。于是我突然惊慌起来，握紧双手，腹部也随之收紧。那不可能是弗兰克。如果不是弗兰克，那只可能是……

“兰德尔。”说话的不是我，而是詹米。听上去他平静、超脱得奇怪。注意到了我的奇怪举动，詹米朝我望着的那个方向看去，看到了我看到的那一幕。

他寸步未动。从越发强烈的惊恐气氛中，我还能知道他没有呼吸。我隐约觉得旁边的用人在好奇地抬头看着我身边这位战神雕像似的、一动不动的苏格兰勇士。但我担忧的只有詹米。

他纹丝不动，就像一只静止的狮子，已经融入到平原的草里。太阳炙烤着原野，它却目不转睛，专注地凝视着。我在他的眼睛深处，看到了某些东西在移动，那是这只狮子跟踪猎物时的明显晃动，是尾巴末端的微小猝动，是屠杀的前兆。

在国王面前拔出兵器是死罪，而默塔在花园远端，离得太远，无法给予帮助。兰德尔再走两步就会近在咫尺，进入攻击范围。我伸手摸着詹米的手臂。他的手臂和他手下的钢制剑柄一样僵硬。血液在我耳朵里咆哮起来。

“詹米，”我说，“詹米！”然后便晕倒了！

CHAPTER 10

留着茂密棕色鬈发的女士

我在由阳光、灰尘和记忆碎片组成的摇曳着的黄色雾气中眩晕着醒来，全然不知自己身在何处。

弗兰克俯着身子，一脸焦虑的皱纹。他握着我的手，只可惜那不是他的手。我握着的那只手比弗兰克的大很多，我摸到手腕上硬而结实的粗糙毛发。弗兰克的手像女孩儿的手一样光滑。

“你没事吧？”这个声音低沉、文雅，不是弗兰克的声音。

“克莱尔！”声音变得更低、更粗，它根本不是弗兰克的。它也并不文雅，而是充满了惊恐和痛苦。

“詹米。”我最终找到了那个能与我一直在寻找的精神意象匹配的人名。“詹米！别……”我笔直地坐起来，疯狂地从一张面孔盯到另一张。一群好奇的面孔围着我，那是两三排侍臣。他们留出一小块空地，让国王陛下站在那里，俯身看着我，一脸既同情又关注的表情。

两个人跪在我旁边的地上。跪在右边的是詹米，他大睁着眼，面色苍白，就像他头顶上面的山楂花一样；而跪在左边的则是……

“你还好吗，夫人？”那双浅褐色的眼睛里只有恭敬的关心，精致的黑眉毛向上抬起表示询问。这当然不是弗兰克，也不是乔纳森·兰德尔。这个男人比兰德尔队长至少年轻十岁，或许还和我差不多大。他的脸庞因为风吹雨打而显得苍白，满是皱纹。他嘴唇上也有着同样清晰的纹路，却没有兰德尔队长嘴边那种残酷的特征。

“你……”我沙哑地说，尝试躲开他，“你是……”

“我是亚历山大 · 兰德尔，夫人。”他很快回答，他朝头上做了一个不成功的手势，似乎是去脱一顶并不存在的帽子致意。“相信我们还没见过？”他有点怀疑地说。

“我，呃，是的，我们没有见过。”我说着，往后倚靠在詹米的手臂上。他的手臂就像铁围栏一样稳固，但他握着我的手的那只手却在颤抖，我把我们紧握着的手拉到衣服里面藏起来。

“我介绍得很不正式，弗雷泽，呃，不，是图瓦拉赫堡夫人，是吧？”这又高又尖的嗓音让我的注意力回到上方，看到桑德林汉姆公爵那圆胖、红润的面孔在赛维尼伯爵和奥尔良公爵身后关心地看着。他那笨拙的身体从狭窄的人缝中挤过来，然后伸手扶我站起来。他握着我汗湿的手掌，朝着亚历山大 · 兰德尔那个方向鞠躬，而亚历山大 · 兰德尔则有些迷惑地皱着眉头。

“兰德尔先生是我雇用的秘书，图瓦拉赫堡夫人。圣秩圣事是项崇高的事业，但不幸的是，崇高的目标并不能当饭吃，是吧，亚历山大？”这位年轻人听到这句挖苦的话后有些脸红，却有礼貌地朝我点头，承认了他雇主的指示。我这才注意到，他那身庄严的黑衣服和白色的长袜表明他是一位地位低下的神职人员。

“阁下说得对，夫人，事实就是那样，我必须深深感谢他的雇用。”他说话时嘴唇有些绷紧，似乎说明他的感激之情或许并没有那么深，尽管他把话说得很好听。我看了公爵一眼，看见他那双蓝色的小眼睛在太阳下面眯着，无动于衷的表情让人看不透。

国王拍手召唤来两位男佣，打断了这个小场景。那两位男佣在国王的指引下，抓着我的两只胳膊，不顾我的抗议，强行把我抬到轿子里。

“听我的，夫人，”他说道，和蔼地否决了我的抗议和感谢，“回家去休息，我们不希望你缺席明天的舞会，是吧？”他把我的手抬起来亲吻，那双棕色的大眼睛朝我闪烁着。他仍然看着我的脸，正式地朝詹米鞠躬——詹米动脑子说了一番有礼貌的感谢的话——然后说道：“我或许应该接受你的感激，阁下，请允许我与你迷人的妻子跳支舞。”

听到这里，詹米绷紧了嘴唇，却鞠躬回礼，说道：“能够得到陛下的关心，是内人与我的荣幸。”他往我这边看了一眼。“如果她明晚身体足够好，我确定她很期待与陛下共舞的。”他不等国王正式打发，便转过身子，朝轿夫说：“回家。”

我们坐着闷热、颠簸的轿子，穿过混杂着花香和下水道臭味的街道，最终回到了家里。我脱下沉重的裙子和让人难受的裙架，换上丝质的晨袍。

我发现詹米坐在空空的壁炉边，闭着眼睛，双手放在膝盖上，像是在思考一样。他苍白得就像身上那件亚麻衣服，像鬼魂似的在壁炉台的影子里若隐若现。

“圣母马利亚，”他摇着头低声说，“亲爱的老天！差一点啊！我险些就谋杀了那个人。你知道吗，克莱尔，要不是你晕倒……天哪，我下定了决心要杀他。”他停止说话，又颤抖了起来。

“给，你最好把脚抬起来。”我劝说道，拖来一张沉沉的脚凳。

“不用，我现在没事儿，”他挥手说，“那么，他是……兰德尔的弟弟？”

“我也会往最坏的情况想，”我冷冷地说，“毕竟，想不出他会是其他人。”

“嗯，你知道他是桑德林汉姆的人吗？”

我摇摇头：“关于他的事情，我什么都不知道，只知道他的名字，知道他是一位助理牧师。弗兰克对他没有什么兴趣，因为他不是弗兰克的直系祖先。”说到弗兰克的名字时，我的声音有些轻微的颤抖，泄露了我的感情。

詹米放下酒杯，朝我走来，然后坚决地弯下腰，把我拉起来，轻轻抱在怀里。他的衣服里散发出清新的凡尔赛宫花园的气味。他亲吻我的头顶，然后转身朝床边走去。

“来躺下休息会儿，克莱尔，”他安静地说，“我们俩今天都够累的。”

我始终担心与亚历山大·兰德尔的相遇会让詹米再次做梦。这发生得并不频繁，但偶尔也会发生。我能感到他醒着躺在身边，突然紧绷起身体。然后他会蹒跚爬下床，整晚坐在窗边，就好像那儿能让他逃脱一样，而且还不接受任何形式的安慰或干涉。等到早晨的时候，兰德尔以及其他暗夜的魔鬼会被关进盒子，用木板钉上，被詹米意志的钢条紧紧封住，然后一切又都好了。

但詹米很快就睡着了，白天的压力也已经从他脸上消失了，在我吹灭蜡烛时，他的脸显得平静和安宁。

躺着不动非常幸福，冰凉的四肢周围逐渐暖和起来，背部、颈部、膝盖上的无数细微疼痛也逐渐消失，变成了逐渐来临的轻柔睡眠。但是，在从警惕中解脱出来后，我的大脑不断地重演宫殿外的那一幕场景——匆匆瞥见的长着黑发的脑袋、高高的额头、紧贴着的耳朵、棱角分明的下巴——以及让我狂喜和痛苦的认错人的那个残酷瞬间。那是弗兰克，我当时心想。是弗兰克。我逐渐进入梦乡，眼里看着的正是弗兰克。

教室是伦敦大学的教室，古老的木结构天花板，现代的地板，被无尽的脚步磨损的油地毡。座位是陈旧的光滑长凳，新桌子都被留下来给科学讲座用了。历史课可以将就使用有着六十年历史的伤痕累累的课桌。毕竟，这个科目就是固定不变的，它的教室为什么要变呢?

“艺术品，”弗兰克的声音说，“实用品。”他用纤长的手指摸着一个银制蜡烛台的边沿，窗外照进来的阳光在烛台上闪烁着，就好像他的触摸带着电一样。

那些物品全都是从大英博物馆借来的，它们沿着桌子边沿摆成排。

它们摆放得很近，足以让前排的学生看到那个泛黄的法国象牙筹码箱上的裂缝，以及那个在多年前就被烟草熏黄了边缘的陶制烟斗上的烟草污渍。饰以黄金的英格兰香水瓶，有着杏仁形刻纹盖子的镀金铜墨水台，有裂纹的牛角勺，以及顶部有两只天鹅在饮水的大理石时钟。

在这排物品后面，摆着一排彩绘的微型画。光线从它们表面反射出来，遮蔽了它们的特征。

弗兰克在那些物品前聚精会神地低着长着黑发的头。下午的阳光在他的头发里照出一丝泛红的光芒。他拿起陶制烟斗，像捧鸡蛋壳一样单手捧着它。

“对于某些历史时期，”他说，“我们有历史记载，也就是当时的人们所书写的文字材料。而对于有些历史时期，我们则只有历史物品能告诉我们当时人们的生活是什么样的。”

他把烟斗拿到嘴里，撮起嘴唇咬着烟斗柄，滑稽地皱起眉头，吸着烟斗。听众中传来低沉的咯咯笑声，他笑了笑，然后把烟斗放下了。

“艺术，以及艺术品，”他朝那排辉煌的物品挥挥手，“是最为常见的东西，是社会的装饰品。是吧？”他选了一位看上去聪慧的棕色头发的男生起来发言。这是成功讲师的伎俩。选一位听众来对话，似乎就只有你和他在场一样。片刻过后，你又选择另外一位。然后教室里的所有人都会感到你的评论的中心点。

“毕竟，这些都是漂亮的东西。”他用手指轻轻一触，让时钟上的天鹅转动起来，两个排着的弧形脖颈显得很高贵，“值得保留，但谁又会不嫌麻烦去保留一个陈旧、满是补丁的保暖罩或者一个破烂的汽车轮胎呢？”他这次选中一位戴着眼镜的漂亮金发女士，这位女士微笑，然后短暂地傻笑以示回应。

“实用品在文件里没有记录，人们使用它们，用坏它们，然后毫不犹豫地丢弃它们，但告诉我们普通人生活方式的正是这些实用品。例如，这种烟斗的数量就能告诉我们不同社会阶级，从上层阶级——”他用一根手指轻敲那个搪瓷鼻烟盒的盖子，“到底层阶级的人们吸烟的频率和烟草的类型。”他移动那根手指，带着一种关爱的熟悉感，去抚摸着那又长又直的烟斗柄。

现在他选择的是一位中年女士。这位女士正手忙脚乱地书写着，试图记下每个词，几乎没有意识到那看着她的奇特目光。他微笑着，浅绿色的眼睛边上起了皱纹。

“你不用把所有东西都记下来，史密斯小姐，”他责备道，“毕竟这就是一个小时的课，再说你的铅笔会被消耗完的。”

这位女士红了脸，放下铅笔。弗兰克那清瘦、深色的脸上挂着友好的笑容，她则羞涩地微笑回应。他现在吸引了他们，每个人都被他的好心情感染，注意力也被闪着金银光芒的物件吸引。现在，他们会聚精会神、毫无抱怨地跟着他，沿着逻辑的道路，走进讨论的树丛。感到学生把注意力集中在他身上后，他脖子上的紧张感消失了。

“历史的最好见证人是生活在历史中的人，包括女人。”他朝那个漂亮的金发女士点点头，“没错吧？”他笑着拿起那个开裂的牛角勺。“或许是这样。毕竟，当你知道有人会阅读你的文字时，你会把事情往好的方面写，这是人的本心使然。人们往往专注于他们认为重要的事物，而且很常见的是，他们把这些东西稍作整理，供公众消费。皮普斯[①]之类的人，就很少以同样关注度来记录皇家游行细节和每晚使用夜壶次数。”

这次大家都笑了，他也放松下来，漫不经心地倚靠在桌子上，拿着那个牛角勺做着手势。

“同样，那些优美的物件，那些精巧的人工制品，是被保留最多的。但是，夜壶、勺子和廉价的烟斗，能够告诉我们很多或者更多关于它们使用者的信息。”

---

① 塞缪尔·皮普斯（Samuel Pepys，1633—1703），英国托利党政治家，著名日记作家。

“那这些人呢？我们觉得历史人物有时与我们不同，有时觉得他们是半神话人物，但确实有人用这个赌博——”他纤细的食指抚摸着那个筹码箱，“曾经有女士用这个——”他轻轻推动那个香水瓶，“在耳朵后面、手臂上面打香水……在座的女士把香水打在哪里呢？”他突然抬起头，朝着前排那位丰满的金发女孩微笑，那个女孩红了脸，咯咯地笑着，然后娴静地摸了摸衬衫的V领上面。

“噢，是的，就是那儿。那位拥有这个香水瓶的女士也是。”

他仍然对那位女孩笑着，拔下瓶塞，温柔地把香水瓶送到鼻子边上。

“教授，那是什么香水？是琶音香水吗？”这个学生那么羞涩，她和弗兰克一样是黑发，长着一双灰色的眼睛，眼神中带有不少调情的意味。

他闭着眼睛，深吸一口气，鼻翼在瓶口上方扇动着。“不是，这是蓝调时光，我的最爱。”

他转身面对桌子，伸手在那排微型画上盘旋，浓密的头发掉到了额头上。“然后是一类特别的物品——画像。有些艺术性，同时我们又能接触到画像中的人。但是，对我们来说，他们的真实度有多高呢？”

他拿起一幅椭圆形微型画，把画的正面对着学生，读着那张粘在画像背后的小标签。“一位女士，纳撒尼尔·普利莫所画，棕色的鬈发盘在头顶，身穿粉色裙子和花边领宽松内衣，画像背景为云朵和天空，画家签名为首字母，日期为一七八六年。”他拿起旁边的方形微型画。

“一位绅士，霍拉斯·霍恩所画，扑过粉的头发扎成辫子，身穿棕色外衣、蓝色背心，衣服胸部有麻布褶饰，戴着一块勋章，可能是巴斯勋章，画家签名为字母组合图案，日期为一七八〇年。”这张微型画上是一位圆脸男性，他按照十八世纪肖像画的姿势噘着红润的嘴。

“我们知道的那些艺术家，”他说道，放下了那张微型画，“他们会在作品上签名，或者会在技法或主题中留下关于他们身份的线索。但他们画的那些人呢？我们能看见他们，但是对他们却一无所知。那些奇异的发型、古怪的衣服——他们看上去并不像是你认识的人，是吧？而且在许多画家的画笔下，他们的面孔都是一个样，大多数的脸都圆胖、苍白，关于他们没有太多可说的。偶尔也会有出彩的……”他伸手在微型画上徘徊，又选择了一张椭圆形微型画。

“一位绅士……”

他拿着那张微型画。詹米的蓝眼睛在浓密的红发下闪闪发光，这次他的头发被梳理过，编成辫子，用丝巾扎成让人不熟悉的正式发型。他那刀刃般的鼻子轮廓清晰，一边的嘴角微微扬起，似乎就要张开宽大的嘴说话。

“但他们都是真实的人，”弗兰克的声音坚持说，“他们做的事情和你们差不多，除了少数不重要的细节，比如看电影或在高速路上开车——”有学生发出赞赏的窃笑，“但他们照看孩子，爱丈夫，爱妻子……呃，有时候爱妻子……”更多的学生笑了出来。

“一位女士，”他轻柔地说道，把最后那张微型画像放在手掌里，暂时把它遮挡住，“茂密的棕色鬈发披在肩上，戴着珍珠项链。未注明日期。画家未知。”

这是镜子，不是微型画。弗兰克用手指温柔地抚摸着我的下巴和线条优雅的颈子，我的脸颊红了起来。他一边讲课，一边放下那张微型画，于是我向上凝视着木结构天花板。听到他的声音，泪水从我的眼里涌出，流到了脸上。

“没有日期，艺术家未知，但曾经……曾经她是真实存在的。”

我呼吸变得困难，最初以为是微型画上面的玻璃让我感到窒息。但是，压在我鼻子上的东西柔软、湿润，我把脑袋转向一边，醒了过来，感到脸下面的亚麻枕头已经被眼泪打湿。詹米宽大、温暖的手放在我的肩膀上，温柔地摇着我。

“嘘，姑娘，嘘！你只是做梦而已，我在这儿。”

我把脸转到他裸露着的温暖的肩膀里，感到眼泪在我的脸颊和他的皮肤中间滑溜溜的。我紧紧抓住实实在在的他，巴黎夜晚的微弱声音逐渐传到我的耳朵里，让我苏醒过来。

“对不起，”我轻声说，“我梦到……梦到……”

他拍拍我的背，伸手到枕头下寻找手帕。“我知道。你在喊他的名字。”他听上去有些无奈。

我又把头靠到他的肩上。他闻上去很温暖，头发乱糟糟的。他的睡眠的气味与羽绒被和干净的亚麻床单的气味混杂在一起。

“对不起。”我又说。

他哼哼笑了，但又不全然是笑。“呃，我不会说自己没有很嫉妒他，”他沮丧地说，“因为我确实嫉妒。但是我不能说你不该梦见他，不该流泪。”他用手指抚摸着我脸上湿湿的泪痕，然后用手帕替我擦干。

“是吗？”

他在暗淡的光线里撇嘴笑了笑。“是的。你爱他。我不能因为你为他忧伤就把你或他往坏处想。而且我也会感到欣慰，因为知道……”他犹豫了，我伸手把他脸上蓬乱的头发拨开。

“知道什么？”

“知道如果有需要的话，你也会那样为我悲伤。”他温柔地说。

我用力把脸往他胸上压，声音也因此变得模糊不清。“我不会为你悲伤的，因为我不用。我不会失去你，不会！”我突然想到什么，然后抬头看着他，他那稍显参差不齐的胡楂儿在他脸上蒙上了一层阴影。“你不会是担心我会回去吧？你那样想，不会是因为我……想弗兰克……”

“不是。”他快速地回答我，声音既快又轻柔，同时表示占有地抱紧了我。“不是，”他更加温柔地说，“我们已经结合在一起，你和我，世上没有什么东西可以把我们分开。”他伸出一只大手抚摸我的头发。“还记得结婚时我对你说的血誓吗？”

“记得，还记得。‘我血中之血，骨中之骨……’”

“我将鲜血施受予你，让你我合二为一，”他接着说，“是的，我遵守着这个誓言，外乡人，你也是。”他稍微朝我翻了翻身，一只手温柔地捧着我微微凸起的肚子。“我血中之血，”他轻声说，“骨中之骨。你体内有我，克莱尔，无论发生什么，你都不能离开我。不管你愿不愿意，不管你想不想我，你永远都是我的，我不会让你走。”

我把手放在他手上，朝我身上压。“不离开，”我温柔地说，“你也不能离开我。”

“不离开，”他微微笑着说，“因为我也遵守了誓言。”他双手抓着我，把头埋在我肩上，对着黑暗轻声说 ：“我将灵魂交付于你，直至生命终息之时。”我的耳朵能感受到他的温暖气息。

CHAPTER 11

实用的职业

“那个小个子是谁？”我好奇地问詹米。这个人刚才正慢慢地从德罗昂府上会客厅中的一群群宾客中间穿过。他会停下片刻，批判性地扫视着人群，然后要么耸耸干瘦的肩膀，继续前进；要么突然走近某个男人或女人，给别人展示什么东西，然后发号施令。无论他在做什么，他的行为似乎都带来了不少欢闹。

詹米还没有来得及回答，这个身穿灰色哔叽衣服的干瘦小个子就看到了我们，面露喜色，然后冲到詹米面前，就像一只捕食的小鸟降落在一只惊慌的大兔子上。

“唱歌。”他要求道。

“呃？”詹米惊讶地眨着眼俯视着他。

“我说‘唱歌’。”他耐心地说，然后赞赏地戳着詹米的胸膛，“有这么响当当的胸腔，音量应该很不错。”

“噢，他的音量确实不错，”我愉悦地说，“他起床的时候，你隔三个街区都能听到他的声音。”

詹米恶狠狠地看了我一眼。那个小个子正围着他转，衡量着他背部的宽度，像啄木鸟品尝春天的树木一样拍着他。

“我不会唱歌。”他抗议道。

“胡说，胡说。你当然会唱歌，而且还是漂亮、深沉的男中音。”小个子赞赏地咕哝道，“好极了！我们就要男中音。来，我给你些帮助，试着匹配这个音调。”他熟练地从口袋里拿出一个小音叉，在柱子上灵巧地撞了一下，然后放到詹米的左耳边上。

詹米朝天上转动眼珠，但是他耸耸肩，热情地唱了一个调子。小个子像是被枪击一样往后跳了一步。“不。”他不敢相信地说。

“没错，”我赞同说，“看吧，他说得没错，他不会唱歌。”

小个子谴责地眯眼看着詹米，然后又敲了敲音叉，然后又表示邀请地伸出去。“再来，”他哄着说，“听这个，然后唱出同样的声音。”

詹米仍然很耐心，仔细地听着 A 字形音叉，然后又唱了出来，音调恰好在降 E 调和升 D 调之间。

“不可能，”小个子说道，看上去不再抱任何幻想，“就算是故意唱，也没人能唱得这么不协调啊。”

“我就能。”詹米快乐地说，然后礼貌地朝小个子鞠躬。现在，我们身边开始聚集起几个好奇的旁观者。路易斯 · 德罗昂是个不错的女主人，她主持的沙龙吸引了巴黎上层社会中的精英。

“没错，他就能。”我向小个子确认道，“你看，他不会辨别音高。”

“是的，我明白了。”小个子说，看上去很沮丧，然后开始揣测地看着我。

“我可不行！”我笑着说。

“你肯定不会也不能辨别音高吧，夫人？”他两眼放光，朝我走过来，就像一条蛇朝着不能动弹的鸟爬行过去，晃动着的音叉就像毒蛇吐出的舌头。

“等等，”我说，伸手示意他打住，“你是谁？”

“这是约翰内斯 · 格斯特曼先生，外乡人。”詹米表情愉悦，又朝小个子鞠了个躬，“他是国王的声乐老师。格斯特曼先生，请允许我向您介绍我的妻子，图瓦拉赫堡夫人。”我相信詹米认识宫里的每个人，无论这个人有多么无足轻重。

约翰内斯·格斯特曼。嗯，难怪我在他的正式宫廷法语里听出了一丝口音。德国人？我想，或者是奥地利人？

“我正在组一个即兴的小合唱团，”小个子声乐老师解释说，“嗓音不用被训练过，但是必须有力、真实。”他失望地看了詹米一眼，而詹米只是咧嘴笑了笑。他从格斯特曼手里接过音叉，然后朝我这边拿着表示询问。

“噢，好吧。”我说道，然后唱了一声。不管我唱得怎样，我的嗓音都鼓励了格斯特曼先生，因为他收起音叉，饶有兴趣地看着我。他的假发有点过大，点头时经常往前掉，现在就是这样。所以他随手把假发往后推，然后说：“好音调，夫人！真的特别好，特别好。你知道《蝴蝶》吗？”他哼了几个小节。

“嗯，至少我听过，”我谨慎地说，“唔，我是说我听过它的旋律，我不知道歌词。”

“噢！不难的，夫人，合唱很简单，就像这样……”声乐老师紧紧抓住我的胳膊，我不可避免地被他往远处的房间拉去。房间里传来大键琴的音乐声，他的哼声在我耳朵里就像一只焦躁不安的大黄蜂。

我无助地回头看了詹米一眼，他只是咧嘴笑了笑，举起他那杯冰糕表示告别，然后转身与财政部长的公子小迪韦尔内先生谈话。

德罗昂家的宅邸——如果你能用“宅邸”这样的词来形容这种地方——被挂在后花园和门廊边上的灯笼照得通亮。格斯特曼拉着我穿过走廊时，我能看到用人们匆忙地进出着晚餐厅，为即将举行的晚宴铺桌布、摆银器。“沙龙”大多都是小范围的亲密聚会，但路易斯·德拉图尔·德罗昂王妃是个豪爽、开朗的人。

我在一周前的晚宴上见过德罗昂王妃，发现她有些让人惊奇。她身材丰腴，相貌极其普通。她长着圆脸，下巴娇小、丰满，蓝色的眼睛上没有睫毛，脸上的人造星形美人斑并没有起到多大作用。这就是那个引诱查尔斯王子，让他无视礼节规定的女士？我想，在迎宾队列里行着屈膝礼。

不过，她有种生机勃勃的气质，十分迷人，还长着柔软的漂亮红唇。实际上，嘴唇是她身上最生机勃勃的一部分。

“我被你迷住了！”我被引见给她时，她抓着我的手惊呼道，“终于见到你了，真是太好了！我丈夫和父亲对图瓦拉赫堡主赞不绝口，可是关于他的漂亮妻子，他们却什么都没有说过。您的到来让我特别高兴，亲爱的，可爱的图瓦拉赫堡夫人——我必须称呼图瓦拉赫堡夫人吗？能不能就称呼您图瓦拉赫夫人？图瓦拉赫我还是记得住，即使它发音很奇怪，是苏格兰语吗？真好听！”

其实,“图瓦拉赫”是指“面北之塔”,如果她想把我称作“面北夫人”,我也无所谓。结果，她很快就放弃记住“图瓦拉赫”这个词，后来就只称呼我为“我亲爱的克莱尔”了。

路易斯就与合唱团一起在音乐房里，她从这个人面前跑到那个人面前，有说有笑。看见我时，她在裙摆的束缚下以最快速度向我跑来，平凡的脸上充满了活力。“我亲爱的克莱尔！”她呼喊着，残酷地把我从格斯特曼先生手里征用过去，“你来得正好！来，你得替我给这个愚笨的英格兰孩子说说。”

那个“愚笨的英格兰孩子”其实很年轻，是一个不超过十五岁的女孩,留着黑色的长鬈发,脸颊因为害羞而通红,让我想起了鲜艳的罂粟花。其实，正是她的脸颊让我想起了她。在凡尔赛宫时，正好在亚历山大·兰德尔令人不安地出现前，我看过她一眼。

“弗雷泽夫人也是英格兰人，”路易斯向女孩解释说，“她很快就能让你无拘无束。”然后她转过身，不停下来换气就直接向我解释：“她很害羞，你和她谈谈，劝她和我们一起唱歌。她的声音很优美，这点我能肯定。好了，孩子们，好好玩。”轻拍了一下女孩表示祝福后，她离开去了房间的另一边，呼喊着用花言巧语赞叹一位才到场的女士的礼服，停下来抚摸那个坐在大键琴边上的肥胖年轻人，还边和卡斯特罗蒂公爵闲聊，边用手指卷着她的长鬈发。

“看着她让你很疲倦，不是吗？”我笑着用英语对那个女孩说。她的嘴唇上出现了隐约的微笑，然后她略微点了点头，但并没有说话。我想这一切肯定特别让她惊慌。路易斯的宴会往往会让我头晕，而这个罂粟花小女孩可能刚离开教室。

“我叫克莱尔 · 弗雷泽，”我说，“路易斯忘记把我的名字告诉你了。”我停下来让她说话，但她并没有回复。她的脸更红了。她紧紧咬住嘴唇，两手握紧拳头，放在身体两边。她这个样子让我有点担心，但她最终鼓起了勇气开口说话。她深吸一口气，然后像上绞刑架一样抬起下巴。

“我……我叫……玛……玛……”她才开口说话，我就理解了她的沉默和害羞。她闭上眼睛，用力咬着嘴唇，然后睁开眼睛，勇敢地尝试说话。“玛……玛丽·霍金斯。”她最终说了出来。“我不……不唱歌。”她又反抗地说。

如果我之前觉得她很有趣，那么我现在就被她迷住了。原来这就是西拉斯 · 霍金斯的侄女，准男爵的女儿，马利尼子爵的未婚妻！对这么年轻的女孩来说，男性的期待承担起来太过沉重。我扫视四周，看看马利尼子爵是否在场，然后很宽慰地发现他不在。

“别担心，”我说着，走到她面前，挡住不让她看见音乐房里来来往往的人，“你要是不想，你也可以不说话，但是你或许可以试试唱歌，”我说，突然想到一个点子，“我曾经认识一位专治口吃的医生，他说口吃的人唱歌就不会口吃了。”

玛丽 · 霍金斯惊讶地睁大眼睛。我看了看周围，看到附近有间凹室，它的门帘后面藏着一张舒适的长椅。

“来，”我拉着她的手说，“你可以坐在这里，那样就不用和别人说话了。如果你想唱歌，你可以在我们唱歌的时候出来；如果你不想，那就坐在这里，等着宴会结束。”她盯着我看了片刻，突然给我一个感激的灿烂微笑，然后钻进了凹室。

我在凹室外面闲逛，防止爱管闲事的用人来打扰她，同时与路人闲聊几句。

“我亲爱的，你今晚看上去真迷人！”是王后的女侍德拉马热夫人。她是一位庄严的年老妇女，曾经到特穆朗街参加过一两次晚宴。她热情地拥抱了我，然后四下看看，确定没有人看着我们。“我就希望能在这里见到你，亲爱的，”她靠近一些，放低声音说，“我想告诉你要提防圣热尔曼伯爵。”

朝着她凝视的那个方向半转身，我看到了那个从勒阿弗尔码头上来的脸庞清瘦的人。一位更年轻、穿着优雅的女士挽着他的手臂，和他一起走进音乐房。他显然没有看见我，然后我匆忙转身对着德拉马热夫人。

“他到底……我是说……”令人畏惧的伯爵出现在这里，让我感到紧张，我能感到自己脸红得更厉害了。

“嗯，是的，有人听到他在谈论你，”德拉马热夫人说道，善良地帮我解决困惑，“我猜在勒阿弗尔有过什么小麻烦？”

“差不多，”我说，“我只是诊断出一例天花，但这导致了他的船被销毁，所以……他对此不高兴。”我无力地总结道。

“噢，原来是这样。”德拉马热夫人看上去很满意。我想，知道内幕消息，可以说能让她在巴黎社交生活的流言和信息买卖中占据先机。

“他到处给人说他相信你是女巫，”她说道，微笑着朝房间那边的一位朋友挥了挥手，“说得可精彩了！噢，不过没人相信，”她安慰我说，“大家都知道，如果有人与那种事情有牵连，那这个人就是圣热尔曼伯爵自己。”

“真的吗？”我正想问问她为什么这样说，格斯特曼先生就催促起来，就像赶母鸡一样拍着手掌。“来，来，夫人们！”他说，“人都到齐了，开始唱歌！”

合唱团匆匆集合到大键琴边上，我回头看了看玛丽·霍金斯所处的那个凹室。我以为我看到了门帘晃动，但并不确定。音乐开始，大家合唱起来，我觉得我听到凹室那边传来清晰的女高音，但我还是不能确定。

唱完歌过后，我红着脸，气喘吁吁地回到詹米身边。他对我说："唱得很不错，外乡人。"然后低头对我笑着，拍了拍我的肩膀。

"你怎么知道？"我说，从路过的用人手里接过一杯葡萄潘趣酒，"你连是什么歌都听不出来。"

"呃，反正你唱得很响亮，"他镇定地说，"我能听到每个词。"我感到他在旁边变得有点僵硬，于是转身看他看到了什么——或者看到了谁。

刚走进来的那位女士很娇小，几乎才与詹米最下面的肋骨一样高，四肢像布娃娃一样，黑刺李般的浓黑眉毛，精致得就像中国花饰。她前进的步伐很轻，让她看上去就像是离开地面在跳舞一样。

"安娜丽丝·德马里亚克，"我欣赏地说，"她看上去真迷人。"

"噢，是啊。"他声音里的某种东西让我抬头尖利地看了他一眼。他的耳尖上出现了一丝粉红。

"我还以为你在法国那几年只有打打杀杀，没有浪漫事迹呢。"我尖酸地说。

让我惊讶的是，他听到这话后笑了起来。听到声音后，安娜丽丝·德马里亚克转向我们。看到了人群中的詹米，她脸上挂起了灿烂的微笑。她转过身子，似乎要往我们这边走来，但一位戴着假发、身穿华丽淡紫色绸衣的绅士纠缠地拉着她纤巧的手臂，转移了她的注意力。她以惋惜的娇态，朝詹米迷人地摇了摇扇子，然后关注她的新伴侣去了。

他看着安娜丽丝身后微微摇摆着的蕾丝裙子，仍然灿烂地笑着。"有什么好笑的？"我问他。

他突然重新意识到我的存在，然后低头对我笑了笑。"噢，没什么，外乡人，只是笑你说的打打杀杀。我的第一次决斗——其实也是仅有的一次——就是因为安娜丽丝·德马里亚克。我那时才十八岁。"

看着那优美、黑色的头颅在人群里远去，他的语气有些飘忽。无论走到哪里，她脑袋的周围全是白色的假发和扑粉头发，不时也会有与众不同的时髦的粉色假发。

“决斗？和谁决斗？”我问他，小心地扫视四周，看有没有任何仰慕那个瓷娃娃、可能会来重提旧事的男性。

“啊，他没在这儿，”詹米注意到并准确解释了我的扫视，于是说道，“他已经死了。”

“你杀的？”我激动地说，声音不自觉地提高了许多。旁边几个人回头好奇地往我们这边看，詹米抓住我的手肘，匆匆把我带进最近的法式门里。

“声音小些，外乡人，”他很温和地说。“我没有杀他，我本来想的。”他懊悔地补充道，“但是没有。他在两年前去世了，因为喉咙生病。杰拉德告诉我的。”

他带我走下一条花园小道。路边有用人打着灯笼，他们像短柱一样站着，每隔五码就有一个，一直从露台站到道路尽头的喷泉。在一个反光的大水池中间，四只海豚向中间的特里同[1]喷着水，特里同看上去很愤怒，毫无作用地向海豚挥着三叉戟。

“嗯，别吊我的胃口，”我们走得足够远，露台上的人听不到我们讲话时，我催促道，“发生了什么事情？”

“好吧，”他顺从地说，“你已经注意到安娜丽丝很漂亮了？”

“噢，是吗？好吧，既然你提到这点，我承认，我确实觉得她很漂亮。”我甜蜜地回答。他突然狠狠地看我一眼，然后又撇嘴笑了。“是的。好吧，当时在巴黎对她献殷勤的年轻人可不止我一个，为她疯狂的也不止我一个。走路的时候心不在焉，把自己绊倒；在街上等待，期待能够在她从家里出来坐马车时看到她；忘记吃饭，甚至杰拉德说我就像穿着衣服的稻草人，再加上乱糟糟的头发，就更像稻草人了。”他心不在焉地伸手摸头，拍了拍用白色丝带紧紧盘在颈子上的整齐的辫子。

“连吃饭都忘了？天哪，爱得深沉啊！”

① 特里同，希腊神话中海之信使，海王波塞冬和海后安菲特里忒的儿子。

他轻声地笑了。“噢，是的。然后在她开始和查尔斯·高卢瓦斯打情骂俏后，我更不能自拔了。提醒你，”他公允地补充道，“她会和任何人调情——这没有什么——但是她经常选择他当晚宴伴侣，这让我很不爽，而她在宴会上和他跳舞太多……总而言之，就是有一晚我在她父亲的露台上看到他在月光下吻她，然后我就找他决斗了。”

现在，我们已经漫步到了喷泉边。詹米带我停下来，坐到喷泉边沿上，逆风背对着那些喷着水的嘴唇肥厚的海豚。詹米将手伸到黑暗的水中，然后拿出来，出神地看着银色的水珠从手指上流下来。

“和现在一样，那时候在巴黎决斗是违法的。但有些地方可以决斗，现在也还有。地方由他选择，他在布洛涅森林选了一个地方，在七圣人的道路边，但是有许多橡树挡着。武器也由他选择。我以为他会选手枪，但他却选了剑。”

“他为什么要选剑？你最少比他高六英寸啊。”我不是专家，但我被迫学过一点关于用剑搏斗的策略和伎俩——詹米和默塔每隔两三天就会练习，在花园里打斗、躲避、来回猛冲，这对男男女女的用人来说都是十足的乐事，所以全都冲出来站到阳台上观看。

“为什么？因为他的剑术特别好。还有，我怀疑他觉得我用手枪可能会偶然地杀死他，虽然他知道我只有用剑放血才会满足。我并没有打算杀死他，你知道的，”他解释道，“我只是想羞辱他，他也知道这点。这位查尔斯可不是傻子。”他懊恼地摇着头。

喷泉里的雾气让我的长鬈发从发型中散出来，遮在我的脸上。我把一缕头发捋回去，然后问：“你羞辱他了吗？”

“呃，至少我打伤了他。”听到他带有一丝满意的语气，我有些惊讶，然后朝他皱起一边眉毛。“他是从勒热纳那里学的剑术，勒热纳是法国最好的一位剑术老师，”詹米解释道，“就像和一只该死的跳蚤搏斗，而且我也用的右手。”他又用手抓了一次头发,似乎是在检查扎头发的丝带。

“当时我的头发散了，从中间散的，”他说，“系头发的皮条断了，风把头发吹到我的眼睛里，我只能看到他那白色的小身影，就像米诺鱼一样窜来窜去。我最后就是那样搞定他的，就像你用长匕首叉鱼一样。”他用鼻子哼了一声。

“他大叫一声，像是我把他刺穿了一样，但是我知道我只是刺伤了他的手臂。我最后把脸上的头发拨开，往他更远的地方看去，看到安娜丽丝站在那片空地的边上，大睁着的眼睛就像那个水池一样黑。”他指了指身边那个亮黑色的喷水池表面。

“所以我收起剑，把头发整理回去，然后站在那儿——我当时应该是有些期待她走过来扑到我怀里。”

“嗯，”我敏锐地说，“我猜她并没有。”

“呃，我对女人一无所知，是吧？”他问，“她当然没有，她走了过来，扑到了他的身上。”他从喉咙深处发出几声苏格兰式的声响，既是自嘲，又是幽默的憎恶。“听说一个月后她就嫁给他了。”

“所以呢，”他耸耸肩，懊恼地微笑着，“我的心碎了，回到了苏格兰的家里，消沉了好几周，直到我父亲对我失去了耐心。”他笑了起来，“我甚至还想过出家。有天吃晚饭时，我对父亲说我或许会在春天去修道院当初学修士。”

听到这话后我笑了。“好吧，发誓守贫你没有什么问题，不过守贞和顺从可能就稍微困难些了。你父亲怎么说？”

他咧嘴笑了，黝黑的脸上露出洁白的牙齿。“他当时正在吃麦片粥。他放下勺子，看了我一会儿，然后叹气摇着头说‘今天过得很漫长啊，詹米’，然后又拿起勺子，继续吃饭，我再也没有说过这件事了。”

他抬头看着通往露台的斜坡，没有跳舞的人们在那里来回闲逛，在跳舞的间隙里乘凉，小口喝着葡萄酒，摇着扇子调情。“是，特别漂亮的姑娘，安娜丽丝·德马里亚克，优雅如风，那么娇小，让你想把她掖到衣服里，像抱小猫那样把她抱着。”

我没有作声，听着上面开着的门里传出来的微弱音乐声，思考着包裹着我九号双脚的明亮的缎子便鞋。

片刻过后，詹米意识到了我的沉默。

“怎么了，外乡人？”他问道，把一只手放到我的手臂上。

“噢，没什么，”我叹着气说，“只是在想会不会有人说我‘优雅如风’。”

“啊。”他半转着头，笔直的长鼻子和结实的下巴被附近灯笼的光芒照亮。他朝我转身时，我能看到他唇上的微微笑意。“嗯，我告诉你，外乡人，‘优雅’并不是想到你时出现在我脑中的第一个词。”他把手臂伸到我背后，温暖的大手搂着我披着丝绸的肩膀。“但是和你说话时，我就像在和自己的灵魂对话一样。”他说道，把我转过去对着他，他伸手捧着我的脸，手指轻轻挨着我的两鬓。“而且，外乡人，”他轻声说，“你的脸就是我的心。”

几分钟后，风变大了，从喷泉中吹出细微的水花，最终将我们分开。我们突然分开，匆匆站起来，因为突然到来的冰冷水花而哈哈大笑。詹米朝露台那边偏头表示询问，我抓着他的胳膊，点了点头。

“所以，”在慢慢沿着宽大的楼梯走向舞厅时，我说，“看来你现在更了解女人了。”

他低沉地笑了，手臂把我的腰搂得更紧了。“关于女人的事情，外乡人，我学到的最重要的就是选择。”他走开一步，向我鞠着躬，朝门里的明亮场景伸手示意，“能与你共舞一曲吗，夫人？”

第二天下午，我始终待在德阿班维丽家。在那里又遇见了国王的声乐老师，而且这次我们有时间谈话。吃完晚饭后，我给詹米叙述了我们谈话的内容。

“你说什么？”詹米眯眼看着我，像是怀疑我在搞恶作剧。

“我说，格斯特曼说我可能会有兴趣见他的一个朋友。赫德嘉嬷嬷管理着天使医院，你知道的，就是大教堂边上那家慈善医院。”

“我知道它在哪里。”他的声音里明显缺少热情。

“他喉咙疼，然后我就告诉他该吃什么来治疗，然后大概说了关于药物的事情，然后又讲了我为什么会对疾病感兴趣。你知道的，就是从一件事情讲到另外一件。”

“和你讲话时，你通常都这样。”他同意道，听上去显然有些挖苦。

我无视他的语气，然后继续说：“所以，我明天要去医院。”我踮着脚从架子上取下药箱，“或许第一次去我不带它，”我说，边沉思边扫视着药箱里的东西。“带着它可能会显得太心急了，你觉得呢？”

“心急？”他听上去有些惊讶，“你是打算去拜访，还是打算搬进去？”

“呃，好吧，”我深呼吸，然后说，“我，呃，我想或许我能在那里定期工作。格斯特曼先生说医生都要去那里贡献时间，他们大多数人都不是每天去，但是我有很多时间，所以我能……”

“很多时间？”

“别重复我的话，”我说，“是的，很多时间。我知道去参加沙龙和晚宴之类的事情很重要，但是那又花不了整天时间——至少不用花整天时间。我能……”

“外乡人，你怀着孩子呢！你不会打算出去照料乞丐和犯人吧？”他现在听起来特别无助，似乎在想如何应对某个突然在他面前发疯的人。

“我知道我怀着孩子。”我宽慰他说。我双手按在肚子上，蹲了下去。“它还不明显，我穿条宽松的裙子，人们暂时就看不出来了。而且我也没有什么问题，只是早晨会恶心而已，没有原因让我不去工作几个月嘛。”

“没有原因，只是我不想你去！”今晚没有客人要来，所以他到家时就脱了袜子，松开了衣领。我能看到他的身子已经暗红到了喉咙。

“詹米，”我努力和他讲理，“你知道我是什么样的人。”

“你是我妻子！”

“好吧，这也没错。”我挥手撇开这点，“詹米，我是护士，是医生。你应该知道这点啊。”

他满脸通红。“是的，我知道。因为你在我受伤时治愈了我，我就应该让你去照料乞丐和妓女吗？外乡人，你知道天使医院收治的都是哪种人吗？”他恳求地看着我，似乎是在期待我随时回归理智。

“那有什么不同呢？”

他拼命地环顾房间，恳求壁炉台上那幅肖像画来见证我的不理智。“你会染上不干净的病，看在老天的分上！你不关心我，难道还不关心孩子吗？”

这个时候，理智似乎并不是我最想的东西。“我当然关心！你觉得我是那种粗心、不负责任的人？”

“那种抛弃丈夫、去贫民窟与渣滓打交道的人！”他厉声说，“满意了吧？”他用大手从头发里抓过，让头发在头顶立了起来。

“抛弃你？我只是想做点实事，而不是在德阿班维丽家的沙龙里烂掉，不是在那里看着路易斯·德罗昂使劲地吃糕点，听糟糕的诗歌和音乐，这从什么时候开始变成抛弃你了？我想做有用的事情！”

“照顾自己的家庭不是有用的事情？嫁给我不是有用的事情？”他的头发系带在压力下断开，浓密的头发就像火红色的光环一样散开。他朝下怒视着我，就像一位想复仇的天使。

“既然你这样说了，”我冷冷地反驳道，“对你来说，和我结婚就是足够的职业吗？我没见你整天待在家里讨好我。至于家庭嘛，就是扯淡！”

“扯淡？什么是扯淡？”他问。

“就是一派胡言，胡说八道！也就是说，不要那么荒唐。维奥内夫人就什么事情都能做，而且做得比我出色几倍。”

我说得显然不错，让他消停了片刻。他怒目俯视着我，下巴抽动着。“噢，是吗？假设我不让你去呢？”

这又让我哑口无言片刻。我站起来，上下打量着他。他双眼的颜色就像被雨浇湿的石板，宽大、仁慈的嘴巴紧抿成一条直线。他的肩膀宽大，背部笔直，双手抱在胸前，就像一座铸铁塑像，用“冷峻”来形容他最好不过了。

“你不让我去？”我们变得特别紧张。我想眨眼，却不想打断我强硬的凝视，给他满足感。如果他不让我去，我能做什么呢？我脑中冒出各种选择，包括用象牙拆封刀捅进他的肋骨中间，以及趁他在家时把整座房子烧掉。我完全拒绝的唯一想法就是妥协。

他停下来，深呼吸后开口说话。他本来把双手握成拳头放在两边，现在却刻意地努力张开。“不，”他说，“我不会阻止你。”他努力控制着自己，所以声音有些颤抖，“但要是我请求你呢？”

我低头凝视着他在光滑桌面上的倒影。起初，去天使医院只是个让人感兴趣的想法，是除巴黎上层社会中无限流言和琐碎阴谋之外的一个选择。但现在……我握紧拳头，能够感到手臂上的肌肉鼓了起来。我并不只是想重新开始工作，我是需要那么做。

“我不知道。”我最终说。

他深吸一口气，然后又慢慢吐出来。“考虑一下好吗，克莱尔？”

我能感到他在看着我，似乎过了很久我才点了点头：“我会考虑的。”

“那就好。”他缓和下来，不安地转身走开了。他在客厅里闲逛，随意拿起一些小物件，然后又把它们放下。他最终在书架边上歇下来，靠在书架上，心不在焉地看着用皮革包装的书籍。

我迟疑不决地走到他身边，把手放在他的手臂上。“詹米，我不是故意让你伤心的。”

他低头看了我一眼，斜视着给了我一个微笑。“是的，我也不是故意要和你吵架的，外乡人。可能是我脾气不好，太敏感了。”他带着歉意拍了拍我的手，然后又往边上移动，站在那里，低头看着他的桌子。

“你工作一直很辛苦。”我跟着他，安慰地说。

“不是因为这个。”他摇摇头，伸手翻开那本摆在桌子中间的巨大账簿，“酒生意还好，工作确实很多，但我不担心。我担心的是另外的事情。”他指了指那一小堆用雪花石膏镇纸压住的信件。那个镇纸是杰拉德的，它的形状是一朵白玫瑰——斯图亚特家族的标志。它压着的那些信件，来自亚历山大院长、马尔伯爵，以及其他重要的詹姆斯党人，内容全是含蓄的询问、模糊的承诺，以及相互矛盾的期待。

“我感觉我是在和羽毛搏斗！”詹米激烈地说，“真正的搏斗，与能够触碰到的东西搏斗，我都能应付得来，但这……”他从桌上一把抓起那摞信，把它们扔到了空中。房间里吹着过堂风，信件混乱、旋转着飘下来，有的滑到了家具下面，有的飘落在地毯上。

“没什么东西能抓得住，”他无助地说，“我可以和一千人谈话，写一百封信，可以和查尔斯喝酒喝到眼瞎，但我就是不知道是否有进展。”

我没有理会那些散乱的信件，晚些时候会有女佣收拾。“詹米，”我温柔地说，“我们什么也不能做，只能尝试。”

他隐约笑了笑，双手支撑在桌上。“是啊，很高兴你说的是‘我们’，外乡人。面对这些事情，有些时候我真的会觉得很孤单。”

我伸手环抱住他的腰，把脸贴在他的背上。“你知道我不会让你独自面对的，”我说，“毕竟是我最先把你卷进来的。”

我的脸颊下面能感受到他笑声带来的微弱震动。“是啊，就是你。但是我不会怪你，外乡人。”他转过身子，俯身轻轻地吻了我的前额，“你看上去很累，褐发美人，现在上床去吧。我还有点事情要做，不过很快就能来找你。”

“好的。”我今晚很疲惫，但怀孕初期那种持续的嗜睡感让道给了新的精力。我开始在白天感到有活力，强烈地想忙碌起来。

出门时，我在门边停了下来。他还站在桌边，低头盯着那本翻开的账簿。

“詹米？”我说。

“什么？”

“医院的事，我说会考虑，你也考虑一下，嗯？”

他转过头，一边眉毛紧紧地皱着。然后他微笑着，干脆地点了点头。

“我很快就来找你，外乡人。”他说。

还在下雨夹雪，冻成冰的细小雨点打在窗户上沙沙作响，晚风把它们吹下通气管，让它们掉到炉火里发出吱吱的声音。风很大，在烟囱里发出呼呼、轰轰的声音。对比起来，这让我显得更舒适了。床上本来就是一片温暖、舒适的绿洲，而且还有鹅绒被、松软的大枕头，以及詹米，他就像电储热器一样，忠实地散发着热量。

他的大手轻轻抚摸着我的肚子，隔着薄薄的丝质睡衣，我能感受到它的温暖。

“不，在那儿，你得再用力点按压。”我握着他的手，把他的手指往下按，按压的位置刚好在耻骨上方，在那里子宫已经开始显现出来，变成了一个比葡萄柚大一点的既圆又坚硬的膨胀物。

“是的，我摸到了，”他低声说，“他真的在那里。”他嘴角上挂起了惊叹、愉悦的隐隐微笑，然后他抬起头，双眼放光地看着我，“你能感到他动吗？”

我摇摇头：“还感觉不到。按你姐姐的说法，大概还得等一个月。”

“唔，”他亲吻了我稍微凸出的肚子，然后说，“你觉得‘达尔豪西’怎么样，外乡人？”

“‘达尔豪西’是什么？”我问。

“拿来做名字，”他说，然后轻拍我的肚子，“得给他取名字啊。”

“确实，”我说，“可你为什么觉得这是个男孩呢？也很有可能是个女孩啊。”

“噢？是啊，确实是，”他承认道，似乎才想到这种可能性，“不过，为什么不先取个男孩名字呢？我们可以用你那位把你抚养长大的叔叔的名字。”

“唔。”我皱起了眉头。虽然我很爱我叔叔兰姆，但我不想让一个无助的婴儿承担“兰伯特”或“昆汀”这两个名字。“不，我觉得不行。而且，我觉得我也不想让他用你那些叔叔的名字。”

詹米思考着，心不在焉地抚摸我的肚子。“你父亲叫什么名字，外乡人？”

我思考了片刻，然后才回忆起来。“亨利，”我说，“亨利·蒙莫伦斯·比彻姆。詹米，不管怎样，我都不想孩子叫‘蒙莫伦斯·弗雷泽’。‘亨利’这个名字我也没有什么感觉，尽管它比兰伯特好听些。威廉怎么样？”我提议道，“用你哥哥的名字？”他的哥哥威廉虽然在童年后期去世，但他在世的时间已经足够让詹米满怀感情地记住他。

他皱着眉头思考着。“唔，”他说，“可以吧。或者我们可以叫他……”

“詹姆斯。”通气管里一个空洞、阴森森的声音说。

“什么？”我在床上坐直说。

“詹姆斯，”壁炉不耐烦地说，“詹姆斯，詹姆斯！”

“我的天！”詹米盯着壁炉里跳跃着的火焰说。我能感到他前臂上的寒毛都立了起来，坚硬得像金属丝一样。他呆坐了片刻，然后他突然想到什么，跳了起来，只穿着汗衫就走到天窗边上。

他推开窗户，让一阵寒冷的空气吹了进来，然后把头伸出到黑夜中。我听到一声模糊的叫喊，然后石板瓦屋顶那边传来一阵攀爬的声音。詹米尽量往外俯身，踮起脚伸手拉人，然后慢慢地往回拉，费力地哼哼着，身子也被雨打湿了。詹米抓着那人的脖子把他拉进来，那是个穿着黑衣服的俊俏男孩，他浑身湿透，一只受伤的手包裹着血迹斑斑的布料。

他站在窗底框上，笨手笨脚地下来，四肢张开趴到了地上。但是他立刻爬了起来，脱下低垂的帽子，给我鞠了个躬。

“夫人，”他带着浓重的法国口音说，“请您原谅我的唐突到来。多有打扰，但我必须要在这个不方便的时候来拜访我的朋友詹姆斯。”

他是个健壮、好看的年轻人，浓密的浅棕色鬈发松散地披在肩膀上，俊朗的脸颊因为寒冷和费力而通红。他轻微地流着鼻涕，于是用包扎着的手背抹掉，抹鼻涕时痛苦地皱着眉头。

詹米皱着眉头，礼貌地向他鞠躬。“家里乐意为您效劳，殿下。”詹米说道，瞥了一眼来访者的凌乱服饰。他的宽领巾已经松开，松散地挂在脖子上；半数纽扣也都歪歪斜斜的；裤子前裆的开口也开了一些。我看到詹米对此稍微皱了皱眉，然后不张扬地走到他面前，挡住不让我看见这不文雅的情景。

“殿下，请允许我介绍我的妻子克莱尔，”他说，“图瓦拉赫堡夫人。克莱尔，这是查尔斯王子殿下，苏格兰詹姆斯国王之子。”

“嗯，是啊，”我说，“我已经猜到了。呃，晚上好，殿下。”我有礼貌地点点头，把被子往上拉。我想，在这种情况下，我可以抛弃惯常的那些礼节。

在詹米啰啰唆唆地介绍时，查尔斯王子趁机笨手笨脚地整理好了裤子，然后朝我点点头，充满了皇家的尊严。

“很荣幸，夫人。”他说道，然后又向我鞠躬，这次优雅了许多。他站直身子，转动着手里的帽子，显然是在思考接下来该说什么。詹米穿着汗衫，光着腿站在他身边，看看我，又看看查尔斯，似乎也找不到话说。

“呃……”我打破沉默说，“你遇到什么事情了吗，殿下？”我朝包裹着他那只手的手帕点了点头。

他向下看了看，似乎才注意到它一样。“是的，”他说，“噢……不是的。我是说……这没有什么，夫人。”他盯着那只手，脸变得更红了。他的举止很奇怪，既像是尴尬，又像是愤怒。不过，我能看到手帕上的血污在扩散，于是抬脚下床，伸手摸索我的晨袍。

“你最好让我看看。”我说。

查尔斯王子不情愿地让我看了受伤的地方，他的伤并不严重，却很罕见。

“看上去像是被动物咬伤的，”我不敢相信地说，擦拭着他拇指和食指中间的小半圆形穿孔伤口。我挤压伤口旁边的肉，打算在包扎前通过放血清洗伤口，而他痛苦地皱起了眉头。

“是的，猴子咬伤的。长满跳蚤的恶心畜生！”他大声说，“我跟她说必须处理掉那只畜生，它肯定有病。”

我已经找来药箱，正在往伤口上抹一层龙胆药膏。“我觉得你不用担心，”我说道，专心工作着，“只要没有狂犬病就行了。”

“狂犬病？”他脸色变得特别苍白，“你觉得有可能吗？”他显然不知道什么是狂犬病，但他不想和这种病有任何牵连。

“一切皆有可能。”我欢乐地说。他脸色的突然变化让我觉得惊讶，而我也逐渐想到，如果这个年轻人有风度地被某种致命的急性病击倒，那将会在长远的未来给大家省去很多麻烦。不过，我心里并没有十分希望他患坏疽或狂犬病，所以我用干净的亚麻绷带整洁地给他包扎起来。

他微笑着，又鞠了一次躬，很有礼貌地混杂着法语和意大利语感谢了我。他还在不停地为这次不合时宜的来访表示抱歉，但詹米得体地穿好了短裙，拉着他下楼喝酒去了。

感到房间里的冷风从睡袍渗透进来，我爬回到床上，把被子拉来盖到下巴。这就是查尔斯王子啊！确实是美王子，至少外貌够美。他看上去很年轻，比詹米年轻许多，但我知道詹米只比他大一两岁。不过，王子殿下的举止确实十分迷人，他虽然穿着不整洁，却有种自负的威严。这点足够让他作为起义军头领回到苏格兰吗？我逐渐睡去，心里还想着这位苏格兰的王位继承人到底为什么会在半夜爬上巴黎的屋顶，而且一只手还被猴子咬伤了。

过了一段时间，詹米钻进被窝，直接把那双冰冷的大脚放到我膝盖后面，让我醒了过来，而这时我仍然惦记着那个问题。

“别那样叫，”他说，“你会把用人们吵醒的。”

“查尔斯·斯图亚特带着猴子在屋顶上干吗？”我问他，躲开他冰冷的身子，“把你该死的冰块挪开。”

“见他的情妇，”詹米简明扼要地说，“好了，别踢我了。”他把脚移开，然后颤抖着抱住我。我朝他转过身子。

“他有情妇？是谁？”被微微的寒意和丑闻刺激后，我很快清醒过来。

“路易斯·德拉图尔。”詹米在我的追问下，不情愿地解释道。他的鼻子看上去比平时更长、更尖，鼻子上方的浓密眉毛皱在了一起。在他这个苏格兰天主教徒看来，拥有情妇是件足够糟糕的事情，但大家都知道，王室成员在这方面有一定的特权。但是，路易斯·德拉图尔已为人妇。不管是不是王室成员，找已婚的女人做情妇肯定不道德，尽管他堂叔杰拉德也这样做。

“哈，”我满意地说，“我就知道嘛！”

“他说他爱她，”他简要地汇报道，用力把被子拉来盖住肩膀，“他坚持说她也爱他，说过去三个月里她只忠于他一个人。真是！”

“好吧，就知道是这样，”我欢乐地说，“那么他是去见她？可他怎么爬到房顶上了？他跟你说这点没有？”

“噢，他跟我说了。”

在夜晚喝了几杯杰拉德的最好的陈酿波尔图葡萄酒后，查尔斯变得特别健谈。据他所说，他情人对那只宠物猴子的关心，在今晚严厉地试验了真爱的力量。那只脾气暴躁的猴子回应了他的厌恶，而且它表达观点的手段更加具体。他在猴子的鼻子下面打响指，被猴子狠狠地咬了一口，后来又被情人用毒舌狠狠地责备。他们吵得热火朝天，最后路易斯·德拉图尔命令查尔斯从她面前消失。他也表示他很愿意离开，而且特别强调说再不会回去。

但是，他们发现王妃的丈夫提前结束当晚的赌博，回到了家中，拿着一瓶白兰地，舒适地安坐在前厅，而这严重地妨碍了查尔斯王子的离开。

“所以，”詹米说道，想着自己也禁不住笑了，“他不愿和那女人待在一起，但是又不能从门出去，所以翻窗跳到了房顶上。他说，他沿着下水道几乎下到街上，但有城市警卫过来，他不得不又爬回去，避开他们的视线。他当时困难重重，要躲开烟囱，又要注意湿滑的石板瓦，直到他想到我们家就隔着三座房子，而且房顶挨得很近，就像睡莲叶子一样，跳过去很容易。”

“嗯，”我说，感到脚趾周围又有了温暖，“你送他坐马车回去的吗？”

“不是，他从马厩里牵了一匹马。”

“如果他喝了杰拉德的波尔图酒，我希望他们都能够安全到达蒙马特尔，”我说，“这段路程也是足够长的。”

“嗯，这肯定是次又冷又湿的旅程。”詹米说道，语气中带着一种与明媒正娶的妻子高洁地同睡在温暖床上的自鸣得意。他吹灭蜡烛，拉我靠近他，让我的后背紧贴着他的胸脯。

“他活该，”他低声说，“男人就应该结婚。”

天还未亮，用人们就起了床打扫卫生，擦拭桌椅，为招待迪韦尔内先生的私人小型晚宴做准备。

我躺在床上，闭着眼睛，听着楼下的喧闹。我对詹米说 ：“我不知道他们为什么不嫌麻烦，只需要擦干净棋盘，拿瓶白兰地出来就行了，他不会注意其他方面的。”

他哈哈笑了，低头与我吻别。“没关系的，要想下赢他，我就需要好好吃顿晚饭。”他拍拍我的肩膀与我告别。“我去仓库了，外乡人，不过我会及时回家来换衣服的。”

我想找点事情来做，以便不妨碍用人们打扫，最终我决定让一名男佣护送我去德罗昂家。我想，路易斯在昨晚吵架过后，或许需要一点安慰。那种不优雅的好奇心，我一本正经地告诉自己，与我去她家完全没有干系。

下午晚些时候，我回到家中，发现詹米没精打采地坐在窗边的椅子里，双脚搭在桌上，衣领已经解开，头发也乱糟糟的，仔细阅读着一沓字迹潦草的纸张。听到关门声时，他抬起头，专心致志的表情变成了灿烂的微笑。

“外乡人！你回来了！”他把长长的腿放下来，走过来拥抱我。他把脸庞埋在我的头发里磨蹭着，然后退开，打了个喷嚏。他接着又打了一个，于是放开我，伸手到袖子里去取那张军旅风格的手帕。

“你闻起来像什么，外乡人？”他问我，及时把那条亚麻方手帕捂到鼻子上，遮住了又一次爆炸性的喷嚏。

我伸手到衣服的胸部，从乳房中间拔出那个小香囊。“茉莉、玫瑰、风信子、铃兰……显然还有豚草。”我说道，他朝那条宽大手帕里喘息着。“你没事吧？”我四处寻找处理香囊的手段，最后把它扔到房间远端我的桌子上的一个文具箱里。

“没事，我没事。是风……风信……阿嚏！”

“天哪！”我匆匆打开窗户，示意他过来。他顺从地把头和肩膀伸出到毛毛细雨中，大口呼吸着没有风信子气味的新鲜空气。

几分钟后，他把脑袋缩回来，解脱地说：“啊，好多了。”他睁大了眼睛，“你在做什么，外乡人？”

“洗澡，”我解释道，挣扎着解开裙子背后的系带，“或者说打算洗澡。我身上洒有风信子油，”我在他眨着眼睛时解释说，“如果我不把它洗掉，你可能会爆炸的。”

他若有所思地轻拍一下鼻子，然后点了点头：“你说得没错，外乡人。需要我让用人送热水上来吗？”

“不，不用麻烦。随便冲洗一下基本上就可以洗干净了。”我向他保证道，尽可能快地解开扣子和系带。我抬起双臂，伸手到头后把头发盘起来。詹米突然靠过来，抓住我的手腕，把我的双臂拉在空中。

“你干吗？”我惊讶地说。

“你做了什么，外乡人？”他盯着我的腋下问。

“除毛了，”我自豪地说，“或者说，是用蜡脱毛了。你知道的，路易斯有私人梳妆师。今天早上在那里，她也给我脱毛了。”

“用蜡？”詹米疯狂地看了看大水壶边上的烛台，然后又回头看着我，“你把蜡上在腋窝上？”

“不是那种蜡，”我让他放心，“是加香的蜂蜡。梳妆师把蜡加热，然后把温暖的蜡抹在腋窝下面，等它冷却过后，你只用把它扯掉就行。”

我在回忆的同时轻微地皱起了眉头，“没什么事了。”

“怎么没事，”詹米严厉地说，“你到底为什么要这么做？”他仍然举着我的手臂，近距离地打量着我的腋窝。“这不……疼啊！啧啧！”他放下我的手，然后迅速往后退。“不疼吗？”他问道，又用手帕捂着鼻子。

“呃，一点点，”我承认道，“但是值得，你不觉得吗？”我问，然后像跳芭蕾舞一样举起手臂，稍微地前后转着身子。“这好几个月来，我第一次感觉浑身干净了。”

“值得？”他有些震惊地说，“把腋毛全部拔掉和干净有什么关系？”

我这才意识到，我遇到的苏格兰女人从来都不脱毛。而且，詹米几乎从未与巴黎上层女性有过足够近距离的接触，所以不知道她们当中很多人都要除毛。“好吧，”我突然意识到人类学家在解释原始部落的奇特习俗时遇到的那种困难，于是便告诉他，“这样体味会更少。”

“你的体味有什么问题吗？”他激烈地说，“至少你闻起来像女人，而不是像该死的花园。你觉得我是什么，蜜蜂还是男人？外乡人，你能洗洗身子吗？我现在都不敢靠近你了。”

我拿起一块湿布，开始擦拭我的身体。拉瑟尔夫人，路易斯的梳妆师，在我身上抹满了精油，我特别希望它能快些散去。让他站在闻不到气味的地方，像只围着猎物转圈的狼一样瞪着我，我感到不安。

我转身用布在盆里汲水，漫不经心地朝背后说：“呃，我腿上也除毛了。”

我悄悄往后面看了一眼。他原来那种震惊的神情正逐渐变成十足的困惑。“你腿上又没有气味，”他说，“除非你一直在齐膝盖深的牛棚里走路。”

我转过身子，把裙子拉到膝盖以上，朝前伸出一个脚指头，展示出小腿前后的精致曲线。“但它们看上去漂亮了许多，”我指出，“好看又光滑，不像哈利毛猿[1]那样。”

---

① 哈利毛猿，出自雷·史蒂文斯（Ray Stevens）的歌曲《哈利毛猿》（*Harry The Hairy Ape*）。

他不愉快地看了看他那长满绒毛的小腿。“毛猿？你说我吗？”

“不是你，是我！”我恼怒地说。

“我的腿毛比你以前多很多！”

“呃，本来就应该多，你是男人嘛！”

他深吸一口气，似乎要回复，但又吐了出来，然后摇摇头，用盖尔语对自己嘀咕着什么。他猛然坐到椅子里，往后靠着，眯眼看着我，不时还会自言自语地嘀咕两句。我决定不问他在说什么。

在这充满火药味儿的氛围中，我差不多洗完了澡，最终决定尝试和解。“你看，我还算好的了，”我擦拭着大腿内侧说，“路易斯把全身的体毛都除掉了。”

这让他——至少暂时让他——惊讶得重新说了英语。“什么？她把私处的体毛除掉了？”他说道，被惊吓得表现出了不常见的粗俗。

“嗯，”我回复道，很高兴这个画面让他不再关注我这个让他苦恼的无毛状态，“全身都除了。那些漏掉的毛发，都是由拉瑟尔夫人亲手拔掉的。”

“天哪！天哪！”他紧闭着双眼，要么是为了回避，要么更可能是思考我描述的画面。

显然是后者，因为他又睁开眼睛，瞪着我问：“她现在就像小女孩那样浑身无毛？”

“她说，”我小心地说，“男人们觉得那样很刺激。”

他的眉毛都快皱到发际线了。像他这样额头很高的人，要做到这点可真是不容易。

“我很希望你不要再嘀嘀咕咕了，”我说着，把洗澡布挂在椅背上晾干，“你说的东西我完全听不懂。”

“总的来说，外乡人，”他回复道，“那倒也没有关系。”

CHAPTER 12

天使医院

“好嘛，”詹米在吃早餐时无可奈何地说，并用勺子指着警告我，“那就去嘛，但是除了男佣之外，还得让默塔护送你，大教堂附近治安不好。”

“护送？”我坐直身子，把那碗我一直没精打采看着的麦片粥向后推，“詹米！你的意思是不介意我去天使医院吗？”

“我不知道我到底是不是那个意思。”他有条理地舀着自己碗里的燕麦粥，“但是我想，如果你不去的话，我会更介意。你去天使医院工作，至少可以让你不花时间和路易斯·德罗昂鬼混。我觉得有些事情比和乞丐、罪犯打交道更糟糕，”他阴沉沉地说，“至少我不用担心你从医院回来时私处被拔得光秃秃的。”

“我会尝试不那么做的。”我让他放心。

在我自己的那个年代，我见过许多不错的医院女护士长，还见过少数几位特别优秀的，她们把工作提升到了神圣的地位。对于赫德嘉嬷嬷来说，这个过程则被颠倒过来，而且带来了令人敬佩的结果。

赫德嘉·德加斯科尼是我能想象到的最适合管理天使医院这种地方的人。她身高约六英尺，瘦削的身体穿着几码长的黑色羊毛衣服。她俯视着其他的护士修女，就像一个用长柄扫帚做成的稻草人守护着一片南瓜田。无论她在哪里发号施令，护工、病人、修女、勤杂工、初学修士、访客、药剂师，统统都会在她面前站得整整齐齐的。

她长得那么高，再加上那张丑到极致、有着一种怪诞美的脸庞，也难怪会接受宗教生活——基督是仅有的会向她还以拥抱的男人。

她的声音低沉且响亮，加上加斯科尼地区那种带鼻音的口音，在医院走廊里显得很洪亮，就像隔壁教堂钟声的回声一样。她要经过走廊从楼上下来，到办公室见我、格斯特曼先生，以及宫中的六位夫人，但是未见其人，先闻其声，于是我和那六位夫人就躲在格斯特曼身后，就像岛屿居民在不结实的栅栏后面等待飓风的来临。

她像蝙蝠扇着翅膀一样飕飕地从狭窄的门口走来，欣喜若狂地呼喊着来到格斯特曼面前，然后响亮地轻吻了他两边的脸颊。

“我亲爱的朋友！真是既惊喜又甜蜜啊！什么风把你吹来了？”

她挺直身子，朝我们其他人灿烂地笑了。格斯特曼说明我们的来意时，她仍然灿烂地笑着，但就算是经验不如我丰富的占卜者，也能看出她那紧绷着的面部肌肉把笑容从一种优雅的社交行为变成了必不可少的龇牙咧嘴。

“夫人们，我们很感谢你们的关心和慷慨。”她继续用钟声般深沉的声音有礼貌地表示感谢。与此同时，我能看到她那双聪慧的小眼睛，它们深陷在干瘦的眉脊下面，前后来回看着，思考着如何才能最好地快速处理这件麻烦事，同时还要让这些夫人为了自己灵魂的好而掏出尽可能多的钱。

做出决定后，她急促地拍响了手掌。一位矮个子修女，听到这知更鸟般的命令后，像魔术盒里弹出的小丑一样突然出现在门口。

“安琪莉可修女，有劳你带这几位夫人去医务室，”她命令道，“给她们几套合身的衣服，然后带她们看看病房。她们可以帮忙给病人分发食物，如果她们很想那么做的话。”她稍微地扭曲了干瘦的大嘴，表明了她觉得我们的虔诚意愿不会坚持到参观病房结束。

赫德嘉嬷嬷对人性判断得很准。有三位夫人参观完第一间病房，里面有淋巴结核患者、疥疮患者、湿疹患者、流脓患者、浑身发臭的脓血病患者，所以她们决定她们的慈善意愿完全能通过向医院捐款来实现，然后逃回医务室，脱下了我们之前穿上的粗糙的席纹呢衣服。

在第二间病房的中间，一位身穿黑色长礼服的瘦高男人看上去正在做着截肢手术，他的技术不错，尤其是那位病人显然没有享受任何可见的镇静措施，而是被两位高大威猛的护理员用力按着，还有一位体格结实的修女坐在他胸上，她那飘逸的裙摆幸运地遮在他的脸上。

我身后的一位夫人发出作呕声。我回头看，只看到两位准善人的宽大后背，她们屁股挨着屁股挤在狭窄的门口，朝医务室和自由走去。她们最后还是没有忍住，突然跑起来，鲁莽地从黑暗的走廊里逃出去，几乎撞翻了一位端着一盘摞得很高的亚麻衣服和手术器械、迎面快速走来的护理员。

我朝边上看了一眼，觉得好笑地发现玛丽·霍金斯仍然在那儿。比起亚麻手术衣——说实话，它们灰白得有些难看——她稍微显得更苍白，两腮稍微有些发青，不过她仍然在那儿。

“快！快点！”医生强硬地喊道，大概是在命令那个被撞的护理工。这位护理工匆匆收拾好托盘，继续跑到身穿黑衣服的高个子医生边上。医生手里拿着锯子，准备锯断一块暴露出来的股骨。护理工弯腰，在截肢处上方又绑了一条止血带。锯子发出难以形容的刺耳声音，我同情玛丽·霍金斯，所以把她转朝了另外一个方向。她的胳膊在我的手下颤抖着，牡丹般的嘴唇变得惨白、清瘦，就像被霜冻伤的花朵一样。

“你想离开吗？”我礼貌地问，“我确信赫德嘉嬷嬷可以给你叫辆马车。”我回头看了看空荡荡的黑暗走廊，“恐怕几位伯爵夫人和兰伯特夫人都已经走了。”

玛丽大声地深呼吸，然后果断地咬紧了本来就很坚实的下巴。“不……不用，”她说，“你不走，我就不走。”

我确实没有打算离开。我的好奇心，以及我想赢得信任，融入医院活动的意愿，都是那么强烈，从而影响了我对玛丽的感受可能给予的同情。

安琪莉可修女走了一段距离后，才发现我们停了下来，于是她又走回来，耐心地站在那里等着。她丰满的脸上隐约挂着微笑，似乎觉得我们也会转身跑掉。我俯身看着地板边缘上的草垫，上面躺着一位十分干瘦、毫无活力的女人，她只盖着一条毯子，双眼呆滞、茫然地看着我们，丝毫没有兴趣。引起我注意的与其说是她，倒不如说是那张草垫边上立着的形状奇怪的玻璃罐子。

罐子里面装满了黄色的液体，无疑是尿液。我有些惊讶。他们没有化学检验，甚至也没有石蕊试纸，那尿液样本到底用来做什么呢？但是，考虑了尿液检测的几种目的过后，我想到了一个主意。

我小心翼翼地拿起那个罐子，无视安琪莉可修女惊恐的大声抗议，仔细地闻了闻。果然，在酸臭氨味的掩盖下，那罐尿液闻起来甜得病态，特别像是发酸的蜂蜜。我有些犹豫，但只有一种方法可以确认，所以我恶心地扭曲着脸，小心地用指尖蘸了一点尿液，然后熟练地用舌头触碰了一下指尖。

玛丽鼓着眼睛在边上看着，稍微有些窒息，但安琪莉可修女却突然饶有兴趣地看着。我伸手摸了摸那个女人的额头，额头冰凉——尿液的那种气味并非源自发烧。

“你口渴吗，夫人？”我问病人。她还未开口，我就知道了答案，因为我看到了她头边的那个空水瓶。

“一直都很渴，夫人，”她回答道，“也一直感觉很饿。但是，不管我吃多少，我就是不长肉。”她抬起一只干瘦如柴的手臂，露出了瘦骨嶙峋的腰部，然后又放下手臂，似乎抬手臂这个动作让她筋疲力尽。

我轻轻地拍了拍她那皮包骨头的手，然后低声说了些告别的话语。我很高兴能够做出正确的诊断，但我知道在那个年代没有治疗糖尿病的方法，所以还是高兴不起来——我身前的这个女人劫数难逃。

我闷闷不乐地站起来，跟在安琪莉可修女后面。她放慢了匆忙的脚步，走在我身边。

“你能诊断出她的病吗，夫人？”她好奇地问，“就依靠尿液？”

“不光是尿液，”我回答道，“但是我能诊断出来，她……”该死，她们把糖尿病叫作什么呢？“她患的是……唔，与糖有关的病。她没有从吃下去的食物里获得营养，而且还特别口渴。所以她才会大量地排尿。”

安琪莉可修女点点头，微胖的面孔上挂着一副十分好奇的表情。“她能不能恢复呢，夫人？”

“不能恢复了，”我直截了当地说，“她病得太重了，或许活不过这个月。”

“啊。”她抬起美丽的眉毛，好奇的神情被仰慕的神情取代了，“帕奈尔先生就是这么说的。”

“帕奈尔先生在家的时候是做什么的？”我轻率地问。

这位丰腴的修女迷惑地皱起眉头。“呃，他在家的时候，我相信他是制作疝带的，还是珠宝商。在这里的时候，他通常是验尿师。”

我感到自己皱起了眉头。“验尿师？”我不敢相信地说，“真有验尿师啊？”

“是的，夫人。关于那个可怜的瘦弱女士，他说的话和你刚才说的一样。我从来没有见过懂验尿科学的女性。”安琪莉可修女盯着我说，毫不掩饰她的仰慕。

“好吧，天地之间有许多事情，是你们的哲学里所没有梦想到的呢[1]，嬷嬷。”我有礼貌地说。她严肃地点点头，让我对自己的自作聪明感到特别惭愧。

“没错，夫人。你能看看最后面那张床上的绅士吗？我们觉得他肝

---

① 这句话出自莎士比亚所作悲剧《哈姆雷特》，引自朱生豪译本。

上有疾病。”

我们继续一张床一张床地查看，转完了偌大的病房。我们看到了一些我只在教科书上见过的病例，还看到了各种各样的创伤，从喝酒闹事而造成的头部受伤，到一个胸部被滚动的酒桶压伤的马车车夫。

我在部分病床边上停下来，向那些看上去能够回答的病人问问题。我能听到玛丽在我身后用口呼吸，但没有回头看她是不是捂住了鼻子。

巡视结束后，安琪莉可修女转身朝我奇怪地笑了。“好了，夫人，你还想继续为主效劳，帮助他那些不幸的子民吗？”

我已经开始往上卷罩衣的衣袖了。“给我打盆热水，嬷嬷，”我说，“再拿块肥皂过来。”

“怎么样，外乡人？”詹米问。

“棒极了！”我灿烂地笑着回答，然后四肢张开倒在躺椅上。

他抬起一只眉毛，低头对我微笑。“噢，过得挺开心吧？”

“噢，詹米，能够重新帮上忙感觉真好！我擦了地板，给人喂了稀粥。安琪莉可修女不在的时候，我还成功给几个病人换了敷料，切开了几个病人的脓肿。”

“噢，不错，”他说，“除了做这些无聊的事情，你记得吃饭了吗？”

“呃，其实，我忘记吃饭了，”我内疚地说，“不过呢，我也忘记想呕吐了。”似乎是想起了欠债，我的胃壁突然向内抽了一下。我用拳头按压着胸骨下方。“或许我该吃点东西了。”

“或许你该吃了。”他有点不开心地同意道，然后伸手去摇铃铛。

他看着我顺从地吃下肉饼和奶酪，听我在咀嚼的间隙热情并细致地描述天使医院和其中的病人。

“有些病房特别拥挤，两三个人睡一张床，这真糟糕，但是……你要不要吃点这个？”我突然问他，“味道很不错。”

他看着我递给他的那块糕点。“如果在我把它吞到肚子里的时候，你能够忍住不给我讲那些关于腐烂指甲的事情，那么我就吃点！”

我这才发现他的脸颊稍微有些苍白，鼻孔也有些扭曲。我倒了杯酒递给他，然后又抬起我的餐盘。“你今天过得怎么样，亲爱的？”我端庄地问。

天使医院成了我的避难所。不同于宫中贵族男女的那种持续不断、叽叽喳喳的阴谋，修女和病人们的直率和单纯让人活力焕发。我也能肯定，如果不在医院放松面部肌肉，让脸上的表情变得正常，那么我的表情很快就会永远固定成矫揉造作的乏味微笑。

修女们见我做事有条有理，只会找她们要些绷带和亚麻布，于是很快就接受了我。病人们在听到我的口音、知道我的头衔后很吃惊，不过也都接受了我。社会偏见是一股强烈的力量，但是在专业技巧匮乏且需求急切时，它并无法与简单的技能抗衡。

赫德嘉嬷嬷虽然忙碌，却花了一点时间评估我。她起初并不和我说话，只是在路过时说句简单的“早上好，夫人”，但是，在我弯腰照料某个长着带状疱疹的老人时，或者在我给某个在城市贫民区频发的大火里烧伤的孩子涂抹药膏时，我经常能感到她那双精明小眼睛的重量在往我后背里钻。

她从不表现出匆忙，但她每天要走许多路，每步一码，在医院病房的灰色石板上大步走动，她那只白色的小狗布顿快速地跟在后面。

那只狗与在宫廷里深受夫人们喜欢的那种绒毛宠物狗大不相同，它看上去像是鬈毛狗和腊肠狗的杂交品种，皮毛粗糙、卷曲，流苏般的毛发在宽大腹部和弯曲的小粗腿的边缘飘动着。它的脚趾向外张开，指甲是黑色的。它跟在赫德嘉嬷嬷后面小跑，四脚踩在石头地板上发出疯狂的咔嗒声，尖尖的鼻子几乎就要碰到她那摇摆着的黑色长袍。

“那是只狗吗？”第一次看见布顿紧跟在它女主人后面，从医院里面穿过时，我曾经惊讶地问过一位护理工。

他停下扫地的工作，看着那饰有羽毛的卷曲尾巴消失到下一间病房里。“呃，”他不敢肯定地说，“赫德嘉嬷嬷说它是只狗。我可不想说它不是狗。”

随着我与修女、护理工、客座医生之间的关系变得越来越友好，我听到了各种关于布顿的不同看法，其中有宽容的，也有迷信的。没人知道赫德嘉嬷嬷从哪里得到的它，也不知道其中的原因。它成为医院的一员已经好几年了，而且它的地位——这是赫德嘉嬷嬷的观点，也是唯一得到正式认可的观点——比那些护士修女高许多，与大多数客座医生和药商平起平坐。

有些客座医生和药商持怀疑态度，对它感到厌恶；有些则会和蔼可亲地逗它玩。有位外科医生总是把它称作——在赫德嘉嬷嬷听不见的时候——“那只可恶的老鼠”，还有一位把它称作“臭兔子”，还有位矮胖的疝带制造师很公开地把它叫作“洗碗布先生”。修女们觉得它介于吉祥物和图腾之间，而隔壁教堂里那位在来给病人送圣餐时被它咬过腿的初级牧师，则给我吐露了他自己的看法，他觉得布顿是个为了邪恶的目标而伪装成狗的小恶魔。

虽然牧师的评论带有贬损的意味，但我觉得他的话或许最接近真相，因为在对布顿和赫德嘉嬷嬷观察几周后，我推断出布顿其实是赫德嘉嬷嬷的守护精灵。

她经常对它说话，而且口气并不像人们平常对狗说话那样，而是一种与同等地位的人讨论重要事情的口气。当她在某张病床边停下来时，布顿经常会跳到床上，用鼻子去蹭和闻惊慌的病人。它通常会在病人的腿上坐下来，吠叫一声，表示询问地抬头看着赫德嘉嬷嬷，同时摇着它那毛茸茸的饰有羽毛的尾巴，似乎是在询问她对它所做诊断的意见，而她也总是会给出意见。

虽然我对这个行为很好奇，却没有机会近距离观察他们工作，直到三月里一个下着雨的阴暗清晨。我当时站在一个中年马车车夫的病床边上，与他进行着轻松的谈话，试着搞清楚他到底生的是什么该死的病。

他是上个星期住进来的病人。他在马车还没有停稳时就粗心地下车，所以小腿被卷到了车轮里，造成了开放性骨折，但是并不复杂。我给他接上了骨头，伤口似乎也愈合得很好。伤口上的组织呈健康的粉红色，还长有正常的肉芽，没有异味，没有发红，没有剧烈的疼痛，没有任何症状能解释为什么他会高烧不退，并且排出因为感染而造成的黑色、恶臭尿液。

“早上好，夫人。”头顶上传来深沉、浑厚的声音。我抬头看了看赫德嘉嬷嬷那高耸的身子。布顿嗖嗖地从我手肘边穿过，爬到了床上，压得病人稍微呻吟了两声。

“你怎么看？”赫德嘉嬷嬷说。我不知道她是在对布顿说，还是在对我说，但我借她提问的这个机会，解释了我的观察结论。

“肯定有第二个感染源，”我总结道，“但我找不到。我现在想，或许是他体内有感染，而且这个感染与腿伤无关，阑尾炎或者膀胱感染，但他并没有感到肚子疼。”

赫德嘉嬷嬷点点头。“当然有可能。布顿！”那条狗朝它的主人抬起头，主人则朝着病人的方向动了动她方形的下巴。“到嘴边去，布顿。”她命令道。布顿忸怩地走了一步，把圆圆的黑鼻子——它或许就是因为鼻子而得到这个名字的——凑到病人的脸上。感到有东西打扰，病人睁开了因为发烧而耷拉着的眼睛。不过，他看了一眼壮硕的赫德嘉嬷嬷，便打消了抱怨的念头。

“张开嘴。”赫德嘉嬷嬷指示道。病人在她强大的人格力量下张开了嘴，即便在布顿把嘴靠近时，他也只是扭曲了一下嘴唇。与狗亲吻显然不是他想要的事情。

“不，”赫德嘉嬷嬷看着布顿，若有所思地说，“不是那里，看看其他地方，布顿，仔细一些，别忘了他的腿是断了的。”

它似乎听懂了每个词，开始好奇地嗅着病人，闻他的腋窝，把短粗的脚踩在他胸上以便检查，并且轻轻地沿腹股沟嗅着。走到伤腿边上时，它小心翼翼地跨过那条腿，然后才把鼻子凑到绑着绷带的腿上。

它又回到腹股沟区域——好吧，还能有什么呢，我不耐烦地想，毕竟它是条狗——轻轻地拱了拱大腿顶部，然后坐下来，叫了一声，得意扬扬地摇着尾巴。

“就是那儿。”赫德嘉嬷嬷说道，指着腹股沟下面的一小块棕色结痂。

“但那儿差不多已经愈合了，”我抗议道，“并没有感染啊。”

“没有？”这位高个修女把手放在病人大腿上，然后用力按压。她那强壮的手指在湿漉漉的苍白皮肤上压出凹痕，病人发出了鬼一般的叫声。

“噢，”她观察着她留下的深深印记，满足地说，“这部分已经腐烂了。”

那儿确实腐烂了，结痂的一边裂开，露出了下面浓稠的黄色脓液。赫德嘉嬷嬷按住病人的脚和肩膀，我稍加探索，发现了问题所在。一小块从马车轮子上掉下的细长木片，向上移动深入到了大腿中。因为它造成的伤口不明显，所以被人忽视了，而且对病人来说，断腿就已经是巨大的疼痛，所以他自己也没有注意到。尽管外面的小伤口愈合得很干净，但里面的伤口却化脓了，在附近形成一团脓液，并且被肌肉组织掩盖起来，在表面看不到任何症状——至少人类看不见。

我用手术刀剖开结痂，用长镊子敏捷地夹住，然后平稳、用力地往外拉，拉出一根三英寸长的细木片，上面沾满了血和黏液。

“干得不错，布顿。”我说道，点头表示认同。它那粉色的长舌头开心地耷拉着，黑色的鼻子朝我这边嗅了嗅。

“是的，它是个好家伙。”赫德嘉嬷嬷说道。这次她无疑是在和布顿说。布顿朝前倾，有礼貌地嗅了嗅我的手，然后又舔了舔我的指关节，反过来承认了我这位同路的专业人士。我忍住没有在罩衣上擦手。

“真不错。”我认真地说。

“是的，”赫德嘉嬷嬷漫不经心地说，却带着一种明确无误的骄傲口气，“它还很擅长发现皮肤下的肿瘤。虽然我不是每次都能判断它在空气和尿液的气味中发现了什么，但它的某种叫声能够准确地说明胃功能紊乱。”

在这种情况下，我没有理由怀疑这点。我给布顿鞠了个躬，然后拿起一瓶贯叶连翘粉敷裹伤口。

“很高兴有你的帮助，布顿，你随时都可以来和我一起工作。”

“你真明智，”赫德嘉嬷嬷露出结实的牙齿说，“许多在这里工作的内外科医生都不太愿意利用它的技能。”

“呃，好吧……”我不想贬低任何人的名誉，但我朝病房那边的弗勒卢先生看的那一眼肯定很明显。

赫德嘉嬷嬷笑了起来。“好吧，主安排我们的，我都要接受，虽然有时我在想，主把他们送到这里来，是否只是为了让他们避开其他地方的更大的麻烦。而且，我们的大多数医生总比没有的好，即使只是好一点点。你——”她又露出了牙齿，“可比他们好许多，夫人。”

“谢谢。”

“但是，我始终在想，”她看着我给病人敷药，继续说道，“为什么你只看那些有伤口和断骨的病人呢？你避开那些长丘疹、咳嗽和发烧的病人，而更常见的是女师傅来处理这些事情。我之前还没有见过女性外科医生。”女师傅是指那些未获得许可的医生,大多来自首都以外的省份,使用草药、泥敷药剂和咒语。而女巫师则是接生婆，就受欢迎的医生而言，她们是最顶尖的。她们中的许多人获得的尊重比有许可的医生更多，而且更受下层阶级的病人喜欢，因为她们有可能既能干又十分便宜。

她观察了我的偏好，对此我并不觉得惊讶，我早就知道医院里的事情很少能逃出她的关注。

“不是不感兴趣，”我宽慰她说，“只是我怀孕了，为了孩子着想，我不能让自己接触感染性的疾病。骨折可不会传染。”

“我有些时候就是觉得好奇。”赫德嘉嬷嬷说道。她看了一眼刚被抬进来的担架。“我们这周会被传染性疾病侵扰的。不用去。”她挥手让我回来，“塞西尔修女会照料的。需要你的时候她会叫你。”

她用灰色的小眼睛好奇地打量着我，眼神里带有评估的意味。“这么说，你不仅是位夫人，你还怀有身孕，你丈夫不反对你到这里来吗？他肯定是位特别不同寻常的先生。”

“嗯，他是苏格兰人。”我解释道，不希望讨论我丈夫的反对意见。

“噢，苏格兰人。”赫德嘉嬷嬷体谅地点点头，“原来是这样。”

我大腿下面的床轻轻摇晃，布顿跳下了床，朝门边跑去。

“它闻到有陌生人来了，”赫德嘉嬷嬷说，“布顿给医生帮忙，也给守门人帮忙——而他们恐怕都不感激它的付出。”

强硬的狗吠声和尖厉的恐惧喊声穿过入口处的双开门传来。

“噢，又是巴尔曼神父！该死的，他就学不会站着不动，让布顿闻闻吗？”赫德嘉嬷嬷匆忙转身去援助巴尔曼神父，最后还回头朝我迷人地笑了。“在我去安慰巴尔曼神父的时候，或许可以让布顿来帮助你，夫人。虽然巴尔曼神父无疑是位极其圣洁的人，却不懂得欣赏艺术家的作品。”

她迈着不慌不忙的大步子朝门边走去。我最后对马车车夫叮嘱几句，然后转身朝塞西尔修女和新抬进来的担架走去。

我回到家中时，詹米躺在客厅的地毯上，边上盘腿坐着一个小男孩。詹米一手拿着剑玉[①]玩具，一手遮着一只眼睛。

“我当然可以啊，”他说，“随时随地都可以，看好了。”

他遮住一只眼睛，用另外那只眼锐利地盯着剑玉，然后翻动象牙杯子。连着线的球体从底座跳出，在空中划出一条弧线，然后像被雷达指引一样稳稳地落回到杯子里，发出低弱的扑通声。

---

① 剑玉，传统儿童玩具，起源于法国，由一个杯子和球体构成，球体有细线连接。玩法大致为玩家将球体抛起，然后尝试用杯子将其接住。

“看见了？”他说着，把手从眼睛上拿开。他坐起来，把玩具递给了男孩。“来，你来试试。”他朝我咧嘴笑了笑，然后伸手到我的裙摆里，拍了拍我那穿着绿丝绸的脚踝表示问候。

“玩得开心吗？”我问。

“不开心，”他捏了捏我的脚踝，回答道，“我在等你回来，外乡人。”握着我脚踝的温暖长手指向上滑动，嬉戏般地抚摸着我的小腿，同时他那双清澈的蓝眼睛向上盯着我，充满了纯真。他的一边脸颊上有条干了的泥印，衣服和短裙上还有肮脏的污点。

“是吗？”我说道，试着低调地挣脱他的手，“我还以为有这个小玩伴陪你就已经足够了呢。”

那个男孩丝毫不懂我们说的这些英语，所以无视了它们，专心致志地尝试闭着一只眼睛玩剑玉。他的前两次尝试失败了，所以便睁开那只眼睛，狠狠地盯着玩具，似乎是在问它敢不敢不听话。他又闭上一只眼睛，却没有闭紧，而是留了一条细缝，在浓黑的眉毛下面警惕地闪亮着。

詹米啧啧表示不赞成，他便匆匆闭紧了那只眼睛。

“不行，菲格斯，我们不能作弊，”他说，“你得遵守规则。”如果说没有听懂单词，那个男孩显然也听懂了意思。他难为情地笑了，露出两颗洁白、完美得闪耀的大门牙，就像松鼠的门牙一样。

詹米低调地用手拉我，我只得朝他靠近，以免从摩洛哥式高跟鞋上跌倒下来。

“啊，”他说，“我们这位菲格斯可是多才多艺，而且对于被妻子抛弃，且妻子去了城市的邪恶里追求事业的男人来说，他是个非常有用的陪伴。”他的长手指柔和地蜷在我的膝盖窝里。“但是他还不能陪我参加我想参加的消遣活动。”

“菲格斯？”我看着那个男孩说，试着不去理会身下詹米的动作。这孩子大概九岁或十岁，但对于这个年纪来说，他长得并不高，身材纤细得像一只雪貂。他穿着大好几号的干净、破旧的衣服，长得也像法国人，皮肤苍白、发黄，有着一双从巴黎街上孩子身上常见的黑色大眼睛。

“好吧，他的名字其实叫克洛岱尔，不过我们觉得这个名字听起来不够有气魄，所以把他叫作菲格斯。这是个不错的勇士名字。”听到我们说他的名字——或者两个名字——男孩抬起头，害羞地对我笑着。

“这是夫人，”詹米用空闲的那只手指着我说，“你叫她夫人。我不觉得他能说清楚图瓦拉赫堡夫人，”他对我说道，“或者弗雷泽夫人。”

“叫夫人就行了。”我微笑着说。我更用力地动脚，想摆脱詹米那像蚂蟥一样的手。“呃，为什么呢？我想知道。”

“什么为什么？噢，你是问为什么叫菲格斯？”

“对的，为什么叫菲格斯？”我不知道他的手臂能伸多远，但他已经慢慢地把手伸到了我的大腿后面。“詹米，赶紧把手拿开！”

他的手指突然挪到大腿侧面，熟练地解开了我的丝质袜带。袜子从我的腿上滑了下来，堆在了脚踝的周围。

“你个禽兽！”我用脚踢他，但他大笑着躲开了。

“噢，禽兽？什么样的禽兽？”

“恶狗！”我怒冲冲地说，试着穿着高跟鞋，弯腰去把袜子拉起来。菲格斯在短暂、漫不经心地看了我们一眼过后，继续尝试玩他的剑玉。

“至于菲格斯，”他开心地说，“他现在被我雇用了。”

“做什么？”我问，“我们已经有擦洗刀具和靴子的男孩了，而且还有一位马童。”

詹米点点头：“是的，没错，但我们差一个扒手。准确说来，我们现在不差了。”

我深吸一口气，然后慢慢吐出来。“我懂了。我想，要是我问为什么家里面需要增加一个扒手，你肯定会觉得我愚笨？”

“让他去偷信，外乡人。”詹米平静地说。

“噢。”我说道，事情开始明朗起来。

“我没法从王子殿下那里得到任何有用的东西，和他在一起时，他只会因为又和路易斯·德拉图尔吵架而抱怨她，或者咬牙切齿地骂她。不管怎样，他只想尽快买醉。他时而傲慢，时而阴沉，马尔伯爵已经开始对他失去耐心了。而且我也没法从谢里丹那里得到什么信息。”

马尔伯爵是在巴黎最受人尊敬的流亡苏格兰詹姆斯党人。作为一位才开始从长久、卓越的盛年步入老年的男性，他曾经是一七一五年那次失败起义中詹姆斯国王的主要支持者，在雪利弗缪尔战败后，他跟随国王流亡他乡。我见过他，而且也喜欢他。他是一位年老、有礼貌、性格和脊柱一样直的男人。他现在正为国王的儿子竭尽全力——似乎收效甚微。我也见过托马斯·谢里丹，他是王子的导师，一位老年人，负责处理王子殿下的通信，把信中的不耐烦和文法错误翻译成典雅的法语和英语。

我坐下来，把袜子拉上去。菲格斯显然对女性的腿无动于衷，所以完全无视了我，阴沉地专心玩着他的剑玉。

“信，外乡人，”詹米说，“我需要信。从罗马寄来的、用斯图亚特饰章密封的信。从法国寄来的信。从英格兰寄来的信。从西班牙寄来的信。我要么能从王子府上得到——菲格斯可以当我的男童，跟我一起去；要么可能从教皇信使那里得到。那样会好一些,因为我们能提前得到信息。”

“所以我们订了协议，”詹米朝着他的新用人点点头，“菲格斯尽全力给我弄来我想要的东西，而我则给他提供衣服、住宿，以及每年三十埃居的薪水。如果他在为我做事时被抓住，我会尽全力出钱保他。如果保不了他，他就会断掉一只手，或被割掉一只耳朵，那么我就供养他一辈子，因为他没法继续从事他的职业。如果他被绞死，那么我保证为他念一年的弥撒。我觉得这样很公平，不是吗？”

我感到脊柱一阵冰凉。“天哪，詹米”是我能说的唯一话语。

他摇摇头，伸手去拿剑玉。“不是向我们的主祷告，外乡人，而是向守护窃贼的主保圣人，也就是圣狄思玛斯。”

詹米倾斜身子，从男孩那里把剑玉拿过来，犀利地快速抖动手腕，象牙球划出完美的抛物线，然后又像往常那样，扑通一声掉进杯子里。

“我明白了。”我说。我饶有兴趣地看着男孩，他接过詹米递给他的玩具，然后又开始玩了起来，黑色的眼睛在专心致志中闪亮着。“你在哪里找到他的？”我好奇地问。

“一家妓院里。”

“噢，当然了，”我说，“难怪。”我看着他衣服上的泥污，“你去妓院的原因可真是妙极了。”

“噢，是的。”他说。他坐回去，双手抱着膝盖，笑着看我重新系上袜带。“我觉得，和见到我被头破血流地打翻在某个黑暗的箱子里相比，你更愿意在妓院这种地方见到我。”

我见菲格斯盯着玩具以外的地方看，那里墙边的桌上摆着一盘加糖霜的蛋糕。他的粉红舌尖快速地舔了舔嘴唇。“我觉得你的宠儿饿了，”我说，“先去喂他吃饭，然后你再给我交代今天下午到底发生了什么。”

“好吧，在我回码头的路上，”他顺从地站起来，然后开始说，“刚路过艾格伦蒂娜街，我的后颈上面就开始有种奇怪的感觉。”

詹米在法国军队中待过两年，与一群苏格兰“坏人”一起打过架，偷过东西，还在家乡的高沼地和山中被当作逃犯追杀过，这些经历全都让他特别容易地感知到自己被跟踪了。

他说不准是听到了离自己很近的脚步声，还是看到了某个不该出现的影子，或者是感到了其他不那么确凿的东西——或许是闻到了空气中的邪恶味道，但他知道，忽略后脑勺短发中的警觉刺痒，会给自己带来风险。

他立即听从了颈椎的命令，在接下来那个角落左转，快速绕过一个卖蛾螺的摊子，从一个装满蒸甜点和一个装满西葫芦的售货车中间穿过，走进一家不大的熟食店里。

他紧靠着门口的墙壁，透过一排挂着的鸭子往外看。很快，两个男人便走到这条街上，紧挨着向前走，同时快速地朝两边瞥。

巴黎的每个工人身上都有各自所从事行业的特征，所以詹米并不需要太灵敏的嗅觉就能闻到那两个人身上的海盐味。如果那个较矮男人耳朵上的金耳环无法完全暴露真相，那么他们那深红棕色的脸庞则能表明他们是深海水手。

因为习惯了船上的狭窄住所和码头上的酒馆，水手们走路几乎不成直线。那两个人在拥挤的巷子里穿行，就像鳗鱼穿过石头一样。他们扫视着路过的乞丐、女佣、主妇、商人，就像海狼在评估潜在的猎物。

“我让他们从熟食店走过，”詹米解释道，“然后在我打算走出去，换条路走回家时，我又在巷口看到他们的另外一个同伙。”

这个人穿着同样的服装，他的鬓发上覆盖着厚厚的油脂，身子侧面挂着鱼刀，腰带里插着男人前臂那么长的铁笔。他身材矮壮，静静地站在巷子的出口。狭窄巷子里人们推搡着来来往往，而他却毫不退让。显然他被安排在那里看守，让同伙继续向前寻找。

“所以我待在那里想该怎么办，”詹米揉了揉鼻子说，“我当时那个地方很安全，但是那家店铺没有后门，我只要走出去，就会被看见。”他若有所思地朝下看了一眼，整理着大腿上盖着的深红色短裙。不管人群有多稠密，身穿红色服饰的大块头野人都会很显眼。

“那你怎么做的？”我问。菲格斯无视我的对话，有条不紊地往口袋里装蛋糕，不时还会停下来匆匆地咬一口。詹米见我看了一眼菲格斯，于是耸了耸肩。“他没有正常吃饭的习惯，”他说，“就让他那样吧。”

“好吧，”我说，“你继续说，你怎么做的？”

“我买了根香肠。”他立马说。

准确地说，是达尼丁香肠。这种香肠由加了香料的鸭肉、火腿、鹿肉制成，肉馅被煮熟，装填到肠衣里，然后晒干。它们有十八英寸长，和风干的橡木一样硬。

“我不能拔出剑走出去，”詹米解释道，“但我也不想赤手空拳只身从那家伙边上走过。”

他把香肠拿在身前，警惕地看着路过的人群，大胆地走到巷子里，朝巷子出口那个守卫走去。

那个人十分平静地与詹米对视，并未表现出任何恶意。要不是看到他短暂地朝自己的背后看了看，詹米还会以为自己最初的不祥预感出了错。跟随着那种让他活到今天的本能，他俯冲过去，把那个守卫撞倒在地，他的脸也在街道肮脏的鹅卵石上擦过。

他面前的人群惊叫着散开。他翻身站起来，看到了那把扔过来没有伤到他的刀，它插在一个缎带售货摊的木板上颤动着。

"如果我有丝毫怀疑他们的目标不是我，那么我就不用为此烦恼了。"他冷淡地说。

"想来我打断了他的鼻子，"他若有所思地说，"反正，他被我打得后退了，然后我推开他，朝着斐尔地埃街跑了。"

看到一个苏格兰人在飞奔，短裙在他不停摆动的膝盖周围飘扬着，街上的人被惊吓得像鹅一样在散开。他没有停下来回头看。听那些愤怒路人的叫喊声，他知道那几个刺客仍然跟在后面。

巴黎的这个区域并没有皇家守卫巡逻，而且人群本身也几乎提供不了保护，只能算是个简单的阻碍物，或许能够拖慢追杀者的脚步。没人会为了外国人而插手暴力事件。

"斐尔地埃街上没有小巷子。我至少需要找个能够拔剑，而且背后有墙壁的地方。"詹米解释道，"所以我边从街上经过，边推门，直到最后推开了一扇门。"

他猛冲进昏暗的门厅，从受惊吓的门房边上冲过，穿过悬挂着的帘子，跑到一个明亮的大房间中间，在爱丽丝夫人的一个会客厅中间急忙刹住，鼻孔里闻到浓郁的香水味。

"我明白了，"我咬着嘴唇说，"我想，呃，你并没有在那里拔剑？"

詹米眯眼看着我，但没有屈尊直接回答我。"你自己想，外乡人，"他冷冷地说，"想想突然冲到妓院中间是什么感觉，而且手里还拿着特别大的香肠。"

我的想象力能够设想出这个场景，然后便哈哈大笑起来。"天哪，真希望我能看到你那个样子！”

“谢天谢地你没有看到！”他愤愤地说，脸颊上泛起愤怒的红色。

詹米无视妓院里客人的评论，尴尬地从他所谓的“许多相互勾搭的裸露四肢”（说这句话时他直哆嗦）中间穿过，直到在一堵墙边发现睁大眼睛惊讶地盯着他的菲格斯。

詹米抓住这个出乎意料的男性，紧握着他的肩膀，立即急切地问他最近的出口在哪里。

“我能听到走廊里传来的吵闹声，”他解释道，“知道他们追上来了。我不想在有许多裸女妨碍的情况下搏斗保命。”

“我知道，那样做会很可怕。”我同意道，然后擦了擦上嘴唇，“但是，显然他把你带出去了。”

“是的，他丝毫没有犹豫，好家伙。‘走这边，先生。’他说。我们上了楼，穿过一个房间，从窗子翻到了屋顶上，然后一起跑了。”詹米喜爱地朝菲格斯看了一眼。

“你知道的，”我说，“有些男人的妻子根本不会相信这样的故事。”

詹米惊讶地睁大眼睛：“不会相信？为什么？”

“或许是因为，”我冷冷地说，“她们没有嫁给你。我很高兴你能节操完整地逃掉，但是现在我对那些把你追到妓院里的家伙更感兴趣。”

“我当时没有时间想，”詹米说，“现在有时间了，但我还是说不准他们是谁，也不知道他们为什么要追杀我。”

“是不是抢劫，你觉得呢？”葡萄酒生意的现金收入，都是在重兵保护下，通过保险箱在弗雷泽的仓库、特穆朗街和杰拉德的银行之间进行运送的。但是，詹米在河港码头的人群里特别显眼，人们必然都知道他是个有钱的外国商人——反正比那个地区的大多数人有钱。

他摇摇头，把胸前衣服上那点已经干了的泥土拍掉。“想来有可能，但他们没有上来说话，而是想直接置我于死地。”

他的口气里没带任何感情，却让我的膝盖感到有些发软，于是我坐到了长沙发上。我舔了一下突然发干的嘴唇。“你觉得会……会是谁……”

他耸耸肩，皱着眉头从碟子里舀起少量糖霜，然后用手指蘸上来舔着。“我能想到的威胁过我的人只有圣热尔曼伯爵，但是我不知道他把我杀了能够得到什么好处。”

“你说过他是杰拉德在生意上的竞争对手。”

“噢，是的，但是他对德国酒不感兴趣。我觉得他不会杀我，那样做只会让杰拉德回到巴黎，毁掉杰拉德的新公司。即使是对于脾气暴躁如他的人来说，”他冷冷地说，“这似乎也有些极端。”

“好吧，你觉得……”这个想法让我有些不舒服，我吞咽了两次，才继续说道，“你觉得他会不会是为了复仇呢？为那艘被烧掉的巴塔哥尼亚号复仇？”

詹米困惑地摇了摇头。“我觉得有可能，但是这隔得也似乎有些久了。说到复仇，为什么要找我呢？”他补充道，“惹到他的是你，外乡人。如果要复仇，他为什么不杀你呢？”

我那种不舒服的感觉稍微加强了。“该死的，你就得这么合乎逻辑吗？”

他看见了我脸上的神情，然后突然微笑，伸手安慰地搂着我。“不是，褐发美人。圣热尔曼伯爵脾气坏，但我觉得他不会为了复仇就费神费钱来杀我们俩。如果那样做能够把他的船找回来，那么他就有可能，”他补充道，“但实际上，我觉得他不会花那个冤枉钱。”

他拍拍我的肩膀，然后站了起来。“我觉得就是抢劫。别胡思乱想了。保险起见，我以后带着默塔去码头。”他伸展身体，把短裙上的泥土拍干净。“我这样去吃晚饭合适吗？”他挑剔地看着自己的胸脯问道，“现在差不多也做好了。”

“什么做好了？”

他打开门，浓郁的香味立即从下面的餐厅里飘了进来。

“哎呀，当然是香肠嘛，”他回头咧嘴笑着说，“你不会觉得我会把它浪费掉吧？”

CHAPTER 13
骗　　局

“三把伏牛花叶子，煎熬成汤，浸泡整夜，倒在半把黑鹿食草上。”我把药材清单放在嵌花的桌子上，好像它拿着有点黏糊糊似的，“我从鲁洛夫人那儿找来的。她是一位最好的天使制造者，但即使是她，也说这很危险。路易斯，你确定想这么做吗？”

她那粉红的圆脸上长着斑点，丰满的下嘴唇就要颤抖起来。“我有什么选择吗？”她拿起堕胎药方，着迷却又厌恶地盯着它。“黑鹿食草，”她说道，然后身子颤抖了一下，“名字听起来就很邪恶！”

“嗯，特别厉害的东西，”我直白地说，“它会让你觉得就像内脏都要出来了一样。但是不是每次都有用，孩子有可能还是会生下来。”我想起了雷蒙师傅的警告——等太久了会很危险——然后想她怀孕多久了。肯定不超过五六个星期，她怀疑自己有身孕时就立马告诉了我。

她红着眼眶，惊讶地看了我一眼。“你自己用过？”

“天哪，没用过！”我被自己喊叫的剧烈程度惊吓到，然后深吸了一口气，“我没用过，但我见别的女人用过——在天使医院见过。”堕胎医师，也就是天使制造者，大多都在私密的家里执业——自己家或客户家。成功找到他们堕胎的人不会去天使医院。我低调地伸手摸着肚子，似乎是为了保护里面无助的胎儿。

路易斯注意到我这个动作,猛然坐到沙发里,把头埋到双手里。“噢,真希望我死了!”她呻吟道,“为什么,为什么我不能像你那样幸运,不能为自己爱的丈夫生孩子?”她双手抓着凸起的肚子,低头盯着它,似乎是在期望里面的孩子能够从指间看出来。

问题的答案很多,但我并不觉得她想听。我深吸一口气,坐到她旁边,拍了拍她那穿着厚厚锦缎的肩膀。“路易斯,”我说,“你想要这个孩子吗?”

她抬起头,惊讶地看着我。“我当然想要!”她惊呼道,“这个孩子是他的,是查尔斯的!是……”她哭丧着脸,又把头埋到了紧抱着肚子的双手上。“是我的。”她轻声说。过了很久,她抬起流着泪的脸庞,可怜地尝试让自己振作起来,然后用长长的衣袖擦了擦鼻子。

“但这没有用,”她说,“如果我不……”她看了看桌上的药方,然后费力地哽咽了一次,“那么儒勒就会和我离婚,他会把我赶出家门。那会是最丑的丑闻。我还会被逐出教会!即使是天父,也没法保护我。”

“是的,”我说,“但是……”我犹豫片刻,然后冒了个险。“有没有可能让儒勒相信这个孩子是他的?”我直白地问。

她的表情空白了片刻,我想去摇摇她。

“我不知道怎么能让他相信,除非……噢!”她恍然大悟,然后惊恐地看着我,“你是说和儒勒上床?但那样的话,查尔斯会特别生气的!”

“怀孕的人,”我咬着牙说,“又不是查尔斯!”

“呃,可是他……那……我不能那样做!”不过,她慢慢意识到这样做的可能性,惊恐的神情也逐渐散去。

我不想逼她,不过,我也不觉得她应该为了查尔斯的尊严而冒生命危险。“你觉得查尔斯愿意你受到伤害吗?”我说,“说到这儿——他知道这个孩子吗?”

她摇摇头,边思考边微微张开嘴,双手仍然抓着肚子。“知道,上次我们就是因为这事儿吵架的,”她抽着鼻子说,“他当时很生气,说都是我的错，说我应该等着直到他夺回他父亲的王位。他总有一天会成为国王，然后会来把我从儒勒身边带走，让教皇宣布我的婚姻无效，他的儿子们也会成为英格兰和苏格兰的继承人……”她又崩溃了，用衣服捂着脸断断续续地抽泣、号哭起来。

我愤怒地翻了个白眼。“哎呀，别哭了，路易斯！”我怒斥道。这让她足够震惊，所以她停止了哭泣，至少暂时停了下来。我借这个间隙重新说了我的看法。“你看，”我尽可能有说服力地说，“你觉得查尔斯不想牺牲他的儿子，不管他是不是私生的，是吧？”其实，我觉得查尔斯会支持任何能够清除障碍的做法，不会在意路易斯或孩子的安危。但是，查尔斯确实有种明显的浪漫气质，或许能够劝说他把这件事视为流亡君主常遇到的短暂困境。显然，我需要詹米来帮忙。想到他对于这件事可能会说的话，我皱起了眉头。

“好吧……”路易斯动摇了，特别想被我说服。我突然对德罗昂亲王儒勒感到一阵同情，但是天使医院里的那幅景象——一个年轻的女仆躺在石头走廊里的草垫子上，浑身血污，经受着漫长的痛苦，奄奄一息——在我脑中仍然清晰得残忍。

在快日落时，我拖着脚步离开了德罗昂王府。路易斯紧张得忐忑不安，她坐在楼上的闺房里，让女佣为她盘起头发，穿上最袒露的礼服，然后才下楼与丈夫享用私人晚餐。我感觉精疲力竭，希望詹米没有带人回家吃晚饭，那样我也有些私人空间。

他没有带人回来。我走进书房时，他正坐在桌边，认真读着三四张写得密密麻麻的纸。

“你觉得‘皮毛商人’更可能是法国的路易国王，还是他的部长迪韦尔内？”他问道，并没有抬起头。

“还好，谢谢你，亲爱的。你还好吗？”我说。

“很好。”他漫不经心地说。他头顶上有一簇头发直直地立着。我看着他，他用力揉了揉头顶，皱眉低头看着那张纸。“我知道‘从旺多姆来的裁缝’肯定是盖埃尔先生，”他用手指在字行上指着说，“而‘我们共同的朋友’应该可能是马尔伯爵，或者可能是教皇的使者。从其他地方来看，我觉得是马尔伯爵，可是……”

“那到底是什么？”我从他背后看过去，看到信纸下方那个签名时，我倒吸了一口气。詹姆斯·斯图亚特，苏格兰与英格兰之天命国王。

“我的天哪！计划成功了！”我快速转身，找到了菲格斯，他蹲坐在壁炉前的凳子上，忙碌地往嘴里塞糕点。“好家伙！”我朝他笑着说。他咧嘴对我笑了，脸颊膨胀得就像一只吃着栗子馅饼的金花鼠。

“我们从教皇信使那里得到的，”詹米最终意识到我在场，然后解释道，“他在酒馆里吃晚饭，菲格斯从他袋子里偷来的。他会在那里过夜，所以我们得在明天早上之前把信放回去。这没问题吧，菲格斯？”

菲格斯吞下糕点，摇了摇头。“没问题，大人。他一个人睡——害怕与他同床的人偷他包里的东西。”说到这里他讥讽地笑了，“马厩上面，左边的第二扇窗户。”他无所谓地挥挥手，又伸出娴熟、肮脏的手指去拿馅饼，“小菜一碟，大人。”

我突然想象到他那只纤细的手被按在砧板上扭动着，行刑官把刀刃抬到了他那像扫帚柄一样的手腕上。我倒吸了一口气，抑制住胃部的突然抽动。菲格斯脖子上挂着一块发绿的铜牌，我希望那是圣狄思玛斯的雕像。

“好了，”我深吸一口气，让自己稳定下来，然后说道，“皮毛商人是怎么一回事？”

我们没时间从容地细读那封信。最后，我快速地把那封信工整地抄了下来，然后重新把原件细心地叠起来，再用被蜡烛烧热的刀刃替换掉原来的封缄。

菲格斯挑剔地看着这个过程，朝詹米摇了摇头。“大人，你真有诀窍，真可惜你有只手残废了。”

詹米冷静地向下看了一眼右手。它其实还不是特别糟糕，两根手指有些歪斜，整个中指上结着厚厚的伤疤。无名指受到的伤最严重，它僵硬地伸着，第二个关节被砸碎，康复治疗让两根指骨结合到了一起。这只手是三个多月前在温特沃思监狱被兰德尔砸断的。

“没关系的。”他微笑着说。他伸展那只手，顽皮地用手指轻轻拍了拍菲格斯。“反正，我的大手太大，没法靠偷窃生活。”他右手的活动程度恢复得令人惊讶，我想。他仍然带着我给他制作的那个破布软球，每天在处理生意时，低调地捏上几百次。如果正在愈合的骨头让他觉得疼痛，他也从不抱怨。

“带着信去吧，”他对菲格斯说，“安全回来后过来找我，我好知道你没有被警察或酒馆老板抓住。”

听到这个主意后，菲格斯鄙视地皱起了鼻子，但还是点了点头，小心翼翼地把信塞到他的罩衣里，然后从后面的楼梯消失在夜色里——夜色既是自然元素，同时也保护着他。

詹米看了很久菲格斯的背影，然后才转身对着我。他这才真诚地看着我，紧紧皱起了眉毛。“天哪，外乡人！”他说，“你的脸色和我的衬衣一样白？”

“只是肚子饿了而已。”我说。

他立即打铃让人送晚饭上来，我们坐在壁炉前边吃着饭，我给他讲了路易斯的事情。让我特别惊讶的是，他虽然在听我说了那件事后皱着眉头，用盖尔语轻声说了两句贬低路易斯和查尔斯·斯图亚特的话，却同意了我解决问题的方案。

“我以为你会不开心。”我说，然后舀起一口汁多味美的豆焖肉，吃下了一小块面包。培根味的温暖豆子让我放松下来，让我充满了平静的健康感。外面又冷又黑，风吹得呼呼作响，但壁炉旁边既温暖又安静。

“噢，因为路易斯·德拉图尔偷偷给丈夫一个私生子而不开心？”詹米皱眉看着餐盘，用手指擦拭餐盘边沿，收拾残留的汁液。“好吧，我跟你说吧，外乡人，我并不特别赞成这种做法。对男人玩这种把戏很卑劣，但是那个可怜、该死的女人又能做什么呢？”他摇摇头，然后看了一眼房间那面的桌子，冷冷地笑了，“而且，站在道德高点评论别人的行为，也不符合我的身份。偷信、暗中监视、笼统地背叛那位被我的家族奉为国王的人，我不希望有人因为我做的这些事情来评判我，外乡人。”

“你做这些事情有特别正当的原因！”我反驳道。

他耸了耸肩。摇曳的火光照在他的脸上，让他的脸颊显得空洞，在他眼圈上投下了影子。这让他看起来老了一些，我往往会忘记他还没有满二十四岁。“是啊。而且，路易斯·德拉图尔也有她的理由，”他说，“她想拯救一条生命，我想拯救上万条生命。这能够作为我让小菲格斯、杰拉德的生意，以及你冒风险的借口吗？”他转头对我微笑，火光照亮了他那又长又直的鼻梁，他那只转向壁炉的眼睛就像蓝宝石一样闪亮着。

“算了，我不想因为需要再看另外一个人的信而失眠，”他说，“这会比之前更糟糕，克莱尔，我说不准我的良心能够忍受什么。最好不要太早去测试。”

对此没有什么好说的。詹米说得没错。我伸手摸着他的脸颊，他也伸手摸着我的脸颊。他捧了一会儿，然后转头轻轻地亲吻了我的手掌。“好了，”他说道，然后深吸一口气，回到了正事上面，“吃完饭了，我们看看这封信？”

很明显，那封信被加密了。詹米解释说，这是为了防止被人拦截。

“谁会想拦截王子殿下的信呢？”我说，“我是说，除我们以外。”

看到我这么天真，詹米愉悦地哼了一声。“几乎任何人都会，外乡人。路易斯的间谍、迪韦尔内的间谍、西班牙菲利普的间谍、詹姆斯党的贵族、那些在形势合适时可能加入詹姆斯党的人、那些完全不在乎别人死活的情报贩子，还有教皇本人。罗马教廷已经支持流亡的斯图亚特家族五十年了，想来教皇密切关注着他们的一举一动。”他用手指点了点那封由我抄下来的詹姆斯写给他儿子的信，“这封信上的封章，在我之前或许就被拆开过三次。”

“我懂了，”我说，“难怪詹姆斯会加密他的信。你觉得你能够破解它吗？”

詹米皱着眉头拿起那几张纸。“我不知道，能够破解一些吧。有些我就不知道了。但我觉得我能够破解它们，只要我能看看詹姆斯写的其他信。我看看菲格斯能够为我做什么。”他叠起我抄的那封信，小心地把它放进抽屉，然后锁了起来。“你谁都不能信，外乡人，”他看到我大睁着眼睛，于是解释道，“家里的用人里很有可能就有间谍。”他把那把小钥匙放到外衣口袋里，然后把手臂伸出来给我。

我一手端着蜡烛，一手挽着他的手臂，然后我们转身朝楼梯走去。房子里的其他地方黑黢黢的，用人们——除了菲格斯——都乖乖地熟睡着。意识到楼上楼下安静睡着的某个或几个人有可能并不只是用人，我有点不寒而栗。“从来不能相信任何人，”在上楼时我说，“这没有让你觉得有点紧张吗？”

他温和地大笑了。“呃，我没有说任何人，外乡人。我还信任你、默塔、我姐姐詹妮，还有她丈夫伊恩。我能够用生命来信任你们。说到这里，我已经用生命信任过你们好几次了。”

我拉开大床的床帘，身子颤抖了一下。炉火已经被封起来过夜，房间里变得寒冷起来。

“能够信任四个人似乎并不多。”我边说，边解开我的衣服。

他把衬衫从头上脱下，然后扔到椅子上。他悲伤的疤痕，在外面夜空的微弱光亮下闪耀着银色的光芒。

“是啊，”他平静地说，“比查尔斯能信任的人多出四个呢。”

天还有很久才会亮，但外面有只鸟在鸣叫。那是只在练习颤音和连奏的反舌鸟，栖息在附近黑暗中的某个檐沟上。

詹米困倦地动了动，用脸颊在我才除过毛的腋下的光滑皮肤上磨蹭，然后转头轻轻地吻了吻温暖的腋窝，让我身子侧面感到一阵微弱、宜人的颤抖。

“唔，”他嘟哝道，用手轻轻抚摸着我的肋骨，“我喜欢你这样浑身起鸡皮疙瘩，外乡人。”

“像这样？”我回答道，用右手指甲轻轻摸着他的后背。在我挑逗的抚摸下，他后背皮肤上热切地荡漾起鸡皮疙瘩。

“啊。”

“啊你自己去。”我温和地说，然后继续挑逗地抚摸他。

“唔唔唔。”他舒适地呻吟着翻过身子，我跟着翻身，他伸出手臂把我抱住，享受着我们正面从头到脚每一寸裸露肌肤的突然接触。他温暖得就像被闷熄的炉火，热量被安全地封起来过夜，再次在黑暗、寒冷的黎明燃烧出火焰。

他用嘴唇温柔地咬住我的乳头，我呻吟起来，轻微地弯曲身子，鼓励他把乳头更深地咬到温暖的嘴中。我的乳房开始变得饱满，而且在白天也更加敏感，我的乳头有时在礼服的束缚下会感到刺痛，想被人吸吮。

“你以后会让我吸吗？”他低声说，然后轻轻地咬了一下，“孩子出生了，你的乳房里有了奶，你也会喂我，会重视我吗？”

我轻轻抱着他的头，手指深入到他那孩子般的柔软头发里，头发在头骨上长得很浓密。

“我永远都会。”我轻声说。

CHAPTER 14

血肉之思

菲格斯在偷盗方面特别熟练，几乎每天都会带回一封王子殿下的通信。有时候，在菲格斯进行下一次任务——把偷来的信件归回原处，然后再偷其他信件之前，我很难把所有东西都抄下来。

其中有些信件是詹姆斯国王从罗马寄来的，而且加密的程度更大。詹米把这些信件放在一边，等闲暇时再去琢磨。王子殿下的那堆书信都没有什么危害——朋友从意大利寄来的便条、当地商人寄送的越来越多的账单（查尔斯喜欢花哨的衣服、精致的靴子和白兰地），以及路易斯·德拉图尔 · 德罗昂偶尔寄送的便条。路易斯的便条很容易识别，她用的那种不自然的微小字迹，让她的信看上去就像是一只小鸟留下的足迹，而且她总是会在信纸上喷洒标志性的风信子香水。所以，詹米毅然地拒绝读这些信。

“我不会读那男人的情书，”他坚定地说，“即使是阴谋家，也会顾忌某些事情。”他打了个喷嚏，把那封才偷来的信函扔回到菲格斯的口袋。“而且，”他更加实际地补充道，“路易斯反正会告诉你所有事情。”

他说得没错。路易斯成了我的密友，她在我起居室里待的时间，与她花在自己的起居室的时间差不多。她会焦虑地拧着双手谈论查尔斯，然后又会因为入迷地讨论怀孕的奇异事情而忘掉查尔斯。她从未有过晨吐。她这该死的！尽管她轻率浮躁，但我还是很喜欢她；不过，每天下午摆脱她，然后去天使医院，都让我感到很解脱。

尽管路易斯绝对不可能踏足天使医院，但我在医院里并不是无人陪伴。玛丽·霍金斯因为第一次去医院的经历而变得无畏，鼓起勇气再次陪伴我，然后又一次。她虽然还不太敢直接看伤口，却能帮忙用勺子给病人喂燕麦粥和扫地。她显然觉得，相对于宫中的集会或叔叔家中的生活，这些活动都是一种令人愉快的改变。

虽然经常对她在宫中看到的某些行为感到震惊——不是说她见得很多，而是她很容易被震惊——但是在看到马利尼子爵时，她并没有表现得特别的厌恶或惊恐，这让我推断出她那该死的家庭还未协商完她的婚姻，所以还未把这件事告诉她。

我的这个推断在四月末的一天得到了证实。那天在去天使医院的路上，她红着脸告诉我她坠入了爱河。

“噢，他长得太英俊了！”她完全忘记了口吃，激动地说，“而且，他还那么……呃，那么高尚。”

“高尚？”我说，“唔，是的，很好。”私底下，我觉得高尚并不是我选恋人时最看重的品质，但各有所爱吧。“是哪位绅士这么有幸啊？”我温和地逗她，“我认识他吗？”

她那红润的脸庞更红了。“不，你应该不认识。”然后她双眼闪耀着抬起了头，“但是——噢，我不该告诉你的，但我忍不住。他给我父亲写了信。他下周就要来巴黎了！”

“真的啊？”这个消息很有趣。“我听说下个星期帕里斯伯爵会进宫，”我说，“你那位未婚夫在伯爵的随从中吗？”

听我这么说，玛丽的神情变得很惊恐。“法国人！噢，不是的，克莱尔。讲真的，我怎么能嫁给法国人呢？”

“法国人有什么地方不对吗？”我对她的激烈程度很惊讶，于是问道，“毕竟你也说法语啊。”不过，这或许就是问题所在。她虽然法语说得很不错，但她的害羞让她说法语时比说英语更口吃。就在前一天，我遇到几个厨房男童通过残忍地模仿“那个英国小傻子”来相互取乐。

“你不了解法国人？”她大睁着眼，惊恐地说，“噢，当然了，你不可能了解他们。你丈夫那么绅士，那么善良……他不会，我是说，他不会那样烦你……”她的脸从发际线到下巴都红得像一朵鲜艳的牡丹，口吃也快要让她窒息了。

“你是说……”我开始说道，尝试想出某种得体的办法让她解脱，同时还不让自己去猜测法国男人的习惯。不过，考虑到霍金斯先生对我说的关于玛丽父亲的事情，以及她父亲对她婚姻的安排，我觉得我或许应该试着消除她那些显然是从沙龙和化妆室流言中得来的看法。如果她最终还是嫁给法国人，我不想她被惊吓到死去。

“他们在……在床上做……做的事情！”她沙哑地低声说。

“好吧，”我淡然地说，“毕竟和男人在床上可以做太多事情了。而且，我看城里的孩子挺多的，所以我猜即使是法国男人，在正统方法上也相当熟练。”

“噢！孩子……好吧，当然了，”她含糊地说，似乎没有搞懂其中的联系，“但……但他们说——”她尴尬地低下头，声音也变得更低了，“说……他……法国男人的那东西，你知道的……”

“是的，我知道，”我努力耐心地说，“就我所知，他们的和其他男人的没有什么区别。英国男人和苏格兰人的天赋都很相似。”

“是的，但是他们，他们……把它放到女人的腿……腿下！我是说，直接放到女人的身体里！”最终说出这条最新信息后，她深吸了一口气。这似乎让她稳定下来，因为她脸上的强烈深红色稍微淡了一些。“英国男人，或者苏格兰男人……噢，我说的不是那样……”她感到尴尬，飞快地用手捂着嘴，“但像你丈夫那样正派的人，肯定不会逼迫妻子忍受那样的事情啊！”

我伸手摸着我的微微凸起的腹部，若有所思地看着她。我开始明白为什么玛丽·霍金斯在她的男人优点列表上，高尚会排得那么靠前。

“玛丽，”我说，“我觉得我们必须闲谈一下。”

走出医院大厅时，我仍然暗自对自己微笑着。我的裙子外面，还罩着单调、结实的初学修女罩衣。

许多外科医生、验尿师、接骨师、内科医生，以及其他医生，都在贡献时间和服务，把这当作慈善事业。有些人到医院来，则是为了学习或提升技艺。虽然被当作各种医学试验的对象，但天使医院里的不幸病人并没有资格抗议。

除修女以外，负责医疗的人员几乎每天都会更换，这取决于谁在当天没有付费病人上门，或者谁需要试验新技术。不过，大多数自由劳动的医生来得足够频繁，所以我很快就认识了常来的几位。

最让人感兴趣的一位，是我初次到医院时看见的那位高个子、消瘦的男医生，也就是当时在给病人截肢的那位。通过打听，我知道他叫弗雷先生。他主要是接骨师，但偶尔也会尝试处理比较难办的截肢手术，尤其是手术牵涉整条肢体，而不只是关节时。修女和护工似乎有点敬畏弗雷先生，不像与大多数医疗志愿者那样，他们从来不开他的玩笑，也不与他相互说粗鲁的笑话。

弗雷先生今天在医院。我悄悄走近他，看他在做什么。那病人是一位年轻的工人，脸色苍白地躺在草垫上喘着。他之前从大教堂的脚手架——大教堂总是在施工——上摔了下来，摔断了一只手臂和一条腿。他的手臂对于专业接骨师来说并不算难题——只是简单的桡骨骨折。但是，他的那条腿却完全不同——令人印象深刻的双重复合性骨折，涉及股骨中段和胫骨。尖锐的骨片从大腿和胫部的皮肤中穿了出来，而且在那条腿上部的大部分地方，被撕裂的皮肤都因为擦伤而变成青色。

我不想分散弗雷先生对病人的注意力，但他似乎陷入沉思，慢慢地绕着病人转圈，像以腐肉为生的大乌鸦一样前后移动，唯恐食物还未真正死亡。我想，他看上去特别像乌鸦。他的鼻梁高高凸起，顺滑的黑发并未扑粉，只是平整地梳到背后，在脖颈上扎成纤细的发髻。他的衣服也是黑色的，显得阴郁，但质量不错——显然在医院之外，他执业的收入不菲。

最后，在决定该如何做后，弗雷先生从手上抬起下巴，扫视周围找人援助。他看见了我，招手让我走上前去。我穿着粗糙的亚麻初学修女罩衣，而他太过于聚精会神，并未注意到我没有戴护士修女的温帕尔头巾和面纱。

“来，嬷嬷，”他握着病人的脚踝指示道，“抓紧脚后跟的后面。没让你用力的时候就不要用力。听到我发话，你就直接朝你那边拉这只脚。要特别慢，但要用力——这需要用许多力，你懂的。”

“我懂。”我按他的指示抓住那只脚，他则缓慢、笨拙地走到草垫另一头，若有所思地看了看那条骨折的腿。

“我这里有兴奋剂可以用，”他说着，从外衣口袋里掏出一个小药瓶，然后把它放在病人的头边，“它能收缩皮肤表面的血管，把血往内部压，对这个年轻的朋友来说，血液在那里或许更有用。”说着，他抓住病人的头发，把药瓶塞到他口里，娴熟地把药倒进他的喉咙，没有洒出一滴。

病人大口大口地深呼吸着，弗雷先生赞赏地说：“啊，这会有些用。现在，至于说疼痛——没错，我们最好能麻醉他的腿，那样在我们拉直它的时候，他就不太可能抗拒我们。”

他又伸手到他那个大口袋里，这次掏出一颗铜制大头针，大概有三英寸长，其中一头扁平、宽大。他用一只瘦骨嶙峋、指节突出的手，沿着皮肤下面那条纤细的青色大静脉，温柔地探查病人腹股沟附近的大腿内侧。他的手指徘徊了一下，然后停了下来，触摸检查一个小圆圈，最后在一个点上定了下来。他用尖锐的食指朝皮肤里面戳，似乎是在标记位置，然后把铜针的针尖放到那个地方。接着，他迅速从魔法口袋里拿出一个小铜锤，然后一下就把铜针敲到了腿里。

病人剧烈地扭动那条腿，接着似乎又软了下来。之前用的血管收缩药似乎起了作用，从被割开的组织里流出的血液明显减少了。

“真了不起！”我惊呼道，“你怎么做到的？”

弗雷先生腼腆地笑了笑，原本有些发青的脸颊，因为我的赞赏而开心得泛起微弱的红光。“嗯，不是每次都有这么好的效果，”他谦虚地承认道，“这次是我运气不错。”他指着那颗铜制大头针解释：“那儿有很大一束神经末梢，嬷嬷，我听解剖医生称它为神经丛。如果你足够幸运，能够直接刺破它，那么就能麻醉掉下肢的大部分知觉。”他突然站直了身子，意识到自己在浪费时间说话，而这些时间花在手术上面更好。

“来，嬷嬷，”他命令道，“回到你的位置上去！兴奋剂的效果不会持续太久，趁流血不厉害，我们现在就得工作。”

病人那条几乎柔软的腿，很容易就被拉直，碎裂的骨头也收回到了皮肤里面。我按照弗雷先生的命令，抓住病人的躯干，而他则操纵着病人的脚和下肢，进行最后的微调，以便我们施行连续牵引治疗。

“这样就可以了，嬷嬷。现在麻烦你把他的脚稳住一会儿。”他大声喊护工拿来几根结实的木棍和一些破布进行包扎，然后我们很快用木棍把病人的腿简洁地固定住，用压力绷带紧紧地包扎了伤口。

在病人身体上方，我和弗雷先生相互灿烂地微笑着表示祝贺。

“干得不错。”我赞扬道，把一缕在我工作时散落下来的头发捋了回去。我看见弗雷先生的脸色突然变了，这是因为他发现我并没有戴面纱。就在这时，附近教堂里响起了洪亮的晚课钟声。我张着嘴看了看病房尽头的高大窗户，那扇窗户并未装玻璃，以便有害的蒸汽能够排出去。很显然，那块长方形的天空，已经是傍晚的深靛蓝色了。

“很抱歉，”我说着，开始扭动着脱掉罩衣，“我必须走了，这么晚才回去，我丈夫会担心的。很高兴有机会当您的助手，弗雷先生。”

看着我脱掉罩衣，这位高个子接骨师显然很惊讶。“但是你……好吧，不是，你当然不是修女，我之前就应该知道的……但是你……你是谁？”他好奇地问。

“我姓弗雷泽，”我简洁地告诉他，“话说，我必须要走了，不然我丈夫……”

他笨拙地站直身子，严肃地鞠了个躬。“如果您允许我送您回家，将是我的荣幸，弗雷泽夫人。”

“噢……哎呀，谢谢您，”我说道，他的体贴让我有些感动，“不过，有人护送我的。”我说着，不明确地扫视病房，寻找在不用偷东西时就来替代默塔护送我的菲格斯。他就在那里，倚靠着门框，不耐烦地晃动着。不知他在那里待多久了——修女们不让他进大厅或病房，总是要他在门边等我。

弗雷先生不信任地看了看菲格斯，然后坚决地抓住了我的手肘。“我送您到家门口，夫人，”他宣布道，“在晚上这个点，只有一个孩子保护你外出太不安全，城里的这个区域太危险了。”

我能看见菲格斯因为被称作孩子而充满了愤怒，于是急忙抗议说他是个出色的护卫，总是很小心地带我走那些最安全的街道。弗雷先生无视我们俩，只是在带我穿过医院的巨大双开门时，优雅从容地对安琪莉可修女点了点头。

菲格斯快步跟在我后面，拉动我的衣袖。“夫人！”他急切地耳语道，“夫人！我答应过主人我能每天安全地送你回家，不让你与不受欢迎的人接触……”

“噢，我们到了。夫人，您坐这儿，你的男童可以坐另外那个位置。”弗雷先生无视菲格斯的唠叨，把他提起来，随意地扔到用人乘坐的马车里。

那是辆敞开的小马车，但装备得很优雅，配有厚厚的蓝色天鹅绒座位，还有一小块顶篷，用来保护乘客免受突发恶劣天气或从上方泼下来的污水的影响。马车门上没有盾徽，也没有其他装饰。弗雷先生不是贵族，他肯定是一位富裕的中产阶级，我想。

我们在回家路上礼貌地交谈着，讨论医学上的事情，而菲格斯则在角落里生闷气，眼睛在杂乱浓密的头发下面瞪着。在特穆朗街停下来时，他不等车夫开门就从边上跳了下去，冲进了家里。我盯着他的背影，想他是怎么了，然后转身与弗雷先生道别。

“这真没什么，”他礼貌地安慰我，回应我的不停道谢，“反正你住的地方正好在我回家的路上。而且在这个时候，我不敢让您这样一位优雅的女士走在巴黎的街上。”他把我扶下马车，正张口想再说什么时，身后的大门砰的一声打开了。

我及时转身，看见詹米的表情从轻微的恼怒变化为惊吓和意外。“噢！”他说，“晚上好，先生。”他给弗雷先生鞠了个躬，弗雷先生则极其庄重地还了礼。

“很荣幸您妻子让我安全护送她到家门前，大人。至于她的晚归，还请您把罪责归到我身上，她一直在天使医院最高尚地帮助我做一个小手术。”

“我想是这样，”詹米无奈地说。“毕竟，”他对我皱起眉头，用英语补充道，“丈夫拥有的吸引力，可比不上肠道发炎或让人恶心的疱疹病例，是吧？”不过，他的嘴角扭曲了一下，我知道他并不是真的生气，只是因为我没有回家而担心。因为让他担心，我感到了一阵懊悔。

他又给弗雷先生鞠躬，然后抓着我的上半部分手臂，推着我穿过了大门。

“菲格斯在哪儿？”背后的大门才关上，我就问道。

詹米哼了一声。“我想他在厨房里，等着接受惩罚。”

“惩罚？什么惩罚啊？”我问。

出乎意料的是，他大笑起来。“好吧，”他说，“我当时正坐在书房里，想你该死的到底去哪儿了，正要下楼亲自去医院时，门突然被人推开，菲格斯冲进来，跪在我脚下，求我当场杀了他。”

“杀他？为什么啊？”

“呃，我也是这么问他的，外乡人。我以为你们在路上被拦路贼埋伏了。你知道，街上有不少危险的暴徒团伙。我想，他是没有保护好你，才会让我杀了他。可是他说你在大门口，于是我冲出去看你是否没事儿。菲格斯则跟在我后面，叽叽咕咕地说什么辜负了我的信任，不配叫我主人，求我打死他。我觉得有点想不通，不知道到底发生了什么，所以就跟他说晚些收拾他，让他去厨房了。”

“噢，我的天哪！”我说，“因为我回家有点晚，他就觉得辜负你的信任了？”

詹米侧眼看了看我。“是啊，他就是那样想的。而且，他也确实辜负了我的信任，让你和陌生人同乘一辆马车。他发誓说他本来要拦在马车面前，不让你上马车，但是你，”他尖锐地补充道，“看上去和那个男人关系不错。”

“呃，我当然和他关系不错，”我愤愤不平地说，“我只是帮助他接上了一条断腿。”

“唔。”我这条论据似乎让他觉得不可信。

“噢，好吧，”我勉强同意道，“或许这有点不明智。但是他看上去确实十分正派，而且我也急着回家——我知道你会担心。”不过，我现在还是希望在菲格斯疯狂地唠叨和拉动我的衣袖时，我能够给予更多的关注。那时我只想着尽可能快地回到家。

“你不会真的打他吧？”我有些担心地问，“这完全不是他的错——是我坚持要和弗雷先生同行的。我是说，如果有人该挨打，那么应该是我。”

詹米朝厨房那边转身，对着我嘲弄地皱起了眉头。“是啊，是该打你，”他同意道，“不过我发过誓不打你，所以我可能还是得将就着打菲格斯了。”

“詹米！别打他！”我完全停住，拉着他的胳膊，“詹米！求你了！”然后我看到他嘴角隐藏的微笑，于是松了口气。

“不，”他说道，脸上的微笑显现了出来，“我不打算打死他——甚至没有打算打他。不过，我可能得给他一两个耳光，这样只是保全他的尊严，”他补充道，“他觉得自己犯了大错，没有按我的命令保护你——不假装发个火，我就很难让这事儿了结。”

他在厨房的厚羊毛毡门外停下来，系紧袖口，整理脖子上的领巾。“我穿着得体吗？”他问，然后把浓密、蓬乱的头发向后整理，“或许我该去把外衣取来——我不知道批评人时怎样穿才恰当。”

“你看上去不错，”我克制着笑意说，“很严厉。”

“噢，那就好，”他说道，然后挺直肩膀，咬了咬双唇，“希望我不会笑出来，坚决不能笑。”他嘟哝着，推开了那扇通往厨房楼梯的门。

然而，厨房里的氛围丝毫不滑稽。我们才进去，厨房里常见的那种嘈杂就立刻停下来，用人们匆匆到厨房一侧站成排。所有人都站着一动不动，过了一会儿，两个女佣中间动了动，菲格斯走了出来，站到我们面前的空地上。

他脸色苍白，满脸泪痕，但他现在并未哭泣。他先后给我与詹米极其庄重地鞠了躬。“夫人，先生，我很惭愧，”他低声却清楚地说，“我不配为你们做事，但我还是请求你们不要解雇我。”想到被解雇，他那尖厉的声音颤抖了，而我却咬了咬嘴唇。菲格斯侧眼看了看那几排用人，似乎是在寻求道德支援，得到马车夫费南德点头表示鼓励。他深呼吸鼓起勇气，然后站起来，直接对詹米讲话。“我准备好接受惩罚了，大人。”他说。这似乎是个信号，有位男佣从僵硬的人群里走出来，带他走到擦洗干净的木板桌子边上，然后走到桌子另一边，抓住他的手，把他上半身拉到桌面上，然后就这样拉着他。

“但是……”詹米说道，他被事件的进展速度吓到了。他什么也没有做，直到老管家马格纳斯面色沉重地走上来，把厨房里用来磨刀、礼仪性地放在装肉盘子上面的皮带呈到他面前。

“呃。”詹米无助地看着我说。

“唔。”我说道，然后向后退了一步。

詹米眯着眼，紧紧抓住我的手。“不，你不能走，外乡人，”他用英语说，“如果我要打他，你就得看着！”

他绝望地看了看即将被打的菲格斯，又看了看马格纳斯呈给他的皮带，然后又犹豫了一会儿，最终妥协了。“噢，去他妈的。”他低声用英语说着，从马格纳斯手里把皮带抓过来。他不确定地把宽宽的皮带弯曲在双手中间。那根皮带有三英寸宽，四分之一英寸厚，是一件令人敬畏的武器。他显然希望自己没在这里，不过还是朝菲格斯俯卧着的身体走去。

皮带击打在身上发出的声响让我一惊，有几个女佣低声地尖叫出来，但菲格斯却没有发出声音。他那不大的身体颤抖着，詹米短暂闭了会儿眼睛，然后又咬唇继续完成惩罚，鞭打的节奏很均匀。我觉得不舒服，悄悄地在衣服上擦了擦潮湿的手掌。同时，我也感到一种错乱的冲动，想嘲笑这出糟糕的闹剧。

菲格斯一言不发地忍受了一切。詹米在完成鞭打，面色苍白、流着汗液退到后面时，菲格斯还静静地俯卧着，让我有些担心他已经死了——如果不是被打死，就是因为休克而亡。不过，一阵深沉的战栗似乎贯穿他那弱小的身体，然后他向后滑动，从桌子上下来，僵硬地站了起来。

詹米大步向前，抓住他的胳膊，担心地把他前额上汗湿的头发拨到后面。“你没事吧，伙计？”他问，“天哪，菲格斯，告诉我你没有事。”

菲格斯脸色苍白，眼睛鼓得像茶碟一样大，但他却因为主人表现出好心而微笑了，两个兔牙在灯光下闪闪发光。“噢，没事的，大人，”他喘息着说，“您原谅我了吗？”

“天哪，”詹米嘀咕着，把菲格斯紧紧搂在怀里，“原谅了，当然原谅了，你个傻子。”詹米放开他，双手握着他的胳膊，轻轻地摇了摇他，“我不想再打你了，你听到没有？”

菲格斯两眼放光地点点头，然后挣开詹米，跪到了我面前。“夫人，您也原谅我了吗？”他问道。正式地把双手握在面前，满怀信任地抬头看我，就像一只在讨要坚果的金花鼠。

我觉得我会当场羞愧死，却集聚了足够多的镇静，伸手下去把他扶了起来。“没有什么需要原谅的，”我脸颊火烫，坚定地告诉他，“菲格斯，你是个特别勇敢的家伙。为什么……呃，为什么不去吃点晚饭呢？”

听到我这么说，厨房里的气氛放松下来，大家似乎都同时松了很大一口气。其他用人挤着走上前，叽叽咕咕地表示关心和祝贺，把菲格斯当作英雄来对待，而我和詹米则很快退回到了楼上的卧室。

“噢，天哪，”詹米说着，精疲力竭似的瘫倒在椅子里，“我的天哪，菩萨啊，上帝啊！我得喝杯酒。别摇铃！”他担心地惊呼道，尽管我还没有朝铃铛绳索移动，“我现在不敢面对任何一个用人。”他站起来在橱柜里翻找，“不过，我记得这里面有一瓶酒。”

确实有一瓶，而且还是瓶上好的陈酿苏格兰威士忌。他粗野地用牙咬开瓶塞，喝掉大概一英寸深的酒，然后把酒瓶递给了我。我毫不犹豫地学他喝了一口。

“天哪。”我缓过气来说道。

“没错。”他说着，把酒瓶拿过去，又喝了一大口。他把酒瓶放下，紧紧抱着头，用手指抓动头发，直到头发杂乱地立了起来。他虚荣地笑了起来。“我这辈子从来没有感觉这么傻过。天哪，感觉自己像个傻瓜！”

“我也是，”我把酒瓶接过来说，“我甚至比你更傻。毕竟都是我的错。詹米，你不知道我有多愧疚。我从来没有想过……”

“啊，别烦扰自己。”过去半个小时的紧张气氛缓和下来，他充满爱意地捏了捏我的肩膀，“我想，他以为我会解雇他，那样他就会回到街上……可怜的小家伙。难怪他被打了还会觉得自己幸运。”

回忆起弗雷先生的马车穿过的那些街道，我短暂地颤抖了一下。衣衫褴褛、浑身伤口的乞丐固执地坚守着自己的领地。即使是在最寒冷的夜晚，他们也都睡在地上，唯恐某个竞争对手从自己那里偷去一个可以挣钱的角落。许多比菲格斯小很多的孩子，像饥饿的老鼠一样，在集市的人群中间快速穿行，眼睛始终关注着掉到地上的食物碎屑，以及无人防备的口袋。至于那些病得无法干活的、丑得无法卖到妓院的，以及只是太不走运的孩子，他们的一生其实很短，而且远说不上愉快。菲格斯想到有可能被人从一日三餐、衣着干净的奢华生活里扔回到肮脏环境里，突然心怀不必要的罪恶感也不足为奇。

“我也觉得是那样。”我说。现在，我喝酒的方式从大口痛饮变成了更加斯文的慢酌浅饮。我斯文地抿了一口，然后把酒瓶递还给詹米，特别超然地注意到我们已经喝掉了半瓶多。“不过，我希望你没有打伤他。”

“呃，他肯定会有点疼。”他的苏格兰口音，在平时比较微弱，但在他喝了不少酒时，总是会变得更加明显。他摇摇头，眯眼朝酒瓶里看，想判断还剩多少酒。“你知道吗，外乡人，我到了今晚才明白以前我父亲打我时有多困难。我总是以为，在被打时我才是那个最受苦的人。”他向后偏头，又喝了一口酒，然后放下瓶子，睁大眼睛盯着火炉。“当父亲可能没有我想象的那么简单。我得仔细想想。”

“好吧，别想得太厉害，”我说，“你喝得不少了。”

“哎哟，别担心，”他欢欣地说，“橱柜里还有一瓶呢。”

CHAPTER 15

音乐的作用

我们熬夜喝了第二瓶酒，反复阅读偷来的由圣乔治骑士，也就是詹姆斯三世陛下写的信函，以及那些由詹姆斯党人寄给查尔斯王子的信件。

“菲格斯弄来一大包信，都是寄给王子殿下的，”詹米解释道，“信太多了，我们没时间全部抄下来，所以我留下一些，下次再送回去。”

“你看，”他说着，从那堆信里抽出一张纸放在我的大腿上，“大多数信都是加密的，就像这封——‘我听说今年萨勒诺那边山里的松鸡最好打，那个地区的猎人应该会大丰收。’这很简单，指的是意大利银行家曼泽蒂，他就是萨勒诺人。我发现查尔斯经常和他一起吃饭，想方设法从他那里借一万五千里弗尔[①]——詹姆斯的建议显然不错。但是这里……”他在那摞信中翻找，抽出另外一张纸。

“你看看这张。”詹米说着，递给我一张纸，纸上写着他那歪歪斜斜的字迹。

我顺从地眯眼看着那张纸，能够认识个别字母，连接单词的是一个由箭头和问号组成的网络。“这是什么语言？”我看着那张纸问，“波兰语？”毕竟，查尔斯·斯图亚特的母亲，已故的克莱门蒂娜·索比斯基，就是波兰人。

① 里弗尔，旧时通行于法国的一种记账货币，值一磅银子。

“不，是英语，”詹米龇牙笑着说，“你读不懂？”

“你能读懂？”

“噢，我能，”他得意地说，“这是一组暗号，外乡人，并不是特别复杂。你看，你首先只需要把字母打乱分成五组，不过你得把 Q 和 X 排除在外。X 是断句符号，偶尔出现的 Q 是用来迷惑人的。”

“原来是这样，”我说道，视线从那张特别潦草的纸上——它的开头写着“Mrti ocruti dlopro qahstmin……”——转移到詹米手中那张纸上，有五组字母排成一行写在上面，每组字母上面用印刷体写着一个字母。

“所以，一个字母仅仅替代另外一个字母，不过顺序是相同的，”詹米解释道，“如果你有足够多的文本作为基础，那么你就能偶尔猜出一两个单词，你需要做的只是从一个字母表转换到另外一个，懂吗？”他在我眼前挥动一张长长的纸条，上面重叠印有两套字母表，位置相互错开了一些。

“嗯，多少懂了些，”我说，“不过我猜你懂，这才是重要的。这封信说的什么？”

詹米对付各种谜题时那种充满好奇的表情减少了一些，他让那张纸掉到自己的大腿上。他看着我，反省地咬着下嘴唇。“呃，”他说，“这就是事情的奇怪之处。我觉得我应该没有错。詹姆斯信函的口吻整体上是一种风格，而这封加密的信把这种口吻表现得很清楚。”

他红色浓眉下的蓝色眼睛与我的双眼相遇。“詹姆斯想要查尔斯去赢得路易的欢心，”他慢慢地说道，“但是他并不是想为侵袭苏格兰寻求支援。詹姆斯对于重夺王位并不感兴趣。”

“什么？”我一把从他手里抓过那沓纸，狂热地浏览着上面的潦草文字。

詹米没有说错，虽然支持者们在信中对于即将到来的复辟满怀希望，但詹姆斯写给儿子的信函并没有提及此事，只关注查尔斯是否在路易那里留下好印象。即使是他从萨勒诺的曼泽蒂那里借钱，也只是为了让查尔斯在巴黎过上绅士般的生活，而非用于其他任何军事上的目标。

“呃，我觉得詹姆斯是个狡猾的小人，”詹米敲着其中一封信说，“因为你看，外乡人，他自己的钱特别少，而他妻子却有很多钱，但亚历山大叔叔告诉过我，他妻子在去世时把钱全部捐给了教会。教皇始终供养着詹姆斯的家庭——毕竟，他是位天主教君主，教皇注定要维护他的利益，而非汉诺威选帝侯[①]的利益。”

他一手抓紧大腿，若有所思地盯着那摞堆在沙发上、放在我们中间的纸。“三十年前，西班牙的费利佩，以及法国的路易——我是指老国王——给了他少数军队和几艘战舰，让他用来重夺王位。但是事情并不顺利，有些战舰因为恶劣天气而沉没，剩下的则没有领航员，选错了上岸的地点——全部都出了错。到最后，法国人起航撤退，而詹姆斯甚至都还未踏上苏格兰一步。或许自那些年以后，他就抛弃了重回王位的想法。但是，他的两个儿子都快成年了，他却没办法让他们过上体面的生活。”

“所以我就问自己，外乡人，”他稍微向后晃动，“在这种情况下，我会怎么做？我的答案是，我会尝试看我的好表亲路易——他毕竟是法国国王——是否能够给其中一个儿子提供好职位，或许可以给个军衔，让他领导一些士兵。法国将军可是个不错的职位。”

“嗯，”我思考着点点头，“是的，但是如果我是个很聪明的人，作为一个穷亲戚，应该不会直接去求路易。我或许会把儿子送去巴黎，尝试让路易蒙羞，最终让路易接受他进宫。同时，我还会维持在活跃地尝试复辟的假象。”

“詹姆斯一旦公开承认自己不会重新统治苏格兰，”詹米温和地补充道，“那么他对于路易而言就没有了价值。”

如果詹姆斯党人武装侵扰英格兰人的可能性没有了，那么路易就没

---

① 汉诺威选帝侯（Elector of Hanover），此处指当时的英格兰国王乔治二世。

有什么理由会给他年轻的表侄查尔斯提供任何东西，只会为礼仪和舆论所迫，给他少许津贴而已。

这并非确定无疑。詹米能够得到的信函，每次只有几封，只能追溯到去年一月，而那时查尔斯才抵达法国。而且，这些信的措辞都被加密，言语也比较谨慎，所以情况远说不上清晰。但总的来说，证据确实是指向那个方向的。

如果詹米对于詹姆斯的动机猜测得没错，那么我们的任务就已经完成，甚至从来就没有存在过。

第二天，我回想着前一晚上的事情，整天都心不在焉，并以这样的状态参加了玛丽·德阿班维丽的早沙龙——听一位匈牙利诗人朗诵，然后拜访了附近的草药店，买些缬草和香鸢尾根，还在下午完成了在天使医院的日常活动。

最终，我放弃了工作，担心会在异想天开时不小心伤害到别人。默塔和菲格斯都还没有来护送我回家，所以我就换下了罩衣，坐在医院前厅里的赫德嘉嬷嬷的空办公室里等着。我在那里等了大概半个小时，漫不经心地摆弄着我的衣服，然后听到外面的狗吠叫起来。

门房照旧不在，无疑是去买吃的了，或者是替某个修女跑腿去了。和往常一样，在门房不在岗时，守卫医院进出口的任务就交给了布顿那颇有能耐的爪子和牙齿。

最先的汪汪警告叫声，变成了低沉、颤动的咆叫，警告不速之客不要前进，否则会立即被咬得四分五裂。我起身把头伸到办公室门外，看巴尔曼神父能否再次面对恶魔带来的危险，完成他的神圣任务，但映在门厅的巨大彩色窗玻璃上的并非低级别牧师巴尔曼神父的身影。那是个高个子的人影，他向后退，躲开脚边那只龇牙咧嘴的动物，短裙的影子在他腿边优雅地摆动着。

詹米在布顿的攻击下突然停下来，然后眨着眼。他用手遮挡窗户反射过来的光线，朝阴暗处看去。

“噢，你好啊，小狗。”他礼貌地说，然后向前走了一步，伸出了手掌。布顿把咆叫声提高了几个分贝，詹米则向后退了一步。

“噢，你喜欢这样？”詹米说。他仔细地看着那条狗。

“好好想想，小家伙，”他建议道，眯着眼从又长又直的鼻子往下看，“我可比你大许多，我要是你，可不会做什么轻率的傻事。”

布顿稍微挪了挪位置，但仍然吠叫着，就像一架在远处的弗克尔式飞机。

“我还比你快。”詹米说着，朝侧面做了个假动作。布顿在詹米小腿几英寸远的地方猛地咬紧牙齿，詹米匆匆往后退了一步。他向后靠着墙壁，抱着双手，向下对布顿点着头。“呃，算你狠。说到牙齿，你确实比我厉害。”听到詹米的礼貌演说，布顿竖起了一只耳朵，但随后又低沉地嚎叫起来。

詹米双脚交叉着，似乎准备无限地消磨这白天的时光。窗上反射过来的彩色光线把他的脸庞照成了青色，让他看起来就像是隔壁大教堂里的冷冰冰的大理石雕像。

“比起烦扰无辜的客人，你肯定还有其他更重要的事情要做吧？”他和蔼地问道，“我听说过你，你就是那个能够闻出疾病的著名家伙，是吗？呃，既然你可以派上用场，能够闻出患痛风的脚指头或者长脓疮的肛门，那她们为什么让你屈才在看门这种事上？回答我，你倒是回答我啊！”

詹米分开交叉着的双脚，布顿发出了一声尖厉的吠叫，而这就是它唯一的回答。

我身后有礼袍闪动，赫德嘉嬷嬷从里面的办公室走进来。“怎么了？”她见我看着角落那边，于是问道，“有客人吗？”

“布顿与我丈夫似乎有些意见分歧。”我说。

“我不用这样忍你，你知道的。”詹米威胁道。他悄悄伸手去取肩膀上别着披肩的别针。“我动作快些，就可以用披肩把你捆成个……噢，您好啊，夫人！”见到赫德嘉嬷嬷，他立即用法语说。

“您好，弗雷泽先生。”她慈祥地点了点戴着纱巾的头。我想，她这个动作更多的是为了隐藏脸上的微笑，而非表示欢迎。“我看你已经和布顿认识了。你是来找你妻子的吧？”

该我出场了，于是我犹犹豫豫地从她身后走出办公室。我挚爱的詹米看了看布顿，又看了看办公室门，显然是在推断什么。

“外乡人，你在那里站了多久了？”他干瘪瘪地问。

“足够久，”我说道，得意地相信自己得到了布顿的喜欢，“你用披肩把它捆起来后打算怎么办？”

“把它扔到窗外，然后拼命地逃跑。”他回答道，敬畏地看了赫德嘉嬷嬷那高耸的身段，“她会讲英语吗？”

“不会，算你走运。”我回答道。我转换成法语向赫德嘉嬷嬷介绍詹米：“嬷嬷，请允许我介绍我的丈夫，图瓦拉赫堡主。”

“大人。”赫德嘉嬷嬷现在控制住了幽默感，用通常那种特别和蔼的表情向詹米表示了欢迎，“我们希望你妻子留下，但如果你要带她离开的话，当然……”

“我不是来接她的，”詹米插话说，“我是来看您的，嬷嬷。”

坐到赫德嘉嬷嬷的办公室里，詹米把他带来的那捆纸张放到亮闪闪的桌面上。布顿小心翼翼地盯着詹米，趴在赫德嘉嬷嬷的脚下。它把鼻子搭在脚上，但竖着耳朵，扬起嘴唇，露出一颗上犬齿，等待被唤去把来客咬瘸。

詹米眯眼看着布顿，明确地把脚挪开，远离布顿扭曲着的黑鼻子。“嬷嬷，格斯特曼先生建议我就这些文件来找您咨询一下。”他说着，解开那捆厚厚的文件，并用双手把它们压平整。

赫德嘉嬷嬷看了詹米片刻，诧异地扬起一只浓密的眉毛。接着，她把注意力转移到那捆文件上，像管理者那样装作全然关注眼前的事情，却仍然转动她那敏感的天线，接收来自医院远处的紧急情况的最微弱颤动。

“嗯？”她说。她用粗壮的手指轻轻地沿着那几行潦草的乐谱移动，她一行接一行地指着，似乎在触摸到那些音符时，她就能够听到声音。她手指轻快一弹,那张歌词滑到边上,下面那张歌词也就露出了一半。“你想知道什么，弗雷泽先生？”她问。

“我不知道，嬷嬷。”詹米向前倾身，十分专注。他亲自伸手去摸那些黑色的乐谱，轻轻地敲了敲有污渍的那个地方。那个污渍是在墨水还未干时，作者不小心用手擦拭到五线谱而形成的。“嬷嬷，这个乐谱有些奇怪。”

赫德嘉嬷嬷的大嘴微微一动，似乎是在微笑。“是吗，弗雷泽先生？可是我知道——这么说你应该不会觉得被冒犯吧——你对音乐可是一窍不通啊？”

詹米大笑起来。一位从走廊里路过的修女在医院里听到这样的声音，于是转过身来。医院里虽然很嘈杂，但笑声很少见。“嬷嬷，你这么描述我的缺陷可真是得体，而且你说的完全没错。你要是从这些曲子里挑一段来唱，”他的手指——虽然更长更细，却和赫德嘉嬷嬷的差不多——敲打那些羊皮纸，发出柔和的沙沙声，“我根本听不出来你挑的是《慈悲经》，还是《正派贵妇人》，只听得出歌词。”他咧嘴笑着补充道。

这次换作赫德嘉嬷嬷大笑了。“确实，弗雷泽先生，”她说，“至少你还能听得出歌词啊！”她把那沓纸拿到手里，快速翻动它们的顶部。我能看到她在阅读时，紧身领巾的喉咙处稍微鼓了起来，似乎她是在对着自己默唱。她的一只大脚还跟着节拍轻轻抖动。

詹米一动不动地坐在凳子上看着她。他双手放在大腿上，未受伤的那只手盖着另外那只。他那双倾斜的蓝眼睛很专注，完全没有注意从背后的医院深处传来的持续噪声。病人们在喊叫；修女和护工们在相互大喊；家属们在痛苦、绝望地号哭；金属器械碰撞时发出的柔弱响声，在医院的古老石头建筑里渐渐淡去。但是，詹米和赫德嘉嬷嬷都纹丝不动。

最终，她放低了乐谱，越过纸张的顶部看着他。她的眼睛闪着光亮，看上去突然像个年轻的姑娘。

“我觉得这乐谱确实有些奇怪！”她说，“我刚才没时间仔细思考。”——她朝门口看了一眼，一位护工带着一大捆纱布匆忙经过，短暂地遮挡了那里的光线——“但确实是有些奇怪。”她敲了敲桌上的纸页，把它们理成了整齐的一摞。

“真奇怪。”她说。

“话虽这样说，嬷嬷，你能不能以你的天赋，识别这是种什么样的风格？会有些困难。我有理由觉得这是一种密码，虽然歌词是德语的，但我觉得其中暗含的信息应该是英语的。”

赫德嘉嬷嬷惊讶地咕哝了一声：“英语？你确定？”

詹米摇摇头：“不确定，但我觉得应该是。其中一个原因是，这些歌曲是从英格兰寄过来的。”

“好吧，先生，”她抬起一只眉毛说，“你夫人不是会说英语吗？我想你会愿意让她协助我为你完成这件事？”

詹米看着她，脸上挂着和赫德嘉嬷嬷相同的淡然微笑。他低头看了一眼双脚，布顿在那里抖动着胡须，隐隐约约地咆哮着。“我和你做个交易，嬷嬷，”他说，“如果你的小狗在我出去的时候不咬我屁股，那么我就让我妻子协助你。”

所以，当晚我并没有回到杰拉德在特穆朗街上的住宅，而是与天使医院的修女们坐在餐厅长桌边共进晚餐，结束当晚的工作后，去了赫德嘉嬷嬷的私人寓所。

院长套房有三间房。靠外那间被装饰成了客厅，富丽堂皇。毕竟她需要经常在这里接待官方客人。第二间房间有些让人惊讶，因为我并没

你看，基线完全相同，但是两个降半音，也就是降 B 大调，紧接着又是三个升半音的 A 大调。更奇怪的是，这里有两个升半音的调号，但用的却是升 G 调的临时记号。”

“真是特别奇怪。”我说。在 D 大调的部分添加升 G 调的临时记号，就会让音乐类型变得与 A 大调的部分相同。也就是说，完全没有必要改变调号。

“我不懂德语，”我说，“你能读懂词吗，嬷嬷？”

她点点头，她的黑色面纱也随之发出沙沙声。她那双小眼睛专注地看着手稿。

“这歌词真是拙劣！”她自言自语地嘟哝道，“并不是期待德国人写出什么有诗意的东西，但真的……这……”她停下来，摇了摇戴着头巾的脑袋，“我想，如果真如你丈夫所言，这里面有某种密码，那么信息就暗含在这些词里。所以，歌词本身并不重要。”

“歌词说的什么？”我问。

“‘我的牧羊女在青翠的山中与羊羔嬉戏，’”她读道，“语法真糟糕，尽管在写歌时，作者为了押韵，他在语法方面并不用那么严格。如果是写情歌，那更是这样了。”

“你对情歌很了解？”我好奇地问。赫德嘉嬷嬷今晚真是各种让人惊讶啊。

“任何好的音乐本质上都是情歌，”她淡然地说，“但是就你所说的情歌而言，我确实很了解，我见过不少。在我年轻的时候——”她微笑着，露出了洁白的大牙齿，承认要想象孩童时的她很困难，“我算得上是天才，你知道的。我能依靠记忆弹奏任何我听过的曲子，我在七岁时就创作了第一首乐曲。”她指了指那架大键琴，富态的琴面在抛光后闪闪发亮。

“我家有钱，如果我是个男人，肯定就成为音乐家了。”她简单地说道，没有丝毫遗憾的迹象。

“如果你结了婚，你肯定也会创作音乐？”我好奇地问。

赫德嘉嬷嬷摊开两只手掌。它们在灯光下显得奇形怪状。我见过这双手从骨头里拉出过匕首，复位过脱臼的关节，碰过新生儿沾满血污的头。我也见过她的手指像飞蛾的脚那样徘徊在乌木琴键上。

“好了，”她在沉思片刻后说，“这是圣安塞姆的错。”

“圣安塞姆的错？”

看到我的表情后她咧嘴笑了，丑陋的脸庞上完全没有了大家所熟知的那种严厉表情。

“噢，是的。我的教父，老太阳王[①]，”她不在意地补充道，“在我八岁时给过我一本《圣人的生活》，作为我圣人日的礼物。”

“那本书很漂亮，”她回忆着说，“镀金的书页，镶有宝石的封面，更像是艺术品，不像文学作品。但是，我还是读了它。虽然那些故事——尤其是那些关于烈士的——我都喜欢，但是在圣安塞姆的故事里有个短语似乎在我的灵魂里得到了回应。”

她闭上眼睛，仰头回忆着。

“圣安塞姆是个拥有大智慧、大学识的人，是一位教会圣师。但他也是一位主教，关心信众，关照他们的世俗和精神所需。那个故事详细介绍了他的全部作品，最后以这样的文字结尾：‘他就这样去世了，终结了他那特别有用的一生，因此在天堂得到了加冕。’”她停下来，轻轻地在大腿上伸展双手。

“其中有些东西极其强烈地吸引了我，‘特别有用的一生’。”她对我微笑着，“夫人，我能想到许多比这更糟糕的墓志铭。”她突然摊开双手，耸了耸肩，姿势优雅得有些奇怪。

“我想变得有用。”她说道，然后打住闲谈，突兀地把话题拉回到了琴架上的乐谱上。

“那么，”她说，“显然在调号上的改变，就是怪异所在。我们现在

① 太阳王，路易十四自诩为太阳王。

能做什么？”

我张嘴稍微感叹了一下。我们虽然一直在说法语，但我并未注意到。然而，在赫德嘉嬷嬷讲述她的故事时，我观察着她，并且一直在用英语思考。回头看到那份乐谱时，我突然想到了什么。

“怎么了？”嬷嬷问道，“你想到什么了吗？”

“调子不就是钥匙嘛！[①]”我微微大笑着说，“在法语里面，音乐的调子是‘note tonique’，但能够开锁的东西的单词……”我指着那一大捆钥匙，赫德嘉嬷嬷通常都把它们挂在腰带上，但在我们进来时，她把它们放在了书架上。“不就是 passe-partout[②] 吗？”

“是的，”她迷惑地看着我说，然后摸了摸那把万能钥匙，“万能钥匙。那把钥匙，”她指着那把有圆筒和榫槽的钥匙说，“叫作 clef[③] 更恰当。”

“Clef！”我欢呼道，“完美！”我用手指按在面前的乐谱上。“嬷嬷，你看，在英语里面，‘调子’和‘钥匙’是同一个词。在法语里面，clef 指‘钥匙’，而在英语里面，clef 也是音乐记号的一种。所以说，曲子的调子就是解密的关键所在。詹米说他觉得这是封英语密信！而且还是由一个幽默感十分糟糕的英格兰人写的。”我补充道。

只要稍加理解，这封密信并不难破解。如果写信的人是英格兰人，那么被加密的信息也有可能是英语，也就是说，那些德语歌词只是提供字母而已。在看了詹米之前做的字母对照表后，我们只需尝试几次便能知道这封信的加密模式。

“两个降半音意味着从分段的开头开始提取每个单词的第二个字母。”我说着，特别潦草地写下结果，“三个升半音意味着从分段的末尾开始提取每个单词的第三个字母。这个人之所以用德语，想来一是为了

① 在英语中，单词“key”既指“调”，也指“钥匙”。

② Passe-partout，法语单词，此处意为“万能钥匙”。

③ Clef，在法语中意为“钥匙”，但在英语中则为“谱号”。

掩饰，二是因为德语词汇非常丰富。要是用英语，差不多需要两倍的单词才能说明白同样的东西。”

“你观察得真仔细，”赫德嘉嬷嬷说，她在我背后看着，“能说得通吗？”

“能，”我说道，嘴巴突然变得干燥，“能说得通。”

解密后的信很简短，而且也特别让人不安。

“陛下的忠诚英格兰臣民等着他依法复辟。五万英镑由您支配。作为表示诚意的订金，这笔钱只能在王子殿下到达英格兰后当面支付。”我读道，“最后剩下一个字母‘S’。我不知道它是不是某种记号，或者只是写信的人需要把德语单词写正确而添加的。”

“唔。”赫德嘉嬷嬷好奇地看了看潦草的信息，然后又看了看我。“你很快就会知道的，”她点头说道，“不过你可以告诉你丈夫，这件事我会保密的。”

“如果不相信你，他是不会请你帮忙的。”我抗议道。

她把浅显的眉毛抬到了头巾边上，然后坚决地点了点那张写着潦草文字的纸。

“如果你丈夫参加的是这样的活动，那么你信任别人会有巨大的风险。让他不要担心，我是个有荣耀感的人。”她冷冷地说。

“我会让他放心的。”我微笑着说。

“哎呀，亲爱的夫人，”她看到了我，然后说道，“你看上去脸色苍白啊！我自己在创作的时候经常熬夜，所以往往没有注意时间，不过现在对你来说肯定很晚了。”她朝门边小桌上燃着的计时蜡烛看了一眼。

“天哪！已经很晚了。要不我让玛德琳嬷嬷来带你回房间吧？”

下午赫德嘉嬷嬷建议我晚上住在天使修道院，詹米也勉强地同意了，所以我不用再深夜穿过黑暗的街道回家。

我摇了摇头。我很疲倦，坐在凳子上也让我背疼，但是我不想上床睡觉。反正，密信可能带来的影响让我很不安，我没法很快睡着。

“好吧，那我们来点吃的和喝的，庆祝你的成功。”赫德嘉嬷嬷起身走到外面的房间，我听到她在那里摇了摇铃。很快，一位服务修女就端来了热牛奶和一盘糖霜小点心，跟在她后面进来的是布顿。服务修女照例在小瓷盘上放了块点心，然后放到它面前，并在旁边放了一碗牛奶。

我小口喝着热牛奶，赫德嘉嬷嬷则没有理会我们刚才忙活的那些东西，让它们摆在写字台上。她把一小沓松散的音乐手稿放在琴架上。

“我给你弹一首，”她说，“这能让你心静下来，有助于睡眠。”

她弹的音乐轻柔、抚慰人心，歌唱性的旋律在高音和复杂但舒适的低音间迂回往返，不过却没有巴赫那种推动力。

在她弹完这首乐曲，抬起双手时，我趁机问她：“这是你的曲子吗？”

她摇摇头，并未转过身来。“不是，是我朋友让·菲利普·拉莫的曲子。他是个不错的理论家，但是创作的激情并不高。”

音乐让我的意识淡去，我肯定打盹儿了，因为玛德琳嬷嬷在我耳边低声叫我，把我突然叫醒。她温暖、稳固地抓着我的手臂，扶我站起来，带我离开了。

回头看时，我能看到赫德嘉嬷嬷穿着黑色长袍的宽大后背，还能看到在她专心弹琴，无视房间外的世界，她纱巾下面肩膀有力地屈伸着。布顿躺在她脚边的木板上，鼻子靠在爪子上，不大的躯体躺得笔直，犹如罗盘的指针。

“这么说，”詹米说道，“这或许不只是说说而已。”

“或许？”我说，“五万英镑听起来很确定。”按照当时的标准，五万英镑是一个大公爵领地的年收入。

他批判地扬起一只眉毛，看着我从修道院带回来的音乐手稿。

“是啊，如果是以查尔斯或詹姆斯回英格兰为条件，那么这样一笔钱就没有问题。如果查尔斯在英格兰，那么这首先就意味着他在其他地方有足够的支援能够让他回苏格兰。不，”他说道，若有所思地摸着下巴，

“这笔钱的有趣之处在于它是我们见过的第一次能够明确说明斯图亚特家族——至少其中一员——在真正努力尝试复辟。”

“其中一员？”我注意到他强调的这点，“你是说你觉得詹姆斯并未参与进来？”我更加感兴趣地看着那封密信。

“这是给查尔斯的信，”詹米提醒我，“而且它是从英格兰寄来的，并未经过罗马。菲格斯从普通信使那里偷来的，而非教皇信使。装这封信的包裹上印的是英格兰印章。而且，我在詹姆斯信里读到的东西全都……”他摇摇头，皱起了眉头。他还没有修面，晨光不时地在他红褐色的胡楂上反射出铜色的亮光。

“那个包裹被打开过，查尔斯见过了这份手稿。手稿上面没有日期，我不知道他是多久前收到的，而且，我们没有查尔斯寄给他父亲的信。但是，詹姆斯的信里完全没有提及任何可能创作这首曲子的人，更不用说任何来自英格兰的明确提供支持的承诺。”

我能明白他推断的方向。“而且路易斯·德拉图尔还说查尔斯一旦成为国王，就会废止她的婚姻，娶她为妻。所以你觉得查尔斯对她说这件事情，并不只是为了打动她？”

“有可能。”他说。他从卧室大水壶里往脸盆里倒水，然后洗了脸，准备修面。

“那么查尔斯有可能是自己在行动？”我说道，为这种可能性而感到惊恐和好奇，“有可能詹姆斯资助他，让他假装要尝试复辟，以便让路易能看到斯图亚特家族的潜在价值，但是……”

“但是查尔斯假戏真做了？”詹米插话道，“是的，看上去就是这样的。有毛巾吗，外乡人？”他紧紧闭上眼睛，脸上滴着水，伸手在桌面上胡乱地轻轻怕打。我把乐谱手稿挪到安全的地方，把挂在床尾的毛巾给他找来了。

他挑剔地检查了剃须刀，觉得可以用它，然后在我的梳妆桌上屈身，照着镜子在脸颊上使用剃须肥皂。

“为什么我在腿上和腋窝上除毛就低俗，而你刮胡子就不低俗呢？”我说道，看着他向下拉着上嘴唇，精细地刮着鼻子下面的胡子。

“刮胡子也粗俗，”他回答道，眯眼看着镜子里的自己，“但是如果我不刮的话，它会痒得要死。”

“你留过胡子吗？”我好奇地问。

“没有专门留过，”他回答道，边刮着脸颊，边微微笑着，“但我现在就留着胡子，还有在我没办法的时候——在苏格兰当逃犯的时候。在每天早上用钝刀把脸刮得火辣辣地疼，或者让它发痒之间做选择，我选择后者。”

我大笑起来，看着他用剃须刀在下颌骨顺滑地刮了下来。

“没法想象你留满胡子是什么样，只见过你满脸胡楂儿时的样子。”

他扬起一边的嘴角笑了，同时扯着另一边嘴角，刮着那边又高又宽的颧骨上的胡子。

“下次我们被邀请去凡尔赛宫，外乡人，我会问你想不想去皇家动物园。路易在动物园里养着一只由某位船长从婆罗洲带回来的动物，叫作猩猩。你见过这种动物吗？”

“见过，”我说，“战前的伦敦动物园里就有两只。”

“那么你就知道我留满胡子是什么样了。”他说道，对我微笑着，最后再细心地刮了刮下巴，结束了修面工作。“乱糟糟的，像被虫咬过。很像马利尼子爵，”他补充道，“只不过我的胡子是红色的。”

这个名字似乎提醒了他，让他回到了讨论的正题上，同时用亚麻毛巾擦干净脸上残留的肥皂。

“我想，我们现在必须做的事情，外乡人，”他说，“就是密切关注巴黎的英格兰人。”他从床上拾起那份乐谱，若有所思地迅速翻动它们。“如果有人真的愿意考虑这么大规模的资助，我想这些人可能会派使节来见查尔斯。如果要我冒险投入五万英镑，我可能要考虑我的投入能够带来什么，你说呢？”

“是的，我也会考虑。”我回答道，“说到英格兰人，王子殿下只从你和杰拉德这里买白兰地，或者也有可能惠顾西拉斯·霍金斯先生呢？”

“很想知道苏格兰高地政治气候的西拉斯·霍金斯先生？”詹米钦佩地对我摇摇头，“我以为我娶你是因为你有漂亮的脸蛋儿，还有大屁股，没想到你也还有脑子啊！”我要扇他耳光，他轻快地躲开了，然后朝我龇牙咧嘴地笑着。

“我不知道，外乡人，不过我今天就要搞清楚。”

CHAPTER 16

硫黄的特性

查尔斯王子确实从霍金斯先生那里买过酒。不过，除了这个发现以外，我们在接下来四个星期里几乎没有进展。事情一如既往。法国的路易国王继续无视查尔斯·斯图亚特。詹米继续做酒生意，拜访查尔斯王子。菲格斯继续偷信。路易斯·德罗昂王妃挽着丈夫的手臂出现在公共场合，表情忧伤，但颇有生机。我则继续在早晨呕吐，下午到医院工作，晚上吃饭时优雅地微笑。

不过还是发生了两件事情，它们看上去像是朝我们的目标前进。查尔斯厌烦了受束缚的生活，开始邀请詹米在晚上陪他去酒馆——他的导师谢里丹先生，称自己年纪太大，不适合这些狂欢作乐，所以通常不在场约束他。

“天哪，他喝酒像鱼一样！”詹米从那种弥漫着廉价酒味的地方回来后感叹道。他挑剔地看着衣服前胸上的大块污渍。

“我得订件新衣服了。”他说。

“如果他在喝酒的时候给你讲了些事，”我说，“那么就值得订一件新衣服。他都说了些什么？”

“打猎和女人。”詹米简明地说，坚决不详细地阐述。要么是查尔斯觉得政治事务不如路易斯·德拉图尔重要，要么是他比较谨慎，即使是在他导师不在场时。

第二件事情是财政部长迪韦尔内先生在下棋时输给了詹米。不是输一次，而是不断地输。正如詹米之前预料的那样，输棋只会让迪韦尔内先生更加想赢，所以他频繁地邀请我去凡尔赛宫。在凡尔赛宫里，我往来应酬各种聚会，收集流言，远离凹室，而詹米则下棋。他们下棋时总会吸引许多人来赞赏、观看，尽管我自己并不觉得那是一项适合观看的活动。

含胸佝背、个子矮小、身材圆胖的财政部长，与詹米埋头看着棋盘。二人显然都特别专注于下棋，忘记了周围的环境，尽管头顶上就有人在喃喃细语、相互碰杯。

“我几乎没有见过像下棋这样无聊的活动，”有位女士低声对另外一位说，“他们说这是娱乐！看我家侍女在头发里找虱子也比这好玩，至少她们会尖叫、傻笑一下。”

“我倒不介意让那个红发小伙尖叫、傻笑一下。”她同伴说着，迷人地朝詹米微笑。詹米抬起头，心不在焉地看着迪韦尔内先生的身后。她的同伴看到了我，戳了戳她——一位性感金发女郎——的肋骨。

我友好地对她笑了笑，特别下流地欣赏着从她那低领口向上泛起的深深潮红，这在她的皮肤上留下了红斑。至于詹米，她本可以伸出丰腴的手指缠绕他的头发，因为他是那么出神，不会注意到。

我在想是什么东西让他的注意力如此集中。肯定不是下棋。迪韦尔内先生很顽强，下棋很谨慎，但反复使用同样的开局让棋法。詹米右手的中间两根手指在大腿上稍微移动了一下，那是因为不耐烦而产生的短暂颤动，但这种不耐烦很快就被掩饰了。我知道，无论他在思考什么，那都不会是下棋。除非他完全控制了迪韦尔内先生的国王，否则棋局还得花半个小时。

尼弗公爵站在我旁边。我看见他那黑色的小眼睛盯着詹米的手指，然后又转开了。他若有所思地站了一会儿，看着棋盘，然后又溜去加筹码了。

一位男佣停到我旁边，谄媚地弯腰，问我是否再要一杯酒。我挥手让他走开。我晚上已经喝得足够多，觉得头有点晕，双脚轻飘飘的，有些危险。

我转身想找个坐的地方，却看到圣热尔曼伯爵在房间那边。或许詹米看的就是他。伯爵反过来看着我，他其实是在盯着我看，脸上挂着微笑。他平常不是这个表情，而且这表情也与他不相符。实际上，我丝毫不在意，但还是尽可能优雅地朝他那个方向鞠了个躬，然后离开到女士们的圈子里去，与她们闲聊。但只要有可能，我就会试着把对话朝苏格兰及其流亡国王上带。

总的来说，斯图亚特复辟成功的可能性似乎并未吸引法国贵族。在我偶尔提到查尔斯·斯图亚特时，她们通常的反应是转动眼珠表示不清楚或耸肩表示无所谓。尽管查尔斯得到了马尔爵士和在巴黎的詹姆斯党人的协助，但路易固执地拒绝接受查尔斯进宫。得不到国王喜爱的贫穷流亡者，是不会受邀进入上层社会与富裕银行家结识的。

“国王对于他侄子未经他允许就来到法国并不十分高兴。”在我说到这个话题时，布拉班特伯爵夫人对我说。“有人听他说过，他自己觉得英格兰可以维持新教统治，”她说道，“如果英国人在汉诺威家族乔治的统治下受煎熬，那就再好不过了。”她怜悯地噘起嘴唇。她是个善良的人。“很抱歉，”她说，“我知道那对你和你丈夫来说肯定很扫兴，但是真的……”她耸了耸肩。

我以为我们会适应这种扫兴，然后热切地搜寻其他关于这些话的流言，但在这个晚上没有取得什么成功。詹姆斯党人，就我所知，是个让人厌烦的话题。

“车走到后前兵五行。”当晚晚些时候，在我们准备上床睡觉时，詹米嘟哝着说。我们又作为客人在凡尔赛宫过夜。他们下棋下到午夜过后很久，财政部长出于好心不允许我们在深夜回巴黎，于是安排我们住到一个小套房里。我注意到，这次的房间比上次的高出一两个等级，里面有张羽绒床，还有一扇可以俯瞰南花园的窗户。

“车，呃？”我说着，钻到被子里，呻吟着伸展身体，“你今晚做梦也要梦到下棋吗？”

詹米点点头，打了个哈欠，下巴咔嚓作响，眼睛里也流出了泪水。

“是啊，我肯定会梦到的。如果我在睡着时用车护王，希望不要打扰到你，外乡人。”

我十分满意地蜷起双脚，它们不再受约束，不再承受我日渐增加的体重。我脊柱的下半部分重新适应躺着的姿势，散发出一阵阵明确的、有些舒适的疼痛。

“只要你愿意，你在睡着时倒着站都可以，”我打着哈欠说，“今晚没有什么能打扰到我。”

事实却并非如此。我梦到了孩子。长到快要出生的他在我鼓起的肚子里又踢又跳。我伸手到肚子上，按摩着被拉伸的皮肤，试着让里面的动乱平静下来，但是他仍然在里面蠕动。在冷静的梦中，我意识到他并不是孩子，而是一条在我肚子里翻滚的蛇。我蜷缩起身体，抬起膝盖，对付着这条蛇。我的双手在摸索、捶打，寻找这条在我肌肤下面横冲直撞的怪兽的头部。我的肌肤摸上去很烫，而我的肠道缠绕起来，也变成了许多蛇。它们拧在一起，激烈扭动，相互撕咬。

“克莱尔！醒醒！怎么了？”詹米摇我，喊我，最终把我叫醒。醒来时我还隐隐害怕周围的环境。我在床上，我肩膀上是詹米的手，盖在身上的是亚麻被子，但是肚子里的蛇仍然在缠绕，我大声地呻吟着。呻吟声让我自己，也让詹米很担心。

他掀开被子，让我翻身平躺着，试着把我的膝盖放平。我固执地蜷缩成一团，抱着我的肚子，试图压制那一阵阵穿透我身体的尖锐痛苦。

他猛地把被子拉来给我盖上，然后迅速抓起凳子上的短裙，冲出了房间。我的注意力几乎全部集中在体内的骚动上。我的耳朵里嗡嗡地响，脸上浸满了冷汗。

“夫人？夫人！”

我微微睁开眼睛，看到分配到我们套房的女佣。她眼神慌张，头发歪斜着，在床边俯着身子。半裸着身子、更加慌张的詹米站在她身后。我呻吟着闭上眼睛，但在闭眼前我看到他抓住女佣的肩膀。他抓得很用力，把她的鬈发从睡帽里摇了下来。

“孩子保不住了吗？是吗？”

这似乎很有可能。我呻吟着在床上扭动，蜷缩得更紧了，似乎是要保护我体内的疼痛。

房间里模糊的说话声越来越多，大多来自女性，还有几个人伸手推我、戳我。我在嘈杂的人声中听到一个男人的声音，不是詹米，而是个法国人。在这个人的指示下，几个人用手抓住我的脚踝和肩膀，让我伸展开平躺在床上。

一只手伸到我睡袍里探查我的肚子。我喘着气睁开眼睛，看到御医弗莱切先生跪在床边，皱着眉头，全神贯注地忙活着。对于国王的这种偏爱，我本应感到受宠若惊，但我的注意力并不在这里。疼痛的特征似乎在变化，虽然阵痛变得越来越厉害，但它多少有些稳定，不过它似乎在移动，从肚子里的高点移动到了低点。

“不是流产，”弗莱切先生安慰在背后焦急踱步的詹米说，“没有流血。”我看到其中一位护士入神、惊恐地看着詹米背上的伤疤。她拉了拉同伴，让她看那些伤疤。

“或许是胆囊发炎，”弗莱切先生说，“也有可能是肝脏突然受寒。”

“蠢货。”我咬着牙说。

弗莱切先生傲慢地从他那很大的鼻子往下盯着我，这才戴上金边夹鼻眼镜，以显得更加权威。他伸手摸我湿乎乎的额头，顺带遮住我的双眼，让我没法再怒视他。

“最有可能是肝脏。”他对詹米说。“胆囊受到压迫，就会造成血液里的胆汁聚集，进而造成疼痛——以及短暂的精神错乱。”他不容置疑地补充道。我翻来覆去地扭动身体，他更用力地向下按着我。“她需要立即放血。普拉托，拿盆来！”

我挣脱一只手，把他按在我头上的那只手推开。

“放开我，你这个该死的庸医！詹米！别让他们那样碰我！”弗莱切先生的助手普拉托拿着柳叶刀和盆朝我走来，其他站在后面的女人则喘着气，相互扇着风，以免因看到这场好戏而激动得倒下去。

詹米脸色苍白，无助地看看我，又看看弗莱切先生。他突然做出决定，抓住倒霉的普拉托，把他从床边拉开，然后扭转他的身体，把他朝门边推去，让手术刀扎了个空。女佣和贵妇人们在他面前尖叫着往后退。

“先生！骑士先生！”弗莱切先生抗议道。在之前被人叫来时，他颇为专业地戴上了假发，却没有时间穿衣服。他跟着詹米穿过房间，像发疯的稻草人一样挥着手臂，睡袍的衣袖摆动得就像两只翅膀。

我的疼痛又一次加剧，就像老虎钳在夹我的内脏一样。我喘着气，又蜷缩起来。疼痛缓和一点后，我睁开眼睛，看到了其中一位贵妇人。她警觉地看着我的脸庞。一种醍醐灌顶的表情在她脸上闪过。她看着我，侧身跟一位同伴耳语了几句。房间里太嘈杂，我听不见，但我从她的嘴形来看，我能清楚地知道她说的什么。

“中毒了。”她说。

疼痛突然下移，伴随着体内一阵不祥的咯咯声。我这才意识到是怎么回事儿。不是流产，不是阑尾炎，更不是肝脏受寒。准确说来也不是中毒，是鼠李。

“你！”我说着，恶狠狠地朝雷蒙师傅逼近。他在那只鳄鱼标本的保护下，躲在工作台后面。“你！你个该死的青蛙脸小可怜虫！”

“我吗，夫人？我没有害你啊？”

“让我在三十多个人面前惨烈地拉肚子，让我以为自己流产了，还吓得我丈夫魂不守舍！除了这些，你完全没有害我。”

“噢，你丈夫当时在场？”雷蒙师傅看上去有些紧张。

“是的。”我告诉他。我其实费了不少力才成功地阻止詹米来到药店，用武力来获得雷蒙师傅所拥有的信息。我最终说服他在外面的马车上等着，让我去和两面派的雷蒙师傅说话。

“但是,你没有死啊,夫人。”雷蒙师傅指出。他的眉毛少得几乎没有，但他还是向上皱起宽大额头的一侧。“你本来会死的，你知道的。”

因为那晚的压力，以及随之而来的身体虚弱，我并未注意到这个事实。

“所以这并不是个恶作剧？”我有些虚弱地说,“这儿有人故意毒我，而我还活着，只是因为你有所顾忌？”

“或许你能活下来，并不全是因为我的顾忌，夫人。这有可能是个恶作剧——我觉得还有其他人在卖鼠李。不过，我上个月只把这东西卖给过两个人，而且这两个都不是买来自用。”

“我懂了。”我吸了一口气,用手套擦了擦额头上的汗水。这么说来，可能下毒的人有两个。这正是我需要的。

“你能告诉我是谁吗？”我直截了当地问，“他们下次可能会从其他没有顾忌的人那里买。”

他点点头，思考着，抿着青蛙般的大嘴。

“这有可能！夫人。至于实际的买家，我觉得那些信息对你没用。他们都是用人，显然是按主人的吩咐行事。其中一位是朗博子爵夫人的女佣，另外那个是一个我不认识的男人。”

我在柜台上敲着手指。只有圣热尔曼伯爵威胁过我。可能是他雇用某个不知名的用人来购买他所认为的毒药，然后悄悄倒进我的杯子里？回想起在凡尔赛宫的聚会，我觉得这肯定有可能。用人们用盘子端着用高脚酒杯盛着的葡萄酒四处分发，虽然圣热尔曼伯爵没有靠近过我，但贿赂某个用人，让他给我某杯特定的酒并不困难。

雷蒙好奇地看着我："我问你，夫人，你有没有做过什么会把朗博子爵夫人惹生气的事情？她是个特别爱吃醋的女人。这可不是她头一次要我帮忙解决对手了，尽管幸运的是她的醋意并不会持续太久。朗博子爵管不住自己的眼睛，你知道的，所以她总是会有新对手，然后忘掉老对手。"

我自作主张地坐了下来。

"朗博？"我说道，试着把这个名字和某张脸庞联系起来。记忆的迷雾逐渐散开，一副穿着时髦的身体和一张普通的脸庞显现出来，身上和脸上都溅有不少鼻烟。

"朗博！"我惊呼道，"是的，我见过这个人，但我只是在他咬我的脚指头时用扇子打了他耳光。"

"在某些情况下，这对于子爵夫人来说是个足够的挑衅了。"雷蒙师傅说，"如果是这样，那么我觉得她不会再攻击你了。"

"谢谢你，"我冷冰冰地说，"如果不是子爵夫人呢？"

他犹豫了片刻。早晨的阳光透过我身后的菱形玻璃照进来，他在阳光的照耀下眯着双眼。接着，他下定决心，转身朝烧着蒸馏器的石桌走去，并且摆头让我跟着。

"跟我来，夫人，我有些东西给你。"

让我惊讶的是，他低头走到桌子下面，然后消失了。见他没有回来，我便弯腰朝桌子下面看。火炉里的炭床正熊熊燃烧着，但火炉两边都有空间。在桌下的墙里，隐藏在阴影里面的，是一块较黑暗的空地。

我只是稍微犹豫了一下，便提起裙摆，跟着他蹒跚着走到桌子下面去了。

墙的那边有个房间，尽管房间很小，但是在里面我们可以站起来。在整座房子的外面完全看不出有这个房间。

这个密室的两堵墙都被蜂巢般的书架占据着，书架的每个格子都洁净无尘，而且里面都展示着一个动物头骨。这两堵墙壁的冲击力足以让我向后退一步。那些空洞的眼睛似乎全都在盯着我，而那些裸露的牙齿则闪亮着表示欢迎。

我眨了好几次眼睛，才找到雷蒙师傅。他像常驻侍僧一样小心翼翼地蹲在这个藏骨堂下面，紧张地把双手举在面前，同时看着我，特别像是在期待我大喊大叫或扑倒在他身上。然而，比起一排打磨过的骨头，我见过更恐怖的东西，所以我冷静地走上前去，仔细地打量着它们。

看上去他应有尽有。蝙蝠、老鼠以及鼩鼱的小头骨，这些骨头是透明的，上面的尖利小牙齿闪耀着光点，体现出食肉动物的残暴。巨大的佩尔什马骨，它们的下巴像短弯刀似的，看上去特别适合用来削平一排排非利士人。还有许多猴子的头骨，它们就像那些负重的巨大马匹那样，倔强地保持着微型的曲面。

它们拥有某种魅力，如此安静，如此美丽，似乎每件骨头都仍然保持着其主人的本质，似乎骨头的轮廓上还隐约保持着原有的血肉和皮毛。

我伸手摸了一个头骨。如我所料，这骨骼并不冰冷，却异常地呆滞，似乎那早已消失的温度还彷徨在不远处。

我见过人们随意地对待人体遗骸，早期基督教烈士的头骨被紧挨着堆在地下墓室里，而大腿的骨头则像游戏棒一样堆在头骨下面。

“这是只熊？”我轻轻地说。这是一个大头骨，犬齿尖利，但臼齿却被奇怪地磨平了。

“是的，夫人。”见我并未害怕，雷蒙先生放松了。他轻盈地抬起手，特别轻微地从那个粗大、坚实的头颅的曲面上摸过。“你看见这些牙齿没有？这是吃鱼吃肉的，”他伸出细小的手指沿着那一长排邪恶的犬齿，以及那锯齿般的臼齿抚摸，“但也嚼浆果和蛆虫。它们很少会挨饿，因为它们什么都吃。”

我慢慢地转身参观着，钦佩地摸摸这儿，摸摸那儿。

“它们都很可爱。”我说。我们轻声地说话，似乎说大声了会把那些安静的沉睡者吵醒。

“是的。”雷蒙和我都用手指抚摸它们，轻抚那些长长的前额骨头，以及那些脆弱的鳞状的拱形脸颊骨，“它们拥有动物的特点，你知道的。仅仅依靠留下来的骨头，你就能大概判断出它是哪种动物。”

他把一个较小的头骨翻转过来，指出了底面上肿胀的凸起物，那些凸起物就像是薄薄的小气球。

“这儿，耳道连接着这些地方，声音进而会在头骨里回响，所以老鼠的听力才会很灵敏，夫人。”

“鼓膜水泡。”我点头用拉丁文说道。

“啊？拉丁文我只懂一点点。这些东西的名称都是……我自己创造的。”

“这些……”我向上指了指，“这些很特别，是吧？”

“哦，是的，夫人。它们是狼，特别老的狼。”他取下一个头骨，虔敬且小心地拿着。头骨的口鼻部分很长，有着坚实的犬齿和宽大的裂齿。矢状合缝的头顶明显凸起，比头骨的背部要高，表明了颈部上曾经有过坚实、发达的肌肉。

不像其他头骨那样是枯燥、柔和的白色，这些头骨上有棕色的斑点和条纹，而且因为擦拭过多而亮铮铮的。

“这些动物没了，夫人。”

“没了？你是说灭绝了吗？”我又入迷地摸了它一次，“你到底在哪里弄来这些东西的？”

“不是从地上，夫人，而是从地下得到的。它们是从泥煤田里挖出来的，埋了好几英尺深。”

我近距离打量着，看到它们与其他那些年代更近、颜色更白的头骨有所不同。这些动物比普通的狼大，嘴巴或许能够咬碎一只奔跑着的麋鹿的腿骨，或者撕开一只倒在地上的鹿的喉咙。

摸到它时我稍微颤抖了一下，因为它让我回想起了在温特沃思监狱外被我杀死的那匹狼，想起了它那些在寒冷的黄昏里跟踪我的同伴，那是快六个月前的事情了。

“你不喜欢狼，夫人？”雷蒙问道，“也不担心熊和狐狸？它们也是捕食者，吃肉的。”

“是的，但不是吃我的肉，”我讽刺地说着，把那个因为年代久远而变得深色的头骨还给他，“我对我们的朋友麋鹿同情得多。”我有些喜爱地拍了拍那高高伸出的鼻子。

“同情？”雷蒙师傅柔和的黑眼睛好奇地看着我，“对骨骼抱有这种感情可不常见啊，夫人。”

“呃……是的，”我有些尴尬地说，“但是它们看上去并不仅仅是骨骼，你知道的。我是说，你在看着这些骨骼时，能够从它们身上得知些什么，能够感到那些动物是什么样的。它们并不只是毫无生命的东西。”

雷蒙咧开没有牙齿的嘴巴笑了，似乎我在不经意间说了什么让他开心的话，但他没有说什么。

“你拿这些东西干什么？”我突然问他，意识到各种动物头骨在草药店里并不是常见的附属品。鳄鱼标本或许是，但这些东西不是。

他好意地耸了耸肩。

“嗯，它们是我从事工作时的某种陪伴。”他指了指角落里的杂乱工作台。“它们可以告诉我许多事情，但它们同时又没有那么吵闹，不会引起邻居的注意。到这儿来，”他突然转换话题说，“我有东西给你。”

我惊异地跟着他朝房间尽头的高柜子走去。

在我看来，他不是博物学家，肯定也不是科学家。他没有笔记，没有绘画，没有可供别人查阅和学习的记录。但我奇怪地相信，他很想教我某些他知道的东西——或许是与骨骼的共鸣？

柜子上有些奇怪的标志。它们相互衔接，像螺纹一般，周围看上去像是五边形和圆形，喀巴拉教派[①]的标志。我在兰姆叔叔的某些历史学

① 喀巴拉教派，犹太教神秘主义派系。

资料里见过，所以认识一两个。

“你对喀巴拉感兴趣？”我看着那些符号问他，觉得有些好笑。难怪他会建造这个隐秘的工作室。虽然某些法国文学和贵族人士对异教的事情兴趣浓厚，但这种兴趣往往都很隐秘，因为他们担心引起教会愤怒，从而招致清洗。

他大笑起来，这让我颇感惊讶。他用短指甲的粗壮手指在柜子正面按按这里，按按那里，抚摸着一个符号的中心，而这个中心则是另外一个符号的结尾。

“呃，我不感兴趣，夫人。许多喀巴拉信徒往往都很穷，所以我不经常与他们交往。但是这些符号确实能够让好奇心重的人远离我的柜子。你想想，这对于符号来说，可算是不小的力量了。所以，或许喀巴拉信徒说这些符号有力量并没有错？”

他淘气地朝我微笑着，打开了柜子的门。我能看到那其实是个双层柜子。如果某个好管闲事的人无视那些符号的警告，打开了柜门，那么他肯定只能看到药剂师的普通物品。但是，如果按照正确的顺序按下隐藏的门闩，那么里面的架子也会被打开，展示出后面深深的壁腔。

他拉出排在壁腔里的一个小抽屉，然后把它倒扣在手里。他摇晃着抽屉里的东西，从中取出一大颗白色的晶体石，然后把它递给了我。

“给你的，”他说，“可以保护你。”

“这是什么？魔法吗？”我怀疑地说道，把那颗水晶石在手掌里翻来翻去。

雷蒙大笑起来。他把手伸到桌子上方，让一把五颜六色的石头从指缝流过，弹跳着落在墨迹斑斑的毛毡吸墨垫上。

“我觉得你可以叫它魔法，夫人。我把它叫作魔法的时候，会收费更高。”他用指尖把一颗淡绿色的水晶石拨到那堆五颜六色的石头边上。

“它们的魔力比不上那些头骨——当然也不比头骨差。我把它们称为大地之骨。它们具有母体的精髓，不管母体有什么力量，它们也都拥有。”他把一小块发黄的石头朝我这边弹过来。

“硫黄。与其他几种小东西一起磨碎，用火柴靠近，它就会爆炸。火药。是魔法吗？或者说这只是硫黄的属性呢？”

“我觉得这要看这话是对谁说。”我说道。他的脸上挂起了愉悦的微笑。

“如果你离开了你丈夫，夫人，”他低声地笑着说，“你肯定不会挨饿的。我就说过你是专业人士，不是吗？”

“我丈夫！”我惊慌地叫道。我突然明白了远处店铺里面传来的模糊噪声是怎么回事了。我听到一声巨大的撞击声，那是硕大拳头特别用力捶打工作台面的声音。我还听到低沉模糊的说话声，这个说话声在其他叽叽咕咕的声音里，不容干涉地要让自己被人听到。

“我的天哪！我把詹米忘了！”

“你丈夫在这里？”雷蒙的眼睛睁得比往常还大，而且他的脸色已经变得特别苍白。

“我把他忘在外面了，”我解释道，弯腰打算穿过那个秘密的通道口回去，“他肯定等得不耐烦了。”

“等等，夫人！”雷蒙伸手拉住我的手肘，让我停了下来。他把另外那只手搭在我那只握着白水晶的手上。

“那颗水晶，夫人，我说过它可以保护你。”

“是的，没错，”我不耐烦地说着，听到詹米在外面叫我叫得越来越大声，“怎么个保护法？”

“它对毒很灵敏，夫人。在遇到几种有毒物质时，它会改变颜色。”

这句话让我停了下来。我站直身子，盯着他看。

“毒？”我慢慢地说道，“那么说……”

“是的，夫人。你或许还有危险。”雷蒙那张青蛙脸表情严肃，“我不确定是否真的有危险，也不知道危险从何而来，因为我也一无所知。你放心，如果我发现了，我肯定会告诉你。”他的眼睛不安地朝壁炉处的进口看了看。外面的墙壁上传来巨大的撞击声。“让你丈夫也不要担心，拜托了，夫人。”

“别担心，”我在低矮的门楣下弯腰告诉他，“我觉得詹米不会咬人的。”

“夫人，我担心的不是他咬人！”我半蹲着从壁炉灰烬上面往外走，雷蒙师傅在我身后说道。

詹米正举起刀柄，打算再次敲打墙壁的镶板。他看见我从壁炉里面走出来，于是放下了刀柄。

“哎呀，你来了。”他温和地说。他偏头看着我掸掉裙子褶边上的油烟和灰烬，然后看到雷蒙小心翼翼地从蒸馏桌下往外看，他皱起了眉头。

“啊，我们的小蛤蟆也来了。外乡人，是让他自己解释呢，还是我把他像那些东西一样挂起来？”他依然看着雷蒙，朝外面那个工作间的墙上点了点头。那堵墙上挂着一条长长的毛毡，毛毡上钉着几只干蛤蟆和青蛙。

“别，不要，”我急忙说道，而雷蒙则又埋头躲回了桌下，“他把一切都给我讲了。他其实还帮了我大忙。”

詹米不情愿地收起匕首。我伸手把雷蒙拉出来。他看到詹米时往后退了一下。

“夫人，这个男人是你丈夫？”他问道，口气就像是想我给他否定的回答。

“是的，当然是。”我回答道。“我丈夫詹姆斯·弗雷泽，图瓦拉赫堡主。”我说。虽然我指的只可能是詹米，但我还是挥手指了指他。我朝另外那边挥挥手，说道：“雷蒙师傅。”

“我猜就是。”詹米干巴巴地说。他鞠了个躬，朝雷蒙伸出一只手，而雷蒙把头低到了詹米腰部下面几英寸的地方。雷蒙短暂地碰了碰詹米伸出来的手，然后迅速把自己的手缩回去，忍不住稍微战栗了一下。我惊讶地盯着他看。

詹米只是扬起一只眉毛，向后靠到桌沿上，把双手抱在胸前。

“好了，”他说，“怎么回事？”

我做了大部分解释，而雷蒙则只是偶尔说个单音节词表示肯定。他这个小个子药剂师似乎完全没了平常那种狡猾的才智，缩在火炉边的凳子上，疲惫地耸着肩膀。只有在我解释完白水晶，以及什么时候可能用到它过后，他才动了动，似乎又有了些活力。

“没错，大人，”他宽慰詹米说，“我其实不知道是你妻子有危险，还是你们二位都有危险。我没有听到什么具体的东西，只在某个地方听到过‘弗雷泽’这个名字，而且在那个地方，人们提及名字时很少会有什么好事！”

詹米犀利地看了他一眼。“是吗？雷蒙师傅，你经常去这种地方吗？你说那些人是你的合作伙伴吗？”

雷蒙有些憔悴地微笑着。“我更愿意说他们是我生意上的对手，大人。”

詹米哼了一声。“唔，是啊，好吧。不管是谁，只要敢轻举妄动，我会让他吃不完兜着走。”他摸了摸腰带上的匕首，然后站了起来。

“不过，我感谢你的警告，雷蒙师傅。”他给雷蒙鞠了个躬，但这次并没有把手伸出去。“至于另外那件事——”他朝我挑起一只眉毛，“如果我妻子愿意原谅你的所作所为，那么我就不多说了。下次子爵夫人再来时，”他补充道，“我建议你还是躲到你的小洞里去。我们走吧，外乡人。”

我们乘着马车隆隆地朝特穆朗街驶去。詹米在路上一言不发，盯着马车窗外，右手的手指敲打着大腿。

“在那个地方，人们提及名字时很少会有什么好事，”马车转进特穆朗街时，他嘟哝道，“我在想这会是个什么地方呢？”

我回忆起雷蒙的柜子上的符号，然后感到一阵轻微战栗，前臂上的寒毛都立了起来。我回想起了玛格丽特所说的关于圣热尔曼伯爵的闲话，以及德拉马热夫人的警告。我把这些，以及雷蒙说的话告诉了詹米。

詹米点点头。“是的。关于宫里的这种事情，我听说过一点，只是一点。我当时没有在意，觉得只是胡话，但现在我会去挖掘的。”他突然大笑起来，然后把我拉近，“我会让默塔去跟着圣热尔曼伯爵，有他好受的。”

CHAPTER 17

鬼魂缠身

詹米恰当地安排了默塔去监视圣热尔曼伯爵的活动，但是除了汇报伯爵在家招待了许多人——各个阶层的男男女女都有——他并未发现任何特别神秘的事情。不过，伯爵的一位访客却值得注意，那就是查尔斯·斯图亚特。他在一天下午去了伯爵家，逗留了一个小时，然后才离开。

查尔斯开始更加频繁地要求詹米陪他去酒馆和城里的低俗地方。我个人觉得，这与儒勒·德拉图尔·德罗昂为庆祝妻子怀孕而举办的聚会更有关，与伯爵的险恶影响力则没有那么多关联。

查尔斯的这些出行有些时候会持续到深夜，我已经习惯在詹米不在时上床睡觉，在他爬到床上，睡到我身边时醒来。从夜晚的雾气中穿行回来后，他的身体会冷冰冰的，而且他的头发和肌肤上还会残留着烟味和酒味。

“他对女人是那么迷恋，让我觉得他甚至忘记了自己是苏格兰和英格兰的王位继承人了。”詹米在有次出行回来时说道。

“天哪，他肯定不开心，”我讽刺地说，“希望他就保持着那样。”

不过，一个星期后的一天，我在冰冷的灰色晨曦中醒来，发现床的另一边仍然是空的，被子仍然平整，未被移动过。

“图瓦拉赫大人在书房吗？”我穿着睡衣，在扶手边上俯身问道。

我把从下面走廊里经过的马格纳斯吓了一跳。或许詹米为了不打扰我，所以选择睡在书房里的沙发上了。

“没有在，夫人。”他抬头看着我回答道，“我刚才去开前门，发现门根本没闩上，所以大人昨晚没有回来。”

我沉重地坐到最上面的那级阶梯上。我看上去肯定特别令人担心，因为马格纳斯这位年老的管家几乎健步如飞地爬上楼梯，朝我走来。

“夫人，”他说道，焦急地摩擦着我的手，“夫人，你没事吧？”

“不太舒服，但这没什么。马格纳斯，赶紧派人去查尔斯王子在蒙马特尔的住所，看看我丈夫是否在那里。”

“这就去，夫人。我也会让玛格丽特上来照顾你。”他转身匆匆走下楼梯。他早上干活时穿的那双毛毡拖鞋，在抛光的木地板上发出柔和的沙沙声。

“还有默塔！”我对着马格纳斯离去的背影喊道，“他是我丈夫的亲戚，请让他来见我！”我最先想到的是詹米或许在查尔斯的豪宅过夜，然后才想到他肯定发生了什么事情，无论是遇到意外，还是某人故意对他做了什么。

“他在哪儿？”默塔沙哑的声音在楼梯脚下说。他显然才醒来，不知道他昨晚睡在什么上面，他的脸上满是皱痕，而且他破旧的衣服上面还有一点稻草。

“我怎么知道。”我厉声说道。默塔看上去总是在怀疑别人，而且被人粗鲁地叫醒并未改善他那副怒容。但是，看到他时我却有些宽慰——如果有什么不好的事情发生，那么默塔看上去就是处理这件事情的那个人。

“他昨晚和查尔斯王子出去，然后没有回来。我只知道这些。”我拉着楼梯扶手站起来，往下抚平我的丝质睡衣。炉火才被点上，还不足以温暖这个房子，所以我打了个寒战。

默塔摸摸脸颊，以便帮助自己思索。“唔。派人去蒙马特尔了吗？”

“派了。”

“那我等他们带消息回来再说。如果詹米在那里,那么就没什么事了。如果他不在，或许他们能够知道他在什么时候、在什么地方与王子殿下分别的。”

“如果他们俩都不见了呢？如果查尔斯也没有回家呢？”我问道。如果巴黎有詹姆斯党人，那么也有反对斯图亚特复辟的人。而且，虽然暗杀查尔斯·斯图亚特并不能确保潜在的苏格兰起义失败——毕竟他还有位弟弟亨利——但这样做或许能够在一定程度上浇灭詹姆斯对起义的热情。也要他有热情啊，我心烦意乱地想。

我清楚地记得詹米告诉我的遇到菲格斯的那次逃生故事。街头暗杀并不少见，而且晚上还有暴徒团伙在巴黎街上追杀。

“你最好穿上衣服，姑娘，”默塔说，“我在这里都能看到你的鸡皮疙瘩。”

“噢！是的，是应该穿上衣服了。”我向下看了看双臂。在脑中进行各种猜测时，我一直抱着自己，但这不管用，我的牙齿已经开始打战了。

“夫人！你肯定会感冒的！”玛格丽特重重地匆忙走上楼梯，我在她的催促下朝卧室走去，同时回头看了看下面的默塔。他细心地检查匕首的刀尖，然后把匕首塞进鞘里。

“你应该上床去，夫人！”玛格丽特责备道，“你这样让自己受冻，对孩子不好。我这就去给你拿个暖床器上来。你的睡袍呢？赶紧穿上，这就对了……”我耸肩把那件重重的羊毛睡袍穿到丝质薄睡衣上，却无视了玛格丽特的咯咯反对声，走到窗边，打开了百叶窗。

初升的太阳照到特穆朗街上石头住房的正面上部，窗外的街道也开始明亮起来。街上照旧熙熙攘攘。男女用人们忙着擦洗阶梯，擦亮大门上的铜配件；小贩们沿街叫卖着水果、蔬菜和新鲜的海产品；各大豪宅里的厨师，在听到小贩的叫卖后，像妖魔那样从地下室的门里蹦了出来。一辆装着煤炭的运货马车慢慢地从街上驶过，发出橐橐的声音，而拉车的老马看上去则像是宁愿待在马厩里。但街上没有詹米的踪影。

我最后被焦急的玛格丽特说服，回到了床上取暖，却没法睡着。下面传来的各种声音都让我警觉。听到外面人行道上的每次脚步声时，我都希望接下来能听到詹米的说话声从下面的走廊里传上来。我在半睡半醒中始终会看到圣热尔曼伯爵的面孔。与其他法国贵族不同，他与查尔斯·斯图亚特有往来。之前詹米被追杀，以及我被下毒的事情，就很有可能是他在幕后指使的。大家都知道他与某些令人厌恶的人有往来。有没有可能是他安排除掉查尔斯和詹米呢？在这点上，他是出于政治上的目的，还是出于个人目的，都没有什么区别。

脚步声最终从楼下传上来时，我脑袋里全是詹米被割喉、倒在排水沟里的画面，所以并没有意识到是他回家来了，直到他打开卧室门。

“詹米！”我从床上坐起来，愉快地喊道。

他朝我笑了笑，然后狠狠地打了个哈欠，甚至都懒得伸手捂嘴了。我能看到他的整个喉咙，宽慰地知道他没有被割喉。不过，他看上去显然是喝醉了。他倒在我边上，疲惫地伸了个长长的懒腰，然后有些惬意地呻吟了两声。

“发生了什么？”我问。

他睁开一只眼眶发红的眼睛。“我得洗个澡。”他说道，然后又闭上了眼睛。

我朝他俯身，仔细地嗅了嗅。我闻到封闭房间里常见的那种烟味，以及受潮羊毛的气味，还有各种难闻的酒味——麦芽酒、葡萄酒、威士忌和白兰地，这刚好与他衣服上的污渍相称。而且还明显混杂着难闻的古龙香水味，这种混合起来的气味有种刺激性，特别犀利和有害。

“确实得洗澡。”我同意道。我爬下床，把身子伸到走廊里，喊玛格丽特把坐浴盆和足够的洗澡水送上来。安布罗斯修士在与我分别时送过我几块精细研磨过的硬肥皂，肥皂里加有玫瑰精油。我让玛格丽特也顺便带上来。

玛格丽特开始进行乏味的工作，把那些巨大的铜壶拿上来，而我则把注意力转移到床上的詹米身上。

我脱下他的鞋袜，然后解开他短裙的扣子，把短裙翻开。他把手伸到胯部，但我盯着的却是其他地方。

“发生了什么？”我又问。

他的大腿上有几条长长的抓痕，在苍白的皮肤上形成了发炎的红肿。在他一条大腿的内侧有个咬痕——那只可能是咬痕，因为牙印都很明显。

玛格丽特倒着热水，好奇地看着这个证据，决定在这个微妙的时刻插嘴。

“小狗？”她问道。小狗？虽然我不熟悉当时的俗语，但我知道“小狗”通常都是油头粉面、两腿走路的动物。

“出去。”我用法语简洁地说，语调像是个女舍监。她拾起水壶，轻微地噘起嘴离开了房间。我回头看着詹米。他睁开一只眼睛，看了一眼我的脸，然后又闭上了。

“嗯？”我问。

他没有回答，而是打了个抖。片刻过后，他坐了起来，用手擦着脸庞，胡楂儿发出了刺耳的声音。他疑惑地挑起一只红润的眉毛。“像你这么有教养的女士，是不会知道‘六九’的其他意思的。”

“我听说过，”我说道，把双手抱在胸前，有些怀疑地看着他，“请问你在哪里遇到这个有趣的数字的呢？”

“是我昨晚遇到的一位女士硬把它推荐给我的，说是一种值得做的活动。”

“那你的大腿有可能是那位女士咬的吗？”

他往下看了看，若有所思地摸了摸那个印子。

“唔，不是，其实不是。那位女士似乎只喜欢较小的数字。我觉得六她还可以接受，而九可以滚蛋了。”

“詹米，”我明显地跺着脚说，“你整晚去哪儿了？”

他从盆里捧起一捧水，然后泼洒在脸上，让细小的水流沿着胸上的深红色毛发流下来。

“唔，”他说着，眨眼让浓密睫毛上的水滴掉下去，“我看看。最先我们在酒馆吃晚饭，在那里遇到了格兰格瑞和米尔弗洛尔斯。”米尔弗洛尔斯先生是巴黎银行家，而格兰格瑞则是位年轻的詹姆斯党人。他是外来人员，不是巴黎居民，据詹米说他最近经常陪伴着查尔斯。“吃完晚饭后，我们去卡斯特罗蒂公爵家打牌。”

“然后呢？”我问。

显然是酒馆，然后又是一家酒馆，然后是一个像酒馆的地方，但这个地方还有几位外貌诱人，甚至技能诱人的女士。

“技能，呃？”我说道，看了看他腿上的印记。

“天哪，他们就在大庭广众下做，”他说道，回忆起来时还颤抖了一下，“两个女士在桌上做，就在羊排和炖土豆中间，还有榅桲果冻。”

“我的天哪。”又回来的玛格丽特说道。她花了很长时间才放下新打了水的水壶，在胸前画了个十字。

“你安静点，”我怒视着她说，把注意力转移回詹米身上，“然后呢？”

然后，这件事情显然变得更加正常，却仍然是在很公开的场合完成的。考虑到玛格丽特的感受，詹米等着她再次离开去打水后，才继续详说。

“然后卡斯特罗蒂把那个红头发的胖女士和那个金发的小女士带去角落里，然后……”

“那你这段时间一直在做什么？”我打断他那趣味无穷的叙述。

“看着，”他似乎很惊讶地说道，“这看上去不体面，但是在那种情况下，我并没有太多选择。”

他说话时，我一直在他的毛皮袋里摸索，从里面摸出了一个小钱包，还有一个金属环，上面装饰有盾徽。我好奇地试着把它戴到手指上，但是它比普通的指环大许多，就像铁圈挂在棍子上一样。

“这东西是谁的？”我拿着它问，“看上去像是卡斯特罗蒂公爵家的盾徽，但是不管这东西是谁的，那这个人的手指肯定得像香肠那么粗。”卡斯特罗蒂公爵是个瘦弱得像四季豆的意大利人，脸庞清瘦得像得了慢性消化不良——从詹米讲的故事来看，这也难怪。榅桲果冻，也真是的！

我抬头看了詹米一眼，发现他从肚脐到发际线都通红了。

“呃，”他说道，夸张地处理着膝盖上的泥污，“它……不是戴手指上的。”

“那是戴哪儿的……噢。”我以全新的兴趣看着那个圆环，“天哪，我之前听说过它们……”

“听说过？”詹米特别震惊地说。

“但我从来没有见过。它是你的尺寸吗？”我伸手打算去试试。他用双手捂住自己的私处。

玛格丽特又打水上来，安慰他道：“别担心，先生，我见过这东西的。”

他看看我，又看看玛格丽特，然后拉来被子盖在大腿上。

“维护了整晚的美德，真是足够难受，”他有些严肃地说，“早上还不能讨论它。”

“维护美德，嗯？”我漫不经心地把那个圆环从一只手抛到另一只手，并用食指把它接住。“送你的？”我问道，“还是你借来的？”

“送我的。别那样做，外乡人，”他皱着眉头说，“会让我回想起昨晚的事情。”

“噢，是啊，”我看着他说，“来说说那些事情。”

“不是我！”他抗议道，“你不会觉得我会做那种事情吧？我可是有妇之夫！”

“米尔弗洛尔斯先生不也是有妇之夫吗？”

“他不仅是有妇之夫，而且还有两个情妇，”詹米说，“但他是法国人——不一样。”

“卡斯特罗蒂公爵不是法国人，他是意大利人。”

“但他是公爵，这也不一样。”

“哦，不一样是吧？我在想公爵夫人是否也觉得不一样。”

“考虑到公爵说他从夫人那里学到的几件事情，我想她会觉得不一样的。洗澡水还没准备好吗？”

他用被子围着身体，笨拙地从床上走到热气腾腾的浴盆边上，然后站了进去。他扔下被子，很快地往浴盆里坐，但还是不够快速。

“真大！”玛格丽特在胸前画着十字说。

“水足够了，”我克制地说，“很感谢你。”她低下头，红着脸小跑出去了。

玛格丽特跑出去关上了门，詹米在浴盆里放松下来。浴盆的背部很高，可以仰靠在上面。洗澡时的感觉似乎是，既然不嫌麻烦地准备了洗澡水，好好洗个澡也无妨。他慢慢地坐到热气腾腾的水里，满是胡楂儿的脸上挂着幸福的表情，热水让他白皙的皮肤变得通红。他闭着眼睛，又高又宽的脸颊骨边上结着微弱的水汽，在眼窝里闪闪发光。

“肥皂呢？”他睁开眼睛，满怀期待地问。

“对，肥皂。”我拿一块肥皂给他，然后坐在浴盆旁边的凳子上。他用力擦拭着身体，我看了他一会儿，然后给他拿来布和浮石，他拿去细心地擦拭着脚底和肘部。

“詹米。”我最终说道。

“啊？”

“我不想抱怨你的做事方法，”我说道，“我们说好了你要不遗余力的，但是……你真的得……”

“得做什么，外乡人？”他停止擦洗，转头专注地看着我。

“得……得……”让我烦恼的是，我和他一样脸红，但我没有热水做借口。

他从水里伸出滴着水的大手，把手放在我的胳膊上。湿润的热量穿透我的薄衣袖，烫着我的皮肤。

“外乡人，”他说道，“你觉得我昨晚一直在做什么？”

“呃。”我说道，尝试不去看他腿上的印记，却没有做到。他大笑起来，不过听起来他并不是真的被我逗乐了。

“噢，你对我真没信心！”他讥诮地说。

我退到他摸不到的地方。

“呃，”我说，“谁的丈夫要是回到家时身上有咬痕和抓痕，满身香水味，而且还承认自己在下流的地方过夜，还……”

“还给你直白地说他整个晚上都在看，而没有做？”

“光是看的话，你的腿上可不会有那些印子！”我突然生气地说道，然后又紧紧闭上了嘴。我感觉自己像个吃醋的老太婆，而我不喜欢这样。我曾经像个世俗女人那样，发誓要平静地接受，告诉自己说我对詹米完全有信心，还说——这只是以防万一——不把蛋打碎就没法做煎蛋。即使某些事情发生了……

我抚平衣袖上被打湿的那个地方，透过冷下来的丝绸感受到了寒冷的空气。我努力寻找之前那种轻柔的口气。

“或者说，这些疤痕是在你维护美德、进行体面的抗争时留下的？”不知怎的，轻柔的口气并未出现。我听着自己的话，不得不承认我的口气整体上很不友善，但很快我就觉得无所谓了。

詹米并不擅长于听别人说话的口气，他眯眼看着我，似乎准备要回答。他深吸气，显然是决定要打住他准备说的话，然后把气吐了出来。

“是的。”他平静地说。他伸手在腿间打捞，最后捞出了那块肥皂，一块滑溜溜的、形状很不规则的圆形肥皂。他把肥皂放在手掌上面。

“你能帮我洗头发吗？在坐马车回家的路上，王子殿下吐在我身上了。而且，现在来看，我身上还有点臭。”

我犹豫了片刻，但还是接受了，至少暂时地接受了他的橄榄枝。

在抹着肥皂的浓密头发下，我能感受到他头骨的坚实曲线，以及他头后面的伤疤。我把大拇指坚定地往他颈部的肌肉里按，他在我的手下稍微放松下来。

肥皂泡沿着他那湿漉漉的、明亮的肩膀流下来，我的手也顺着它们往下滑，把肥皂液在他身上抹开，我的手指似乎漂浮在他的皮肤上。

他真是个大块头，我想。经常在他身边，我往往会忘记他的块头大小，直到突然从远处看到他耸立在其他人中间，我才会意识到他的庞大，然后会重新被他的风度和他身体的美打动。可是，他现在坐着，膝盖几乎挨着下巴，双肩和浴盆一样宽。他稍微前倾，以便我给他擦洗，露出了背上的丑陋伤疤。兰德尔在圣诞节给他留下的厚厚的红色疤痕，沉重地覆盖在之前鞭打造成的轻微白色伤疤上。

我温柔地抚摸着那些伤疤，看到它们时我的心拧在了一起。我见过它们还是新鲜伤口的样子，见过詹米被折磨和虐待逼到快发疯时的状态。但我治愈了他，而他也用他那颗英勇的心全力恢复过来，回到我的身边。我心肠一软，把他杂乱的头发拨到边上，埋头轻吻了他的颈子。

我突然坐直。他感受到我的移动，稍微把头转了过来。

“怎么了，外乡人？”他问道，他的声音因为困倦和满意而很慢。

“没什么。”我说道，盯着他脖子侧面的深红色印记。彭布罗克医院住宿的护士，在晚上与附近基地里的士兵约会过后，第二天清晨往往会戴着时髦的围巾，掩盖那些印记。我总是觉得那些围巾其实是种宣传的手段，而非掩盖的手段。

“没什么。”我又说道，然后伸手去拿架子上的水壶。水壶就放在窗户边上，摸上去冰冰的。我走到詹米身后，把水倒在他的头上。

我提起我的丝质睡裙，避开突然从浴盆里溢出来的水。他被冷水淋得语无伦次，但他太过震惊，没办法说出到了嘴边的话。我抢先一步发话。

“你只是看了，是吗？”我冷冷地问，“想来你享受得不够多，是吧，可怜的家伙？”

他在浴盆里猛然往后躲，浴盆里的水被晃荡出来，溅在石头地板上。他扭转身子，抬头看着我。

“你想我说什么？”他问，“我想不想和她们厮混？想，我想！想得不和她们做的话就会蛋疼，想得让我想到碰那些荡妇就会觉得恶心。”

他把湿答答的头发从眼睛上拨开，恶狠狠地盯着我。

“这是你想知道的吗？你现在满意了？”

“不满意。”我说道。我的脸火辣辣的，我把脸贴在冰冷的窗玻璃上，双手抓着窗底框。

“谁要是欲火焚身地看着女人，那他就已经与这个女人通奸了。你是这么觉得的吗？”

“那你是这么觉得的吗？”

“我没有那么觉得。如果我和妓女睡了，你会拿我怎么办，外乡人？扇我耳光？不让我进卧室？不和我同床？”

我转身看着他。“我会杀了你。”我咬着牙说。

他扬起两只眉毛，不可思议地张着嘴。“杀了我？天，如果我发现你和别的男人厮混，我会杀了那个男人。”他说完话，讽刺地抬起来一边嘴角。“注意，”他说，“那种情况下我对你也不会开心，但是我还是会杀他。”

“典型的男人，”我说，“总是抓不住重点。”

他啼笑皆非地哼了一声。“我是典型的男人？所以你不相信我。我说我在之前几个小时里没有和别人睡，想我证明给你看吗，外乡人？”他站起来，水从他的长腿间倾泻下来。窗外照进来的光线照亮了他金红的体毛，热气从他皮肤上缕缕升起。我短暂地朝下看了看。

“哈。”我说道，在这个单音节字里面融入了尽可能多的鄙视。

“热水。”他简短地说道，从浴盆里走出来，“你别担心，这不会花太多时间。”

“你就是那样想的。”我很精确地说。

他的脸红得更厉害了，双手不自觉地握成了拳头。

“你真是不讲理，是吧？”他问道，“天哪，我昨晚又痛苦又恶心，同伴说我不够男人，回家来你又说我不贞洁！真该死！”

他疯狂地四处看，看到他的衣服在床边的地上，然后快速走过去拿衣服。

“给你！”他边说着，边翻找他的腰带，“给你！如果欲望是通奸，而你又会因为通奸而杀了我，那么你最好现在就杀！”他拿着他那把十英寸长的黑铁匕首站起来，刀柄向外猛地递给我。他挺直双肩，把宽大的胸脯露在我面前，挑衅地瞪着我。

“来啊，”他坚持道，“我希望你不要放弃！当妻子的自尊心这么强！”

我有些忍不住，握紧的双手在身边颤抖，想把匕首接过来，然后扎实地插进他的肋骨。只是，除了他的夸张表现以外，我知道他肯定不会让我刺他，所以我没有那样做。我感觉自己已经足够可笑了，没有进一步羞辱自己。我迅速转身离开，丝质的裙子也随之摆动起来。

片刻过后，我听到匕首掉到地板上发出的响声。我站着没动，朝窗外看去，看着下面的后院。我听到身后有阵阵微弱的沙沙声，于是看了看窗户上的模糊影子。窗户上我的脸庞是模糊的椭圆形，脸的四周是因为睡觉而蓬乱的棕色头发。裸露的詹米就像是在水下一样，在玻璃里模糊地移动，寻找着毛巾。

“毛巾在水壶架的最下面那层。”我转身说。

“谢谢。”他并没有看我，而是把刚才拿着快速擦身体的脏衣服扔在地上，然后伸手去拿毛巾。

他擦干脸，然后似乎是在做决定。他放低毛巾，直接看着我。我能在他脸上看出他在努力控制情绪，感觉我似乎仍然在看着玻璃里面的他。我俩都同时屈服于理智了。

“对不起。”我们不约而同地说，然后大笑起来。

他湿漉漉的皮肤浸湿了我的薄衣服，但我无所谓。

几分钟过后，他在我头发里说了几句模糊不清的话。

“什么？”

“差点，”他往后挪了一点，然后重复说道，“就差那么一点，外乡人，吓着我了。”

我向下看了看那把被遗忘在地板上的匕首。“吓着你？我从来没有见过比你胆大的人。你清楚得很，我是不会杀你的。”

“噢，那个啊，”他咧嘴笑着说，“不是那个。我知道你不会杀我，虽然你很想那么做。”他很快又变得严肃起来。“我说的不是那个，我说的是……呃，那些女的。我和她们一起时的感觉。我不想她们，真的……”

“是的，我知道。”我伸手拉他，但他躲开了。他拦住我，看上去很烦恼。

“但是……那种欲望……有些时候和我对你的感觉很像很像……我觉得它不正常。”

他转过身，用亚麻毛巾擦拭头发，说话的声音也有些模糊不清。

“我以前始终觉得和女人睡觉是件简单的事情，”他温柔地说，“但是……我想拜倒在你脚下，”他扔掉毛巾，然后伸手握住我的双肩，“而且我也想你跪在我面前，抓住你的头发，让你用嘴为我……而且我想同时做这两件事情，外乡人。”他把手伸到我的头发里，紧紧捧住我的脸庞。

“我一点都不了解自己，外乡人！或者我了解。”他放开我，然后转过身去。他的脸早就干了，但他又捡起地上的毛巾，反复地擦拭下巴。他的胡楂儿在亚麻毛巾上发出微弱的沙沙声。他的声音仍然很低，在几英尺之外几乎都听不见。

“这些东西——我是说，我对这些东西的认识——是在温特沃思之后不久出现的。”温特沃思，他就是在那里为了我而放弃了灵魂，而且为了重新寻回灵魂，他受尽了兰德尔的折磨。

“我最先以为兰德尔偷走了我的一些灵魂，但后来我知道事情更糟糕。我的灵魂全都还在，而且一直都在。只是他让我看到了我的灵魂，让我自己认识了它。这是我不能原谅他的地方，希望他的灵魂因此而腐烂！”

他放低毛巾，然后看着我，脸庞还因为昨晚的压力而疲态尽显，但他的眼睛却因为急迫的心情而显得明亮。

“克莱尔，我想用双手感受你脖子上的纤细骨骼，感受你乳房和胳膊上的细腻皮肤……天哪，你是我妻子，我用生命去珍爱的人，但我还是想狠狠吻你，咬伤你那柔软的嘴唇，想看到我的手指在你皮肤上留下的印记。”

他扔下毛巾，颤抖地把手抬到面前，然后慢慢地放到我头上，像是在祝福一样。

“我想像抱猫咪那样把你抱在怀里，褐发美人，还想分开你的大腿，像发情的公牛那样开发你。”他的手指在我头发里抓紧，“我不了解自己！”

我把头向后仰，挣脱他的双手，然后向后退了一步。我的皮肤表面似乎充满了血。我短暂与他分开，身体自上而下感到一阵凉意。

“你觉得我就不是这样？你觉得我和你想的不同？”我问道，“你觉得我不会在有些时候想狠狠咬你，尝尝你的血，或者用力抓你，直到你喊出来？”

我慢慢伸手抚摸他。他胸部的皮肤湿润、温暖。我用食指的指甲抚摸他的乳头下方。我只是轻轻地抚摸，在他乳头下面上下移动、画圈，看着他的乳头在红色的胸毛中间硬起来。

我的指甲稍微用力，向下滑动，在他胸部白皙的皮肤上留下淡淡的红色印记。我这次全身都在发抖，但并没有转身离开。

“有些时候我想像骑野马那样骑在你身上，想驯服你，你知道吗？我能够做到，你知道的。让你飘飘欲仙，榨干你。我能够让你爽到崩溃的边缘。有些时候我很喜欢这样，詹米，很喜欢！而且我经常想——”我的声音突然消失了，我不得不狠狠吞口水，然后再继续说，“我经常想……抱着你，让你贴着我的乳房，像抱孩子那样把你抱在怀里，安慰你入眠。”

我的眼里含满泪水，无法看清他的脸庞，看不清他是否也在流眼泪。他伸出双臂紧紧抱住我，他身体的湿润热量把我包围，就像夏季风一样。

“克莱尔，不管有没有用刀，你都确实杀了我。”他把脸埋在我的头发里低声说。他弯腰把我抱起来，然后把我抱到了床上。他跪在床上，让我躺在乱糟糟的被子里。

“你现在就要和我睡，”他轻轻地说，“我想怎么对你就怎么对你。你如果要报复，那就尽管报复，因为我灵魂的每个黑暗角落都是你的了。”

因为洗了澡，他肩膀上的皮肤暖乎乎的，但是在我双手游走到他的脖子上时，他打了个寒战，然后我把他拉到了我的身上。

在我最终报复了他后，我把他轻轻抱在怀里，向后抚摸他那粗糙、湿润的头发。

“有些时候，”我轻轻对他说，“我希望我肚子里怀的是你，希望我能够把你装在身体里，永远保护着你。”

他温暖的大手，从床上慢慢抬起，捧着我微微凸起的肚子，保护、爱抚着它。

“我已经在你肚子里了，亲爱的，”他说，“已经在了。”

第二天早上躺在床上，看着詹米穿衣准备出门时，我第一次感受到了他在肚子里动，一阵微弱的颤动，既十分熟悉，又全然新颖。詹米背对着我，扭着穿上那件齐膝长的衬衫，伸展开双臂，把白色的亚麻衬衫穿到宽大的肩膀上。

我躺着没动，等待着，希望那种感觉再来。它确实又出现了，这次是一阵阵微小的快速移动，就像气泡冒出碳酸饮料表面时破裂一样。

我突然想起了可口可乐，那种奇怪的、深色的美国气泡饮料，我在与一位美国上校共进晚餐时曾经尝过。那位上校把它当作精美饮料呈上来——在战争时期，它确实是精美的饮料。它装在绿莹莹的瓶子里，瓶身逐渐变细，上面有流畅的棱纹花样，瓶口有圈凸起的玻璃，让整个瓶子看上去大致就像个女人，瓶颈下方鼓起，往下还有更粗的一圈。

我回想起，在可乐瓶被打开时，那数百万气泡是如何冲到细小的瓶颈里的。它们比香槟酒的气泡更细小，欢快地炸裂在空气里。我轻轻地把手放在子宫上方的肚子上。

我感到了。我感觉不出是他，抑或是她——我本以为我能感受得出来——但我能感到里面有人。我想，撇开生理特征不谈，或许婴儿在出生前并没有性别，在接触到外部世界后，婴儿才会永远地定格为她或他。

“詹米。”我说。他正在往后扎头发，用手把头发握成粗粗的一把，然后用皮带子把它们绑起来。他低头扎着头发，抬起眼睛看我，然后微笑了。

“你醒了？现在还早，褐发美人。再睡会儿吧。”

我本来打算告诉他，但某些事情阻止了我。他当然感受不到孩子，暂时还感受不到。不是说我觉得他不在乎，而是在察觉到孩子有动静这件事情上，突然有些东西显得私密。这是我与孩子之间共有的第二个秘密，而我们之间的第一个秘密则是对于胎儿存在的知悉——我的知晓是种有意识的知情，而胎儿的知晓则是种单纯的存在。我们对于这个消息的共享，就像流动在我们二人体内的血液一样，让我们紧密联系起来。

“想我给你辫头发吗？”我问。在他去码头之前，他有时会让我把他那粗糙的茂密头发辫成紧紧的一条，以免头发被码头和甲板上的大风吹乱。他总是开玩笑说要像水手那样，给辫子打上沥青，一劳永逸地解决问题。

他摇摇头，伸手去拿他的短裙。

“不用，我今天要去拜访查尔斯王子殿下。他的房子虽然通风，但想来不会把头发吹到眼睛里。”他朝我微笑着，走过来站在床边。他看到我把手放在肚子上，于是把他的手轻轻地放在我的手上。

“感觉还好吗，外乡人？晨吐好些了？”

“好多了。”我的晨吐其实已经减轻了，尽管偶尔还是会感到阵阵恶心。我发觉我受不了洋葱烤牛肚的气味，不得不禁止用人做这道受欢迎的菜，因为菜的气味会像鬼魂一样，从地下室的厨房悄悄爬上后面的楼梯，然后在我打开起居室的门时，猛地出现在我面前。

“那就好。”他抬起手，然后低头亲吻我的指关节表示告别。“再睡会儿，褐发美人。”他又说道。

他出门时轻轻关上门，就好像我已经睡着了。清晨的卧室里很安静，家里的嘈杂声被橡木板安全地挡住，变得很轻微。

微弱的阳光从平开窗照进来，形成四方形，明亮地印在窗户对面的墙上。我敢说，今天天气会很不错，春日的气息日浓，凡尔赛宫花园里的李子花竞相绽放成粉色和白色，吸引来许许多多的蜜蜂。廷臣们今天将会走进花园，和那些推着货物从街上走过的小贩一样，在这样的好天气里欢欣鼓舞。

在温暖而安静的卧室的安稳保护下，我同样——独自却又不是独自地——也觉得欢欣鼓舞。

“你好。”我温柔地说，用手摸在那对在我体内扇动着的蝴蝶翅膀上面。

Part 03
不幸

CHAPTER 18

巴黎强奸案

临近五月初时，皇家军火库发生了一次爆炸。我后来听说那是因为有个马虎的门房把火把放错了地方，所以在一分钟过后，巴黎最大的军火库就爆炸了，响声甚至惊动了巴黎圣母院的鸽子。

我当时在天使医院工作，并未听到爆炸声，但我确实注意到了爆炸带来的影响。虽然医院和军火库分别在巴黎的两边，但爆炸的受害者数量众多，许多医院都挤满了人，所以不少被炸伤、烧伤的人都呻吟着被马车运送或被朋友用草垫抬着来到天使医院。

照料完成最后一位伤员后，天已经完全黑了。这位伤员全身缠满了绷带，安静地躺在一排排肮脏、无名的医院病人中间。

在这之前，我看到医院修女们面临着沉重的任务，于是让菲格斯带话回家说我会晚些回去。菲格斯回来时带上了默塔，他们两个现在懒洋洋地坐在外面的阶梯上，等着送我回家。

玛丽和我疲倦地从医院的双开门里走出来，看到默塔在给菲格斯展示扔飞刀的技巧。

“继续，”他背对着我们说，“尽量往直了扔，听我数到三。一——二——三！”默塔数到三时，菲格斯把手里那个白色的大洋葱头扔出去，让它在高低不平的地上弹跳起来。

默塔放松地站着，用手指捏着刀尖，随意地向后上方抬手。在洋葱滚着过去时，他的手腕轻快、犀利地动了动。除了他的短裙轻微摆动外，其他东西都丝毫未动，但是那个洋葱被匕首刺穿，跳到了边上，然后死了一般地掉在地上，在他脚下的泥土里滚动着。

“厉害，默塔先生！”玛丽微笑着叫道。默塔转过身来，我能看到他那清瘦的脸颊，在我们身后的双开门照出的光线里泛起红光。

“唔……”他说。

“抱歉花了这么长时间，”我不好意思地说，“把这些病人都照料好花了不少时间。”

“哎呀，是的。”小个子的默塔简洁地回答道。他朝菲格斯转过身去：“我们尽力去找辆马车，小伙子。天色太晚，女士们不宜步行。”

“这里没有马车，”菲格斯耸肩说道，“我才花了一个钟头在街上找了一遍，空闲的马车全都去了军火库。不过，我们走圣奥诺雷郊区街。”他朝街道那边指着楼房中间的黑暗、狭窄巷子，看上去似乎可以通往下一条街道。“走那里很快。”

默塔在皱眉思考片刻后，点头表示了同意。“好的，小伙子，那我们走。”

巷子里冷飕飕的，尽管在这没有月亮的夜里，我也能看到我呼出的白色微弱雾气。不管夜多黑，巴黎总有些地方亮着灯。灯笼和蜡烛的光芒从百叶窗和木屋的缝隙里透出来，街头小贩的摊位周围也有光线照着，而挂在马车尾和车梁上的角质和铁制小灯笼，也散发着零星的光线。

接下来那条街是一条商人街，到处都有各行的业主在家门前和商店入口处挂着镂空的金属灯笼。商人们不满意靠警察来保护财产，所以经常会有几个商人合伙雇用守卫来在夜晚守护领地。我在船帆商店门口见到一名守卫，他蹲坐在那里，冷淡地说了声“先生，夫人，晚上好”，我点了点头表示回应。

但是，在我们经过船帆商店时，我听到他突然让人惊恐地尖叫起来。

“先生！夫人！”

默塔立即回头迎接挑战，嘶的一声从鞘里拔出剑来。我反应较慢，在他向前跨步时，我才半转过身。我看到他身后有个人影从商店门口闪过来。我还没来得及呼喊警告他，他就被击中，正面朝下、四肢瘫软地倒在地上，匕首和剑从手中脱落，掉在石头上发出当当的响声。

匕首从我脚下滑过，我迅速弯腰去捡，但有双手从后面抓住了我的胳膊。

“搞定那个男的，”我身后那人命令道，“赶快！”

我在那人的控制下挣扎，他松手抓住并用力拧我的手腕，让我叫了出来。我边上有白色的东西飘过，在昏暗的街道上像鬼魂一样，然后那个“守卫”在趴着的默塔身上弯着腰，手里拖着长长的白布。

“救命！”我尖叫道，“不要动他！救命！有强盗！有刺客！救命！”

“安分些！”我的耳朵上挨了又快又狠的一巴掌，这让我脑袋眩晕了一会儿。在我停止流泪后，我能够看清排水沟里躺着一个长长的香肠似的白色物体。那是默塔，他被简洁地绑起来裹在帆布袋里，而那个假守卫就蹲在他身边。他咧嘴笑着站了起来，我能看到他戴有面具，从额头到上嘴唇的脸部都被黑布遮着。

他站起来时，附近船用物品杂货店的微弱光线照在他的身上。虽然夜晚很冷，但他只穿了衬衫，在光线的短暂照耀下，他的衬衫呈现出祖母绿色。他穿的是马裤，裤子扣在膝盖部分；而让人惊奇的是，他似乎还穿着丝质紧身裤和皮鞋，而不是我想象的那样赤着脚或穿着木鞋。这么说来，这不是一伙普通的强盗。

我快速地看了看边上的玛丽。有个戴面具的人从后面把她紧紧绑住，一只胳膊搂在她肚子上，另外一只在她裙子下面乱摸，就像动物在打地洞一样。

站在我前面的那个人巴结地伸手到我的头后，把我朝他拉近。面罩遮着他额头到上嘴唇的脸部，把嘴巴留出来显然是别有用心。他把舌头往我的嘴里塞，一大股酒味和洋葱味。我恶心得作呕，咬了他的舌头，他把舌头缩出去时，我吐了口口水。他用力打我，把我打跪在路旁的排水沟里。

那个抓着玛丽的恶棍粗暴地拉扯着她腰上的衣服，她那双穿着银扣鞋子的脚在我鼻子边上危险地踢着。我听到缎子被撕开的声音，暴徒的手指伸进她挣扎着的大腿间时，她发出了尖厉的叫喊声。

“处女！这是个处女！”他得意忘形地叫道。有个男人嘲弄地朝玛丽鞠了个躬。

“小姐，恭喜你！你丈夫会在新婚之夜感谢我们，因为到时候不会有什么东西妨碍他享乐。不过我们都是无私的人，不需要他来感谢我们完成任务。这项工作本身就是享受。”

除了丝质紧身裤以外，如果还有什么东西能够说明这些人不是街头暴徒，那就是他们那混杂着夸张笑声的言语。把名字和这些戴着面具的脸庞联系起来又是另外一回事。

那个看似主事的男人穿着宽大的浅色衬衫，衬衫上装饰有颜色较深的斑点，或许是刺绣。他在黑暗里的轮廓显得不准确，让人很难仔细观察他。但是，在他把身体前倾，用一根手指在我乳房上面抚摸时，我能看到他那黑色的头发油腻腻地贴在头上，而且还有股重重的头油气味。他的耳朵很大，面具的系绳绑在上面很合适。

“夫人们，别担心，”那个穿着斑点衬衫的男人说，“我们不会伤害你们，我们只想和你们做件温柔的事——你们的丈夫或未婚夫不用知道这件事——然后你们就可以走了。”

“夫人们，首先你们可以用甜蜜的嘴唇来礼待我们。”他宣布道，然后后退一步，拉开马裤的系带。

“别找那个，”穿绿衣服的男人说，“她会咬人。”

“如果她还想要牙齿，那她就不会咬，”他回答道。“请你跪下去，夫人。”他狠狠地向下推我的肩膀，推得我向后一个趔趄。他抓住我，以防我逃跑。我披风的帽子掉下来，让我的头发散开了。发簪在我挣扎的过程中松开，头发散下来披在肩上，发丝在晚风中就像旗帜那样飘扬着，飘到脸上，遮住了我的眼睛。

我踉跄着往后退，逃离那个攻击我的人，同时摇头把眼前的头发弄开。街上很黑，但是在从店铺关着的窗户里透出的微弱光线中，或者在穿透黑暗照到街上的星光里，我能看到些许东西。

玛丽乱蹬着的银鞋扣被光照亮。她躺在地上挣扎着，一个男人压在她身上，骂骂咧咧地奋力脱下马裤，同时还要控制住她。我听到衣服被撕破的声音，从某个院门里照出的一道光线，把那个男人的屁股照得白白的。

有人伸手搂住我的腰部，把我抱起来往回拉。我用鞋跟往他的小腿上踹，他愤怒地尖叫起来。

“抓住她！”那个穿斑点衣服的男人从黑暗里走出来，命令道。

“你来！”那个抓着我的人粗暴地把我推到了那个穿斑点衣服的男人怀里，院子里射出的光线照在我的眼睛里，让我暂时看不见东西。

“我的天哪！”那双抓着我胳膊的手松了一些，我猛地挣脱，看到了那个穿斑点衣服的男人。他惊恐地张着面罩下的嘴巴，向后远离我，边走边在胸前画着十字。

“以天父、圣子和圣灵之名！”他含混不清地用拉丁文说道，反复画着十字，“是白娘子！”

“白娘子！”我身后的那个人也惊恐地尖叫道。

穿斑点衣服的男人仍然在往后退，双手在空中胡乱摆动，远不像是在画十字，但他或许就是想画十字。他比出古时候对付恶魔的角状手势，用小指和食指指着我，不断地念着许多神灵的名字，从三位一体念到了其他低级许多的神灵。他念那些拉丁名字的速度很快，连音节都来不及吐清楚。

我恐惧又茫然地站在街上，直到我脚下地上传来一声可怕的尖叫，让我重新有了意识。那个趴在玛丽身上的男人，太过于专注自己的事情，没有关注上方的状况。他发出满足的恶心声音，伴随着玛丽那声嘶力竭的叫喊，开始有节奏地摆动起臀部。

我仅依靠着本能，朝他们走近一步，抬腿狠狠往他的肋骨踢去。他肺里的空气被我踢出来，让他发出了啊的惊讶声，滚到了旁边。

他的一名同伴冲上去，抓住他的胳膊，急切地叫道："起来！起来！是白娘子！快跑！"

他还沉浸在强奸的癫狂中，呆呆地看着，想再次去找玛丽。玛丽疯狂地扭动着，想把裙摆从那人的身下拉出来。穿绿衣服的那个男人与穿斑点衣服的那个，都在拉那个对玛丽行凶的人，最终拉他站了起来。他那撕坏的马裤挂在大腿上，沾着血迹的阳具在衬衫下摆中间急切地颤抖着。

一阵奔跑的脚步声似乎让他最终醒了过来。他的两个同伴在听到声音后，放开了他的胳膊，仓促地逃跑了，留下他听天由命。他低声骂着，沿着最近的巷子跌跌撞撞地跑了，边跑边伸手把马裤提到腰部。

"救命！警察，救命！"巷子里传来上气不接下气的呼救声，呼救的人摇摇晃晃地朝我们走来，然后跌倒在黑暗中的垃圾上。我几乎没法想象拦路强盗或其他不法之徒会在巷子里跌跌撞撞，大喊着向警察求救，尽管在当时那种震惊的状态下，几乎没有什么事情能够让我惊讶。

但是，看到那个从巷子里出来的黑影是亚历山大·兰德尔时，我确实大吃了一惊。他穿着黑色斗篷，戴着低垂的帽子。他疯狂地扫视着那个不大的死胡同，看了看被装在垃圾袋里的默塔，看了看站在墙边喘着气、被惊呆的我，然后又看了看在黑暗里几乎看不见的蜷缩着的玛丽。他无助地站了片刻，然后迅速转身，爬上那扇铁门——那些刺客就是从这扇门里出来的。在铁门顶上，他刚好可以够到挂在门梁上的灯笼。

灯光让人感到宽慰，虽然被它照亮的场景令人怜悯，但它至少也照亮了那些随时有可能变成新危险的黑暗地方。

玛丽蜷缩着跪在地上。她把头埋在胳膊里，颤抖着，一言不发。她的一只鞋侧翻着掉在鹅卵石街道上，银质的鞋扣在灯笼摇曳的光线下闪亮着。

亚历山大像只不祥的大鸟，快速地冲到她身边。

“霍金斯小姐！玛丽！霍金斯小姐！你没事吧？”

玛丽呻吟着躲开她，我严厉地说：“问的什么蠢问题！她当然有事！她才被人强暴了。”我费力地站直身子，离开那堵舒适的墙，朝他们走去，同时以医生般的超然注意到我的双膝在颤抖。

接下来，一个蝙蝠般的巨大人影砰的一声跳到我面前一英尺的地方，让我的双膝完全瘫软了。

“好了，好了，你看这跳下来的是谁啊！”我说道，然后开始精神失常似的笑了起来。一双大手抓住我的肩膀，善良地摇了摇我。

“安静些，外乡人。”詹米说道。他那双蓝色的眼睛，在灯笼的光线下呈现出黑色，显得不安全。他站直身子，朝他刚才跳下来的那个房顶伸手，蓝色的丝绒披风向后掉到了他的肩膀上。他踮着脚，刚好能够抓到房顶的边缘。

“好了，下来吧！”他抬头看着，不耐烦地说，“踩在我肩膀上，然后从我背上滑下来。”松动的石板瓦发出刺耳的声音，一个黑色的小身影小心地向后扭动，然后从詹米身上滑下来，就像猴子下树一样。

“好样的，菲格斯。”詹米随意地拍了拍他的肩膀。即使是在昏暗的光线里，我也能看到他脸上泛起的愉悦表情。詹米以谋略家的眼光打量着周围的地形，然后低声说话，派菲格斯去巷子那边守候前来的警察。安排好必须做的事情后，他又蹲到了我面前。

“你还好吗，外乡人？”他问道。

“感谢你，”我礼貌地说，“我还好，但是她就不那么好了。”我朝玛丽那边不确切地挥了挥手。她仍然蜷成一团，像果冻一样颤抖着，躲开想拍她的笨拙的亚历山大。

詹米只是看了她一眼。“我知道了。该死的默塔呢？”

“在那边，”我说道，“扶我起来。”

我蹒跚着走到排水沟边上，那个装着默塔的麻袋像愤怒的毛虫一样来回蠕动着，发出让人震惊的三种语言的模糊诅咒声。

詹米拔出匕首，从麻袋一头划到另一头，似乎对麻袋里的人漠不关心。默塔像魔术盒子里的玩偶一样，从麻袋开口里蹦了出来。他那刺猬般的黑色头发，有一半被排水沟里的恶心污水糊在头上，另外一半则仍然立着，让他那张因为额头上的青色大包和一只黢黑的眼睛而显得十分好战的脸庞，变得更加凶狠了。

“谁打的我？”他厉声问道。

“呃，反正不是我，”詹米挑起一只眉毛说，“跟我走，伙计，赶快些。”

“绝对不能这样。”我低声说着，随意地把宝石簪子插到头发里面，“因为她应该接受治疗，需要去看医生！”

“她有医生。”詹米指出道。他抬起下巴，整理着领巾，眼睛从鼻子上往下看镜子。“你就是她的医生！”他系好领巾，抓起梳子，匆匆地梳着浓密的红发。

“没时间辫头发了，”他低声说道，捏着头后的一大股头发，在抽屉里翻找，“有丝带吗，外乡人？”

“让我来。”我迅速走到他身后，把他的头发卷起来，然后用长长的绿丝带绑住，“遇到这种要办晚宴的晚上就心烦！”

而且还不只是晚宴。桑德林汉姆公爵将是今晚的贵宾，詹米挑选了少数几个人来招待他。迪韦尔内先生和他那著名的银行家儿子会来。路易斯和儒勒·德拉图尔，以及德阿班维丽夫妇会来。让事情变得有趣的是，圣热尔曼伯爵也得到了邀请。

“圣热尔曼！”一周前，在詹米告诉我要邀请他时，我惊讶地说，“为什么？”

“我和他有生意往来，”詹米解释道，“他之前也和杰拉德来这里参加过晚宴。但我想的是，这样就有机会在他席间和你谈话时观察他。就我在生意往来中对他的观察来看，他不是那种藏得住想法的人。”他拿起雷蒙师傅给我的白色水晶，若有所思地在手里掂量着。

“这足够了，”他当时说，“我让人用金底托把它镶起来，然后你就可以戴在脖子上。吃饭的时候你就摆弄它，直到有人来问它。然后你就给来问的人说这颗水晶有什么用，说的时候一定要观察圣热尔曼的表情。如果在凡尔赛宫给你下毒的人是他，我想我们就能看出些端倪。”

我现在想要的是平和、安静、十足的私人空间，让我能在里面像兔子一样颤抖。而我得到的却是一场晚宴，参加晚宴的其中一位是既可能是詹姆斯党、又可能是英格兰密探的公爵，还有一位可能是曾经投毒害过我的伯爵，以及一位现在正藏在楼上的强奸案受害者。我的双手颤抖着，没法把挂着水晶的链子扣好。詹米走到我后面，用拇指轻快地把项链扣了起来。

“你紧张吗？”我问他。他在镜子里面露出愁容，然后把双手放在肚子上。

“紧张。但我的紧张表现在肚子里，没有表现在手上。有没有治抽筋的东西？”

“在那里。”我朝桌上的药箱挥了挥手。在给玛丽服药后，我忘记把药箱关上。“那个绿色的小瓶子，喝一汤匙。”

他没有用汤匙，而是拿起瓶子，喝了几大口。他放下瓶子，眯眼看着里面的药液。

“天哪，真难喝！你快准备好了吗，外乡人？客人随时都有可能到来。”

玛丽现在正藏在二楼的客卧里。我仔细给她检查过，她似乎只是有些擦伤和惊吓，于是我便让她尽可能多地喝了一杯罂粟糖浆。

詹米一再尝试送亚历克斯 · 兰德尔[1]回家，但都被他拒绝了。所以我们便让他留下来守护玛丽，严厉地要求他在玛丽醒来时叫我。

“那个傻瓜到底为什么刚好会在那里？”我问道，在抽屉里翻找粉盒。

“我也问过他，”詹米回答道，“应该是因为这个可怜的家伙爱上了玛丽 · 霍金斯。他一直在城里跟踪着她来来去去，在知道她即将嫁给马利尼后，他就像煮过的花一样垂头丧气的。”

粉盒从我手里掉了下去。“他……他爱上了她？”我喘着气，挥手把飘在空中的粉尘扇开。

“这是他说的，我看不像假话，”詹米说着，敏捷地把我胸襟上的粉尘拍掉，“他跟我说的时候有些心烦意乱。”

“想来也是。”在我心中的种种情绪里，又多了对亚历克斯 · 兰德尔的可怜。他当初就不该和玛丽说话，毕竟他这个贫穷秘书的爱慕，根本就无法与加斯科尼王府的财富和地位相提并论。看到她几乎就在自己面前受到残忍的伤害时，他会是什么感觉？

“他到底为什么不说出来呢？要是说出来，她立即就会与他私奔。”原因自然是，这个苍白的英格兰秘书肯定是那种让玛丽热爱得说不出话的对象。

“亚历克斯是位绅士。”詹米回复道，然后递给我一支羽毛和胭脂罐。

“你的意思就是说他是个蠢驴。”我刻薄地说。

詹米的嘴唇抽动了一下。“或许是吧，”他同意道，“而且还是个没钱的蠢驴。如果他们俩私奔，那么玛丽家里人肯定不会再给她钱，而兰德尔又没有收入，养不起妻子。而且他身体不好，很难再找到工作，因为桑德林汉姆公爵很可能二话不说就解雇他。”

我不想考虑这种可能出现的悲剧，于是回到了之前担忧的事情，说

① 亚历克斯 · 兰德尔，即亚历山大 · 兰德尔，亚历克斯（Alex）是亚历山大（Alexander）的昵称。

道："她家用人肯定会找她的。"

"不会的，他们到时候都会忙着做事儿。等到早晨，她应该就恢复得差不多，可以回她叔叔家了。我派人给他们送了信，"他补充道，"说天色不早了，她会与朋友在这里过夜。我不想他们到处找她。"

"没错，可是……"

"外乡人。"他把手放到我肩上，阻止了我。他从我身后看着镜子，眼神与我相遇。"在她能够像往常那样说话和做事之前，我们不能让人看到她。要是让人知道发生了什么，那她的名声就全都毁了。"

"她的名声！她被强暴根本就不是她的错！"我的声音有些颤抖，他稍微用力地抓着我的肩膀。

"这样是不对，外乡人，但现在就是这样。让人知道她不再是处子之身，那么就没有男人会娶她。她会颜面扫地，一辈子都没法结婚。"他捏了捏我的肩膀，然后松开手，继续往摇摇欲坠的发髻里插簪子。

"克莱尔，我们能为她做的就是这些，"他说道，"让她远离伤害，尽最大能力治愈她，还有找到那个下流杂种。"他转过身，在我的珠宝箱里找他的木发簪。"天哪，"他对着珠宝箱的绿色丝绒里衬，温柔地补充道，"你以为我不知道这对她或他来说意味着什么吗？"

我把手放在他翻找着东西的手上，然后捏着。他也捏着我的手，然后抬起来短暂地吻了一下。

"天哪，外乡人！你的手指冰得像雪。"他把我转过去，严肃地看着我的脸，"你没事吧，姑娘？"

他在我脸上看到了什么，又低声惊叹了一声，然后跪在地上，把我拉去贴在他的胸襟上。我不再假装勇敢，紧紧抱着他，把脸埋在他那浆过的温暖衣服里。

"噢，天哪，詹米，我好害怕。我好害怕。天哪，我希望你现在能和我做爱。"

他笑了起来，我的脸颊能够感受到他胸部的振动，但他把我抱得更紧了。

“你觉得那样有用吗？”

“有用。”

其实，我觉得我再也不会有安全感了，直到我躺在安全的床上，享受着寂静的房子的庇护，感受到他的力量和热量在我周围和心里，以我们的交汇来增加我的勇气，以确信不疑的相互拥有来驱除那种因为无助感和险些被强奸而带来的恐惧。

他双手捧着我的脸轻吻我，片刻过后，我对未来和黑夜的恐惧逐渐消失了。然后，他抬起头来，微笑了。我能在他脸上的纹路里看到他自己的担忧，但是他的眼睛里却只有我脸庞的影子。

“那先欠着。”他温柔地说。

晚宴已经顺利地吃到了第二道菜，我开始稍微放松下来，尽管我在喝清炖肉汤时，手仍然有些颤抖的倾向。

“真是太迷人了！”我在小迪韦尔内先生说完故事后说道。我其实并没有听他讲故事，而是在注意从楼上传来的任何可疑的声响。

马格纳斯在给圣热尔曼伯爵上菜时，我的眼神与他相遇，然后我含着鱼肉,尽可能地向他微笑表示祝贺。他训练有素,不会在公开场合微笑，所以只是带着敬意极其轻微地偏了偏头，然后继续上菜。我伸手去摸脖子上的水晶，炫耀地抚摸着它，而圣热尔曼津津有味地吃着杏仁配鳟鱼，阴沉的脸上仍然没有任何不安的迹象。

詹米和老迪韦尔内在桌子那头亲密地交谈着。他们没有吃东西，詹米左手拿着半截粉笔在一张纸片上写着潦草的数字。我想，他们是在下棋，还是在谈生意？

桑德林汉姆作为贵宾，坐在餐桌中部。他像个天生的食客，兴致勃勃地享用了前面几道菜，现在正和坐在他右手边的德阿班维丽夫人活跃地聊着天。公爵是当时巴黎最显赫的英格兰人，所以詹米觉得有必要结识他，希望可以发现任何关于那封乐谱密信寄信人的流言。不过，我的注意力则始终不在公爵身上，我关注的是那个坐在他对面的绅士——西拉斯·霍金斯。

这晚早些时候，公爵走进门来，朝身后随意挥挥手说："我说，弗雷泽夫人，你肯定认识霍金斯吧？"那时我就想我不妨当场死掉，也好省去许多麻烦。公爵那双活泼的蓝色小眼睛，与我的眼睛相遇，他那厚道的表情看上去就像是相信我们能够欢迎他突发奇想带来的西拉斯·霍金斯。我别无选择，只好微笑着点了点头，然后告诉马格纳斯再去安排个位置。詹米从起居室里出来，看到了霍金斯先生后，表情变得像是想再吃一道治胃病的药。但他振作起来，伸出手去与霍金斯先生握手，然后和他聊起了去加莱路上的旅馆的质量。

我看了一眼壁炉台上方的旅行钟。他们得在这里待多久？我在心里合计了一下已经上了的和那些即将上的菜。甜点就要上来了，然后是沙拉和奶酪，接着是白兰地和咖啡——男性喝波尔图葡萄酒，女性喝利口酒，然后还会饶有趣味地聊一两个小时。天哪，希望他们的谈话不要那么有趣，不然他们会到天亮才走。

现在，他们正在谈论街头帮派带来的威胁。我抛下鱼肉，然后拿起一块面包圈。

"我还听说，这些四处游荡的帮派并不是像你们想象的那样是由下等贱民组成的，而是由某些贵族家庭的年轻子弟组成！"德阿班维丽将军对于这件丑恶的事情哼了一声，"他们是为了消遣——消遣！好像抢劫正派人和凌辱女士只是斗鸡一样的事情！"

"真是没想到。"公爵说道，他出行时总有很多人保护，所以口气显得漠不关心。用人把装着咸味小吃的平盘端到他下巴边上，他舀了六七样到自己的盘子里。

詹米看了我一眼，然后从座位上站了起来。

"夫人们，先生们，很抱歉，"他鞠躬说道，"我有种很特别的波尔图酒要给公爵大人尝尝。我去酒窖拿过来。”

“肯定是红美人酒，”儒勒·德拉图尔说着，满怀期待地舔了舔嘴唇，“公爵大人，你即将要尝到很稀有的东西。我可没有在其他地方尝到过这种酒。”

“噢？好吧，你很快就可以尝到了，亲王先生，”圣热尔曼伯爵插话道，“这可比红美人好喝。”

“肯定没有什么酒能比红美人好喝！”德阿班维丽先生惊呼道。

“有的，”圣热尔曼伯爵扬扬得意地说，“我新发现了一种波尔图酒，是在葡萄牙不远处的格斯特斯岛上酿造和灌装的，颜色浓郁得像红宝石，味道可以让红美人尝起来就像是加了颜色的水。我已经签约购买八月份产的全部这种酒。”

“是吗，伯爵先生？”西拉斯·霍金斯朝我们这边挑起浓密、发白的眉毛，“你找到新的投资伙伴了？我知道，在巴塔哥尼亚号不幸被销毁后，你自己的资源已经……枯竭了，这样说没错吧？”他从盘子里拿起一块咸味奶酪，熟练、快速地放到了嘴里。

伯爵下巴上的肌肉鼓了起来，我们这头突然感到一阵寒冷。霍金斯先生侧眼看了看我，忙着咀嚼东西的嘴巴上隐隐挂着微笑。很显然，他知道我在巴塔哥尼亚号被不幸销毁这件事中扮演的角色。

我又伸手去摸脖子上的水晶，但是伯爵并未看我。一阵火烫的潮红从我的蕾丝领巾里涌起来，而伯爵则瞪着霍金斯先生，丝毫不掩饰他的厌恶。詹米说得没错，他确实不是个能隐藏情绪的人。

“幸运的是，先生，”他说道，明显地控制着怒意，“我找到了愿意投资这个项目的合作伙伴，他其实是我们今晚宴会的主人的同胞。”他讥诮地朝门口点了点头，詹米刚从门里走出来，后面跟着提着一大壶红美人波尔图酒的马格纳斯。

霍金斯咀嚼着东西的嘴消停了片刻，饶有兴趣且难看地张着。“苏格兰人？谁啊？除了弗雷泽家族，我想不到巴黎还有其他做酒生意的苏格兰人。”

圣热尔曼伯爵看了看霍金斯先生，然后又看了看詹米，眼睛里亮起明确的愉悦光芒。“我想，刚才说到的这位投资者是否能够被认为是苏格兰人现在还存疑，但是，他是图瓦拉赫堡主大人的同胞。他的名字叫查尔斯·斯图亚特。”

这条消息的影响达到了伯爵所期待的效果。西拉斯·霍金斯坐得笔直，惊叹得让他被嘴巴里剩余的食物呛住了。詹米本来正打算说话，却闭嘴坐下，若有所思地看着伯爵。儒勒·德拉图尔开始惊呼着，喷着唾沫星子。德阿班维丽夫妇也惊讶地喊叫出来。即使是桑德林汉姆公爵，也把视线从盘子上抬起来，好奇地朝伯爵眨着眼睛。

“真的吗？”他说，“据我所知，斯图亚特家族穷得像教堂里的老鼠一样。你确定他不是在骗你？”

“我不想造谣中伤，也不想猜测怀疑，”儒勒·德拉图尔插嘴说，“但是宫中的人都知道斯图亚特家族没钱。最近确实有几个詹姆斯党人在筹钱，但据我所知，他们的运气并不好。”

“没错，”小迪韦尔内饶有兴趣地朝前倾，然后说道，“查尔斯·斯图亚特私底下和我认识的两个银行家谈过，但是在他当前的状况下，这两个人都不愿意给他提供大量资金。”

我快速地看了看詹米，他用几乎无法察觉的点头表示回答。这算是个好消息，但伯爵说的关于投资的事情呢？

“这是真的，”他挑衅地说，“王子殿下从一家意大利银行那里得到一万五千里弗尔的借款，而且把这笔钱交给我全权处理，用来雇船和在格斯特斯葡萄园买酒。我这里就有他签名的信函。”他满意地拍了拍外衣的胸部，然后坐回去，得意扬扬地扫视大家，视线最后停在詹米身上。

“好了，大人，”他朝詹米面前白布上的酒壶挥手说道，“你要让我们品尝这种名酒吗？”

“当然了。”詹米低声说道，然后机械地伸手去端第一杯酒。

整个饭局上几乎都在安静吃东西的路易斯，注意到了詹米的不适。她作为一位善良的朋友，转身与我说话，明显是在努力把大家谈话的方向扭转到中性的话题上。

“亲爱的，你颈子上戴的这颗石头真漂亮，”她指着那颗水晶说，“你在哪里得到的呢？”

“噢，这颗吗？”我说，“嗯，其实……”

一声尖叫打断了我的话，也让对话全部停了下来，在我们头顶上的水晶枝形吊灯里刺耳地回响着。

“我的天哪，”圣热尔曼伯爵在寂静中说，“什么……”

尖叫声不断重复，不断重复，从宽大的楼梯上涌下来，传到了前厅里。

宾客们像一群脸红的鹌鹑，从餐桌座位上站起来，也涌入前厅去，然后刚好看到了玛丽·霍金斯穿着衣不蔽体的破烂直筒式内衣，站在楼梯顶部。她就站在那里，似乎是为了最大化影响，嘴巴张得大大的，双手张开遮着乳房。她胸前的衣服已经被撕碎，乳房上和胳膊上的抓痕清晰可见。

她的瞳孔在大烛台照出来的光线里缩得极小，她的双眼看上去就像是空白的水塘，上面映射着恐惧。她向下看，但显然既没有看到楼梯，也没有看到我们这群瞠目结舌的旁观者。

“不！”她尖叫道，“不！放开我！求你了！别碰我！”她虽然因为吃了药而看不见东西，但她显然能够感到背后有人在动，因为她转身胡乱挥动着手，抓挠徒劳想抓住、安慰她的亚历克斯·兰德尔。

不幸的是，亚历克斯·兰德尔的行为看上去特别像是一个被拒绝的诱奸者决心再次进行攻击。

“天杀的，”德阿班维丽将军突然喊道，“流氓！马上放开她！”这个老军人迅速往楼梯走去，动作敏捷得和年龄不相符。他本能地伸手拔剑，幸运的是，他之前已把剑放在了门口。

我穿着宽大的衣服，赶紧挡在了看样子是想跟着德阿班维丽将军去拯救玛丽的圣热尔曼伯爵和小迪韦尔内前面，但对于玛丽的叔叔西拉斯·霍金斯，我却无能为力。他鼓着眼睛，惊讶地站了片刻，然后低下头，像只公牛一样，推开旁观的人群冲了过去。

我疯狂地四下寻找詹米，在人群边上发现了他。我和他眼神交汇，然后皱起眉头表示无声的质问。反正，前厅里吵吵闹闹的，再加上玛丽在上面不时像汽笛那样尖叫，所以我说什么他都不会听见。

詹米朝我耸耸肩，然后朝四周看了看。我看见他眼神明亮地盯着墙边的三脚桌子看了一会儿，桌上摆着一个装有菊花的高花瓶。他抬头看了看，计算着距离，然后短暂地闭着眼睛，似乎是在把灵魂托付给上帝，接着果断地做出了行动。

他从地上跳到桌子上，抓着楼梯栏杆，跳到了楼梯上，刚好落在德阿班维丽先生前面几英尺。这简直就是杂技，一两位女士也因此倒抽了一口气，发出了既恐惧又崇拜的低声惊叹。

她们的惊叹变大了，因为詹米向上跑完剩下的阶梯，用手肘分开玛丽和亚历克斯，然后抓住亚历克斯的肩膀，仔细瞄准，结实地在他下巴上来了一拳。

之前张着嘴惊讶地看着自己雇主的亚历克斯，温和地跪倒在地，瘫成了一堆。他的眼睛仍然大睁着，却突然变得和玛丽的眼睛一样空白。

CHAPTER 19

宣　誓

壁炉台上时钟的嘀嗒声很大，让人心烦。除了地板的嘎吱声和地下厨房里用人们工作时发出的遥远撞击声以外，房子里就只有时钟的嘀嗒声了。但是，我已经听了不少噪声，只想要寂静的环境来治愈我疲惫和烦躁的神经。我打开时钟的盒子，取掉钟摆，嘀嗒声立刻停了下来。

这次宴会无疑是本季最佳宴会。那些运气不好、未能到场的人，将会在接下来几个月时间里说他们参加过这次宴会，会用那些被人们反复说道的流言和歪曲的描述，来改善他们自己的故事版本。

我最终稳稳把玛丽按住，强硬地让她再吞下一剂罂粟汁。她穿着血迹斑斑的衣服，瘫倒成一堆，让我得空去关注詹米、德阿班维丽将军和霍金斯先生之间的三角争吵。亚历克斯明智地昏迷着。我把他和玛丽的瘫软身体整齐地摆在楼梯平台上，看上去就像两条死了的鲭鱼。他们看上去就像是罗密欧和朱丽叶为了羞辱亲戚，躺在公共的广场上，但那种相似性在霍金斯先生身上则消失了。

“毁了！”他不停尖叫道，“你把我侄女毁了！子爵不会娶她了！下流的苏格兰畜生！你，还有你的婊子！”他转身看着我，“婊子！鸨母！引诱无辜少女来你这恶心的妓院，让卑鄙的人渣享乐！你——”忍了很久的詹米阴冷地抓着霍金斯先生的肩膀，把他转过去，照着他那多肉的下巴打了一拳。然后，他站在那里出神地摩擦着疼痛的指关节，看着霍金斯先生这位矮胖的酒商向上翻白眼。霍金斯先生向后倒去，倚靠着墙壁镶板，然后慢慢地滑到地上坐着。

詹米转身用冰冷的蓝色眼睛盯着德阿班维丽将军。将军在看到霍金斯先生的遭遇后，明智地放下了他挥舞着的酒瓶，然后向后退了一步。

“噢，继续啊，”我身后的声音说道，“为什么停下来了，图瓦拉赫？把我们三个都打了啊！打爽快些！”德阿班维丽将军和詹米都反感地看着我身后矮小精干的圣热尔曼伯爵。

“走开，圣热尔曼，”詹米说，“这不关你的事。”他听上去有些疲惫，但提高了嗓音，以便盖过楼下传来的喧嚣声。他外衣肩部的接缝裂开了，露出了白色的亚麻衬衫。

圣热尔曼扬起薄薄的嘴唇，迷人地微笑起来，显然是在享受着这一刻。

“不关我的事？对于热心公共事务的人来说，这种事情怎么会不关他们的事呢？”他愉悦地看了看躺着两个人的楼梯平台，“毕竟，如果国王陛下的客人滥用了国王的殷勤，在家里开妓院，那是不是……不，你不能！”詹米朝他走近一步，他说道。他像是变戏法一样，突然从腰部的蕾丝吊穗里拔出匕首，拿在手里闪闪发光。我看到詹米轻轻地扬了扬嘴唇，然后把双肩缩回到破损的衣服里，准备好战斗。

“立即停下来！”一个声音专横地说道。迪韦尔内父子推开人群，走到已经挤满人的楼梯平台上。小迪韦尔内转身，居高临下地朝楼梯上的人群挥胳膊，大喊着把他们吓退了一步。

“你，”老迪韦尔内指着圣热尔曼说，“如果你真像自己说的那样关注公共事务，那么你就应该去把下面的人赶走一些。”

圣热尔曼盯着迪韦尔内，但是片刻过后，他耸耸肩，把匕首收了起来。他没有说话，而是转身往楼下走去，推开面前的人，大声催促他们离开。

尽管圣热尔曼和他身后的小迪韦尔内在劝说，但是那群晚宴宾客在国王卫队到达后才怀揣着丑闻离开。

这时，霍金斯先生缓了过来，立即指责詹米绑架、拉皮条。有那么一会儿，我真觉得詹米会再打他，他的肌肉在天蓝色的丝绒下面绷紧着，但是他改变了主意，放松下来。

在混乱地做了许多争论和解释后，詹米同意去巴士底的国王卫队总部——或许是为了去把这件事情说清楚。

脸色苍白、冒着大汗、显然还不知道发生了什么的亚历克斯·兰德尔，也被带去了巴士底——桑德林汉姆公爵没等着看他秘书的结局，而是悄悄地叫来他的马车，在卫队来之前就离开了。不管他来法国是肩负着什么样的外交任务，卷入丑闻都不会有好处。仍然昏迷着的玛丽·霍金斯，被裹在毯子里送去了她叔叔家。

我差点就被抓走，还好詹米直白地拒绝了，说我身体虚弱，无论如何都不能去监狱。最终，看到詹米很有可能为了说明自己的观点而再次动手，卫队的队长答应了他，但前提是我同意不离开巴黎。虽然从巴黎逃跑有些吸引力，但我不能一个人走，所以便毫无保留地郑重承诺不离开巴黎。

这群人在前厅里徘徊着点灯笼、戴帽子和穿斗篷时，我看到了鼻青脸肿、表情阴冷的默塔。他在人群周围游走，显然是打算陪着詹米，不管詹米去哪里。我感到一阵欣慰，至少我丈夫不会独自一人。

“你别担心，外乡人，”他短暂地抱了抱我，对我耳语道，“我很快就会回来。如果出了什么事……”他犹豫了一下，然后又坚定地说，“虽然没有必要，但是如果你需要朋友的话，去找路易斯·德拉图尔。”

“我会的。”我匆匆地吻了他一下，然后卫队士兵就把他团团围住了。

房门转动着打开，我看到詹米回头看了看，与默塔的眼神相遇，张嘴似乎要说什么。默塔摸着佩剑腰带，恶狠狠地瞪着眼，推开人群朝詹米走去，几乎把小迪韦尔内撞到街上。接着便是一场意志上的较量，这场较量完全就是双方的凶猛怒视，最后詹米耸耸肩，无奈地挥了挥双手。

他朝外面的街道走去，无视紧紧逼在四周的士兵，但是在看到站在大门边的一个小身影时，他停了下来。他弯腰说了些什么，然后回头朝我笑了笑，笑容在灯笼的光线里清晰可见。接着，他向老迪韦尔内先生点点头，走进了等待着的马车，然后被马车带着离开了，而默塔则抓在马车尾上面。

菲格斯站在街上，看着马车逐渐消失在视线之外。然后，他坚定地走上台阶，拉着我的手，带我走了进去。

“来，夫人，”他说，“大人让我照顾你，直到他回来。”

菲格斯现在溜进会客室，悄悄地把门关在身后。

“夫人，我已经巡视了房子，”他低声说，“门窗全都关好了。”虽然我很担心，但他的口气让我微笑了，他显然是在模仿詹米的口气。他的偶像给他委以重任，他显然严肃地履行了自己的职责。

之前，在护送我回起居室后，他像詹米每晚做的那样，巡视了这座房子，检查百叶窗是否扣好，外门是否闩住——我知道那些门闩他几乎都举不起来——以及炉火是否封好。在他的半边脸上，从前额到颧骨都沾着油烟，但他用拳头擦了眼睛，所以那只眼睛就在亮白的眼圈里眨着黑色，就像小浣熊一样。

“你应该休息，夫人，”他说道，“别担心，我会在这里的。”

我没有笑出来，而是朝他微笑。“我睡不着，菲格斯。我就在这里坐一会儿。不过，或许你才应该去睡了，你今晚也够劳累的。”我不愿意命令他去睡觉，不想伤害他作为临时男主人的尊严，但是他显然已经筋疲力尽。他那瘦小的双肩耷拉着，黑眼圈甚至比那层油烟还黑。

他不顾体面地打了个哈欠，却摇了摇头。

“不，夫人，我要和你待在一起……如果你不介意的话？”他匆忙补充道。

“我不介意。”其实，他太过劳累，没法像平常那样说话或坐立不安，而且他在跪垫上昏昏欲睡，就像猫或狗打瞌睡那样，让人觉得安慰。

我坐着，盯着暗淡的火焰，尝试着想象某种平静的表象。我试着想象平静水塘、林中空地的画面，甚至还试着想象修道院分教堂里黑暗、宁静的画面，但似乎完全没有作用。这些宁静的画面上，全都重叠着当晚的画面：结实的手掌和闪亮的牙齿，从充满恐惧的黑暗中出来；玛丽苍白、受难的面容，与亚历克斯·兰德尔的面容相似；霍金斯先生那双像猪眼一样的眼睛里的剧烈仇恨；德阿班维丽将军和迪韦尔内父子脸上突然表现出来的不信任；圣热尔曼那种隐藏着的幸灾乐祸，混杂着恶意，就像枝形吊灯的水晶垂幕那样闪亮。最后还有詹米的微笑，在摇曳的灯笼光线里混杂着安慰和不确定。

他要是不回来怎么办？自从他被带走后，我就始终在尝试压制这种想法。如果他不能洗清指控怎么办？如果执法官不信任——呃，比平常更不信任——外国人，那么他很有可能就会被无限期地关押。除了害怕这次意外的危机会毁坏我们几个星期以来所做的全部细致工作以外，我还想象到詹米被关在牢房里的画面，那间牢房就像温特沃思监狱里关他的那间一样。在目前这次危机下，查尔斯·斯图亚特投资葡萄酒生意的新闻都显得微不足道了。

我现在只身一人，有不少时间进行思考，但我似乎无法思考出什么结果。“白娘子”是谁或者是什么？是什么样的“白娘子”？为什么这个名字能够让袭击者落荒而逃？

回想宴会上发生的事情，我记起了德阿班维丽将军关于巴黎街上犯罪团伙的评论，以及这些帮派中有贵族的成员。那群攻击我和玛丽的团伙，他们首领的穿着和话语与将军所说的话相符，尽管其他人在外表上要粗野得多。我努力回想，看那个男人能不能让我回想起某个我认识的人，但是我对他的记忆很模糊，毕竟当时天色较黑，而我也因为震惊而头脑混乱。

从体形来看，他并非不像圣热尔曼伯爵，但他俩的声音肯定不相同。

然而，如果伯爵也参与其中，那么他肯定会尽力去掩盖声音和面容啊。同时，我几乎无法相信，伯爵在参与了这种攻击的两小时过后，能够平静地坐在我对面小口喝汤。

我沮丧地抓着头发。天亮之前我什么都没法做。如果天亮了詹米还没回来，那么我就可以开始拜访熟人和在我看来是朋友的人，他们当中或许有人能够提供信息，或者帮助我。但是，在夜晚的这几个小时里，我无能为力，就像琥珀中的蝴蝶一样动弹不得。

我的头发被装饰用的发簪卡住了，我不耐烦地用力拉它。它缠绕在头发里，被卡住了。

“哎呀！”

“夫人，我来。我帮你取下来。”

我没有听到菲格斯走到我后面，但我能在头发里感到他那小巧的手指把不大的发簪取出来。他把发簪放到边上，然后犹豫地说：“其他那些要取吗，夫人？”

“哦，谢谢你，菲格斯，”我感激地说，“如果你不介意的话。”

他那种扒手的手感轻盈而确切。发簪被取下后，我头上的粗大发髻开始散落在我脸庞周围。随着头发散落下来，我的呼吸开始逐渐变慢。

“你很担忧，夫人？”身后的菲格斯用低柔的声音说。

“是的。”我说道。我太累了，无法假装坚强。

“我也很担心。”他简单地说。

最后一根发簪在桌上发出叮当声，我闭上眼睛，瘫坐在椅子里。接着，我又感受到触碰，意识到是他在给我梳头发，温柔地梳顺缠绕在一起的发丝。

“你允许吗，夫人？”我惊讶地紧张起来，他感受到了，于是问道，“那些女士常常说，在她们感到担忧或者沮丧的时候，梳头发能够让她们感觉好些。”

我在他慰藉的触摸下又放松下来。

“允许，”我说，“谢谢你。”片刻过后，我问：“哪些女士，菲格斯？”

他犹豫了片刻，就像在织网的蜘蛛被打扰了一样，然后又继续熟练地给我梳头发。

“夫人，那是在我过去经常过夜的地方。因为有顾客，所以我不能露面，但是如果我保持安静的话，爱丽丝夫人会让我睡在楼梯下面的柜子里。快到清晨，男人们全部离开后，我就可以出来，去帮她们系内衣裤——她们说我的手感比别人都好，”他自豪地补充道，“如果她们需要的话，我还会给她们梳头发。”

“嗯。”梳子从头发中拉过的低柔声音让人昏昏欲睡。没有了壁炉台上的时钟，我不知道现在是几点，但外面街道上寂静无声，说明现在已经特别晚了。

“你怎么会睡在爱丽丝夫人的店里呢，菲格斯？”我忍着哈欠问道。

“我在那里出生的，夫人。”他回答道。梳头发的动作变慢了，他的声音也变得困倦起来。“我想过到底哪位女士是我母亲，但我没有查出来。”

我被起居室门打开的声音吵醒。詹米站在那里，疲惫得双眼发红、脸色苍白，却在清晨的第一缕微弱光线里微笑着。

“我担心你不回来了。”片刻过后，我对着他的头顶说道。他的头发上有股微弱的难闻的烟味和油脂气味。他的外套也变得十分邋遢不堪，但他的身体坚实、暖和。我把他的头抱在胸前，并不想批评他头发上的气味。

“我也担心。”他有些模糊地说道。我能感受到他的笑容。搂着我腰部的双臂收紧又放松，然后他坐回去，把我眼前的头发捋开。

“天哪，你真漂亮，”他温柔地说，“一身乱糟糟的，满脸倦容，头发的波浪遮着脸。真漂亮。你在这里坐了一晚上吗？”

“不只是我一个人。”我朝地板上指了指。菲格斯蜷缩在地毯上，头枕在我脚边的垫子上，他在睡梦中稍微动了动，微微张开嘴，粉色的嘴唇柔软、丰满，就像婴儿一样。

詹米轻轻地把大手放在他肩上。

“来吧，小伙子，你把夫人保护得不错。”他睡眼惺忪、喃喃自语地抱起菲格斯，把他扛在肩上，“你是个好男人，菲格斯，你可以去休息了。走，到你的床上去。”我看到菲格斯惊讶地睁大双眼，然后又放松下来，半闭着眼睛，在詹米的手臂里点了点头。

在詹米回到起居室时，我已经打开了百叶窗，重新点燃了炉火。他已经脱掉了被撕坏的外衣，但仍然穿着昨晚的那身华丽服饰。

“给。”我递给他一杯葡萄酒，他站着分三大口喝完，颤抖了一下，然后瘫坐到小沙发上，接着把杯子递过来让我再给他倒酒。

“不能再喝了，”我说，“除非你告诉我发生了什么。你没有被关起来，那应该就没事了，可是……”

“并非没事，外乡人，”他插话说，“而是可能会更糟糕。”

在来回进行了许多争论后——其中很多都是霍金斯先生在说他的最初印象——从温暖的床上匆匆起来主持这场即兴调查的执法官气冲冲地裁定，既然亚历克斯 · 兰德尔是被告之一，那么他就不能被视为公正的目击者。我也不能，因为我是另外一名被告的妻子，还有可能是共犯。从他自己的证言来看，默塔并未察觉到这次所谓的攻击的发生；而从法律上讲，小孩克洛岱尔还没有能力做证。

执法官先生凶狠地瞪着卫队队长说，显然只有玛丽 · 霍金斯能够说出真相，但据说她目前无法做到这点。所以，所有被告都应该被关在巴士底狱，直到霍金斯小姐能够接受询问，而且队长先生自己应该能够想到要这么处理的。

“那为什么你没有被关到巴士底狱呢？”我问。

“老迪韦尔内先生为我做了担保。”他说着，拉我坐到他旁边，“大家胡扯争论的时候，他始终像个刺猬一样蜷缩着坐在后面。等到执法官做决定时，他站起来说他有机会和我下过几次棋，觉得我不是个道德放荡、会允许自己密谋如此堕落之事的人……”他停下来，耸了耸肩。

“呃，你知道他激动时说话的样子。他的大意是说，一个在七局棋里赢过他六局的人，不会引诱无辜的姑娘到家里被人玷污。”

“真有逻辑，”我干巴巴地说，“我想他的真实意思是，如果他们把你关起来，那么你就不能和他下棋了。”

“想来是这样。”他同意道。他打着哈欠，伸了个懒腰，然后微笑着朝我眨眼。

“不过我现在回家了，我不特别关心为什么。到我怀里来，外乡人。”他双手抓着我的腰部，把我抱到他大腿上，用双臂搂着我，然后愉悦地叹了口气。

“我只想，”他在我耳边低语，“把这些脏衣服脱掉，和你在壁炉前的地毯上做爱，然后直接睡觉，把头靠在你的肩膀上，一直到明天。”

“多妨碍用人们啊，”我说，“他们得在我们身边打扫卫生。”

“去他的用人，”他轻松地说，“门用来做什么？”

外面响起低弱的敲门声，我说道：“显然是用来敲的。”

詹米停顿了片刻，把鼻子埋在我的头发里，然后叹着气抬起头，让我从他大腿上滑下去，坐到沙发上面。

“三十秒钟，”他压低声音给我承诺，然后声音稍微大一些地说，“进来。”

房门打开，默塔走了进来。在昨晚的喧嚣和混乱中，我并未理会默塔。现在我想，他的脸色并没有因为我的忽略而变得好一些。

他和詹米一样没有睡什么觉。他睁着的那只眼睛布满了血丝，眼圈发红；他另外那只眼睛黑得像坏了的香蕉，在肿胀的眼圈里就像是一条闪着光的黑色口子。他前额上的肿块现在最为明显，在眉毛上方就像是一个青色的鹅蛋，中间有一条恶心的裂缝。

自从昨晚被从袋子里放出来后，默塔几乎就没有说过一个字。除了简短地问他的刀在哪里以外——他的刀是菲格斯找回来的，菲格斯照旧像只捕鼠梗犬，在一堆垃圾后面找到了默塔的短剑和匕首——他在我们紧急逃走的过程中始终阴郁着一言不发，在我们匆忙穿过巴黎的小巷子时，在我们身后守护。回到家后，他那只还能睁开的眼睛里的恶狠狠的眼神，足以制止厨房里的用人不明智地问问题。

我想，他在警局的时候，肯定说了些什么来为他雇主的好人品做证——我想，如果我是个法国执法官，我会觉得他有多可靠呢？然而，现在他就像圣母院里的滴水兽一样沉默着，外表也很像。

不过，无论他的外表有多么邋遢，他看上去从不缺少尊严，现在也一样。他挺直后背，向前穿过地毯，然后庄重地跪在詹米面前。詹米看到他这么做，显得有些迷惑。

瘦而结实的默塔从腰带上取下匕首，动作并不夸张，却十分谨慎，然后刀柄向外递了出去。他那布满皱纹的干瘦脸庞上毫无表情，但那只黑色的眼睛却始终看着詹米的脸。

“我辜负了你，”他安静地说，“我请求你，我的主人，了结我的生命，让我不用再羞耻地活下去。”

詹米慢慢地坐直，我能感到他打起精神，把眼神凝聚到默塔身上。他的双手放在膝盖上，纹丝不动地坐了一会儿，然后伸手轻轻地摸着默塔头上那个青色的肿块。

“在战斗中被打倒没有什么好羞耻的，”他温柔地说，“最厉害的勇士也有可能被打败。”

但是默塔固执地摇了摇头，那只黑色的眼睛连眨都不眨。

“不，”他说，“我不是在战斗中被打倒的。你信任我，让我保护夫人和还未出生的孩子，还有那个英格兰小姑娘。而我对这个任务不够重视，危险来临时都没有机会还击。说真的，我甚至都没有看到是谁把我打倒的。”他这时眨了眨眼，但只眨了一次。

“背叛的做法……”

“现在看看结果，”默塔打断詹米的话说道。自我认识他以来，我从来没有见他一口气讲这么多话。“你的好名声被玷污了,你妻子被攻击了，那个小姑娘被……”他干瘦的双唇紧闭了片刻，咽了口唾液，喉咙动了一下，“光是这件事，就让我悲痛得说不出话来。”

“是啊，”詹米点着头，温和地说，“是啊，我知道的。我也有同样的感受。”他摸了摸胸口。他们俩应该单独在一起的，詹米朝默塔弯腰，二人的脑袋相隔只有几英寸。我双手叠着放在大腿上，既没有动，也没有说话；这不关我的事。

“但是我不是你的主人，”詹米继续说，这次的口气更加坚定，“你没有对我发过誓，我没有权利拥有你。”

“不，你有权利。”默塔的声音也很坚定，匕首的刀柄纹丝未动。

“但是……”

“我向你宣过誓的，詹米·弗雷泽，那时候你才出生一个星期，还是个在吃奶的漂亮家伙。”

詹米大睁着眼睛，我能感到他突然的一阵微弱震惊。

“就像我现在跪在你脚下一样，我当时跪在艾伦脚下，”默塔抬起尖尖的下巴，继续说道，“我以三个神的名义向她宣誓，说我们会永远跟随你，说在你长大成人后，需要的话，我会服从你的吩咐，做你的后盾。”他的尖厉声音软和了一些，那只疲倦的眼睛的眼皮耷拉着。

“是啊，小伙子。我确实把你当亲儿子来珍惜，但是我辜负了你。”

“你没有辜负，也绝对不会辜负。”詹米双手放在默塔的肩膀上，坚定地捏了捏，“不，我不会了结你的生命，因为我还需要你，但是我会让你宣誓。”

默塔迟疑了许久，然后轻轻地点了点他那刺猬般的黑色脑袋。

詹米的声音又变低了，但还不是耳语。他竖起右手中间的三根手指，把它们放在匕首刀柄和柄舌的连接处。

“以你对我和我母亲的誓言，我赋予你搜寻那些男人的职责。搜寻他们，然后在找到他们时，我赋予你为我妻子的荣誉和玛丽·霍金斯的无辜之血复仇的职责。”

他停顿了一会儿，然后把手从匕首上拿开。默塔举起匕首，拿着刀刃把它举得笔直。他这才承认我的存在，朝我低头，然后说：“夫人，我会按照堡主说的做，我会为你复仇的。”

我舔了舔干燥的嘴唇，不知道该说什么。不过，我似乎不需要任何回应。他把匕首拿到唇边吻了一下，然后毅然挺直身子，把匕首插回鞘中。

CHAPTER 20

白 娘 子

等到我们更衣时，黎明已经亮成了白天，厨房的用人正往楼上送早餐。

“我想知道，”我倒着巧克力饮料说，“该死的白娘子到底是谁？”

“白娘子？”提着面包篮子、在我身后俯身的马格纳斯被突然一惊，一个面包圈从篮子里掉了出来。我灵巧地接住它，然后回头向上看着表情十分震惊的马格纳斯。

“是的，没错，”我说道，“你听说过这个名字吗，马格纳斯？”

“怎么了，我听说过，夫人，”马格纳斯说，“白娘子是女巫。”

“女巫？”我不敢相信地说。

马格纳斯耸耸肩，特别细心地把面包圈四周的餐巾往里塞，而且他并没有看我。

“白娘子，”他低声说，“是个会治病的女巫。而且……她能够看到男人的内心，如果男人的灵魂里有罪恶的话，她还能把这个人的灵魂变成灰烬。”他快速地点了点头，然后拖着脚匆匆往厨房那边走去。看到他的手肘在动，我知道他边走边在胸前画着十字。

“天哪，”我转身对詹米说，“你听说过白娘子吗？”

“嗯？噢？噢，听说过，我听说过那些故事。”詹米埋头喝着巧克力饮料，长长的红色睫毛遮住了他的眼睛，但是他的脸红得很厉害，不可能归咎于杯子里冒起来的热气。

我靠在椅背上，抱着双手，仔细地打量着他。“噢，你听说过？”我说，“昨晚攻击我和玛丽·霍金斯的那个人说我是白娘子，你会觉得惊讶吗？”

“是吗？”听到我这么说后，他惊讶地迅速抬起头。

我点点头：“他们在光线下看了我一眼，大喊‘白娘子’，然后就像发现我有瘟疫一样逃跑了。”

詹米深吸一口气，然后又慢慢地吐出来。他脸上的潮红正慢慢淡去，取而代之的是像他面前那个白色瓷盘一样的苍白。

“我的天，”他似乎自言自语地说，“我的天哪！”

我向前倾，越过桌子把他手里的杯子拿过来。“给我讲讲你知道的关于白娘子的事情。”我温柔地说。

“呃……”他犹豫了，但接着窘迫地看着我，“只是……我对格兰格瑞说过你是白娘子。”

“你跟他说过什么？”我被嘴里的面包呛住了。詹米帮忙拍打着我的后背。

“呃，其实是格兰格瑞和卡斯特罗蒂公爵，”他戒备地说，“我的意思是，我和他们打牌、玩骰子，但是他们觉得不够。他们觉得我想对妻子忠诚很搞笑。他们说……呃，他们说了些东西，而我……我听厌烦了。”他把目光挪到边上，耳尖红得发烫。

“唔。”我呷着茶说道。我见过他舌头转动起来时的样子，所以能够想象詹米受到的那种无情戏弄。

他一口气喝完杯子里的饮料，然后专心致志地再往杯子里加饮料，眼睛紧盯着饮料壶，避免与我眼神接触。“但是我也不能直接离开，是吧？”他问道，“我晚上必须陪着王子殿下，而且让他觉得我没有男子气概不太好。”

“所以你跟他们说我是白娘子，”我说道，努力不让我的话里有任何笑意，“说你要是和那些女士玩乐，我就会让你的私处枯萎。”

“呃，是的……”

“天哪，他们信了？”我努力控制着自己，能感到我的脸和詹米的一样火辣辣的。

“我说得很真，”他说道，一只嘴角开始扭曲起来，“我让他们以各自母亲的生命起誓不外传的。”

“在这之前你们喝了多少？”

“噢，喝了不少。我最少喝了三瓶吧。”

我放弃挣扎，大笑了出来。“噢，詹米！”我说，“你太可爱了！”我前倾吻了吻他那发红得特别厉害的脸颊。“不错。”我说着，把他手里的面包拿过来，涂抹上蜂蜜，然后又还给他。“我没有什么好抱怨的，”我说，“因为除了维护你的美德以外，这样做似乎还让我避免了被强暴。”

“是啊，谢天谢地。”他放下面包圈，握着我的手，“天哪，要是你发生了什么，外乡人，我……”

“是的，”我插嘴道，“要是那些攻击我们的人知道我是白娘子……”

“是啊，外乡人。”他朝我点点头，“不可能是格兰格瑞和卡斯特罗蒂，因为在你们被袭击，菲格斯来找我时，他们都和我在房子里。但是他们肯定把这事告诉别人了。”

回想起那个白色的面罩，以及面罩后面的声音，我不禁感到一阵微弱的颤抖。

他叹了一口气，然后放开了我的手。“也就是说，我最好去找格兰格瑞，看看他到底把我婚姻生活的故事讲给多少人听过。”他生气地用手搓着头发，“然后我还必须去拜访王子殿下，搞清楚他与圣热尔曼伯爵定合约到底是什么意思。”

“想来也应该去找格兰格瑞，”我若有所思地说，“尽管我们都知道他这个人，或许他已经把你的故事告诉半个巴黎的人了。下午我自己也要去见几个人。”

“噢，是吗？你要去见谁？”他仔细地看着我。想到前路上的磨难，我深吸一口气，让自己准备好。

“首先去见雷蒙师傅，”我说，“然后去见玛丽·霍金斯。”

“或许是薰衣草？”雷蒙踮起脚尖到架子上取下一个罐子，“不是用来抹在身上的，但是它的香味让人镇静，能够镇静神经。”

“呃，那得看是谁的神经。”我回想起詹米对薰衣草香味的反应，然后说道。这是兰德尔喜欢的香味，詹米绝不会觉得这种香味让人镇静。“但是，无论如何，这或许有用。反正不要伤害人。”

“不要伤害人，”他若有所思地重复我的话，“这个准则特别正直。”

“这是希波克拉底誓词的开头，你知道的，”我说道，看着他弯腰在抽屉和柜子里翻找，“这是医生的誓词。‘首先，不要伤害人。’”

“噢？你自己宣誓了吗，夫人？”他那双青蛙般的明亮眼睛，在高高的柜台上面向我眨着。

在他目不转睛的凝视下，我感到自己脸红了。“呃，其实没有。我并不是真的医生。还不是。”我不知道为什么会在最后加上这三个字。

“不是？你知道失去的处女膜无法复原，却试图去治疗‘真’医生都不会尝试去治疗的伤害。”他显然是在讽刺我。

“噢，无法复原吗？”我冷冷地说。菲格斯在我的鼓励下，跟我说过关于爱丽丝夫人妓院里那些“女士”的不少事情。“猪仔膀胱里装鸡血呢？或者你觉得那种东西属于药剂师而不是医生的技能范畴？”

他没有眉毛，不过在他被逗乐时，他的大额头稍微向上皱了皱。“那有谁被那个东西伤害了，夫人？肯定不是卖家，也不是买家——这种买家花钱得到的愉悦，可能比那种买真货的人得到的愉悦多。连处女膜也没有受到伤害！这无疑是种特别道德，并且符合希波克拉底誓词的做法，但是有医生会乐意这么做吗？”

我笑了起来。“我想你比少数人知道得多，”我说，“下次碰到医学审查委员会时，我会给他们提起这件事。同时，就目前这个病例，我们能做的最好的事情是什么？”

“唔。”他在柜台上铺开一张正方形的纱布，然后在中间倒了一把精心切碎的干燥叶子。这一小堆灰绿色的植物里飘出来一股强烈的宜人气味。

“这是黄菀，”他说着，熟练地把纱布包成正方形，把四个角塞到里面，“可以治疗皮肤擦伤、细小的伤口和私处的疼痛。有用吧？”

“是的，有用，”我有些不开心地说，“泡还是熬？”

“泡。就目前的情况来看，或许要用温水泡。”他转身从另外一个架子上取下一个白色的大彩陶罐子。这个罐子侧边写着“白屈菜”。

“这个用来促进睡眠。”他解释道。他那张没有双唇的嘴巴向后拉伸到嘴角。“我想你或许最好不要用罂粟的衍生品。你那位病人对于罂粟衍生品似乎有种难以预料的反应。”

“你已经听说了？”我无可奈何地说。我也不能指望他没有听说。我很清楚，信息是他出售的重要商品之一。所以，他这间小店是个中心，汇聚了从街头小贩到国王寝宫男佣的十多个不同来源的消息。

“从三个不同的人那里得知的。”雷蒙回答道。他往窗外看了看，伸着脖子看挂在街角附近那栋楼房墙上的巨大时钟。“现在还没到两点。关于发生在你家晚宴上的事情，在傍晚前我应该还能听到几个版本。”他张开宽大、露出牙龈的嘴巴，发出低弱的咯咯笑声，“我特别喜欢的那个版本说你丈夫约德阿班维丽将军到街上决战，而你则务实地让伯爵先生享受那个昏迷姑娘的身体，条件是他不叫国王卫队。”

“唔……”我说着，刻意让自己的口音像苏格兰人，“你想不想知道到底发生了什么？”

他往小瓶里倒入罂粟滋补药液，药液在午后的阳光下就像白色的琥珀一样闪耀着。

“真相总是有用的，夫人，”他回答道，眼睛盯着那条纤细的药液，“价值就像稀有品，你知道的。”他把陶罐放在柜台上，发出轻柔的撞击声。“它值得用大价钱来交换。”他补充道。我带来买药的钱放在柜台上，硬币在阳光下闪闪发光。我眯眼看着他，但他只是淡然一笑，就像从来没有听说过蒜香黄油田鸡腿一样。

外面响起两点的钟声。我算了算到位于马洛礼街的霍金斯家的距离。如果能雇到马车，花不了半个小时。我有足够多的时间。

“既然这样，”我说，“那我们就到你的密室里谈一会儿？”

“事情就是这样。”我说道，长抿了一口草莓白兰地。作坊里的气味几乎和我杯子里冒出来的气味一样强烈。在这些气味的影响下，我能感到脑袋开始舒展开来，很像一个欢欣的红色大气球。“他们放了詹米，但是我们仍然是嫌疑人。不过，我觉得这不会持续太久，你说呢？”

雷蒙摇摇头。头顶上的鳄鱼被穿堂而过的风吹动，他起身去关上窗户。

“不会的，这只是麻烦事而已。霍金斯先生有钱有关系。他当然会发狂，但不会说什么。显然，要怪只能怪你和你丈夫太善良了，不想让那个姑娘的不幸故事外传。”他深深地喝了一口杯子里的酒，“那个姑娘才是你现在担心的事情？”

我点点头：“这是其中一件事。她的声誉问题我现在无能为力。我能做的只是帮助她痊愈。”

他用一只轻蔑的黑眼睛从手里的金属高脚杯上方看过来。

“我认识的大多数医生会说：‘我能做的就是治愈她。’你会帮助她痊愈？夫人，你竟然觉察到了其中的不同，真是有意思。我之前觉得你会像其他医生那样呢。”

我觉得自己喝得足够多了，所以放下了杯子。我脸颊上散发着热量，我还能清楚地感到我的鼻尖变成了粉红色。

“我跟你说过我不是真正的医生。”我短暂地闭了闭眼，确定我还能分清上下左右，然后又睁开了眼睛。“而且，我之前……呃，已经处理过一次强奸病例。你在外表上能做的东西并不多，或许你根本就做不了什么。”我补充道。我改变主意，又端起了酒杯。

“或许是这样，”雷蒙同意道，“但是如果说有人能够抵达病人中心，那么这个人肯定是白娘子？”

我放下杯子,盯着他看。我的嘴不得体地张开了,然后我又闭上了它。各种想法、怀疑和领悟在我脑中躁动，在猜测的缠绕下相互碰撞。我暂时避开脑中的想法，抓住了他的话的一半，好让我自己有时间思考。

“病人的中心？”

他把手伸到桌上一个打开的罐子里，取出一撮白色的粉末，然后放到他的高脚杯里。深黄褐色的白兰地立即就变成了血色，开始沸腾起来。

“这是龙血，”他说着，漫不经心地摇了摇冒着泡的液体，“只在内膜是白银的器皿里起作用。当然，它会毁掉杯子，但是如果在合适的情况下使用，它是最有效的。”

我发出了低弱的咯咯声。

“噢，病人的中心啊，”他说道，似乎回忆起我们很多天前讨论的话题一样，“是的，是病人的中心。本质上说，所有治愈的实现，都要通过触及……怎么说呢？灵魂？精髓？噢，中心，触及病人的中心，从中心来痊愈。你肯定见过，夫人。有些人病重或伤重得必死无疑，却没有死。有些人的伤病很轻微,在恰当料理下肯定会痊愈,但尽管你尽了全力，他们还是悄无声息地死去了。”

“治病的人都见过这种事情。”我小心翼翼地回答道。

“是的，”他同意道，“医生都有骄傲感，经常会因为那些死去的人而责怪自己，因为那些活下来的人而为自己医术的胜利感到自豪。但是白娘子能够看到人的精髓，把精髓变成康复……或者死亡。所以作恶的人会很害怕看她的脸。”他端起杯子，举起来与我碰杯，然后喝干了里面冒着泡的液体，在双唇上留下了不明显的粉红色印记。

“谢谢，”我干巴巴地说，“所以，这不仅仅是格兰格瑞容易受骗？”

雷蒙耸了耸肩，看上去似乎对自己很满意。“这是你丈夫想出来的点子，”他谦虚地说，“而且是个特别不错的点子。当然了，你丈夫因为有天赋而受别人尊敬，不会被人视作超自然现象方面的权威。”

“而你当然会。”

他灰色丝绒礼袍下的宽大肩膀稍微抬了抬。他的衣袖上有几个小洞，破洞的边缘被烧得漆黑，就好像是被许多小块的煤炭烧穿的一样。想来是在变戏法的时候不小心弄的。

“有人见你来过我店里，”他指出道，“你的来历是个谜。而且，就像你丈夫说的那样，我自己的声誉也有些值得怀疑。我确实是圈子里的人，可以这么说吧？”他咧开那张瘪着的嘴巴笑了，“圈子里的人都在过分认真地猜测你的真实身份。你知道人们会怎么说。”他补充道，一本正经地表示不赞同，让我笑了出来。

他放下杯子向前倾。“你说那位霍金斯小姐的健康是你担心的其中一件事，夫人。你还担心其他事情吗？”

“没错，”我抿了一口白兰地，“关于正在巴黎发生的事情，想来你应该听说过不少了吧？”

他微笑起来，黑色的双眼既敏锐，又友好。“噢，是的，夫人。你想知道什么呢？”

“你有没有听说过任何关于查尔斯·斯图亚特的事情？说到这里，你知道谁是查尔斯·斯图亚特吗？”

这让他吃了一惊，他宽大的前额稍微向上皱了皱。然后，他从面前的桌上拿起一个小玻璃瓶，若有所思地用双手搓着它。

“我知道，夫人，”他说，“他父亲是……或者说应该是……苏格兰国王，不是吗？”

“嗯，那取决于你怎么看，”我说道，忍住没有把那个小嗝打出来，“他要么是流亡的苏格兰国王，要么是篡位者，但是这我都不太在意。我想知道的是……查尔斯 · 斯图亚特是否在做任何可能让人觉得他是在计划武装入侵苏格兰或英格兰的事情？”

他大声笑了起来。

“啊呀，夫人！你真是位不寻常的女性。你知道像你这样直截了当的人很少见吗？”

“知道，”我承认道，“但我也别无选择。我不擅长拐弯抹角。”我伸手过去，从他手里把那个瓶子接过来，“你听说过什么吗？”

他下意识地朝那扇半截门看了一眼，但那个女店员正忙着为一个健谈的顾客调制香水。

“零星的消息，夫人，只是一位朋友在信中随意提到过，但是答案很明确是肯定的。”

我能看到他有些犹豫到底该跟我说多少。我盯着手中的瓶子，给他时间做决定。瓶子在我手中转动，里面的液体翻滚着，产生出舒适的感觉。这个小瓶子重得出奇，有种奇怪、密实的流动感，好像里面装有液态金属一样。

“这是水银。”雷蒙师傅回答我未问出来的问题。显然，不管他之前在施行什么读心术，都让他做出了有利于我的决定，因为他把瓶子拿回去，把水银倒在我们面前的桌上，形成了一个闪亮的银色小水洼。然后他坐回去，告诉我他知道的事情。

“王子殿下有密探在荷兰打听信息，”他说，“那人叫奥布莱恩，做事特别愚蠢，我可不想雇用这种人，”他补充道，“哪有密探酗酒的啊？”

“查尔斯·斯图亚特身边的人都酗酒，”我说，“奥布莱恩做了什么？”

“他想找船运一批阔剑。两千把阔剑，在西班牙买的，要经过荷兰运送，好掩盖它们的原产地。”

“为什么要这么做？”我问道。我不知道我是天生就傻，或者只是因为喝白兰地喝醉了，但即使是对查尔斯 · 斯图亚特而言，那也是件毫无意义的事情。

雷蒙耸了耸肩，用短粗的食指指着那洼水银。

“我们能够猜到，夫人。西班牙国王是苏格兰国王的表亲，不是吗？但也是我们英明的路易国王的表亲。”

“是的，可是……”

“有没有可能是他愿意帮助斯图亚特家族的事业，但不想公开帮助？”

我脑袋中的白兰地迷雾开始退去。“有可能。”

雷蒙迅速向下敲了敲手指，让那洼水银震动成了几个小的水银滴，在桌面上疯狂地晃动着。

“有人听说，”他柔和地说，仍然看着那些水银滴，“路易国王在凡尔赛宫招待一位英格兰公爵。还有人听说公爵去凡尔赛宫是为了寻求贸易约定。但是很难听说到所有事情，夫人。”

我盯着那些荡漾着的水银滴，把这一切拼接起来。詹米也听到谣言说桑德林汉姆此次出使法国，不只是关注贸易权利。如果他的到访真与英法之间达成协定的可能性有关——或许还会与布鲁塞尔的未来有关，怎么办？如果路易国王正秘密地和英格兰协商，让英格兰支持他入侵布鲁塞尔，如果路易国王有能力彻底分散英格兰人的注意力，让他们无暇顾及外国活动，那么西班牙的费利佩国王在与路易国王这个穷表亲接洽时可能会怎么做呢？

“波旁家族的三个表兄弟。”雷蒙自言自语地嘟哝道。他把一滴水银往另一滴上赶，它们才挨着就融为了一体，像被施了魔法似的迅速成为一颗有生命的闪亮水银滴。他用手指把最后那滴水银往里拨，让那滴较大的水银变得更大了。“血缘相同，但利益相同吗？”

他又用手指往下戳，水银变成许多闪亮的水银滴，在桌面上往四面八方迅速散开。

“我觉得不同，夫人。”他冷静地说。

“我懂了，”我深吸一口气说道，“你怎么看查尔斯·斯图亚特与圣热尔曼伯爵的新合作关系呢？”

他那青蛙般的笑容变得更灿烂了。“我听说王子殿下最近常去码头……当然是去和新合作伙伴商谈。他看着停泊着的船只，它们质量那么好，速度那么快，而且……价格那么贵。海对岸不就是苏格兰吗？”

“确实是苏格兰。”我说道。一束光线闪耀着照在水银上，让我注意到了渐渐落山的太阳。我必须走了。

“谢谢你，”我说，“如果你听到更多消息，你会给我带个话吗？”

他优雅地低下硕大的头颅，散乱的头发和阳光下的水银颜色一样，然后他又突然抬起了头。

“噢！别碰水银，夫人！”那滴水银朝桌沿滚去，我往下伸出手时，他警告了我，“它只要碰到金属，就会和金属结合在一起。”他伸过手去，轻轻地把那滴水银往他那边赶，“你不想毁了你那几枚漂亮戒指吧？”

“不想。”我说道，“好了，我承认你到目前为止还是帮了我的忙。最近没人尝试给我下毒。想来你和詹米应该不可能让我在巴士底广场上被当作女巫烧死吧？”我漫不经心地说着，但是我在克兰斯穆尔被关在贼坑里和被审判的记忆仍然很清晰。

“当然不会。”他庄严地说道。“在巴黎，至少有……噢，有二十年没人因为巫术而被烧死了。你安全得很。只要你不杀死人。”他补充道。

“我会尽力的。”我说道，然后起身离开了。

菲格斯很轻松地就给我找来马车。在去霍金斯家的不远的路上，我始终在沉思最近发生的事情。雷蒙添油加醋地把詹米那种胡扯的说法告诉了那些更加迷信的顾客，我觉得这其实帮了我大忙，尽管想到自己的名字在降神会或黑弥撒中传播给了我一些顾虑。

我还想起来，自己因为赶时间，再加上猜测几个国王、阔剑和船只的事情，我没来得及问雷蒙师傅，圣热尔曼伯爵的影响力——如果有的话——在什么地方。

从舆论来看，圣热尔曼伯爵似乎肯定是雷蒙所说的神秘“圈子”的中心。但他是参与者……还是竞争者呢？还有，这些圈子的影响力是否波及国王的寝宫？传言说路易国王对占星术感兴趣，路易国王、圣热尔曼伯爵，以及斯图亚特之间，是否有可能通过喀巴拉教和无数的隐秘渠道建立联系呢？

我不耐烦地摇摇头，想摆脱白兰地的气味和无谓的问题。唯一说得准的是，他与查尔斯·斯图亚特达成了危险的合作关系，而单是这点就暂时足够让人担忧了。

马洛礼街上的霍金斯家是一座坚实、外貌得体的三层住宅，但即使是对漫不经心的观察者而言，房子里面的混乱也显而易见。天气温暖，但房子的百叶窗全都紧闭着，防止好管闲事的人往里面看。早晨没人擦洗台阶，所以白色的石头上留有肮脏的脚印。也没有厨师或女佣出来与小贩讨价还价购买鲜肉和说三道四的迹象。这是一座为预防灾难来临而做好准备的住宅。

我虽然穿着较欢欣的黄色礼服，但还是觉得自己很像一个厄运的预言者，所以我派菲格斯走上台阶去替我敲门。菲格斯和应门的人交换了意见，但不接受否定答案是菲格斯的优点之一，所以没多久我就与貌似是女主人——也就是玛丽的婶婶霍金斯夫人——的女性面对面了。

这个女人似乎特别烦躁，不愿意提供任何实质的信息，比如说她的名字，所以我只好自己下结论了。

“但是我们不能见任何人！”她接连喊道，同时遮遮掩掩地往身后看，似乎是在预期霍金斯先生那庞大的身影会突然出现在身后指责她，“我们……我们有……嗯……”

“我不想见你，”我坚定地说，“我想见的是你的侄女玛丽。”

这个名字似乎又让她一阵阵地惊慌起来。“她……但是……玛丽啊？不！她……身体不舒服！”

“我知道她身体不舒服，”我耐心地说，并把篮子提起来给她看，“我给她带了些药来。”

“噢！但是……但是她……你……你不是……”

“你这个女人胡说八道！”菲格斯用最好的苏格兰口音说。他不赞成地看着混乱的场景。“那个女佣说玛丽小姐在楼上的闺房里。”

“正是这样，”我说，“菲格斯，带路。”不等我再说其他鼓励的话，他便低头躲开那支伸展出来挡路的手臂，朝幽暗的房子里走去。霍金斯夫人转身看着他的背影，语无伦次地尖叫起来，我也借机从她身边走了过去。

玛丽的房门外有个女佣在干活，那是个系着条纹围裙的肥胖女佣。不过，在我说要进去时，她并没有抗议。她悲哀地摇了摇头。“我拿她没办法，夫人。或许你运气要好些。”

她的话里面没有丝毫希望，但她也没有选择。至少我不可能加深玛丽受到的伤害。我整理了我的礼服，然后推开了门。

我就像走进了洞穴一样。房间里的窗户被厚厚的棕色丝绒织物遮着。这些织物被拉得紧紧的，挡住了外面的光线。即使有些光线透进来，也立即被从壁炉里盘旋着冒出来的烟雾遮住了。

我深吸一口气，然后立即咳嗽着把这口气吐了出来。玛丽躺在床上纹丝不动，她那小得可怜的身子蜷缩着盖在鹅绒被下面。药效肯定已经过了，所以她不可能在睡觉，而且走廊上还吵吵闹闹的。或许她是在装睡，以免婶婶又回来继续喋喋不休地呵斥自己。换作是我，也会这么做。

我转过身子，坚定地把面容扭曲的霍金斯太太关在门外，然后朝床边走去。

“是我，”我说，“把头露出来，别被闷着了。”

被子突然翻动，玛丽像海豚从海浪中钻出来一样，从被子里面冒了出来，然后搂住了我的脖子。

“克莱尔！噢，克莱尔！谢天谢地！我以为再也见不到你了！叔叔说你被关在监狱里了！他说你……”

“放开我！”我努力挣脱她的双手，把她向后推开，让自己能看到她。她红着脸，流着汗，而且还因为躲在被子里而头发凌乱，但她看上去很不错。她的棕色眼睛又大又明亮，没有鸦片中毒的迹象。虽然她看上去很激动和担忧，但在休息了一夜过后，再加上年轻人的快速恢复能力，她的外伤显然好了很多。我担心的是其他方面。

“没有，我没被关起来，”我说道，试着阻止她急切地问问题，“显然没有，尽管这不是因为你叔叔没有尝试那样做。”

“但不是我告诉他的……”她说道，然后结巴起来，低下了头，“只是我……我试着告诉过他，但他……但是我……”

“这个不用担心，”我劝说道，“他是太生气了，所以不管你怎么说，他都不会听的。你才是重要的事情。你感觉怎么样了？”我把她前额上浓密的黑发往后捋，然后打量着她。

“我没事，”她回答道，然后深吸了一口气，“我……流了点血，但止住了。”她的漂亮脸庞更红了，但她没有低头，“我……有些痛。这会消失吗？”

“会的，会消失的。”我温柔地说，“我给你带了些草药。用热水泡，等它冷了后，你可以用布把药水擦到身上。如果有浴盆的话，也可以把药水加到浴盆里，然后在里面泡一泡。它会有用的。”我从手提包里拿出那几捆草药，把它们放在了她的床头桌上。

她咬着嘴唇，点了点头。显然她还有其他的话要说，她那种天生的羞怯正和她的不自信较量着。

“怎么了？”我尽可能平静地说。

“我会怀孕吗？”她脱口而出，担忧地抬头看我，“你说过……”

“不会，”我尽可能坚定地说，“不会怀孕的。他没能够……做完。”我在衣服里面把双手的手指交叉在一起，热切地希望自己说得不错。她怀孕的可能性其实特别小，但这种不寻常的事情也不是没有发生过。不过，我没有必要让她因为这种微弱的可能性而担忧。她有可能怀孕的想法让我有点不舒服。这件事有可能解释弗兰克的存在之谜吗？我撇开这个想法。再等一个月就知道了。

“这里面热得像烤炉一样，”我说着，解开脖子上的领巾，以便呼吸，“而且就像我叔叔常说的那样，烟雾缭绕得像地狱前厅一样。”我不知道接下来到底该说什么，于是起身去把房间里的帷帘拉开，然后把窗户打开。

“海伦婶婶说不能让人看到我，”玛丽跪在床上，看着我说，“她说我丢了脸，如果我出去的话，街上的人们会对我指指点点的。”

“有可能，那些幸灾乐祸的人！”我打开窗户，然后回到她身边，“但那不意味着你需要活埋自己，闷死自己。”我坐到她边上，向后靠在椅子里，感受着凉爽的新鲜空气从我头发中间吹过，吹散了房间里的烟雾。

她沉默了许久，玩弄着桌上的草药。最后，她抬头看着我，勇敢地微笑了，尽管她的下嘴唇还有些颤抖。

“至少我不用嫁给子爵，叔叔说子爵不会娶我了。”

“是的，我想是的。”

她点点头，低头看着膝盖上包裹着的厚实纱布。她坐立不安地用手指摆弄着包扎线，线的一头松开，一些野黄菊碎屑掉出来，落到了床罩上。

“我……常常会想你跟我说关于男人如何……”她停下来，吞了口唾液。我看到一滴眼泪掉到纱布上。“我当时觉得我没法忍受子爵对我那样做。现……现在已经有人那样做了……而且没……没人能够补救。我以后不用再做那种事了！而且……而且……噢，克莱尔，亚历克斯不会再和我说话了！我再也见不到他了，见不到了！”

她扑倒在我怀里，无法控制地抽泣着，把膝盖上的草药弄散开。我把她紧紧搂住，轻轻拍打着她，轻声地嘘着让她安静下来，但我自己也流了一滴泪，这滴眼泪掉到了她黑亮的头发里，但她并未注意到。

“你会再见到他的，”我轻声说，“你当然会的。这件事不会影响他。他是个好人。”

但我知道这件事会对他造成影响。我在前一天晚上见到了亚历克斯·兰德尔脸上的痛苦表情，我当时觉得那只是一种对悲惨遭遇的无助同情，就像我在詹米和默塔脸上看到的表情一样。但是，在知道亚历克斯·兰德尔自称热爱玛丽后，我意识到他自己的痛苦、恐惧会有多深。

他看上去是个好人，但他也贫穷，不是家里的长子，健康不佳，而且晋升机会也不大。他之前拥有的职位，完全取决于桑德林汉姆公爵的好心。我不指望公爵会善意地允许自己的秘书娶一个名声扫地的姑娘，而且这个姑娘既没有社会关系，也没有嫁妆。

如果亚历克斯找到勇气，不顾一切与她结婚，他们会有什么样的发展机遇呢？毕竟他们身无分文，被排除在礼仪社会之外，而且都蒙在被强暴这个见不得人的事实的阴影里。

我什么也不能做，只能抱着她，与她一起为逝去的事物抽泣。

我离开时已经是黄昏了，烟囱管上方的天空中，已经挂上了若隐若现的星星。我口袋里装着玛丽写的信；这封信是她在恰当的人的见证下写下的，信中陈述了前一晚发生的事情。只要把这封信寄给真正的管辖人，我们至少就不会再有法律方面的麻烦了。可是，其他地方还有许多麻烦等着我们。

这次我有了危险意识，所以在霍金斯无奈地给我们提供家中的马车来送我和菲格斯回家时，我并没有反对。

我把帽子扔在前厅的牌桌上，观察着那数量巨大的便条和小花束，它们从金属盘里面溢了出来。显然我们还不是贱民，尽管那桩丑闻肯定早已传遍了巴黎的社交圈子。

我挥手打发走前来焦急询问的用人，然后慢慢朝楼上的卧室走去，在路上漫不经心地脱掉外套。我筋疲力尽了，没法再去关注其他事情。

但是，在我推开卧室门，看到詹米躺在火炉边的椅子里时，我的麻木突然被一阵疼痛取代了。他闭着眼，头发朝四面八方立着，这无疑显示了某种程度上的精神动荡。但是，在听到我进门时发出的轻微声音后，他睁开了眼睛，朝我微笑着。他的双眼在枝形大烛台的温暖光芒里显得明亮，呈现出蓝色。

他只是低声对我说“没什么”，然后就把我搂到怀里。“你回来了。”然后我们都没有说话，相互脱去衣服，最终滚到了地上，在对方怀抱里寻找迟来的、无语的庇护。

CHAPTER 21

不合时宜的复活

我们的马车在圣安妮街上桑德林汉姆公爵租住的宅邸前停下来。那是一栋漂亮的大房子，配有弯曲的私人车道，车道边种着两排杨树，还配有宽阔的庭院。公爵是位有钱人。

“你觉得查尔斯与圣热尔曼共同投资所花的钱是从曼泽蒂那儿借来的吗？”我问。

“肯定是。”詹米回答道。他把猪皮手套拉上来，戴成适合正式拜访的样子。在他整理右手那根僵直无名指上紧贴着的皮革时，脸上露出轻微的痛苦表情。“那笔他父亲以为他用来维持自己在巴黎生活的钱。”

“那么查尔斯确实在试着筹钱组建军队。”我说，心里对查尔斯·斯图亚特有种不情愿的钦佩。马车停了下来，男佣跳下车来开门。

“嗯，他至少在尝试筹钱。”詹米纠正我说道，扶我走出马车，“据我所知，他想筹钱来与路易斯·德拉图尔以及他的私生子私奔。”

我摇摇头。“从昨天雷蒙师傅跟我说的来看，我觉得不是。而且，路易斯在与儒勒上床后，就再没有和查尔斯见面了。”

詹米哼了一声：“至少她还有些荣誉感。”

“我不知道那是不是荣誉感，”我说着，挽住他的胳膊，和他一起走上了门前的阶梯，“她说查尔斯对她与丈夫上床这件事特别生气，所以就气冲冲地离开了，然后她就再也没有见过他。他不时给她写情书，发誓说只要他夺回自己的合法位置，就会来带她和孩子走，但她不让他来见自己，她特别害怕儒勒发现真相。”

詹米不赞成地用苏格兰口音抱怨了几句。

“天哪，还有没有不会被戴绿帽子的男人啊？”

我轻轻地碰了碰他的胳膊：“有些人更有可能被戴绿帽子。”

“是吗？”他说道，却低头对我微笑。

房门打开，一个矮胖的管家走出来。他光着头，穿着一身非常洁净的制服，十分有威严。

“大人，”他朝詹米鞠着躬说，“夫人。公爵正等着你们。请进！”

桑德林汉姆公爵十分和蔼地在主会客厅接待了我们。

詹米为上次晚宴上的不幸事件道歉，公爵说：“胡说，胡说。那些容易激动的该死的法国人。什么事情都小题大做，真是烦人。现在让我们看看这些令人着迷的提议，好吗？或许你的好太太想……唔，去细细品味……呃？”他含糊地朝墙壁那边挥了挥手，询问我愿不愿意去欣赏墙上的几幅绘画、那个装饰精良的书架，或者那几个收藏有鼻烟盒的玻璃盒子。

“谢谢。”我低声说道，脸上挂着迷人的微笑，然后朝墙壁那边走去，假装被一幅布歇的巨大画作吸引。那幅画上是一个裸体女人的背影，她丰乳肥臀，坐在荒野中的一块岩石上。如果这幅画反映的是当时人们对女性身体的品位，那么詹米对我的臀部大加称赞就不足为奇了。

“哈，”我说，“这是什么内衣，呃？”

“呃？”詹米和公爵从那堆投资文件——我们表面上就是为了这些文件来拜访公爵的——中抬起头，惊讶地看着我。

“别管我，”我优雅地挥手说道，“我只是在欣赏艺术品。”

“夫人，听你这么说我很高兴。”公爵礼貌地说道，然后又立即埋头看那些文件，詹米也开始进行我们这次拜访的真正目的。这件事既单调乏味，又十分辛苦，那就是从公爵愿意说的话里，低调地提取他对于斯图亚特复辟事业支持——或者反对——的信息。

我自己也有计划。在他们更加沉浸于讨论时，我慢慢朝门边走去，假装是在看那些装饰精良的架子。只要没有被发现的危险，我就会溜进走廊去寻找亚历克斯 · 兰德尔。我已经尽力补救了玛丽 · 霍金斯受到的伤害，如果她还会受到伤害，那么这些伤害肯定会来自亚历克斯。在社交礼仪的约束下，他不能去玛丽的叔叔家看她，而玛丽也不能联系他。但是，我能很轻易地为他们创造机会，让他们在特穆朗街见面。

詹米和公爵在我身后的讨论变成了机密的喃喃细语。我把头伸到走廊里，却没有看到用人。不过，不远处肯定有用人。面积这么大的宅邸，肯定有几十个用人。房子太大，我需要有人指路才能找到亚历克斯 · 兰德尔。我随机选了个方向，然后沿着走廊走去，寻找用人询问。

我看到走廊尽头有个人影闪过，于是喊了一声。那人没有回答，但我听到了他在抛光地板上秘密小跑的脚步声。这对于用人来说是种奇怪的行为。我在走廊尽头停下来四下观望，那里横着另外一条走廊。这条走廊的一侧是一排门，另一侧是一排开向私人车道和花园的长窗户。那些门大多都关着，但那扇离我最近的则微微开着。

我轻手轻脚地朝那扇门走去，把耳朵贴到门板上。我没有听到动静，于是抓住门把手，大胆地推开了门。

“天哪，你到底在这里做什么？”我惊讶地喊道。

“噢，吓我一跳！啊呀，我以为我死定了。”玛丽 · 霍金斯双手按在连衣裙上面，脸色苍白，黑色的双眼因为惊恐而大睁着。

“你死不了，”我说，“除非你叔叔发现你在这里，那样的话，他或许会杀了你。他知道吗？”

她摇了摇头 ：“不知道，我没有告诉别人。我坐出租马车过来的。”

“看在老天的分上，你为什么要来啊？”

她往四周看了看，就像受惊吓的兔子在寻找藏身处，却没有找到。所以她站直身子，绷紧了下巴。“我必须找到亚历克斯。我必须和他说话，看他是否……是否……”她的双手扭绞在一起，我能看出来她是在努力说出那些话。

“算了，”我无奈地说，“我理解你，但是你叔叔不理解，而且公爵也不会理解。公爵大人也还不知道你在这里吧？”

她没有说话，摇了摇头。

“好了，”我边思考边说，“首先我们要做的事情是……”

“夫人，需要帮忙吗？”

玛丽像野兔一样被吓了一跳，我感到自己的心脏难受地跳到了喉咙后面。该死的用人，总是出现得不合时宜。

没办法，我只好硬着头皮撑过去。我朝那个用人转过身去，他僵硬笔直地站在门口，一副庄严、怀疑的神情。

“是的，”我尽可能装作傲慢地说，“麻烦你告诉亚历山大·兰德尔先生，说有人来了。”

“很遗憾我做不到，夫人。”那个用人冷漠且正式地说道。

“为什么？”我问。

“夫人，”他回答道，“因为亚历山大·兰德尔先生已经不再为公爵大人效力了。他被解雇了。”他看了玛丽一眼，然后稍微低了低头，足够随和地说：“据我所知，兰德尔先生已经乘船回英格兰了。”

“不！他不可能走，不可能！”

玛丽朝门口猛冲过去，差点撞到正走进来的詹米。她突然停下来，惊讶地喘着气。詹米也惊讶地盯着她看。

“怎么……”他开口说话，接着看到了后面的我，“噢，你在这里啊，外乡人。我找了个借口过来找你。公爵大人刚告诉我说亚历克斯·兰德尔……”

“我知道，”我插话说道，“他已经走了。”

“不！”玛丽痛苦地喊道，“不！”她朝门边冲去，我们还没来得及拦住她，她就已经冲到了门外，鞋跟在抛光的橡木地板上踩得咯咯作响。

“该死的傻瓜！”我蹬掉鞋，拉起裙摆，快速地朝她追去。我只穿着袜子，比穿着高跟拖鞋的她跑得快很多。或许我能够在她碰到别人，被人抓住，然后卷入丑闻之前拉住她。

我看着她那飘动着的裙摆在走廊里拐了弯。地上铺有地毯，如果我不抓紧，我就可能在走廊交叉的地方跟丢她，因为我会听不到脚步声，不知道她走的哪条路。我低着头，快速朝拐弯处冲去，结果迎头撞在从对面走来的一个男人身上。

我撞在他肚子上，他惊讶地喊了声“啊呀”。我们两人撞得摇摇摆摆的，他抓住我的胳膊，以便保持直立。

“对不起，”我喘着气说，“我以为你是……噢，去他妈的老天哪！”

我起先以为自己撞到的是亚历山大·兰德尔，但这种想法转瞬即逝，因为我看到了那张轮廓清秀的嘴巴上方的那双眼睛。除了周围的深深皱纹以外，那张嘴很像亚历克斯。但那双冷峻的眼睛却只属于一个人。

我太过震惊，以至于在片刻的时间里，一切似乎都正常得自相矛盾。我特别想道歉，拍去他身上的灰尘，然后继续追玛丽，把他遗忘在走廊里，就像巧遇某个普通人一样。我的肾上腺很快就纠正了我的这种印象，它在我的血液里注入了一剂肾上腺素，让我的心脏收缩得像握紧的拳头一样。

他现在喘过气来，被暂时打乱的沉着也恢复了。

“夫人，我愿意赞同你的观点，但是不太赞同你表达观点的方式。”他还抓着我的手肘，稍微让我离他远一些，在昏暗的走廊里眯着眼看我的脸。在看清我的脸庞，认出我是谁过后，他的整张脸也因为震惊而变得苍白。“妈的，是你！”他惊呼道。

“我以为你死了！”我扭动双臂，试图挣脱乔纳森·兰德尔那钢铁般的双手。

他为了揉搓腰部，放开了我的一只胳膊，同时冷冰冰地打量着我。他那清瘦、俊俏的面容呈现出健康的古铜色，丝毫看不出他在五个月前曾被三十头五百斤重的牲口踩过。他额头上连个蹄印都没有。

“夫人，我又一次赞同你的观点。我对你的身体状况也有类似的误解。你最终可能是个女巫——你怎么把自己变成狼的？”他脸上那种谨慎的反感表情里，混有一丝迷信的敬畏。毕竟，你要是在寒冷的冬夜把某个人赶到狼群中间，你会很期望这个人顺从地立即让狼群吃掉。我的手掌里全是汗，心脏跳动得像敲鼓一样。这就是某个你以为已经死了的人突然在你面前站起来时给你带来的不安影响，想来他肯定也感到有些不安。

“这你也想知道？”在看到他的面容时，我的心里迸发出许多愤怒的情绪，其中最先浮现出来的就是想惹恼他的冲动，想打破他那种冷冰冰的镇静。他抓紧我的胳膊，绷紧了嘴唇。我知道他的大脑在运转，开始排除各种可能性。

“如果不是你，那么弗莱彻爵士的人从地牢里拖出来的是谁的尸体？”我问道，试图利用他那种镇静状态中的裂口。有目击证人给我描述过，在那群掩护詹米逃跑的牛涌进地牢后，人们从现场拖出来一个“裹着鲜血的破布娃娃”，而那应该就是兰德尔。

兰德尔微笑起来，但笑容中并无太多幽默感。就算他和我一样紧张，他也并没有表现出来。他的呼吸比平时快了一点，嘴巴和眼睛周围的皱纹也比我记忆中的更深了。但是，他并没有像一条上岸的鱼那样喘气，而我却像。我尽可能多地吸气，然后尝试用鼻子呼出来。

“那是我的勤务兵马利。话说，你不回答我的问题，我为什么要回答你的问题呢？”他上下打量着我，仔细地评估着我的外貌——丝质礼服、发饰、珠宝和只穿着袜子的脚。

“嫁了个法国人？”他说，“我一直觉得你是个法国间谍。相信你的新丈夫让你过得不错，比……”

我身后有人转进走廊，兰德尔抬头看到了这个人，话语停留在了喉咙里。如果说我刚才想打破他的那种镇静，那么我的这种想法现在完全实现了。舞台上的哈姆雷特在看到鬼魂时的惊恐反应，也不如我在兰德尔脸上看到的让人信服。他仍然抓着我的胳膊，手指捏到了我的肉里。我感到那种震惊的感觉就像电流一样在他身体内奔涌。

我知道他看到了谁，而我也不敢转身。走廊里寂静得很深沉，柏树枝刷在窗户上发出的沙沙声，似乎也是这寂静的一部分，就像海底的巨浪发出的让人耳鸣的沉寂。我特别缓慢地挣脱他的束缚，他的手毫无知觉地落到身体一侧。我身后没有任何声音，尽管我能听到走廊尽头的房间里开始传来说话声。我祈祷那扇门不要被打开，拼命地回忆詹米带了什么武器。

我的大脑变得空白，然后又因一幅令人安慰的画面而明亮起来——我回想起他那把短剑还挂在衣橱的挂钩上，搪瓷剑鞘在阳光下亮闪闪的。但是,他当然还带着匕首,以及那把他习惯藏在袜子里的小刀。想到这里，我很确定，他在必要的时候觉得赤手空拳也完全足够。想想我目前的境遇，站在两个男人中间，进退不得……我吞了口唾液，然后慢慢地转过身去。

他站着纹丝不动，离我顶多一码远。他边上的一扇镶有玻璃、较高的平开窗打开着，柏树叶的阴影在他身上波动，就像沉入水底的石头上方的水一样。他也像石头一样毫无表情。他双眼后面的一切都被隐藏起来。他睁大的眼睛空白得就像窗玻璃，似乎其中的灵魂早就流逝。

他没有说话,但片刻过后,他伸出一只手给我。他把手在半空中张开，我最终镇定下来，握住了他的手。那只手冰冷且坚硬，我就像抓住木筏一样抓住它。

他把我朝他那边拉过去,抓住我的胳膊,让我转过身。在这个过程中，他没有说话，表情也没有丝毫变化。我们走到走廊拐角时，兰德尔在我们身后说话了。

“詹米。”他说道，声音因为震惊而变得沙哑，口气既有些不相信，也有些乞求。

詹米停下来，然后转身看着他。兰德尔的脸色惨白，两边脸颊上都有一块红色的斑点。他已经把假发脱下来拽在手里，鬓角上的细软黑发上沾满了汗液。

“错了！”我上方的这个声音轻柔，几乎不带感情。我抬头看他，能够看到他仍然面无表情，但他脖子里的脉搏在快速、剧烈地跳动，衣领上方的三角形小伤疤也热得发红。

“我的正式称呼是图瓦拉赫堡主，”詹米在上面用轻柔的苏格兰嗓音说，“除了礼节需求以外，你不要再和我说话，直到你在我剑下求我饶命。到那个时候，你就可以叫我的名字了，因为那将是你说的最后两个字。”

他突然猛烈地转身，飘扬的长披肩摆动开来，在我们拐弯时遮住了我视线里的兰德尔。

马车仍然等候在门口。我不敢看詹米，所以爬进马车，全神贯注地把黄色的丝绸织物塞到双腿的周围。马车门关闭的响声让我猛然抬头看，但是在我伸手碰到车门把手前，马车就猛地向前移动，让我摔回了座位里。

我边挣扎，边咒骂，爬起来跪在座位上，从后窗往外看。詹米不见了。车道上没有任何东西移动，只有柏树和杨树的摇曳阴影。

我疯狂地敲打马车顶，但车夫只管朝马匹大喊，催促它们跑得再快些。在这个点上，街上几乎没有车辆，我们就像被魔鬼追赶一样，飞驰着穿过那些狭窄的街道。

在特穆朗街停下来后，我跳出马车，感到既惊慌，又愤怒。“你为什么不停车？”我质问车夫。

他耸耸肩，安稳地坐在马车顶上，丝毫不受影响。“主人命令我送你回家，不要耽搁，夫人。”他捡起鞭子，轻轻地用它触碰马匹的臀部。

“等等！”我喊道，“送我回去！”但是他只是像海龟一样把头缩到肩膀里，假装没有听到我说话，同时驾着马车咔嗒咔嗒地离开了。

我因为无能为力而生着气，转身朝家门走去。矮小的菲格斯从门里走出来，皱着稀薄的眉毛，表示询问地看着我。

“默塔在哪里？”我厉声问道。我能想到的能够找到并阻止詹米的人，就只有默塔了。

“夫人，我不知道，或许在那下面。”他朝冈伯吉街方向点点头。那里有好几家酒馆，有些酒馆比较体面，旅行经过的女士可能和丈夫在里面共进晚餐；但有些酒馆则像贼窝，即使是带有兵器的男性，要想单独进去也得犹豫片刻。

我把手放在菲格斯的肩上，既是为了寻求帮助，也是为了进行劝告。“快跑去找他，菲格斯。以最快的速度跑！”

听我的口气不对劲，他立即跳下台阶，跑了出去，我甚至还没来得及说“小心点”。不过，他比我了解巴黎下层社会的生活——曾经做过小偷的人，在酒馆人群里穿梭自然是最熟练的。只是我希望他曾经是个小偷。

但是，我一次只能担心一件事，所以在我想到詹米对兰德尔最后说的话时，菲格斯因为偷窃被抓住、绞死的画面就渐渐退去了。

詹米肯定不会回到桑德林汉姆公爵家里。他不会的，我安慰自己。他没有佩剑。无论他现在是什么感受——想到他的感受时，我的心直往下沉——他都不会草率行动。我之前见过他与人搏斗，他在搏斗时会冷静地思考，能够撇开那些会影响判断的情绪。重要的是，这次他肯定也会遵守繁文缛节。他会追寻僵硬的方法来实现尊严，作为避难场所——在刻骨的嗜血、复仇情绪浪潮冲刷时，他需要紧紧抓住这种方法。

我在走廊里停下来，机械地脱下披风，站在镜子边整理我的头发。想一想，比彻姆，我在心底对镜子里苍白的自己说。如果他要去决斗，那他首先需要什么呢？

剑？不，不可能是剑。他自己的剑挂在楼上的大衣橱里。虽然他能够轻易借到一把剑，但我没法设想他带着别人的剑去进行生命中最重要的一场决斗。在他十七岁时，他舅舅杜格尔 · 麦肯锡给了他这把剑，监督他练剑，并用这把剑教他左手用剑的技巧和力量。杜格尔陪他训练，左手对左手，一练就是几个小时。练到最后，詹米告诉我，他感到那把由西班牙金属铸就的剑有了生命，变成了他手臂的一部分，剑柄与手掌融在了一起。詹米说过，在这把剑不在身旁的时候，他会觉得像是没有穿衣服一样。他不会赤身裸体去与兰德尔决斗。

不，如果他马上需要这把剑，那他就会回来取。我不耐烦地用手指抓着头发，尝试去思考。妈的，决斗的礼仪是什么？在刀剑相对之前会发生什么事？当然是下战书。詹米在走廊里说的话算是战书吗？我隐约觉得用手套扇别人的脸算是下战书，但我不知道那是不是真的习俗，或者只是源自电影制作人的想象。

我想到了。首先下战书，接着是确定地点——慎重选择的地点，不太可能被警察或国王卫队注意到。要下战书，要安排地点，那么就需要一位副手。噢，那么说他正是去做这件事了，去找他的副手——默塔。

即使詹米在菲格斯之前找到默塔，那也需要安排形式上的东西。我稍微松了口气，但我的心脏仍然在咚咚地跳动，我的系带似乎还是系得太紧。我没有看到用人，于是解开系带，舒畅地深吸了一口气。

“我不知道你有在走廊里脱衣的习惯，不然我就待在客厅里不出来了。”我身后一个苏格兰口音讽刺地说。

我猛地转过身，心脏差点跳起来呛着我。那个男人舒展地站在客厅门口，双臂张开，漫不经心地顶在门框里。他块头很大，和詹米差不多，动作和詹米一样简洁、有风度，神态也和詹米一样冷酷、镇静。不过，他的头发是黑色的，那双深陷的眼睛是朦胧的绿色。杜格尔 · 麦肯锡突然出现在我家里，就好像是被我的思绪召唤来似的。说曹操，曹操到。

“啊呀，你在这里干什么？”尽管我的心脏还在猛烈跳动，但看见他的那种惊讶在慢慢消逝。早餐过后我就没有吃东西，感到一阵反胃。

他走上前来，抓住我的胳膊，拉我朝椅子走去。

“坐下来，姑娘，”他说，“这样你就不会感到反胃了。”

“真是善于观察。”我说。我的视界边缘浮现出黑点，眼前闪着细小的光芒。“抱歉。”我礼貌地说，然后把头埋在了膝盖中间。

詹米、弗兰克、兰德尔、杜格尔，他们的面容在我脑中闪现，他们的名字似乎在我的耳朵里回响。我的手掌里冒着汗，我把它们压到胳膊下面，抱着自己，尝试让自己不再因为震惊而颤抖。詹米不会立即与兰德尔决斗，这才是重要的事情。我还有些许时间，能够思考，能够采取预防措施。但采取什么措施呢？我让自己的潜意识与这个问题纠缠，然后逼迫自己放慢呼吸，把注意力集中到眼前的事情上。

“再问一遍，”我说道，把头发整理到背后，“你在这里做什么？”

他那对黑色的眉毛朝上面皱了皱。“我来看亲戚需要理由吗？”

我仍然能感受到喉咙里面的胆汁，但至少我的双手不再颤抖了。

“现在这种状况下需要。”我说。我坐直身子，傲慢地无视已经解开的系带，然后伸手去拿白兰地壶。知道我想倒酒喝，杜格尔从托盘上拿下一个酒杯，往里面倒了一茶匙酒。然后，他体谅地看了我一眼，又往里面倒了一茶匙。

“谢谢。”我接过酒杯，冷冷地说。

“状况，呃？是什么样的状况？”不等我回答和允许，他就冷静地给自己倒了一杯酒，然后漫不经心地举了举杯，“敬国王陛下。”

我的嘴向两边扭曲。“詹姆斯国王？”我轻轻地抿了一口自己的酒，感到那火热的芳香气味灼烧着我眼睛里的膜。“你现在身在巴黎，是不是意味着你让科拉姆同意你的想法了？”因为，虽然杜格尔·麦肯锡可能是詹姆斯党人，但作为族长领导理士城堡麦肯锡家族的却是他兄长科拉姆。科拉姆的双腿因为疾病而变得畸形、残废，他不再带领族人上战场，杜格尔是战斗首领。不过，虽然杜格尔可以带兵打仗，但拥有权力决定是否开战的人是科拉姆。

杜格尔喝干杯子里的酒，无视我的问题，又给自己倒了一杯。这次他品尝了第一口酒，显而易见地让那口酒在嘴里翻动，然后吞了下去，舔了舔唇上留下的最后一滴。

“还不错，”他说，“我得给科拉姆带些回去。他需要比葡萄酒劲大的东西，才能帮助他睡眠。”

这显然是在迂回地回答我的问题。那么说来，科拉姆的身体状况正在恶化。那种疾病让他始终处于疼痛中，身体也因此被削弱，所以晚上需要加度葡萄酒来帮助睡眠。现在，他直接需要白兰地了。我想，再过多久他才会被迫用鸦片来减轻痛苦？

因为，等到他使用鸦片时，他作为族长对氏族的领导就结束了。没有身体上的手段，他仍能通过纯粹的人格力量来统领氏族；但是，如果他心灵上的力量消失在痛苦和药品中，那么他的氏族就需要新的领袖——杜格尔。

我从杯沿上面盯着他看。他也反过来盯着我看，没有表现出任何局促不安，宽大的麦肯锡氏嘴巴上显露出些许微笑。他的面容很像科拉姆，也像詹米，强壮且粗犷，脸颊骨又高又宽，鼻子又直又长，就像刀刃一样。

他在十八岁时曾宣誓支持兄长担任族长，并遵守了这个誓言近三十年。我知道，他还会继续遵守，直到科拉姆去世或不能继续领导。但是，如果那天到来，那么族长的职责就会落到他肩上，麦肯锡族人也会追随他的领导，举起苏格兰圣安德鲁旗，竖起詹姆斯国王的旗帜，充当美王子查理的先锋部队。

“状况？”我说道，回到了他之前提出的问题上，“呃，如果说你拜访的这个男人曾经被你弃于死地，而且你还试图勾引这个男人的妻子，那么这就算不上是最好喝的酒。”

杜格尔就是杜格尔，他大笑起来。我不知道到底要怎样才能让他感到窘迫，但是我希望在他最终感到窘迫时，我能在场见证。

“勾引？”他说道，愉悦地拧着嘴唇，“我是想迎娶你。”

“我记得你是想强暴我。”我斥责道。去年冬天，在他拒绝帮助我去温特沃思监狱救詹米后，他的确是想迎娶我，只是通过暴力的方式而已。虽然他的主要动机在于占有詹米的拉里堡庄园——詹米如果去世，拉里堡庄园就归我所有——但他丝毫也不反对这场婚姻带来的其他好处，比如说定期利用我的身体取乐。

“至于把詹米丢在监狱不管的事情，”他照旧忽视我，继续说道，“当时看上去没法救他出来，也没有道理让活生生的人冒险去做徒劳的事情。詹米会是第一个理解我这样做的人。而且，如果他死了，那么我作为他的族人，有责任给他的妻子提供庇护。我是这家伙的养父，不是吗？”他仰头喝干了杯里的酒。

我从自己的杯子里喝了一大口，然后快速地吞下去，以免被呛着。白兰地烈酒沿着我的喉咙和食道灼烧下去，与我脸颊上的那种火烫相匹配。他说得不错，詹米并没有责怪他不愿意闯进温特沃思监狱——他也没有期待我会那样做，而且我能够成功也是个奇迹。但是，在我把杜格尔想娶我这件事简短地对詹米说时，我并没有试着把杜格尔这种打算的肉欲方面传达出来。毕竟我从未想过会再见杜格尔·麦肯锡。

从过往的经验来看，我知道杜格尔是个善于捕捉机会的人。在詹米即将被绞死时，他甚至不等到行刑，就试图得到我和即将被我继承的财产。如果科拉姆去世或丧失能力——不，我纠正自己，是在科拉姆去世或丧失能力时——他只花一周就可以完全统领麦肯锡氏族。如果查尔斯·斯图亚特找到了后盾，那么杜格尔将会是其中之一。毕竟，他有过在王位后面掌权的经历。

我思索着，把杯子倾斜起来。科拉姆在法国有商业利益，大部分是葡萄酒和木材。这些显然是杜格尔到访巴黎的托词，甚至有可能是他表面上的主要原因。但他还有其他原因，这点我能肯定。几乎可以肯定的是，查尔斯·爱德华·斯图亚特王子身在巴黎，就是杜格尔来巴黎的原因之一。

“好吧，就算是那样了，我很高兴你现在能在这里。”我说道，把空杯子放回到托盘上。

“是吗？”他那浓密的黑眉毛不信任地抬了起来。

“是的。”我站起来朝走廊那边指了指，“我把系带系上，你帮我把披风拿过来。我需要你陪我去趟警局。”

看到他瞠目结舌，我第一次感到了希望猛增。如果我成功让杜格尔·麦肯锡感到了惊讶，那么我肯定也能够阻止一场决斗。

我们的马车颠簸着绕过米雷耶马戏场，差点和一辆迎面而来的大马车和一辆装满西葫芦的运货马车相撞。杜格尔问 :“你想告诉我你在做什么吗？”

“不想，”我干脆地说，“但想来我必须说。你知道乔纳森·兰德尔还活着吗？”

“我没听说他死了。”杜格尔合乎逻辑地说。

这让我顿了片刻。但是他说得当然没错，我们之所以认为兰德尔已经死了，只是因为马库斯·麦克兰诺赫爵士在温特沃思监狱解救詹米时，把那具被牛踩踏的勤务兵尸体错认为是兰德尔了。既然兰德尔没事，那么兰德尔的死讯自然不会在苏格兰高地传播。我尝试把零散的思绪聚集起来。

“他是没有死，”我说，“但是他在巴黎。”

“在巴黎？”我的话引起了他的注意。他皱起眉头，接下来的这个念头让他睁大了双眼。

“那詹米在哪里？”他急促地问道。

我很高兴看到他领会了重点。虽然他不知道在温特沃思监狱里詹米和兰德尔之间发生了什么——没人会知道，除了詹米、兰德尔，某种程度上还有我——但他知道兰德尔在那之前做过的事情，这足以让他意识到詹米在巴黎遇到兰德尔时首先想做什么，毕竟兰德尔远离了英格兰的庇护。

“我不知道。”我看着窗外说道。我们正路过巴黎大堂，我的鼻孔里充满了鱼腥味。我掏出一块香手帕，捂住自己的口鼻。手帕上强烈的冬青树香味，掩盖不了十多个鳗鱼摊位散发出来的臭味，但它多少有点用。

我隔着这块加香的亚麻手帕说：“我们今天在桑德林汉姆公爵家意外地碰到了兰德尔。詹米让马车送我回家，然后我就再没有看到他了。”

杜格尔不理会那种恶臭以及粗野女人们的刺耳叫卖声，朝我皱着眉。“他打算杀兰德尔，你确定吗？”

我摇摇头，然后告诉了他我就那把剑所做的推理。“我不能让他们决斗。”我说道。我把手帕放了下来，以便说得更清楚。“我不能！”

杜格尔心不在焉地点了点头。“是啊，那样很危险。不是说詹米没法轻易打败兰德尔——他是我教出来的，你知道的，”他有些吹嘘地补充道，“但是决斗受到的刑罚……”

“你说得不错。”我说。

“嗯，”他慢慢地说道，“但为什么要去找警察？你不会想提前把你的丈夫詹米关起来吧？”

“不是关詹米，”我说，“是关兰德尔。”

他脸上挂起灿烂的笑容，其中带着怀疑。“噢，是吗？你怎么能把兰德尔关起来？”

“几天前，我和一个朋友在街上被袭击了，”我说道，回想起来时我吞了口唾液，“那些男人戴着面罩，我不知道他们是谁。但是，其中有个男人身高和体形都和乔纳森·兰德尔差不多。我打算去警局说我今天碰到了兰德尔，认出他就是袭击我们的人之一。”

杜格尔把眉毛抬起来，然后皱到一起。他冷峻地注视着我。突然，他又从对我的评估中得出了新的推断。

“天哪，你的胆子和魔鬼一样大！是抢劫吗？”他轻柔地问。虽然我不愿意，但我能感受到愤怒涌到了我的脸上。

“不是。”我咬牙切齿地说。

“噢。”他仍然看着我，向后靠到马车的靠垫上，“但是你没有受伤？”我往侧面看了看街上过往的人群，但我能感受到他的眼睛在窥探着我礼服的领子，然后又看到我臀部的曲线上。

“不是我，”我说，“但是我的朋友……”

“我知道了。”他沉默了片刻，然后若有所思地说，“你听说过‘邪恶门徒’吗？”

我猛地转头看着他。他懒洋洋地靠在角落里，就像一只蹲着的猫，在阳光下眯眼看着我。

“没有，他们是些什么人？”我问道。

他耸耸肩，然后坐直，往我的远处看去，看着逐渐临近的金匠码头[①]。码头在波光粼粼的塞纳河上摇摇晃晃，显得既阴暗，又沉闷。

“某种社会团体，由同族的年轻人组成，他们感兴趣的那些事情……都是些不健康的，可以这么说吧？”

“嗯，”我说道，“关于这些‘门徒’，你都知道些什么呢？”

“只是一些我在巴黎酒馆里听到的东西，”他说，“有人说这个团体要成员交许多钱，按某种标准来看，入会代价很高。”

“代价是？”我挑衅地看着他。

他很阴冷地微笑，然后才回答。“其一是处女膜，其二是已婚女性的乳头。”他快速地看了看我的胸部，“你朋友是处女？或者说原本是处女？”

我感到一阵冷，一阵热。我用手帕擦擦脸，然后把它塞到披风的口袋里。我的手在颤抖，所以尝试了两次才把它塞进去。

“她原本是。你还听说什么了？你知道参加‘门徒’的有谁吗？”

杜格尔摇摇头。他赤褐色的鬓角里有些银丝，它们在下午的光线里闪闪发亮。

---

① 巴黎警局所在地。

“只是些谣言，说其中有布斯卡子爵，或许还有夏弥斯家的小儿子，以及圣热尔曼伯爵。噢！你没事吧，姑娘？”

“没事，”我用鼻子深呼吸，然后说道，“他妈的没事。”我拉出手帕，擦了擦额头上的冷汗。

“夫人们，我们不会伤害你们。”这个反讽的声音在我记忆的阴暗处回响。那个穿绿衣服的男人中等身高，长着黑头发，身材苗条，肩膀并不宽。如果这个描述符合乔纳森·兰德尔，那么它也符合圣热尔曼伯爵。但是，我能听出他的声音吗，一个在圣奥诺雷郊区街袭击了我们的男人，有可能在差不多两个小时后，就坐在我对面参加晚宴，吃着鲑鱼慕斯，并且优雅地说着话？

但是，按照情理来想，为什么又不可能呢？毕竟我在两个小时后也坐到餐桌边上了。如果谣言是真的，那么没有什么特别的理由能让我认为圣热尔曼伯爵是我的标准下的普通人。

马车慢慢停下来，我也没有时间沉思了。我即将要让强奸玛丽的人逍遥法外，同时还要让詹米最恨的敌人平安无事？我颤抖着深吸一口气。天杀的没有选择，我想。生命最重要，正义只好等着了。

车夫跳了下来，正伸手来拉门把手。我咬唇看着杜格尔·麦肯锡。他看着我的凝视，稍微耸了耸肩。我要他做什么呢？

“你待会儿会附和我编的故事吗？”我突然问道。

他抬头看了看高耸、巨大的金匠码头，下午明亮的阳光照耀到打开的门里。

“你确定？”他问。

“确定。”我感到口干舌燥。

他滑到座位那边，然后向我伸出了一只手。“那希望老天爷不要让我们被关起来。”他说。

一个小时后，我们从警局出来，走到空荡荡的街上。我之前让马车回家了，以免认识我们的人看到马车停在警局外面。杜格尔把手臂伸给我，我被迫拉着它。这里的地面很泥泞，穿着高跟便鞋在鹅卵石街上走不稳。

在我们沿着塞纳河岸朝巴黎圣母院的塔楼慢慢走去时，我说："邪恶门徒……你真的觉得圣热尔曼伯爵可能是其中一个在圣奥诺雷郊区街……拦截我们的人吗？"我开始因为怀孕反应、疲劳和饥饿而颤抖起来。早餐过后我就再没有吃东西，现在开始有了饥饿感。我仅靠着勇气完成了与警察的交谈。现在，我不再觉得有必要思考，而且也没有能力去思考了。

杜格尔的手臂在我手下显得很结实，但是我不能抬头看他，我需要把注意力全部集中在脚下。我们已经转弯走到爱丽丝街上，街上的鹅卵石湿润得铮亮，而且沾有各种污物。一个拉着板条箱的搬运工在我们的路上停下来清了清嗓子，然后往我脚下的街上大声地吐了一口痰。那团浅绿色的痰落在一块石头的曲面上，最终滑落下去，缓慢地漂浮在鹅卵石不见后形成的小泥水坑里。

"唔。"杜格尔在街上前后观看，寻找马车，边思考边皱着眉头，"我说不准，我听说他做过更坏的事情，但是还没有机会见到他。"他向下看了我一眼。"你到目前为止做得不错，"他说，"不出一个小时，他们就能把兰德尔关到巴士底狱。但是他们迟早要把他放了，我敢打赌，到那个时候詹米的火气并没有冷下来。你想我和他谈谈，说服他不要做傻事吗？"

"不要！看在老天的分上，你就不要掺和了！"马车轮子在鹅卵石上发出震耳欲聋的响声，但我把嗓门提得足够高，让杜格尔惊讶地抬起了眉毛。

"那好，"他温和地说，"我就让你去应付他。他固执得像块石头……但想来你自有办法，是吧？"他说这句话时，侧眼看了看我，还会心、得意地笑了。

“我会做到的。”我会做到，我必须做到。我告诉杜格尔的所有事情都是真的,都是真的,但又离真相那么远。因为我会很乐意毁掉查尔斯·斯图亚特和他父亲的事业，不放弃任何能够阻止他莽撞做傻事的希望，甚至还会冒着让詹米坐牢的险，一切只为了愈合兰德尔的复活在詹米心上打开的裂口。我会帮助他杀掉兰德尔，而且还只会乐在其中，但有件事情除外。这件事情甚至比詹米的尊严更重要，比他的男人身份和他那受到威胁的宁静灵魂更令人忧虑。

正是对这件事情的考虑，支撑我度过了这一天，让我撑过了那个我本应该倒下的时间点。几个月来，我始终认为兰德尔已经无子而终，因此担心着弗兰克的生命。但是，就在这几个月里，我也因为左手无名指上戴着那个素金戒指而始终感到欣慰。

詹米给我的那个银戒指戴在我右手上。然而，在黑暗的夜里，疑惑随着梦境而来时，弗兰克给我的金戒指就是护身符。如果我仍然戴着它，那么给我戒指的弗兰克就还活着。我这样对自己说了上千次，尽管我不知道一个无子而终的人怎么能够成为弗兰克的直系先祖。

我现在知道为什么这枚戒指还在我的手上闪耀，和我的手指一样冰凉了。兰德尔还活着，仍然能够娶妻生子，成为弗兰克的祖先，除非詹米先杀了他。

现在我能做的都做了，但是我在桑德林汉姆公爵府上所面对的实际情况仍然存在。保护詹米的灵魂，就得以弗兰克的生命为代价。我该如何选择?

迎面驶来的那辆马车，无视了杜格尔的召唤，飞驰着从我们边上驶过，车轮离我们很近，把泥水溅到了杜格尔的丝质紧身裤和我裙子的下摆上。

忍住没有用发自内心的盖尔语接连咒骂，杜格尔朝那辆远去的马车挥了挥拳头。

“好了，现在要做什么？”他问道。

那口痰飘在我脚下的水洼里，反射着灰色的光线。我能感到它就像黏在我舌头上一样。我伸出一只手，抓住杜格尔的胳膊。他的胳膊坚硬得就像外表光滑的西卡莫树枝——虽然坚硬，但似乎又有些让人眩晕地摇晃着，把我摇晃到边上那洼冰冷、闪亮、带有鱼腥味的泥水里。我的眼前飘浮出许多黑点。

“现在，”我说，“我想吐。”

我们回到特穆朗街时，已经快日落了。我的双膝打着颤，连爬楼梯都显得很费力。我在想詹米是否已经回来，所以就直接回卧室去脱掉披风。

他已经回来了。我在门口停住，观察着卧室里面。我的药箱打开着放在桌上。用来剪绷带的剪刀半开着摆在我的梳妆桌上。那是把别出心裁的剪刀，是一位偶尔到天使医院工作的刀匠送我的。镀金的剪刀把就像鹳鸟的头，长长的刀刃就像鸟喙。剪刀在落日的光线下闪亮着，摆在一堆微红的金色发丝中间。

我朝梳妆桌走了几步，搅动了身边的空气，把那些丝绸般的、闪耀着的发丝吹了起来，飘过了整个桌面。

“我的老天哪。”我低声说。他是回来了，但是现在又不在了。他的剑也不在了。

那些头发闪耀着，一缕一缕地散落在梳妆桌、凳子和地板上。我从桌上拾起一撮拿在手里，感受着那些细软的发丝在我手指中间分开，就像刺绣丝绸一样。我感到一阵恐慌的寒冷出现在肩胛骨中间，然后向下刺痛了我的脊柱。我回想起詹米坐在德罗昂王府后面的喷水池边上，给我讲他是如何进行人生初次决斗的情景。

他当时说：“我用来把头发扎到后面的带子断了，风把头发吹到我脸上，我几乎看不到自己。”

这次他不会再让这种事情发生。看到他留下的证据，感受着手中柔软且仍有生命的发丝，我能够想象他在做这一切时是多么冷漠和从容，能够听到他剪断那些可能遮挡视线的柔软发丝时剪刀发出的咔嚓声。没有什么能够阻止他杀死乔纳森·兰德尔。

没有什么能够阻止，除了我。手里还拿着他的头发，我走到窗边往外看，似乎是在期待能够在街上看到他。但是特穆朗街上静悄悄的，没有什么东西在移动，只有杨树的影子在各家大门前摇曳，还有一个用人轻微地动了动。他站在大门左边，与为了强调观点而挥舞烟斗的更夫聊着天。

家里的用人们安静地忙活着，准备即将在楼下进行的晚餐。今晚没客人会来，所以没有往常的那种喧闹。没客人时，我们吃得都很简单。

我坐到床上，闭上眼睛，把双手捂在凸起的肚子上，同时紧紧握着那缕头发，似乎只要我不放手，我就能保证詹米的安全。

我的行动足够及时吗？警察是否能在詹米之前找到兰德尔？要是他们同时找到兰德尔呢？要是他们到时刚好看到詹米向兰德尔下正式决斗的战书呢？我用拇指和食指搓着那缕头发，把它们搓散成一簇红棕色和琥珀色。也好，如果是这样，那么至少他们两人都会安全。或许会被关在监狱里，但是与其他危险比起来，蹲监狱并没有那么重要。

如果詹米先找到兰德尔呢？我往窗外看了看，夕阳的余晖很快就会消失。按照惯例，决斗都是在黎明进行，但是我不知道詹米是否会等到那时。他们现在就有可能在某个隐秘的地方面对面了。在这个地方，刀剑相碰的响声，以及人受伤时的叫喊声，都不会引起注意。

这是场你死我活的决斗。这二人之间的恩怨只能用死亡来解决。可这会是谁的死亡呢，詹米的，还是兰德尔的——以及随之而来的弗兰克的死亡？詹米可能剑术更胜一筹，但是兰德尔作为被挑战的人，将决定使用何种武器。而使用手枪依靠的运气比枪法多，只有最精良的手枪才能瞄得准，但即使是最精良的手枪，也容易哑火或遇到其他故障。我突然想象到一幅关于詹米的画面——他瘫软、安静地躺在草地上，血液从一个空眼眶里涌出来，黑火药的气味在布洛涅森林里的各种春季香味中显得很浓郁。

“你在干什么，克莱尔？”

我迅速抬起头，由于太过用力而咬到了舌头。他的两颗眼珠都还在眼眶里，在坚挺的鼻子上方盯着我。我从来没见过他把头发剪得这么短。这让他看上去像个陌生人，他脸颊的骨骼在皮肤下面很明显，他头骨的形状在浓厚的短发下面显现出来。

“我在干什么？”我重复了他的话。我吞了口唾液，让干燥的口腔再次湿润一些。“我在干什么？我坐在这里，手里拿着你的头发，在想你是死还是活！这就是我在做的事情！”

“我没死。”他走过去打开了大衣橱。他把剑佩到身上，但已经换掉了去桑德林汉姆府上时穿的那身衣服。他现在穿着旧衣服——这套衣服能让他自由伸展胳膊。

“是没死，我看到了，”我说，“你还亲自告诉我，真体贴。”

“我是来拿衣服的。”他拉出两件衬衫和他的长披风，把它们放在凳子上，然后又去抽屉里翻找干净的亚麻布。

“衣服？你到底要去哪儿？”我之前不知道再见到他时他会做什么，但我确实没有料到这一出。

“去一家旅馆。”他看了我一眼，然后显然觉得这几个字的解释不足以打发我。他转身看着我，浑浊的蓝色双眼就像蓝铜矿。

“我让马车把你送回家后，我走了一会儿，最后又控制住了自己。然后我回家取剑，再返回公爵府上给兰德尔下正式的战书。但公爵府上的管家跟我说兰德尔被捕了。”

他凝视着我，眼神就像深海一样遥远。我又吞了一口唾液。

“我去了巴士底狱。他们说你发誓控告了兰德尔，说他在那晚袭击了你和玛丽。为什么要这么做，克莱尔？”

我的双手在颤抖，于是我扔下了手里捏着的那缕头发。它们因为我的拿握而不再黏合在一起，分散开来，变成一根根红色的发丝散落在我的大腿上。

“詹米，”我同样声音颤抖地说，“詹米，你杀不了兰德尔。”

他的一个嘴角特别轻微地扭曲着。

“我不知道是应该因为你关心我的安危而感动，还是应该因为你的不自信而感到生气。但是不管怎样，你都不用担心。我杀得了他，而且很轻松。”他说最后这个词语时很安静，口气中既带有恶毒，也带有满足。

“我不是这个意思！詹米……”

“幸运的是，”他继续说道，似乎没有听见我的话，“兰德尔有证据证明他那天晚上一直在公爵家里。只要警察问询完在场的人，确信兰德尔是清白的——至少在你的指控上是清白的——那么就会释放他。我要在旅馆里待到他被释放。然后我就会去找到他。”他的眼睛盯着衣橱，但显然他看到的是其他画面。“他会等着我的。”他轻柔地说。

他把衬衫和亚麻布塞进旅行袋，然后把披风搭在手臂上。他正要转身出门，我从床上跳下来，抓住了他的衣袖。

“詹米！看在老天的分上，詹米，听我的。你杀不了兰德尔，因为我不让。”

他十分惊讶地向下盯着我。

“是因为弗兰克。”我说道。我放开他的衣袖，然后向后退了一些。

“弗兰克，”他重复道，轻微地摇摇头，似乎是为了清除耳朵里的蜂鸣声，“弗兰克。”

“是的，”我说，“如果你现在杀死兰德尔，那么弗兰克……弗兰克就不会存在了。他不会出生。詹米，你不能杀无辜的人啊！”

他那张在平时泛白、红润的古铜色面容，在我之前说话时已经变成满是斑点苍白。现在，那种红润又开始增加，红到了他的耳朵尖，让他的脸颊红得像火焰一般。

“无辜的人？”

“弗兰克是无辜的！我不在乎兰德尔……”

“但我在乎！”他一把抓起旅行包，大步朝门口走去，披风在他胳膊上飘扬着，“天哪，克莱尔！你想阻止我复仇，阻止我去杀死那个让我扮演婊子的人？那个人逼我跪在地上舔他的阴茎，让我浑身沾满了自己的血！天哪，克莱尔！”他猛地拉开门。他走到走廊里时，我才伸手拉住他。

天已经开始黑了，用人们已经点上了蜡烛，所以走廊里照着轻柔的烛光。我抓住他的胳膊，用力拽他。

“詹米！求求你！”

他不耐烦地快速挥手，挣脱了我的拉拽。我就快哭了出来，却含住了泪水。我抓到他的旅行包，把包从他手里拉了下来。

“求求你，詹米！再等一年吧！那个孩子……兰德尔的孩子……在明年十二月就会怀上了。到那个时候就没有关系了。求求你，詹米，看在我的分上，等到明年十二月吧！”

金边桌上的蜡烛台把他的巨大影子摇曳着照在远端的墙上。他抬头盯着影子，双手握得紧紧的，似乎是在面对着一个高耸在自己面前的面无表情的危险巨人。

“是啊，”他轻声说道，似乎是在自言自语，“我是个大家伙！又大又坚强。我特别能忍。是的，我特别能忍。”他大叫着，迅速转身看着我。

“我特别能忍！但是能忍就意味着必须忍吗？我需要承担所有人的弱点吗？我自己能有弱点吗？”

他加快步伐往走廊那边走去，那个影子无声、疯狂地跟着他。

“你不能让我忍！你，你们所有人！你知道……知道……”他哽噎住了，因为狂怒而说不出话来。

他边走边不停地击打走廊的石墙，狂暴地把拳头的一侧砸到石灰岩墙壁里。石墙无声却激烈地承受了他的每一次击打。

他停下来，转身面对着我，沉重地呼吸着。我纹丝不动地站着，不敢动，也不敢说话。他快速地点了一两次头，似乎是在下决心做什么事，然后嘶的一声从腰带上抽出匕首，把它递到我的鼻子前面。他明显努力平静地说道 ：“你可以选择，克莱尔。选他，或者选我。”他慢慢地翻转匕首，蜡烛的火焰在光亮的匕首上跳跃着。“他活着我就死。如果你不想我杀他，那么你现在就亲手杀了我。”他抓住我的手，强迫我握住刀柄。他撕开衣服的花边，裸露出喉咙，然后紧紧握住我的手指，把我的手向上拉。

我全力反抗，但他还是把刀尖拉到了锁骨上方柔软的凹陷处，刚好在几年前兰德尔用刀给他留下的青色疤痕的下方。

“詹米！停下来！赶紧停下来！”我伸出另外那只手用力捶打他的手腕，打疼了他，让我能够把手指挣脱出来。匕首哐当一声掉到地上，然后从石地板上弹起来，安静地落到那张画有树叶的欧比松地毯的一角。我能够把细节看得很清楚，这让人生中最糟糕的时刻充满了折磨。我看到那把匕首冷酷地横躺在一串绿色大葡萄的卷曲根茎上，似乎是想把那串葡萄割断，把它们从地毯里切出来，滚到我们的脚下。

詹米呆站在我面前，脸颊白得像骨头，双眼燃烧着。我抓住他的胳膊，它在我手指下面坚硬得像木头。

“请相信我，求求你。如果有其他办法我也不会这么做。”我颤抖着深吸一口气，让肋骨下猛然跳跃着的脉搏缓下来。

“你的命是我救下来的，詹米。而且救了两次。我让你没有在温特沃思监狱被绞死，你在修道院发烧时也是我把你治好的。你欠我一条命，詹米！”

他向下注视了我许久，然后才开口回答。他回答时，声音又变得轻柔，带有尖锐的讽刺。

“我知道。你现在就要我还债？”他那双清澈、深邃的蓝眼睛燃烧着，就像是蓝色的焰心一样。

“我必须这样做！我没法让你讲道理。”

“道理。噢，道理。不，我看你也不是在讲道理！”他把双臂抱到背后，卷曲起左手的手指，紧紧抓住右手的僵直手指。他低着头，朝无尽的走廊里慢慢地离我远去。

走廊两侧挂有油画，有些油画被下面的高烛台或大烛台照亮，有些则被上面的镀金烛台照亮；还有些则没有那么受宠，只是在中间的黑暗中潜伏着。詹米在油画中间慢慢走着，偶尔向上看一眼，似乎在与那些戴着假发的油画观众交谈。

走廊横跨整个二楼，铺有地毯，挂着壁毯。走廊两头的墙壁里，装有巨大的彩色玻璃窗。他一直走到远端，然后像参加阅兵的军人一样，精确地猛然转身，又以缓慢、正式的步伐走了回来。一次又一次地走过去又走回来，走过去又走回来。

我的双腿在颤抖，于是坐到了走廊尽头边上的扶手椅里。一位无处不在的用人过来谄媚地问我是否要葡萄酒或饼干，我尽量礼貌地挥手把他打发走，然后等待着。

詹米最终停在我面前，穿着银扣鞋的双脚大张开地站在地上，双手仍然相互抓着放在背后。他等我抬头看他，然后才开口说话。他的面容僵硬，没有焦虑的抽搐透露情绪，但他双眼附近的皱纹却因为压力而变得很深。

“那就等一年。”他只说了这几个字。他立即转过身去，在我挣扎着从那把深深的绿色丝绒椅子里起来时，他已经离我几英尺远了。我还没有站起来，他突然转身从我身边走过，三大步走到镶着彩色玻璃的窗边，然后用右手砸穿了玻璃。

那扇窗户由上千块彩色玻璃组成，由许多铅条黏合在一起。画有《帕里斯的评判》的整扇窗户，尽管框架被震动，但铅框却让大多数玻璃完好无损。虽然发出了碰撞声和叮当声，但詹米只在阿佛洛狄忒的脚下砸出一个锯齿形的洞，然后轻柔的春风吹了进来。

詹米站了片刻，把双手紧紧压到肚子上面。他那有褶边、像新娘礼服一样的网格袖口上出现了深红色的血迹。我朝他走去，而他又一次从我身边走过，沉默着怒气冲冲地离开了。

我又瘫坐到扶手椅里，坐下去时很用力，让灰尘从长毛绒里飘了出来。我无力地躺在那里，闭着双眼，感受着凉爽晚风的吹拂。我鬓角上的头发有些湿润，我能感受到自己的脉搏，它就像鸟类的脉搏那样快，在我的喉咙底部急速跳动着。

他会原谅我吗？回想着他那种知道自己被背叛的眼神，我的心就收紧得像拳头一样。“你怎么能让我忍？”他当时说，“你，你知道……”是的，我知道兰德尔对他做了什么，而且我觉得这种知情可能会让我远离詹米，就像我远离弗兰克那样。

但是，无论詹米是否会原谅我，我如果给一个无辜的人——一个我爱过的人——判了刑，那么我永远都不会原谅我自己。

“祖先的罪恶，”我轻声对自己说，“祖先的罪恶不应该报应到子女头上。”

“夫人？”

我被吓了一跳，睁开眼睛，看到同样惊讶的女佣在往后退。我伸手按着快速跳动的心脏，大口吸着气。

“夫人，你不舒服吗？要不要我去……”

“不用，”我尽可能坚定地说，“我很好。我就想在这里坐会儿。你走吧。”

女佣似乎很想帮忙。“是，夫人！”她说道，然后消失在走廊里，让我茫然地盯着挂在花园那边墙上的一幅爱情绘画。我突然感到寒冷，于是把还没有来得及脱下的披风拉紧，然后又闭上了眼睛。

我最终回到卧室时，已经过了午夜。詹米在卧室里，坐在一张小桌子前面，显然是在看一只草蜻蛉在卧室里唯一的烛台周围危险地扑着翅膀。我丢下披风，朝他走去。

“别碰我，”他说，“你去睡觉。”他说话时近乎心不在焉，但我还是在半路停了下来。

“但是你的手……”我说。

“没关系。你去睡觉。”他又说道。

他右手的指关节上沾着血，衬衫的袖口也因为血渍而变得僵硬，但如果他不是被刀捅进了肚子，那么我是不敢碰他的。我让他在那里注视着那只扑火的草蜻蛉，然后上床去睡觉了。

天快破晓时我醒了过来，黎明的光线模糊地照出了卧室里家具的轮廓。穿过通往前厅的双开门，我能看到詹米还是我离开他时的那个样子，仍然坐在桌子边上。蜡烛已经燃尽，草蜻蛉也已不见。他坐在那里，双手抱着脑袋，手指插在被残忍剪短的头发里。光线把整个房间照成了黑白；即使在他手指中间像火焰一样立起的头发，也变成了灰烬一般的颜色。

我下了床，穿着不厚的刺绣睡衣，感到寒冷。我走到他身后时，他并没有转身，但是他知道我在背后。我碰到他的手时，他任由手掌落到桌上，让脑袋向后仰，直到在我胸部下面停下来。在我抚摸着他的头时，他深沉地叹息着。我感到那种紧张状态开始离开他。我的双手慢慢向下，摸到他的脖子和肩膀，透过薄薄的亚麻衬衫感受到了他身体的冰冷。最终，我走到他面前。他向上伸手抓住我的腰部，把我朝他那边拉，把头埋在我的睡衣里，刚好在我凸起的肚子上方。

“我冷，”我最终特别温柔地说，“你愿意来温暖我吗？”

片刻过后，他点了点头，然后在黑暗里跌跌撞撞地站了起来。我带他到床边，他顺从地坐着让我给他脱掉衣服，然后我让他躺下，给他盖好被子。我躺在他的臂弯里，紧紧贴着他，直到他皮肤上的冰冷退去，然后我们舒适地躺在柔软、温暖的被窝里。

我试探性地把手放在他胸上，轻轻地来回抚摸，直到他的乳头立起来，变成一个小小的欲望凸起点。他把手放到我的手上，让我停了下来。我担心他会把我推开，而他确实把我推开了，但他这样做仅仅是为了翻身对着我。

天变得越来越亮，他低头看了我的脸庞很久，然后从鬓角抚摸到下巴，再用拇指沿着我的喉咙向下摸，然后又向外沿着我的锁骨抚摸。

“天哪，我真的爱你。”他轻声说道，就像是在自言自语。他亲吻了我，不让我回应，然后用受伤的右手抚摸我的一个乳房，准备与我交合。

“但是你的手……”我说道，这是今晚说的第二次。

“没关系。”他说道，这也是今晚说的第二次。

Part 04 丑闻

CHAPTER 22

皇家种马场

马车在一段路况特别糟糕的路上慢慢颠簸着，这段路因为冬天的冰冻和春雨的拍打而变得坑坑洼洼。这年雨水比较丰盛，即使到了初夏，路旁茂密的醋栗丛下，也还有一片片松软潮湿的地方。

詹米和我同坐在马车上加了坐垫的狭窄长凳上。菲格斯四肢张开，在另一张长凳的角落上睡着了，马车的颠簸让他的脑袋摇晃着，就像机械玩偶的弹簧脖子上的脑袋。马车里的空气很温暖。只要马车从干燥的地面经过，一缕缕金色的灰尘就会从车窗飞扬进来。

我们漫不经心地谈论了周围的乡村，谈论了我们的目的地——位于阿尔让唐的皇家马厩，还谈论了宫廷圈子和生意圈子里每日必谈的流言蜚语。在马车颠簸的节奏下，在温暖的天气里，我或许也睡着过，但是我越发突出的肚子让我长时间以一种姿势坐着很不舒服，而且我的后背也被颠簸得疼痛起来。肚子里的孩子也越发活跃，最初那种颤动变成了轻微但明确的戳动——虽然这种戳动的方式宜人，但会让人心烦意乱。

“或许你应该待在家里，外乡人。”詹米说道，皱眉看我再次扭动身子调整坐姿。

“我没事，”我微笑着说，“只是有些紧张而已。而且错过这些风景会很遗憾。”我朝马车窗户外挥挥手，外面广阔的田野像翡翠一样绿油油的，田野两边是一排排深色、笔直的杨树防风林。在闻过城里的沉闷恶臭和天使医院的药物臭味后，乡村的空气不管有没有灰尘，都很宜人，让人陶醉。

路易国王友善地回应了英格兰的外交友好姿态，同意让桑德林汉姆公爵从位于阿尔让唐的皇家种马场买四匹佩尔什母马，用来改良他饲养在英格兰的那一小群挽马的血统。所以，国王陛下今天要到阿尔让唐巡视，还邀请了詹米一同前往为他选母马提建议。他是在一场晚宴上邀请詹米的，一来二去，这次巡视就成了一次大规模的野餐旅行，随行的包括了四辆马车，以及几位宫中的贵妇人和绅士。

“这是个好迹象，你不觉得吗？”我问道，同时小心翼翼地看了同车的人，确保他们都熟睡着，“我是说路易允许公爵买马这件事。如果他对英格兰人示好，那么他大概就不愿意支持詹姆斯·斯图亚特，至少不会公开支持。”

詹米摇摇头。他坚决地拒绝了戴假发，所以他那清爽、醒目的浑圆头颅，之前在宫中引起了不小的骚动。现在看来，他那样也有好处，尽管他又长又直的鼻梁上有着微弱的汗液光泽，但他完全不像我这样满头大汗。

“不，我现在很确定路易不想和斯图亚特家有任何牵连，至少没有参与到任何斯图亚特复辟的活动里。迪韦尔内先生向我保证过，这种事情会遭到内阁的完全反对。尽管路易最终会在教皇的催促下给查尔斯少量补助，但是英格兰的乔治国王在背后看着，所以他并不愿意让斯图亚特家族在法国声名鹊起。”他今天穿了长披肩，用饰针把披肩别在肩部。那是颗漂亮的饰针，是他姐姐从苏格兰寄给他的。饰针的形状是两头奔跑的雄鹿，雄鹿的身体弯曲着，首尾相连形成了一个圈。他拉起披肩，擦了擦脸。

“过去几个月里，我已经和巴黎大大小小的所有银行家谈过话，他们全都不感兴趣。”他讽刺地微笑了，“没有人钱多到想支持斯图亚特复辟这种没有把握的事情。”

“不过，”我呻吟着伸展了一下背部，“西班牙除外。”

詹米点点头：“的确，而且还有杜格尔 · 麦肯锡。”他看上去有些沾沾自喜，让我好奇地坐直了身子。

“你收到过他的信吗？”尽管最初有些戒心，但杜格尔最终还是接受了詹米，把他当作虔诚的詹姆斯党人。所以，除了菲格斯偷来的密信以外，詹米还收到许多由杜格尔从西班牙寄来的谨慎信函。这些信函先由詹米阅读，然后再转交给查尔斯 · 斯图亚特。

“确实收到过。”我能从他的表情看出，他收到的是好消息。确实是好消息，尽管对于斯图亚特家族来说不是。

“费利佩拒绝支持斯图亚特家族，”詹米说，“你知道的，他从教皇那里得到了许诺，他不得不远离整个关于苏格兰王座的事情。”

“你知道为什么吗？”最近从教皇信使那里截获了几封信函，但是它们都是写给詹姆斯或查尔斯 · 斯图亚特的，所以可能并没有提及教皇和西班牙之间的对话。

“杜格尔觉得他自己知道。”詹米大笑起来，“杜格尔很气愤，说他在托莱等了个把月，最后被一个模糊的承诺打发走了，西班牙方面说他们会提供帮助，只要‘时机成熟，上帝保佑’。”詹米用低沉的嗓音完美表达出一种虔诚的语调，让我禁不住笑了起来。

“教皇本笃想避免西班牙和法国之间的摩擦。你知道，他不想费利佩和路易浪费他可以用在其他地方的钱财，”他愤世嫉俗地补充道。“教皇这么说不太合适，但是他自己也怀疑一位天主教君主是否能够撑住英格兰。苏格兰在高地氏族里已经有了天主教首领，但是英格兰上一次拥有天主教君主已经有一段时间了——而且可能得再过更长时间，才能再次由天主教君主掌权——上帝保佑。”他咧嘴笑着补充道。

他挠了挠头，弄乱了太阳穴上方的金红色短发。“情况看上去对斯图亚特家族来说很不乐观，外乡人，这是个好消息。波旁家族的君主不会提供援助。现在让我担心的就只有查尔斯·斯图亚特和圣热尔曼伯爵一起进行的投资。”

“你觉得这不只是生意上的合约？”

“嗯，是生意上的合约，”他皱着眉头说，“但是背后还有其他情况。我听人说过。”

尽管巴黎的银行家族不愿意认真看待查尔斯·斯图亚特，但如果查尔斯突然有钱进行投资，那么这种情况就很容易改变。

“王子殿下告诉我说他一直在与哥布林家接洽，”詹米说，“是圣热尔曼引见的他，否则他们不会关注他。老哥布林觉得他是个愚蠢的花花公子，哥布林兄弟中的一个也这么觉得。但是另外那个说他会拭目以待。如果查尔斯这次投资成功，那么他或许能够提供其他的机会。”

“这也算不上利好。”我说。

詹米摇摇头。“不，钱能生钱，你知道的。他要是成功做成一两笔大生意，那些银行家就会开始看重他。查尔斯虽然脑子不厉害，”他反讽地拧着嘴说，“但他很有人格魅力，他能够说服人们做明知不可取的事情。即使是这样，他名下要是没有点钱，也没法取得进展。但是如果这次投资成功了，他的名下就会有钱了。”

“唔。”我再次调整坐姿，蠕动了一下闷热皮鞋里的脚趾。这双鞋在定做的时候合脚，但是我的脚开始有些肿胀，丝袜也被汗液打湿了。“我们能做什么吗？”

詹米耸耸肩，撇着嘴微笑着。“祈祷葡萄牙出港遇到坏天气吧。实话说，除了让货船沉掉，我觉得没有多少方法能让他这次生意失败。圣热尔曼已经签约购买全部货物。他和查尔斯都可能挣到两倍。”

提到圣热尔曼，我短暂地颤抖了一下。我不禁回想起杜格尔的推测。我还没有把杜格尔到访的事情告诉詹米，也没有把杜格尔对于圣热尔曼伯爵夜间活动的猜测告诉他。我不喜欢向他保守秘密，但是杜格尔要我保持沉默，如此他才会在乔纳森·兰德尔的事情上帮助我。我没有选择，只好答应了他。

詹米突然对我微笑起来，然后伸出了一只手。

“我会想办法的，外乡人。现在，把你的脚给我。詹妮怀孕的时候，说我给她搓脚很有用。”

我没有争辩，只是脱掉了闷热的鞋，把脚抬起来搭在他的大腿上。窗外吹进来的空气吹凉了我脚趾上的潮湿丝袜，我宽慰地叹息了一声。

他的手掌宽大，手指既有力又温柔。他用指关节揉搓着我的足背，我低声呻吟着向后靠去。马车无声地行进了几分钟，我放松进入了无意识的幸福状态。

脑袋埋在我穿着绿丝袜的脚趾上方，詹米漫不经心地说：“这其实算不上债，你知道的。”

“什么东西算不上债？”我因为温暖的阳光和脚部按摩而迷糊着，不知道他指的是什么。

他没停止按摩，抬头看着我。他表情严肃，尽管眼睛里有一丝笑意。

“你说我欠你一条命，外乡人，因为你救过我的命。”他抓住我的大脚趾，然后扭动它，“但我一直在想，不太确定事实真是那样。我觉得总的来说，我们算得上扯平了。”

“扯平，什么意思？”我想把脚从他手里拉出来，但他握得很紧。

“如果说你救了我的命——你确实救过——我也救过你的命，至少次数差不多。我在威廉堡把你从乔纳森·兰德尔手里救出来过，你不会忘吧。我还在克兰斯穆尔从那群暴徒手里把你救出来过，是吧？”

“是的。”我小心翼翼地说。我不知道他最终想表达什么，但他肯定不只是在闲谈。“我当然也很感激。”

他用苏格兰腔调发出低沉的嗓音表示无所谓。“对你和对我来说，这都不是感激的问题，外乡人。我想说的只是，这也不是义务的问题。”他眼睛里的笑意消失了，表情变得十分严肃。

“首先，我留兰德尔一条命，并不是为了换自己的命——这样交换并不公平。闭上嘴巴，外乡人，”他务实地补充道，“苍蝇会飞进去的。”马车里确实有几只苍蝇，三只停在菲格斯的胸襟上，在他不断起伏的胸口上泰然自若。

“那你为什么要答应我？”我停止挣扎，他用双手抱着我的脚，慢慢地用拇指抚摸着我的脚后跟。

“呃，不是因为你想给我讲的道理。至于弗兰克，”他说，“呃，我确确实实抢走了他的妻子，我也因此而可怜他——而且经常这样觉得。”他补充道，粗鲁地拧了拧一只眉毛，“但是，如果他是我在这里的情敌，又会有什么不同呢？你在我们两人之间可以自由选择，而你选择了我——即使他那边有热水澡之类的奢华条件。啊！”我挣脱一只脚，然后踹到他的肋骨上。他坐直身子，及时抓住我这只脚，让我没能踹第二次。

“后悔你的选择了，是吗？”

“还没后悔，”我挣扎着那只脚说，“但是我随时可能后悔。你继续说。”

“好吧，你选择了我，但我不觉得这意味着要特别体谅弗兰克·兰德尔。而且，”他坦白地说，“我承认我有那么一点点嫉妒他。”

我抬起另外那只脚，照着他肋骨下面一些踢去。我还没踢到，他就抓住了我的脚，娴熟地拧着我的脚踝。

“至于欠他的命，一般说来，”他无视尝试挣脱他双手的我，继续说道，“这个论点修道院的安塞姆修士比我回答得好。我当然不想冷血地杀死无辜的人。但是，我在战场上杀过人，这有什么不同吗？”

我回想起在我们逃离温特沃思的路上，我杀死的那个士兵和那个男孩。我已经不再因为回忆起他们而饱受折磨，但我知道我永远无法忘掉他们。

他摇了摇头：“对此你并无太多有力的论据，但是到最后，这些选择都会变成一个，那就是在必须杀人时，你就会杀人，然后接受这个事实。我记得我杀过的每个人的面孔，而且永远不会忘记。但事实是，我还活着，他们已经死了。无论对错，这都是我唯一的正当理由。”

“但是这不一样，”我指出，“这并不是你死我活。”

他摇了摇头，赶走了停在头发上的一只苍蝇。“你说得不对，外乡人。兰德尔和我的恩怨，只能通过你死我活的方式来解决，或许我和他其中一人死后也还未得到解决。除了刀枪，还有其他杀人的办法。而且，有些事情比生理上的死亡更糟糕。”他的语调软和下来，“在圣安妮修道院的时候，你把我从不止一种死亡中挽救回来，褐发美人，别以为我不知道。”他又摇了摇头，“或许，到最后我欠你的确实比你欠我的多。”

他放开我的脚，调整了他那双长腿的位置。“这让我思考你和我的良心。毕竟，你在做出选择的时候不知道会发生什么。抛弃一个人是一回事，给这个人判死刑又是另外一回事。”

我丝毫不喜欢他这样形容我的行为，但我无法逃避事实。我确实抛弃了弗兰克，而且我虽然不后悔自己做出的选择，但对于这种不可避免的情况，我确实感到过遗憾，也会始终感到遗憾。詹米接下来的话与我的思绪奇怪地不谋而合。

他继续说道 :“假设当初你知道选择我就意味着弗兰克的——呃，这么说吧，意味着他的死亡，那么你或许就会做出不同的选择。既然你选择的是我，那么我是否有权利让你的行为带来你预计之外的后果呢？”

他专心于争辩，一直没有注意到他的话对我造成的影响。他现在看到了我的脸，突然停了下来，沉默地看着我。马车在乡村的绿色树木中间颠簸穿行着。

“我不觉得你的所作所为是罪恶，克莱尔。”他最终说道，伸出一只手放在我穿着丝袜的脚上，“我现在是你的合法丈夫，就像他曾经或者以后是你的合法丈夫。你甚至不知道你是否能够回到他身边。褐发美人，你或许有可能会回到更久远的时代，或者去到更远的未来。你在觉得必要时果断行动过，而没人能做得比那样更好。”他抬起头，眼神穿透了我的灵魂。

“老实说，只要你在我身边，我就不在乎什么对与错。”他温柔地说，“如果你对我的选择是种罪恶……那么我会直接去找魔鬼，感谢他让你那么做。”他抬起我的一只脚，温柔地轻吻了我大脚趾的顶端。

我把手放在他头上，他的短发感觉既粗糙又柔软，摸起来就像一只幼年刺猬。

“我没有觉得我的选择是错的，”我轻声说，“但如果它是错的……那么我就和你一起去见魔鬼，詹米·弗雷泽。”

他闭起眼睛，在我的脚上面埋着头。他紧紧抓住我的脚，把我脚上的纤长跖骨捏到了一起，但我还是没有把脚往回缩。我把手指插到他头皮上，然后轻轻地拉他的头发。

“詹米，为什么啊？为什么你决定要给兰德尔留一条命？”

他仍然抓着我的脚，但睁开了眼睛，对我微笑起来。“好吧，那天晚上我在走廊里来回走动的时候，我思考了几件事情，外乡人。首先，我觉得如果我杀了那个肮脏的畜生，你会很痛苦。我会——或者也不会——做很少的几件事情来缓解你的痛苦，但是你的良心对我的尊严有多大的影响呢？”

“不。”他再次摇摇头，接着说另外一点，“我们俩只能对自己的行为和良心负责。我的所作所为，无论造成什么后果，都不能归咎于你。”他眨了眨眼，充满灰尘的风在他眼里吹出了泪水。他用手抚摸头发，徒劳地想理顺那些凌乱的发尖。一撮被剪短的翘起的头发，挑衅地分散开立在他的头顶上。

“为什么？”我向前倾身问道，“你说了要杀他的理由，剩下的呢？”

他犹豫了片刻，但又直接看着我的眼睛。“因为查尔斯·斯图亚特，外乡人。我们到目前为止已经做了不少，但是他的这次投资——呃，他仍然有可能成功地领导军队。如果那样的话……呃，结果你比我清楚，外乡人。”

我确实比他清楚，想到这里我感到了寒冷。我不禁回忆起某位历史学家对苏格兰高地军队在卡洛登的遭遇的描述——“死去的士兵堆了四层，浸泡在雨水和自己的血液里。”

高地军队疏于管理，饿着肚子，但猛烈搏斗到最后。他们将会在决定性的半个小时里被屠杀，将会被堆成尸体堆，在四月的冰雨里流血，而他们努力了近百年的事业，也将随他们逝去。

詹米突然向前倾，然后握住我的双手。

“我觉得这不会发生，克莱尔。我觉得我们能阻止他。如果无法阻止他，我也仍然不会觉得我会遭遇不测。但是，如果我有不测……”他现在特别认真，话语显得温柔且急切，“那么我想你有地方可去。如果我……没法照顾你，我想有人能够让你投靠。如果我不能照顾你，那么我希望有爱你的人来照顾你。”他用力握紧我的手指，我能感受到两枚戒指都被压进我的皮肤里，感受到手中的急切。

“克莱尔，你知道我为你这样做而付出的代价是什么，代价是不杀兰德尔。答应我，如果真到了那一天，你要回去找弗兰克。”他打量着我的脸庞，那双眼睛深蓝得就像他身后窗外的天空，“我之前有两次尝试过送你回去。感谢主，你两次都没有离开。但是，如果有第三次，答应我你会回到弗兰克身边。因为那就是我让兰德尔再活一年的原因。我这样做是为了你。克莱尔，答应我好吗？”

“驾！驾！”上面的车夫喊叫着，催促马匹往坡上爬。我们快到了。

“好的，”我最终说道，“我答应你。”

位于阿尔让唐的马厩干净整洁，通风良好，充满了夏天的味道和马匹的气味。在一个露天的单畜房里，詹米围着一匹佩尔什母马绕圈，就像一只马蝇被那匹马迷住一样。

“噢，真是个漂亮的小姑娘！到这边来，宝贝，让我看看你那漂亮的肥臀。唔，没错，太棒了！”

“我希望我丈夫也那样对我说话。”尼弗公爵夫人说道，让其他站在中央过道的稻草棚里观看的贵妇人咯咯笑了起来。

“夫人，如果你的后面也这样诱人，那么他或许会那样说的。不过，或许你丈夫并不像图瓦拉赫堡主大人那样欣赏漂亮的臀部。”圣热尔曼伯爵带着一丝轻蔑的愉悦，把视线挪到了我身上。我试着去设想他这双黑色的眼睛透过面罩开口闪光的样子，而且设想得特别成功。不幸的是，他袖口的褶边垂下来遮过了指关节，所以我看不见他的虎口。

听到人们的插科打诨，詹米舒适地斜靠在那匹母马宽大的背上，只把脑袋、肩膀和前臂露在马匹的身子上方。

“伯爵先生，我图瓦拉赫堡主大人能够欣赏不同地方的美，不管是动物的美，还是女人的美。不过，不像我想说的某些人那样，我能够分辨动物和女人之间的不同。”他不怀好意地朝圣热尔曼咧嘴笑了，人们也爆发出大笑声，然后他拍了拍母马的脖子表示告别。

詹米拉着我的胳膊，带我朝下一个马厩走去，其他人则更慢地跟在我们身后。

“噢，”他说道，呼吸着马匹、马具、粪肥和干草的混合气味，就好像是在闻熏香一样，“我好怀念马厩的气味。这里的乡下也让我思念苏格兰了。”

“看起来不太像苏格兰。”我说。我们从马厩的阴凉里走出来，我在明亮的阳光里眯起了眼睛。

“不像，但这也是乡下，”他说，“干净，充满了绿色，空气里没有烟雾，而且脚下也没有脏东西——除非你把马粪算上，但我觉得马粪不是脏东西。”

阿尔让唐坐落在连绵的青山里，初夏的太阳照耀在市镇的众多房屋顶上。皇家种马场就在市镇郊外，它建造得可比附近的臣民住房牢固许多。谷仓和马厩都是用开采来的石头搭建而成，地板由石头铺成，屋顶是板岩。它们被保养得很干净，比天使医院干净许多。

马厩后面传来巨大的叫喊声，詹米突然停住，及时避开了冲到我们面前的菲格斯。他就像被弹弓弹出来一样，后面有两个块头大很多的马童紧紧追着他。追在前面的那个马童的脸上，沾着一道肮脏的青色新鲜马粪，让我们大概知道了菲格斯为什么会被人追逐。

菲格斯头脑足够清醒，加快速度，甩掉追他的人，快速跑到人群中间，然后躲到詹米那穿着短褶裙的屁股后面。那两个马童见菲格斯安全地躲了起来，战战兢兢地看了看迎面而来的这群朝臣和贵妇人，接着交换眼神，做出决定，然后转身大步离开了。

见他们离开，菲格斯从我裙摆后面伸出头，用低俗的法语喊了几句，招来詹米轻快地给了他一个耳光。

“走开，”他不客气地说，“还有，看在老天的分上，不要用马粪扔比你块头大的人。走开，不要惹麻烦。”说完，他往菲格斯的屁股上用力地拍了一巴掌，让他踉跄朝之前追他的那两个马童的那个方向走去。

此前，我始终拿不定主意是否要带菲格斯来这里，但大多数贵妇人都带着男童，让他们跑跑腿，以及携带食物篮子和其他外出必备物品。詹米想让菲格斯见见乡村景色，觉得可以给他放个假。一切都很好，只是菲格斯从未出过巴黎，所以在闻到新鲜空气，享受到阳光，见到面前漂亮的硕大动物时，他就特别激动，欣喜若狂，自从我们到达这里后就麻烦不断。

“天晓得他接下来会做什么，”我看着菲格斯远去的背影，悲观地说道，“说不定会放火烧了某垛干草。”

詹米听到我这么说并不担忧：“他没事的。男孩都喜欢拿粪扔人。”

“是吗？”我转过身，仔细打量着圣热尔曼。他特别整洁，穿着白色的亚麻、白色的哔叽、白色的丝绸。公爵夫人迈着小步，慢慢地穿过杂乱铺着干草的园子，而圣热尔曼则礼貌地弯腰听着她讲话。

“或许你曾经喜欢过，”我说，“他不会。想来主教也不会。”我在想，参加这次远足，至少对我而言，到底是不是个好主意。詹米应付那些巨大的佩尔什马得心应手,桑德林汉姆显然对他有所钦佩,这很有利。但是，我的背因为坐马车而疼得很厉害，双脚又觉得闷热、肿胀，紧贴着不合脚的皮鞋很痛苦。

詹米低头看我,然后微笑着按了按我搭在他胳膊上的手。“快结束了，外乡人。向导想带我们看看交配棚，然后你和其他女士就能去坐着吃东西，而我们这些男人就站着就各自阳具的大小开些粗鲁的玩笑。”

“那是看马匹交配的结果吗？”我很感兴趣地问。

“呃，在男人身上是，我不知道那对女士有什么影响。注意听，完了你可以跟我说说。”

其实，在我们全部挤在特别狭窄的交配棚里，我们中间有种被压抑的激动。交配棚和其他建筑一样，也是用石头搭建而成的，但是它的两边不是分区的畜栏，而是中间一排小栅栏，栅栏两边是束缚马匹用的畜栏，后面有类似于滑道的设施，还有几扇用来控制马匹移动的可以开关的门。

交配棚本身就很敞亮、通风，因为它两头的大窗户都没有安装玻璃，通过它们可以看到外面绿草茵茵的小围场。我能看到几匹硕大的佩尔什母马在围场边上吃草，有一两匹似乎不太安分，摇摆着飞奔几步，然后又慢下来小跑或漫步，摇着脑袋和鬃毛，发出大声的嘶鸣。在外面有匹马嘶鸣时，交配棚尽头的一个畜栏里也传来带着鼻音的大声马叫，而畜栏的镶板也被它用力踢得抖动起来。

“它已经准备好了，”我身后有人赞赏地低声说道，“不知道哪位小姐比较幸运呢？”

“离大门最近那匹，”总是乐于打赌的公爵夫人说，“我赌五个里弗尔。”

“噢，不是！你猜错了，夫人，那匹马太平静了。是苹果树下的那匹小马，它转着眼珠，就像在卖弄风情。看到它甩头的样子了吗？我就选它了。”

听到种马的嘶鸣后，母马全都停了下来，抬起探索的鼻子，紧张地扇动着耳朵。那些躁动的母马甩了甩头，然后嘶叫起来。有匹母马伸着脖子，发出了长时间的高声嘶鸣。

“那匹，”詹米朝它点点头，轻声地说道，“听到它在叫种马了吗？”

“那它说的是什么，大人？”主教问道，眼睛里面闪着光。

詹米严肃地摇了摇头。“它是在唱歌，大人，但是这首歌人类听不懂——或者说应该听不懂。”他随着众人的笑声补充道。

不出所料，被选中的就是那匹嘶鸣的母马。那匹马一走进棚子里就停了下来，抬头站在那里，扇动鼻翼试探棚子里的空气。种马能够闻到母马的气味，它的嘶鸣声在木质屋顶下奇怪地回响着，声音太大，连对话都没法进行。

反正现在没人愿意说话。我虽然觉得不舒服，但是在母马再次回应种马的嘶鸣时，我能在乳房里感到一丝快速的觉醒，感到凸起的小腹一阵收紧。

佩尔什马是体形很大的马种。大型的佩尔什马肩高会超过五英尺，而饲养精良的母马的臀部几乎可以宽达一码，背部呈带斑点灰白色或者亮黑色，饰以瀑布般的黑色毛发，背部最上面的毛发厚度与我的手臂差不多。

种马突然从畜栏里朝拴着的母马奔去，让大家都从栅栏边上退开。硕大的马蹄踏在畜栏里的紧实泥土上，扬起了一缕缕灰尘；张开的马嘴里，流出了一滴滴唾液。打开畜栏门的马倌跳到边上，与围栏里那匹脱缰、狂暴的种马相比，显得微不足道。

母马腾跃起来，然后警觉地尖声长叫，但是接下来公马就爬到了它身上，牙齿几乎挨着它坚实的脖子，逼迫它屈服低下头。母马那又大又长的尾巴抬得高高的，露出了私处，暴露在公马的色欲下。

“天哪。”普吕多姆先生轻声说道。

我们看着两匹马被汗水打湿而变成深色的身子起伏运动，旋涡般的马毛在光线下闪耀，在激动的交配中变得紧绷的肌肉亮闪闪的。交配的过程很短，但我们似乎看了很久。

离开交配棚时，大家都默不作声。最终桑德林汉姆公爵大笑了起来，用手肘轻轻推了推詹米，然后说道：“图瓦拉赫堡主大人，这种场面你都看习惯了吧？”

“是的，”詹米回答道，“我已经看过许多次了。”

“噢？”公爵说，“给我讲讲，大人，看了这么多次，你有什么感受？”

詹米在回答时嘴角动了一下，但除此以外，他仍然保持着严肃的表情。

“特别没感觉，公爵大人。”

“真壮观！”尼弗公爵夫人说道。她掰开一块饼干，眼神游离，咯吱咯吱地嚼着饼干。“真让人兴奋，不是吗？”

“你是说那个阴茎壮观吧，”普吕多姆夫人特别粗俗地说，“要是我丈夫菲利贝尔的也像那样就好了。实际上……”她朝那盘每根大概有两英寸长的小香肠扬起了一只眉毛，让坐在野餐垫上的贵妇人们咯咯地笑了起来。

“保尔，给我拿点鸡肉。”圣热尔曼伯爵夫人对她的男童说。她年纪并不大，其他较为年长的贵妇人说的低俗笑话，让她脸红了起来。我在想，她和圣热尔曼之间是什么样的婚姻。圣热尔曼从来不带她外出去公共场合，但这种场合除外，因为主教的存在让他不能带情妇来。

“哼！”女侍臣蒙特雷索夫人说道。她丈夫是主教的朋友。“大小不是全部。如果他只能持续几十秒，持续不到两分钟，那就算和种马的一样大又能怎样？我问你们，光是大有什么用？”她用两根手指夹起一根浅青色的细小酸黄瓜，然后熟练地用舌头舔着，粉红的舌尖尖细、娇小。

“要我说，他们裤裆里的那话儿不重要，关键要看他们如何利用。”

普吕多姆夫人哼了一声。“这样，如果你找到某个除了用它插最近的洞以外还能够用它做任何事的人，请告诉我。我倒想看看用那话儿还能做什么。”

“至少有人感兴趣。”尼弗公爵夫人插话说道。她反感地朝他丈夫看了一眼。尼弗公爵与其他男人挤在小围场边上，看着马夫考验一匹上了挽具的母马。

“亲爱的，改天吧，”她把尼弗公爵那带着鼻音的浑厚嗓音模仿得惟妙惟肖，“我都身心交瘁了。”她伸手到额头上，把眼珠转到上面。“生意上的压力让人精疲力竭。”在众人咯咯笑声的鼓励下，她继续模仿，现在惊恐地睁大双眼，交叉双手护着大腿上面。“啊，还要？你不知道无谓地浪费男精会生病吗？你的需求都让我疲惫不堪了，这还不够吗，玛蒂尔德？你是想让我生病吗？”

贵妇人们大笑得尖叫起来，声音很大，引起了主教的注意。他朝我们挥挥手，迁就地微笑起来，让贵妇人们再次欢笑起来。

“呃，至少他没有把男精全部浪费在妓院里，或者浪费在其他地方。”普吕多姆夫人说道，同时明显怜悯地看了一眼圣热尔曼伯爵。

“这倒没有，”玛蒂尔德沮丧地说，“他就像囤黄金一样把它们囤起来。他那个样子，会让你觉得他没有多余的给你了……噢，公爵大人！你不喝杯葡萄酒吗？”她抬头迷人地朝悄悄走到背后的桑德林汉姆公爵微笑着。他站在那里朝贵妇人们微笑着，一只清秀的眉毛轻微地向上抬着。如果他听到了我们对话的主题，那么他也没有表现出来。

他挨着我坐到垫子上，与贵妇人们进行着随意、诙谐的对话。他那尖厉得奇怪的嗓音，与女人们的嗓音并无明显不同。虽然他貌似专注于对话，但我注意到他的眼神定期会游离到站在围场边上的那几个男人身上。即使是在艳丽的立绒呢和硬丝绸中间，詹米的苏格兰短裙也很显眼。

再次见到桑德林汉姆公爵时，我有些犹豫。毕竟，我们上次去他家拜访的结局是我控告乔纳森·兰德尔企图强奸，让兰德尔被捕。但是，公爵在这次外出过程中始终举止文雅，丝毫未提及兰德尔兄弟，也没有人在公共场合谈及兰德尔被捕的事情。无论公爵的外交活动是什么，它们的级别似乎都足够高到值得沉默保密。

总的来说，我欢迎公爵出现在野餐垫上。首先，他的存在可以让那些贵妇人不问我——就像有些莽撞的人在聚会上经常问的那样——那种关于苏格兰男人短裙下面所穿衣物的传言是否是真的。考虑到今天聚会的氛围，我不觉得像往常那样回答“哦，和别人没区别”足够。

坐在桑德林汉姆公爵另一边的尼弗公爵夫人向前倾身，与垫子那边的普吕多姆夫人说话，让公爵得空对我说：“你丈夫选马的眼光不错。他告诉我说他父亲和舅舅在苏格兰高地都有不大但很好的马厩。”

“是的，没错。”我抿了口葡萄酒，“但是你去理士城堡见过科拉姆·麦肯锡，你肯定也亲眼见过他的马厩。”实际上，我初次见他就是一年之前在理士城堡，不过那次见面很短暂。他在打猎途中离开，过后不久我被人指控使用巫术，进而被抓了起来。我想他肯定也知道这件事，但就算他知道，他也没有表现出来。

“当然。”他那双敏锐的蓝色小眼睛往左看看，然后又往右看看，观察是否有人在看他，然后切换成了英语，“当时，你丈夫告诉我说他正在流亡，原因是他不幸且错误地被英格兰官方指控谋杀。夫人，我想知道这项指控是否还存在吗？”

“他现在仍然被悬赏通缉。”我直白地说。

公爵的脸上仍然是表示关注的礼貌表情。他心不在焉地伸手从大平盘上拿了根小香肠。

“这件事并非无法补救，”他轻声说，“在理士城堡见过你丈夫后，我去询问了一些人——噢，当然是很谨慎地询问，你放心，亲爱的夫人。我觉得，考虑到我从可靠的人那里得到了可靠的消息，这件事情能够安排下来，而且没有太大的困难。”

这很有趣。詹米在科拉姆·麦肯锡的建议下，最先向桑德林汉姆公爵说了他被冤枉的事情，希望说服公爵进行干涉。因为詹米其实并未犯罪，所以不利于他的证据很少。公爵作为英格兰贵族中有威望的人，很有可能有能力动用关系把这项指控取消。

“为什么？”我说，“你想要什么作为报答？”

他那稀疏的金色眉毛向上抬起，然后他微笑起来，露出了整齐的白牙齿。“我就说你很直接，不是吗？或许我只是感激你丈夫在选马方面的技艺和支持，想让他重新回到一个能够让他有益地使用这种技艺的地位呢？”

“有可能，但其实并不是。”我说道。我发现普吕多姆夫人正用敏锐的眼睛看着我们，于是我和蔼地朝公爵微笑了。“为什么呢？”

他把那整根香肠扔到嘴里，然后慢慢咀嚼着，泰然自若的圆脸上只表现出对于这天活动和食物的满足。最终，他吞下香肠，用亚麻餐巾精致地轻轻擦嘴。

“好吧，”他说，“这只是个假设，你知道的……”

我点点头，然后他继续说道：“那么，作为假设，或许我们可以假设你丈夫最近与某位才从罗马过来的要人的友谊……噢，我知道你懂的。是的。让我们假设他们的友谊最近让某些当事人担忧，这些人更希望这位要人安宁地回到罗马，或者在法国定居下来，尽管罗马更好，也就是说更安全，你知道吗？”

“我懂了。”我自己拿起了一根香肠。香肠里加了不少香料，每咬一口，就有一小股蒜味向上冲到我的鼻子里。“这些当事人很重视詹米他们的友谊，愿意以撤销詹米身背的指控为条件，让他与那位要人断交？可我还是要问，为什么呢？我丈夫又不是特别重要的人物。”

“暂时不是，”公爵同意道，“但是他以后可能会是。他与法国银行家族中的几大利益团体有联系，在商人中的联系更多。他还得到了法国宫廷的接待，能够向路易国王谏言。简而言之，就算他现在还没有掌管大量金钱和影响力的权力，但他可能很快就有这种权力了。而且，他还是苏格兰高地两大家族的成员。那些希望我刚才说的那位要人回到罗马的当事人，也有理由担心这种影响力会被用到不合适的目标上。如果你丈夫——在恢复名誉的情况下——能够回到他在苏格兰的土地上，那就更好了。”

“这是种想法。”我说道。这也是种贿赂，而且是有诱惑力的贿赂。割断与查尔斯 · 斯图亚特的所有联系，在没有被绞死的危险下，自由回到苏格兰和拉里堡。清除有可能带来麻烦的斯图亚特家族支持者，并且不会对王位带来不利影响，这在英格兰人那一方也是种吸引人的提议。

我看了看公爵，想搞清楚他在种种谋划中的位置。在表面上作为汉诺威选帝侯、英格兰国王——只要詹姆斯 · 斯图亚特留在罗马——乔治二世的使者，他此次访问法国很可能有双重目的：与路易相互说些外交中的客套话和得体威胁，同时把詹姆斯党起义扼杀在萌芽状态？查尔斯常去的几个小圈子最近消失了，这说明有来自国外的、急迫的、生意上的压力。被收买，或者被恐吓呢？我想。

公爵的沉稳面容并未透露出他的思绪。他把有些秃顶的前额上的假发向后推，然后毫不拘谨地挠了挠头。

“亲爱的，好好考虑一下，”他劝说道，“想通了就对你丈夫说。”

“你为什么不自己跟他说呢？”

他耸耸肩，然后又拿起三根香肠。“我发现，男人往往更愿意听他们信任的家人说的话，而那些可能会被他们理解为外部压力的话，他们则不太会听信。”他微笑起来，“这是件需要考虑尊严的事情，必须谨慎处理。至于谨慎处理，呃，不是有人说‘女人更灵’吗？”

我还没来得及回答，就听见大马厩那面传来叫喊声，所有人都朝那边转过头去。

一匹马正沿着大马厩和开着的长长铁匠棚之间的狭窄小道朝我们跑来。那是匹佩尔什雄马驹，从马皮上的斑点来看，它至多两三岁。即使是年轻的佩尔什马，体形也很大。这匹马看上去体格巨大，它跌跌撞撞地来回慢跑着，尾巴不断往两边拍打。显然，它还没有被驯服到可以安装马鞍，它扭动着巨大的肩膀，想摆脱那个骑在它脖子上、双手深深插入厚实黑鬃毛的小个子。

“见鬼，是菲格斯！”被叫声惊扰的贵妇人们现在全都站了起来，好奇地看着这一幕。

我没有意识到男人们也加入了我们，直到有位贵妇人说：“看上去多危险啊！摔下来会受伤的！”

“呃，如果这个小浑蛋不摔下来受伤，我只要抓到他，就可以直接搞定。”我身后一个阴冷的声音说道。我转过身，看到詹米站在后面，从我头顶上看着那匹快速逼近的马驹。

“你要把他弄下来吗？”我问。

他摇摇头：“不，让那匹马解决这件事。”

实际上，对于背上的陌生重量，那匹马驹的迷惑似乎比惊恐更多。带有斑点的灰色马皮抽动、颤抖着，似乎有一群群苍蝇在烦扰它一样。它迷惑地摇摆着脑袋，似乎想知道到底怎么回事。

至于菲格斯，他在那匹佩尔什马的背上几乎把双腿伸成了直角。显然，他在马背上只能拼命地抓住马鬃。此外，他还能设法从马背上滑下来，或者如果那两个被他扔马粪的男孩还没有成功借机找到复仇的办法，他至少可以不受伤地摔下来。

两三个马倌跟在那匹马后面，谨慎地保持着距离，挡住马匹后面的通道。另外还有个马倌成功地跑到马匹的前面，打开了我们边上的空围场的大门。那扇门在我们这群野餐者和那条建筑物过道的尽头的中间。显然，马倌想平和地把那匹马慢慢赶到围场里。到了围场里，它踩不踩菲格斯就看它自己的选择了，但是至少它自己不会逃跑或者受伤。

但是，在它被赶进围场之前，一个灵巧的男孩把脑袋从过道高处的厩楼小窗户里伸了出来。大家都专心地看着菲格斯和那匹马，除我以外没人注意到那个男孩。在厩楼里的那个男孩观察后，退回去，然后又立马出现，双手抱着一大捆干草，精确掌握着时机，在菲格斯和马匹直接从下面经过时，把干草扔了下去。

那捆干草带来的效果就像炸弹爆炸了。菲格斯刚经过的地方炸开了许多干草，那匹马驹惊恐地嘶鸣，然后蹬动后腿，像比赛获胜似的冲了出去，直往那一小群侍从冲来，把他们吓得像鹅一样尖叫着四散跑开。

詹米扑到我身上，把我推开，同时把我撞倒在地。现在，他从我平躺着的身子上爬起来，用盖尔语不停咒骂。没停下来问我是否有事，他就朝菲格斯那个方向飞奔而去。

那匹马被吓坏了，用后腿站立起来，扭动着身子，摆动前蹄，不让那一小群马倌靠近。想到国王的一匹宝马就要在他们眼前自毁，这群马倌很快就丢掉了职业性的平静。

因为奇迹般的顽固或恐惧，菲格斯仍然在马背上。马背上下起伏，他也随之上下晃动，裸露的双脚胡乱摆动着。马倌大喊让他松手，但他没听，仍然紧闭着眼睛，像抓着救生索一样紧紧抓住两把鬃毛。

其中一位马倌拿着干草叉，恐吓地挥舞着叉子，吓得蒙特雷索夫人惊叫起来。她显然以为那个马倌要用叉子去戳菲格斯。

蒙特雷索夫人的惊叫并没有明显让马匹冷静下来。它又跑又跳，向后远离开始围着它的人群。虽然我并不觉得那个马倌想把菲格斯从马背上捅下来，但如果菲格斯掉下来——而且我看他过不了多久就会掉下来了——很有可能会被踩到。那匹马突然朝围场边上的低矮灌木丛冲去，它要么是为了躲开混乱的人群，要么可能觉得树枝或许可以把背上的重物刮下来。

在它才跑到树枝下面时，我在绿色的枝丫里面瞥到了红色的花格布，然后又看到一抹红色闪过，那是詹米从一棵树上跳了下来。他的身体从那匹马驹身上擦过，然后他滚到了地上，花格子布料发出了窸窣声，双腿也裸露了出来。有眼力的看客或许会看到此刻这个苏格兰男人在短裙下面什么都没有穿。

侍臣们一拥而上，关注倒在地上的图瓦拉赫堡主，而那些马倌则朝消失在树林那头的马匹追去。

詹米平躺在山毛榉树下，苍白的面容显得铁青，双眼和嘴巴都大张着。他的双手紧紧搂着菲格斯，而菲格斯则像蚂蟥一样紧贴着他的胸脯。我冲到他面前，他朝我眨了眨眼，稍显努力地朝我微笑起来。他嘴巴里发出的略显困难的呼吸声，变成了浅弱的喘息，让我宽慰地放松下来——他只是撞岔气了而已。

最后，意识到自己已经不再移动后，菲格斯小心翼翼地抬起头。然后他笔直地坐在他雇主的肚子上，充满热情地说：“真好玩，大人！我们能再来一次吗？”

在阿尔让唐救菲格斯时，詹米拉伤了大腿肌肉，所以在我们回到巴黎时，他跛得很严重。他把并未受到这次冒险行为以及随之而来的责备影响的菲格斯派去厨房找晚餐，然后坐到壁炉边的椅子里，揉搓着肿胀的腿。

“很疼？”我同情地问道。

“有点，不过休息休息就好了。”他站起来，奢侈地伸了个懒腰，长长的手臂几乎碰到壁炉台上面发黑的橡木梁，“马车里面太挤，我倒宁愿骑马。”

“嗯，我也是。”我揉了揉因为这趟旅途而疼痛的后腰。那种疼痛似乎沿着我的盆骨传到了双腿上——怀孕带来的关节松动，我想。

我伸手到詹米的腿上探索，然后指了指躺椅。“过来侧躺下。我有种不错的膏药，可以用来给你揉腿，或许可以减缓点疼痛。”

“好吧,如果你不介意的话。”他僵硬地站起来,然后左边向下侧躺着,把短裙拉到了膝盖上面。

我打开药箱,在众多盒子和罐子中间翻找。龙芽草、红榆、喷嚏草……噢,找到了。我拿出弗雷先生给我的那个蓝色小玻璃罐,拧开它的盖子,然后小心翼翼地闻了闻。药膏很容易变质,但是这瓶药膏似乎掺杂了不少有利于保存的盐。它有种甜美的香气,颜色也很漂亮——新鲜奶油那种浓重的黄白色。

我舀出不少药膏,把他的短裙掀到臀部,然后向下抹在他大腿的肌肉上。他腿上的肉很温暖,不是感染造成的那种温度,只是男性身体的正常温度。他的身体因为运动和强健的脉搏而泛着红光。我把药膏按摩到他的皮肤里,感受着他肿胀的坚硬肌肉,探查着四头肌和腘绳肌腱的分界线。我加大揉搓的力度,他发出了轻微的呻吟声。

“疼吗?”我问。

“疼,有点疼,不要停下来,”他回答道,“感觉这样有好处。”他轻声地笑了,“我只会向你承认疼,外乡人,但是今天那样很好玩,我已经几个月没有这样活动了。”

“你玩得开心就好,”我干巴巴地说,又轻轻抹了些药膏,“我自己也遇到些有趣的事。”我没停止按摩,把桑德林汉姆的提议告诉了他。

我按到疼痛的地方时,他发出了哼声表示回应,稍微皱起了眉头。“那么说,科拉姆的想法没有错,他觉得桑德林汉姆或许能够帮忙撤销我身上的指控。”

“看上去是的。我想,问题是你想不想接受他的提议?”我等着他回答,努力不屏住呼吸。首先,我知道他的答案会是什么。姓弗雷泽的人固执得出名,而且尽管詹米母亲姓麦肯锡,但他是个彻彻底底的弗雷泽。下定决心要阻止查尔斯·斯图亚特后,他便很难放弃。不过,这是个有诱惑力的诱饵,对我来说是,对他来说也是——能够回到苏格兰,回到他家,过宁静的生活。

但是，我们当然还有另外一个问题。如果我们回苏格兰，让查尔斯的计划发展成我所知道的那样，那么苏格兰的任何宁静都不会长久。

詹米轻轻地哼了一声，显然他也在和我想同样的事情。“呃，我告诉你，外乡人。如果我觉得查尔斯有可能成功——有可能让苏格兰脱离英格兰的统治，那么我愿意放弃我的土地、我的自由以及生命去帮助他。他或许是个傻子，但也是皇室里的傻子，而且我觉得他并非不英勇。”

“但是我了解他，我也和他交谈过，还与所有站在他父亲那边战斗的詹姆斯党人交谈过。鉴于你告诉我的未来会发生的事情，如果他们再次起义……我觉得我没有选择，只能留下了，外乡人。只要阻止了查尔斯，那么我们就有机会回苏格兰——或者也可能没有机会。但是，我现在必须婉拒公爵大人的提议了。”

我轻轻地拍了拍他的大腿。“我想你就会这么说。”

他朝我微笑，然后向下看了看盖在我手指上的微黄色药膏。“那是什么？”

“弗雷先生给我的。他没说叫什么。我不觉得里面含有什么有效的成分，但它还不错，油腻腻的药膏。”

詹米往我背后看去，看了看那个蓝色的罐子，然后我感到双手下面他的身体都僵硬了。

“弗雷先生给你的？”他不安地说。

“是的，”我惊讶地回答道，“怎么了？”因为他把我沾着药膏的双手推开，然后把双腿抬到躺椅边上，伸手去拿毛巾。

“那个罐子的盖子上是不是有个百合花饰，外乡人？”他边问，边擦掉腿上的药膏。

“是的，”我说，“詹米，这个药膏有什么不对劲吗？”他脸上的表情特别奇怪，一会儿是惊恐，一会儿又是被逗乐。

“噢，它倒是没有什么不对劲，外乡人。”他最终回答道。他用力擦拭他的腿，把皮肤擦得通红，卷曲的金红色毛发也立了起来。他把毛巾扔到边上，然后若有所思地看着那个罐子。

“弗雷先生对你的评价肯定很高，外乡人，”他说，“这东西可贵了。”

“但是……”

“不是我不喜欢，”他匆忙安慰我说，“只是我自己差点也成为这东西的成分，它让我觉得有些奇怪。”

“詹米！”我提高嗓门说，“到底是什么？”我抓起毛巾，匆匆擦拭我双手上的药膏。

“被绞死的人的油脂。”他不情愿地说。

“绞……”我说不出那个词，然后又重新组织语言，“你是说……”我手臂上长满了鸡皮疙瘩，寒毛也竖了起来，就像插在坐垫里的许多大头针。

“呃，是的。用被绞死的罪犯熬成的油制成的。”他欢欣地说道。他很快镇静下来，而我则很快慌乱起来。“他们说用来治风湿和关节疼痛很有效。”

我回想起弗雷先生在天使医院收集手术成果时那种井然有序的方法，以及詹米在看到弗雷先生这位高个儿外科医生送我回家时脸上的神情。我的双膝发软，我感到胃里一阵翻江倒海。

“詹米！该死的弗雷先生到底是什么人啊？”我几乎尖叫起来。

他的表情中显然带着更多感到好玩的成分。“外乡人，他是巴黎第五区的绞刑吏。我还以为你知道呢。”

詹米去马厩院子里擦洗，那里的洗澡池比卧室浴池要大很多，他回来时浑身又湿又冷。

“别担心，全都洗掉了。”他安慰我说，然后脱掉衣服，裸着身子钻到了被子里面。他的皮肤因为鸡皮疙瘩而粗糙、冰冷。他打了个寒战，把我搂进了怀里。

我在被子里僵硬地蜷缩着，用双臂抱着自己。他问：“怎么了，外乡人？我身上没有味道了吧？”

“没有了，”我说，“我害怕。詹米，我在流血。”

“天哪。”他轻声说道。我能感受到他在听到我这么说时那种突然贯穿他全身的恐惧，这种恐惧和我身上的完全相同。他把我抱紧，抚摸着我的头发和后背，但是在面对着让他的行为毫无用处的身体灾难时，我们俩都感觉特别无助。他虽然强壮，却保护不了我；他虽然愿意，却不能帮助我。我第一次在他怀里感到不安全，知道这一点让我们两个人都觉得害怕。

“你有没有觉得……”他开口说，然后又打住，吞了口唾液。在他把恐惧吞下去时，我能感受到他喉咙在战栗，能听到他喘气的声音。“是不好的流血吗，外乡人？你能分辨吗？”

“不能。”我说道。我把他抱得更紧了，想寻找一个停泊地。“我不知道。不是大出血，反正暂时还不是。”

蜡烛还点着。他向下看着我，双眼因为担忧而显得阴郁。“我最好去请个人来看看。外乡人，请个医生，天使医院里的女医生？”

我摇摇头，舔了舔干燥的舌头。“不用，我不觉得她们能够做什么。”这是我想说的最后的话。我最希望的事情，是有人能够知道如何让事情平安解决。但是我回忆起我早期接受的护士培训，回忆起我在产科病房里度过的那几天，以及其中一位医生说的话。那位医生耸耸肩，离开一位流产病人的病床。他当时说：“你其实做不了什么。如果她们要流产，那么无论你怎么努力，她们一般还是会流产。其实她们只能卧床休息，而且即使是这样，经常也没有用。”

“或许并没有什么，”我说道，尝试激励我们俩，“女性在怀孕时有轻微出血现象也并不是罕见的事情。”在怀孕前三个月不罕见。我现在已经怀孕五个多月了，而这无论如何都不可能是正常的。但是，造成出血的原因很多，而且并不是所有原因都很严重。

“会没事的。”我说。我把一只手放在肚子上，轻轻地按压。我立马就感受到孩子的回应，一种慵懒、有弹性的推动，它让我立即感觉好了一些。我感受到一阵热烈的感激之情，让我眼睛里涌出了泪水。

“外乡人，我能做什么？”詹米轻声说。他把手伸过来，放到我的手边上，捧着我那受到威胁的腹部。

我把我另外一只手放到他的手上面，然后抓住它。

“祈祷，”我说，“为我们祈祷，詹米。”

CHAPTER 23

人算不如天算

到清晨时，我的出血已经停止了。我特别小心翼翼地起了床，但是一切依然安好。不过，我显然不能再去天使医院工作，所以我派菲格斯给赫德嘉嬷嬷送去解释和致歉的便条。他回来时转达了赫德嘉嬷嬷的祷告和问候，还带回来一瓶微棕色的圣水。根据赫德嘉嬷嬷的便条，这瓶圣水十分受人尊敬，是由神婆制作来用于防止流产的。在用过弗雷先生的药膏后，我对于使用别人制作的药物十分疑虑，但是我仔细闻了闻，放心地知道这瓶圣水至少是纯植物制作的。

在犹豫许久后，我喝了一勺。这种液体味苦，在我口中留下了难闻的味道，但是这种简单的做法——尽管我觉得不大可能有用——让我感觉好了些。现在，我每天大部分时间都躺在房间里的躺椅上，阅读、打盹、做针线活，或者只是双手放在肚子上发呆。

我一个人时就是这样。詹米在家时会花大部分时间陪我，谈谈当天的生意，或者讨论最新的詹姆斯党信函。詹姆斯国王显然得知了他儿子提议进行的波尔图葡萄酒投资，并且由衷地同意了这次投资，“……一次完美的计划，我觉得它肯定可以像我希望的那样，为你提供不少资金，让你在法国立足”。

“这么说来，詹姆斯觉得这笔钱只是用来确立查尔斯的绅士身份，让他在这里能够立足，”我说道，“你觉得这可能是他的所有想法吗？路易斯今天下午过来了，她说查尔斯上周去见过她——坚持要见她，尽管她一开始拒绝接待。她说查尔斯因为某些事情而很激动，举止浮夸，但不愿意告诉她是什么事情，他只是神秘兮兮地不停暗示他即将要做什么大事。据路易斯说，查尔斯说那是‘一次伟大的生意’。这听起来不像是一次简单的波尔图酒投资，是吧？”

“是的。”詹米想到这里，表情变得阴郁起来。

“嗯，”我说，“综合来看，查尔斯很有可能并不只是打算用他做生意赚的钱在巴黎安定下来，成为正派的巴黎商人。”

“如果要我投注，我也会倾盘赌他不只是那样打算的，”詹米说，“现在的问题是，我们如何阻止他？”

几天后，在经过大量讨论和听取许多无用建议后，答案出现了。默塔与我们同在卧室里，他从码头给我带来了几匹布。

“他们说葡萄牙爆发了天花，”他说着，把那些昂贵的波纹绸扔到床上，就好像它们是一堆用过的粗麻布，“有艘从里斯本来的运铁船今天早上进港，港务部长和三个助手仔细检查了这艘船，不过什么都没有发现。”看到我桌上的白兰地瓶，他用玻璃杯倒了半杯，然后像喝水那样，大口大口地喝掉。我瞠目结舌地看着他喝酒，听到詹米惊呼，我才缓过神来。

“天花？”

“是的，”默塔在喝酒的间歇说道，“天花。”他又端起酒杯，继续有节奏地喝酒。

“天花，”詹米自言自语道，“天花。”

慢慢地，他皱着的眉头舒展开来，眉间的皱纹也消失了。带着一脸深思熟虑的神情，他躺倒在椅子里面，双手钩着放到颈子后面，目不转睛地盯着默塔，那张大嘴的一侧露出了一丝笑意。

默塔既怀疑又特别顺从地看着这一幕。他喝干杯子里的酒，无动于衷地蹲坐到凳子上。詹米则猛地站起来，开始围着默塔绕圈，没腔没调地在齿间吹着口哨。

“我想你是有主意了？”我说。

“噢，是的，”他说道，然后开始自顾自地笑了起来，“噢，是的，我有主意了。”

他转身对着我，双眼绽放着淘气和灵感的光芒。

“你药箱里有什么东西可以让人发烧，或者让人拉肚子，或者长水痘？”

“嗯，有的，”我边思考边慢慢说道，“迷迭香，或者红辣椒。要让人拉肚子的话，当然还有鼠李。怎么了？”

他看着默塔，灿烂地咧嘴笑了，然后因为脑中的想法而激动至极，伸手弄乱了默塔的头发，让它们像黑色的篱笆那样全都立了起来。默塔怒冲冲地盯着他，看上去特别像路易斯的那只宠物猴子。

“听着，”詹米密谋似的朝我们低头，“如果圣热尔曼伯爵的船从葡萄牙带着天花回来呢？”

我盯着他。“你疯了吗？”我礼貌地问，“如果它带着天花呢？”

“如果有天花，”默塔插嘴道，“他们那些货就没了。按照法律，那些货将会被烧掉或者倒入海港。”他那双黑色的小眼睛里透露出好奇的微光，“你打算怎么做呢，伙计？”

詹米的兴奋稍微降低了一些，尽管他的双眼里还闪耀着光芒。

“好吧，”他承认道，“我还没有完全想好，但是可以这样开始……”

我们通过好几天的讨论和调查，最终把计划确定了下来。使用鼠李来制造腹泻的方案，因为可操作性太低，所以不予考虑。然而，我在雷蒙师傅给我的草药里找到了不错的替代品。

默塔带着装满迷迭香、荨麻汁和茜草根的袋子，将在周末出发去里斯本。到了里斯本，他要去水手酒馆里闲聊，找到圣热尔曼伯爵包租的那艘船，然后设法坐上这艘船，同时送信回来告诉我们船名和始发回巴黎的日期。

我问詹米船长会不会觉得这种做法有猫腻，詹米回答道：“不会的，这种做法很常见，几乎所有货船都会搭载乘客，尽可能多地往甲板中间挤。默塔也有足够的钱给自己买个不错的位置，即使他要的是船长室。”他朝默塔摇了摇手指表示警告。

“要船长室，听到了吗？我不管付出什么样的代价，你带着草药，需要个人空间。如果你只买到底舱的吊床，我们也不希望有人看到你。”他用挑剔的眼神打量着他的教父，“你有得体的衣服吗？如果你上船时穿得像个乞丐，他们在发现你毛皮袋里的东西前就会把你赶回海港。”

“嗯。”默塔说道。他通常很少参与到讨论当中，但是他说的话总是有说服力，能够说到点上。“东西什么时候给我？”他问。

我拿出一张写有说明和药量的纸。“两勺茜草玫瑰红，就是这个，”我轻轻敲了下那个装着暗粉红色液体的透明玻璃瓶，“在你计划显现出症状的前四个小时服下，然后每两个小时再服用一勺——我们不知道你需要持续服用多久。”

我把第二个药瓶递给他。这个药瓶是绿色玻璃的，装着黑紫色液体。“这是迷迭香叶子的浓缩精华。它生效更快。在想显现出症状前半小时喝四分之一瓶，在半个小时内你就会开始发红。它失效很快，所以在没人注意的时候，你需要再次服用。”我又从药箱里拿出一个较小的药瓶，“只要‘发烧’到了晚期，就可以把荨麻汁抹到手臂上和脸上，然后就会长出水泡。你要把这张说明留着吗？”

他坚决地摇摇头：“不用，我记得下来。比起忘记喝多少药来，这张纸被发现的风险更大。”他转身对着詹米。

“伙计，你会在奥维多等这条船？”

詹米点点头：“是的，它必定会在那里停靠，所有运酒的船都要在那里停靠补给淡水。如果它刚好不停，那么……”詹米耸了耸肩，“我会雇条船，争取赶上它。我只要在它抵达勒阿弗尔前登上它就没问题，但是最好是在它离西班牙海岸不远时登船。我不想多在海上待。”他用下巴朝默塔手里的瓶子指了指。

“你最好等到见我上船后再吃药。如果没有证人，船长或许会选择简单的处理办法，在半夜把你扔下海。”

詹米朝他皱着眉头。“别忘了你的身份。你是天花病人。幸运的话，他们不敢碰你，但是以防万一嘛……等着我在你旁边、船只离岸足够远时再吃药。”

“嗯。”

我来回看着他们俩。我们的计划虽然牵强，但也许可以生效。如果那艘船的船长相信有乘客感染了天花，那么他无论如何也不会把船驶入勒阿弗尔，否则按照法国的卫生规定，他的船会被销毁。而且，相对于必须分文未赚地带着货物返回里斯本，或者在奥维多等待两周并送信去巴黎，船长很有可能会将货物卖给刚好在船上的一位苏格兰富商。

在这次伪装计划中，天花病人的演技尤为重要。詹米已经自愿当了试药的豚鼠，药物在他身上的效果很好。他的白皮肤在几分钟内就变成了暗红色，荨麻汁很快就让他身上长出水泡，这些水泡很容易被船上的医生或惊慌的船长误认为是天花。如果他们还有疑问，那么加了茜草玫瑰红的尿液绝对像是天花损伤到肾脏时的尿血。

在看到草药的效果时，詹米不禁惊呼道：“天哪！”

“噢，太好了！”我说道，从他身后看着他前面的白色陶瓷夜壶和里面的暗红色液体，“比我预料的要好。”

“噢，是吗？那要多久才会失效？”詹米问道，同时很紧张地低头看着。

“应该要几个小时，”我告诉他，“怎么了？觉得奇怪吗？”

“准确来说不是奇怪，”他挠着身子说，“是有点痒。”

“不是草药的缘故，”默塔冷酷地说，“这只是你这个年纪的小伙子的正常状况。”

詹米朝他教父咧嘴笑了。“你还记得那么远的事情？”

“小伙子，你出生之前很久的事情，或者你能想象到的时间点之前很久的事情，我都记得。”默塔摇着头说道。

他现在把药瓶安放到毛皮袋里，有条不紊地用软皮革把每个药瓶包起来，防止被撞破。

“我会尽快把船名和始发日期寄给你。我会在这个月内和你在西班牙见面。在那之前你能弄到钱？”

詹米点点头：“噢，是的，应该在下个星期。”杰拉德的生意在詹米的管理下变得兴旺起来，但是现金储备不够在维持杰拉德府上其他开支的同时买下整艘船的波尔图酒。不过，詹米下过的象棋在多个方面带来了好处，显赫的银行家小迪韦尔内先生欣然给他父亲的朋友借了一大笔款。

“真遗憾我们不能把那些酒运回巴黎，”詹米在我们做计划时说道，“但是圣热尔曼伯爵肯定会发现。想来我们尽量在西班牙找个掮客来卖酒——我在毕尔巴鄂认识一个好人。利润会比在法国低很多，捐税也比法国高，但鱼和熊掌不可兼得，是吧？”

“向迪韦尔内还钱我还能接受，”我说，“说到借款，西尼奥雷·曼泽蒂会怎么处理他借给查尔斯·斯图亚特的钱呢？”

“应该只能空想查尔斯还钱了，”詹米欢欣地说，“同时还要毁掉斯图亚特家族在大陆上所有银行家当中的声誉。”

“对于可怜的老曼泽蒂来说似乎有点无情。”我说。

“是啊，可是我的老奶奶经常说，不把鸡蛋打碎是做不成煎蛋卷的。”

“你没有老奶奶。”我指出道。

“是没有，”他承认道，“但是如果我有老奶奶，那么她就会这么说。”他把玩笑话暂时放下，“而且这对斯图亚特家族来说不太公平。其实，要是那些詹姆斯党领主知道了我正在做的事情，他们应该会说我那样做是叛变，而且他们这么说也没有错。”他用手揉了揉额头，然后摇了摇头。我看见了他那种顽皮之下的彻底的严肃。

“我们别无选择，外乡人。如果你的预言没有错——我现在已经把生命都押在了上面——那么我们就得在查尔斯·斯图亚特的雄心和众多苏格兰人的性命之间做出选择。我不喜欢乔治国王——他悬赏要我的人头——但是我觉得我别无选择。”

他像往常思考或沮丧时那样，皱起眉头，用手从头发里面抓过。“如果查尔斯有成功的机会……我们的选择或许会有所不同。冒险从事一项光荣的事业……但你学到的历史说他不会成功，而且我必须要说，就我对他的了解来看，你的预言很有可能是对的。承担风险的是我的人民和家人，如果用一位银行家的金钱来换他们的生命，那么与其说这是牺牲，倒不如说是我的荣誉。”

他既幽默又绝望地耸了耸肩。“所以，我从偷取王子殿下的信函，进展到抢劫银行和在公海劫掠，而且我似乎只能这样做。”

他沉默了片刻，低头看着紧握在一起放在桌上的双手，然后转头对我微笑起来。

“我小的时候一直想当海盗，”他说，“可惜没法佩戴海盗的短弯刀了。”

我躺在床上思考，脑袋和肩膀下面垫着枕头，双手轻轻抱着肚子。自上次惊险以来，我就很少出血，感觉也还不错。但是，这个阶段的各种出血都会让人惊慌。我在想，在詹米去西班牙期间我出现什么紧急状况会怎么样，但是担心也没有什么用。他必须去西班牙，那船葡萄酒太过重要，容不得个人问题去干扰。如果一切顺利，詹米能够在孩子出生前回来。

确实，无论是不是危险，个人问题都需要放到边上。激动得无法抑制的查尔斯之前对詹米吐露过，说他近期需要两艘或更多的船，而且就船身设计和甲板炮的安装询问了詹米的意见。他父亲最近从罗马寄来的信函，流露出些许怀疑的口气——以波旁家族那种敏锐的政治嗅觉，詹姆斯·斯图亚特闻到了猫腻，但他显然还未得知他儿子的计划。詹米专注于解了密的信函，觉得有可能是西班牙的费利佩国王还没有提及查尔斯的示好以及教皇的关注，但詹姆斯·斯图亚特也有他自己的间谍。

过了一会儿，我注意到了詹米态度上的细微变化。我朝他看了看，我看到他虽然大腿上摆着翻开的书，但已经停止了翻页，而且也没有看书。他的双眼盯着我，或者详细地说，他盯着的是我睡袍的领口。我的领口比严格的端庄穿着要低几英寸，不过与丈夫同床时似乎并不需要严格的端庄穿着。

他的眼神很专注，带着充满渴望的深蓝色。我意识到，在怀孕这种情况下，与丈夫同床时的端庄穿着如果不是出于社交要求，至少也是体贴的。当然，我们也有其他的选择。

见我在看他，詹米的脸稍微红了起来，然后匆匆返回去夸张地看着书。我翻身侧躺着，把手放在他的大腿上。

“书好看吧？”我问道，同时漫不经心地爱抚着他。

“嗯。噢，好看。”他的脸更红了，但他的视线并没有从书页上离开。

我自顾自地咧嘴笑着，把手悄悄伸到被子下面。他放下了书。

“外乡人！”他说，“你知道你不能……”

“我是不能，”我说，“但是你可以啊。或者说，我可以帮你。”

他坚决地把我的手拿起来，然后还给了我。

“不行，外乡人。这样做不对。”

“不对？”我惊讶地说，“为什么啊？”

他不舒服地来回扭动，避开我的眼神。“呃，我……觉得不对，外乡人。你让我得到满足，而我却不能够给你……呃，反正就是感觉不对。”

我哈哈大笑起来，把头靠在他的大腿上。“詹米，你说话真是太可爱了！”

“我不可爱，”他愤慨地说，“但我不是个自私……克莱尔，停下来！”

“你打算再等几个月？”我问道，并没有停下来。

“我能等，”他在这种情况下尽可能庄重地说道，“二十二年我都等了，我能……”

“不，你不能等。”我说着，把被子向后拉开，欣赏着他睡衣下面明显可见的身体。我触摸了他的身体，它轻轻地动了动，在我的手下显得急不可耐。“詹米 · 弗雷泽，不管老天想你成为什么人，反正不是让你当和尚。”

我用坚定的手拉起了他的睡衣。

“但是……”他开口说。

“二对一，”我向前倾身说道，“你输了。”

接下来几天里，詹米工作得很辛苦，为在他离开时让生意顺利运转做好准备。不过，在大多数时间，他午饭过后还是会抽时间上来与我坐会儿。所以，有客人来拜访时，他正好与我在一起。客人并不罕见。路易斯每隔一两天就会来一次，与我谈谈怀孕的事情，或者抱怨她失去的爱人——不过，我私底下觉得，她对查尔斯的喜爱，更多的是把他当作一个在高贵地断绝婚姻后投奔的对象，而不是把他当作目前的情人。她答应给我带些土耳其蜜饯来，我很希望她那张圆胖的粉红脸庞从门外进来。

然而，让我惊讶的是，来客是弗雷先生。马格纳斯亲自把他带进我的起居室，而且以近乎迷信的敬意接过了他的帽子和披风。

詹米看到是弗雷先生，也显得很惊讶，但他站了起来，礼貌地招呼这位绞刑吏，并给他倒东西喝。

“我通常不喝烈酒，”弗雷先生微笑着说，“但是我不会冒犯我尊敬的同事的殷勤。”他朝我斜躺着的躺椅这边礼节性地鞠了个躬，“别来无恙吧，弗雷泽夫人？”

“很好，”我小心翼翼地说，“谢谢您。”我在想他有何贵干。尽管他的官职让他拥有不少威望和财富，但我不觉得这个职位能够让他得到许多宴会邀请。我突然想到，绞刑吏是否有值得一提的社交生活呢？

他穿过起居室，把一个小包裹放在我旁边的躺椅上，很像慈父般的秃鹫为雏鸟带回晚餐。尸油的事情还在我的脑子里盘旋，所以我小心翼翼地拿起包裹，在手里掂量一下。它的重量比较轻，有股微苦而清新的气味。

“赫德嘉嬷嬷送的小纪念品，”他解释道，“我知道这是神婆最喜欢用的药方。她还写了使用说明。”他从衣服里面的口袋里取出一张有封缄的、折叠着的便条，然后递给了我。

我闻了闻那个包裹。覆盆子叶、裂石草，以及某些我不认识的成分。要是赫德嘉嬷嬷同时附上一张成分清单就好了。

“请向赫德嘉嬷嬷转达我的谢意，”我说，“大家在医院都好吗？”我很怀念在那里工作，也怀念那些修女和奇奇怪怪的行医者。我们八卦了关于医院和医院员工的事情，詹米也偶尔评论两句，但大多数时间他都只是带着礼貌的微笑聆听着，或者在我们的话题转移到临床上的事情时，他就把鼻子埋在酒杯里。

在弗雷先生对肩胛骨骨折的手术过程做完描述时，我失望地说：“真遗憾，我从没见过那种手术，真怀念外科手术。”

“是啊，我也要怀念手术了。”弗雷先生点点头，从酒杯里喝了一小口酒。他还有大半杯酒，显然他说不喝烈酒不是在开玩笑。

“你要离开巴黎？”詹米有些惊讶地问。

弗雷先生耸了耸肩，他的长外套摩擦着发出沙沙的声音，就像羽毛一样。

“只是离开一段时间，”他说道，“不过，我至少要离开两个月。其实，夫人，”他又朝我鞠了个躬，“这是我今天登门拜访的主要原因。”

“是吗？”

“是的，我要去英格兰，你知道的，我之前想到，如果你需要的话，我给你带信到英格兰只是件特别简单的事情。如果你在英格兰有想通信的人，我可以帮忙。”他像平时那样精确地补充道。

我看了詹米一眼。他的表情突然警觉起来，从礼貌表示关注的诚恳表情变成了宜人的微笑面具，遮盖了所有的思绪。陌生人不会注意到其中的差别，但我知道。

“不用，”我犹豫地说，“我在英格兰没有亲戚朋友，恐怕我在那里没有可联系的人了，因为我的前夫……已经去世了。”提到弗兰克时，我像往常那样感到了一丝剧痛，但是我把它压抑下去了。

“我知道了。那么很幸运你在这里有朋友。”他的声音里似乎带有某种警告，但他并没有看我，而是弯腰拉直长袜，然后又抬起头来。“那我回来了再来拜访，希望你到那时仍然身体健康。”

“你去英格兰有什么事情，先生？”詹米直白地问。

弗雷先生面带不明的微笑，朝他转过身去。他抬起头，两眼发光。我再次因为他长得像大鸟而感到惊讶。不过，这次他不像是小嘴乌鸦，而像一只猎食的猛禽。

“弗雷泽先生，做我这行的人会有什么差事呢？”他问道，“我受雇去史密斯菲尔德完成我的常规任务。”

“那应该是次重要的任务，”詹米说，“我是说，这次任务足够重要，才会让你这样有技巧的人前去执行。”他的眼神显得很警惕，但他的表情却只表现出了礼貌的询问。

弗雷先生的眼睛更亮了，他慢慢站起来，俯视着坐在窗边的詹米。“没错，弗雷泽先生，”他轻声说道，“这确实是个关乎技巧的事。用绳子把人绞死——哼！每个人都可以做到。要想囚犯迅速落下，利索地勒断脖子，则需要计算重量和落差，而且还需要在套索方面有一定的实践。但是，在这些方法中进行选择，恰当地处死叛徒，其实需要很厉害的技巧。”

我突然觉得口干，于是伸手去拿自己的杯子。“处死叛徒？”我说道，感觉我似乎并不真的想听到答案。

“车裂之刑[①],”詹米简洁地说,“你说的当然是这个,弗雷先生?”

弗雷先生点点头。詹米似乎不情愿地站起来,面对着瘦削憔悴、一头黑发的弗雷先生。他们的身高差不多,能够轻松地看到对方的脸。弗雷先生朝詹米走近一步,表情突然变得很专注,似乎是要说明某种医学上的观点。

“噢,是的,”他说,“就是那样处死叛徒。”

“夫人,你的脸色很苍白!”他惊呼道。他伸手来拉我的手,我强忍住没有把手缩回来。他的手冰冰的,但是在他用嘴唇轻轻从我手上掠过时,他嘴唇的温暖太出乎意料,让我惊讶地握紧了自己的手。他轻轻地、不明显地捏了捏我的手,然后转身,正式地向詹米鞠了个躬。

“我必须离开了,弗雷泽先生。希望能够再次……在今天这样宜人的环境下……与你和你美丽的妻子相见。”他们两人的眼神相遇了片刻。然后,弗雷先生似乎想起自己还拿着那把开信刀。他惊讶地感叹了一声,然后把它放在手掌递了出去。詹米抬起一只眉毛,然后小心地拿着刀尖,把它拿了起来。

“一路顺风,弗雷先生,”他说,“感谢你——”他讽刺地拧起嘴,“这次特别的到访。”

他坚持要亲自送弗雷先生到门口。他们离开后,我站起来走到窗边,站在那里深呼吸,直到那辆深蓝色马车消失在冈伯吉街角。

房门在我身后打开,詹米走了进来。他还拿着那把开信刀。他从容不迫地朝壁炉旁边的粉彩罐子走去,把开信刀扔到里面,发出叮当一声。然后他转身对着我,努力微笑起来。“呃,就警告而言,”他说,“这次

① 中世纪英国的车裂之刑(hanging, drawing, and quartering),这种极刑主要针对男性叛变者,首先将犯人吊至半死,然后阉割、开膛、斩首、分尸,尸体被分为四块,并在显眼的地方示众。

警告真是特别有效。”

我短暂地颤抖了一下。“可不是嘛！”

“你觉得是谁派他来的呢？”詹米问，“会是赫德嘉嬷嬷吗？”

“我觉得是。在我们破解那些乐谱时，她曾经警告过我。她说你在做的事情很危险。”在弗雷先生到访之前,我都没有领会到到底有多危险。我已经有些日子没有晨吐了，但我现在感到恶心。詹米说过：“如果那些詹姆斯党领主知道了我在做什么，他们会说我在叛变。”要是他们真发现了，他们会做什么呢?

在外人看来，詹米几乎就是个公开的詹姆斯党人。在这种伪装下，他拜访查尔斯，设宴招待马歇尔伯爵，并且定期出入宫廷。到现在为止，他在下象棋、去酒馆、参加酒会的过程中，处理得始终足够巧妙，能够在削弱斯图亚特复辟事业的同时，让自己看起来是在支持它。除了我们俩以外，只有默塔知道我们企图阻挠斯图亚特起义，而且他甚至也不知道为什么，只是听信族长的话，认为这样做不会有错。在法国活动时，那种伪装必不可少。但是，在詹米有机会踏上英格兰土地时，这种伪装会给他打上叛徒的烙印。

关于这点，我当然之前就知道，但是我因为无知，觉得作为逃犯被绞死和作为叛徒被处决没有什么区别。弗雷先生的到访打破了我的这点天真。

“你真是冷静得该死。”我说。我的心脏仍然胡乱跳动着，而且我的手掌冰冷，满是汗水。我在长袍上擦了擦它们，然后把它们塞到膝盖中间取暖。

詹米微微耸肩，然后撇嘴对我微笑了。“呃，惨死的方法特别多，外乡人。如果我遇到其中一种，我不会太喜欢。但问题是，我会因为害怕惨死就停止我正在做的事情吗？”他在我旁边的躺椅上坐下来，用双手握住我的一只手。他的手掌很温暖，而且他那坚实、庞大的身体让我感到安心。

“关于这点，我在修道院接受治疗时反复思考过一段时间，外乡人。我们来巴黎时我又思考过。遇到查尔斯·斯图亚特时我再次思考过。”他摇摇头，把头埋在我们握着的手上面。

“是的，我能够设想到自己站在绞刑架上。我在温特沃思监狱见过绞刑架——我跟你说过没？”

“没有，没说过。”

他点点头，双眼在回忆中变得一片空白。“他们把我们，也就是死囚室里面的人，赶到院子里，让我们在石块上站成排观看绞刑。那天他们绞死了六个人，六个我认识的人。我先看了每个人爬上阶梯——总共十二级阶梯——然后站在上面，双手被绑在背后。脖子被套上绞索时，他们向下看着院子。我当时在想，等到该我上去时，我要怎么爬完那些阶梯。我会像约翰·萨特那样哭泣、祈祷吗？或者我能像威利·麦克劳德那样站直，朝下面院子里的朋友微笑？”

他突然摇摇头，就像狗摇头甩掉水滴一样，然后有些阴郁地朝我微笑起来。“反正，弗雷先生告诉我的事情，我之前都思考过。但是现在太迟了，褐发美人。”他把手放在我的手上，“我确实害怕，但如果我没有因为有可能回家和重获自由而回头，我也不会因为害怕而回头。我不会回头，褐发美人。来不及了。”

CHAPTER 24

布洛涅森林

事实证明，弗雷先生的到访只是一系列罕见干扰事件的开端。

“夫人，楼下有个意大利人到访，”马格纳斯知会我说，“但他不告诉我名字。”马格纳斯的嘴边有种愁苦的神情。我想，如果那位客人不愿意报上姓名，他肯定对管家说了不少其他的话。

“意大利人”这个称呼，足够让我推断出那位客人的身份。在我走进起居室发现查尔斯·斯图亚特站在窗边时，我并不特别惊讶。

我走进去时,他手里拿着帽子,转过身来。看到我时他显然有些惊讶，他的嘴巴张了片刻，然后他缓过神来，迅速、短暂地向我鞠躬表示敬意。

“图瓦拉赫堡主大人不在家？”他问道。他的眉毛因为烦恼而拧在了一起。

“是的，他不在家，”我说，“殿下，您是否要喝点东西？”

他好奇地四下打量着装饰豪华的起居室，但摇了摇头。据我所知，他之前只来过一次，也就是在他与路易斯约会后爬上屋顶那次。他和詹米都觉得邀请他来这里用餐不合适，他没有路易国王的正式认可，法国贵族对他都有些鄙夷。

“不用了。谢谢你,弗雷泽夫人。我就不停留了,我的用人在外面等我,回到我的住处需要坐很久的马车。我只是想请求我的朋友詹姆斯做件事情。”

“呃……相信我丈夫会很乐意为殿下效劳，只要是他力所能及的事情。”我小心翼翼地回答道，心想他的请求会是什么。或许是借钱，菲格斯最近收集来的信函里就包括不少由裁缝、鞋匠和其他债主发出的不耐烦的信函。

查尔斯微笑了，他的表情变成了让人惊讶的愉悦。“我知道，夫人，对于你丈夫的忠心和奉献，我的敬重难以言表。在当前这种孤独环境下，看到他那张忠诚的脸庞，我的心就觉得温暖。”

“噢？”我说。

“我的请求并不是难事，”他安慰我道，“只是我有笔小投资，一船瓶装波尔图酒。”

“是吗？”我说，“真有趣。”默塔就在今天早上带着那几瓶荨麻汁和茜草根出发去了里斯本。

“这是件小事儿，”查尔斯傲慢地挥了挥手，鄙夷着他能够借来用作投资的每一分钱，“但我希望我的朋友詹姆斯能够在货物到岸时，完成货物分配的任务。让一个……你知道的，”说到这里，他挺起胸膛，很不自觉地稍微抬起鼻子，“让一个我这样身份的人被看见参与到生意中不太合适。”

“是的，我很明白，殿下。”我咬着嘴唇说道。我想，他是否也向他的生意伙伴圣热尔曼伯爵表达过这种想法——只要有机会赚钱，伯爵就会全身心参与到“生意”中，而且他无疑觉得这个年轻的苏格兰王位篡夺者不如法国贵族重要。

“殿下独自操办这笔生意？”我假装无知地问道。

他稍微皱起了眉头。“不是，有位合作伙伴，但他是法国人。我宁愿把生意收入托付给同胞。而且，”他若有所思地补充道，“我还听说亲爱的詹姆斯是位特别精明、能干的商人。或许他能够通过明断的销售，增加我的回报。”

我想，不管是谁告诉他詹米的经商能力，这个人肯定没有费时告诉他圣热尔曼在巴黎最不喜欢的葡萄酒商人是谁。不过，只要事情全部按照计划进展,那也没问题。但如果出了意外,圣热尔曼一旦发现查尔斯·斯图亚特把他一半的特供格斯特斯岛波尔图酒承包给了他最恨的对手，肯定会勒死查尔斯 · 斯图亚特解决所有问题。

“相信我丈夫会尽全力处理殿下的商品，最大化各方面的收益。”我实话实说道。

王子殿下有礼貌地感谢了我，礼貌程度与王子接受忠诚臣民效劳时的礼仪相称。他鞠了躬，十分正式地轻吻我的手，然后在对詹米的不断感激中离开了。马格纳斯表情阴郁，似乎对王子的这次访问印象平平，在王子踏出门后就关上了门。

结果，詹米在我睡着后才回家，我在第二天吃早餐时告诉了他查尔斯的到访和请求。

“天哪，我在想王子殿下是否会告诉圣热尔曼伯爵。”他说。在迅速喝完燕麦粥，确保自己肠胃的健康后，他又吃了包括奶油面包圈和热巧克力在内的法式早餐。他小口喝着热可可，思考着伯爵可能会有的反应，脸上挂起了灿烂的微笑。“我在想，用锤子敲打流亡王子是否算不敬罪，如果不算，那么我希望王子殿下在把这件事告诉圣热尔曼时，有谢里丹或者博哈迪在身边。”

我们本想继续猜测下去，但走廊里突然传来说话声，打断了我们。片刻过后，马格纳斯出现在门口，端着的银托盘上放着一张便条。“抱歉，大人，”他鞠躬说道，“送这张便条的信使特别急切地希望你能立即阅读。”

詹米扬起眉毛，从托盘里拿起便条，然后打开阅读起来。“噢，该死的！”他反感地说。

“怎么了？”我问道，“不会是默塔送信来了吧？”

他摇了摇头：“不是，是仓库工头。”

“码头上有麻烦？”

詹米脸上显现出复杂的表情，既有不耐烦神情，也有想笑的样子。

“呃，准确说来不是麻烦。看样子是这人陷在妓院里了。他卑微地求我原谅——”他讽刺地朝那张便条挥了挥手，“希望我能够去帮助他。也就是说，”他翻译道，同时把餐巾捏皱，然后站了起来，“问我是否可以去给他付账。”

“你要去吗？”我说道，觉得有些好笑。

他哼了一声，然后撣掉大腿上的面包屑。“想来我不得不去，除非我想亲自去监管仓库——而我并没有时间这样做。”他在脑中回顾当天要做的事情，眉毛皱到了一起。这件事会占据一些时间，而且等待着他的有书桌上的订单、码头上的船长，还有仓库里的酒桶。

“我最好带菲格斯一起，让他给我送信。”他无奈地说，“如果我时间不够的话，他或许能够送信去蒙马特尔。”

詹米站在书桌边，懊恼地翻着那一大堆等待处理的文件。我对他说：“仁心贵于冠冕。”

“噢，是吗？”他说，“这是谁说的？”

“应该是阿尔弗雷德·丁尼生，”我说，“他现在还不存在，但他是一位诗人。兰姆叔叔有本关于英国著名诗人的书。我记得那本书里面也有些彭斯的文字。彭斯是苏格兰人，”我解释道，“他说过：‘自由与威士忌相伴而行。’”

詹米哼了哼。“我不知道他是不是诗人，但他至少是苏格兰人。”然后他微笑起来，低头轻吻了我的额头，“我晚上会回来吃晚饭，褐发美人，照顾好自己。”

我吃完自己的早餐，还节俭地吃掉了詹米的烤面包，然后摇摆着上楼去小睡一会儿。自第一次让人恐慌的出血以来，又有过几次小出血，不过只是一两处血迹，而且也有几周平安无事了。但是，我还是尽可能躺在床上或躺椅上，只有在招待客人时才小心翼翼地下楼去客厅，或者在与詹米吃饭时才下楼去餐厅。不过，在我下楼吃午饭时，我发现用人只摆了一个人的餐具。

“大人还没有回来？”我有点惊讶地问。

老管家摇了摇头：“还没有，夫人。”

“好吧，我以为他会很快回来呢。确保他回来时有饭菜吃。”我很饿，没法等詹米回来了。如果我太久不吃东西，往往会感到恶心。

吃完午饭后，我又躺下休息。夫妻间的恩爱暂时中止了，所以在床上没有太多事情做，只有阅读和睡觉；也就是说，我读了不少，也睡了不少。我没法趴着睡，而躺着睡又不舒服，因为躺着往往会让肚子里的孩子来回扭动。所以，我只好侧躺，围着越来越大的肚子蜷缩着，就像卷着刺山柑花蕾的鸡尾冷虾。我很少能够熟睡，但常常会打盹儿，让我的心智随着孩子的不规律轻微移动而流动。

在梦中，我觉得自己感到詹米在身边，但是当我睁开眼睛时，房间里空荡荡的，然后我又闭上眼睛，放松下来，好似我自己也在温暖的羊水里失重地漂浮着。

下午晚些时候，有人轻轻地敲卧室门，我最终醒了过来。

“进来。”我说道，眨着眼睛从睡眠中醒来。是管家马格纳斯，他带着歉意说又有几位客人到访。

“夫人，是德罗昂王妃，”他说，“她愿意等到你醒过来，但是后面德阿班维丽夫人也来了，所以我想或许……”

“没关系的，马格纳斯，”我说着努力坐直身子，把双脚抬到床沿上，“我会下楼去的。”

我倒是期待见到她们。我们上个月没有娱乐活动，所以我很怀念那种喧闹和谈天，尽管我们谈的大多都是些无聊的事情。路易斯经常来陪我坐坐，给我讲宫中的动态，让我开心，但我已经有段时间没见到玛丽·德阿班维丽了。我在想她今天来这里会有什么事情。

我的动作很笨拙，只能慢慢地走下楼。每走一步，我增加了的体重就往下让我的脚底发痛。客厅的镶板门是关着的，但我能清楚地听到里面的说话声。

“你觉得她知道吗？”

这个问题是用压低了的语调问的，这预示着最为让人感兴趣的流言。听到这个问题时，我正要走进客厅。然而，我在门口停了下来，她们刚好看不见我。

说话的是玛丽·德阿班维丽。因为她老丈夫的地位，她在各个地方都受人欢迎，而且即使按照法国人的标准，她也是个爱交际的人。巴黎所有值得听的事情她都听说过。

“她知道吗？”回答的是路易斯。她那有感染力的尖嗓音，带有天生贵族的那种完美的自信，不在乎谁听到了什么。

“噢，你还没有听说！”玛丽抓住机会，像只新找到老鼠来玩弄的小猫，“天哪！你当然还没听说，我也只是一个小时前才听说的。”

然后你就直接来我家告诉我这件事，我心想。不管这是什么事，我想我站在走廊里更有可能听到未删减的版本。

“是图瓦拉赫堡主大人。”玛丽说道。我不用看她，就能想象到她向前探身，绿色的双眼来回转动，因为手里有新闻而喜悦得无法自持。“就在今天早上，他发出挑战，要和一个英格兰人决斗——为了一个妓女！”

“什么！”路易斯的惊叫声盖过了我的喘息声。我抓住一张小桌子，撑在上面。整个世界快要四分五裂，我感到眼前有许多黑点在转动。

“噢，没错！”玛丽说，“雅克·文森当时在场。是他把整件事告诉给我丈夫的！就是在鱼市边上的那个妓院——在早上那个时候去妓院！男人们真奇怪。反正，当时雅克在和妓院老板爱丽丝夫人喝酒，突然楼上就传来很吓人的吼声，还有各种闷响和喊叫。”

她停下来呼吸——呼吸得很夸张——接着我听到了倒茶的声音。

“所以，雅克当然就跑上楼去——呃，反正他是这么说的。我觉得他其实是躲在沙发后面的，那个胆小鬼——然后在更多喊叫和闷响过后，又传来吓人的碰撞声，接着有位英格兰军官从楼梯上滚下来，他半裸着身子，假发也掉了，跌跌撞撞地撞到了墙上。谁会站在楼梯顶上，看上去像上帝复仇那样呢？除了我们的小詹姆斯还有谁！”

“不会吧！我可以说他是最不……你继续说！接下来呢？”

茶杯放到茶碟上时发出轻柔的响声，然后便是玛丽的说话声，她的声音因为这个秘密而充满了激动。“嗯，那个英格兰人奇迹般地在楼梯脚下站住了。他立马转过身来，朝上面看着图瓦拉赫堡主。雅克说，那人虽然马裤还没系好就被人踢下楼梯，但显得特别镇静。他微笑起来——那是真的微笑，你知道，是那种不友好的笑——然后他说：‘没必要动手，弗雷泽。你可以等着轮到你啊，我以为你在家里面就做够了。不过，有些人就是要付钱做才满足。’”

路易斯发出惊讶的声音。“真可怕！那个暴民！但是，这当然不能怪图瓦拉赫大人。”友谊在她心中与想八卦的冲动较劲，我能听到她声音里的那种紧张。不出所料，八卦赢下了这场较量。

“图瓦拉赫大人现在不能享受他妻子的关爱，她怀着孩子，而且孕期比较危险。所以他当然要到妓院去解决他的需求。什么样的绅士会不这样做呢？你继续说，玛丽！接下来发生了什么？”

“好吧。”玛丽吸了口气，把故事讲到了高潮，“图瓦拉赫大人冲下楼梯，抓住那个英格兰人的脖子，像摇老鼠那样摇他！”

“不，这不是真的！”

“噢，是真的！爱丽丝夫人叫了三个用人才把他制服——真是个绝佳的大男人，不是吗？表情那么凶狠！”

“是的，然后呢？”

“噢，雅克说那个英格兰人喘了一会儿，然后站直对图瓦拉赫大人说：‘这是第二次你差点杀死我，弗雷泽。总有一天你会成功的。’然后图瓦拉赫大人用难听的苏格兰方言咒骂他——我完全不懂苏格兰方言，你呢？——然后挣脱那些抓着他的人，空手往英格兰人的脸上打去，”路易斯听到这里倒抽了口气，“然后他说：‘明天黎明就是你的死期！’然后他转身跑上楼，英格兰人也离开了。约翰说他看上去脸色惨白——这不奇怪！你想象一下！”

好的，我想象一下。

“夫人，你没事吧？”马格纳斯的焦虑声音盖过了路易斯再次发出的惊叹。我伸出一只手摸索，他立马接住我的手，并用另外那只手托着我的手肘下面。

“嗯，我不太舒服。麻烦你……去告诉两位夫人？”我朝客厅虚弱地挥了挥手。

“好的，夫人，我这就去。不过我还是先送你回卧室吧。夫人，往这边走。”他带我走上楼梯，边扶着我，边嘀咕着安慰的话语。他送我回到卧室躺椅上，然后离开了我，答应立即派个女佣上来照料我。

我并未等人上来帮助。在最初的震惊过去后，我能够很好地行走了。我于是站起来，慢慢穿过房间，走到放着药箱的梳妆桌边上。我不觉得我现在会晕倒，但药箱里面有瓶治疗晕厥的嗅盐，我想把它放在身边，以防万一。

我把药箱盖子掀开，站着不动，朝箱子里面盯着。有那么一会儿，我的意识拒绝接受所看到的东西，那块折叠起来的方形纸张，精心立着插在五颜六色的药品中间。在我把它取出来时，我很出神地注意到我的手指在颤抖。我试了好几次才打开了它。

对不起。这几个字又粗又黑，精致地排在纸张中间，下面还精心写着一个“J”。再往下还有几个写得匆忙、潦草的字，作为他铤而走险的附言：我必须那样做！

“你必须那样做。”我低声自言自语道，然后我感到双膝发软。我躺在地板上，雕花的天花板在上面暗淡地闪耀着。我想，我之前始终觉得十八世纪的女性经常晕倒是因为穿束身衣，现在我尤其觉得那是因为十八世纪男人们的愚蠢。

附近传来惊愕的叫声，然后几双热心的手把我扶了起来。我感到身下有柔软的羊毛垫，还感到额头和手腕上有冰凉的带着醋味的毛巾。

我很快就又恢复了意识，但我特别不愿意说话。我告诉女佣说我其实没事，把她们赶出了房间，然后躺在枕头上，努力思考。

那个人当然是乔纳森·兰德尔，而詹米离开的目的就是去杀他。这是我充满恐惧和猜测的脑中唯一清晰的想法。可是为什么呢？是什么让詹米打破他之前对我的承诺呢？

尝试细心地思考玛丽转述的事件——尽管是第三手信息——我觉得这肯定不只是偶遇引发的令人震惊的事情。我了解兰德尔，我对他的了解比我愿意了解的还要多很多。如果有什么事情是我能够十分确定的，那就是他不会花钱去妓院享受那种常见的服务——简单地从女性身上取悦并不是他的本性。他喜欢的——需要的——是痛苦、恐惧和羞辱。

当然，如果出更高的价钱，这些东西也能够买到。我在天使医院工作时见得足够多，知道有些妓女的主要货物不在于两腿之间，而在于健壮的骨骼，以及骨骼外面昂贵、脆弱的皮肤，她们的皮肤很容易出现伤痕，能够展现出鞭子和击打的印记。

詹米的白皮肤上就有兰德尔留下的疤痕，他要是遇到兰德尔以类似的方式在妓院里拿妓女取悦——我想这或许能够让他把承诺或克制抛在脑后。他左胸上有个小印记，刚好在乳头下面。那是块发白的起皱的疤痕，那是他把兰德尔用火热印章戒指烙印下的疤痕割掉而留下的。那种让他宁愿割肉也不愿意让耻辱印记留在身上的怒火，很容易再次爆发出来，摧毁那个给他留下印记的人——以及这个人的不幸的后代。

“弗兰克。”我说道。看到金婚戒的闪烁，我的左手不自觉地握了起来。“噢，天哪，弗兰克。”对于詹米来说，弗兰克只是个鬼魂，在不大可能出现的危急时刻来临时，他或许能够为我提供庇护。对我而言，弗兰克是曾经与我共同生活、同床共枕过的人，也是我为了留在詹米·弗雷泽身边而最终抛弃的人。

“我不能，”我轻声对着空气说，对身体里面那个被我的紧张打扰而懒洋洋地扭曲、伸展身体的小同伴说，“我不能让他那样做！”

午后的光线渐渐淡成黄昏的灰暗。房间里似乎充满了世界末日般的绝望。明天黎明就是你的死期。我不可能在今晚找到詹米。我知道他不会回特穆朗街。他要是会回来，就不会留下那张便条了。知道自己第二天清晨要做什么，他今晚绝对不可能睡在我身边。不，他肯定是在某个旅馆或酒馆躲着，独自在那里为他曾经发誓要执行的正义做好准备。

我觉得我知道他执行正义的地方在哪里。清晰地记得初次决斗的场景，詹米上次就剪短了头发。我能确定，在选择决斗地点时，他又回忆起了那时的场景。七圣人道路边上的布洛涅森林。那片森林是很受欢迎的非法决斗地点，茂密的树林能够让决斗者不被发现。明天，森林中的某片阴凉空地将会见到詹米 · 弗雷泽、乔纳森 · 兰德尔，以及我。

我躺在床上，双手抱着小肚子，没有费神脱掉衣服，也没有拉被子来盖住。我看着黄昏变成黑暗，知道今夜我将不眠。我尽量从肚子里的孩子的轻微移动中寻找慰藉，同时詹米的话在我耳中回响：明天黎明就是你的死期。

布洛涅森林是片近乎原始的小森林，不协调地坐落在巴黎边上。据说有人发现森林深处仍然潜伏着狼、獾和狐狸，但这种传说并未阻挡含情脉脉的情侣们走到森林中被草覆盖的地上，在树枝下调情。在这里，人们能够避开城市的嘈杂和污垢，而且它的位置使其免于成为贵族们的游乐场。可以说，光顾这片森林的，只有住在附近、想在高大橡树和苍白桦树的树荫里做短暂休息的人，以及住在远处、想寻求隐蔽的人。

那是片不大的森林，却也足够大，无法依靠步行在里面寻找到一块容得下两个人决斗的空地。夜间下起了雨，黎明不情愿地到来，布满云层的天空泛着阴暗的光线。布洛涅森林在低声地自言自语，雨滴拍打树叶发出的细微嘀嗒声，与树叶和树枝发出的柔和沙沙声混杂在一起。

马车在那条贯穿布洛涅森林的小路上停了下来，就停在了最后那几栋破烂房屋的旁边。我给马车夫安排过他要做的事情，他跳下座位，拴好马匹，消失在那些房屋中间。住在森林附近的人们知道森林里的情况。适合决斗的地点不会太多，人们应该都知道。

我安稳地坐着，把沉重的披风拉紧了一些，在黎明的寒冷中瑟瑟发抖。我感觉很糟糕，整夜未眠让我疲惫不堪，恐惧和悲痛重重地压在我的胃底。在这一切之上的，还有一种强忍着的怒火，我试着把它推开，以免影响我眼前的工作。

但它不停地回来，只要我放松警惕，它就会开始翻涌，就像现在这样。他怎么可以这么做？我勉强忍住的愤怒不停地在心中嘀咕。我不该来这里的，我应该在家里，安静地在詹米身边休息。我不该追逐他、阻止他，同时还要与愤怒和疾病较量。因为乘马车而造成的难以消除的疼痛纠缠在我的脊柱底部。是的，他很有可能会沮丧，这我能够理解。但是，看在老天的分上，这危及的是一个人的性命啊！他那该死的自尊怎么能够比人命重要？而且还不给任何解释就离开了我！让我通过邻居的闲话才得知发生了什么事情！

“詹米，你答应过我的，该死的，你答应过我！”我低声说道。湿淋淋的森林寂静无声，裹着迷雾。他们已经到这里了吗？他们会来这里吗？我猜错决斗地方了吗？

马车夫再次出现，跟着他来的是个大概十四岁的少年。他灵活地跳到马车夫身边的座位上，然后挥挥手，指示先向前然后左转。随着清脆的鞭响和咂舌头的声音，马车夫让马匹小跑起来。我们转弯离开小路，驶进了正在苏醒的阴暗森林。

我们停了两次，让那个少年跳下去，快速钻进灌木丛去查看，每次他都很快回来，回来时摇着头表示否定。第三次的时候，他飞快地跑回来，脸上的激动表情十分明显，所以在他还没有走近叫马车夫时，我就打开了马车门。

我手里准备好了钱，我把钱塞给他，同时抓住他的袖子说："带我去！赶快，赶快！"

我几乎无视了交缠在路上的树枝，也没有注意到在我拨开树枝时那些突然打湿我衣服的雨水。我跟在那个少年后面，他的衣服被打湿了一部分。那条道路因为落叶而很柔软，我们俩都没有发出脚步声。

在见到他们之前，我就听到了他们的声音——他们已经开始了。刀剑的碰撞声被湿淋淋的灌木丛压低了，但仍然足够清晰。湿漉漉的黎明里没有鸟叫，但那致命的搏斗声却在我耳中回响。

那是一大片空地，位于森林深处，但有小道和马路相连。这片空地足够大，能够在里面施展严肃决斗所需的步法。他们只穿着衬衫，在雨中打斗。湿透的衣服沾在他们身上，展现出肩膀和脊柱的轮廓。

詹米说过他搏斗比兰德尔厉害，他或许没说错，但乔纳森·兰德尔的剑术也不平庸。他迂回移动，来回躲闪，像条蛇一样柔软，银制毒牙般的剑向前攻击。詹米同样迅速，这对于如此身高的人来说算是种令人惊奇的天赋。他脚步轻盈，手法稳健。我牢牢站在地上，静静地看着，不敢叫喊出来，害怕让詹米分心。他们围着小圈转动，不断进攻和躲闪，双脚轻轻挨着地面，就像在草皮上舞蹈。

我纹丝不动地站在那里观看。我在黎明前就在寻找这个地方，打算阻止他们。但我现在找到了他们，却不能干涉，害怕造成致命的后果。我能做的只有等待，看最终死去的是詹米还是兰德尔。

兰德尔抬剑阻挡詹米的攻击，但不够迅速，没能顶住猛烈的劈砍，他的剑被打飞出去。

我张嘴尖叫。我本来打算喊詹米的名字，让他赶紧住手，让他怜悯地在打飞对手的剑和紧接着的致命一击之间停下来。实际上，我叫喊了出来，但是我的叫声很虚弱，哽咽住了。我站在那里观看时，背部那种持续的疼痛加重了，就像被拳头握紧一样。现在，我突然感觉自己挣脱开来，就好像那个拳头松开了它握住的东西一样。

我疯狂地四下摸索，紧紧抓住旁边的一根树枝。我看到了詹米的脸，他脸上的表情坚定欢欣但冷静。我意识到他被暴力迷雾所包裹着，听不到任何声音。在决斗结束前，他的眼里只有自己的目标。兰德尔在不可阻挡的剑下向后退，在湿漉漉的草地上踩滑了，倒在了地上。他弓起背，想站起来，但是草地很滑。他的领巾已经被撕破，脑袋向后仰着，黑色的头发已经被雨打湿，喉咙暴露了出来，就像一只乞求怜悯的狼。但是，复仇之下岂有怜悯，而詹米向下攻击的剑并未朝着兰德尔暴露出来的喉咙刺去。

在浓浓雾气中，我看到詹米的剑就像死神那样冷酷，优雅却致命地刺了下去。剑尖碰到兰德尔的鸵丝锦马裤，撕破马裤刺下去，然后猛地一绞，暗红的血液突然涌出，把浅黄褐色的马裤染成了深色。

火热的血液沿着我的大腿涌了下来，我皮肤上的寒冷往体内渗透，抵达了骨骼。我的盆骨与背部相连处的骨头在破裂，我能够感受到每阵疼痛袭来时的那种压力，沿着我的脊柱向下蹿，在我的骨盆里爆炸、燃烧，像一道带来毁灭的闪电，在它身后留下一片片被烧黑的土地。

我的身体和意识似乎都裂成碎片。我什么也看不见，但能够分辨双眼是睁着还是闭着。一切都在旋转着变黑，偶尔有些变幻花纹，就像小时候在夜晚用拳头按压闭着的眼睑时看到的那种。

雨滴拍打着我的脸庞、喉咙和肩膀。每颗沉重的雨滴都冰冷地拍打下来，然后分散成温暖的细流，在我冰冷的皮肤上快速流动。这种感觉特别清晰，此外还有下面那种来了又去的绞痛。我尝试把意识集中在这上面，逼迫我的注意力离开大脑中央那个低弱、冷漠的声音，它似乎是在做诊断记录：“你当然是在大出血。从出血量来看，可能是胎盘破裂。通常会致人死亡。失血过多导致了手脚麻木，眼睛发黑。人们说听觉最后消失，看来并没有说错。”

不管是不是我最后的知觉，我仍然还能听到声音。而我听到的是特别焦虑的说话声，其中有些声音在努力保持镇静，它们全都是法语。其中有个词我能听见并且听得懂——我的名字。有人不断地喊我的名字，但很遥远。“克莱尔！克莱尔！”

“詹米，”我试着说话，但我的双唇被冻得僵硬、麻木。我完全不能做出任何动作。我身边的喧闹开始变得稳定，某位至少愿意采取行动、好似知道该怎么办的人来了。

或许他们确实知道怎么办。有人轻轻地掀起我大腿中间湿透的裙摆，然后坚定地把一块厚布垫塞了进去。有双热心的手帮我翻身朝右边侧躺着，把我的双膝向上拉到胸前。

“送她去医院。”我耳边有个声音说。

“她活不了那么久，”另外一个声音悲观地说，“不妨等几分钟，然后派人去叫灵车。”

“不行，”又有个声音坚持说，“血开始流得少了，她或许能活下来。而且，我认识她。我在天使医院见过她。送她去赫德嘉嬷嬷那里。”

我鼓起我残余的全部力量，设法低声说：“嬷嬷。”然后我放弃了挣扎，把自己交给了黑暗。

CHAPTER 25

邪教徒雷蒙

我上方高挑的拱形天花板由尖形拱支撑着。尖形拱是十四世纪的特色建筑，四根肋拱分别从柱子顶部向上延伸，然后形成两个相交的拱形。

我的床就在其中一个尖形拱下面，身边拉着薄纱帷幕保护隐私。然而，那个尖形拱的中点并未在我的正上方，我的床离中心有几英尺远。每次向上看时，我都会觉得心烦意乱，我想依靠意志力把床挪动，似乎躺在房顶中心下面，能够帮助我聚焦到自己的中心。

但我需要有中心才行。我的身体有伤痛感，我似乎被打过一样。我的关节疼痛无力，就好像被坏血病损坏的牙齿。我身上盖着几张厚毯子，虽然它们能保暖，而我却没有温暖需要保持。那个黎明雨淋淋的寒冷，已经扎根在我的骨头里了。

我客观地留意着这些身体症状，好似它们属于其他人，不然我就什么也感觉不到。我那弱小、冰冷、合理的大脑中心还在，但是平时过滤言语的感情容器已经不在了，它死了，或者瘫痪了，或者仅仅是不存在了。我不知道，也不在乎。我已经在天使医院度过五天了。

赫德嘉嬷嬷用修长的手指在我穿的棉睡衣里始终温柔地摸索，探查我小肚子的深处，看是否有子宫收缩时的硬化症状。但是，我的肌肤就像熟透的水果一样柔软，在她的手指按压下我感到了疼痛。她用手指往下压，我露出了痛苦的表情，而她皱起了眉头，低声嘟哝了些什么，可能是在祈祷。

我在她的嘟哝中听到一个名字，于是问道："雷蒙？你认识雷蒙师傅？"这位可敬的修女，那位骷髅洞穴守护神，我怎么也不能将二者联系在一起。

赫德嘉嬷嬷的浓眉惊讶地皱了起来。"你说雷蒙师傅？那个邪门歪道的骗子？上帝保佑！"

"噢。我以为我听到你说'雷蒙'了。"

"噢。"她的手指又工作起来，在我的腹股沟里探查，寻找可能说明感染的淋巴结肿块。我知道有肿块，我在不眠的痛苦中伸手摸自己的空虚身体时，就曾经摸到过。我能感受到那种发烧，它让我的骨头深处既疼痛又寒冷，而当它抵达我的皮肤表面时，它将会爆发成火焰。

"我在请求圣雷蒙·诺纳托斯[①]保佑，"赫德嘉嬷嬷解释着，从冷水中拧出一块布，"他最能保佑怀孕的母亲。"

"我已经不是其中之一了。"我隐约看到一阵痛苦让她皱起了眉毛，而这种痛苦的表情几乎转瞬即逝。她忙着擦拭我的额头，轻快地把冷水抹到我的圆脸颊上，然后抹进我火热、湿润的颈部褶痕里。

碰到冷水时，我突然颤抖了一下。她立马停下，体贴地把手放在我的额头上。

"圣雷蒙并不挑剔，"她心不在焉地责备道，"我自己就物尽其用，给你推荐这条明路。"

"嗯。"我闭上眼睛，退回到灰色雾气的保护中。现在，雾中似乎有了微弱的光线，就像夏日地平线上方短暂炸裂的片状闪电。

赫德嘉嬷嬷站了起来，我能听见念珠碰撞发出的响声，以及门口一

---

① 圣雷蒙·诺纳托斯（St. Raymond Nonnatus），天主教中产婆、孩童、孕妇等的主保圣人。

位修女召唤赫德嘉嬷嬷去处理又一位紧急病人的柔和嗓音。她几乎走到了门口，突然又想起了什么，然后随着沉重裙摆发出的沙沙声转过身来，用手指不容争辩地指着我的床脚。

“布顿！”她说，“到床脚去坐着！”

布顿像她女主人那样果断，在半路明智地转头，跳着往床脚走过来。到了床脚，它用爪子揉搓了一会儿被子，然后逆时针转了三圈，似乎是在给休息的地方解咒，然后才躺到我的脚下，深深叹息着把嘴搭在了爪子上。

满意的赫德嘉嬷嬷低声告别说：“上帝保佑你，我的孩子。”然后便消失了。

透过越来越浓的雾气，以及包裹着我的冰冷麻木，我模糊地感激她的姿态。我手里没有抱着孩子，她把她自己最好的替代孩子的布顿给了我。

其实，皮毛乱蓬蓬的布顿压在我脚上的感觉是一种身体上的安慰。它就像圣丹尼斯那些国王墓葬盖子上雕刻的、躺在国王脚下的狗那样静静躺着。它的体温排斥着我双脚上那种大理石般的冰冷，它的存在既能改善独处，也能改善人类的陪伴。我能感到的什么也没有，我必须给予的也什么都没有。

布顿砰地放了个小屁，然后安心睡了。我把被子拉来盖住鼻子，也试着安心入睡。

我最终睡着了，还做梦了。那是些疲惫、孤寂的躁动梦境，我在一个满是石头的荒芜地点，无休止地做着一件无法完成的任务，持续不断地做出痛苦的努力。那里还弥漫着浓浓的灰色雾气，迷失的感觉就像迷雾中的魔鬼那样追随着我。

我突然醒了过来，发现布顿已经不见了，但我并非独自一人。

雷蒙的发际线很平整，好似用尺子在宽大额头上画出来的水平线条。他发白的浓密头发向后梳着，直直地垂在肩膀上，让宽大的额头像石头那样突出来，让脸上的其他部分显得格外失色。这个额头现在在我上面摇晃，在我发热的双眼看来，就像是一块平整的墓碑。

他和修女们说话时，额头上的线条和皱纹轻微地动了动。我觉得它们看上去像是些字母，正好写在这块墓碑的表面之下，尝试蹿到表面来，让人能够读到死者的名字。我确信在其他某个时刻，我的名字会在这块白色墓碑上清晰可见，到了那个时候，我就真的死了。我弓起背，尖叫起来。

“你看！你看！她不想你来，你这个恶心的老东西。你打扰她休息了。赶紧走开！”赫德嘉嬷嬷专断地抓住雷蒙的胳膊，把他从床边拖开。雷蒙反抗着，像草地里的守护石像一样站着不动，但沙莉斯特修女用她那巨大的力量帮助赫德嘉嬷嬷，一起把雷蒙的双脚抬离地面，把他抬在中间抬走了。他们离开时，雷蒙狂乱地蹬脚，掉下了一只木屐。

那只木屐落下来侧躺在一块擦洗过的石板中央。因为发烧而带来的强烈依恋，我没法把眼睛从它身上移开。我一遍又一遍地沿着那特别光滑的被磨损的边缘看，每次都要把我的视线从木屐里面那无法穿透的黑暗中拉回来。如果我让自己进入那种黑暗，我的灵魂就会被抽取出来，进入混乱。看着它时，我能够听到石圈那里的时光通道的声音。于是我伸出了双手，狂乱地抓着厚实的被褥，想在迷惑中寻找停泊的地方。

突然，一个胳膊从帷幕外伸进来，一只因为费力而发红的手迅速抓起那只木屐，然后消失了。失去焦点后，我因为发烧而糊涂的意识围绕着石板的沟槽旋转了一会儿，然后因为有规律的几何图案而缓和下来，转向内心，像逐渐慢下来的陀螺一样摇晃着进入睡眠。

但是，我的梦中没有平静，我在由不断出现的图形、无尽的圆圈和螺纹构成的迷宫中跌跌撞撞地疲惫穿行。最终看到不规则的人脸时，我深深地感到了解脱。

那确实是张不规则的脸。整张脸因为凶狠的蹙眉而向上皱着，双唇噘着表示恳求。在我感到有只手压在我嘴上时，我才意识到我已经醒了过来。

“别动，是我，亲爱的！如果她们发现我又来了，我就完了！”那双黑色的大眼睛往两边看了看，提防帷幕有任何动静。

我慢慢地点了点头，他把手从我的嘴上拿开，手指留下一丝铵和硫黄的气味。他在某个地方找到——或者说偷来，我模糊地想——一件破烂的修士罩衣，掩盖他那满是灰尘的丝绒药剂师袍子，罩衣的大帽子遮住了他那容易暴露实情的银发，以及那巨大的前额。

发烧带来的幻觉退去了一些，取而代之的是我的残余好奇心。我太过于虚弱，只能说出“什么……”，这时他又用一根手指遮住我的嘴，然后掀开我盖着的被子。

我有些困惑地看着他，他迅速解开我直筒式连衣裙的系绳，然后把它掀开至我的腰部。他的动作迅速、有条理，完全没有纵欲的行为。不是说我会觉得有人会尝试享用我这样一具被发烧摧毁的尸体，更不用说是在赫德嘉嬷嬷能够听得见的地方。但是……

我带着一丝入迷的感觉看着他把双手捧在我的乳房上。那双手宽大，近乎成方形，手指全都很修长。他用特别长而且灵活的大拇指以让人惊讶的温柔手法围着我的乳房绕圈。我看着那对大拇指，特别清晰地回想起了玛丽安·詹金森——与我在彭布罗克医院共同接受培训的女生——给护士宿舍里入迷的舍友讲，男人拇指的大小和形状能够明确地说明这个男人隐私部位的品质。

“这是真的，我发誓。”玛丽安说着，夸张地把金发甩到头后。但是，在被追着要例子时，她只是咯咯地笑，露出酒窝，把眼睛转到汉利中尉那边。尽管有两根又长又粗的大拇指，但汉利中尉特别像大猩猩。

那对大拇指轻柔但坚定地按进我的肌肤，我能够感受到肿胀的乳头勃起来顶到了坚实的手掌。与我火热的皮肤相比，那双手掌显得冰凉。

“詹米。”我说道，一阵颤抖传遍了我的身体。

“嘘，夫人。”雷蒙说道。他的声音低弱、善良，却有些出神，似乎他并未关注我，尽管他是在那样做。

我又颤抖起来，好像热量从我身上转移到他身上，但他的双手并没有温暖起来。他的手指仍然冰冷。我体内的热潮在退去，从我的骨头里流走，我感到了寒冷，并且颤抖起来。

午后的光线透过厚厚的纱布帷幕照进来，显得昏暗。雷蒙的双手在我雪白的乳房上显得颜色较深。但是，那些肮脏粗手指之间的影子并不是黑色的。它们是……蓝色的，我心想。

我闭上眼睛，看着那些立即出现在我眼睑后面的五颜六色的旋转图案。在我重新睁开眼睛时，那些图案的某些颜色似乎留了下来，涂抹在了雷蒙的双手上。

热潮退去，我的意识变得更加清晰。我眨了眨眼，尝试着抬头以便看得更清楚。雷蒙稍微用力按压，让我躺回去。我让脑袋落到枕头上，斜着朝我的胸部上方看。

我终究还是没有想到，不是吗？雷蒙的双手没有移动，一丝微弱、闪耀的彩色光线似乎在他的双手上方移动，在我的白皮肤上洒下粉红色和灰蓝色的光线。

我的乳房温暖起来，是那种自然的正常温暖，不是那种折磨人的发烧。风从外面打开的拱门里吹进来，钻过帷幕，吹起了我鬓角上的湿润头发，但我现在并未感到寒冷。

雷蒙低着头，脸被遮在他借来的罩衣的兜帽里面。在过了似乎很久，他把双手从我的乳房上挪开，十分缓慢地挪到我的胳膊上，在肩膀、手肘、手腕和手指的关节处停下来轻轻地捏了捏。疼痛减轻了，我觉得我能够短暂地看到我上臂里有条隐约的蓝色线条，那是发光的骨头魂魄。

他不慌不忙，轻柔地把手挪回到我浅浅的锁骨上，然后沿着身体的经线向下移动，在我的肋骨上把手掌张开。

关于这一切，最为奇怪的是，我丝毫没有感到震惊。这似乎是件极其正常的事情，我饱受折磨的身体也感激地在他双手的坚硬模子里放松起来，然后像被模具塑形的蜡一样熔化、形成新的形状。只有骨架的形状依旧坚定。

一种奇怪的温暖感觉从这双宽大、结实的工匠手掌中释放出来。这双手费力、缓慢地在我身体上移动，我能感到血液中的细菌在死亡，还能感到感染的火花消失时的微小爆炸。我能感觉到体内的每个器官变得完整和立体，而且还能看到它们，就好像它们摆在我面前的桌上似的。空荡荡的胃、有裂片的结实的肝、盘绕扭曲的肠；那些肠子自己缠绕着，被整洁地包裹在闪亮的肠膜里。那种温暖照耀并在每个器官中传播，就像我体内的小太阳一样照亮了每个器官，然后消逝，继续移动。

雷蒙停了下来，双手在两边按压我鼓起的小肚子。我觉得他皱起了眉头，但这很难说。他那戴着兜帽的头转了过去，聆听着，但是医院里常见的声音在远处继续着，没有警告的脚步声朝我们这边走来。

他的一只手向下移动，捧住了我的双腿中间，我倒吸了口气，不自觉地动了动。他另外一只手增加力度，警告我不要出声，然后他粗大的手指伸进了我的体内。

我闭眼等待着，感到我的内壁在适应这种陌生的侵扰。他温柔地探查得越来越深，炎症也在一点一点地逐渐减少。

现在他到达了我的失落的中心，一阵疼痛让发炎的沉重子宫壁收缩着。我发出低微的呻吟，然后他摇摇头，我又闭紧了嘴唇。

那只探索的手指触碰到了我的子宫，另外那只手则向下滑动，令人安慰地放在我的小肚子上。然后他停住不动，用双手托住我疼痛的根源，就好像那是一个水晶球，既沉重，又易碎。

“现在，”他轻声说，“喊他。喊那个红色勇士。喊他。”

体内的手指和体外的手掌挤压得越来越用力，我把双腿往床上压，抵挡这种压力。但我的体内没有力气能够反抗，这种不可阻挡的挤压继续着，压碎那个水晶球，把其中的混乱释放了出来。

我的脑中充满了各种画面，比发烧时的痛苦梦境还糟糕，因为它们更加真实。痛苦、失落和恐惧折磨着我，我的鼻孔里充满了死亡和白垩的尘土气息。我急于在脑中的随机图案里寻求帮助，同时仍然听到他在低声说话，说得耐心而且坚定:“喊他。”然后我喊出声来，寻求精神支柱。

“詹米！詹米！”

一道热潮穿透我的肚子，从他的一只手穿到另外一只，就好像一支箭穿透我骨盆的中心。他放松了挤压，松开了手，一阵和谐的轻松感填满了我的身体。

他及时躲到床下，让床架抖动起来。

“夫人！你没事吧？”安琪莉可修女掀开了帷幕，头巾下面的圆胖脸庞上布满了担忧的皱纹。她忧虑的双眼下面有些无奈。修女们知道我活不久了——如果这看上去是我最后的挣扎，那么她打算去叫牧师来了。

她把坚实的小手短暂地放在我的脸颊上，然后快速移动到我的额头上，然后又移动回来。我大腿周围的被子仍然乱糟糟的，我的睡衣依旧敞开着。她把双手伸进去，伸到我的腋窝下，在那里停留了片刻，然后拿了出来。

“感谢上帝！”她含着泪大声说道，“烧退了！”她弯腰靠近些，突然警觉地观察我，确保我不是因为已经死了才退烧的。我虚弱地朝她微笑了。

“我没事，”我说，“去告诉嬷嬷。”

她急切地点点头，把被子拉上来给我盖整齐，然后未作停留，便匆匆离开了房间。帷幕还未完全在她身后合拢，雷蒙就从床下钻出来了。“我得走了，”他说道，用手摸着我的额头，“保重，夫人。”

我虽然虚弱，却抬起身子，抓住了他的胳膊。我用手沿着他那铁匠般的健壮手臂向上摸索寻找，却没有找到。他的皮肤光滑得没有瑕疵，直到肩部都没有任何疤痕。他惊讶地低头看着我。“夫人，你在做什么？”

“没什么。”我失望地倒了回去。我太过虚弱，脑袋很晕，说话时没法细心选词。

“我想看看你有没有接种留下的疤痕。”

“接种？”我在观察面部动作方面已经足够熟练，只要他脸上有丝毫表示理解的抽动，无论它被掩藏得多么迅速，我都能够观察得到。但是他脸上并没有那样的动作。

“你为什么还叫我‘夫人’[①]？”我问。我轻轻地把双手放在稍微凹陷的肚子上，就好像不想扰动那种令人痛苦不堪的空洞。“我的孩子已经没了。”

他看上去有些惊讶:“噢。我叫你‘夫人’，并不是因为你怀有孩子。”

“那是为什么？”我并没有指望他回答，但他还是回答了。我们两人虽然都精疲力竭，但是我们似乎被悬浮在某个时间和因果都不存在的地方，我们之间只容得下真相。

他叹了口气。“每个人的周围都有种颜色，”他简洁地说，“就像云一样围绕着每个人。你的颜色是蓝色，夫人，就好像童贞马利亚身边的颜色，就好像我自己的颜色。”

纱罗帷幕飘动了一下，他离开了。

---

① 在整部作品中，雷蒙师傅对克莱尔的称呼都是“Madonna”，这个词既可作为“夫人”“太太”等称呼，同时又可特指圣母马利亚。

CHAPTER 26

枫丹白露

我又睡了几天。我不知道这是身体康复的必要部分，还是对清醒现实的顽固逃避，但我只是在需要少量进食的时候才不情愿地醒来，然后又立即回到恍惚的沉睡当中，似乎胃里面那点温暖、小量的肉汤是一个拽着我的锚，把我拉到浑浊的睡眠深渊里。

几天过后，在听到耳边持续不断的说话声，感受到有手把我从床上抱起来时，我醒了过来。那双抱着我的手臂健壮有力，是男人的手臂。在片刻的时间里，我感到十分喜悦。然后我一路清醒过来，虚弱地排斥着一股烟草和廉价葡萄酒的气味，发现抱着我的是雨果——路易斯·德拉图尔的庞大男仆。

“放我下来！”我说道，无力地拍打着他。见我突然死而复生，他似乎被吓了一跳，几乎把我丢下去，但是一个威严的高音说话声让我们两人都停了下来。

“克莱尔，我亲爱的朋友！不要害怕，亲爱的，不会有事的。我带你去枫丹白露，那里的空气和食物都是你需要的。还有休息，你需要休息……”

我像刚出生的羊羔那样在光线下眨眼。路易斯粉红、焦虑的圆脸飘浮在旁边，好似云中的小天使。赫德嘉嬷嬷站在她身后，既高大又严厉，就好像伊甸园门口的天使。她们都站在医院门厅的彩色玻璃窗户前，这又增强了我那种天国般的幻觉。

“是的。”她说道。她的深沉嗓音让这个最简单的词语显得比路易斯叽叽喳喳说的所有话都要有力。“这对你有好处。再见了，亲爱的。”

随着她的辞别，我被抱着走下医院的台阶，然后被随意地塞到路易斯的马车里，我既没有力量也没有意志去反抗。

马车在道路的坑洼和车辙上颠簸，让我一路上始终醒着。这趟旅程，以及路易斯不停地说话，旨在消除我的恐惧和疑虑。起先，我恍恍惚惚地尝试回应，但很快我就意识到她并不需要我回答，而且没有我的回答，她说得更加轻松。

在医院凉爽的灰色石头拱顶里度过数日后，我感觉自己像是刚被解开的木乃伊，在这么多光亮和色彩的冲击下有些退缩。我发现向后退一点要好过些，所以就让这些光亮和色彩从身边逝去，不去分辨它们的成分。

这个策略起了作用，直到我们到达枫丹白露外面的一片小树林。橡树的树干黝黑且粗大，低垂的宽大树叶把地面笼罩在阴影里，留下摇摇曳曳的光线，让整片树林看上去像是在风中轻微移动。我正心不在焉地欣赏着这种效果，却注意到有些我以为是树干的东西其实在动，在十分缓慢地来回转动。

“路易斯！”我喊叫出来，抓住路易斯的胳膊，打断了她的唠叨。

她猛地冲到我这边，看我在看什么，然后又迅速回到她那边，把头伸到窗外，朝马车夫喊叫。

马车摇摇晃晃地停下来，扬起许多灰尘，刚好停在树林的对面。那是三个人，两男一女。路易斯继续用尖厉和愤怒的声音抗议和质问，其中穿插着马车夫的解释或道歉，而我却没有关注。

那三个人虽然在转动，他们的衣服虽然在轻微地颤动，但他们本身却是静止的，比吊着他们的那些树还要静止。他们的脸因为窒息而变成了黑色。弗雷先生肯定不会赞同这种情况，我在迷迷糊糊的震惊中想着。这种处决虽然业余，但很有效。风向转变，一丝微弱的臭气吹到了我们身上。

路易斯尖叫起来，暴跳如雷地捶打窗框。马车猛地向前驶出，把她摔回到座位上。

“该死的！”她说着，快速地往通红的脸上扇风，“这蠢货干的蠢事，把车停在那个地方！真是草率！那样受惊吓肯定对孩子不好。我可怜的亲……噢，亲爱的，我可怜的克莱尔！对不起，我不是故意提醒你的……我说话这么不得体，要你怎么原谅我啊……”

幸运的是，她因为有可能会让我不开心而产生的焦虑，让她忘记了自己看到那些尸体而产生的焦虑，但是尝试去阻止她道歉让人特别疲惫。最终，我没有办法，只好把话题转移到那几个被吊死的人身上。

“谁？”话题转移成功，她眨了眨眼，然后回想起她受到的惊吓，掏出一瓶嗅盐，尽情地闻了闻，然后本能地打了个喷嚏。

“胡格……阿嚏！胡格诺教徒，”她呼哧呼哧地说了出来，“离经叛道的新教徒。马车夫就是这么说的。”

“还要吊死他们？都现在了？”不知为什么，我还以为这种宗教迫害是更早时期的遗风。

“通常不只因为他们是新教徒，尽管信新教就足够让他们被绞死。”路易斯抽着鼻子说。她用刺绣的手绢轻轻地擦拭着鼻子，挑剔地看了看结果，然后又把手绢捂到鼻子上，以令人满意的声音擤了擤鼻子。“噢，好多了。”她把手绢塞回口袋里，然后叹着气靠到后面。“我现在恢复了。真是吓人！如果必须吊死他们，没问题，但是就必须在公共道路边上吊死，让女士们看到和闻到恶心的东西吗？你闻到没有？呸！这是梅达伯爵的地盘，我要给他写封特别难听的信，说到做到。”

“可是他们为什么要把这几个人吊死啊？”我问道。要想真正地与路易斯谈话，直截了当地插话是唯一可行的办法。

“噢，很有可能是因为巫术。你看到的，其中有个女人。通常，牵扯到女人的就是巫术。如果只是男人，那么最常见的是因为宣讲叛乱或异端言论——只有男人才可以传道。你看到那个女人穿的丑陋的黑衣服没？真是难看！总是穿黑色衣服，太让人消沉了。什么样的宗教会让信徒总是穿这么朴素的衣服呢？显然是邪教，大家都看得出来。他们害怕女人，就是这样的，所以他们……”

我闭上眼睛，向后靠到座位里。我希望路易斯的乡间宅邸不要太远。

除了那只不能分离的猴子外，路易斯的乡间宅邸还有许多其他品位有问题的装饰品。在巴黎时，她必须咨询丈夫和父亲的意见，所以房子都装饰得很奢华，但风格比较柔和。但是，儒勒在城里太忙，很少来这座乡间宅邸，所以路易斯就能够自由地展现她的品位。

“这是我最新的玩具，可爱吧？”她温柔地说着，用手爱抚着那个深色的木雕房子。这个木雕房子不协调地装在墙上，边上是个欧律狄刻形状的镀铜堡垒。

“那个看上去像是布谷鸟时钟。”我不敢相信地说。

“你之前见过？巴黎应该没有啊！”想到自己的玩具可能不是独一无二的，她稍微噘起嘴唇，但是她把指针向前拨了一个小时，表情也随之快活起来。她向后退，在那只机械鸟把头伸出来接连发出几声尖厉的“布谷”声时，自豪地笑了起来。

“它很宝贵吧？”她摸了摸那只鸟的脑袋，然后那只鸟消失到它躲藏的地方，“这儿的管家贝尔塔送给我的，他哥哥从瑞士带过来的。不管你想怎么说，瑞士人做的木刻就是很精巧，不是吗？”

我想说不是，但最终只是低声说了些表示赞赏的得体话。

或许是因为想到了瑞士籍的仆人，路易斯那蚂蚱般的心思又敏捷地跳到新话题上。“你知道的，克莱尔，”她带着一丝责备说，“你真应该每天早上去教堂参加弥撒。”

“为什么？”

她朝门口那边甩了甩头，有个女佣端着托盘从那里经过。“我自己倒是不在乎，但是那些用人……她们在乡下特别迷信，你知道的。有个从巴黎来的男佣蠢到给厨子讲了你是白娘子的蠢故事。当然，我跟他们说过那是无稽之谈，威胁说要是谁被我抓住散布这种流言，我就会解雇谁，可是……反正，你去参加弥撒或许有些用。或者至少要偶尔大声祈祷，让他们听见。”

尽管我不信教，但我想每天去房子里的小教堂参加弥撒或许有点过了。可是，带着某种不明确的愉悦，我答应尽量减轻用人们的恐惧。所以，在接下来的那几个小时里，我和路易斯大声地给对方朗读赞美诗，一起大声地背诵主祷文。我不知道这种表演会给用人们带去何种影响，但这至少让我足够疲惫，让我上楼到房间里一觉睡到第二天早晨，而且没有做梦。

我经常难以入眠，或许是因为清醒的状态与不安的睡眠没有多少区别。我晚上清醒地躺着，盯着白色的熟石膏天花板，看着上面光亮的花果。天花板就像黑夜里模糊的阴郁影子挂在我的上方，象征着那种在白天缠绕着我的抑郁。在夜间闭上眼睛，我就会做梦。我挡不住那些阴郁的梦；它们总是带着鲜明的色彩，在黑暗中向我袭来。所以我很少睡觉。

我仍然没有收到詹米传来的消息，也没有关于他的消息。他没去天使医院看我，是因为愧疚，还是因为受伤，我并不知道。但他没有去医院，也没有来枫丹白露。现在，他或许已经出发去奥维多了。

有些时候，我发现自己在想我什么时候——或者说会不会——再见到他，那时候我们——如果说话——会向对方说什么。但是，大多数时候，我宁愿不去想，让日子接连逝去，只活在当下，避免思考未来和过去。

偶像不见后，菲格斯也垂头丧气的。我多次从窗户里看见他郁郁寡欢地坐在花园里的山楂树下，抱着膝盖，朝通往巴黎的路那头看去。最终，我激励自己拖着沉重的步伐缓慢地下楼，沿着花园的小道走过去找他。

“你不能找点事儿做吗，菲格斯？”我问他，“可以去给马童搭把手，或者做点其他事情。”

“是的，夫人。”他令人怀疑地同意道，心不在焉地挠了挠屁股。我很怀疑地看着他的这个动作。

“菲格斯，”我抱着手臂说，“你身上长虱子了吗？”他像被烫了一样把手缩了回来。

“噢，没有，夫人！”

我伸手拉他站起来，在他身体周围细致地闻了闻，然后把手指伸到他的衣领中，伸得足够深，摸到了他脖子上的一圈泥垢。

“洗澡。”我言简意赅地说。

“不！”他猛地挣脱,但我抓住了他的肩膀。他的猛烈让我感到惊讶，虽然我没有比普通巴黎人更爱洗澡——他们对浸泡在水中的可能性厌恶得近乎恐惧——但是我几乎没法让我认识的那个平时很热心的孩子与我手下这个突然扭动的狂暴小子和解。

随着衣服撕破的声音，他挣脱了我，跳跃着穿过黑莓树丛，就像一只被黄鼠狼追逐的兔子。他随着一阵树叶的沙沙声和石子的咯吱声走掉了，翻过围墙，朝庄园的附属房屋跑去。

我慢慢穿过城堡后面的迷宫般的破烂房屋，边避开泥洼和污物，边低声咒骂。突然，我听到一阵尖厉的嗡嗡声，然后一团蚊子从我前面几英尺处的粪堆中飞出来，它们的身体在阳光下闪耀着蓝色。

我走得还不够近，不足以惊扰这些蚊子。那个粪堆边上的黑暗门口里肯定有些动静。

“啊哈！”我大声地说，“抓到你了，你个不知道从哪儿钻出来的小邋遢鬼！马上从里面出来！”

没人出来，但是那个棚子里面有些听得见的动静，我觉得我看到阴暗的棚子里面闪过一道白色。我捂着鼻子，跨过粪堆，走进了那个棚子。

棚子里有两个惊愕的声音。一个是我的，因为我看到某种像婆罗洲野人的东西紧贴着后墙；一个是他的，因为他看到了我。

眼睛适应了相对黑暗的环境后，我看到阳光从板子中间的缝隙里照进来，让我们有足够的光线看清彼此。他终究没有我最初想象的那样难看，但也没有好很多。他的胡子和头发都肮脏且蓬乱，过肩的头发披在背上，身上的衣服和乞丐的一样破烂。他没有穿鞋，而且如果说无套裤汉[①]这个词语还不常见，那这并不是因为他努力得不够。

我不害怕他，因为很显然是他害怕我。他紧贴着墙壁，似乎想渗透进去。

“不用担心，”我宽慰地说，“我不会伤害你。”

他没有放松下来，反而突然站得笔直，伸手到胸襟里，掏出一个系着皮条的木质十字架。他用十字架对着我，然后开始祈祷，声音因为恐惧而颤抖着。

“唉，真烦人，”我生气地说，“不要又来一个！”我深吸了一口气，“我们在天上的父：愿人都尊你的名为圣……”他鼓起了眼睛，仍然举着十字架，但至少他在看到我的表演后，停止了祈祷。

“……阿门！”我诵完主祷文，吸了口气。我把双手伸到他面前摆动。“看见没？没诵错一个字，没诵错句子的顺序，是吧？我甚至都没有交叉手指。所以我不可能是女巫，是吧？”

那个男人慢慢放下十字架，目瞪口呆地看着我。“女巫？”他说。他的表情就像是觉得我疯了一样，而在这种情况下，我觉得自己确实有点像是疯了。

“你没有觉得我是女巫？”我说道，开始觉得自己有点愚蠢。

某种貌似微笑的表情扭曲着出现在他的三角形的胡子里，然后又消

---

① 无套裤汉（sans-culotte），18 世纪末期的法国贵族男子多穿紧身短套裤，而底层平民则多穿无套裤，故被称作“无套裤汉”。

失了。“没有，夫人，”他说，“我习惯人们那样说我了。”

“你是？”我仔细打量着他。除了衣服破烂、浑身肮脏以外，这个男人显然还忍受着饥饿；从衣服里露出来的腰杆，干瘦得就像儿童的腰部。同时，他说的是优雅、有教养的法语，只是口音有些奇怪。

“如果你是女巫，”我说，“那么你做得不很成功啊。你到底是谁？”

听到我这么问，他的眼中又显现出恐惧。他往两边看了看，想逃跑，但那个棚子虽然老旧，却建得结实，除了我站着的那个出入口外，没有其他地方可以进出。最终，他鼓起潜藏的勇气，站直了整个身子——他大概比我矮三英寸——然后十分庄重地说：“我是日内瓦的牧师沃尔特·洛伦特。”

“你是牧师？”我大吃了一惊。我无法设想是什么能够让一位牧师——无论是不是瑞士人——来到这个国家。

洛伦特神父和我一样震惊。

“牧师？”他重复道，“天主教牧师？绝对不可能！”

我突然想到了真相。“胡格诺教徒！”我说，“没错，你是个新教徒，是吧？”我回忆起那些吊在森林里的尸体。我心想，那能解释不少事情。

他的嘴唇颤抖起来，但他把双唇紧闭了片刻，然后才开口回复。“是的，夫人。我是一个新教神父。我在这个地区传道一个月了。”他舔了舔嘴唇，盯着我看，“抱歉，夫人，我想你并不是法国人？”

“我是英格兰人。”我说道，然后他突然放松下来，好像有人把他脊柱里的那种僵硬全部拿走一样。

“伟大的天父，”他虔诚地说，“那么你也是新教徒？”

“不是，我是天主教徒，”我回答道，“但我丝毫不憎恨新教。”见他浅棕色的眼睛里又出现了警觉的神情，我便匆忙补充道，“别担心，我不会告诉别人你在这里。我想你来是为了偷点吃的？”

“偷窃是罪！”他惊恐地说，“不是的，夫人，但是……”他闭着嘴，但他往城堡那边看的那一眼出卖了他。

“所以有用人给你送食物来，”我说，“你让他们替你偷食物，那样你就可以赦免他们的这种罪，然后皆大欢喜。要我说，你的道德底线真是低，”我责备道，“但想来这不关我的事。”

他的眼里亮起了希望。“你是说……你不会让人来抓我，夫人？！”

“不，当然不会。我自己就曾经差点被烧死在火刑柱上，所以对法外逃亡的人有种同情。”我不是很清楚我为什么话这么多，应该是因为与看似聪明的人相遇带来的宽慰。路易斯很甜蜜、忠实、善良，但是她的脑子和客厅里那只布谷鸟的始终差不多。想到那个瑞士时钟，我突然意识到洛伦特牧师的秘密教徒是谁了。

“你看，”我说，“如果你想待在这里，我就上城堡去，告诉贝尔塔或莫瑞斯你在这里。”

这个可怜人只有皮肤、骨骼和眼睛。他的所有思绪都显现在那对浅棕色的大眼球上。现在，他显然在想，不管当时想把我烧死在火刑柱上的是谁，都是在做正确的事情。

“我听说，”他慢慢说道，又伸手去握着十字架，“有个英格兰女人被巴黎人叫作‘白娘子’，是邪教徒雷蒙的伙伴。”

我叹了口气。“那就是我，但我不觉得我是雷蒙师傅的伙伴，他只是我的朋友。”见他怀疑地眯眼看我，我又吸了口气，“我们在天上的父……”

“别，夫人，请你别念。”让我惊讶的是，他放下了十字架，微笑了起来，“我也与雷蒙师傅有交情。我是在日内瓦认识他的，他当时是一位值得信赖的医师和药剂师。现在，唉，恐怕他追求的是些黑暗的东西了，尽管都是空口无凭。”

“空口无凭？什么事情空口无凭？为什么说他是邪教徒雷蒙啊？”

“你不知道？”他棕色眼睛上方的眉毛抬了起来，“噢，那么你就不是雷蒙师傅……那些活动的合伙人了。”他显而易见地放松下来。

“活动”这个词似乎不足以形容雷蒙用来治疗我的那种方式，所以我摇了摇头。“我不知道，但我希望你能告诉我。噢，但我不应该站在这里说话，我应该去让贝尔塔送吃的来。”

他带着些许尊严摆了摆手。“夫人，不着急。与灵魂的欲望相比，身体的欲望算不得什么。不管你是不是天主教徒，你对我很善良。如果你暂时与雷蒙师傅的那些神秘活动没有关联，那么你应该及时得到警告。”

他无视地板上的泥土和碎屑，盘腿靠着墙壁坐了下来，并且礼貌地示意我坐下。我很感兴趣，于是坐了下去，把裙摆卷起来，不让它们拖在粪肥里。

“夫人,你听说过有个叫‘迪·加勒弗’的人吗？”他说,“没听说过？好吧，我敢说，他的名字在巴黎家喻户晓，但是人们不会说起这个名字。他组织和领导着一个邪恶、堕落得无法形容的圈子，专门从事最为堕落的神秘活动。我不能跟你提及某些在贵族中间秘密进行的神秘仪式。他们说我是巫师！”他几乎低声地抱怨道。

他竖起干瘦的食指，似乎是预先阻止我还没说出口的反对意见。“夫人，我知道这种被人们广泛散布、毫无事实依据的流言。有谁比我们更了解这种流言呢？但是，迪 · 加勒弗和他的信徒所从事的活动大家都知道，他就是因为这些活动被审判、关押，最终接受惩罚，被烧死在巴士底广场。”

我回想起雷蒙的那句简短的话语：“在巴黎，至少有……噢，有二十年没人被烧死了。”然后我颤抖了一下，尽管天气还算温暖。“你说雷蒙师傅与这个迪 · 加勒弗有联系？”

他皱起了眉头，漫不经心地挠了挠蓬乱的胡子。我想，他身上可能既有虱子，也有跳蚤，于是我试着不知不觉地往后退。

“呃，这不好说。没人知道雷蒙师傅从哪儿来。他会说好几种语言，而且口音不明显。雷蒙师傅是个很神秘的人，但是——我以上帝之名发誓——他是个好人。”

我朝他微笑起来：“我也觉得是。”

他微笑着点了点头，但是接着又严肃起来，继续讲述故事。“正是如此，夫人。不过，他在日内瓦时就与迪·加勒弗通过信。这事儿我知道，因为这是他亲口告诉我的。他当时在卖各种各样的东西，植物、灵药、干动物皮，甚至还有一种鱼，一种特别奇特、吓人的东西，他说是从最黑暗的深海里打捞上来的。这东西很恐怖，浑身都是牙齿，几乎没有肉，但是眼睛下面发着特别吓人的……微光……就像小灯笼。”

“真的？”

洛伦特牧师耸了耸肩。“当然，这一切或许毫无恶意，只是生意而已。但是在迪·加勒弗才被人怀疑时，他就从日内瓦消失了。而且，迪·加勒弗被处决才过几个星期，我就听说雷蒙师傅在巴黎开起了商店，还听说他接管了迪·加勒弗的许多秘密活动。”

“嗯。”我说。我想起了雷蒙师傅的内室，以及那个画有喀巴拉图案、防止相信这些图案的人去打开的柜子。“还有什么吗？”

洛伦特牧师皱起了眉毛。

“没有了，夫人，”他十分虚弱地说，“我知道的就这些。”

“好吧，我自己真的没有参与那种事情。”我向他保证道。

“噢？那就好。”他有些犹豫地说。他坐着沉默了片刻，似乎是在下决心去做某事，然后礼貌地把头偏向我这边。“夫人，如有冒昧还请你原谅，贝尔塔和莫瑞斯给我讲了你遭受损失的事情。我很遗憾，夫人。”

“谢谢你。”我说道，盯着地板上的一道道阳光。

我们又沉默不语，然后洛伦特神父体贴地问：“夫人，你丈夫呢？他没有和你来这里吗？”

“没有。”我仍然盯着地板说道。蚊子在光线下闪现，没有发现食物，又迅速飞走。“我不知道他在哪里。”

我不想再多说，但我还是抬头看着这个衣衫褴褛的可怜牧师。“他更关心自己的荣誉，不关心我，不关心孩子，也不关心无辜的人。”我愤愤不平地说，“我不在乎他在哪里，我不想再看到他！”

我突然停下来，感到很烦恼。即使是对我自己，我也没有用言语表达过。但我说的是实话。我和詹米相互很信任，但是他为了复仇，打破了这种信任。我理解，我见识过驱动他的那种力量，知道这种力量无法永久地克制。但是我请求他宽恕几个月，而他也答应了。后来，他等不下去，打破了承诺，他这样做的同时也牺牲了我和他之间的一切。还有，他这样做危及了我们所进行的事业。我能够理解，但我不会原谅。

洛伦特神父把手放在我的手上。他的手上布满了干硬的泥土，他的指甲破裂了，边缘也是黑乎乎的，但我并没有把手缩回来。我以为他要说些老生常谈，或者对我说教，但他并没有。他只是握住我的手，特别轻柔，握了很久。阳光在地板上移动，那些蚊子则嗡嗡叫着，缓慢而沉重地从我们脑袋边上飞过。

“你最好回去，”他最终松手说道，“他们会找你的。”

“想来也是。”我深吸一口气，感觉虽然没有更好，但至少更稳定了。我伸手到衣服口袋里摸了摸。我带着我的小钱包。

我犹豫了。我并不想冒犯他，毕竟，在他看来我就算不是女巫，也是个异教徒。

“我能给你些钱吗？”我小心翼翼地问。

他思考了片刻，然后微笑起来，棕色的眼睛里亮着光芒：“夫人，我有个条件，你是否愿意让我为你祈祷？”

“成交。”我说道，然后把钱包给了他。

CHAPTER 27

觐见陛下

在枫丹白露过了些日子，我逐渐恢复了体力，但是我的意识仍然飘忽，我的思绪躲避着任何类型的回忆和行为。

这所乡间宅邸的客人很少，是个良好的避难所。在这里，巴黎那种狂乱的社交生活，似乎是又一个缠绕着我的不安梦境。女佣来叫我去客厅会见客人时，我有些惊讶。这个客人有可能是詹米的想法掠过我的脑海，我感到一阵眩晕和恶心。不过理智紧接着发挥了作用，詹米现在肯定已经动身去了西班牙，在八月底之前他都不太可能回来。要是他在这之前回来呢?

我不能想。我努力把这种念头抛到脑后，但是在我试着系好衣服下楼时，我的双手在颤抖。

让我很惊讶的是，那个“客人”居然是马格纳斯，杰拉德在巴黎的宅邸的管家。

“抱歉，夫人，”见到我时，他深鞠躬说道，“我不想妄自行事……但我拿不准这件事情是否重要……而且主人不在时……”这个老人虽然气场威严，但离家如此之远让他十分不安。他花了些时间才说出连贯的故事，但他最终掏出一张写给我的折叠着、加有封蜡的便条。

“字迹是默塔先生的。”马格纳斯说道，口气中有种略带反感的敬畏。

这能够说明他为什么犹豫不决，我心想。巴黎宅邸里的用人们在看待默塔时，全都带着一种敬畏，这种敬畏又因为关于发生在圣奥诺雷郊区街的事情的传闻而增强了。

这封便条两个星期前被送到巴黎的住宅，马格纳斯解释道。用人们不知道怎么处理，拿不定主意，于是进行商讨，最终他决定把便条拿给我。

“主人不在时……”他不停地说。这次我注意到了他说的话。

“不在？”我说道。便条在路上变得皱巴巴的，满是污痕。它在我手里轻如树叶。“你是说詹米是在这便条到达前离开的？”我搞不懂，这肯定是默塔写来告知那艘载着查尔斯·斯图亚特的波尔图酒的船叫什么名字，什么时候从里斯本出发的。在得到这个信息之前，詹米不可能出发去西班牙。

似乎是为了验证我的猜测，我拆开封蜡，打开了那张便条。便条是写给我的，因为詹米当时觉得相比写给他的信，写给我的信被拦截的可能性更小。便条大约是一个月前从里斯本寄来的，上面没有签名，但也不需要签名。

“斯卡拉芒号七月十八日从里斯本起航”是这封便条的全部内容。看到默塔小巧、整洁的字迹，我有些惊讶。不知何故，我始终觉得他的字迹会杂乱、潦草。

我从便条上抬起头，看见马格纳斯和路易斯交换着一种特别奇怪的神情。

“怎么了？”我突然问道，“詹米在哪里呢？”我觉得詹米在我流产后不来医院，是因为他知道自己的鲁莽行为害死了我们的孩子，害死了弗兰克，还差点搭上我的性命。当时我并不在乎，也不想见他。现在，我开始想到关于他消失的另外一种更不祥的解释。

最终说话的是路易斯，她在开口前挺了挺丰腴的肩膀。“他在巴士底狱，”她深吸一口气说道，“因为决斗。”

我感到双膝发软，于是就近坐到了可以坐的家具上。“你为什么不告诉我？”我不确定听到这个消息我是什么感觉，震惊、惊恐，还是害怕？或者是些许满意？

“我……我不想让你难过，亲爱的。”路易斯对我明显的痛苦大吃一惊，结结巴巴地说道，“你当时太虚弱了……毕竟你也做不了什么，而且你也没问。”

路易斯叫来用人，让他们把葡萄酒、嗅盐和烧焦的羽毛全部拿过来。我看上去肯定特别让人担心。

“这是违反君令，”她在慌乱中停顿下来说，“根据国王的意愿，他需要被关押在监狱里。”

“圣耶稣基督·罗斯福。”我低声说道，希望我能说点更强烈的话。

“幸运的是小詹姆斯没有杀死对手，”路易斯匆忙补充道，“不然他受到的惩罚就会更加……呀！”她及时提起条纹裙摆，在我打翻送上来的饮料时，避开了倾泻而下的巧克力和饼干。我盯着路易斯，而那个托盘则叮叮当当地掉到地上，没有人关注。我的双手紧紧捂在肋骨上面，右手保护性地握着左手上的金戒指。这枚细细的金属环似乎在灼烧着我的皮肤。

“那么说他没有死？”我像在梦中似的问道，“兰德尔队长……他还活着？”

“噢，是的，”她好奇地抬头看着我说道，“你不知道吗？他受了重伤，但据说他恢复过来了。你还好吗，克莱尔？你看上去……”但是，她说的其他话，全都在我耳朵里的轰鸣中消失了。

“你承受得太多太快了，”路易斯拉开帘子，严厉地说，“我这样说过，不是吗？”

“我想是的。”我说道。我坐起来，把双脚抬下床，好奇地检查是否还有残余的晕厥迹象。没有头晕、耳鸣、重影，也没有倒地的倾向。生命体征都还正常。

“我要我的黄色礼服，然后能否麻烦你派人去叫马车来，路易斯？”我问道。

路易斯惊恐地看着我。“你不会打算出门吧？胡闹！克鲁索先生要来照料你，我已经派信使去叫他立即过来了！”

如果我需要理由站起来的话，那么著名的贵族医生克鲁索先生要从巴黎来给我做检查的消息，就是足够的理由。

七月十八日已经过去十天了。如果天气良好，骑着快马，克服身体上的不适，那么可以在六天内从巴黎赶到奥维多。也就是说，我有四天的时间设法让詹米从巴士底狱中被放出来。没时间在克鲁索先生身上浪费了。

“嗯，”我说道，思索着扫视房间，“反正你让女佣来给我穿衣嘛，我不想克鲁索先生见我穿着睡衣。”

尽管她看上去仍然不太相信，但我的话听上去有道理。宫中的大多数贵妇人，就算生命垂危，也会起床确保自己的穿着与场合相符。

“好吧，”她同意道，然后转身打算离开，“但是你得待在床上，等着伊冯过来，听到没？”

那件黄色礼服是我最喜欢的，一件优雅、时髦的松短礼服，翻领、长袖，门襟上装饰有珠子。我扑上粉，梳好头发，穿上长袜，最后喷上香水，然后打量着伊冯给我摆好、让我穿上的那双鞋子。我这边看看，那边看看，皱眉评估着它们。

“嗯，不要这双，”我最终说道，“我觉得这双不行。我要穿另外那双，鞋跟是红色摩洛哥革的那双。”

伊冯怀疑地看着我的打扮，似乎在心里评估红色摩洛哥皮革与黄色波纹丝绸搭配的效果，但还是顺从地转身去大衣橱底部翻找去了。

我穿着长袜，悄悄走到她身后，猛地推她一把，让她一头栽进大衣橱，然后迅速把门关上，留她在掉下来的衣服下面挣扎、尖叫。我拧动门上的钥匙，然后灵巧地把它丢在我的口袋里，在脑海中与自己握了握手。干得利索，比彻姆，我心想。毫无疑问，这些政治阴谋让你学会了你在护士学校里永远想象不到的东西。

“别担心，”我朝摇动着的大衣橱安慰地说，“应该很快就会有人来放你出来。你可以告诉王妃你没有让我出去。”

大衣橱里的那个绝望尖叫声似乎提到了克鲁索先生的名字。

“让他看看那只猴子，”我朝身后说道，“它需要管管了。”

我在与伊冯的交锋中获胜，心情也随之好起来。但是，才安坐到嘎嘎驶回巴黎的马车里，我的情绪就低沉了几分。

虽然我没有那么生詹米的气了，但我还是不想见他。我的各种感情处于十足的混乱当中，我不打算仔细审视它们，这样做让人很受伤。我心里既有悲痛，又有可怕的挫败感，而且最重要的是，还有被背叛的感觉——他的背叛和我的背叛。他本不应该去布洛涅森林，我也不应该追着他去。

但我们俩的行为都任由本性和感情支配，或许我们共同导致了我们的孩子的死亡。我不想在犯罪活动中与我的伴侣相见，更不愿意让他感受到我的悲痛，把我的愧疚与他的愧疚相联系。我避开任何能够提醒我布洛涅森林那个下雨清晨的东西，自然也避开任何关于詹米的回忆。我上次见他时，他从被他打伤的兰德尔身边站起来，脸上泛着复仇的神情，而这种复仇很快就毁掉了他的家庭。

每次顺便想起这点，我的胃里总会有一阵特别难受的收紧，让我再次隐隐感受到早产的疼痛。我把双拳压到马车座位的蓝色丝绒里，把自己抬起来，以便减轻我背上的假想压力。

我转头往窗外看，希望分散自己的注意力，但是外面的景色向后退去，看不清楚，我的思绪又擅自回到了我的旅途上。无论我对詹米有什么感受，无论我们是否会再见，无论我们相互会变成什么，或者不会变成什么，他被关在监狱里的这个事实都不会变。我想我知道牢狱之灾对他而言意味着什么——他还承受着关于温特沃思监狱的回忆、那双在梦中猥亵抚摸他的手、那些他在睡眠中捶打的石墙。

更重要的是，关于查尔斯和那艘从葡萄牙驶来的船只的事情要处理，迪韦尔内先生的借款，以及即将从里斯本乘船去奥维多赴约的默塔。我们下的赌注太高，由不得我感情用事。这是为了苏格兰氏族，为了苏格兰高地，为了詹米的家庭和拉里堡的佃户，为了数千个将会死于卡洛登战役和因为这场战役死去的人，我们必须尝试。而要想尝试这项事业，詹米必须自由。这项事业不是我能够独自承担的。

是的，这毫无疑问。我必须尽全力让詹米从巴士底狱出来。

我能做什么呢?

马车驶进圣奥诺雷郊区街，我看到那些乞丐朝马车窗户这边挥手、攀爬。我心想，有疑问就去找更高权威求助。

我敲了敲车夫座位边上的隔板。随着巨大的响声，路易斯的车夫推开隔板，长着小胡子的脸朝下看着我 :“夫人? ”

“左转,”我说,“去天使医院。”

赫德嘉嬷嬷若有所思地用粗壮的手指敲着一张乐谱，似乎是在敲击出一首令人讨厌的继叙经。她坐在私人办公室里的马赛克桌子边上，对面是被叫来进行紧急商议的格斯特曼先生。

“呃，是的,”格斯特曼先生不确定地说,“是的，我觉得我可以安排你私下觐见陛下，但是……你确定你丈夫……唔……”这位音乐老师似乎有什么特别难以言表，这让我怀疑向国王请愿释放詹米或许比我设想的要困难一些。赫德嘉嬷嬷用她自己的反应证实了我的怀疑。

“约翰内斯! ”她惊呼道，表现得特别不安，丢掉了平时说话的方式,“她不能那样做! 毕竟弗雷泽夫人不是宫里的女侍……她是位贞洁的人! ”

“呃，谢谢你,”我礼貌地说,“但是，如果你不介意的话……我贞洁与否，到底与我去找国王请愿释放詹米有什么关系？”

赫德嘉嬷嬷和格斯特曼先生交换眼神，眼神中既有对我这种天真的惊恐，也有对于纠正我这种天真的大体上的情愿。最终，二人中比较勇敢的赫德嘉嬷嬷硬着头皮开口了。

“如果你独自去求国王做这样的事情，他会想和你上床。”她直截了当地说。在他们告诉我时的那种大惊小怪过后，我几乎没有感到惊讶，但我看了格斯特曼先生一眼寻求证实，而他也勉强地点头确认了。

“国王陛下容易答应有人格魅力的女士提的请求。”他委婉地说，突然对桌上的一件摆饰有了兴趣。

“但是这样的请求有代价，”赫德嘉嬷嬷补充道，她几乎没有那么委婉，“大多数廷臣在妻子得到国王宠幸时都会很开心。他们从中受益良多，值得牺牲妻子的贞操。”想到这里，她的人嘴蔑视地撇了起来，然后又变回平时那种严肃得有些滑稽的样子。

“但是你的丈夫，”她说，“不像是那种戴了绿帽子还很殷勤的人啊。”她扬起浓眉，权当是在句子结尾加了个问号，而我则摇了摇头表示回应。

“我觉得不是。”实际上，这也是我听说过的比较粗俗的低调说法。如果说在我想到詹米·弗雷泽时，“殷勤”这个词不是我最后想到的词语，那么它也足够靠后。我试着设想，要是詹米知道我和地位高至法国国王的其他男人上床，他会想什么，说什么，或者做什么。

想到这里，我回忆起了几乎从结婚那天起就存在于我们之间的信任，然后突然感到一阵孤寂。我闭了会儿眼睛，抵抗着不舒服的感觉，但我必须面对那种可能性。

“好吧，”我深吸一口气说，“有其他办法吗？”

赫德嘉嬷嬷皱起眉毛，看着格斯特曼先生，似乎是在期待他说出答案。但是，这位小个子音乐老师耸耸肩，也反过来皱起了眉头。“有没有哪位朋友既有地位，又有可能为你丈夫向陛下求情？”

“应该没有。”从枫丹白露坐马车过来时，我自己就已经完整地考虑过这种可能性，最终被迫断定我没法请求谁来充当这种使者。由于这次决斗的违法和可耻性质——玛丽·德阿班维丽当然已经把她的八卦传遍了巴黎——我们认识的法国人中没人敢帮助我们。答应见我的迪韦尔内先生心地善良，但结果却令人泄气。他的建议是等待。等上几个月，等到这件丑闻的影响力稍微减弱时，或许就可以去向国王说情。但是现在……

同样，桑德林汉姆公爵也没法向路易提出这种请求，他颇受微妙的外交礼节束缚，所以他的私人秘书仅仅因为看似卷入丑闻就被他解雇了。

我向下盯着嵌花的桌面，几乎无视了那些串联抽象几何图案和颜色的复杂搪瓷曲线。我用食指沿着面前那些圆形和螺旋形图案勾画，它们为我的奔涌思绪提供了珍贵的支撑点。如果确实需要詹米出狱，才能阻止詹姆斯党入侵苏格兰，那么无论采取何种手段，无论会带来什么结果，我似乎都必须去争取让詹米出狱。

最终我抬起头，与格斯特曼先生的眼神相遇。“我得那样做，”我轻声说，“只有这个办法。”

我们沉默了片刻，然后格斯特曼先生瞥了赫德嘉嬷嬷一眼。

“她就待在这里，”赫德嘉嬷嬷坚定地说，“安排好觐见，你就可以派人来告诉她时间，约翰内斯。”她向我转过身来。“最后，如果你真的打算这样做，我亲爱的朋友……”她紧紧闭着双唇，然后又张口说道，“帮助你做不道德的事情或许是种罪恶，但我还是会帮你。我知道，不管你这么做的原因是什么，它们在你看来都是正当的。或许，你友谊的恩惠会胜过这种罪恶。”

“噢，嬷嬷。”我觉得如果我说更多，我或许会哭。只是捏着那只放在我肩膀上、因为工作而变得粗糙的大手，我就觉得如此满足。我突然想扑到她怀里，把脸埋到她那让人慰藉的黑色哔叽胸襟里，但是她把手从我肩膀上拿开，然后拿起了那串在她走路时就会在衣服里咔嗒作响的长长的念珠。

“我会为你祈祷。”她微笑着说道。如果是在不那么坚实的脸庞上，这个微笑会显得有些颤抖。她的表情突然变成沉思的样子。“但是我在想，”她若有所思地补充道，“在这种情况下，到底应该请求哪位主保圣人保佑才适合呢？”

我像祈祷时那样把手举到头顶，柳条框从我的肩膀滑到臀部时，我想到的是抹大拉的玛丽亚[①]这个名字。或者是玛塔·哈丽[②]，但我很确定她绝不会出现在圣人历上；而且我对抹大拉的玛丽亚也没有把握，但是改邪归正的妓女在天神中最有可能同情我现在正冒险做的事情。

我想天使修道院里或许从来没有过这样的穿着。在进行最后起誓的请愿者大多都穿戴得像耶稣新娘那样华丽时，红色丝绸和米粉在这些仪式里或许并不是重点。

深红的丝绸从我仰着的脸上滑过时，我心想，这很有象征意味。白色代表纯洁，红色代表……管它代表什么呢。米内尔弗修女，一位来自富裕贵族家庭的年轻修女，被挑选来帮助我梳妆。她极其娴熟、镇定地给我盘了头发，插上装饰有细小珍珠的细鸵鸟羽毛。她仔细地给我梳了眉毛，用铅眉梳把眉毛画黑，然后用羽毛蘸着口红给我的嘴唇上了色。它让我的嘴唇痒得很难受，让我更想像疯了似的咯咯笑出来，不是狂欢的笑，而是歇斯底里的笑。

米内尔弗修女伸手去拿手镜，我挥手制止了她，我不想直视自己。

---

① 抹大拉的玛丽亚（Mary Magdalene），基督教中的人物，耶稣的女追随者，据说曾见证耶稣的受难和复活。

② 玛塔·哈丽（Mata Hari），荷兰人，本名玛格丽莎·赫特雷达·泽莱（Margaretha Geertruida Zelle），20 世纪初知名交际花，“一战”期间与欧洲多国军政要人、社会名流都有关联，最终在巴黎以德国间谍的罪名被法军枪毙。

我深吸一口气，然后点了点头。

“我准备好了，”我说，“让人去把马车叫来吧。”

我从未到过皇宫中的这个区域。其实，在由蜡烛照亮的贴着镜子的走廊里拐了几次弯过后，我不再能确定那里到底有多少个我，更不用说她们要去向何方。

谨慎的匿名侍寝官带领我来到一个凹室的镶板小门前。他敲了敲门，然后朝我鞠躬，接着不等答复就转身离开了。那扇门往里面打开，我走了进去。

国王仍然穿着马裤。意识到这点让我的心脏减慢到了可接受的速度，那种我随时有可能呕吐的感觉消失了。

我不清楚我期待看到什么，但实际情况让人稍微觉得放心。国王陛下的穿着并不正式，衬衫加马裤，肩上搭着一件棕色的丝质睡袍保暖。他微笑着，伸手到我胳膊下让我站起来。他的手掌很温暖——我在潜意识里始终以为他摸上去会是又冷又湿——我也尽力微笑着。

我的努力肯定整体不算成功，因为他善良地拍了拍我的胳膊，然后说道：“别怕我，亲爱的夫人，我不会咬人。”

“是的，”我说，“当然不会。”

他比我镇定许多。好吧，他当然更镇定，我心想，这样做是他的惯例。我深呼吸，尝试放松下来。

“你要喝点酒吗，夫人？”他问道。房间里就我们两个人，没有用人，但是酒已经倒好，装在桌上的两个高脚酒杯里，在烛光中闪亮着，好似两颗红宝石。房间很豪华，但很小，除了那张桌子和两把椭圆形椅背的椅子，就只有一把铺垫得很豪华的绿色丝绒躺椅。我端起酒杯，低声地道谢，试着不去看那把躺椅。

“请坐。”路易坐到一把椅子上，示意我坐另外那把。“现在请告诉我，”他朝我微笑着说道，“我能为你做什么？”

“我……我丈夫,”我开口说道，因为紧张而有点结巴，“他被关在巴士底狱了。”

“对啊,”国王低声说道，“我记得是因为决斗。”他拉起我空闲的那只手,手指轻轻地放在了我的脉搏上。“你需要我做什么呢,亲爱的夫人?你知道决斗是重罪，你丈夫违反了我的法令。”他用一根手指在我手腕下面轻抚，让我感到手臂上面有些轻微发痒。

“是的，这我知道。但是，他是……因为被人挑衅。”我想到个点子。“你知道他是苏格兰人,那个国家的男人在涉及荣誉的时候,大多数——”我努力为“狂暴”这个词找个恰当的同义词，“都很凶猛。”

路易点了点头。他低着头，显然是专注于他握着的我的手。我能看到他皮肤上的微弱油亮，能够闻到他的香水味。紫罗兰，强烈且宜人的味道，但不足以完全掩盖他那难闻的男性体味。

他两大口喝完杯子里的酒，然后把酒杯放下，以便用双手握住我的手。他用一根短指甲的手指抚摸着我婚戒上那些交错的纹路和蓟花。

“正是,”他说着，把我的手拉近了些，似乎是要细看那枚戒指，“正是如此，夫人，但是……”

“我会……特别感激的，陛下。”我插嘴说道。他抬起头，我看到了他诡异的深色双眼。我的心脏跳得像擂鼓一样。“特别……感激。”

他的双唇纤薄，牙齿难看。我能闻到他呼出的空气，满是浓厚的洋葱味和臭味。我试着屏住呼吸，但是这样做也顶多是种权宜之计。

“嗯……”他说道，似乎是在反复思考，“我自己倒是愿意宽恕，夫人……”

我松开屏住的呼吸，短暂地喘了口气。他捏紧我的手指，表示警告。“但是你知道的，情况很复杂。”

“复杂？”我无力地说。

他点点头，眼睛仍然盯着我的脸。他的手指轻轻地在我的手背上游走，沿着静脉血管抚摸。

“那个特别不幸冒犯了图瓦拉赫堡主大人的英格兰人，”他说，“他受雇于某位……有些地位的英格兰贵族。”

桑德林汉姆。尽管路易说得并不直接，但我的心还是猛地跳了一下。

“我顾及这位贵人，是因为他在从事某些谈判，可以这么说吧？”他那纤薄的嘴唇微笑起来，让嘴唇上方蛮横的高鼻子凸显出来，“而且这位贵人也关注着你丈夫和兰德尔队长的决斗。恐怕他会特别急切地要求你丈夫为他自己的不慎重行为接受完全的惩罚，夫人。”

这个死肥佬，我心想。当然了，在詹米拒绝了他提议的特赦后，还有什么办法能够比让詹米安稳地在巴士底狱里关几年更能阻止他“卷入”斯图亚特家族的事情里呢？这种方法可靠、慎重，而且代价不大，注定会得到他的青睐。

不过，路易仍然对着我的手沉重地呼吸着，这让我觉得自己未必全盘皆输。如果他不答应我的请求，那么他就不太可能期望我与他上床。如果他确实那样期待，那么我会让他大吃一惊。

我准备再试一次。“难道陛下您要听命于这个英格兰人？”我大胆地问。

路易因为片刻的震惊而睁大了双眼，然后他明白了我的意图，冷笑了起来。不过，我还是触碰到了他的神经，我看到他轻微动了动肩膀，重拾自己对权力的信念，就好像在调整一件无形的斗篷。

“不，夫人，我不听命于他，”他有些干巴巴地说，“但是我确实会考虑……各种因素。”他那沉重的眼睑在眼睛上垂了一会儿，但他仍然握着我的手。

“我听说你丈夫对我表兄的事情有所关注。”他说。

“陛下消息灵通，”我礼貌地说，“但既然是这样，您会知道我丈夫不支持斯图亚特家族在苏格兰复辟。”我祈祷这是他想听的话。

显然他就想听到我这样说。他微笑起来，把我的手抬到唇边，轻轻地吻了一下。

“噢？我听到的关于你丈夫的话……有些不同。”

我深吸一口气，忍住没把手缩回来。

“那只是生意上的事情，”我说道，努力让我的话听起来不带感情，“我丈夫的堂叔杰拉德·弗雷泽是个公开的詹姆斯党人，詹米——我丈夫——与杰拉德合伙做生意，所以不能公开自己的真实观点。”看他脸上的怀疑逐渐消失，我趁热打铁。“问问迪韦尔内先生，”我提议道，“他很了解我丈夫的真实志向。”

“我问过。”路易沉默了很长一会儿，看着自己手指。它们又黑又粗，在我的手背上轻轻地画着圈。

“这么白，”他低声说，“这么细。我觉得我能够看到血液在你皮肤下面流动。”

他放开我的手，坐在那里注视着我。我特别擅长读脸，但是此刻他的表情十分深奥。我突然意识到他五岁开始就是国王，掩藏思绪的能力和那个波旁家族特有的鼻子或那双睡眼惺忪的黑眼睛一样，是他的一部分。

我随之又想到了另外一件事，让我在身体深处感到一阵寒冷。他是国王。巴黎人民还要等至少四十年才会起义，在那天到来之前，他在法国的统治是绝对的。他只需开口就能释放詹米，或者杀死詹米。他可以随心所欲地处理我，而我却没法向任何人求助。他只要点头，法国金库就会为查尔斯·斯图亚特提供启动资金，让他像道致命的闪电，击穿苏格兰的心脏。

他是国王，做事可以随心所欲。我看着他那双充满思绪的黑眼睛，颤抖着等待看国王乐意做什么事。

“告诉我，我亲爱的夫人，”他最终结束沉思，然后说道，“如果我答应了你的请求，放了你丈夫……”他停顿下来，端详着我。

“嗯？”

“他得离开法国，”路易说道，同时抬起一边的浓眉表示警告，“这就是释放他的一个条件。”

“我懂。”我的心脏跳得特别厉害，几乎盖过了他的话。最终，让詹米离开法国正是重点。“但是他是从苏格兰流亡过来的……”

“我觉得这件事情可以得到解决。”

我犹豫了，但我似乎没有选择，只能代表詹米答应他：“好的。”

“好。”国王满意地点了点头。然后他的双眼又回到我的身上，看着我的脸，然后向下扫视我的脖子、胸部、身体。“夫人，我要让你做件小事作为回报。”他轻声说道。

我直接与他对视了片刻，然后低下了头。“我完全听从陛下吩咐。”我说道。

“噢。”他站起来，把睡袍脱下，随意地把它搭在椅背上。他微笑着伸出一只手给我。“太好了，我亲爱的。跟我来。”

我闭了闭眼睛，竭力让自己站起来。天哪，你已经结过两次婚了，我在心里对自己说，别为了这件事大吵大闹。

我站起来，拉住他的手。让我惊讶的是，他没有朝那把丝绒躺椅转身，而是带我朝房间远端的那扇门走去。

他放开我的手去开门时，我瞬间有了种冰冷的清晰感。

该死的詹米 · 弗雷泽，我心想，你给我下地狱去！

我眨着眼，站在门口纹丝不动。我对于皇家侍寝礼仪的好奇，逐渐变成了十足的惊讶。

房间很黑暗，只亮着许多小油灯，每五盏为一组，摆放在房间的壁凹里。房间本身是圆形的，中间那张大桌子也是，这张黑色的木桌闪耀着光点。有人坐在桌边，在昏暗的房间里，他们看上去就是些弓着背的黑色的模糊身影。

我走进去时，他们喃喃说了些什么，但是在国王出现后，他们很快就安静了下来。眼睛更加适应黑暗后，我震惊地意识到那些坐在桌边的人都戴着兜帽。离我最近的那个男人向我转过身，我透过天鹅绒的空洞看到了他眼睛里的微光。这看上去像是刽子手开会。

显然我是贵宾。我紧张地思考了片刻，想他们会对我有什么期待。由于雷蒙和玛格丽特的暗示，我如做噩梦那样设想了许多神秘仪式，其中包含婴儿献祭、礼仪性强奸，以及多重目的的邪恶典礼。然而，神秘事物的实际情况很少与它们的名声相符，我希望这次也不例外。

“夫人，我们已经听闻过你的了不起的技能，以及你的……名声。”路易微笑着，但在他看着我时，他的眼神里有丝谨慎，似乎是不太确定我会做什么，“亲爱的夫人，如果你今晚愿意让我们见识这种技能，我们将会特别感激。”

我点了点头。特别感激，呃？好吧，这也不失为好事，我倒是想他感激我。可是，他想要我做什么呢？一位用人在那张桌上摆出并点亮了一根大蜡烛，在抛光桌面上照出一洼浅弱的烛光。蜡烛上装饰的图案，就和我在雷蒙师傅的密室里看到的那些图案类似。

“夫人，请看。”国王把手伸到我的手肘下，把我的注意力引到桌子对面。在蜡烛的光亮下，我能看到那两个安静地站在摇曳的影子里的身影。我凝视着这幕场景，国王握着我胳膊的手变紧了。

圣热尔曼伯爵和雷蒙师傅站在那里，中间相隔大约六英尺。雷蒙没有对我致意，而是安静地站在那里，凝视着边上，那双没有瞳孔的黑眼睛，就像无尽深井里青蛙的眼睛。

圣热尔曼伯爵看见了我，不敢相信地睁大了双眼，然后怒视着我。他穿得特别精致，和往常那样一身白色，一件白色的硬缎子外衣，里面穿着奶油色的丝绸背心和马裤。由小珍珠组成的精美图案装饰着袖口和翻领，在烛光中闪闪发光。虽然衣着华丽，但伯爵看上去十分憔悴，我心想——他的面容紧张得发白，他的蕾丝领巾无精打采，衣领也因为汗湿而变成了深色。

雷蒙则相反，他看上去平静得有如冰上的比目鱼，坚定地站在那里，双手抱在他那件邋遢如往常的丝绒袍子的袖子里，宽大、扁平的脸庞显得平静且难以捉摸。

“夫人，这两个人被指控，”路易朝雷蒙和圣热尔曼伯爵挥手说道，“施展妖术和巫术，把对于知识的合法求索歪曲成探索神秘技能。”他的声音冰冷、严肃，“这类行为在我祖父统治时很繁盛，但是在我们的王国里容不得这种邪恶影响我们。”

国王朝一个戴着兜帽、拿着笔墨坐在一沓纸面前的人弹了弹手指。“请宣读起诉状。”他说。

那个戴兜帽的人顺从地站起来，开始读其中一张起诉状：残暴兽行、邪恶祭祀、伤害无辜之人、因玷污祭品而亵渎最为神圣的弥撒仪式、在圣坛进行色情仪式——我突然想起雷蒙师傅在天使医院给我疗伤的过程是什么样子，然后打心底感激当时他没被人发现。

我听到了“迪 · 加勒弗”的名字，压抑住一股突然冒上来的胆汁。洛伦特牧师说的什么？二十年前，巫师迪 · 加勒弗在巴黎被烧死，原因就是我正听到的这些指控：“……召唤恶魔和黑暗之力、售卖疾病和死亡……”我把手放到肚子上，清晰地回忆起关于鼠李的事情。“诅咒宫廷成员、玷污童女……”我快速地朝伯爵看了看，但他面无表情，紧闭着嘴巴，听着起诉状。

雷蒙站着纹丝不动，银白的头发轻拂着双肩，似乎他正在听的是像树丛中鸫鸟鸣叫那样无足轻重的东西。我见过他柜子上的喀巴拉图案，但是我几乎无法把正在宣读的这些邪恶行径安放到这个我认识的人身上，这个富有同情心的投毒者、明智的药剂师。

起诉状最终读完了。那个戴兜帽的人看了国王一眼，然后在国王的示意下坐回到椅子上。

“在进行了大量的审讯，”国王转向我说，“展示了证据，提取了多位目击证人的证词后，这两个人……”他转过去朝两位被告魔法师冷冷地凝视一眼，“无疑都研究过古代哲人的文字，通过计算天体运动来施展过占卜术。但是……”他耸了耸肩，“这些本身不是罪。我得知……”他朝戴着兜帽的最壮实的那个人看了一眼，我怀疑那个人是巴黎主教。“这些并不必然与教会的教义相悖，即使是神圣的圣奥古斯丁，人们也知道他研究过神秘的占星术。”

我很模糊地记得圣奥古斯丁确实研究过占星术，曾经特别鄙夷地说占星术是一堆垃圾。而且，我怀疑路易是否读过圣奥古斯丁的《忏悔录》，而这对于被指控施展巫术的人来说无疑是条不错的论据——与婴儿献祭和匿名聚会相比，观察天象看上去十分无害。

我开始特别担心地想，我在这次聚会上要做什么呢？雷蒙师傅在医院给我疗伤的事最终还是被人看见了？

“我们不反对正当使用知识，也不反对对智慧的求索，”国王用缓慢的语气继续说，“如果方法谨慎、精神谦逊，那么我们从古代哲人的文字中可以学到很多东西。但是，我们能够从这些文字中获得许多好处，也能从中发现邪恶，而且对于智慧的纯粹求索也可能会被扭曲成对权力和财富的欲望，也就是对现世事物的欲望。”

他又来回看了看两个被告巫师，显然是在决定谁更有可能做出那样的扭曲。伯爵仍然在流汗，汗湿的地方在白色丝质衣服上变成了深色。

“不，陛下！”他说道，把黑色的头发甩到后面，用炽热的目光盯着雷蒙师傅，“法国确实有黑暗力量在活动，您所说的邪恶确实存在于我们当中！但这种邪恶没有存在于您最忠实臣民的胸中。”他用力捶打胸脯，生怕我们没听懂他的话。“绝对没有，陛下。扭曲知识和施展违禁法术的事情，不会出现在您的皇宫内。”他没有直接指控雷蒙师傅，但他尖刻凝视的方向则很明显。

国王并未被这激动的演讲打动。“这类可憎行径在我祖父统治下就很盛行，”他轻声地说，“我们在发现这些邪恶行径的地方把它们斩草除根，并且摧毁了王国内存在的这种邪恶的威胁。男巫、女巫，这些扭曲教会学说的人……先生们，我们不能让这种邪恶再次崛起。”

“所以——”他把双手轻轻拍在桌上，然后站直身子。他仍然盯着雷蒙和伯爵，朝我这边伸出一只手。“我们请来一位证人，”他宣布道，“一位心灵纯洁、绝对可靠的真相鉴定人。”

我发出低微的咯咯声，让国王转身看着我。

“白娘子，”他轻声说，“白娘子不会撒谎，她能够看透人心和灵魂，能够把看到的真相转变为福祉……或者毁灭。”

这个夜晚中的那种不真实氛围突然消失了。喝了红酒的那种微弱兴奋感不在了，我突然变得完全清醒。我张开嘴，然后意识到我其实没有什么可以说，于是又闭上了嘴。

国王说明安排时，惊恐感就像蛇一样沿着我的脊柱钻下来，盘在我的肚子里。地上要画两个五边形，两位巫师需要站到里面，分别为自己的行为和动机做证，再由白娘子判断他们所说的话是否真实。

“圣耶稣基督·罗斯福。”我低声说道。

“伯爵先生？”国王指着用粉笔画在地毯上的第一个五边形。只有国王会这样不在乎地对待真品奥比松地毯。

往五边形走去时，伯爵从我身边掠过，我听到他轻轻地耳语：“小心些，夫人，我不是一个人。”他站到圈内，转身面对我，讽刺地向我鞠躬，表面上显得很镇静。

可能出现的后果很明显——我判处了他，那么他的手下就会迅速结集来割掉我的乳头，烧掉杰拉德的仓库。我舔了舔干燥的嘴唇，心里咒骂着路易。他为什么不是只想要我的身体呢?

雷蒙不在意地走进白色五边形里，然后朝我这边和蔼地点了点头。他那双黑色的圆眼睛里没有任何给我指示的痕迹。

我完全不知接下来要做什么。国王示意我站到他对面，站在两个五边形中间。那些戴着兜帽的男人站起来，站到了国王后面，全都面无表情，让人恐惧。

一切都极其安静。蜡烛燃烧形成的烟，在镀金天花板附近聚集起来，一缕一缕地随着气流懒洋洋地飘动。最终，我铤而走险，转身对着伯爵点了点头。

“你可以开始发言了，伯爵先生。”我说道。

他微笑起来——至少我觉得他是打算微笑——然后开始说话，首先详细说明了喀巴拉教的基本原理，然后诠释了希伯来语的二十三个字母，并说明了它们所象征的深刻意义。听上去十分有学术性，完全没有危害，而且特别无聊。国王打了个哈欠，都没有费神去遮着嘴。

同时，我在脑中不断考虑着种种选择。这个人威胁并攻击过我，而且还试图暗杀詹米——无论暗杀是出于私人还是政治原因，都没有什么区别。他还特别可能是那群拦路攻击我和玛丽的强奸犯的头目。除了这一切，除了我听说的关于他其他活动的谣言，他还是我们成功阻止查尔斯·斯图亚特的重要威胁。我要放过他吗，让他继续替斯图亚特家族在国王那里施加影响，继续与那群戴着面具的暴徒在巴黎黑暗的街道上游荡?

我能够看到我的乳头，它们因为惊恐而勃起，明显地顶着我的丝质衣服。然而，我还是站直身子，怒视着他。

“稍等，”我说道，“你说的话目前为止都是真的，伯爵先生，但是我在你的话语后面看到了一个影子。”

伯爵张开了嘴。路易突然有了兴趣，不再懒洋洋地靠着桌子，站直了身子。我闭上眼睛，把手指放在眼睑上，似乎是在向内看。

“我在你的心中看到一个名字，伯爵先生。”我说道。我的声音因为惊吓听起来上气不接下气，有些阻塞，但我也没办法。我放下双手，直勾勾地看着他。“邪恶门徒，”我说，“你与邪恶门徒有什么关系，伯爵先生？”

他确实不擅长掩盖情绪。他的眼睛鼓了起来，面无血色。我感到我的恐惧下涌起一丝强烈的满足感。

国王也熟悉邪恶门徒这个名字，他那双没精打采的黑眼睛突然眯成了两条线。

伯爵或许不诚实，冒充内行，但他并不胆小。他鼓起勇气，怒视着我，猛地把头抬起来。

“这个女人撒谎。”他说道，听上去就像告诉大家 Aleph 字母[①]象征着耶稣之血的源泉时那样肯定，“她不是真的白娘子，而是撒旦的用人，与她的主人勾结在一起，也就是这个臭名昭著的巫师，迪·加勒弗的学徒。”他戏剧性地指着有些惊讶的雷蒙。

一位戴兜帽的男人在胸前画了十字，我听到那些影子中有人低声念了简短的祷词。

“我能够证明我说的话。”伯爵不容别人插嘴地说道。他伸手到衣服的胸襟里面。我回想起在那次晚宴上他从袖子里掏出来的匕首，于是绷紧神经，准备躲闪。不过他拿出来的并不是匕首。

“《圣经》上说，‘手能拿蛇而不受伤害，’”他说，“‘以此迹象，你可识别真神之仆人！’”

我以为那或许是条小蟒蛇。它几乎三英尺长，金色与棕色交错，外表光滑闪亮，就像抹油的绳索那样又滑又弯曲。它的那双金色的眼睛让人惊慌。

看到这条蛇时，大家不约而同地倒抽了口气，两位戴着兜帽的法官迅速向后退了一步。路易感到特别惊慌，匆忙四下寻找自己的贴身护卫，而护卫则目瞪口呆地站在房门边上。

这条蛇吐了一两次舌头，尝了尝空气的味道。显然，它觉得蜡和香的混合物不能吃，于是回头，想钻回那个它被粗暴从中拉出来的温暖口袋。伯爵熟练地捏着蛇头后面，朝我伸过来。

“看见没？”他扬扬得意地说，“这个女人害怕、退缩了！她是女巫！”

其实，与那位缩到远处墙边的法官相比，我就是坚毅的典范。但是，我必须承认，在看到那条蛇时，我不自觉地向后退了一步。现在我又走

---

① Aleph 字母，希伯来文的第一个字母א。

上前去，想从他手里把蛇拿过来。毕竟，这鬼东西没有毒性。或许，我把这条蛇绕到伯爵的脖子上，大家就能明白它是多么无害了。

不过，在我还没碰到它时，雷蒙师傅就在我身后说话了。因为这种骚动，我完全把他忘记了。

“你这句话并不完整，伯爵先生。”雷蒙评论道。他没有提高嗓音，那张青蛙脸毫无表情。不过，大家叽叽喳喳的说话声停了下来，国王转身听他说话。

“是吗，先生？”他说。

雷蒙点点头，礼貌地感谢国王让他发言，然后把双手伸到袍子里。他从一个口袋里拿出一个烧瓶，从另外一个口袋里拿出一个小杯子。

“‘手能拿蛇而不受伤害，’”他引用道，“‘饮致命毒药不会死亡。’”他把杯子放在手掌上伸出来。杯子的银色边缘在烛光下闪闪发光。他把烧瓶举在杯子上面，准备往里面倒。

“既然图瓦拉赫堡夫人和我自己都受到指控，”雷蒙快速看了看我说道，“我建议我们三个都加入测验。恳请陛下允许。”

事情发展得如此迅速，让路易看上去特别惊讶，但是他点了点头，然后一小股琥珀色的液体溅着流到杯子里，并且瞬间变成红色，开始冒泡，似乎被煮沸了一样。

“龙血，”雷蒙摇晃着杯子告诉我们，“对于纯洁之心完全无害。”他露出无牙、鼓励的微笑，然后把杯子递给了我。

我似乎没有选择，只有把它喝下去。龙血像是某种钠碳酸氢盐，尝起来像是加了碳酸水的白兰地。我不大不小地喝了两三口，然后把杯子递了回去。

在恰当的仪式后，雷蒙也喝了下去。他放低杯子，露出沾着粉红色的嘴唇，然后朝国王转过身去。

“可否请白娘子把杯子给伯爵先生？”他说道。他指了指脚下的白线，意思是他不能站到五边形的保护之外。

国王点点头，我把杯子接过来，机械地转身朝伯爵走去。我大概要在地毯上走六英尺。我走出第一步，然后又走出一步，膝盖比之前在那个小接待室里与国王独处时颤抖得更厉害。

白娘子能看透人心。我能吗？雷蒙或伯爵，我真的了解他们吗？

我能阻止这一切吗？我后来问了自己数百数千遍。我能不这么做吗？

我回想起自己遇到查尔斯·斯图亚特时的那种出格想法——如果他死了，那么大家该省多少事。但是，我们不能因为一个人有信仰就杀掉他，即使追求这些信仰意味着许多无辜之人的死亡。或者我们能那样做？

我不知道。我不知道伯爵是否有罪。我不知道雷蒙是否清白。我不知道对于高尚事业的追求能否说明卑鄙手段的正当性。我不知道一条命——或一千条命——值什么。我不知道复仇的真正代价。

我确实知道我端在手里的杯子是死亡。那颗白水晶挂在我的脖子上，它的重量就能让人想起毒药。我没有见雷蒙往杯子里加东西，也没人往里面加东西，我很确定。但是我不用把白水晶浸到那杯血红的液体里，也知道其中含有什么。

伯爵从我的表情中看出我知道些什么，白娘子不能撒谎。他看着那个冒着泡的杯子，犹豫了。

“喝下去，先生。”国王说道。他那双黑眼睛又耷拉下来，什么都没有透露。“或者说你害怕了？”

伯爵或许有些不光彩的地方，但是胆小不是其中之一。他脸色苍白，毫无表情，但是他微微笑着，直接与国王对视。“没有害怕，陛下。”他说道。

他盯着我的双眼，从我手里接过杯子，然后喝干了它。他的眼睛仍然一动不动，凝视着我的脸庞，即使它们都因为知道死亡将至而变得呆滞。白娘子能把人的本性变为福祉或者毁灭。

伯爵的身体倒在地上扭动着，那群戴兜帽的观看者异口同声地叫喊起来，淹没了伯爵可能发出的任何声音。他的脚后跟在带花地毯上短暂、无声地敲了几下；他的身体弓起来，然后逐渐变得软弱无力。那条蛇特别不高兴，从杂乱的白色缎子中挣脱，迅速地爬走，去路易脚下寻找庇护。

场面完全变成了大混乱。

CHAPTER 28

光明来临

我从巴黎回到路易斯在枫丹白露的住宅。我不想去特穆朗街，也不想去任何詹米能够找到我的地方。他几乎不会有时间找我，他差不多立即就得出发去西班牙，否则他的计划就有可能失败。

路易斯这位好友原谅了我的诡计，而且令人尊重的是，她克制住没有问我去了什么地方，也没有问我在那个地方做了什么。我没有与别人说太多话，而是待在自己的房间里，吃了点东西，盯着装饰在白色天花板上的那些肥胖裸童像。之前我必须去巴黎，所以活跃了一段时间，但是现在没有什么事情让我必须去做，也没有日常活动支撑着我。在毫无方向的情况下，我的生活又开始漫无目的了。

不过，我偶尔还是会努力尝试。在路易斯的催促下，我会下楼参加社交晚宴，或者和她一起喝茶招待来客。我还试着去关注菲格斯——在这个世界上，我只对他还有一些责任感。所以，在我任务性地进行日常午后散步，听到附属房屋那边传来他争吵的声音时，我觉得必须去看看发生了什么。

他与一个马童面对着面，那是个比他大的马童，肩膀宽大，面有愠色。

“闭嘴，无知的癞蛤蟆，”马童说道，“你不清楚你在说什么！”

“我比你清楚，你个猪日的家伙！”菲格斯把两根手指伸到鼻孔里，向上推起鼻子，来回地跳着，同时不断地学着猪叫。

那个马童确实长着明显向上翻的大鼻子，他没有浪费时间做无谓的应答，而是挥着握紧的拳头朝菲格斯打去。才几秒钟的时间，他们就倒在泥泞的地上翻滚，像猫那样哭喊着，撕扯着彼此的衣服。

我还在思考要不要干涉时，那个马童就翻到了菲格斯身上，用双手掐住他的脖子，开始把他的脑袋往地上撞。一方面，我尤其觉得菲格斯需要这样修理一番；另一方面，他的脸开始变成暗黑的红色，而我又不想见他英年早逝。在经过一定的考虑后，我走到了这两个扭打在一起的家伙后面。

马童骑在菲格斯身上，掐着他的脖子，马裤后裆在我面前撑得紧紧的。我向后抬脚，迅速有力地往他裤缝上踢去。他失去平衡，惊叫着向前倒去，趴在了先前被他揍的菲格斯身上。他滚到边上，双拳紧握着蹦了起来。然后他发现是我，于是便闭嘴逃走了。

“你觉得你在玩什么？”我问道。我猛地把气喘吁吁、慌慌张张的菲格斯拉起来，然后开始拍打他的衣服，把他身上明显的泥块和干草拍掉。

“你看看，”我责备道，“你把衬衫和马裤都撕破了。我们得去请贝尔塔补补。”我转动着他，用手指戳着那块被撕下来的薄布。那个马童显然抓住了他马裤的裤腰，把裤腰往下撕破到了侧缝。那块硬棉布搭在他纤瘦的屁股上，几乎只遮住半边屁股。

我突然停止说话，然后盯着他。吸引我的不是那不光彩的裸露屁股，而是他屁股上的一小块红色印记。那块印记大约有半便士硬币那么大，呈发紫的暗红色，是才愈合的烧伤。我不相信地伸手触摸，让菲格斯警觉地吃了一惊。印记是凹入肉里的，无论是什么东西留下的印记，这个东西都烙进了肉里。我抓住菲格斯的胳膊，阻止他逃跑，然后弯腰更仔细地检查这个印记。

在六英寸远的地方，印记的形状清晰可见。它是个椭圆形，其中有着肯定是字母的模糊图案。

“谁给你弄的，菲格斯？”我问道。我的声音在我自己听起来很奇怪，冷静、超然得不同寻常。

菲格斯猛地扭动，想挣脱，但我抓紧不放。

“菲格斯，是谁？”我问道，轻轻地摇了摇他。

“没什么的，夫人，我自己从篱笆上摔下来伤到的，只是碎木片而已。”他那双大眼睛来回看着，想寻找庇护的地方。

“不是碎木片。我知道是什么，菲格斯，但我想知道是谁干的。”这种印记我之前只见过一次，那次是新造成的伤口，而这次的则愈合了一段时间。但这绝对是个烙印。

看我是认真的，他放弃了挣扎。他犹豫地舔了舔嘴唇，垂下了双肩，我知道我搞定了他。

“是个……戴戒指的英格兰人。”

“什么时候的事？”

“很久了，夫人！五月份。”

我边计算，边深吸一口气。三个月。三个月前，詹米离开住宅，在菲格斯的陪伴下去妓院寻找仓库领班。三个月前，詹米在爱丽丝夫人的妓院里与兰德尔相遇，而且他看到的东西毁掉了他所有的承诺，让他下定决心杀死兰德尔。三个月前，他一去不复返。

我花了不少耐心，再加上坚决地抓着菲格斯的上臂，最终成功地让他把故事说了出来。

他们到达爱丽丝夫人的妓院后，詹米告诉菲格斯等着他，然后上楼去商议付钱的事情。从以前的经验来看，这需要花些时间，所以菲格斯闲逛到了大会客厅里。许多他认识的年轻女士在那里“休息”，相互闲聊，整理彼此的头发，期待客人光顾。

“有时候早晨的生意不好，”他给我解释道，“但是在星期二和星期五，渔民们会从塞纳河上岸，到早市去卖鱼。卖完鱼他们就有了钱，而爱丽丝夫人会做生意，让年轻的姑娘们吃完早饭就马上做好准备。”

那些“姑娘”其实大多数都是妓院里较为年长的女士。渔民们不是最挑剔的顾客，所以只会去找不那么漂亮的妓女。不过，这些妓女大多都曾经是菲格斯的朋友，所以他在会客厅里度过了愉快的十五分钟。有些顾客来得比较早，选择了姑娘，然后去了楼上的房间——爱丽丝夫人的妓院有不高的四层楼——并未打扰其他姑娘的谈话。

“然后那个英格兰人和爱丽丝夫人进来了。”菲格斯停止说话，吞了口唾液，硕大的喉结在干瘦的喉咙里紧张地动了动。

菲格斯见过喝醉、然后被叫醒的男人的各种状态，一眼就看出来兰德尔队长喝了一整夜酒。他满脸通红，蓬头垢面，眼睛里还充满血丝。他无视尝试带他去见一位妓女的爱丽丝夫人，甩掉了她，然后漫步穿过会客厅，不安分地扫视着正在展示的妓女。看到菲格斯时，他的眼睛亮了起来。

“他说‘你，跟我来’，然后抓住我的胳膊。我向后挣扎，夫人。我跟他说我的主人就在上面，我不能去。但他不听我的。爱丽丝夫人悄悄在我耳边说我应该跟他去，事后她会和我分钱。”菲格斯耸耸肩，然后无助地看着我，“我知道那些喜欢小男生的人通常不会太持久，我以为在大人准备离开之前他就能完事。”

“我的天！”我说道。我松开捏着他的手指，让它们麻木地沿着他的衣袖滑下来。“你是说……菲格斯，你之前这样做过吗？”

他看上去似乎想哭。我也是。

“不经常，夫人，”他说道，近乎是在恳求我的理解，“有些妓院专门提供这种服务，有这种喜好的男人通常会去那里。但是，有些时候顾客会看到我，然后想……”他流起了鼻涕，然后伸手背去擦拭。

我在口袋里翻找出手帕，递给了他。回想起那个星期五的早晨，他开始抽泣起来。

“它比我想象的要大很多。我问他能不能用嘴，但他……他想……”

我拉他过来，把他的头按在我的肩膀上，用我的衣服使他的说话声变得听不清。他那瘦弱的肩胛骨在我的手下面就像鸟的翅膀一样。

“不要再说了，”我说，“别说了。没事的，菲格斯。我不生气，但是不要再跟我说了。”

这是条无效的命令，在这么多天的恐惧和沉默过后，他无法停止说话。

“但是这都是我的错，夫人！”他挣开了我，激动地说道。他的嘴唇在颤抖，眼泪涌满了双眼。“我应该保持安静的。我不应该哭出来！但是我忍不住，大人听到了我的声音，然后……然后就冲了进来……啊……夫人，我不应该，但是我看到他真的很开心，所以我就朝他跑去。他把我藏在身后，朝那个英格兰人的脸上打了一拳。那个英格兰人从地上爬起来，手里拿着凳子，然后扔了过来。我当时很害怕，然后就跑出房间，藏到走廊尽头的柜子里了。然后我就听到许多叫喊声和碰撞声，然后又听到一声很厉害的撞击声，以及更多人的叫喊声。然后就停下来了，不久大人就来打开柜子门，把我带出去了。他拿了我的衣服，亲自给我穿上，因为我扣不上纽扣——我的手指在颤抖。”

他双手抓住我的衣服，我相信他此时的表情肯定特别痛苦。

“都怪我，夫人，但是我当时不知道！我不知道他会去找那个英格兰人决斗。现在大人离开了，不会回来了，都是我的错！”

他哭号着，面朝地面趴到了我的脚下。他哭得那么大声，我弯腰拉他起来，不觉得他会听到我说话，但我还是说了出来：“不是你的错，菲格斯。也不是我的错，但是你说得对，他已经离开了。”

在菲格斯说出真相后，我变得更加冷淡了。自流产以来就围绕着我的乌云似乎逼得更近了，即使是在最明亮的白天，也层层将我包裹起来，让光线变得暗淡。我听到的声音也似乎变得微弱，像是海上航标穿过浓雾发出的嗡嗡声。

路易斯站在我面前，低头看着我，担心地皱着眉头。

“你太瘦了，”她责备道，“苍白得像盘牛肚。伊冯说你又不吃早餐了！”

我不知道上次感到饥饿是什么时候。这几乎不重要。或许是在布洛涅森林的决斗之前很久，或许是在我去巴黎之前很久。我盯着壁炉台，无意识地看着那种洛可可雕刻的花饰旋曲。路易斯的声音还在继续，但我并没有关注它。它只是房间里的一种声音，就像树枝刷在城堡石墙上发出的唰唰声，或者像循着我没吃的早餐的气味而来的蚊子的嗡嗡声。

我看着其中一只蚊子。路易斯拍手，那只蚊子突然从鸡蛋上飞走。它嗡嗡地飞着，烦躁地绕了一会儿圈，然后又落脚到进食点上。我身后传来匆忙的脚步声，路易斯尖厉地发号施令，然后用人顺从地回答“是的，夫人”，接着突然传来用人用蝇掸一个接一个打死蚊子的嗖嗖声。她把每个黑色的蚊子尸体从桌子上捡起来放进口袋，然后用围裙角擦干净留下的污渍。

路易斯弯下腰，突然把脸伸到我的视野里。“我能够看到你脸里面的全部骨头！如果你不吃东西，至少也出去走走啊！”她不耐烦地说道，“雨已经停了，跟我来，我们看看凉亭里还有没有麝香葡萄，或许你可以吃两颗。”

出不出去对我来说几乎没有什么区别，那种让人麻木的柔软灰暗仍然跟随着我，让物体的轮廓变得模糊，让每个地方看起来都和其他地方相似。但是，路易斯似乎在意，所以我顺从地站起来跟她走了。

但是，快走到花园门口时，厨师把她拦了下来，对晚宴的菜单提出一连串问题和抱怨。为了让我转移注意力，路易斯已经邀请了客人，而且整个早晨忙碌的晚宴筹备工作在家里造成了不少纷争。

路易斯痛苦地叹息一声，然后在我背上拍了拍。“你继续走，”她说道，催促我去花园门那边，“我会派人把你的披风带来。”

昨晚始终在下雨，所以虽然时值八月，但天气还算凉爽。石子路上积着不少水洼，被淋透的树也不断滴着水，就像下雨一样。

天空仍然一片灰暗，但那种愤怒的积雨乌云已经淡去。我抱着双臂。看样子太阳快要出来了，但也冷到我想穿上披风。听到身后小路上有脚步声，我便转过身去，看到了另一位男仆弗朗索瓦，但是他什么都没有带来。他看上去犹豫得有些奇怪，端详着，似乎是要确定我就是他要找的那个人。

“夫人，”他说，“有客人来找您。”

我在心里叹了口气，我不想费神让自己努力地客气待客。“请告诉他们我身体不舒服，”我说道，然后转身继续散步，“他们走后，把我的披风拿来。”

“但是，夫人，”他在我身后说，“这个人是您的丈夫图瓦拉赫大人。”

我大吃一惊，迅速回头朝房子那边看。确实是詹米，我能够看到他那高高的身形，他已经转过房子角落，正朝这边走来。我转过身，假装没有看到他，然后继续朝凉亭那边走去。那里的灌木丛很茂盛，或许我可以躲在里面。

“克莱尔！”假装并没有用，他也看到了我，正沿着小道朝我走来。我加快速度，却比不过他那双长腿。到凉亭的距离还没走完一半，我就开始气喘吁吁，不得不放慢脚步。我的身体状况不适宜剧烈活动。

“等等，克莱尔！”

我半转过身，他近在咫尺。我周围那层柔软、灰暗的麻木轻微颤动着，想到看见他会让这层麻木被撕走，我感到一阵寒冷和惊慌。我心想，如果这层麻木被撕走，我就会死去，就像幼虫被从泥土里挖出来，扔到太阳下的石头上，毫无遮挡，无法自卫，逐渐枯萎。

“不！”我说道，“我不想和你说话！走开。”他犹豫了片刻，然后我转身离开他，开始沿着小道朝凉亭快速走去。我听到身后他踩在石子上的脚步声，但没有转身，然后加快脚步，几乎跑了起来。

我在凉亭下停下来躲避时，他突然冲上来，抓住了我的手腕。我试图挣脱，但他紧紧抓住不放。

“克莱尔！”他又说。我挣扎着把脸转开，如果我不看见他，那么我就能假装他不在那里，能够保持安全。

他放开我的手腕，但又抓着我的双肩，让我不得不抬头保持平衡。他的脸被太阳晒得黝黑，而且显得清瘦，嘴边长着显眼的皱纹。他的双眼因为痛苦而显得忧郁。“克莱尔，”见我在看他，他温柔一些说道，“克莱尔，那也是我的孩子。”

“没错，是你的孩子，但是被你害死了！”我挣脱他的手，迅速穿过狭窄的拱门。我在里面停下来，像只受到惊吓的狗一样喘着气。我不知道拱门这边是一个覆盖着葡萄藤的装饰性小建筑。我的四周都是格子墙——我陷入了困境。他的身体挡住拱门，减弱了我身后的光线。

“别碰我。”我盯着地面向后退。我疯狂地想，走开！看在上帝的分上，求你别来打扰我！我能够感到包裹着我的灰暗正在被无法阻挡地剥开，一阵阵细小的疼痛就像撕裂云层的闪电从我体内穿过。

他在几英尺远的地方停了下来。我在黑暗中摸索着跌跌撞撞地朝格子墙壁走去，半坐半倒在长木凳上。我闭上眼睛，坐在那里发抖。虽然没有下雨，但有湿冷的风从格子里吹进来，让我的脖子觉得冰凉。

他并未靠近。我能感到他站在那里，低头看着我。我能听到他参差不齐的呼吸声。

“克莱尔，”他又说道，声音里有种绝望，“克莱尔，你难道不知道……克莱尔，你必须和我说话！看在老天的分上，克莱尔，我甚至不知道那是个男孩还是女孩！”

我呆坐着，双手捏着粗糙的长木凳。片刻过后，我听到身前传来沉重的咯吱声。我努力睁开眼睛，看到他在我脚下的沙砾上坐了下来。他低头坐着，雨水在他那因为潮湿而变得深色的头发里留下了光点。

“你要我求你吗？”他说道。

“是个女孩。”我在片刻过后说道。我的声音深沉、沙哑，听起来有些滑稽。“赫德嘉嬷嬷给她取了名，叫费丝·弗雷泽[①]。赫德嘉嬷嬷有种特别奇怪的幽默感。”

他低着的头并未移动，片刻过后，他轻柔地说：“你见过孩子吗？”

我的眼睛现在已经完全睁开。我盯着自己的大腿，从我后面的葡萄藤上吹下来的水滴在那里的丝绸上形成了湿润的斑点。

“见过。神婆说我应该看看，所以她们就强迫我看了。”我能够在记忆中听到博纳尔夫人那种不带感情的低沉语气。在天使医院贡献时间的接生婆中，她是最为资深、最受尊敬的一位。

“把孩子给她，让她看到总要好些，那样她就不会幻想了。”

所以我没有幻想。我做的是回想。

“孩子很完美，”我轻声说道，似乎在自言自语，“那么娇小。我用手掌就能捧住她的脑袋。她的耳朵只伸出来一丁点——我能看到光线照穿它们。”

光线也能照穿她的皮肤，让她圆圆的脸庞和臀部亮得像珍珠。它们平静且冰凉，还带有那种水中世界的奇怪触感。

“赫德嘉嬷嬷用一条白色绸缎包裹着她，”我说道，向下盯着握在大腿上的拳头，“她的眼睛是闭着的。她还没有睫毛，但她是内双眼皮。我说她那双眼睛像你，但她们说婴儿的眼睛都那样。”

十个手指和十个脚趾都没有指甲，但是微小的关节、膝盖和手指骨骼却在隐约闪光，就好像猫眼石，好像大地本身镶有宝石的骨骼。人啊，请记住，你本为尘土……

我回忆起医院里那种遥远的喧嚣声——医院的生活仍在继续，旁边的赫德嘉嬷嬷和博纳尔夫人压低谈话声，讨论那位在赫德嘉嬷嬷要求之下主持特殊弥撒的牧师。我回忆起博纳尔夫人转身检查，发现我很虚弱时的那种平静的评估眼神。或许她还看到了临近发烧时那种能够说明问

① “费丝”的英文单词为Faith，有“信仰、信念”之意。

题的明亮。她当时又朝赫德嘉嬷嬷转过身去，声音也变得更低——或许是建议等等看，可能需要举办两场葬礼。

终归于尘土。

但是我死而复生。只有詹米拉住我的身体，才有力量把我从最终关口拉回来，而雷蒙师傅当时就知道这点。我知道，只有詹米自己才能把我完全拉回到活人之地。这也是我逃离他，尽全力远离他，确保他不再靠近我的原因。我不希望他回来，不愿意再有感觉。我不想懂得爱情，只有让它再次被撕走。

但现在太迟了。我懂得了爱情，即使我努力保持着那种裹着自己的灰暗。我的努力更加促进了这种灰暗的溶解，这就好像伸手去抓少量的云朵，却看到它们在我指缝间消失为冰冷的雾气。我能感到刺眼、灼烧的光线正在来临。

他已经站了起来，正站在我上方。他的影子投在我的大腿上，这肯定意味着我周围的云雾已经被打破，没有光线就不会有影子。

“克莱尔，”他低声说，“求求你，让我安慰你。”

“安慰？”我说，“你怎么安慰？你能把我的孩子还给我吗？”

他跪到我面前，但我继续低着头，盯着我向上翻着、空放在大腿上的双手。我感受到他伸手触摸我时的动作——他犹豫了，把手缩回去，然后又伸出来。

“不能，”他以几乎听不见的声音说道，“不能，我做不到。但是……在上帝的眷顾下……我或许能再给你一个？”

他的手在我的手上方徘徊，挨得足够近，我能感受到他皮肤的温暖。我还感到了其他东西：他努力抑制住的悲痛，抑制住让他失语的愤怒和恐惧，以及让他不顾愤怒和恐惧说出话来的勇气。我把自己的勇气聚集到周围，脆弱地替代原来那层厚厚的灰暗云雾。然后我握住他的手，抬起头，径直往太阳看去。

我们双手紧握着坐在长凳上，没有移动，没有说话，过了大概几个小时，凉爽的雨后微风在上面的葡萄叶里轻语着我们的思绪。水滴随着风的吹拂在我们上方散开，就像在为损失和分别而哭泣。

“你很冷。”詹米最终低声说道，然后用他的披风围住我。披风里还带有他肌肤的温暖。我在披风的遮蔽下，慢慢靠住他。感受他那让人震惊的坚实和突如其来的热量时，我颤抖得比在寒冷中时更厉害。

我犹豫不定地把手放在他的胸脯上，似乎触碰他真的会让我灼伤。我们又这样坐了很久，让葡萄叶替我们说话。

“詹米，”我最终轻声说，“噢，詹米。你当时在哪里？”

他抱紧了我，但过了一会儿才回答。“我以为你死了，褐发美人。”他说道。他的声音那么低，我几乎没法在凉亭的沙沙声中听到他的话。“我最后看到你倒在了地上。天哪！你那么苍白，你的衣服上浸满了血……我才看到你，就过去找你……我朝你跑过去，但是警卫抓住了我。”

他硬生生地吞咽唾液，我能感受到战栗沿着他长长的脊柱，从上而下贯穿了他的全身。

“我反抗他们……我反抗了，我还求他们了……但他们不让我留下来，把我带走了。后来他们把我关进监狱，留我在那里……我以为你死了，克莱尔，知道是我害死了你。”

他那种细微的颤抖还在继续，我知道他在哭泣，尽管我看不到上面他的脸庞。他在黑暗的巴士底狱里独自坐了多久？除去血液的气息和复仇的空壳以外，他独自坐了多久？

“没关系，”我说道，然后更加用力地把头靠在他的胸脯上，似乎想让他那匆忙跳动的心脏平静下来，“詹米，没关系的。这……这不是你的错。”

“我用头撞墙……好让自己停止思考，”他几乎耳语道，“所以他们把我的手和脚都绑起来了。第二天，德罗昂找到了我，告诉我你还活着，但是可能活不久了。”

他沉默下来，但我能感受到他内心的痛苦，尖利得就像透明的冰凌。

“克莱尔，”他最终低声说，“对不起。”

对不起。这三个字就是他在世界碎裂前留给我的便签，但是现在我理解了它们。“我知道，”我说，“詹米，我知道。菲格斯跟我说了。我知道你为什么要去。”

他颤抖着深吸一口气。

“是啊，嗯……”他说道，然后又停下来。

我让手掉到他的大腿上。他的大腿被雨淋得冰冷潮湿，马裤在我手掌下显得粗糙不平。

“在放你走的时候，他们有没有告诉你，为什么要放你走？”我试着稳住自己的呼吸，但没有做到。

“没有，”他说，“只说是……因为陛下开心。”他把“开心”这个词强调得那么轻微，说出来时带着一种微小的残暴，清楚地说明无论狱卒有没有告诉他，他其实都知道自己被释放的原因。

我狠狠地咬了咬下唇，试着决定告诉他什么。

“是赫德嘉嬷嬷，”他继续声音稳定地说，“我出来后立即就去了天使医院找你，然后找到了赫德嘉嬷嬷，以及你留给我的那张小便签。她……告诉了我。”

“是的，”我吞咽着说，“我去见国王了……”

“我知道！”他抓紧了我的手。从他的呼吸声中，我能够判断出他正紧咬着牙齿。

“但是詹米……我去见国王的时候……”

“天哪！”他说道，然后突然坐直，转身面对着我，“你难道不知道我……克莱尔。”他短暂地闭上眼睛，然后深吸一口气，“我一路骑马去了奥维多，脑海看到那种画面，看到他伸手抚摸你的白皙皮肤，看到他亲吻你的脖子，看到……他的阳具……我在国王起床仪式上见过……我见过那个恶心、短粗的东西立起来……天哪，克莱尔！我坐在牢里以为你死了，后来骑马去西班牙，向主祈祷你确实死了。”

他握着我的那只手的指关节发白，我能够感到我的细小指骨被他捏得咔嚓作响。

我猛地把手挣脱。“詹米，听我说！”

“不！”他说道，“不，我不想听……”

“该死的，听我说！”我的声音足够有力，让他暂时闭住了嘴。他没有说话，我便迅速开始告诉他在国王的会议厅里发生的事情，那些戴着兜帽的男人、那个阴暗的房间、几位巫师的对决，以及圣热尔曼伯爵的死亡。

随着我的讲述，他脸上的红色逐渐退去，痛苦与愤怒表情也柔和下来，变成了迷惑，然后又逐渐变成惊讶的信服。

“天哪，”他最终低声说，“噢，神圣的老天哪。”

“不知道从哪里着手这件荒唐事，是吧？”我感到精疲力竭，但努力微笑起来，“所以说……圣热尔曼伯爵……没事了，詹米。他已经……不在了。”

他没有回复，而是温柔地把我拉近，让我的前额靠在他的肩膀上，我的泪水浸湿了他的衬衫。但是，片刻过后，我坐直身子，擦着鼻子凝视着他。

“我刚想到，詹米！那批波尔图葡萄酒，查尔斯·斯图亚特投资的那批！如果伯爵死了……”

他摇了摇头，模糊地微笑着：“不，褐发美人，那批酒很安全。”

我感到一阵欣慰涌来：“噢，感谢上帝。那么说你成功了？那些药在默塔身上生效了吗？”

“呃，没有，”他更加灿烂地说道，“但是在我身上生效了。”

恐惧和愤怒都减轻后，我感到有些头晕眼花。长时间被雨洗刷的葡萄散发着气味浓烈的甜味。我听他讲述在海上抢劫波尔图葡萄酒的故事，同时倚靠着他，感受着他那舒适而非威胁的体温——这是种愉快安宁的宽慰。

“外乡人，有些人天生能适应海上的环境，”他开始讲道，“但我不是其中之一。”

“我知道，”我说道，“你当时晕船了？”

“很难再晕得那么厉害了。”他啼笑皆非地说道。

奥维多的海上当时风浪很大，不到一个小时，詹米就知道自己没法按原计划行事。“反正，我当时什么都做不了，只能躺在吊床上呻吟，”他耸肩说道，“所以我不妨假装得天花了。”

他和默塔匆忙交换角色，然后在从奥维多出发二十四个小时后，斯卡拉芒号的主人就惊恐地发现下面爆发了瘟疫。

詹米若有所思地挠了挠脖子，似乎还能感到荨麻汁的效果。“他们发现时，想过要把我扔到海里，”他说道，“我必须说，这对我来说是个好主意。”他撇着嘴笑了笑，“外乡人，你有过既晕船又长荨麻疹的经历吗？”

“谢天谢地没有。”想到这里我颤抖了一下，“默塔阻止他们了吗？”

“噢，是的。默塔很凶猛。他握着匕首睡在门口，直到我们安全地在毕尔巴鄂进港。”

不出所料，斯卡拉芒号的船长要么无利可图地继续前往勒阿弗尔，让货物被没收，要么返回西班牙久等，同时送信去巴黎。所以，在可能把手里的波尔图酒卖给凑巧出现的新卖家时，他急切地抓住了机会。

“他还想卖个好价钱，”詹米挠着额头说，“所以讲了半天价，而我则躺在吊床上，尿着血，肠子都快呕吐出来了。”

但他们最终达成了协议，波尔图酒和长天花的詹米被迅速卸到毕尔巴鄂，然后詹米很快就康复了——只是还有些排出红色尿液的可能性。

“我们在毕尔巴鄂把酒卖给了中间商，”他说，“接着立即派默塔去巴黎还迪韦尔内先生的钱……然后……我就来这里了。”

他低头看着静静放在大腿上的双手。“我没法决定要不要来，”他轻声说道，“我徒步过来，好给自己时间思考。我从巴黎一路走到枫丹白露，然后又几乎一路走回去。我回头了五六次，觉得自己是个杀人凶手和蠢货，不知道我是该自己了断还是让你……”

然后他叹了口气，抬头看着我，双眼里充满了飘动着的叶子的影像。

“我必须来。”他简单地说道。

我没有说话，而是把手放在他的手上，然后坐在他旁边。掉落的葡萄散乱在藤架下的地面上，葡萄发酵的浓烈香味保证了葡萄酒会让人健忘。

片片云彩后面的太阳逐渐落下山，雨果恭敬的身影出现在凉亭门口，模糊的金色阳光映衬出了他的剪影。

“抱歉，夫人，”他说，“我家女主人想知道……先生是否要留下来吃晚餐。”

我看着詹米。他坐着不动，等待着我回答。太阳光透过葡萄叶照在他的头发上，一条条的就像老虎斑，阴影也印在了他的脸上。

“我想你最好在这里吃，”我说道，“你太瘦了。”

他半微笑着打量我：“你也很瘦，外乡人。”

他站起来，把手臂伸给我。我拉住他，一起去吃晚餐，留下那些葡萄叶在那里无声地对话。

我躺在詹米身边，紧紧挨着他。他把手放在我的大腿上睡着。我向上盯着卧室里的黑暗，听着他睡眠中宁静的呼吸声，自己呼吸着被雨冲洗过的潮湿的夜晚空气，里面有一丝紫藤的芳香。

就除路易以外的所有人而言，圣热尔曼伯爵的倒下是那天晚上的结尾。在大家都激动地低声讨论着离开时，路易拉住我的胳膊，带我走出了进来时的那扇小门。在必要时他能长于言语，但在这里他不需要说话。

我被他带到那把绿色丝绸躺椅上躺着，然后我还没来得及说话，他就轻轻地掀起了我的裙摆。他没有吻我，他并不想要我。他只是在领取仪式上约定好的报偿。路易讨价还价很精明，在他看来是别人欠他的债务，他都不会免除，无论那种报偿对他来说有没有价值。或许这种报偿最终对他有价值，他在做准备工作时，表现出不少带有恐惧的激动——除国王以外，还有谁敢把白娘子抱在怀里呢？

我身体还紧闭着，仍然干燥，没有准备好。他迫不及待，抓来一壶玫瑰香味的精油，迅速地抹在我的两腿中间。我躺着不动，也没有出声。他取出在里面匆匆探索的手指，立即换成比手指稍微粗一点的阳具。要说“忍受”并不对，因为我既没有感到疼痛，也没有感到羞辱，这是场交易。我等待着，他迅速抽插，然后又站了起来，脸庞因为激动而通红，双手笨拙地把马裤重新系上，盖住了里面那个小肿胀物。他有可能得到一个半皇家、半魔法的私生子，所以不会冒风险，毕竟，德拉图埃乐夫人已经准备好——希望她比我准备得更好——在走廊那头自己的寝宫里等待着。

我履行了我含蓄许下的诺言，现在他感到没有损失美德，能够体面地答应我的请求。他抚着我的手肘，殷勤地送我到门口，然后礼貌地向我鞠躬。我把手肘缩回来，也向他鞠躬，然后离开了这个才停留几分钟的觐见室，得到了国王的准话，说第二天早晨就会下令释放詹米。

国王寝宫的侍臣站在走廊里等着。他向我鞠躬，我也向他鞠躬，然后跟着他从镜厅离开，感到大腿相互摩擦时的油滑，闻到从腿间散发出来的强烈香味。

听到宫门在身后关闭，我闭上眼睛，想我不会再见詹米了。如果我偶然再见到他，我会在他鼻子上抹满玫瑰香水，直到他的灵魂生病、死去。

但是，现在我却把他的手放在我的大腿上，在黑暗中聆听着身边他那种深沉、均匀的呼吸声，然后我把觐见陛下这件事永远关在了门外。

CHAPTER 29

迎难而上

“苏格兰。”想到詹米的庄园拉里堡的清凉褐色细流和深色松树，我叹了口气，“我们真能回家吗？”

“想来我们必须回去，”他啼笑皆非地答道，“国王的赦免令让我在九月中旬离开法国，否则我就会重回巴士底狱。或许，国王陛下也安排让英格兰国王颁发赦免令了，那样我不会才下船到因弗内斯就被绞死。”

“我觉得我们可以去罗马，或者德国。”我尝试性地提议道。我特别想回到拉里堡，在苏格兰高地的宁静环境中休养。想到宫廷和阴谋，想到接连不断的危险和不安全，我的心就会往下沉。但如果詹米觉得我们必须……

他摇了摇头，然后弯腰穿长袜，红色的头发掉到了脸上。

“不，要么回苏格兰，要么回巴士底狱，”他说道，“我们已经订好了船票，回去看看。”他站直身子，然后冷笑着拨开眼前的头发，“我想桑德林汉姆公爵——或许还有乔治国王——想要我安全地待在家里，在家里他们可以盯着我。他们希望我不在罗马当间谍，也不在德国筹资。这三周的宽限期，我想，是对杰拉德的恩惠，给他时间在我离开前回来。”

我坐在卧室窗边的座位里，向外看着如绿色海洋般翻滚着的枫丹白露森林。夏天的慵懒热空气似乎在向下压，让人软弱无力。

“我不能说我不开心。”我叹了口气，把脸贴到玻璃上，寻找短暂的冰凉。昨天的冰雨留下一层厚厚的潮气，让我的头发和衣服都贴着皮肤，既痒又潮湿。“但是，你觉得回去安全吗？我是说，现在伯爵已经死了，从曼泽蒂那里借的钱也损失了，查尔斯会放弃吗？”

詹米皱起眉头，用手摸着下巴，看胡楂儿长得如何。“真希望我能知道他过去两周有没有收到罗马方面的来信，”他说，“如果有来信的话，来信的内容是什么。但是，我们做到了。欧洲没有银行家会给姓斯图亚特的人一分钱，这是肯定的。西班牙的费利佩有更重要的事情要做，而路易……”他耸耸肩，讽刺地拧着嘴巴，“他在迪韦尔内先生和桑德林汉姆中间，我可以说查尔斯在这个方向的期望会很差。你说我要不要刮胡子？”

“我觉得不用。”我说道。这个问题的不经意的亲密感让我突然觉得害羞。我们前一晚同床而眠，但我们俩都筋疲力尽，而且我们之间那层编织于凉亭里的薄网似乎还无法承受云雨之重。我整晚都糟糕地意识到他的温暖就在边上，但是觉得在这种情况下我必须让他走出第一步。

现在，他转身去找衬衫时，我看到光线从他肩膀上掠过，特别想去抚摸他，想再次感受他贴着我时的那种光滑、结实和急切。

他的头从衬衫领口里钻出来，眼神突然无防备地与我相遇。他停顿了片刻，看着我，但没有说话。在这层围绕着我们的沉默气泡外面，早晨城堡里的声音清晰可辨——用人们的忙碌声，以及路易斯因为某种争吵而提高的尖厉嗓门。

不要在这里，詹米的眼睛说道，不要在这么多人中间。

他向下看，仔细系好衬衫的扣子。“路易斯有可以骑的马吗？”他盯着手上的活儿说道，“几英里外有些悬崖，或许我们可以骑马去，那里的空气可能会凉爽些。”

“她应该有，”我说道，“我去问她。”

我们刚好在中午前抵达悬崖。与其说是悬崖，倒不如说是一些突出的石灰岩柱子和山脊，它们坐落在四周山丘的发黄草地里，就像一座古城池的废墟。由于时间和天气的缘故，那些白色的山脊都已经裂开，形成了裂缝。山脊上面零星长着数千株陌生的小植物，它们在被侵蚀的最贫瘠土壤上找到了立足点。

我们把马拴在草地里，然后徒步爬上一座宽广、平坦的石灰岩架。它就在最高的那堆岩石下方，上面杂草丛生。那些杂乱的树丛几乎没有投下阴影，但在这么高的地方有习习微风。

“天哪，太热了！”詹米说道。他轻快地解开短裙的扣子，让短裙掉到了双脚周围，然后开始扭动着脱下衬衫。

“詹米，你在干什么？”我半笑着说道。

“脱衣服，”他实事求是地回答道，“你为什么不脱呢，外乡人？你汗湿得比我厉害，这里没人看得见。”

犹豫片刻过后，我也按照他的建议脱了衣服。这个地方完全与世隔绝，地形太陡峭，岩石太多，不适合放羊，所以几乎不可能有迷路的牧羊人爬上来看到我们。而且远离了路易斯和她那群讨厌的用人，这里就只有完全赤裸的我们俩……在我脱掉汗湿的衣服时，詹米把披肩平铺到粗糙的地面上。

他伸了个懒腰，然后双臂枕在脑后，舒适地躺倒在地上，完全无视那些好奇的蚂蚁、零星的沙砾和多刺植物的残端。

“你肯定长了身山羊皮，”我评论道，“你怎么能就那样直接躺在地上呢？”和他一样赤身裸体后，我更加舒适地躺到了他体贴地为我铺开的披肩上。

他耸耸肩，在温暖的午后阳光下闭着眼睛。阳光在他躺的那个低洼地里把他照得像金子一般，在身下深色杂草的映衬下，他散发着金红色的微光。

“我没问题。”他舒适地说道，然后陷入沉默。风从我们上方的山脊吹过，发出微弱的呜呜声，但他的呼吸声离得足够近，我在风声中也能听见。

我翻身趴着，把下巴枕在交叉着的双臂上，然后看着他。他肩宽臀窄，即使在放松时，那长而有力的大腿上也隐约显现着紧绷肌肉的痕印。温暖的微风吹动着他腋下逐渐干燥的肉桂色毛发，吹乱了枕着头的手腕上轻轻波动的金铜色头发。微风很宜人，因为初秋的太阳晒在我的肩膀和小腿上仍然火辣辣的。

“我爱你。”我轻声说道。我并未打算让他听见，只是喜欢说出这三个字的愉悦。

但他确实听到了，因为他宽大的嘴巴上挂起了些许微笑。片刻过后，他翻身趴在我旁边的披肩上。他背上和屁股上还挂有少许草叶。我轻轻地把其中一片掸走，他的皮肤在我的触碰下短暂地颤抖了。

我侧身亲吻他的肩膀，享受他肌肤的温暖气息，以及那种微微的咸味。但是，他没有反过来吻我，而是稍微往后挪了挪，在手肘的支撑下侧躺，然后看着我。他的表情里有些我不理解的东西，让我隐约觉得不自在。

“你在想什么？”我说道，用一根手指沿着他脊柱的深深沟槽向下抚摸。他挪了挪，刚好躲开我的抚摸，然后深吸了一口气。

“呃，我在琢磨……”他开口说道，然后又停了下来。他向下看着，不停地摆弄着草中长出来的一朵小花。

“你在琢磨什么？”

“和路易……那样是什么感觉？”

我觉得我的心脏停顿了片刻。我知道我的脸上完全没了血色，因为在我努力说出话时，我能感受到嘴唇上的麻木。

“是……什么样的……感觉？”

他抬起头，只是特别努力地斜嘴微笑。

“呃，”他说道，“他是国王。无论如何会让人觉得……有所不同。

你知道的……或许有些特别？”

他的微笑逐渐淡去，他的脸庞也和我的一样苍白。他又低下了头，避开我这种苦闷的注视。

“我想我只是好奇，”他低声说道，“他……他……与我不同吗？”我看见他咬着嘴唇，似乎希望自己没有说出这句话，但现在已经太迟了。

“你到底是怎么知道的？”我说道。我感觉头晕目眩，没有保护，于是翻身趴着，用力把自己往浅短的草皮上压。

他摇了摇头，牙齿仍然紧咬着下嘴唇。他最终松开牙齿时，下嘴唇上出现了深红色的印记。“克莱尔，”他轻声说道，“噢，克莱尔。你从一开始就把你自己全部交给了我，也从没有对我有什么隐瞒，从来没有过。在我让你诚实对我时，我就说过你不是个会撒谎的人。我像这样摸你时……”他伸出一只手，捧着我的臀部。我没有意料到，所以向后畏缩了。

“我爱你多久了？”他很安静地问道，“一年？自我见你那刻起我就爱着你。你的身体我拥有过多少次——五百次或更多？”他用一根手指摸着我，轻柔得就像飞蛾的脚，沿着我手臂、肩膀的线条抚摸，然后向下抚摸到我的胸廓，直到我在他的触摸下颤抖，然后翻身面对着他。

“我摸你时你从来不会退缩。”他说道，双眼注视着手指经过的地方。他的手指向下沿着我乳房的曲线游走。“即使在第一次，你也没有向后缩。你当时可能畏缩，如果你畏缩了我也不会觉得惊讶。但是你没有。你第一次时就把一切都给了我，毫无保留，让我与你完全相融。”

“但是现在……”他把手缩回去说道，“我一开始以为只是因为你失去了孩子，或许对我有些顾虑，或者是因为分别太久感到陌生。但是后来我知道原因不在这里。”

我们接着便沉默了很久。我能够感到心脏贴着冰冷的地面在稳健、痛苦地跳动，能听到下面松林里的风语。远处有小鸟在鸣叫。我希望我就是一只小鸟，或者希望自己至少在远处。

“为什么？”他轻柔地说道，“为什么对我撒谎？为什么在我来找你，觉得自己知道实情时对我撒谎？”

我低头注视着握在下巴下面的双手，然后吞了口唾液。

“如果……”我开始说道，然后又咽了口唾液，“如果我告诉你我让路易……你或许会问我事情的情况。我觉得你不会忘记……或许你能原谅我，但你绝对不会忘记，然后这件事就会永远隔在我们中间。”我又用力地咽了口唾液。虽然天气炎热，但我双手冰冷，我感到体内有个冰球。但如果我现在要告诉他真相，那么我就必须全部说出来。

“如果你问了我……你问了，詹米，你最终还是问了！我就不得不谈论这件事，再次经受它。我当时害怕……”我的声音逐渐消失，说不出话来，但他不打算让我就此打住。

“害怕什么？”他深究道。

“害怕我会告诉你我这么做的原因，”我轻声说道，“詹米……我别无选择，我要把你从巴士底狱救出来……如果有必要，我会做出更糟糕的事情。但是……后来……我有些希望有人会告诉你，希望你能发现。我当时很生气，詹米，因为决斗和孩子的事情，因为是你让我不得不……去找路易。我想做点什么逼你离开，确保我不会再见到你。我那样做……部分原因是……我想伤害你。”我低声说道。

他嘴角的肌肉紧了紧，但他继续向下注视着紧握的双手。我们之间的裂缝，在那么艰险地愈合后，又再次裂开，变得不可逾越。

“是啊。嗯，你确实那么做了。”

他把嘴巴紧闭成一条线，沉默了一段时间，最终转过头，直接看着我。我本想避开他的眼神，但我做不到。

“克莱尔，”他轻声说道，“我把身体给了兰德尔时，我在温特沃思向他屈服时，你是什么感觉？”

一阵微弱的颤抖从头顶到脚趾贯穿了我全身。我根本没有想到他会问这个问题。我数次张开嘴，然后又闭上，最后才找到问题的答案。

“我……不知道，”我无力地说道，“我没有想过。我当然气愤。当时我很愤怒,怒不可遏。还有厌恶。还有为你害怕。还有……为你难过。”

“在我后来告诉你，说我尽管不想，但他确实让我勃起时，你有醋意吗？”

我深吸一口气，感到乳房被草扎得发痒。

“没有，至少我觉得没有。我当时也没有。毕竟，并不是你想那么做的。”我咬着嘴唇，低头看着。他朝着我的肩膀说话，说话声很平静，不带感情。“我觉得你并不想和路易上床，是吧？”

“不想！”

“是啊。”他说道。他用食指和大拇指捏住一片草叶，然后聚精会神且缓慢地将它连根拔起。“我当时也气愤，也厌恶和难过。”随着一声微弱的嘎吱声，那片草叶被詹米从它的外壳里拔了出来。

“在我遭遇这种事情时，”他近乎耳语地继续说道，“我觉得你会无法忍受，而且我也不会责怪你。我知道你必须离我而去，我也尝试让你离开我，让我不用看到你脸上那种厌恶和痛苦的表情。”他闭上眼睛，然后用食指和大拇指捏着那片草叶，把它举了起来，刚好从他的嘴唇上掠过。

“但是你不离开。你把我拥入怀中，珍爱我，反而治愈了我。你不顾我的遭遇，仍然爱我。”他颤抖着深吸一口气，然后再次把头转向我。他的眼睛里噙满泪水，因而显得明亮，但泪水并没有溢出流到他的脸颊上。

“我想，我或许也能让自己为你那样做，就像你我为做的那样。这也是我最终来到枫丹白露的原因。”

他用力眨了眨眼，清除掉了眼中的泪水。

“后来在你告诉我没有发生什么事情时，我有点相信了，因为我是那么想相信你。但是……我能够判断，克莱尔。我没法自欺欺人，我知道你对我说了假话。我以为你不会让我爱你了，或者以为……你想他，害怕让我看出来。”

他扔掉草叶，向前埋头，把头靠在指关节上。“你说你想伤害我。嗯，想到你和国王上床，就比在我胸上烙印或鞭打我的背更让我受伤。但是知道你觉得你不想爱我，就像逃脱绞索，却感到被钩刀捅进肚子。克莱尔……”他无声地张开嘴，然后又紧紧闭上片刻，直到找到继续说下去的勇气，“我不知道这个伤口是否致命，但是克莱尔……在看着你的时候，我感到心脏里的血液在离开我。”

我们之间的沉默变得更加强烈。岩石中间有只昆虫在鸣叫，它发出的微弱嗡嗡声在空气中振动着。

詹米静止得就像块石头，面无表情地盯着地面。我受不了他这张面无表情的脸，以及必定掩藏在这张脸后面的想法。我在凉亭里见过他那种带有绝望的愤怒的迹象，想到那种愤怒，我的心就感觉空荡荡的。他以巨大的代价控制住这种愤怒，并且现在将这种愤怒置于钢铁般的束缚之下，而且在这种束缚当中不仅存在愤怒，还有信任和愉悦。

我特别希望有种方法来打破这种分离我们的沉默，恢复我们之间丢失的真诚。詹米坐起来，双臂紧紧抱着大腿，转过头去，向外凝视着下面的平静山谷。

我心想，暴力也比沉默好。我伸手穿过我们之间的裂谷，把手搭在他的手臂上。太阳把他的手臂照得很温暖，摸起来有生命力。

“詹米，”我低声道，“求求你。”

他慢慢地朝我转过头。他的脸庞看上去仍然平静，尽管在他沉默看着我时，那双猫眼眯得更小。他最终伸出手，抓住我的手腕。“你想让我打你吗？”他轻柔地说道。他握紧那只手，让我下意识地往回缩，想挣脱。他把我的手拉回去，把我从杂草上拉过去，让我的身体靠着他。

我感到自己在颤抖，鸡皮疙瘩让我前臂上的寒毛立了起来，但我设法开口说话：“是的。”

他的表情让人难以理解。他仍然盯着我的眼睛，伸出另外那只手在岩石中摸索，直到他摸到一串荨麻。手指碰到多刺的茎秆时，他深吸了一口气，但他咬紧了牙关。他握上拳头，把那些荨麻连根拔起。

“加斯科涅的农民用荨麻打不忠的妻子。”他说道。他放低那束多刺的荨麻叶，轻轻地用荨麻花的顶部从我的一个乳房上擦过。被突然刺到时，我倒吸了一口气，然后一个隐约的红点魔法般地出现在我的皮肤上。

“你要让我那么做吗？”他问道，“我要那样惩罚你吗？”

“如果……如果你想的话。”我的嘴唇颤抖得很厉害，几乎说不出话来。少许泥土从荨麻根上掉下来，落到我的乳房中间。一颗泥土沿着我的肋骨滚了下去，我想它是被我剧烈跳动的心脏震下去的。我乳房上的那片红肿火辣辣的。我闭上眼睛，生动且详细地设想着被一束荨麻抽打的确切感觉。

突然，他紧握着我手腕的那只手松开了。我睁开眼睛，发现詹米盘腿坐在我边上，那束荨麻被扔到旁边，散落在地上。他的唇上有种隐约、懊恼的微笑。

“我公平地打过你一次，外乡人，你威胁我说要用我的匕首来开我的膛。现在你要我用荨麻打你？”他感到惊奇，缓慢地摇了摇头。他的手自动地伸上来捂着我的脸颊。“我的尊严对你来说就那么有价值吗？”

“是的！是的，特别有价值！”我坐起来，出乎意料地抓住他的胳膊，用力、笨拙地亲吻他。

我感到他起先不自觉地一惊，然后他把我拉过去，用手臂紧搂着我的后背，回应我的亲吻。然后他把我压平躺在地上，他的体重让我无法动弹。上面明亮的天空被他的双肩遮暗，我的胳膊被他用手按在两边，让我没法移动。

“那就好。”他低声说道。他凝视着我的双眼，让我不敢闭眼，强迫我收下他的凝视。“那就好。既然你希望，那我就惩罚你。”他专横地移动髋部来贴着我，我感到自己为他张开了双腿，我的敞开欢迎他的强硬进攻。

“决不，”他对我低声说道，“决不！除了我决不允许别人！看着我！告诉我！看着我，克莱尔！”他有力地在我体内移动，我呻吟出来，想把头转过去，但他双手抱着我的脸，逼我看着他的眼睛，看他那宽大、甜蜜、在痛苦中扭着的嘴巴。

“决不，”他更加温柔地说道，“因为你是我的。我的妻子，我的心脏，我的灵魂。”他的体重在我胸上就像块巨石，让我无法移动，但我们肌肤的摩擦让我向他迎合，想要更多、更多。

“我的身体。”他说道，同时喘着气满足我的需求。我在他身下像逃跑似的反抗，我把背部弯得像张弓，努力迎合着他。然后他完全趴在我身上，几乎没有移动，让肌肤相亲接近我们之间的最亲密联系。

我身下的草丛粗糙、多刺，被压碎的草茎的气味就和这个拥有我的男人的体味一样清晰。我的乳房被他压得扁平，在我们前后相互摩擦时，我感到他的胸毛让我有些轻微的发痒。我扭动身子，催促他来得猛烈些，感受着他把我压下去时大腿的连续起伏。

“决不。”他低声对我说道，我们的脸只相隔了几英寸。

“决不。”我说道，然后把头转过去，闭眼逃避他那强烈的注视。

他温柔却无法抵挡地把我的头转过去对着他，同时有节奏的轻微运动也在继续。“不，我的外乡人，”他温柔地说，“睁开眼睛。看着我。因为那就是对你的惩罚，也是对我的惩罚。看你对我做了什么，而我也知道我对你做了什么。看着我。”

我在他的束缚下，无法动弹地看着他。看着他丢掉最后的面具，展现出最深处的自己，以及灵魂上的伤口。如果可以，我会为他的伤和我的伤流泪。但是他的眼睛控制住我的眼睛，没有泪水地睁着，就像咸咸的大海那样没有边际。他的身体禁锢着我的身体，用力推动着我，就好像三桅船船帆中的西风一样。

我航行到他体内，他也航行到我体内，所以在最后那微弱的爱意风暴开始让我颤抖时，他喊叫了出来。我们融合为一体乘风破浪，在彼此的眼中看到了自己。

午后的太阳把白色的石灰岩晒得火烫，在裂缝和坑洼处投下深沉的阴影。我最终找到了我寻找的东西，它从巨石的狭窄裂缝里长出来，愉悦地抗拒着土壤的稀缺。我从芦荟丛中折下一根芦荟秆，撕下多肉的叶子，把绿色的冰凉凝胶涂抹在詹米手掌的红肿处。

“好些了吗？”我说道。

“好多了。”詹米愁眉苦脸地伸展手掌，“天哪，那些荨麻刺得真疼！”

“是很疼。”我拉下连衣裙的衣领，小心翼翼地往我乳房上涂抹了一些芦荟汁。那种冰凉瞬间缓解了疼痛。

“我很感激你没有接受我的提议。”我啼笑皆非地说道，同时看了看旁边那丛开花的荨麻。

他咧嘴笑了，然后用未受伤的那只手拍了拍我的屁股。“嗯，也就差一点，外乡人。你不该那样怂恿我的。”然后，他严肃起来，低头温柔地亲吻了我。“不，褐发美人。我曾经对你发过誓，而且我是认真的。我绝对不会在愤怒中动手打你。毕竟，”他转过头去，温柔地补充道，“我已经做了不少伤害你的事情。”

回忆的伤痛让我畏缩了，但我也欠他一个公道。“詹米，”我嘴唇有些颤抖地说道，“孩子……的事情，不怪你。我感觉是你的错，但其实不是。我觉得……不管你和不和兰德尔决斗，这件事情都会发生。”

“是吗？噢……好吧。”他的臂膀搂着我，很温暖、舒适，他把我的头按到他肩膀的曲线里，“听你这么说我稍微放松些了。但是，我既不是针对孩子，也不是针对弗兰克。你觉得你能在这件事情上原谅我吗？”他低头看着我，蓝色的双眼里充满了忧虑。

“弗兰克？”我感到一阵惊讶，“但是……没有什么需要原谅的啊。”接着我想到了什么，或许他真的还不知道兰德尔还活着——毕竟，他在决斗后就立即被逮捕了。但是如果他不知道……我深吸了一口气。无论如何他都会去了解实情的，或许我跟他说清楚更好。

“你没有杀死兰德尔，詹米。”我说道。

让我迷惑的是，他并未表现出惊讶。他摇了摇头，午后的阳光在他的头发上照出点点亮光。他的头发还没长到能够再次束到后面，但在狱中时却长了不少，所以他不得不经常把头发从眼前拨开。

“我知道的，外乡人。”他说道。

“是吗？但是……怎么……”我感到迷惑不解。

“你……不知道吗？”他犹豫地说道。

尽管太阳晒着，我的双臂仍然感到了一阵冰冷：“知道什么？”

他咬住下唇，勉强地看着我。最终他深吸一口气，然后叹息着吐了出来：“是的，我没有杀死他，但我让他受了伤。”

“没错，路易斯说你让他伤得很重，但也说了他正在康复。”突然，我在记忆里见到了布洛涅森林里的最后那一幕，也就是在我晕倒前看到的最后那个场景——詹米宝剑的锋利尖端划破兰德尔被雨打湿的驼丝锦马裤，血液突然流出染暗了裤子……然后闪亮的剑刃斜着向下用力刺去。

“詹米！”我说道，惊恐地睁大了眼，“你不会……詹米，你都做了什么啊？”

他低着头，在短裙侧边摩擦着红肿的手掌。他摇了摇头，自己也觉得惊讶。“我太傻了，外乡人。我没法不把自己当作男人，让他在对菲格斯那样做过后不受惩罚就离开。而且……我始终对自己说：‘你不能直接杀死那个畜生，你承诺过的，你不能杀死他。’”他隐约地微笑着，但微笑中没有诙谐，同时低头看着手掌上的印记，“这个想法在我的脑海中不停翻滚，就好像火焰上面的一锅粥，但我没有忘掉不能杀他。我没有杀死他，但决斗的狂暴让我有些发疯，血液在我的耳朵里嗡嗡作响，我也没有停下片刻来回忆，除了因为对你有承诺以外，我为什么不能杀死他。我把他打倒在我面前时，我回忆起了温特沃思监狱和菲格斯，剑刃在我手里变得炽热……”他突然中断下来。

我感到大脑里的血液正在流干，于是重重地坐到一块露出地表的岩石上。

“外乡人，”他仍然躲避着我的注视说道，“我只能说，伤那个地方真是很糟糕。”

“天哪。”我被这件事惊呆了，纹丝不动地坐着。詹米安静地坐在我身边，打量着他双手的宽大手背。他右手背上仍然有片不大的粉红印记。在温特沃思监狱时，兰德尔曾用指甲抓穿过他那里。

“你因为这件事恨我吗，克莱尔？”他的声音显得轻柔，近乎怯声怯气。

我闭着眼睛，摇了摇头。

“不恨。”我睁开眼睛，看到他的脸庞就在旁边，焦虑地蹙着眉头，“我不知道我现在想的是什么，詹米。我真的不知道。但我不恨你。”我把手放在他手上，轻轻地捏它，“就……让我独自待会儿，好吗？”

再次穿上了已经干燥了的长外衣，我把双手平放在大腿上。一金一银的两枚婚戒仍然还在，而我不知道这意味着什么。

兰德尔没法生育孩子。詹米似乎也知道这点，而我不想质问他。而且，我仍然戴着弗兰克的戒指，仍然记得那个曾经是我第一任丈夫的男人，能够随意召唤来关于他身份和性格的思绪和回忆。那他怎么可能不会存在呢？

我摇了摇头，把那些被风吹干的鬈发别到耳朵后面。我不知道，或许也永远不会知道。但是，无论人能否改变未来——似乎我们已经改变了它——我确定的是，我不能改变最近发生的事情。已经发生的就已经发生了，我现在没办法改变它们。兰德尔不会生育子女。

一块石头从坡上滚下来，弹跳着，让少许沙砾也滑了下来。我转身向上朝再次穿上衣服的詹米正在探索的地方看了看。

上面的落石是最近崩塌的。饱经风霜、满是污痕的石灰岩断裂开来，新露出了白色的表面。这堆坍塌下来的岩石里，只有最微小的植物才找到了立足之地，不像那些覆盖了山坡其余地方的灌木丛那样生长得茂密。

詹米谨慎地往一边挪动，专心致志地寻找手可以抓的地方，穿过错综复杂的落石。我见他紧抱着一块巨石，绕着它缓缓移动。他的匕首刮擦在石头上发出的微弱声音，穿过静止的午后空气传到了我这里。

接着他便消失了。我享受着照在我肩膀上的阳光，等着他从石头的那边出来，但是他并没有重回我的视野。过了一会儿，我开始担心起来。他可能踩滑，然后掉了下去或者把头撞在了石头上。

我花了似乎很长很长的时间解开了我高跟靴子的系带。他仍然没有回来。我提起裙摆，开始往山坡上爬去。裸露的脚趾小心翼翼地踏在温暖、粗糙的石头上。

"詹米！"

"我在这里，外乡人。"他在我身后说道，吓得我几乎失去平衡。他抓住我的胳膊，抱着我往下走到那些嶙峋落石中间的一小块空地上。

他让我转身对着那面石灰岩墙壁，上面满是水锈和烟渍，而且还有更多其他东西。

"你看。"他轻声说道。

我朝他指的那个地方看去，视线越过那片宽大、平整的洞壁，看到那些壁画时倒吸了口气。

我上方的岩壁上画着许多动物，蹄子凌空踩踏着，朝上方的光线跃去。其中有野牛和鹿，它们抬着尾巴，成群飞翔着。在岩架的尽头画有精致的鸟类，它们展开着翅膀，在那些猛冲着的地面动物上方盘旋。

这些飞禽由红色、黑色和赭色画成，精致优雅，岩石本身的线条也被用作强调。它们发出寂静的轰鸣，用力卷曲着腰腿，展翅飞过岩石的裂缝。它们在洞穴的黑暗中曾经有过生命，只被那些作画之人用火焰照亮过。因为遮挡住它们的顶部坍塌，它们被暴露在太阳之下，看上去就和行走在地球上的任何生物一样有生命力。

我入迷地沉思着那些从岩石里往外挤的巨大的动物肩膀，直到詹米叫我时，我才注意到他已经走开。

“外乡人！到这里来，好吗？”他的声音有些奇怪，我急忙朝他那里走去。他站在一个侧面小洞的入口，低头看着下面。

他们躺在一块露出地表的岩石后面，似乎是为了躲避那种追逐野牛的大风。

他们总共两个人，一同躺在岩洞地面的紧实泥土上。因为被密封在岩洞的干燥空气里，所以尽管他们的血肉早已干枯成灰，但他们的骨骼并未破碎。一人头骨的曲面上，还附着微小的羊皮纸似的棕色皮肤残余，一缕因为年月而变红的头发在我们面前被穿堂风微微吹动着。

“我的天哪。”我轻声地说，担心会惊扰到他们似的。我朝詹米靠近些，他伸手搂住了我的腰部。

“你觉得……他们是……被杀死在这里的吗？或许是献祭？”

詹米摇了摇头，沉思地盯着下面那一小堆脆弱、易碎的骨头。“不是。”他说道。他说话也很轻，似乎身处教堂的圣殿一样。他转过身，抬手去摸我们身后的岩壁。岩壁上面那只鹿在跳跃，那些鹤在高飞，向往着石头之外的空间。“不是，”他再次说道，“画这些动物的人……不可能做出这种事。”他又转身对着那两副在我们脚下相互缠绕着的骨架。他蹲到骨架边上，用手指轻柔地描绘骨架的轮廓，小心翼翼地不去触摸那乳白色的表面。

“你看他们躺的姿势，”他说道，“他们不是摔倒在这里的，也不是别人把他们的尸体摆在这里的。他们是自己躺下的。”他的手从那副较大骨架的手臂骨骼上方滑过，投下的阴影从一根根肋骨上掠过，颤动得就好像一只巨大的飞蛾。“他双臂抱着她，”他说道，“用大腿紧贴着她大腿后部，并且让她紧贴着自己，头部则是靠在她肩膀上的。”

他的手从骨架上方掠过，照亮他们，显示出他们，并给他们再次加上想象中的血肉，让我能够看到他们最后并永远相拥时的样子。手指的细小骨骼已经脱离下来，但是残留的软骨仍然连接着双手的掌骨。那些细小的手指骨骼相互重叠着，他们在最后的等待中是十指相扣的。

詹米已经站了起来，现在正打量着洞穴的内部。午后的阳光在岩壁上洒下深红色和土黄色。

“那儿。”他指着洞穴入口的一个地方。那里的岩石因为年代久远、布满灰尘而呈现棕褐色，但没有像洞穴较深地方的岩石那样因为流水和侵蚀而变得斑驳。

“那里曾经是入口，”他说道，“石头掉下来，把这个地方封住了。”他转过身，把手放在那块为那对情人遮挡光线的凸出岩石上。

“他们肯定是手牵手在洞里摸索，”我说道，“在灰尘和黑暗中寻找出口。”

“是的。”他闭着眼睛，把额头靠在那块石头上，“光线消失，空气不足，所以他们就在黑暗中躺下来死去。”眼泪从他脸颊的灰尘上滑过，留下潮湿的印记。我用手指在自己的双眼下擦拭，然后拉起他那只空闲的手，细心地把我们的十指扣在一起。

他转身对着我，默默无言。他呼吸急促，把我拉过去紧紧贴着他。我们的双手在落日余晖里摸索，急切地感受触摸的温暖，以及血肉的让人安心。肌肤下那看不见的坚硬骨骼，提醒我们生命是多么短暂。

图书在版编目（CIP）数据

异乡人. 3, 战争的礼仪 /（美）戴安娜 · 加瓦尔东著；罗爽译. — 南昌：百花洲文艺出版社，2016.9
ISBN 978-7-5500-1940-9

Ⅰ. ①异…　Ⅱ. ①戴… ②罗…　Ⅲ. ①长篇小说—美国—现代　Ⅳ. ①I712.45

中国版本图书馆CIP数据核字（2016）第233264号

江西省版权局著作权合同登记号：14-2016-0276

出 版 者　百花洲文艺出版社
社　　址　南昌市红谷滩新区世贸路898号博能中心1期A座20楼　邮编：330038
电　　话　0791-86895108（发行热线）　0791-86894790（编辑热线）
网　　址　http://www.bhzwy.com
E-mail　bhz@bhzwy.com

书　　名　异乡人. 3, 战争的礼仪
作　　者　〔美〕戴安娜 · 加瓦尔东
译　　者　罗　爽
责任编辑　安姗姗
经　　销　全国新华书店
印刷装订　北京鹏润伟业印刷有限公司
开　　本　880mm × 1230mm　1/32
印　　张　16.25
字　　数　361千字
版　　次　2016年11月第1版
印　　次　2016年11月第1次印刷
定　　价　38.00元
书　　号　ISBN 978-7-5500-1940-9

赣版权登字：05-2016-315

如发现图书质量问题，可联系调换。质量投诉电话：010-82069336

铁扇担道义　葫芦藏好书